# FOOTPRINTS
### Insights into Indonesia
### Stories from Dalang Publishing

## 2012—2022

# TAPAK TILAS
### Kumpulan Cerpen Dalang

## Authors — Penulis

Agus Noor
Ahmad Tohari
Andi Batara Al Isra
Anindita S. Thayf
Arafat Nur
Artie Ahmad
Azhari
Ben Sohib
Budi Darma
Candra Padmasvasti
Catastrova Prima
Dewi Anggraeni
Dewi Ria Utari
Erni Aladjai
Fanny J. Poyk

Friska Sibarani
G. Budi Subanar
Guntur Alam
Han Gagas
Iksaka Banu
Indra Tranggono
Irene Wibowo
Junaedi Setiyono
Kurnia Effendi
Linda Christanty
Lintang A. Padmarini
Maria Matildis Banda
Maryam Mufidah
Mochtar Lubis
Mona Sylviana

Muna Masyari
Oni Suryaman
Ouda Teda Ena
Radixa Meta Utami
Ranang Aji Surya Putra
Reni Renatawati
Rinto Andriono
S. Prasetyo Utomo
Teguh Afandi
Triyanto Triwikromo
Umar Thamrin
Wina Bojonegoro
Yudi Herwibowo
Zen Hae

## Translators — Penerjemah

Alvin Stefiro
Dewi Anggraeni
Elizabeth Titik Murtisari
Femmy Syahrani
Indah Lestari
Indra Blanquita Hurip

Junaedi Setiyono
Laura Harsoyo
Maya Denisa Saputra
Minerva Soedjatmiko
Novita Dewi
Nurhayat I. Mohamed

Nurina Sanputeri Halim
Nurul Hanafi
Oni Suryaman
Stefanny Irawan
Umar Thamrin
Wikan Satriati

## Bilingual Edition — Penerbitan Dwibahasa

**Dalang Publishing**
San Mateo, California

*Footprints*
*Tapak Tilas*
Copyright @ 2022 Dalang Publishing



Dalang Publishing LLC
San Mateo, California
www.dalangpublishing.com
dalangpublishing@gmail.com

**Publisher's Cataloging-in-Publication**

Names: Setiyono, Junaedi, 1965- author. | Tohari, Ahmad, 1948- author. | Gagas, Han, 1977- author. | Dewi, Novita, translator. | Suryaman, Oni, translator. | Thamrin, Umar, translator. | Dalang Publishing, publisher.

Title: Footprints : insights into Indonesia : stories from Dalang Publishing, 2012–2022 = Tapak Tilas : Kumpulan Cerpen Dalang, 2012–2022 / stories by Junaedi Setiyono, Ahmad Tohari, Han Gagas, and others ; translated from the Indonesian by Novita Dewi, Oni Suryaman, Umar Thamrin, and others.

Other titles: Tapak Tilas

Description: Bilingual edition. | San Mateo, California : Dalang Publishing, [2022] | Bilingual. Parallel text in English and Indonesian.

Identifiers: ISBN: 978-1-7357210-6-4 (print) | 978-1-7357210-7-1 (ebook)

Subjects: LCSH: Short stories, Indonesian. | Short stories, Indonesian--Translations into English. | Marginality, Social--Fiction. | People with social disabilities--Fiction. | Indonesia--Fiction. | LCGFT: Short stories. | BISAC: FICTION / World Literature / Asia (General)

Classification: LCC: PL5088.2.E5 S48 2022 | DDC: 899.22130108--dc23

Library of Congress Control Number: 2022942172
ISBN 978-1-7357210-6-4
Ebook ISBN: 978-1-7357210-7-1
Indonesian print ISBN: 978-623-98836-9-0

English editor: Terre Gorham
Indonesian editor: Topik Mulyana
Indonesian Literary Advisor: Manneke Budiman
Cover design: Marius Santo
Interior book design: Rizal Abdi

Printed in USA
Printed in Indonesia by Penerbit Gading
2 4 6 8 9 7 5 3 1
First Edition

# FOOTPRINTS

# TAPAK TILAS

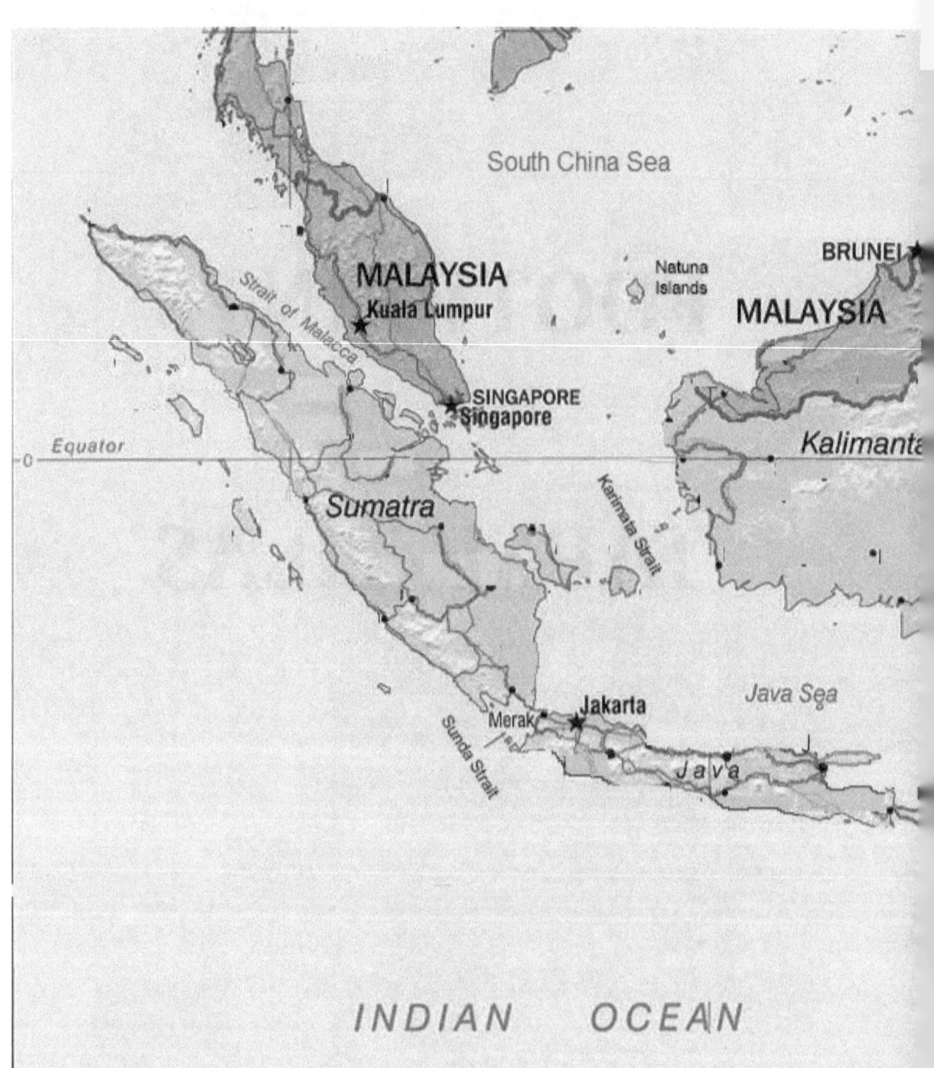
South China Sea
MALAYSIA
Kuala Lumpur
Strait of Malacca
BRUNEI
Natuna
Islands
MALAYSIA
SINGAPORE
Singapore
Kalimanta
Equator
0
Sumatra
Karimata Strait
Sumatra
Java Sea
Merak
Jakarta
Sunda Strait
Java
INDIAN OCEAN

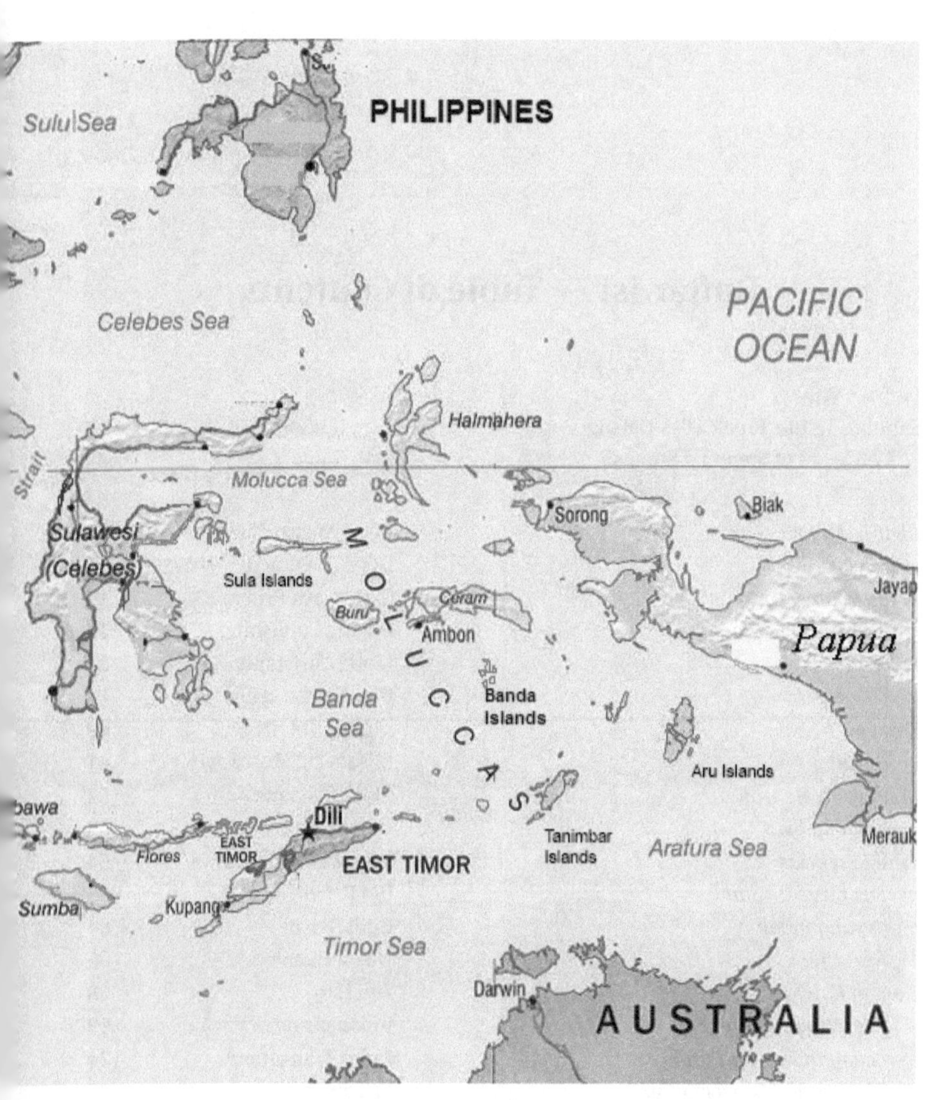

Sulu Sea
PHILIPPINES
PACIFIC OCEAN
Celebes Sea
Halmahera
Molucca Sea
Strait
Sorong
Biak
Sulawesi (Celebes)
Jayap
Sula Islands
MOLUCCAS
Ceram
Buru
Papua
Ambon
Banda Sea
Banda Islands
Aru Islands
Tanimbar Islands
Arafura Sea
Merauk
Dili
EAST TIMOR
bawa
Flores
EAST TIMOR
Sumba
Kupang
Timor Sea
Darwin
AUSTRALIA

# Daftar Isi — Table of Contents

# Sepuluh Tahun Tapak Tilas Dalang

Perjalanan menyiapkan penerbitan buku ini membangkitkan aneka ingatan, mengusik segala macam perasaan, dan memunculkan berbagai gagasan di benak saya. Perasaan yang terutama timbul dan mengisi hati dan pikiran adalah perasaan berterima kasih kepada 44 penulis, delapan belas penerjemah, dan dua pembimbing yang selama sepuluh tahun mencurahkan kepercayaan, dan dukungannya kepada Dalang. Semoga buku ini diterima laksana tumpeng yang disajikan sebagai tanda penghargaan dan terima kasih.

Rasa syukur yang mendalam juga disampaikan kepada Dwi Hely Purnama, yang pada saat itu penyunting yang bertugas mencari naskah asing untuk Penerbit Gramedia Pustaka Utama. Merekalah yang memungkinkan saya mengawali perjalanan selama sepuluh tahun terakhir ini dengan membeli hak terbit Indonesia dari penerbit Publish America yang menerbitkan *Only a Girl*, novel saya, tahun 2009. Tanpa terbitan mereka dalam bahasa Indonesia pada tahun 2010, saya yakin Indonesia bagi saya tetap saja hanya sebuah negeri dalam peta dunia di mana saya kebetulan lahir. Buku ini juga merupakan persembahan saya kepada bangsa dan negara yang menyambut dengan lembut kedatangan dan usaha *kepulangan* saya.

# Ten Years of Stepping Stones

The preparation of this publication stirs up a myriad of memories, emotions, and thoughts for me. First, there's a deep gratitude to the forty-four authors and eighteen translators who supported Dalang Publishing during this past decade by entrusting their work to us.

I am further deeply grateful to Dwi Hely Purnama, at that time the acquisition editor of the largest Indonesian publishing company, Gramedia Pustaka Utama. By purchasing the Indonesian language translation and publication rights for my novel, *Only A Girl,* from Publish America in 2010, they unlocked the path I have traveled on through my homeland for the past ten years. I am certain that, to me, without this publication, Indonesia would have remained just another country on the world map where I happened to be born.

Thus, *Footprints* is also a token of gratitude to the Indonesian government and people who have graciously welcomed my efforts to "go home."

My gratitude extends to those who supported Dalang from the onset, with their expertise as well as their spirit. Among them are Manneke Budiman, Melani Budianta, the late Budi Darma, Agung Siswanto, Harjanto and Lisa Halim, Esther Kuncara, Peni Adji, and Purwanti Kusumaningtyas — all in Indonesia. While in America,

Ucapan terima kasih juga disampaikan kepada teman-teman yang mendukung Dalang dengan bersemangat sejak kelahirannya melalui kepakaran mereka. Di antara mereka adalah Manneke Budiman, Melani Budianta, almarhum Budi Darma, pasangan Harjanto dan Lisa Halim, Agung Siswanto, Esther Kuncara, Peni Adji, dan Purwanti Kusumaningtyas di tanah air. Di Amerika, saya berterima kasih kepada Agem Raharjo yang membantu saya mendirikan Dalang, KJRISF yang selalu melibatkan Dalang dalam acara-acaranya dan meluncurkan setiap terbitan kami. Teman-teman dan rekan kerja akrab Cynthia Frank, Olena Nazarenko, Sylvia Tiwon, Virginia Shih, Cynthia Rider, Tara Weaver, pasangan Steve dan Karen Anderson, dan Robert Kato yang menopang saya dalam masa-masa sulit. Ucapan terima kasih ini saya akan akhiri dengan ucapan terima kasih dari lubuk hati saya kepada Topik Mulyana dan Terre Gorham, masing-masing penyunting bahasa Indonesia dan Inggris, yang mendampingi saya dalam usaha agar buku ini terbaca sebaik mungkin; Marius Santo dan Rizal Abdi yang bekerja keras *membungkus* isi buku ini agar tampil sebaik mungkin.

Diaspora dari negara mana pun pasti merantau dengan alasan dan harapan yang berbeda-beda. Saya tidak mampu membicarakan alasan dan harapan orang lain. Yang jelas, perantauan saya pada tahun 1960-an didorong oleh perasaan tidak nyaman. Perasaan ini berasal dari latar belakang pendidikan Belanda. Bagi saya, teriakan Presiden Soekarno pada tahun 1960-an, "Inggris kita linggis! Amerika kita setrika! Kita merdeka!" membangun kebencian. Larangan penggunaan bahasa Belanda amat mencekik. Peraturan yang memaksa penggunaan bahasa Indonesia dan pengambil-alihan perusahaan asing oleh pemerintah amat menekan. Saran pemerintah agar orang Tionghoa mengganti nama mereka menjadi nama Indonesia membangkitkan perasaan diperkosa.

Dengan merantau, saya meninggalkan kehidupan yang penuh kerusuhan, tekanan jiwa, dan perampokan harta. Saya pergi untuk mencari kehidupan yang bebas dari tekanan apa pun, kehidupan yang penuh harapan dan kesempatan. Saya yakin bahwa impian itu akan terwujud di Amerika.

Tanpa memikirkan yang saya tinggalkan, selama lima puluh tahun saya menikmati yang saya impikan. Puncaknya tercapai

there are: Agem Raharjo, who helped me conceive Dalang; the Indonesian Consulate in San Francisco that involved Dalang in their activities and launched all of Dalang's titles; individuals such as Cynthia Frank, Olena Nazarenko, Sylvia Tiwon, Virginia Shi, Cynthia Rider, Tara Weaver, Steve and Karen Anderson, and Robert Kato, who gently pushed me forward with encouragement when weariness slowed my steps. Rounding out this list are Topik Mulyana and Terre Gorham, Dalang's Indonesian and English language editors. Their accurate yet sensitive edits are the underpinnings of the renowned quality of Dalang's publications; Marius Santo and Rizal Abdi whose cover and page layout provided the attractive wrappings for this publication.

Different people have different reasons for emigrating from their land of birth. I can't speak to other people's reasons for leaving Indonesia; I only can address my own motivations. I emigrated to the United States in the early sixties. The Indonesian president at that time was Soekarno, whose rallying cries of *"Amerika kita setrika!"* (We'll flatten America!) and *"Inggris kita linggis!"* (We'll hit England over the head!) and *"Kita merdeka!"* (We are independent!) evoked my deep resentment. My voice felt silenced when the Dutch language was banned and replaced by the Indonesian language. I felt robbed when the Indonesian government confiscated half of any foreign holdings. I felt violated when the government strongly suggested that Chinese people change their names to Indonesian ones.

I figured that by emigrating, I would leave behind the entire uncomfortable situation. Certain that I would find the freedom and opportunities I hungered for in America, I left and never looked back. For fifty years, I enjoyed the life I had always imagined. Having always wanted to be a published novelist, I reached an all-time high when, first, my short stories were published in several literary magazines, and then when my novel, *Only a Girl* was not only published but also translated into Indonesian, garnering favorable reviews in both countries.

When Gramedia launched the Indonesian language translation of *Only a Girl* in several of their bookstores and respected universities across Java, I traveled to Indonesia as an American author presenting her work to Indonesian readers.

ketika saya berhasil menjadi penulis, yang karyanya diterbitkan dan dibaca banyak orang. *Only a Girl* tidak hanya terbit, tetapi juga diterjemahkan dan digunakan sebagai bahan ajar di lembaga pendidikan tinggi dan rujukan di beberapa perpustakaan terkemuka.

Pada saat peluncuran dan bincang buku terjemahan *Only a Girl* akan dilakukan oleh Gramedia di beberapa toko Gramedia dan universitas terkenal di Pulau Jawa, saya datang ke Indonesia. Kedatangan saya pada waktu itu hanyalah untuk mendampingi karya saya saat dilontarkan kepada sidang pembaca asing. Indonesia, bagi saya, saat itu adalah negeri asing belaka. Begitulah, setelah meninggalkan Indonesia selama kurang lebih lima puluh tahun, pada akhir tahun 2010, saya mendarat di Bandara Soekarno-Hatta sebagai seorang penulis Amerika yang mengantarkan karyanya untuk dinilai oleh pembaca Indonesia.

Ketika turun dari pesawat, saya tercengang akan kemewahan Bandara Soekarno-Hatta. Dulu ketika berangkat merantau, Hotel Indonesia adalah satu-satunya gedung bertingkat tinggi di Jakarta. Sekarang, dengan terbelalak, saya melewati deretan gedung tinggi menusuk langit Jakarta yang malam itu diguyur hujan lebat. Namun, yang paling membuat penasaran adalah tulisan yang tertera di selempang pemasaran sepanjang jalan dan di permukaan gedung-gedung mewah. Bahasa yang digunakan bukan bahasa Inggris dan bukan juga bahasa Indonesia, seperti *BUY NOW* .... Saya diam-diam bertanya, *apa yang terjadi selama lima puluh tahun terakhir?*

Selama satu bulan melakukan perjalanan memperkenalkan buku, saya menelusuri Pulau Jawa dan berkesempatan di sela-sela acara untuk berjalan-jalan. Saya tersentak melihat gubuk-gubuk dengan penghuni yang terlihat kurang makan dan kumal, telantar di keteduhan gedung-gedung bertingkat nan mewah. *Kenapa di kaca jendela sebuah rumah di tengah kampung ada sepotong kardus dengan tulisan LONDRI?* Tidak ada yang mampu memberikan jawaban yang memuaskan. Seringkali penjelasan diakhiri dengan embusan napas panjang dan kata-kata yang menyuarakan rasa putus asa, "Ya, begitulah Indonesia."

Saya terserap oleh kekhawatiran yang menyita pikiran saya dan pertanyaan yang tidak berhenti mengusik hati nurani saya tentang kemiskinan yang ada di tengah kemewahan yang luar biasa.

As the plane landed, the Kemayoran airport flitted through my mind — it was the airport I had departed from half a century ago. I was amazed at the luxurious appearance of the Soekarno-Hatta airport and dumbfounded at the sight of high-rise buildings lining the freeway that glistened in the headlights of bumper-to-bumper traffic in the late afternoon's pouring rain. When I had left Indonesia, fifty years before, the fifteen-story Hotel Indonesia had been the tallest building in Jakarta.

As my attention settled on the billboards and advertisements written in fragmented English and Indonesian, I noticed the juxtaposition of lean-tos and shanties adjacent to luxurious buildings, and I began to wonder: *What has happened here over the past fifty years?*

During the one month book tour, which took me across Java from Jakarta to Surabaya, I used the time between events to go sightseeing. On every excursion, I was shocked to see poverty-stricken people huddled in the shade of affluent high-rises in the cities. In a small village, I saw a cardboard sign taped in the window of a shack with the word *LONDRI*. This set me wondering; *laundry? Who in this village would be speaking English?* I asked around, but no one could give me a satisfactory answer. Instead, the explanation that was offered usually ended with the same statement, delivered in a voice filled with despair, "This is the way things are in Indonesia."

The poverty in the midst of obvious opulence began to tug at my conscience. It slowly began to dawn on me that I had played an unwitting part in creating the incongruous situation around me.

When my book tour ended and it was time for me to leave Indonesia and return to America, I packed this realization along with my souvenirs and memories of warm welcomes at events and visits.

On the plane back to America, I was seated behind three girls in their late teens. One of them was sobbing quietly while her two friends tried, unsuccessfully, to console her. Unable to understand their whispers, I asked a stewardess what was going on. She told me they were Indonesian migrant workers on their way to Taiwan.

I spent the rest of that flight with my thoughts and emotions about the land I had just left, the land I was going to, and the land

Entah kenapa, keadaan ini seperti menuntut untuk menjadi *urusan saya* dan, ketika berkemas untuk kembali ke Amerika, perasaan ini ikut terbawa bersama hadiah dan kenangan manis wisata buku yang berhasil.

Di pesawat, saya duduk di belakang tiga perempuan remaja. Salah satu di antara mereka menangis tersedu-sedu tanpa henti. Teman-temannya sia-sia berusaha menghiburnya. Saya tidak dapat menangkap percakapan mereka. Seorang pramugari mengatakan bahwa mereka adalah TKI yang akan bekerja di Taiwan. Setelah mendapat penjelasan apa artinya TKI itu, saya terdiam, tenggelam dalam pertanyaan-pertanyaan yang jawabannya hanya dapat ditemukan dalam hati saya sendiri.

Dalam penerbangan kembali ke Amerika itu, saya teringat penerbangan yang sama, lima puluh tahun yang lalu. Saat itu, hati saya ringan, penuh harapan dan keyakinan bahwa di tempat pesawat ini mendarat nanti, saya akan menemukan kampung halaman yang belum pernah dimiliki. Anehnya, setelah setengah abad hidup sebagai warga negara AS dalam arti yang sepenuhnya, penerbangan ke Amerika pada akhir tahun 2010 itu tidak terasa seperti *pulang*. Hati nurani saya terisi penuh oleh pengalaman satu bulan berada di Indonesia.

Akhirnya, saya menyimpulkan bahwa walaupun hal ini terasa aneh sekali, ternyata saya tidak dapat meloloskan diri dari masalah-masalah yang telah saya saksikan. Bahkan, hal ini membuka pertanyaan baru, *apakah keadaan ini sudah ada sebelum saya merantau dan kenapa pada saat itu saya tidak terusik?*

Saya dibesarkan dengan pepatah-pepatah: *Jangan mengeluh tanpa melakukan sesuatu untuk memperbaiki apa yang dikeluhkan itu. Jangan bertanya tanpa mencari jawaban atas pertanyaan itu.*

Tahun 2011, saya habiskan dengan mencari tahu mengapa, selain di perpustakaan universitas terkemuka, karya penulis Indonesia tidak dapat ditemukan. Padahal, karya penulis negara Asia lain, seperti India, Jepang, Vietnam, ada. Saya bertanya apa yang terjadi dengan suara-suara yang berteriak, "Merdeka!" 55 tahun yang lalu. Ketika saya tidak berhasil mendapatkan jawaban dari siapa pun, pertanyaan ini mulai menghantui saya. Saya mulai merasa sebagai bagian yang menyebabkan permasalahan ini. Saya

I had come from originally. I remembered this same flight, fifty years ago. How happy and sure I had been, that when the plane landed in America, I would find the home I never knew and always wanted. Strangely, after fifty years of living as an American citizen in the fullest sense of the word, this flight back to America didn't feel like "going home." I landed filled with the experience of one month in Indonesia that kept challenging my principles.

I finally succumbed to the strange reality that I could not turn my back on the problems I had encountered during my visit. Somehow, those problems were no longer "theirs." Instead, they had become "mine." This new reality brought with it some disturbing questions: *Did those situations exist while I lived there? Why had I been oblivious to them all along?* Growing up, I had been told, "Don't complain unless you're going to better the situation" and "Don't ask a question unless you're going to look for the answer."

I spent 2011 trying to figure out why none of the bookstores and public libraries in my area carried works by Indonesian authors, while their shelves offered a variety of books by Indian, Japanese, and Vietnamese authors. I began to wonder what had been the results of those Indonesian shouts for independence and freedom that had unsettled me 55 years ago and I couldn't find satisfying answers. As the situation continued to eat at me, I increasingly felt like being a part of the problem. And I felt the need to do something to help us — *us* not *them* — overcome.

When I decided that I could best serve the cause by filling the void of Indonesian literature in America, the seed of Dalang Publishing started to sprout.

My idea was welcomed by Dwi Hely and Gramedia. Since I did not want to use work from others for my "trial publication," I bought back the American publishing rights for *Only A Girl* and used the manuscript as Dalang's guinea pig. Knowing I needed to learn the Indonesian language to best fulfill my mission, I enrolled at Wisma Bahasa in Yogyakarta for an intensive online course. Meanwhile, with the help of friends familiar with the publishing industry, Dalang Publishing became a legal entity and, in 2012, published its first "real" title: *My Name is Mata Hari*, the English language translation by Dewi Anggraeni of Remy Sylado's *Namaku Mata Hari* (Gramedia 2010).

pun terdorong melakukan sesuatu untuk membantu mengatasi kesukaran-kesukaran *kita* — bukan *mereka* — ini.

Setelah berulang-ulang mempertimbangkan berbagai masalah, saya memutuskan bahwa saya paling mampu memberikan sesuatu pada Indonesia di bidang penerbitan terjemahan. Benih Dalang pun berkecambah. Gagasan saya disambut dengan baik oleh Dwi Hely dan pimpinan Gramedia. Untuk menggunakan karya saya sendiri sebagai bahan *percobaan* penerbitan, saya perlu membeli kembali hak penerbitan *Only A Girl*. Sambil minta bantuan dari teman yang berpengalaman memiliki dan mengelola sebuah perusahaan penerbitan *indie* di California, saya mendaftarkan diri sebagai murid daring di Wisma Bahasa di Yogyakarta. Pada akhir tahun 2012, terbitlah buku pertama Dalang Publishing, *My Name is Mata Hari*, terjemahan Dewi Anggraeni dari karya Remy Sylado, *Namaku Mata Hari* (Gramedia, 2010). Dalam penyiapan terbitnya *My Name is Mata Hari,* kami pun membuka laman untuk memasarkan dan memperkenalkan para penulis dan penerjemah Indonesia me lalui karya cerpennya.

Sambil belajar bahasa Indonesia serta hal-hal yang terkait dengan penerbitan dan penerjemahan, saya mulai menghadapi berbagai masalah dengan pihak-pihak di Indonesia terkait sikap terhadap kerja penerbitan.

Masalah terbesar yang berulang-ulang dihadapi adalah kesukaran dalam memperoleh karya asli yang dapat diterjemahkan secara utuh. Saya bergulat selama lima tahun menghadapi masalah-masalah seperti ini. Akhirnya, daripada terus-menerus terjebak dalam keadaan serba-salah dan dengan harapan mampu menerbitkan karya yang bermutu secara bekerja sama dengan penerbit Indonesia, saya memutuskan untuk langsung bekerja dengan penulis. Hasil pertama kerja sama seperti itu adalah karya Junaedi Setiyono, *Dasamuka* (Ombak, 2017) yang meraih Penghargaan Sastra 2020 dari Kemdikbud. Terjemahannya dalam bahasa Inggris oleh Maya Denisa Saputra dengan judul sama (Dalang Publishing, 2017) meraih penghargaan Majelis Sastra Asia Tenggara (Mastera) 2021. Sementara itu, kami pun mengubah peraturan penerimaan cerpen untuk terbitan di laman kami menjadi sama dengan syarat penerimaan naskah untuk

While learning Indonesian and the ropes of publishing, I began to run into challenges created by different work ethics between American-based Dalang and its Indonesian-based counterparts. The most difficult recurring problem to overcome was obtaining suitable original work.

After a five-year struggle, I decided to collaborate with an Indonesian publisher on the edit of an unpublished manuscript. Our first attempt was Junaedi Setiyono's *Dasamuka* (Ombak, 2017) which Maya Denisa Saputra translated into the English language under the same title (Dalang Publishing, 2017). The work received the 2020 Literary Award from the Indonesian Ministry of Culture and Education and the 2020 Majelis Sastra Asia Tenggara (Mastera) award. Meanwhile, we also revised our manuscript acceptance policy for the "Your Story" page of our website to only accept unpublished stories. One of our future goals is to publish a story from each of Indonesia's seven regions during a one-year cycle.

We hope, that moving forward, Dalang's offerings of Indonesian literature, structured in both short story and novel form, will transport English-speaking readers across the globe into an incomparable journey of Indonesia's exceptional history, culture, environment, and resilient spirit.

Come, let us gather to tell our stories.

Lian Gouw, Founder, Dalang Publishing

terjemahan. Semua tulisan wajib merupakan karya yang belum pernah diterbitkan. Pada masa mendatang, Dalang akan berusaha mewakili tujuh wilayah Nusantara dalam satu tahun putaran penerbitan di laman. Kami berharap, di tanah air maupun di luar negeri, karya terjemahan sastra Indonesia terbitan Dalang — dalam bentuk cerita pendek maupun panjang — dapat mengarahkan perhatian pembaca pada sejarah, kebudayaan, dan lingkungan Indonesia.

Mari kita bersama-sama bagikan cerita-cerita kita!

Lian Gouw – Penerbit.

# FOOTPRINTS

# TAPAK TILAS

# Akar Istiadat

Dewi Anggraeni
Penerjemah: Dewi Anggraeni

Tanpa semangat sedikit pun, Rusdi naik, lalu duduk di tempat duduk belakang, dan Sadli, sopirnya, menutup pintu mobil. Dia tidak berkata apa-apa selama Sadli mencolokkan gagang kunci mobil dan menyalakan mesin dengan mulus. Namun, sebelum mobil bergerak, dia bertanya, "Ibu Sepuh sudah kamu jemput tadi?" Maksudnya mertuanya, yang baru datang berkunjung dari Palembang.

"Sudah Pak. Saya langsung antarkan Ibu Sepuh ke rumah."

Rusdi diam. Dia tidak suka membicarakan urusan keluarga dengan sopirnya, tapi dia tahu pasti Sadli mengetahuinya sampai serinci-rincinya. Sadli dan para pembantu rumah pasti merumpi, saling memberi kabar dan menduga-duga tentang keadaan rumah tangganya. *Lakonku dan Rifa tentu jauh lebih menarik daripada sinetron apa pun di televisi*, pikirnya gemas.

Lalu lintas di penghujung jam kantor, seperti biasa, macet. Namun, kali ini Rusdi tidak resah. Malah dia menikmati keterlambatannya mencapai rumah — mengundurkan waktu saat bertemu muka dengan mertuanya.

Dia tahu benar apa yang akan dihadapinya. Mertuanya sangat menentang niatnya untuk membawa Rifa menemui dokter ahli jiwa. Masih terngiang dengan jelas percakapannya kemarin lewat telepon.

"Tidak! Aku tidak mengizinkan! Tidak boleh!" tegasnya di telepon.

"Tapi, tapi Bu, dokter kami sudah mengatakan bahwa dia menderita tekanan batin! Kalau tidak mendapatkan perawatan yang layak, dia takkan pulih ...."

# Roots

By Dewi Anggraeni

Translated by Dewi Anggraeni

Rusdi reluctantly climbed into the back seat of the car before Sadli, his driver, closed the door. He waited while Sadli turned on the ignition and started the engine, then asked, "Did you pick up Ibu Sepuh?" referring to his mother-in-law, who had come to visit from Palembang.

"Yes, Pak. I drove Ibu Sepuh to your home, safely."

Rusdi didn't inquire further. He was not in the habit of discussing family affairs with his driver, though he swore that Sadli knew every detail anyway. Sadli and the domestic staff would have traded gossip, filling in the complete picture for each other. Rusdi and his wife, Rifa, provided better entertainment to their staff than the nightly soaps on TV.

The peak-hour traffic was heavy as usual, but this time it didn't bother Rusdi. In fact, he welcomed the slow trip home, delaying his face-to-face confrontation with his mother-in-law.

He knew what to expect. His mother-in-law was dead set against his idea to get psychiatric treatment for Rifa.

"I shall never allow it. Never!" Ibu Sepuh had said emphatically over the phone.

"But Mother, the doctor says she is clinically depressed! She'll never get better unless she gets treatment."

"How long has this been going on?" his mother-in-law had demanded. "Why haven't you or Rifa told me she isn't well?"

Rusdi had cleared his throat, and before he'd had time to think of an answer, his mother-in-law had laid down the law. "You are not to do anything to Rifa until I have seen her. I am getting on the first flight tomorrow. Do arrange for your driver to pick me up!"

"Sudah berapa lama dia mengalami tekanan batin? Mengapa kamu atau Rifa tidak memberi tahu aku?"

Rusdi mendehem menjernihkan tenggorokannya. Belum lagi sempat dia memikirkan jawabannya, mertuanya sudah memutuskan, "Jangan kamu berbuat apa-apa sampai aku melihatnya sendiri. Dan aku akan segera memesan tiket pesawat yang pertama yang ke Jakarta besok. Suruh sopirmu menjemputku!"

Setibanya di rumah, Rusdi turun di garasi dan masuk melalui pintu belakang, melewati dapur. Sadli memberikan aktentasnya kepada Titi, pembantu keluarga. Ketika dia melangkah keluar dari dapur, Rusdi mendapatkan rumahnya sepi. "Ibu dan Ibu Sepuh di mana?" tanyanya kepada Titi.

"Mereka keluar tidak lama sesudah Ibu Sepuh tiba, Pak," sahut Titi dengan wajah polos.

Rusdi hampir mengerutkan keningnya, tapi dia tidak berhenti dan langsung memasuki kamar tidurnya, lalu menutup pintunya. Bebas dari tatapan orang-orang di sekitarnya, Rusdi merasa lega. Dia duduk di tempat tidurnya dan menjatuhkan wajahnya ke dalam kedua telapak tangannya.

Rasa sakit dan pening di kepalanya agak menyurut. Dia pun tidak bergerak selama beberapa lama. Tiba-tiba, dia mendengar pintu depan terbuka dan suara istrinya berbicara dengan Titi. Rasa takjub membuatnya mengangkat kepala. Belum pernah dia mendengar Rifa menggunakan begitu banyak kata-kata sejak beberapa minggu ini. Barangkali Rifa hanya berbicara kalau dia sedang tidak di rumah. Rusdi menunggu. Namun, yang ditunggu-tunggunya tidak muncul. Dia pun bangkit pelan-pelan dan keluar dari kamar.

Di halaman belakang, tampaklah Rifa dan ibunya sedang duduk-duduk minum es teh. Rifa menoleh ketika Rusdi mendekat dan melemparkan senyum setengah hati. Rusdi mencium tangan mertuanya. Di dekat perempuan ini, Rusdi, sarjana *arsitektur* lulusan Universitas Melbourne dan sekarang memangku jabatan penting pada sebuah perusahaan perancang gedung dan bangunan terkenal, kembali pada tuntutan budaya dan adat-istiadat, tentunya sampai batas-batas tertentu.

Setelah menyapa istrinya, dia pun menarik sebuah kursi dan duduk, menghadap Rifa dan ibunya. Tengkuknya terasa menegang,

Rusdi entered the house from the garage, stepping through the back door past the kitchen.

Sadli handed his briefcase to Titi, the maid.

Beyond the kitchen, the house was quiet. "Where are Ibu Rifa and Ibu Sepuh?" Rusdi asked Titi.

"They went out not long after Ibu Sepuh arrived, Pak," replied Titi, her face blank.

Rusdi suppressed a frown and walked into his bedroom, closing the door behind him. Alone, he dropped onto the bed and held his head in his hands. Sitting quietly this way eased his headache.

Suddenly, he heard the front door open and his wife's voice talking to Titi. He hadn't heard Rifa speak so many words for weeks. Maybe she did talk when he wasn't home.

He waited and waited, but Rifa didn't come to the bedroom. Finally, he heaved himself up.

He found his wife and her mother sitting in the courtyard sipping iced tea. Rifa turned to him and barely smiled. Rusdi hurried to his mother-in-law and kissed her hand. In the presence of his mother-in-law, Rusdi — a university-educated architect and now an executive in a prestigious architecture firm — returned to some extent to their cultural rules and customs.

Muttering a greeting to Rifa, he took a seat. His neck tensed up in anticipation of the battle to come.

After a bit of meaningless small talk, his mother-in-law launched the offensive. "Rus, I took Rifa to a *dukun*, a shaman healer."

"You did what?" Rusdi's eyes popped wide open. "Excuse me. I mean, why on earth did you do that?"

"Rus, I'm Rifa's mother. I know my daughter. She's neither the histrionic nor the depressive sort of person. I was sure something had been done to her, and I was right. The dukun said she was under a *guna-guna*, black magic, spell."

"Oh, he would say that, wouldn't he?" Rusdi interrupted. "What kind of guna-guna, if I may ask?'

His mother-in-law rose slowly, walked to the kitchen, and returned with a knife. Rusdi involuntarily drew his legs together

bersiap menghadapi perang urat syaraf. Tidak lama mereka mengobrol basa-basi karena mertuanya segera memulai *serangan*.

"Rus, aku membawa Rifa ke dukun."

Mata Rusdi melotot. "Apa? Oh, maaf, Ibu, mengapa, buat apa?"

"Rus, aku ibu Rifa. Aku kenal benar anakku. Dia bukan seorang yang macam-macam. Bukan yang mudah mengalami tekanan batin. Aku curiga ada yang menjahatinya. Dan ternyata aku benar. Kata dukun, dia diguna-guna."

"Tentu saja dia mengatakan begitu! Guna-guna macam apa, katanya, kalau saya boleh bertanya?"

Mertuanya bangkit pelan-pelan, melangkah ke dapur, dan kembali dengan sebilah pisau. Tanpa disadarinya, Rusdi merapatkan kedua pahanya dan menempatkan tangannya di pangkuannya. Matanya tidak berkedip mengikuti gerak-gerik mertuanya.

"Ayo, kalian berdua," kata sang mertua dengan tenang.

Rusdi melongo. Rifa bangkit dan mengikuti ibunya, ke kamar tidur mereka. Dengan hati berdebar-debar sarat dengan rasa ingin tahu, sekaligus lega bahwa pisau yang dipegang mertuanya bukan ditujukan pada bagian tubuh dirinya, dia pun bangun dan mengikuti mereka. Untung pada saat itu sedang jam tayang sinetron yang tengah digemari sehingga pembantu dan tukang masaknya tidak akan mengintai dari balik pintu dapur.

Di pintu, dengan ragu-ragu, Rusdi berhenti dan mengawasi mertuanya melangkah ke ranjangnya, lalu berpaling kepadanya dan bertanya, "Kamu tidur di sisi mana, Rus?"

"Di sisi itu," sahut Rusdi, perasaan terperangkap mencengkeramnya.

"Jadi, kamu tidur di sisi ini, Rif?" kini si mertua bertanya kepada putrinya sendiri. Rifa mengangguk.

"Rus, ada guna-guna yang tertanam dalam kasur kalian, di bawah bantal Rifa."

Rusdi tertegun. Marah dan rasa tidak berdaya melumpuhkan syaraf-syaraf tubuhnya. Istrinya sudah diperiksa menderita tekanan batin. *Omong-kosong apa ini, guna-guna? Apa mertuaku tidak bisa menerima kenyataan bahwa putrinya membutuhkan perawatan dokter jiwa? Apa dia harus memindahkan rasa malunya pada sumber di awang-awang agar tidak kehilangan muka?*

and placed his hands in the middle of his lap. His eyes never left his mother-in-law's hand.

"Follow me, both of you," she said calmly, turning back toward the house.

Rusdi watched, incredulous, as Rifa rose and followed her mother. Consumed with curiosity — and now assured that the knife was not meant for him — Rusdi, too, rose and followed. If it had not been for the fact that one of the soaps had started, he was sure the maid and the cook would have been peering at them from behind the kitchen door.

Rusdi stood hesitantly at the bedroom door as his mother-in-law approached the bed. She turned to him and asked, "Which side do you sleep on?"

Rusdi pointed. "That side." He felt inexplicably trapped.

"So, you sleep on this side, Rif?"

Rifa nodded.

"Rus, there is guna-guna planted in this mattress beneath Rifa's pillow."

Rusdi was speechless. He felt paralyzed by a combination of anger and powerlessness. His wife had been medically diagnosed as clinically depressed; *what was this nonsense about guna-guna? Why couldn't her mother accept the fact that Rifa needs psychiatric treatment? Did she have to shift the shame to a spiritual source?* "Is that what the dukun told you?" he asked, smirking.

His mother-in-law handed him the knife. "If you don't believe it, why don't you slice open the mattress and find out for yourself?"

Rusdi could no longer maintain his composure. "What? I am not going to destroy a perfectly good mattress just because a mad hermit or clever con artist who calls himself a dukun told you there was guna-guna in our bed! For God's sake, Mother, this is the twenty-first century!"

His mother-in-law didn't flinch. "Calm down, Rus. I'm an educated person also, remember? But I've never forgotten my roots! Now stop arguing and cut the mattress open on this side."

Rusdi grabbed the knife and briefly considered slashing his mother-in-law's throat. Instead, he pulled the sheet back and

"Jadi itu yang dikatakan si dukun?" tanya Rusdi sambil meringis.

Mertuanya tidak menjawab, tapi menyerahkan pisau itu kepadanya. "Kalau kau tidak percaya, mengapa kau tidak membongkarnya dan melihatnya sendiri?"

Rusdi tidak dapat lagi menahan diri. "Apa? Aku tidak akan merusak kasur bagus dan enak cuma karena seorang penghuni gua yang sangat kuno, atau seorang penipu yang mengaku sebagai dukun mengatakan bahwa ada guna-guna di dalamnya! Astaga Ibu, kita hidup di abad kedua puluh satu!"

Mertuanya tidak beringsut dari tempatnya berdiri. "Tenang Rus, aku juga seorang sarjana, kau ingat? Namun aku tidak pernah melupakan akar budaya dan adat-istiadatku! Nah, jangan mengelak, bongkar kasur ini! Sebelah sini!"

Rusdi meraih pisau tadi. Sempat terlintas dalam pikirannya untuk menggerakkan pisau itu ke arah tenggorokan mertuanya. Namun, segera dibuangnya jauh-jauh pikiran itu, lalu dia memburu ke tempat tidurnya, menarik selimutnya, lalu menusuk dan merobek kasur pada tempat yang ditunjuk mertuanya. Masih mengikuti petunjuk mertuanya, dia memasukkan tangannya ke dalam lubang yang dibuatnya, mencari-cari sesuatu.

Tiba-tiba, air mukanya berubah. Tidak lagi memancarkan *aku harap tak seorang pun tahu aku melakukan ini.* Tangannya menyentuh sesuatu, dan dia segera menariknya keluar. Sebuah kantong kain putih berada dalam genggamannya. Entah mengapa, dia langsung menjatuhkannya ke lantai. Wajahnya pucat. Dia mematung memandanginya selama tiga puluh detik, lalu memeriksa kasur yang dirusaknya. Tangannya meraba ke sana, ke mari. Tidak ada bekas jahitan atau lubang rahasia yang tadi luput dari perhatiannya. Jadi, dengan kata lain, tidak mungkin barang itu dimasukkan oleh tangan manusia ke dalam kasurnya.

Ketika dia membungkuk untuk memungut kantong putih itu, mertuanya berkata, "Jangan!"

Dikeluarkannya sebuah botol kecil dari tas tangannya, yang tentunya didapatnya dari si dukun, membukanya, dan menuangkan cairan isinya ke atas kantong putih di lantai, yang mengeluarkan bunyi mendesis bagai bunyi ular. Kemudian, di depan mata mereka, kantong itu terbuka. Sejumlah paku dan pecahan-pecahan gelas keluar dari dalamnya, jatuh berantakan di lantai. Rifa menjadi

stabbed the mattress at the designated spot. He pushed his hand into the hole he'd made, probing.

Suddenly, the smirk disappeared from his face. Rusdi pulled his hand out, and held a small bag made of white cloth. Shocked, he flung it to the floor. His face was white. He stood motionless, then began to examine the mattress. There was no way the bag could have been manually inserted, unless it had been inserted before they'd bought the mattress.

He bent down to pick up the white bag.

"Don't!" his mother-in-law said sharply. She took a bottle from the handbag she carried on her arm opened it, and poured the liquid contents onto the white bag. The bag came alive and began hissing. It then fell open, scattering a handful of nails, shards of broken glass, and other sharp items on the floor.

Who knows how long Rusdi, Rifa, and Ibu Sepuh would have stood there, if Rifa hadn't fainted.

The following day at the architecture firm, Rusdi didn't see Korina, the new interior decorator the company had recruited some three months ago. Inside his glass-walled office, Rusdi called her at home. The maid answered and said that Korina was sick and unable to come to the phone.

Later that afternoon, Rusdi asked one of his senior architects and close friend about Korina.

"Korina?" Ita threw him a meaningful look, smiling slightly. "I heard she went to her dukun for some urgent matters."

"Korina went to a dukun? Oh my God! How little do we really know those we think are our —" He suddenly stopped. *Did everyone in the office know about him and Korina?* He finally found his voice. "Ita, what are people saying about me and Korina?"

Ita looked at him with a combination of pity and incredulity. "Rusdi, you are not invisible."

Alarmed, Rusdi asked, "Do you think my wife knows?"

Ita shook her head. "Rusdi, everyone knows. Why do you think Rifa has been so depressed?"

lunglai dan jatuh pingsan. Beruntung Rusdi bergerak cepat, lalu membaringkan Rifa pada kasur.

Keesokan harinya, di kantor, Rusdi tidak melihat Korina, perancang ruangan gedung yang baru bekerja selama tiga bulan pada perusahaan itu. Di kantornya yang berdinding kaca, dia mencoba menghubungi Korina dengan telepon genggamnya, lalu ke telepon rumahnya. Pembantunya mengatakan bahwa majikannya sakit dan tidak dapat menjawab telepon.

Siang itu, Rusdi iseng-iseng bertanya kepada Ita, salah seorang *arsitek* yang lebih tua dari dirinya, mengenai keberadaan Korina. Ita menatapnya, lalu sebuah senyum ringan tersungging di wajahnya. "Korina? Aku dengar dia pergi ke dukunnya buat urusan sangat penting," ujar Ita.

Rusdi tercengang. "Korina ke dukun? Astaga! Ternyata kita tidak tahu banyak tentang orang-orang yang kita ...." dia menggumam, tapi tiba -tiba berhenti. Ingin sekali dia bertanya kepada Ita, tetapi ada sedikit rasa khawatir dan sungkan.

"Apa kata orang tentang aku dan Korina?" akhirnya dia memberanikan diri.

Ita memandangnya dengan bauran rasa kasihan dan rasa tidak percaya. "Rusdi, kau tidak dilindungi aji halimun. Tiap orang bisa melihat gerak-gerikmu," katanya.

Rusdi jadi gugup. "Jadi, eh, menurut kau, istriku juga tahu?"

Wajah Ita jadi bersungguh-sungguh. "Rusdi, semua orang tahu. Coba pikir, mengapa istrimu menderita tekanan batin?"

Sementara itu, di rumah, Rifa sedang duduk di tempat tidur. Ibunya menyuapi dirinya soto ayam yang bahan-bahannya disediakan oleh dukun mereka. Dia mendekatkan wajahnya pada kepala Rifa. "Semua beres sekarang, Rif," bisiknya.

┣━━◆◆━━┫

Back at home, Rifa was sitting up in bed. Her mother fed her spoonfuls of chicken soup their dukun had prepared and said, "Everything is going to be okay now, Rif."

# Radio Pemberontakan

Catastrova Prima
Penerjemah: Dalang Publishing

Nenek mulai memijat punggungku, mengusir pegal akibat terlalu sering menggendong ransel selama perjalanan. Mula-mula seluruh punggungku diolesi dengan minyak telon. Gerakan jemarinya yang kapalan itu membuatku sedikit mengantuk. Namun, aku berusaha tetap terjaga, menunggunya bercerita seperti yang sudah-sudah. Tentang masa mudanya yang seolah tidak pernah kedaluwarsa, tentang Boeng Tomo, juga tentang Joesoef — pujaan hatinya. Bukan kakekku tepatnya. Kakekku bernama Tjipto. Ya, aku ingat betul nama kakekku Tjipto Soesanto. Bukan Joesoef.

Namun, nenek lebih suka bercerita tentang Joesoef ketimbang kakekku. Rupanya nenekku masih saja terkenang pada lelaki yang tidak diketahui keberadaannya setelah pertempuran itu berakhir. Perihal kakekku, aku sama sekali tidak mengenalnya. Lima tahun setelah kakekku meninggal, aku baru lahir.

"Kenapa kau tak segera kawin, Tin!" tanya Nenek. Ibu jarinya menekan salah satu titik di tengkukku, kemudian diurut agar otot yang mengkal kembali rata. "Kamu terlalu sering bawa tas berat."

Aku meringis, mencengkeram bantal sambil mengaduh lirih. Kuhujamkan wajah ke bantal yang berbau minyak kapak itu. Sial, pijatan nenek membuat sebagian punggungku nyeri. Untung, nenek buru-buru mengolesi punggungku dengan balsem. Sekarang aku bisa merasakan hangatnya yang membuat kantukku makin menjadi. Namun, belum ada sepatah kata pun keluar dari bibir nenek tentang Joesoef, tentang peluru yang berdesing berapi-api dari segala penjuru, atau tentang Boeng Tomo.

"Kenapa, Tin? Ha? Kawinlah mumpung masih muda," lanjut Nenek.

"Aku masih ingin bepergian, Nek."

# Resistance Radio Station

By Catastrova Prima
Translated by Dalang Publishing

Grandma started massaging my back, relieving the pain caused by my carrying a backpack too long. She applied *telon oil on my back with* her calloused hands and it made me sleepy. I tried to stay awake, waiting for her to tell stories like she always did — stories about her everlasting youth, about Boeng Tomo, the Indonesian National Revolution military leader, and about Kang Joesoef — her idol — who was not my grandpa. My grandpa's name was Tjipto. Yes, I remember my grandpa's name correctly. It was Tjipto Soesanto, not Joesoef.

But Grandma rather told stories about Joesoef than about my grandpa. She still seemed to remember the man whose whereabouts remained unknown even after the war ended. I never knew my grandpa; I was born five years after he died.

"Why don't you get married soon, Tin?" Grandma asked, pressing her thumb on a spot in my neck and massaging it to loosen the tight muscles. "You carry heavy backpacks too often."

I grinned and groaned quietly, burying my face in the telon-scented pillow. Damn. Grandma's massage made parts of my back hurt even more. Thank God she quickly rubbed more oil on my back. Its warmth made me sleepier. But she still had not begun her stories about Joesoef, about whistling bullets fired from all directions, and about Boeng Tomo.

"Why, Tin? Hah?" Grandma continued. "You should marry while you are still young."

"I still like to travel, Grandma."

"You think you can't travel after marriage?"

"Seems like it. Look at you: You stayed home, took care of kids and a sick husband."

"Kau kira kalau kau sudah kawin tak bisa bepergian?"

"Mungkin. Seperti Nenek, tinggal di rumah. Mengurus anak-anak dan mengurus suami yang sakit." Nenek tertawa mendengar ucapanku.

"Itu sudah jadi akibat yang harus kutanggung sebagai anak orang miskin yang tidak mengenyam pendidikan tinggi, Tin. Jangan kau bandingkan dirimu dengan aku."

Bisa kulihat dari cermin, nenek mulai tersenyum. Sebentar lagi cerita tentang hari di mana banyak korban berjatuhan pasti akan mengalir lancar dari bibirnya. Tentang Boeng Tomo yang selalu berapi-api bila menyerukan pidato di Radio Pemberontakan. Tentang Joesoef yang membunuh Brigadir Jenderal Aubertin Mallaby. Dan sedikit tentang kakekku.

Aku hafal cerita itu. Nenek tidak pernah ketinggalan mencerita-kannya bila sedang memijat cucu-cucunya. Sejarah baginya selalu kenyataan.

⊢——•—•——⊣

Oktober 1945

Radio Pemberontakan mengudara. Lagu pembukanya *Tiger Shark* karya Peter Hodgkinson yang dibawakan oleh Hawaiian Islanders. Ini bukan radio pemerintah dan aku tidak tahu kenapa dinamai *Radio Pemberontakan*. Boeng Tomo mendirikan radio ini tiga hari setelah kepulangannya ke Surabaya. Mula-mula gelombangnya pendek, hanya 34 meter. Hampir tiap hari aku pergi ke rumah Joesoef untuk mendengarkan suara Boeng Tomo. Kami biasanya berkumpul di ruang tamu rumah Joesoef. Aku dan Siti, adik Joesoef, biasanya duduk paling depan karena kami masih kecil.

Radio tergolong benda langka. Hanya orang-orang pergerakan, priyayi, dan orang berkedudukan yang memilikinya. Di rumahku tidak ada radio. Kami orang miskin, bapakku hanya buruh dan ibuku tidak bekerja. Ibuku selalu menasihati agar kelak aku jadi istri pegawai supaya aku bisa punya radio dan barang lain yang saat ini tidak kami punyai. Namun, aku tidak ingin bersuamikan pegawai. Aku ingin menjadi istri orang pergerakan, seperti Joesoef.

Jepang sudah kalah. Indonesia merdeka. Kami rakyat kecil hanya berharap bisa hidup tenang setelah melewati masa-masa sulit. Namun, rupanya merdeka tidak sesederhana itu untuk diakui. Tidak lama berselang setelah Radio Pemberontakan mengudara,

Grandma laughed. "That's because my family was poor and could not afford a higher education for me, Tin. You shouldn't compare yourself with me."

I looked up and saw in the mirror that Grandma was smiling. Soon, the story about the days of war would flow from her lips; about Boeng Tomo, who was always on fire as he delivered speeches on Radio Pemberontakan; about Joesoef, who killed Brigadier General Aubertin Mallaby, the British Indian Army officer; and a little about my grandpa.

I knew these stories well. Grandma never missed the chance to tell them while giving her grandchildren a massage. For her, history was always a current event.

October 1945

Radio Pemberontakan aired. The opening song was Peter Hodgkinson's *Tiger Shark,* sung by the Hawaiian Islanders. This was not a government broadcast, and I didn't know why it was named *Radio Pemberontakan.*

Boeng Tomo established the radio station three days after his return to Surabaya. In the beginning, the broadcast range was only thirty-four kilometers. Almost every day, I went to Joesoef's house so I could listen to Boeng Tomo. We usually gathered in the living room. Joesoef's sister, Siti, and I sat up close to the radio because we were little kids.

Radios were a rare commodity. Only activists and upper-class people owned them. I didn't have a radio in my home. We were poor; my father was just a laborer and my mother did not work. Mother always told me I should become an office clerk's wife so I would have a radio and other things we didn't have. But I didn't want to be the wife of a pencil pusher. I wanted to be the wife of a revolutionist like Kang Joesoef.

Japan had lost the war, and Indonesia had gained its independence. As common citizens, we wanted to live peacefully after surviving those hard times. But it was not that easy to get our independence acknowledged.

Soon after Radio Pemberontakan began to air, the Dutch people returned to Indonesia. Their excuse for coming back was disarming the Japanese. But their return led to an uprising, when they tore

orang-orang kulit putih datang lagi dengan dalih melucuti senjata tentara Jepang. Namun, dalih itu berbuntut pada peristiwa dirobeknya bendera merah putih di atas Hotel Yamato dan diganti dengan bendera tiga warna. Merah, putih, dan biru. Orang-orang pribumi marah, termasuk Joesoef yang hari itu pergi membawa senapan. Harapan semua orang mendadak pupus. Namun, pemuda-pemuda termasuk Joesoef tidak pernah gentar pada apa pun. Mati pun mereka rela untuk mempertahankan kemerdekaan.

Aku datang ke rumahnya untuk bertemu Siti.

"Siti mana, Kang?" tanyaku.

"Tak tahu, Pik. Coba kau cari di belakang!" *Pik* nama panggilanku, kependekan dari *Warpiah*.

⊢—•—⊣

Aku hanya terpaku memandangi Joesoef yang tengah bersiap pergi. Suara Boeng Tomo menggema di radio. Suara yang memantik semangat pemuda-pemuda yang darahnya masih berdesir mendengar seruan, "Merdeka!"

Radio dimatikan. Joesoef pergi setelah berpamitan padaku. Aku mencari Siti ke belakang. Dia sedang mencari kutu di kepala ibunya.

"Pik?" Siti menoleh.

"Kalian tak usah pergi-pergi! Bisa celaka nanti!" Wak Maryam memperingatkan kami.

Aku duduk bersimpuh di dekatnya, memijat pundaknya yang telanjang. Mata Wak Maryam terpejam pelan-pelan lantaran pijatanku dan semilir angin. Tiba-tiba terdengar bunyi tembakan. Tanpa pikir lagi kami berdiri, mencari tempat bersembunyi di dekat sumur. Wak Maryam mendekap tubuhku dan Siti erat.

Tidak lama kemudian hening. Wak Maryam meminta kami berdua agar tidak beranjak ke mana pun, sementara dia memeriksa ke dalam rumah. Radio dihancurkan. Aku dan Siti membuntutinya kemudian. Ruang depan diobrak-abrik. Wak Maryam memunguti kepingan-kepingan radio yang berserakan di tanah.

"Joesoef pasti murka," gumamnya. "Londo edan!"

Aku mengintip dari celah jendela, mengawasi rumahku.

"Jangan pergi dulu, Pik! Nanti kamu ketembak!" Wak Maryam menarik pergelangan tanganku. Aku dan Siti digelandang ke belakang melewati semak-semak kebun tebu.

down the *Merah Putih,* Indonesia's flag, from the top of the Yamato Hotel and replaced it with their tricolor flag of red, white, and blue. Indonesians were angry, including Joesoef, who carried a gun on that day. Hope faded immediately for most people. But the young revolutionists, including Joesoef, were never afraid of anything. They were willing to die for Indonesia's independence.

On that day, I went to Joesoef's house to meet Siti. "Where is Siti, Kang?" I asked.

"I don't know, Pik. Try looking in the back of the house." *Pik* was my nickname, short for *Warpiah.*

I stared at Joesoef, who was about to leave, as Boeng Tomo's voice — the voice that set fire to young men whose blood surged when they heard the word *merdeka,* independence, bellowed on the radio.

Joesoef turned off the radio and said good-bye. I looked for Siti in the back of house. She was delousing her mother's scalp.

Siti turned. "Pik?"

"You girls better stay home or you might get in trouble," warned Wak Maryam, Siti's mother.

I kneeled next to Wak Maryam and massaged her bare back. Her eyes slowly closed in response to my massage and the breeze.

Suddenly, we heard a gunshot. We ran outside to hide near the well. Wak Maryam held Siti and me tightly. In the following silence, Wak Maryam warned us to stay put while she went back into the house. But after a while, Siti and I followed her. The livingroom was a mess. The radio was destroyed. Wak Maryam picked up the pieces scattered on the floor.

"Joesoef will be mad," she murmured. "Crazy white people!"

I peeked through a crack of the window curtains to look at my house.

"Don't go home now, Pik." Wak Maryam pulled my arm. "You might get shot." She herded Siti and me out the back of the house and through the grove of sugar cane.

Gunshots rang out again. Startled, I stumbled over a rock on the dike and almost fell, but Siti caught me. Wak Maryam turned.

"Hurry," she said.

———·———

Terdengar suara tembakan lagi dan karena kaget kakiku terantuk batu di pematang. Aku hampir terjerembap. Untung Siti menahan tubuhku. Wak Maryam menoleh.

"Cepatlah!"

Aku, Wak Maryam, dan Siti akhirnya tinggal di dapur umum di Pregolan selama baku tembak antara pemuda-pemuda dan tentara Inggris berlangsung. Di sana, Wak Maryam membantu memasak. Sedangkan aku, Siti, dan gadis-gadis kecil lainnya ikut membantu melayani pemuda-pemuda yang butuh makan.

Tidak pernah kujumpai lagi Joesoef di tempat pengungsian. Siti maupun Wak Maryam juga tidak tahu keberadaannya. Di sana, kami mengikuti kabar pertempuran lewat radio. Setiap hari, Radio Pemberontakan tidak berhenti menyiarkan keadaan di pusat Kota Surabaya.

Mallaby tewas. Tidak ada yang tahu siapa pembunuhnya, yang jelas pemuda pribumi. Pasukan Inggris murka dan mengumumkan perang. Kudengar Boeng Tomo berpidato dengan semangat yang membakar jiwa semua orang.

"Saudara-Saudara pemuda-pemuda Indonesia di seluruh tanah air, terutama Saudara-Saudara pemuda Indonesia yang sedang bertempur di Surabaya pada waktu ini. Banyak teman-teman kita yang telah gugur, Saudara-Saudara. Darah telah mengalir di kota ini. Banyak di antara Saudara-Saudara yang tidak akan melihat lagi teman-teman Saudara yang tidak bisa kembali ke rumahnya masing-masing. Saudara-Saudara, mereka semua telah gugur pada pertempuran-pertempuran yang telah lalu ini. Sudah banyak korban kita, Saudara-Saudara. Tapi, percayalah! Mereka ini, Saudara-Saudara, mereka semuanya ini, daging, darah, tulang-tulang mereka ini akan menjadi rabuk dari suatu negara merdeka di kelak kemudian hari, di mana, Saudara-Saudara, kemakmuran dan keadilan yang merata akan menjadi bagian anak-anak mereka di kelak kemudian hari. Maka, Saudara-Saudara teruskan perjuangan. Kita mati, kita lenyap dari dunia ini, tetapi masa depan akan penuh dengan kemakmuran dan keadilan, Saudara-Saudara. Marilah, Saudara-Saudara, teruskan perjuangan, kemenangan pasti akan di pihak kita. Allahu Akbar! Allahu Akbar! Allahu Akbar! Merdeka!"

Aku meninggalkan ruangan tempat orang-orang berkumpul untuk menyusul ibuku di dapur umum. Dua hari yang lalu kami

During the uprising between the revolutionists and the British army, Wak Maryam, Siti, and I lived in a refugee camp in Pregolan, East Java. Wak Maryam volunteered to cook in the soup kitchen while Siti, I, and other little girls helped with serving the activists.

I never saw Joesoef at the refugee camp. Neither Siti nor Wak Maryam knew his whereabouts. In the camp, we followed the news through the radio. Radio Pemberontakan broadcasted constantly about the situation in the center of Surabaya.

We heard that Brigadier General Aubertin Mallaby had been killed. The killer was unknown, but presumed to be Indonesian. Furious, the British troops retaliated, and we heard Boeng Tomo deliver enthusiastic speeches to rouse people's spirits.

"Fellow young Indonesians throughout the country," he bellowed, "especially those now on the battlefield in Surabaya. Many of our friends have died. Blood has flowed in this city. Many of your friends will never come home because they died in these recent battles. Comrades, we have suffered many casualties. But, believe me, the flesh, blood, and bones of those who died will one day fertilize an independent country, where the children of those who died will enjoy equal prosperity and justice. Therefore, let's continue this struggle. While we might die and vanish from this world, the future will be filled with prosperity and justice. Comrades, let us continue this struggle. The ultimate victory will be ours. *Allahu Akbar! Allahu Akbar! Allahu Akbar! Merdeka!* God is the greatest! Freedom!"

I left the soup kitchen, and all the people gathered there, to visit my mother who had stayed in the village. Just two days prior, we had received news that the British had killed my father. Terribly sad, I roamed the yard. I was very scared that my mother would also be killed. Living without my parents would not be easy.

"Pik! Pik!" a hushed voice called from behind the trees.

I turned. "Kang Joesoef?"

"Are you all-right?"

I nodded. "I'm fine, Kang."

"I am sorry about your father," said Joesoef, "but I took revenge, Pik. I shot Mallaby."

I stared at him. "What? You have to hide!"

mendapat kabar bahwa bapakku dibunuh tentara Inggris. Sedihnya bukan main hatiku. Aku meraung-raung di halaman. Sekarang aku lebih takut lagi kalau ibuku juga dibunuh atau terbunuh. Hidup sebatang kara bukan hal yang mudah.

"Pik! Pik!" Sebuah suara memanggilku setengah berbisik dari balik pepohonan.

"Kang Joesoef?" Aku menghampiri Joesoef.

"Kau baik-baik saja?"

"Baik, Kang!" Aku mengangguk.

"Aku turut bersedih atas meninggalnya bapakmu! Tapi sudah kubalaskan dendammu, Pik. Aku sudah menembak Mallaby!"

"Apa?" aku terbelalak. "Kau harus sembunyi, Kang!"

"Aku akan pergi ke Kedung Cowek, Pik!"

⊢—·—⊣

Tidak lama berselang, kedudukan Mallaby diganti Robert Mansergh. Kudengar dari Radio Pemberontakan bahwa semua penduduk yang membawa senjata harus menyerahkan diri. Aku merahasiakan kedatangan Joesoef tempo hari dari siapa pun termasuk Wak Maryam dan Siti, juga ibuku. Tidak boleh ada yang tahu tentang Joesoef yang telah membunuh brigadir jenderal itu.

Perang meletus beberapa hari kemudian. Bom-bom dijatuhkan dari udara ke gedung-gedung pemerintahan. Surabaya jadi lautan asap dan api. Kami pindah dari pengungsian ke pengungsian lain karena persembunyian sudah tidak aman. Banyak yang terluka dan meninggal, termasuk ibuku. Untung ada Wak Maryam yang berjanji akan menjagaku. Benar-benar hari yang panjang dan melelahkan.

Tiap hari aku mendengarkan perkembangan peperangan dari Radio Pemberontakan. Radio gelap itu kadang-kadang justru membawa petaka bagi orang-orang pribumi. Suara Boeng Tomo yang menyihir semua pemuda sering dimanfaatkan pasukan Inggris untuk mendahului tindakan, seperti tadi pagi. Bung Tomo memperingatkan penembak meriam yang ada di Undaan. Tidak lama kemudian tersiar kabar bahwa Inggris telah menghancurkan meriam di Undaan.

"Kang Joesoef ke mana ya, Mak?" tanya Siti.

Aku hampir tersedak mendengar pertanyaan Siti. Kulirik Wak Maryam yang sedang mengaduk beras.

"I'm going to Kedung Cowek, Pik, to meet a group of revolutionists who are smuggling us a truckload of weapons."

A man named Robert Mansergh soon replaced Aubertin Mallaby. I heard on Radio Pemberontakan that every armed Indonesian was told to surrender. I kept Joesoef's secret from everyone, including Wak Maryam, Siti, and my mother. No one would know that Joesoef had killed the brigadier general.

War escalated a few days later. Bombs dropped on government buildings. Surabaya became a sea of smoke and fire. We moved from one hiding place to another. Many of our group were injured and died, including my mother. Thank goodness there was Wak Maryam, who promised to take care of me. The days were long and tiring.

But every day, I followed the war on Radio Pemberontakan. Sometimes, the illegal broadcast brought harm to the *pribumi*, the Indonesian natives, who were enchanted by Boeng Tomo's voice. But the British often intercepted the broadcast, enabling them to move one step ahead of the revolutionists — like they did on the morning when Boeng Tomo had alerted the revolutionists in Undaan that the British were on their way, and word spread that the British had smashed the artillery there.

"I'm wondering where Kang Joesoef is, Mother," murmured Siti.

I almost choked and glanced at Wak Maryam who was stirring a pot of rice.

"Your brother is on the battlefield, alive or dead. All we can do is wait for him until this war ends."

I wanted to tell Siti about my encounter with Joesoef, but I didn't. I couldn't let my guard down; Joesoef's life could be in danger. There were too many spies — even pribumi could be bribed to become the enemy of their own country.

"Both of you, go help wrap the rice." Wak Maryam waved us away.

Siti and I hurried away. In my heart, I worried about Joesoef. But Wak Maryam was right; all I could do was wait for this war to end. There were three possibilities: He would come back alive, dead, or not at all.

"I worry about Kang Joesoef, Pik," Siti said sadly.

"Kakangmu ikut perang, hidup atau mati kita hanya bisa menunggunya sampai perang ini selesai."

Aku ingin memberi tahu Siti, tapi urung. Aku tidak boleh terlalu gegabah, bisa-bisa nyawa Joesoef terancam. Banyak mata-mata di sini. Orang pribumi bisa jadi musuh bangsanya sendiri lantaran keserakahan.

"Kalian ikut bantu bungkus nasi sana!" Wak Maryam mengusir kami.

Aku dan Siti buru-buru pergi. Dalam hati, aku khawatir dengan keadaan Joesoef. Namun benar kata Wak Maryam, aku hanya bisa menunggu sampai perang ini berakhir. Kemungkinannya tiga, — hidup, mati, atau tidak kembali.

"Aku khawatir dengan keadaan Kang Joesoef, Pik," kata Siti muram.

Lagi-lagi aku hanya bisa bungkam. Kurengkuh bahunya. Sementara dia menangisi nasib kakak satu-satunya yang sampai sekarang tidak ada kabarnya.

"Kang Joesoef pasti kembali," bisikku menenangkannya. Sekaligus menenangkan hatiku sendiri.

Pemuda-pemuda berdatangan. Ada yang membawa senapan, ada yang membawa luka-luka pada tubuhnya. Aku membantu Wak Maryam membagikan nasi pada mereka. Di dekat pohon, kulihat salah satu teman Joesoef sedang duduk bergerombol. Kakiku melangkah ke sana dengan sendirinya. Kubagikan nasi pada mereka.

"Lihat Kang Joesoef, Kang?" tanyaku.

"Tidak, Pik. Sudah dua hari aku tak ketemu Joesoef."

Jantungku sekejap berhenti. Aku tersenyum kecil, kemudian berlalu meninggalkan mereka setelah membagi jatah nasi. Kubantu Siti yang sedang menuang minuman. Dapur umum disesaki pemuda-pemuda yang kelaparan dan kelelahan. Kulihat Wak Maryam bersendau gurau dengan seorang perempuan berbalut karung goni. Mereka sibuk membungkusi nasi.

"Kang, lihat Kang Joesoef tidak?" tanya Siti pada salah seorang teman Joesoef.

Pemuda yang ditanyai hanya menggeleng lantaran mulutnya belum selesai mengunyah. Siti berlalu dari hadapannya, menanyai teman Joesoef yang lain. Namun tidak ada yang tahu keberadaan

Again, I remained quiet. I put my arm around her shoulder while she cried about her only brother whose whereabouts were unknown.

"Kang Joesoef will be back," I whispered to soothe her and calm myself, too.

The young men continued to come to the soup kitchen at the refugee camp. Some brought guns; some brought the injured. I helped Wak Maryam distribute rice to them. One day, I saw one of Joesoef's friends sitting in a group near a tree. I headed for them, and I handed out the rice.

"Have you seen Kang Joesoef?" I asked the friend.

"No, I haven't, Pik. I haven't seen Joesoef for two days."

My heart skipped a beat. I forced a smile and left the rice with the men. I helped Siti as she poured drinks. The soup kitchen was crowded with starved and exhausted men. I saw Wak Maryam joking with a woman dressed in burlap. They were busy wrapping rice.

"Kang, did you see Kang Joesoef?" I heard Siti ask another of her brother's friends.

The man could only shake his head because his mouth was full. Siti asked another man, but no one knew where Joesoef was. Finally, Siti ran crying to Wak Maryam, who patted her head and said Joesoef would come back.

I ran to the radio room, where people were listening to the news that the armory at Kedung Cowek had been destroyed by artillery two hours after Boeng Tomo had given a command through Radio Pemberontakan to distribute weapons to the people.

Ah, Boeng Tomo was reckless. I suddenly remembered that Joesoef had gone to Kedung Cowek to get weapons.

The number of casualties kept increasing. The hospital at the refugee camp was on twenty-four-hour alert because the wounded kept coming nonstop. The soup kitchen remained open night and day, although the food supply started to diminish. Merchants were evacuating to border areas to evade the bombs that could drop at any time. The markets closed. Everyone was scared.

Fortunately, we got help from Sidoharjo, a nearby small town. The soup kitchen received so many vegetables and so much rice

Joesoef dan akhirnya dia menangis sambil berlari ke arah Wak Maryam. Wak Maryam mengelus-elus kepalanya dan bilang bahwa Joesoef akan kembali.

Aku berlari ke ruangan di mana orang-orang sedang mendengarkan berita bahwa Kedung Cowek dihujani meriam. Tempat gudang senjata itu dihancurkan dua jam setelah Boeng Tomo memberi perintah agar semua senjata dibagikan pada rakyat lewat Radio Pemberontakan. Ah, Boeng Tomo memang gegabah. Tiba-tiba aku ingat Joesoef. Ya, dia ada di Kedung Cowek untuk mengambil senjata bersama rombongan yang membawa truk.

Korban makin banyak yang berjatuhan. Selama 24 jam rumah sakit berjaga penuh karena korban bisa datang terus-menerus. Dapur umum juga selalu bersiaga meski pasokan bahan makanan mulai menipis. Pasar-pasar mulai tutup. Para pedagang mengungsi ke perbatasan untuk menghindari bom yang dijatuhkan sewaktu-waktu. Semua orang merasakan ketakutan yang mencekam.

Untung saja kami dapat bantuan dari Sidoharjo beberapa hari kemudian. Banyak sayuran dan beras yang dikirim ke dapur umum sampai bertumpuk-tumpuk di gudang. Aku dan Siti biasanya membantu mengangkut sayuran-sayuran dari gudang ke dapur umum. Kami bersemangat untuk masa depan yang tidak bisa diraba.

———•••———

"Sampai dengan perang usai, aku tidak pernah bertemu Joesoef." Nenek masih memijat punggungku. "Aku tinggal dengan Wak Maryam dan dijodohkan dengan seorang tentara bernama Tjipto Soesanto. Dia lebih tua dariku 15 tahun, gagah, dan sangat baik. Sejak menikah dengannya, aku dibawanya ikut serta ke Ambarawa. Kutinggalkan Wak Maryam yang membesarkanku dengan kasih sayang seperti ibuku sendiri. Juga Siti, teman baikku.

"Pada satu titik, ketika Radio Pemberontakan menyiarkan tentang Kedung Cowek yang dikuasai tentara Inggris, aku sebetulnya yakin bahwa Joesoef sudah meninggal di antara senjata-senjata yang hendak diangkutnya dengan truk itu. Namun, aku memilih menenangkan hatiku sendiri. Joesoef hanya sedang pergi berperang. Dia selalu hidup dalam ingatanku."

Suara Nenek memudar. Matanya yang berkaca-kaca mencerminkan masa yang lampau itu.

———•••———

that the food piled up in the warehouse. Siti and I helped transport the vegetables from the warehouse to the soup kitchen. We were enthusiastic about an uncertain future.

◆━━━◆━◆━━━◆

"I never saw Joesoef again," said Grandma, still rubbing my back. "I lived with Wak Maryam and entered into an arranged marriage with a soldier named Tjipto Soesanto — your grandpa. He was fifteen years older than me, well built, and very kind. After our marriage, he took me with him to Ambarawa, in Central Java. I left Wak Maryam, who had taken care of me as if she were my own mother. I also left Siti — my best friend.

"On the day Radio Pemberontakan broadcasted the British takeover of Kedung Cowek, I was sure that Joesoef had died with the weapons he was supposed to transport. But I chose to calm my heart. Joesoef just went to war. In my memories, he is still alive."

Grandma's voice faded — the past reflected in her glassy eyes.

◆━━━◆●◆━━━◆

# Zakaria

Linda Christanty
Penerjemah: Dewi Anggraeni

Zakaria termenung di kamarnya, yang tidak pantas disebut *kamar*. Ruang ini markas kawanan perabot, tempat kakaknya menyimpan perkakas dapur dan peralatan makan untuk kenduri, hari raya, atau menjamu tamu keluarga dari lain kota.

Sarang laba-laba sambung-menyambung di antara tumpukan perabot itu, memerangkap laron atau menjaring nyamuk sekaligus menandai kamar ini luput dari perhatian penghuni tetapnya. Di tengah riuh kepungan dandang, talam, panci, piring, mangkok, dan gelas itu, terbentang sehelai kasur tipis kumal Zakaria, lelaki kurus kering yang telentang di atasnya dengan setengah badan beralas rambut panjang sepinggang, yang sungguh hitam dan tebal, tapi berminyak dan bau apak. Sepasang mata Zakaria terbuka lebar. Senyumnya merekah sesekali. Dia membayangkan orang-orang pilihannya yang akan ikut *gerakan* sore nanti.

Geuchik Syawal ada di urutan pertama orang pilihannya. Dia punya ilmu menghilang, jadi zat tidak tercium dan tidak teraba pada saat-saat yang dianggap perlu. Lelaki ini menyimpan azimat tulang kucing. Berkat azimat itu pula, Geuchik Syawal pernah mabuk Stephenson tanpa dilihat orang. Istrinya yang mondar-mandir menjemur pakaian di pekarangan rumah bahkan tidak melihat suaminya tersandar di bawah sebatang kelapa di samping kandang ayam mereka.

Zakaria mendengar kisah tadi dari teman-temannya, yang mengetahui kehebatan Geuchik Syawal dari gunjingan orang-orang kampung. Namun, anehnya Zakaria enggan mencari kebenaran dari mulut sang tokoh sendiri. Dia khawatir kebenaran membuatnya kecewa dan melumpuhkan semangatnya untuk menghadapi hari-hari sulit. Kelak azimat tulang kucing Geuchik Syawal jadi kisah yang mengilhami begitu banyak orang, terutama kaum yang tidak

# Zakaria

By Linda Christanty
Translated by Dewi Anggraeni

Zakaria lies on the mattress in his room, deep in thought. The room is not just his bedroom; it is also a storage area for random pieces of furniture and bric-a-brac — a place where his sister keeps the special dishes, utensils, and kitchenware, taken out only for ceremonial and religious gatherings, or when hosting guests from out of town.

Cobwebs, with trapped bugs draping the piles, proved that the room had slipped from the attention of the home's permanent residents for a long time. In the middle of the assortment of rice pans, platters, saucepans, plates, bowls, and drinking glasses, a crumpled, old, thin mattress on the floor serves as Zakaria's bed. The skinny man, with black, waist-long thick, greasy hair lay quietly, staring into space; a smile occasionally creasing his face. The people he selected to take part in the covert operation planned for later that afternoon, entered his mind's eye.

First and foremost, there is Geuchik Syawal, who possesses magical powers. Geuchik can disappear at will, not only from sight, but also from touch and smell — a very useful gift. He carries an amulet made of cat bone. Thanks to this amulet, Geuchik Syawal eluded everyone's attention the time he drank too much Stephenson, the only affordable spirits for locals like him. Even his own wife, as she went back and forth from the house to hang laundry in the yard, didn't see him slouched against the base of a coconut tree beside the chicken coop.

Zakaria had heard this story from friends, who had learned of Geuchik Syawal's incredible powers from village gossip. Curiously, Zakaria was reluctant to ask Geuchik Syawal whether the hearsay was true. He worried that if it were not true, he would not only be disappointed but, worse still, the truth would shake his belief in

berdaya dan tertindas untuk menemukan kembali semangat hidup mereka melalui benda-benda mati.

Namun, tidak semua tulang kucing bisa dijadikan azimat. Tulang kucing hitam mata merah adalah satu-satunya jenis tulang bertuah itu. Mendapatkan azimat tulang kucing hitam mata merah juga tidak mudah.

Si pemburu azimat harus mengejar-ngejar dan menangkap kucing-kucing hitam, lalu memeriksa mata mereka satu per satu, seperti cara dokter memeriksa pasien di ruang praktik. Sementara itu, kucing hitam mata merah juga sudah langka akibat ulah para pemburu azimat tulang kucing. Andai kamu beruntung memperoleh seekor kucing hitam mata merah, jangan bersorak girang dulu. Ujianmu belum selesai.

Kamu harus menempuh cara berkorban Nabi Ibrahim saat mempersembahkan putranya, Ismail, pada Allah. Pertama-tama, perlakukan kucingmu sebagai buah hati. Peliharalah dia sampai jinak, sampai rasa sayangmu membuat kau lupa bahwa kucing ini sama sekali tidak berguna ketika hidup. Di puncak rasa sayangmu itulah kau wajib menyembelihnya. Kau harus tega mengakhiri riwayat si manis yang biasa menyuruk manja ke pangkuanmu dan meringkuk lelap di situ.

Setelah melewati tahap ini, nasibmu agak berbeda dengan Nabi Ibrahim. Tuhan yang Maha Pengasih dan Penyayang kelak menyelamatkan persembahan Ibrahim. Dia menukar Ismail, putra Ibrahim, dengan seekor domba. Semua cerita ini tertera dalam kitab suci. Namun, kucing yang kau sembelih itu benar-benar terkulai mati dan tidak bangun lagi. Kau harus menguburnya di titik temu empat jalan tanpa seorang pun tahu. Di hari yang kauanggap daging kucing itu telah hancur menyatu dengan tanah dan tinggal tulang-tulangnya yang tersisa, datanglah ke tempat tersebut bersama seorang teman terpercaya. Bongkar kuburan kucing. Minta temanmu menyaksikan kamu memegang setiap tulang. Sebabnya, tidak semua tulang kucing hitam mata merah menyimpan tuah. Tulang yang membuatmu hilang saat memegangnya, itulah tulang bertuah dan pantas kausimpan sebagai azimat.

Zakaria memperoleh resep azimat tulang kucing dari tabib tua, tetangga kakaknya. Dia sudah hafal rincian pembuatannya di

spiritual powers — something he needed to help him get through difficult days. The rumors of Geuchik Syawal's cat-bone amulet became true in the telling, a source of inspiration for him and others, especially the powerless and oppressed, to regain their will to live by seeking help from inanimate objects.

Zakaria had obtained the amulet's secret recipe from his sister's neighbor, an old healer.

First, not just any cat bone is suitable for making amulets. The bone must come from a black, red-eyed cat. To get a bone from such a cat for this purpose is not easy, either. Black, red-eyed cats are rare, hunted to near extinction by amulet-makers. And hunters lucky enough to find a black, red-eyed cat, still have a long way to go to make the amulet. They must follow the steps of the prophet Abraham when he sacrificed his son Ishmael to God.

The cat must be treated as a beloved pet. The owner must become so attached to the cat that he forgets that the cat is useless, alive. At the height of this attachment, he is required to slaughter the cat. He has to have heart to kill the cat that is used to fall asleep on his lap.

At this stage, the amulet-maker's experience would differ from Abraham's. As written in the holy book, God saved Abraham from tragedy by trading Abraham's son for a lamb. But the cat that the amulet-maker is to slaughter will not be traded for anything; it dies.

Next, the cat must be buried at an intersection of two roads without anyone seeing or knowing what's being done. When the cat has decomposed and become one with the earth, the owner must dig up the grave, accompanied by a most trusted friend who must watch the owner touch each bone. Not every bone contains magic; only the bone that makes the owner disappear when touching it, can be used.

Zakaria was given the directions for making a cat-bone talisman by an old healer who was his sister's neighbor. After he learned the instructions by heart, Zakaria tried to round up his friends to look for a black, red-eyed cat. But despite spending two weeks wandering around fish markets and staking out rubbish bins, none of them managed to catch such a cat. Zakaria, who

luar kepala. Sebelum bertemu langsung dengan Geuchik Syawal, Zakaria pernah mengerahkan teman-temannya mencari kucing hitam mata merah. Namun, tidak seorang pun berhasil menangkap kucing itu hidup-hidup meski dua minggu berputar-putar di pasar ikan dan mengintai-intai tempat-tempat sampah. Zakaria pantang menyerah. Dia kemudian memasang perangkap kucing di samping rumah kakaknya. Dua hari kemudian, dilihatnya ayam betina kakaknya yang mondar-mandir dalam perangkap itu.

Berdekatan dengan pemilik azimat tulang kucing juga membuat kamu bisa menghilang, asal dia menggandeng tanganmu tepat sebelum menghilang. Zakaria juga tahu soal ini. Mengajak Geuchik Syawal ikut serta dalam *gerakan*-nya tentu saja bukan tanpa maksud tersembunyi.

Selain Geuchik Syawal, dia meminta Taufik, temannya sejak kecil, turut bergabung. Taufik tidak memiliki azimat. Namun, dia senang berurusan dengan azimat. Dia pernah membantu Zakaria mengejar-ngejar kucing hitam. Ketika teman-teman lain mulai putus asa dan menghindari pasar ikan dan tempat sampah, Taufik masih saja berputar-putar di dua wilayah khusus ini. Zakaria menghargai kesetiaan Taufik, lalu mengganjarnya dengan ajakan istimewa.

Pada sore hari itu, tiga lelaki tampak riang dalam truk yang melaju. Geuchik Syawal menyetir, Taufik di tengah, Zakaria di ujung sana. Geuchik Syawal asyik merokok sejak roda truk berputar dari titik keberangkatan.

Di bak belakang, tertutup kain terpal, bersemayam muatan rahasia untuk dikirim ke Pulau Jawa. Pos jaga ada di mana-mana. Mereka perlu waspada. Namun, kesaktian Geuchik Syawal membuat hati Zakaria tenang.

Truk menembus malam, berjam-jam. Jalanan sunyi. "Kalau bisa mobil ini juga tak terlihat, Chik Wal," cetus Zakaria.

"Oh, ya, ya, tentu ...." Geuchik Syawal tertawa-tawa.

Dia masih saja dipanggil *geuchik*, meski sudah lama pensiun sebagai kepala desa atas permintaan sendiri. Dia lebih suka berniaga ketimbang mendengar macam-macam masalah warga yang membuatnya pening kepala dan darah tinggi.

Di tengah jalan, tiba-tiba melintas seekor kucing. Putih belang-belang. Sorot lampu tidak membuatnya bergegas. Geuchik Syawal

didn't give up easily, set out a cat trap in the side yard of his sister's house only to find his sister's hen pacing nervously inside the trap.

Zakaria knew, that just being in the presence of a person wearing a cat-bone amulet could make both people disappear if they stood together close enough. Inviting Geuchik Syawal to be part of his covert operation was not without a hidden motive.

In addition to Geuchik Syawal, Zakaria also asked Taufik, his childhood friend, to join them. Taufik didn't own an amulet, but was always happy to be involved in anything related to magic. When Zakaria's other friends had given up trying to help him find a black, red-eyed cat and began avoiding fish markets and rubbish bins, Taufik persevered. His steadfastness was not lost on Zakaria, who repaid him with this special invitation.

That afternoon, a truck carrying three cheery men drives along the road toward Padang Tiji. Geuchik Syawal is driving, Zakaria is in the passenger seat, and Taufik is between them. Geuchik Syawal has been smoking since they started their journey.

Under a tarp in the truck bed is contraband cargo bound for Java. The three men have to be careful because there are checkpoint guards everywhere, but knowing Geuchik Syawal's magical powers reassures Zakaria.

The truck travels for hours through the night. The roads are deserted. "If you can manage it, Chik Wal," Zakaria says suddenly, "make this vehicle invisible too."

"Why, of course," Geuchik Syawal laughs. Although Geuchik Syawal has long since retired as the village head, people still address him as *geuchik*. Syawal prefers operating his own business rather than fielding grievances from the villagers, which gave him a constant headache and high blood pressure.

A cat crosses the road in front of them — a white cat with dark stripes. The cat stops, frozen by the vehicle's headlights. Geuchik Syawal swerves to avoid hitting the animal. Aside from being endowed with magical powers, Geuchik Syawal is also a skillful and reliable driver.

"What kind of warning was that?" Taufik asks.

"Nothing short of an omen," Zakaria jokes.

Geuchik Syawal doesn't say a word.

menghindari kucing itu dengan sigap. Selain sakti, dia pengemudi andal.

"Pertanda apa ini?" tanya Taufik.

"Pertanda buruk," tukas Zakaria, bergurau.

Geuchik Syawal diam saja.

Setelah kucing melintas, di kejauhan tampak riuh sorot lampu mobil-mobil. Jantung Zakaria berdetak. Mereka akan mengalami masalah berat.

"Kita akan kena, kita akan kena," gumam Geuchik Syawal, langsung menghentikan truk di pinggir jalan.

Zakaria menyaksikan lelaki itu buru-buru membuka pintu truk, lalu berlari ke arah kebun. Semula dia mengira Geuchik Syawal sedang menyiapkan azimatnya agar mereka menghilang bersama. Tiba-tiba, Taufik melompat keluar truk, menyusul lelaki itu, menghilang dalam gelap. Zakaria terkesima. Namun, dengan cepat dia mulai menangkap ada yang tidak berjalan semestinya.

Dia pun bergegas membuka pintu mobil, tidak menyusul kedua temannya ke dalam gelap, tetapi merayap di tanah, lalu menyuruk ke bawah truk dan bersembunyi di balik roda belakang.

Tidak berapa lama, mobil-mobil mendekat dan berhenti. Suara riuh-rendah. Orang-orang berseragam. Mereka bergegas mengerumuni truk, membuka dan membanting pintu. Ada yang menggerutu tidak menemukan kunci kemudi. Ada yang meminta temannya menusukkan sangkur ke muatan truk itu, menikam orang-orang yang barangkali bersembunyi di bawah terpal dan membuat mereka menjerit untuk ditemukan.

Zakaria merasa sekujur tubuhnya bagai kehilangan darah dan dia menggigil hebat. "Sangkur saja. Sangkur saja!" seru salah satu dari mereka pada temannya, dengan menyebut huruf *u* yang seolah berimpitan dengan huruf *o* dan huruf *j* yang terdengar lebih tebal dari semestinya.

Dia melihat sepatu-sepatu lars mereka hilir-mudik. Kadangkala sepatu-sepatu itu berhenti tepat di sisi roda tempat dia berlindung. Dada Zakaria mulai sesak. Tenggorokannya seperti tercekik.

Salah seorang dari pasukan berseragam itu kemudian memerintahkan semua bersiap melanjutkan perjalanan demi kese-lamatan. Dia, barangkali komandan mereka, sepertinya khawatir

Soon after the incident with the cat, headlights appear in the distance. Zakaria's heart misses a beat. They are heading for a serious problem.

"We're going to be caught; we're going to be caught," Geuchik Syawal mumbles, as he pulls over and stops.

Geuchik Syawal opens the truck door and runs off toward the woods. At first, Zakaria thinks Geuchik Syawal is calling on his amulet to prepare for their disappearance together. But hot on Geuchik Syawal's heels, Taufik jumps out of the truck, and they both disappear together in the dark. Stunned, Zakaria quickly realizes that things are not going as planned.

He quickly opens the door on his side and gets out. But he doesn't run after his friends into the dark; rather, he drops on all fours and crawls under the truck to hide behind a back wheel.

Soon, several cars approach and stop near the truck. Uniformed men speak in loud voices. They rush up and surround the truck, opening and slamming doors. Someone is grunting and mumbling angrily that he can't find the ignition key. Someone else asks a colleague to stab his bayonet into the tarp on the truck bed, so that if people are hiding under the tarp, they can catch them red-handed when they scream. Zakaria feels blood drain from his whole body. He shakes like a leaf. "Stab it! Stab it!" someone with a foreign accent yells.

From under the truck, Zakaria watches the boots pace. Sometimes the boots stop with only the back wheel between them and Zakaria. Zakaria breath is caught in his throat.

One of the uniformed men, most likely the commander, orders everyone to get back in their vehicles. He is probably worried that the truck is only a decoy set up by the enemies as an ambush.

Heavy steps finally move away. Car engines rev up. Zakaria waits for half an hour before making a move. He calms himself until his heartbeat is almost normal. After feeling confident that it is safe, he crawls out from under the truck. Realizing that he doesn't have the car keys, he heads into the woods. He trips several times over the uneven ground before he sees a light in the distance.

Overcome with relief, he assumes that the light comes from a caretaker's hut. Nonetheless, he doesn't want to startle anyone. Grateful to be safe from danger, he only wants permission to sleep

truk ini cuma pancingan pihak lawan untuk menyerang mereka di tengah malam.

Derap sepatu bergegas menjauh. Mesin-mesin mobil menderu. Zakaria sengaja tidak bergerak selama setengah jam. Dia menenangkan dulu detak jantungnya. Setelah merasa aman, dia keluar dari bawah truk. Menyadari dia tidak memiliki kunci mobil, dia menuju kebun gelap. Berkali-kali dia jatuh tersandung tonjolan akar dan semak, tapi akhirnya dilihatnya kerlip lampu.

Dia lega, karena disangkanya lampu itu berasal dari gubuk penjaga kebun. Namun, dia tidak ingin mengejutkan para penghuninya. Dia hanya akan tidur dekat gubuk itu dan bersyukur telah selamat dari bahaya. Tinggal beberapa meter lagi dari gubuk tersebut, langkah Zakaria terhenti. Seekor anjing menyalak, keras.

Perlahan-lahan Zakaria mengerti bahwa gubuk itu tidak dihuni manusia, tetapi beberapa ekor sapi. Bau kotoran binatang mulai tercium. Anjing galak ini bertugas menjaga sapi-sapi.

Zakaria memutuskan mundur pelan-pelan, menjauhi gubuk. Anjing terus menyalak. Zakaria terjerembap di tanah bercampur kotoran sapi. Namun, dia sama sekali tidak sempat mengumpat. Dia ingin cepat-cepat pergi, menghindari gigitan anjing.

Dia terus berjalan menyusuri kebun-kebun, sampai kelelahan dan tiba-tiba menemukan lagi jalan raya. Pikirannya masih diliputi cemas. Jangan-jangan dia masih terlalu dekat dengan truk tadi. Geuchik Syawal dan Taufik benar-benar menghilang. Apakah mereka berhasil mencapai perkampungan? Apakah mereka bersembunyi di kebun orang? Azimat tulang kucing atau gelapkah yang lebih mahir menyembunyikan dua kawan tidak setia tadi?

Zakaria berdiri di tepi jalan raya, melambai pada mobil-mobil lewat. Sorot lampu mobil-mobil itu menguak gelap dan menyinari tubuh Zakaria. Namun, mobil-mobil tidak satu pun menepi untuk memberinya tumpangan. Mobil-mobil justru menambah kecepatan mereka begitu mendekatinya, sehingga tubuh Zakaria tersentak ke belakang dilanda angin kencang.

Sudah lima mobil lewat dengan tabiat serupa. Jalanan kembali sunyi. Zakaria nyaris putus asa. Badan bau kotoran sapi. Tubuh penat luar biasa. Perut berkeriuk berkali-kali. Dingin menggigit tulang.

nearby. He is a few meters from the hut when a dog starts barking loudly. Zakaria stops in his tracks.

The pungent odor of cow dung reaches his nose. He then realizes that the hut is not inhabited by people, but by several heads of cattle. The dog is obviously tasked to guard the cattle.

Zakaria backs away from the hut. The dog doesn't stop barking. Zakaria trips and falls on a pile of cow dung. He doesn't take time to curse; he has to be quick if he doesn't want to be mauled by the dog.

He keeps running between the trees, exhausted and disoriented. When he reaches the road, he is still wary. *What if he is too close to the truck?* Geuchik Syawal and Taufik have literally disappeared. *Did they reach a village? Are they hiding in someone's yard? Did the amulet protect his two disloyal friends — or was it simply the darkness?*

Zakaria stands on the roadside, trying to flag down passing vehicles. Headlights shine on him but not one driver stops to give him a lift. In fact, they accelerate as soon as their headlights catch his shape. The speed of the passing vehicles sends Zakaria staggering backward.

The road becomes quiet again and Zakaria despairs. He smells of cow dung. He is exhausted. His belly growls from hunger. He is cold to the bone.

Suddenly, standing on the side of the road with his long, unruly, waist-length hair blowing in the wind, he realizes that he must look like a ghost. From a distance, he probably looks like a creature from another world. No wonder the drivers didn't stop!

After Zakaria braids his hair, the next truck stops when he waves it down. The two men in the truck tell Zakaria they are transporting avocados, cabbages, and potatoes from Takengon, a mountain region far away. They invite him to sit in the front seat with them. The passenger shifts to the middle, and Zakaria sits close to the door. The two men probably think he just came down from the hills.

They drop him outside the market in town, and Zakaria walks from there to his sister's house. He has had an exhausting day.

Grateful to be home in one piece, he showers, washes his hair, and lies down on his mattress in the middle of the random

Lama-kelamaan, baru disadarinya para pengemudi itu barang-kali mengira dia hantu. Rambutnya panjang sepinggang, tergerai dan kusut masai. Dari kejauhan, dia tampak sebagai makhluk dari dunia lain.

Kelak cerita tentang hantu gadis berambut panjang di Padang Tiji menyebar dari kampung ke kampung dan akhirnya sampai juga ke telinga Zakaria. Teman-temannya bergunjing tentang hantu itu, siang malam. Arwah orang yang mati terpaksa. Sebelum dibunuh, dia sempat disekap di rumah besar itu dan diperkosa. Dia bukan orang Padang Tiji, melainkan dari kampung lain. Zakaria ingin memberi tahu teman-temannya kisah yang sebenarnya, dari sudut pandang manusia yang dituduh hantu yang tidak lain dari dirinya sendiri, tapi dia kemudian mengurungkan niat itu. Biarlah tahayul menghibur mereka pada masa yang muram dan berat ini.

Setelah Zakaria mengepang rambut, mobil keenam berhenti di hadapannya. Ada dua lelaki dalam truk itu. Mereka tidak berkeberatan dia menumpang, malah memintanya naik buru-buru dan duduk di jok depan.

Zakaria duduk dekat pintu, setelah lelaki yang tadi duduk di situ menggeser badannya ke tengah. Pengemudi truk dan temannya menyangka dia baru turun dari bukit. Truk ini membawa alpokat, kol, dan kentang dari Takengon, daerah pegunungan yang jauh dari sini.

Ketika sampai di kota, si pengemudi menghentikan laju truknya di muka pasar. Zakaria pun turun di situ, lalu berjalan kaki ke rumah kakaknya. Satu hari yang melelahkan telah usai.

Dia bersyukur masih selamat dan pulang ke rumah dalam ke-adaan segar-bugar. Seperti pagi kemarin, Zakaria kembali berbaring di kasurnya, di markas perabotan. Dia kini sudah mandi dan keramas.

Matanya benar-benar mengantuk, sehingga kasur tipis itu terasa empuk. Sebelum matanya terpejam dan alam nyata berganti mimpi, dia mendengar pintu kamarnya dibuka orang.

Perempuan berkerudung melangkah masuk, lalu pelan-pelan mendekati tempatnya berbaring.

"Dik, cepat sekali kau pulang. Bagaimana barang kita?" bisik perempuan itu.

furniture and stored kitchenware. He is so sleepy and tired that the thin, crumpled mattress feels soft. Just before his eyes close and he enters the world of dreams, he hears his door open.

His sister, wearing a scarf over her hair, approaches him. "You're home sooner than I expected," she whispers. "Did you take care of our goods?"

Zakaria sits up. His head hurts. "No, Sis," he answers feebly. "The load didn't get to the planned destination. Long story."

His sister's face darkens. "Two hundred kilograms of hashish is gone and you didn't bring home one cent?" she hisses angrily. "What will I say to the commandant? How are they going to buy arms?"

"It didn't go down the drain, Sis. We had to leave it behind, truck and all. Geuchik Syawal turned out to be a fake and a liar. He has no magical powers."

"If he had magical powers, he'd be rich," his sister hisses again. "He wouldn't have to eke out a living. How could you trust someone like that?"

Zakaria doesn't answer.

His sister hurries to the door. "Remember, don't let my husband know about our secret," she warns him.

Zakaria muses: *A husband and wife sleep in the same bed every night, but what each keeps inside their heads is another story.*

His sister's husband is the head of the local police. Every evening, when they have dinner together, his brother-in-law curses the people who have the courage to fight for their independence. His sister always keeps quiet and busies herself with her food or passes side dishes among them.

His sister doesn't speak to him for the remainder of that day.

——•—•——

Stories about the ghost of a woman with long hair standing on the roadside near Padang Tiji began spreading from village to village. When the story reaches Zakaria, he listens to his friends commenting about the ghost.

"No doubt someone who died unnaturally!"

"Before being killed, she was locked up in that big house and raped!"

Zakaria segera bangkit dan duduk di kasur. Kepalanya pening sebelah. "Tidak sampai ke tujuan, Kak. Panjang ceritanya," katanya, lirih.

Wajah kakaknya langsung muram. "Dua ratus kilogram ganja hilang begitu saja dan tidak ada uang sepeser pun kau bawa. Apa ceritaku nanti pada Panglima? Bagaimana mereka beli senjata?" rutuk kakaknya, panjang-pendek, tapi tetap berbisik.

"Bukan hilang, Kak, tapi kami tinggalkan dengan truknya sekalian. Geuchik Syawal ternyata bukan orang sakti, Kak. Dia itu pembohong."

"Kalau dia sakti sudah lama dia kaya-raya, tak payah cari makan. Orang macam dia masih kau percaya juga," desis kakaknya.

Zakaria terdiam.

Kakaknya kemudian bergegas ke pintu, seraya beramanat, "Ingat ya, jangan sampai Abang kau tahu kerja kita."

Suami-istri tiap malam tidur seranjang, tapi isi kepala sendiri-sendiri, batin Zakaria.

Abang iparnya kepala polisi. Tiap kali mereka makan malam bersama, abangnya selalu memaki orang-orang yang nekat mendirikan negara sendiri. Kakaknya tidak pernah menanggapi. Dia selalu sibuk mengunyah-ngunyah atau mengedarkan piring lauk-pauk dan sayur.

Seharian itu, Zakaria tidak ditegur kakaknya.

⊢—•◆•—⊣

"She wasn't a Padang Tiji local; she was from another village!"

Zakaria considers telling his friends the truth, but decides against it. At least they have their superstitions to entertain them during these hard times.

# Blokeng

Ahmad Tohari

Penerjemah: Elisabet Titi Murtisari

Maka, Blokeng pun melahirkan bayinya — perempuan. Lalu, kampungku tiba-tiba jadi lain, terasa ada kemandekan yang mencekam. Kampung penuh kasak-kusuk, bisik-bisik, dan cas-cis-cus. Jelas ada keblingsatan, tetapi masih dalam bentuknya yang laten. Keblingsatan itu kini baru tampak menggejala sebagai merosotnya jumlah senyum sesama warga, berganti menjadi wajah-wajah kaku karena curiga. Saling curiga tentang siapa ayah bayi Blokeng.

Perihal perempuan hamil di luar nikah, sebenarnya tidak lagi menjadi persoalan yang mengesankan di kampungku. Sudah acap terjadi babu dari kampungku pulang mudik membawa buntingan anak majikan atau entah anak siapa. Ada anak perawan mendadak lenyap dari kampung dan pergi entah ke mana untuk mencari tempat yang jauh agar kelahiran haram-jadahnya luput dari pengetahuan orang sekampung. Banyak lagi cerita seperti itu.

Namun tentang si Blokeng memang tidak ada duanya. Kecuali dia adalah perempuan yang secara hayati sempurna — seperti baru saja terbukti — sama halnya dengan perempuan-perempuan lain. Selebihnya, siapa pun tidak sudi diperbandingkan, apalagi dimiripkan dengan Blokeng. Ini kepongahan kampungku yang dengan gemilang telah berhasil memelihara rasa congkak dengan cara mempermainkan nilai martabat kemanusiaan.

Jadi, ketika Blokeng bunting, lalu melahirkan bayi perempuan, kampung blingsatan. Perempuan-perempuan berdecap-decap sambil mengusap dada.

"Gusti Pangeran, bajul buntung mana yang telah menyerbu Blokeng?" Ya, perempuan. Mereka masing-masing punya suami yang tidak bisa membebaskan diri dari kecurigaan yang telah menutup seisi kampung. Bisa juga karena perempuan-perempuan itu sudah sama-sama merasakan perihnya melahirkan bayi. Perih,

# Blokeng

By Ahmad Tohari
Translated by Elisabet Titi Murtisari

Blokeng gave birth to her baby — a girl — and suddenly our *kampung*, village, was full of secrets, whispers, and gossip. It was clear something had disturbed the villagers, even though they outwardly pretended nothing had happened. Their hostility showed in taut, unsmiling faces, and eyes filled with suspicion were aimed at any man capable of fathering Blokeng's child.

We no longer considered pregnancy out of wedlock immoral. Many of the girls who worked as maids away from home returned carrying the child of their employer — or whoever else. One time, a young girl vanished from the kampung. Rumors said she had moved far away to hide giving birth to an illegitimate baby. There were many other such stories.

But Blokeng's story was different. She was physically normal — as proven by the baby's birth — like the rest of the women in the kampung. But the village women would be insulted if they were compared to her. Blokeng mind was child-like. Any village woman would be humiliated to be compared to Blokeng. This was the arrogance of my people. They proudly manipulated human dignity.

So when Blokeng became pregnant and gave birth, the whole kampung was in an uproar. The women said, "Tsk, tsk, tsk," while rubbing their chests in exasperation and disbelief.

"My lord, what scoundrel attacked Blokeng?" The women were all concerned because each had a husband, who, as a man, could not escape the suspicion clouding everyone's mind. The women, too, had each experienced the pain of childbirth — a very difficult experience no matter how much they desired a child from a legitimate husband. So what about Blokeng, who gave birth to a child in the middle of nowhere?

tidak peduli bayi itu sudah lama diidamkan, lagi pula anak seorang suami yang sah. Bagaimana tentang si Blokeng yang melahirkan anak antah-berantah?

Kaum lelaki kampungku cengar-cengir. Tanpa seorang pun terkecuali, mereka bergabung dalam paduan sas-sus. Tanpa kecuali, sebab mengasingkan diri sama artinya dengan mengundang per-hatian khalayak dan pada gilirannya tanpa ampun lagi bakal tertimpa tuduhan menghamili Blokeng. Kampungku memang pongah. Tuduhan membuntingi Blokeng, di luar segala urusan hukum atau aturan lainnya, dianggap sebagai perilaku purba yang paling tidak bermartabat. Sebabnya, Blokeng memang tidak ada duanya dan setiap perempuan akan merasa demikian malu bila diperbandingkan dengan dia.

Dulu, ketika Blokeng baru diketahui hamil empat bulan, ada seorang hansip yang bertanya kepadanya, siapa ayah si jabang bayi.

"Mbuh," jawab Blokeng acuh.

"Eh, katakan saja, demi kebaikanmu sendiri dan demi bayimu yang pasti memerlukan wali bila kawin kelak."

"Mbuh, mbuh-mbuh-mbuh!"

"Eh, jangan alot seperti itu. Aku ini hansip, kamu tak boleh mungkir. Atau kudatangkan polisi kemari?"

Blokeng tidak mengerti apa itu polisi. Namun dia mengerti orang-orang berseragam yang pernah menarik tangannya agar dia menyingkir dari onggokan sampah pasar karena bupati mau datang meninjau pasar. Seperti monyet melihat belacan. Takut dalam citra satwa. Itulah kesan perasaan yang tergambar dalam wajah Blokeng. Wajahnya menciut.

"Ular."

"Ular? Yang membuntingimu ular? Baik, tapi katakan ular siapa?"

"Ular koros."

"Aku tidak main-main!"

"Mbuh-mbuh-mbuh!"

Pak Hansip mulai berang. Ternyata baju seragamnya tidak cukup ampuh sebagai alat penarik pengakuan Blokeng. Maka, dicarinya tali. Pak Hansip berpura-pura hendak membelenggu Blokeng.

The men in my kampung grimaced. Every one of them, without exception, joined the women's gossip sessions. None of them dared to skip these, because doing so would attract unwanted attention, and the man would be mercilessly accused of impregnating a hapless woman. My kampung was indeed arrogant. Impregnating an unmarried woman like Blokeng, apart from its legal and social consequences, was considered the most degrading, primitive thing to do.

When Blokeng was four months pregnant, a village security guard went to her hovel and asked her whose child she carried.

"*Mbuh*, don't know," she answered indifferently.

"Tell us for your own good and for the sake of the baby, who will definitely need a guardian when it is time to make wedding arrangements."

"*Mbuh, mbuh-mbuh-mbuh*! I don't know, and I don't care!"

"Don't be stubborn! I am a security guard. You must answer my questions. Or should I send for the police?"

Blokeng was not sure what the police represented, but she knew they were the people in uniform who had pulled her away from the market's rubbish pile before the mayor arrived to make an inspection. Hearing the word "police," she became frightened. Cringing, she looked like a monkey that saw a bobcat.

"A snake," Blokeng said.

"A snake made you pregnant? Okay, but whose snake?"

"A garden snake."

"Look, I'm not kidding around."

"*Mbuh-mbuh-mbuh*!"

The guard became more annoyed. Evidently, his uniform was not impressive enough to make this woman tell him who had fathered her child. He pulled out a rope as if he were going to tie her up.

"I can't tell you nothing! If I talk, he'll hit me with this!" Blokeng touched the guard's flashlight with the tip of her index finger.

"Your baby's father carried a flashlight? Is he a man who uses a flashlight?"

"*Mbuh.*"

"Aku tak boleh berkata apa-apa. Kalau mulutku bocor, dia akan memukulku dengan ini." Kata Blokeng sambil menggamit lampu senter Pak Hansip.

"Jadi ayah bayimu datang ke sarang ini membawa senter? Dia lelaki yang mempunyai senter?"

"Mbuh."

Maka keesokan hari tersiar berita ayah bayi Blokeng adalah seorang lelaki yang memiliki lampu senter. Kampungku yang pongah kemudian memperlihatkan gejala aneh. Lampu-lampu senter lenyap. Yang berjalan malam hari lebih suka memilih suluh untuk penerangan. Ronda malam dan hansip kena marah karena mereka menjaga kampung hanya dengan menggunakan korek api, bukan lampu baterai. Namun lampu senter terus menghilang dari kampungku yang pongah.

Sekali waktu ada sas-sus baru. Katanya, Blokeng memberikan keterangan lain tentang laki-laki yang membuntinginya. Dia adalah seorang laki-laki yang malam-malam merangkak ke dalam sarangnya dan memakai sandal jepit. Blokeng tidak tahu persis siapa dia karena sarang Blokeng yang terletak di atas tanah becek tidak pernah berlampu. Tidak pernah. Dunia Blokeng adalah dunia sampah pasar, dunia tanah lembap, dan dunia yang tidak mengenal lampu. Kampungku yang pongah berkelit dengan jurus yang lain lagi. Kini orang mencari bakiak dan bandol sebagai alas kaki. Sementara itu, sandal jepit lenyap dengan serta-merta.

Sampai Blokeng dengan selamat melahirkan bayinya dibidani nyamuk dan kecoa. Namun bayinya tangguh seperti anak kerbau yang lahir di kubang lumpur. Bayi Blokeng adalah anak alam sendiri, meski alam becek penuh cacing. Kelahirannya ditandai oleh tingkah kampungku yang jadi blingsatan dengan kehebatan yang kian hari kian meningkat.

Adalah Lurah Hadining, lurah kampungku, kampung yang pongah. Sejak semula Lurah Hadining mengerti adanya kemandekan yang mencekam dan lalu meningkat menjadi keblingsatan kampung. Dalam perkembangan tertentu, keblingsatan adalah keresahan warga. Lurah Hadining tidak punya tafsir lain atas keresahan ini kecuali sebagai seteru rancangan pembangunan. Tentu. Maka keblingsatan beserta anak cucunya harus dibedah, bila perlu dengan menggunakan sinar laser atau pancaran zarah.

The next morning, rumors spread. The father of Blokeng's baby was a man with a flashlight. The upright villagers stopped using flashlights, and when they went out at night, they used bamboo torches instead. Security guards and men on kampung night patrols got in trouble for using matches instead of flashlights. Regardless, battery-powered lights disappeared.

Soon, another rumor began circulating after Blokeng supposedly provided additional information about her baby's father. The "snake" who had overpowered her wore flip-flops. Blokeng said she could not identify the man because her muddy, dirt-floored hovel had no lighting — Blokeng's world consisted of the market's rubbish pile and a dank shack void of light.

The members of my arrogant kampung again found ways to avoid suspicion cast by the rumor. Clogs and tire sandals became popular, while factory-made flip-flops disappeared.

This continued until Blokeng delivered a healthy child, with mosquitos and cockroaches standing by as midwives. The baby was as tough as a buffalo calf born in a mud puddle. She was nature's child, even though nature was represented by a mud-packed patch of soil filled with soil worms. The birth made people increasingly uneasy.

The *lurah*, village chief, had been watching the problem from the start. In its development, the crisis had made people increasingly restless. In Lurah Hadining's opinion, the situation was a hindrance to the kampung's social development. He had to quell the unrest at all costs.

After pondering for several days on how to calm his people's turmoil, Lurah Hadining smiled. He had found the solution. He ordered the village men to assemble. Everyone attended the gathering, because being absent would cast suspicion. People feared that the lurah was going to conduct a lottery to choose the one responsible for Blokeng's baby.

But the people were wrong; the lurah did not conduct a lottery. Instead, he made a very long speech. He said many things, including, "Blokeng isn't the Virgin Mary, and her baby is not Jesus. Blokeng is not divinely blessed like Mary and her family. The only life she knows is the market's rubbish."

Lurah Hadining tersenyum. Setelah sekian hari memikirkan cara buat melenyapkan keblingsatan warganya akibat kelahiran bayi Blokeng. Kini dia telah menemukannya. Semua laki-laki di kampungku disuruhnya kumpul. Tidak ada yang mau mangkir karena ketidakhadiran berarti seorang diri menentang arus yang justru mengundang kecurigaan. Kampungku mengira Lurah Hadining hendak melotre siapa yang harus bertanggung jawab atas kelahiran bayi Blokeng.

Ternyata kampungku yang pongah salah duga. Lurah Hadining tidak memutar lotre. Dia berpidato lebar dan panjang. Katanya antara lain, "Blokeng bukan perawan Mariam. Bayinya pun bukan Yesus yang ketika lahir sudah mampu mengatasi keblingsatan semacam ini. Pokoknya Blokeng tidak seperti keluarga Mariam yang diberkati banyak hal surgawi. Blokeng hanya diberkati sampah pasar."

Kemudian Lurah Hadining meminta kampungku menjadi saksi. Demi melenyapkan keblingsatan para warga, dia menyatakan dengan sesungguhnya bahwa dialah yang bertanggung jawab atas kelahiran bayi Blokeng. Dia sudah membayar dukun bayi. Dia sudah menyiapkan lincak bambu dan tikar pandan untuk mengangkat Blokeng bersama bayinya dari tanah yang lembap. Ibu lurah sudah siap dengan catu makanan sebelum Blokeng mampu berjalan kembali ke sampah pasar.

Mendengar ucapan Lurah Hadining, kampungku sejenak ter-pana. Namun sesaat senyum legalah yang tampak di mana-mana. Lega. Kesaling-curigaan sirna. Mereka berbondong-bondong berjalan mengikuti Lurah Hadining yang menuju sarang Blokeng. Ada yang memikul lincak, ada yang mengangkat gulungan tikar, dan ada yang pulang dulu hendak mengambil pelita penuh minyak. Semua buat Blokeng. Semua ingin memerhatikan nasib orang yang paling tidak bermartabat di kampungku.

Gubuk Blokeng penuh dirubung orang. Suara langkah kaki di tanah becek. Suara anak terjatuh atau tergelincir lumpur atau tinja penghuni sarang itu. Lincak dipasang dalam satu-satunya ruangan dalam sarang Blokeng. Hampir penuh. Tikar pun digelar. Blokeng diminta bangkit dari tanah bersama bayinya. Dia naik ke tempat tidur tanpa sepatah kata, tanpa sedikit pun memperlihatkan

Then Lurah Hadining asked the villagers to be his witness. He said that for the sake of ending the kampung's turmoil, he would take responsibility for Blokeng's baby. He would pay a nursemaid to take care of the baby, and he would also prepare a small bamboo cot with a mat of pandan leaves so Blokeng and her baby would not have to sleep on the ground. In addition, his wife promised to give Blokeng food until Blokeng was able to walk to the market again to scavenge.

For a moment, everyone stood stunned by Lurah Hadining's speech, but then smiles of relief appeared on the villagers' faces. How comforting it was that their suspicions of each other were gone! Following their lurah, the villagers flocked to Blokeng's hovel bearing gifts. Some carried the cot, others the mat, and some went home to get a lantern with its bowl full of oil. Everyone wanted to show their concern for the least fortunate person of our kampung.

The villagers crowded around Blokeng's hut. The soles of their rubber sandals made sucking sounds as they moved across the muddy floor. A child screamed when it slipped and fell in the mud — or was it feces? The villagers placed the cot in the one-room shanty — it almost filled the entire space — and spread out the mat. They told Blokeng to get up from the dirt floor. She numbly obeyed and, with her baby, climbed onto the cot, a blank expression on her face. Once again, Lurah Hadining asked the villagers to witness his declaration as the father of Blokeng's baby.

"This baby's father is, without doubt, a man," he said. "I am a man and have proven myself to be a faithful one. So I can't be accused of making things up to claim Blokeng's baby as mine." Once again, everyone was visibly relieved.

Blokeng, who had been quietly listening to the lurah's speech, now looked at him like a cunning animal. Without saying a word, she left her baby on the cot and walked to Lurah Hadining. Though surprised, the kampung elder allowed her to take off his *peci*, cap.

"Nope," Blokeng said without emotion. "The man who came here wasn't bald. It wasn't you."

All the men, including Lurah Hadining, were shocked at her words. Their faces turned somber and guarded. They touched

rasa pada wajahnya. Blokeng hampir tidak pernah berhubungan dengan siapa pun dalam bahasa yang memperlihatkan perasaan, apalagi bahasa lisan. Sekali lagi, Hadining meminta kampungku menjadi saksi bahwa bayi Blokeng adalah anaknya.

"Setidaknya ayah bayi ini pasti seorang lelaki. Nah, saya pun laki-laki, bagian yang sah dari kelelakian. Jadi, saya tidak bisa begitu saja dianggap mengada-ada dengan mengakui bayi Blokeng sebagai anakku."

Lagi, kampungku memperlihatkan kelegaan yang demikian nyata. Namun kemudian kampungku terheran-heran. Mereka melihat di sana Blokeng termangu setelah mendengar kata-kata Lurah Hadining. Termangu dalam citra hewani. Lalu dalam gerakan sama sekali tidak bermartabat, tidak bertata krama, Blokeng melepaskan bayinya. Didekatinya Lurah Hadining. Dibukanya kopiah kepala kampung itu. Lurah Hadining yang terkesima membiarkan saja perilaku Blokeng.

"Tidak," kata Blokeng sungguh tanpa tanda memperlihatkan perasaan, "yang datang kemari malam-malam tidak berkepala botak. Bukan orang ini."

Kampungku tergagap, tidak terkecuali lurahnya, sedetik setelah mendengar ucapan Blokeng. Lihatlah wajah-wajah mereka yang baur dan buram. Mereka menggaruk kepala masing-masing yang sama sekali tidak botak, kecuali Lurah Hadining. Di bawah rambut lebat, otak mereka mulai berpikir untuk berkelit menghindar dari kemungkinan tuduhan membuntingi Blokeng. Sungguh, keesokan hari kampungku sudah berubah gundul. Gundul di sini, gundul di sana, di mana-mana terlihat lelaki gundul. Namun keblingsatan tetap mencekam kampungku yang pongah.

Hanya Blokeng sendiri yang tidak ikut blingsatan. Dunianya yang tidak cukup akal membebaskannya dari dosa, dari keharusan mempunyai suami sah, dan dari kepongahan yang akan menelorkan keblingsatan dan kepura-puraan. Namun bukan berarti Blokeng sekali pun tidak bisa bertindak seperti perempuan kebanyakan. Suatu pagi, Blokeng membawa bayinya ke depan pintu gubuk, *dilelo-elo*, ditimang-timang. "Cowet, anakku. Ayahmu itu mbuh. Tetapi jangan bersedih, yah. Lihatlah itu, orang-orang gundul. Lucu, ya?"

their heads, which, except for the lurah's, were not bald. Under their hair, the men's brains worked hard on how to rid any suspicions that they might have fathered Blokeng's baby.

The next morning, every man of my kampung was bald. Clean-shaven heads were everywhere, and restlessness spread through my kampung once again.

Blokeng was the only person who was not anxious. Her simple world had no room for sin; she had been set free from society's obligation to have a legal husband. She was indifferent to the hypocrisy and the arrogance that produced such restlessness in the village.

One morning, Blokeng took her baby to the front of her hut. "Cowet, me baby," she crooned, rocking her daughter. "Me don't know your father, but please don't be sad. Look at all those shiny, bald heads. Don't they look funny?"

The baby laughed out loud.

Seperti tahu kata-kata emaknya, Cowet yang masih bayi tertawa ngakak. "Hek-hek-hek. Hik-hik-hik."

# Mata yang Menyala

Mona Sylviana
Penerjemah: Indah Lestari

Hujan bersisa. Bau lembap tanah menempeli pucuk daun pisang, buluh-buluh bambu, daun-daun mangga. Angin liar mengayun-ayunkannya. Mereka saling menyentuh, bersuara. Siutan panjang tanpa jeda.

Titi menarik ikatan karet gelang di rambut. Helai-helai hitam itu tergerai, menutup kedua cuping telinganya.

Langit bersih.

Sisa hujan di pinggiran jalan. Bungkus sampo, kotak rokok, tas plastik, berserak tertahan reranting. Tanah longsoran mengendapi selokan. Nyamuk berkerumun.

Titi menaikkan resleting jaket rajut. Tangannya mendekap dada. Dia tengadah. Jalanan mulai mendaki.

Jalanan menanjak yang seolah menyentuh langit itu melengkungkan punggung Titi. Kulit paha berlapis lemak tebal yang saling bergesekan memperlambat langkah kaki. Titi melangkah perlahan. Sesekali dia berhenti. Dada yang nyaris menyentuh gelambir di perut menyendatkan aliran udara keluar-masuk lubang hidung.

Titi menghela napas.

Hampir dua tahun dia melewati jalanan yang sama. Tanjakan yang dilaluinya itu tidak pernah berubah, tidak pernah bertambah tinggi, tapi masih juga dia megap-megap. Titi tidak mengerti.

Tiga temannya nyaris hilang ditelan ujung tajam jalanan. Bayang-bayang mereka memanjang. Celana jins yang membungkus ketat paha padat mereka seperti kepunyaan patung lilin yang dilihat Titi di toko serba-lima ribu. Titi melirik celana katunnya. *Ukuran 35.*

Betis Titi terasa bergetar.

# Flaming Eyes

By Mona Sylviana
Translated by Indah Lestari

The rain had left the scent of humid earth on the tips of banana, bamboo, and mango leaves. The wind shook them wildly. The leaves beat against each other, their rustling carried by a long, unbroken whistle.

Titi pulled the rubber band from her black hair. It sprung loose, falling over her ears.

Empty shampoo sachets and cigarette packs littered the road. Plastic bags stuck on twigs. Silt lined the bottom of the street gutters. Mosquitoes swarmed.

Titi zipped up her woolen jacket. She folded her arms across her chest and looked up. The road ahead rose as if reaching for the sky. The sight made Titi's back ache. Her thick thighs rubbed against each other, slowing her pace. Her heavy breasts almost covered her bulging belly, making breathing difficult.

Titi sighed.

She had walked this road for nearly two years, and although the incline had not become any steeper, she was gasping. She didn't understand why.

Her three friends were soon to be swallowed by the sharp peak of the road. Their shadows grew longer. In their tight, skinny jeans, they looked like the mannequins in the shop where everything was priced at least five thousand rupiah. Titi glanced down at her size 36 cotton trousers.

Her calves trembled. Perspiration beaded her temples. She was still at the middle of the hill, catching her breath. Titi closed her eyes. Her chest felt like it was being stepped on.

She thought of Mother.

———•—

Di pelipis, mulai muncul bintik-bintik air. Titi masih di tengah-tengah tanjakan. Masih terengah-engah. Titi memejamkan mata. Dadanya terasa ditindih.

Titi ingat emak.

*Aku belum delapan tahun.*

Titi berbaring menghadap dinding bilik kamar. Tangan emak mengusap-usap rambutnya. Seperti biasa. Di luar, tetesan sisa hujan jatuh ke ember. Jatuh juga ke sumur samping rumah. Sesekali terdengar suara kodok. Sesekali keciprak langkah. Sesekali sendawa Wak Ohim.

Titi hafal langkah Wak Ohim. Pamannya selalu menyeret sendal jepit seperti itu. Untung hanya dia, tidak bersama mereka yang biasa datang ke rumah untuk menonton televisi. Jadi Titi bisa nyenyak tidur tanpa terganggu tawa dan obrolan mereka. Tidak ada batas yang menghalangi masuk-keluar rumah sesuka mereka. Bahkan tidak jarang mereka masuk ke kamar. Beberapa kali ketika Titi sedang mengganti baju, mereka tiba-tiba membuka tirai dan masuk kamar.

Wak Ohim yang paling sering begitu. Titi malu, tapi tidak bisa marah. Emak hanya mendelik. Juga tidak bisa marah.

*Untung hanya Wak Ohim ....*

Malam itu Titi sangat lelah. Sore sebelum mengaji, Titi beradu renang dengan Suki. Mereka empat kali pergi-pulang menyeberangi sungai yang meluap karena musim. Titi sebenarnya ingin membalas kekalahan minggu lalu, tapi sore tadi pun dia kalah lagi. Tangan emak lembut. Mengusir pegal tungkai kaki dan bahunya.

Bulu di kelopak mata Titi digayuti berat. Bayang-bayang di dinding buatan lampu kamar yang berayun mulai mengabur. Hampir saja dia terlelap ketika telinga Titi menangkap suara yang bukan irama percik yang jatuh ke ember. Bukan gema percik di sumur. Itu sendawa. Dengus. *Seperti babi hutan.*

Elusan emak berhenti. Titi mau membalikkan badan. Mau merengek. Namun, tangan emak menahan punggungnya.

"Ssh, tidur lagi." Suara emak keluar dari gigi yang menggigit bibir, tercekat.

Titi kembali mencoba lelap.

*I was not even eight years old.*

Titi lay in her bed facing the wall in the room. As usual, Mother sat on the wood bench next to the bed, stroking her hair. Outside, raindrops fell into a bucket and the well beside the house. Occasionally, she heard frogs croak, footsteps splash through the mud, and Wak Ohim belch.

Titi recognized the footsteps. Only her uncle dragged his flip-flops like that. Thank God it was him and not the usual neighborhood crowd who often gathered to watch television at their house. Hopefully, she'd be able to sleep undisturbed by their chatter and laughter.

In her village, it was normal for neighbors to walk in and out of each other's homes and share amenities, such as a television. Unhampered by any sense of privacy, people walked freely through the rooms, including bedrooms. Sometimes, when Titi was changing her clothes, the room's curtain would be suddenly pushed aside, and a neighbor would walk right in.

Wak Ohim was the one who did this the most often. Although it embarrassed Titi, she had to keep quiet, because that was the polite thing to do. Even Mother was not allowed to voice her anger at his intrusions and could only glare at him.

*Thank God it's only Wak Ohim.*

That night, Titi was exhausted. Before the Koran recitation session, she had swum a race against Suki, her girlfriend. They swam four laps, crossing the river back and forth. The river level was high. Titi wanted to win and square her loss from the previous week, but she lost again. Mother's soft hands soothed her aching ankles and shoulders.

Titi's eyelids grew heavy. The shadows on the wall blurred. She was almost asleep when she heard a sound that was not in sync with the rhythm of raindrops falling and frogs croaking. It was a snort. *Like that of a boar.*

Mother stopped stroking.

Titi was about to turn around and whine, but Mother held her back.

"Shh," Mother hissed through gritted teeth. "Go back to sleep."

Titi tried.

Dengus babi hutan itu makin kerap dan keras. Disertai sendawa pula.

*Apa babi hutan bisa sendawa?*

Titi berusaha membuka kelopak matanya yang memberat. Sesuatu tampak di atas emak.

Suara semakin dekat. Titi ingin berbalik, tetapi dia terlalu lelah dan mengantuk.

"Mak."

"Ssh, tidur. Ssh...."

Dipan kayu bergoyang. Berkeriut.

Jari-jari emak mencengkeram bahu Titi. Kuku-kuku emak menancap. Perih. Dada Titi sesak. Bukan karena siku emak yang menekan punggungnya, melainkan Titi melihat sesuatu. Dalam remang lampu kamar, Titi melihat mata menyala.

Tangan emak cepat menutup mata Titi. Membalikkan mukanya kembali ke dinding kamar.

"Tolong, Wak. Di luar...."

Kemudian, telapak tangan babi hutan yang sebesar daun jati itu menarik emak keluar kamar. Titi ingin berteriak. *Ada yang menculik emak.* Namun, mulutnya seperti dipenuhi biji salak, tidak bisa bersuara. Hanya tangannya meraba kasur yang masih ada panas tubuh emak.

Kain emak tertinggal. *Emak pasti kedinginan.* Titi menutup muka dengan kain berbau emak. Di luar, angin bertiup, dan dahanan saling bersentuhan. *Emak ke mana?*

Titi merayap turun dari dipan. Namun, pekik kelelawar menariknya berbaring lagi. Kain emak dililitkannya menutup tubuh. Dalam ketakutan, Titi menatap remang dan mendengar suara hujan jatuh ke ember. Sampai dia tertidur.

Sebelum ayam turun dari pohon nangka, Titi merasa emak menarik kain yang menutup mukanya. *Emak pulang?* Hangat tangan emak melingkari leher Titi. Rambut emak basah.

"Mak ...."

"Ssh ...."

"Mak dari mana?"

"Ssh ...."

Paginya, emak membakar baju yang dipakainya malam itu. Emak beberapa kali mandi. Beberapa kali keramas. Namun, tidak

The boar's grunting grew louder and fiercer. Then, it belched. *Can a boar belch?*

Titi lifted her heavy eyelids and looked over her shoulder. A shadow loomed behind Mother.

*The boar was close.*

Titi wanted to turn over, but she was too tired and too sleepy. "Mom ...."

"Shh. Sleep. Shh."

The wooden bench creaked.

Mother's fingers curled around Titi's shoulder; nails sank into her flesh.

Titi looked around and stiffened — a pair of flaming red eyes penetrated the dimly lit room.

Mother covered Titi's eyes quickly, and turned her to face the wall again.

"Please, Wak ... outside, please ...."

Titi turned again. A hand as wide as a teak leaf pulled Mother out of the room. Titi tried to scream. *Something had kidnapped Mother!* But she could not make a sound. Her mouth felt like it was stuffed with snake fruit seeds. She could only rub the empty bench next to her. It was still warm, but Mother was gone. Only her shawl remained.

*Mother must be cold.*

Titi covered her face with the shawl, inhaling her mother's scent. Outside, the wind howled and branches groaned. *Where did Mother go?*

Titi sat up. She started to crawl out of bed, but the shrieks of fighting bats made her lie down again. Frightened, she wrapped Mother's shawl tightly around her and stared into the darkness, listening to the raindrops falling into the bucket. Finally, Titi dozed off.

Early the next morning, before the cock jumped out of the jackfruit tree, Titi felt Mother pulling on the shawl. *Mother's back?* Her mother's warm arm circled Titi's neck. Mother's hair was wet.

"Mom ...."

"Shh."

"Where have you been?"

"Shh."

pernah membicarakan babi hutan yang masuk kamar. *Apa memang ada babi hutan? Emak diculik?*

Emak diam.

Titi jadi ragu. Dia tidak sepenuhnya percaya pada mata dan telinganya sendiri. Mungkin hanya mimpi. Lagi pula babi hutan jadi-jadian hanya mencuri uang, tidak pernah menculik orang. Genderuwo yang paling mungkin menculik. Namun, itu pun dia tidak terlalu yakin. Gunderuwo hanya menculik anak-anak yang masih main setelah magrib atau yang rambutnya berkutu untuk ditinggal di pohon kapuk. Malam itu emak di dalam kamar dan rambut emak bagus, tidak berkutu.

Seterusnya mereka tidak pernah menyinggung soal itu.

Namun, emak berubah.

Perempuan itu banyak berdiam di muka cermin lemari pakaian. Bergumam sendiri.

Emak benar-benar berubah.

Emak jadi suka makan. Banyak sekali. Mulutnya berubah menjadi seperti gorong-gorong yang menelan semua sampah musim hujan. Tidak sampai satu tahun, badan emak yang selurus batang singkong melebar.

Tidak hanya itu.

Emak juga memaksa Titi menghabiskan dua piring setiap kali makan. Sepulang sekolah, sebelum nasi masak, emak menyuruhnya makan rebusan singkong atau ubi. Setelah mengaji, sebelum makan nasi, emak memaksanya menghabiskan sisa roti jualan. Titi mau muntah. Akan tetapi, mata emak membesar melebihi kelereng. Kalau tidak, emak berteriak-teriak sambil mengayunkan gagang sapu.

"Jangan rewel. Nanti kamu terima kasih sama emak. Makan. Kalau kamu makan banyak, kamu jadi gemuk. Jadi jelek. Enggak akan ada yang bawa kamu. Enggak enak, Ti. Sakit. Sakit. Kamu enggak tau …. Sekarang makan."

Titi takut.

Titi ragu.

Titi merasa babi hutan memang pernah menculik emak. Binatang bernapas panas itu pun telah salah mengembalikan. *Itu bukan emaknya.* Perempuan yang kembali malam itu tidak

After sunrise, Titi saw Mother burning the clothes she had worn the night before. She heard Mother taking several baths and washing her hair. Mother never talked about the boar that had come into Titi's room that night. *Had there really been a boar? Had Mother really been kidnapped?*

Mother would only say, "Shh."

Titi became wary. She no longer believed her own eyes and ears. Maybe that night had been just a dream, but phantom boars supposedly only stole money, not humans. *Genderuwos* were the ghosts that abducted humans. But genderuwos only kidnapped children who played outside after the dusk prayer call and children with fleas in their hair. Genderuwos kept the children they stole inside a kapok tree. But Mother was not a child playing outside after the dusk prayer call that night, and she had no fleas. *I don't know what to think.*

Mother and Titi never mentioned the incident again.

After that night, Mother changed. She sat for hours in front of the dressing table mirror, mumbling to herself.

*She never used to do that.*

She ate often and ate a lot. Her mouth was like a drain hole that swallowed all the trash that the rain flushed out. In less than a year, Mother's body had ballooned.

That was not all.

Mother forced Titi to eat two helpings of rice with each meal instead of just one. After school, before the rice was ready, Mother told her to eat steamed cassava or yams. After the Koran recitation session and before eating the rice, Mother ordered her to finish the bread that was left unsold. Titi felt nauseated from eating so much food. But Mother, glaring, threatened to hit her with a broomstick whenever she tried to refuse the food.

"Don't fuss!" Mother would scold. "You will be grateful and thank me later. Eat! If you eat a lot, you'll get fat. When you're fat and ugly, nothing will take you against your will. It's painful. It hurts. You have no idea. Now eat!"

Titi was scared.

*Had a boar really kidnapped Mother?*

pernah membeli bungkusan sampo sebelum mandi. Emak selalu membersihkan rambut lurus hitamnya. Rambut emak wangi. Rambut perempuan itu lengket. Berkutu. Setiap kali Titi mencium rambut perempuan itu, isi perutnya mendesak-desak keluar. Dia mual.

Titi tidak lagi mau berdekatan ketika tidur.

Titi ingin babi hutan datang lagi, mengembalikan emaknya. Namun, Titi tidak yakin binatang itu mau kembali. *Apa dia mau kalau lihat tetek sebesar pepaya bonyok sama rambut yang baunya kelapa basi?*

———•—•———

Titi menggigil. Sendiri saja di jalan itu. Dia membungkuk, menggosok-gosokkan tangan ke paha. Jalan masih menanjak.

Suara knalpot merasuki telinga.

"Ojek?"

Motor berhenti di sampingnya. Dari mulut laki-laki berjaket kulit itu, tercium bau bangkai tikus. Di bibir hitamnya, terselip rokok kretek menyala.

Titi sejenak ragu. Namun, dengkulnya lemas. Perjalanan ke kamar kontrakan terbayangkan masih panjang, semakin panjang.

Titi mengangguk. Kakinya menekan sadel. Tangan Titi memegang bagian belakang.

"Kerja siang?"

"Kenapa?"

Motor mengurangi laju. Angin sore masih terasa menyapu telinga dan helai rambut. Sebagian langit biru tertutup awan yang melayang seperti kapas.

"Kerja siang siang?"

"Ya."

"Pamalik?"

"Ya. Samping mesjid."

"Di atas ada hajatan."

"Oh."

"Deket pesantren."

"Hem ...."

"Besok kerja jam berapa?"

"Libur."

"Nonton dangdut koplo yuk."

If so, that hot-breathing beast had brought back a different person. Mother had always kept her long, straight, black hair washed and smelling nice. But the woman who had returned never again bought a single shampoo sachet. This woman's hair was sticky and infested with lice. The odor made Titik's stomach churn in disgust.

*She is not Mother.*

Titi did not want to sleep close to this woman. She wanted the boar to come again, take this woman away, and bring back Mother. But Titi was not sure the beast would want to return. *Would the boar return if it saw breasts as big as bruised papayas and hair reeking like rancid coconut?*

———•—•—

Titi shivered. She was alone now on the deserted road. She bent over, leaned into her thighs, and rubbed them. The hill still loomed ahead.

A sputtering motorcycle broke into her thoughts.

"Motor-taxi?"

The motorcycle pulled up beside her. The driver wore a leather jacket and held a lit clove cigarette between his lips.

Titi hesitated. Her knees were shaky. The walk to her boarding house still seemed far, and thinking about it made it farther still.

Titi nodded. She stepped on the bike's foot peg, swung into the seat, and grabbed the handle at the back of the bike. The bike took off.

"Did you work the afternoon shift?" asked the driver.

"What?"

The bike slowed down. The late afternoon wind stroked her ears and hair. A part of the blue sky was covered with drifting fluffy clouds.

"Coming off the afternoon shift?" the cyclist repeated.

"Yeah."

"Do you work in the Pamalik area?"

"Yeah. Next to the mosque."

"There's a festival up there."

"Oh."

"Near the Islam boarding school."

"Hmm."

Titi terdiam.

Sebenarnya, dia tidak terlalu suka melihat dangdut di hajatan. Tubuh para penyanyi berbadan patung lilin itu meliuk-liuk seperti batang bambu. Menantang. Lebih lagi melihat para laki-laki berjoget di atas panggung. Mereka saling bersentuhan, merangsek. Merapatkan dada mereka ke payudara yang setengah terbuka. Tangan mereka menyentuh pantat penyanyi.

Musik itu terdengar seperti sendawa panjang. Sendawa babi hutan. Mata-mata itu tampak merah, bernafsu, birahi yang membakar.

Laki-laki itu menoleh sejenak. Dari gigi kuningnya, sepercik ludah menempel di pipi Titi. Tangan kiri laki-laki itu menyentuh paha Titi. Titi tidak bergerak. Laki-laki itu menggeser pantat, mundur. Punggung menekan dada. Motor melonjak. Berbelok menjauhi arah kamar kontrakannya. Laki-laki itu lagi menoleh. Matanya terbakar. Titi hafal mata yang nyala itu. Dia melihatnya di mata para penyanyi dangdut. Di mata Wak Ohim.

•—•◆•—•

"Which shift do you work tomorrow?"

"I'm off."

"Let's go listen to *dangdut koplo*; I like popular dance and folk music."

Titi didn't answer. She did not like the dangdut shows. It was embarrassing to watch the waxy, doll-like female singers wriggle provocatively like bamboo stems swaying in the wind. Titi disliked the men dancers even more. They pressed their bodies against the girls, brushing their manly chests against the girls' half-exposed breasts while groping the girls' buttocks. Hot lust burned in the men's red flaming eyes.

To Titi's ear, the music sounded like a long belch — a boar's belch.

The motorcycle driver turned his head briefly and urged, "Come on, let's go." A splatter of saliva flew from his yellow teeth and hit Titi's cheek. His left hand groped her thigh. Titi froze. Shifting his buttocks, he pushed back against her, his back pressed against her bosom.

The bike jolted. It turned away from the direction of her boarding house.

The motorcycle driver turned his head again. His eyes were on fire. Titi recognized the glow. She had seen it in the eyes of the dangdut dancers, Wak Ohim, and the boar.

———•◆•———

# Wali Kesebelas

Triyanto Triwikromo
Penerjemah: Indah Lestari

Para utusan Lurah Lading Kuning ingin membunuh dan membuang mayat Syeh Muso ke laut. Akan tetapi, Syeh Bintoro ingin menunjukkan kepada warga kampung betapa sang penebar ajaran sesat hanyalah seekor anjing busuk.

Dia bukan pewarta agama. Dia juga tidak pernah mengajak penduduk di kampung yang setiap senja tiba menjadi surga bangau itu mengaji di masjid. Tiba-tiba saja, warga memanggilnya sebagai *Syeh Muso*. Dia tidak bisa berjalan di atas air, tetapi dalam bisik-bisik di kampung nelayan itu, dia dapat menyibak air laut dengan tongkat. Dia bisa berjalan di dasar laut dan dinding-dinding laut yang terbelah itu membuat dia seperti berada di dalam kolam ikan raksasa.

Tidak hanya dianggap memiliki semua mukjizat yang bisa dilakukan oleh Nabi Musa, seorang warga pernah menceritakan dengan rinci, Syeh Muso juga pernah ditelan semacam naga, semacam kerbau laut, atau hiu raksasa, dan tidak mati meskipun telah berada di setiap perut hewan itu sehari semalam. Karena itu, warga yakin Syeh Muso itu sesungguhnya Nabi Yunus yang diutus menyelamatkan kampung dari kehancuran dan kemungkaran.

Bukan hanya itu. Pada saat berada di perut hiu atau di dasar laut yang diapit oleh dinding-dinding laut yang terbelah, Syeh Muso, dalam perbincangan kanak-kanak, bisa bercakap-cakap dengan segala ikan dan satwa air lain. Tentu sebagaimana Nabi Sulaiman, dia bisa berbicara dengan berbagai burung, aneka unggas, hewan-hewan melata, kerbau, sapi, kambing, dan segala satwa yang berkeliaran.

"Apakah Syeh Muso menceritakan kehidupan kita kepada para ikan?"

# The Eleventh Saint

By Triyanto Triwikromo
Translated by Indah Lestari

The village chief of Lading Kuning hired the eleven assassins to murder Sheikh Muso and throw his body into the sea. But Muso's twin brother, Sheikh Bintoro, wanted to show the villagers that the blasphemous preacher was nothing more than a rotten dog.

Sheikh Muso was not a preacher. Nor had he ever invited the people in Lading Kuning to recite the Koran in the mosque. Yet out of the blue, the villagers began regarding the man formerly known as Said Barikun as a religious leader and started calling him Sheikh Muso. He could not walk on water, but according to rumors from the fishermen's village, he could part the sea with his staff and walk on the seabed, flanked by walls of water, as if walking through a giant aquarium.

Not only was it believed that Sheikh Muso could perform the same miracles as the Prophet Moses, but some villagers told in detail how Sheikh Muso had been swallowed by a sea creature that was part dragon, part buffalo, and part giant shark, and had stayed alive inside the beast's belly overnight.

Because of these stories, the villagers believed that Sheikh Muso was actually the Prophet Jonah, sent to save the *kampong*, their native village, from ruin and injustice. According to the village children, in addition to surviving in the beast's belly and walking on the seabed between walls of seawater, Sheikh Muso could also talk with all the fish and aquatic life. Like the Prophet Solomon, he also talked with the birds, fowl, insects, reptiles, buffaloes, cows, goats, and all other animals roaming nearby.

"Did Sheikh Muso tell the fish about us?" asked the friends of Azwar, Sheikh Muso's teenaged grandson.

"Tidak. Ikan-ikan terbanglah yang menceritakan penderitaan mereka kepada eyangku. Mereka bilang manusia makin rakus. Dulu mereka tidak pernah mau memakan ikan terbang, tetapi sekarang ikan terbang pun dibakar sepanjang malam," kata Azwar, lelaki kencur, cucu Syeh Muso kepada teman-teman sepermainan.

"Waktu berada di dalam perut hiu, apa yang dilakukan Eyang Muso?"

"Eyangku mengajak insang dan seluruh benda yang bisa bergetar berzikir memuja Allah," jawab Azwar lagi kepada bocah-bocah kecil lain yang sangat ingin memiliki eyang sakti sedigdaya Eyang Muso, "Kata ayahku, eyangku juga bisa terbang dan menghilang."

"Apakah Syeh Muso terbang dengan *buraq*?"

"Tidak. Eyang terbang dengan sarung."

"Apakah dia menghilang seperti hantu?"

"Tidak. Eyang menghilang seperti Pangeran Diponegoro."

Karena bisa terbang dan menghilang, beredar kabar setiap saat Syeh Muso bisa salat di Masjidil Haram atau sekadar i'ktikaf di Masjid Nabawi. Malah karena ditengarai oleh penduduk Syeh Muso menciptakan kampung dan membangun masjid hanya dalam tujuh hari, dia dihormati sebagai Wali Kesebelas. Tentu ada penjelasan mengapa lelaki santun yang sepanjang hidup menanam bakau di tanjung yang setiap saat digerus abrasi itu disebut sebagai Wali Kesebelas. Di Tanah Jawi, kau tahu, riwayat kewalian hanya berhenti di kemuliaan Walisongo. Hanya di tanjung penuh kadal buntung ini, bertahun-tahun kemudian, didongengkan pada malam menjelang tidur para bocah, hiduplah Wali Kesepuluh yang kebal seluruh senjata dan jago silat. Sang wali sakti itu bernama Basir Burhan. Dia memiliki saudara kembar bernama Said Barikun yang lebih dikenal sebagai Syeh Muso atau Wali Kesebelas.

Basir Burhan atau Syeh Bintoro tinggal di kawasan yang dulu dikenal sebagai Istana Raden Fatah. Dia hanya datang pada setiap Jumat untuk menjadi khatib. Dia tidak pernah memperbolehkan Syeh Muso menyampaikan satu ayat pun kepada warga. "Begitu satu ayat dia sampaikan di masjid, tanjung ini akan tenggelam," kata Syeh Bintoro yang menganggap seluruh perkataan yang muncul dari mulut santun Syeh Muso sebagai ajaran sesat.

"No. The flying fish told my grandpa about their plight. They told him that human beings have become greedier, and that in the past, people never wanted to eat flying fish, but now, they grill them every night."

"What did Grandpa Muso do inside the beast's belly?" asked the small children, who wished their grandfather had the same magical powers as Grandpa Muso.

"My grandpa asked the fish and all living creatures to chant praises to Allah. My father said my grandpa could also fly and make himself disappear."

"Did Sheikh Muso fly on a *buraq, the creature that transports prophets*?"

"No. He used a sarong to fly."

"Did he disappear like a ghost?"

"No. He vanished like Prince Diponegoro, our Javanese hero who was exiled after the Java War."

The belief that Sheikh Muso could disappear and fly led to the assumption that he could make the pilgrimage to say his prayers at the Masjid al-Haram mosque in Mecca and could pray in seclusion at the Islam holy site Al-Masjid an-Nabawi mosque in Medina, whenever he wanted. The villagers believed that Sheikh Muso built a village and erected a mosque in seven days, and they ordained him the Eleventh Saint.

On the island of Java, the line of saints ended at the noble Ninth Saint. But through the years, a bedtime story about a Tenth Saint who was immune to all weapons and mastered *silat*, martial arts, began circulating. The name of the Tenth Saint was Basir Burhan — Sheikh Bintoro. His twin brother, Said Barikun, was Sheikh Muso — the Eleventh Saint.

Sheikh Bintoro lived in the district known as Raden Fatah Palace. He only came to Lading Kuning on Fridays to lead the prayers. He never allowed Sheikh Muso to recite a single verse. "Every word that comes out of Sheikh Muso's mouth is blasphemy!" he declared. "If he delivers a verse at the mosque, this cape will drown!"

Surely there were reasons why the mild-mannered man formerly known as Said Barikun, who spent his life planting mangroves to protect the erosion-ridden cape, earned the title of Sheikh Muso, the Eleventh Saint. He had never been a guru, yet everything he did set

Syeh Muso memang tidak pernah menjadi guru. Akan tetapi, segala tindakan Wali Kesebelas ini dianggap sebagai semacam teladan yang patut ditiru. Karena dia tidak pernah membunuh bangau, penduduk menganggap bangau sebagai satwa suci yang tidak layak disakiti. Karena dia selalu menanam bakau sepanjang waktu, penduduk menganggap haram merusak atau mematikan pohon penghalang ombak itu.

Akan tetapi, tidak semua tindakan Syeh Muso bisa ditiru dengan mudah. Meskipun berkali-kali berusaha mencoba, warga tidak bisa menjadi semacam dukun penyembuh. Bunga apa pun ketika dicampur dengan secangkir air oleh Syeh Muso bisa digunakan untuk menyembuhkan berbagai penyakit. Hanya seorang dua orang yang tahu rahasia penyembuhan Syeh Muso. Itu pun daya sembuhnya tidak sekuat yang dimiliki oleh khasiat penyembuhan Syeh Muso.

Syeh Muso juga tidak punya umat. Meskipun demikian, setiap malam banyak warga berkumpul di rumahnya yang teduh. Meskipun Syeh Muso tidak mengajarkan apa pun, mereka berguru pada laki-laki kencana itu.

Jika ada bocah yang bertanya ke mana orangtua mereka pergi, "Ayahmu sedang menimba ilmu, ibumu sedang belajar memahami hidup di rumah Syeh Muso."

* * *

Syeh Bintoro menganggap ada yang tidak beres dalam ajaran Syeh Muso. Ada syariat yang dilanggar. Karena itu pada Jumat berbadai, dia mengunjungi saudara kembarnya itu. Tentu sebagaimana malam-malam sebelumnya, Syeh Muso dikerumuni oleh penduduk kampung yang malam itu tengah mempercakapkan hakikat bangau dan bakau.

"Berikanlah kami pemahaman tentang bangau, ya, Syeh Muso," kata seorang perempuan berwajah sesuci kelinci.

"Aku tak tahu apa-apa tentang bangau."

"Ayolah, Sampean telah mengajari kami untuk tidak membunuh bangau. Pasti Sampean telah mendapat bisikan dari malaikat agar burung-burung itu dibiarkan nangkring di pepohonan, bukan?"

Syeh Muso tidak menggeleng, tetapi juga tidak mengangguk.

"Apakah bangau-bangau itu tak pernah mati sehingga sejak dulu hingga kini mereka tak bisa dihitung dengan jari seluruh

an example. He never killed egrets, the majestic herons that turned the village into an egret haven every twilight and were regarded as sacred animals not to be harmed. And because he spent all of his time planting mangrove trees to help block the eroding waves, destroying mangroves was sacrilegious.

But not all of Sheikh Muso's actions were easy to emulate. Every flower that Sheikh Muso picked and mixed with water cured a disease. Only a couple of villagers learned the secret of Sheikh Muso's healing power, but their cures were never as effective as his.

Sheikh Muso did not have an official congregation, but every evening, a group of people gathered at his peaceful house. And although Sheikh Muso did not teach anything at those gatherings, the villagers learned from the great man. If a child were to ask where their parents went on those evenings, the answer was, "Your father is absorbing knowledge, and your mother is learning about life at Sheikh Muso's house."

———•—•———

Sheikh Bintoro felt certain that Sheikh Muso was breaking the law. In his opinion, because Sheikh Muso did not answer the villagers' questions as stipulated by the *sharia*, Islam law, it was blasphemy. According to the sharia, not answering the villagers' questions meant that Sheikh Muso agreed with everything the villagers said, and this was dangerous for the workings of religion.

It was also dangerous for Sheikh Bintoro, who felt like he was fighting his own shadow. Everything his twin did was like seeing his own reflection scrambled in the previously still, glass-clear lake water.

One stormy Friday evening, Sheikh Bintoro paid his twin brother a visit. Just as on previous nights, Sheikh Muso sat in his home, surrounded by villagers discussing the essence of egrets and mangrove trees.

"Sheikh Muso, please help us understand the importance of the egrets," said a woman with the innocent face of a rabbit.

"I know nothing of egrets."

"Come now, you taught us not to kill egrets. The angels must have whispered to you to leave the birds alone to roost in the trees."

penduduk kampung ini? Atau apakah sebagian dari mereka mati pada hari Selasa dan dibangkitkan Allah pada hari Sabtu?"

Syeh Muso masih tidak menggeleng, tetapi juga masih tidak mengangguk.

"Mengapa diam, Syeh Muso? Apakah sesekali Allah dan para malaikat menjelma bangau-bangau itu sehingga Sampean melarang kami membunuh mereka?"

Syeh Muso hanya tersenyum.

"Apakah Sampean akan mengatakan kepada kami tiada malaikat selain para bangau itu? Apakah Sampean akan mengatakan tiada Allah selain Syeh Muso, selain Sampean sendiri?"

Syeh Muso masih hanya tersenyum. Dia tidak menggeleng. Dia tidak mengangguk.

"Baiklah, apakah makna pohon-pohon bakau itu untuk kami?" tanya seorang lelaki muda berwajah selicik tikus.

"Aku tak tahu apa-apa tentang pohon bakau."

"Kalau tak tahu tentang pohon bakau, mengapa sepanjang waktu hanya Sampean tanam pohon bakau di tanjung ini? Apakah semua itu merupakan pohon yang Sampean bawa dari surga?"

Syeh Muso membisu. Dia menggigil karena badai kian mengamuk dan menghajar tubuh ringkihnya.

"Jangan-jangan, di setiap daun tergurat ayat-ayat indah Allah? Jangan-jangan, pohon-pohon itu berzikir pada Allah sepanjang waktu?"

Syeh Muso tetap membisu. Dia kian menggigil dan merasa betapa makin tidak mungkin menjawab pertanyaan-pertanyaan warga kampung yang haus akan rahasia kehidupan itu.

"Apakah pohon-pohon bakau itu lebih penting dari segala pohon sehingga saat subuh, zuhur, asar, magrib, maupun isya, Sampean masih menanamnya dengan khusyuk?"

Tidak menjawab pertanyaan itu, Syeh Muso justru bersiap meninggalkan rumah. Dia hendak menyepi ke ujung tanjung.

"Jangan pergi dulu!" Syeh Bintoro yang sejak tadi bersembunyi di balik pohon berteriak.

Syeh Muso tidak menggubris suara menggelegar itu. Dia tetap bergegas menuju ke ujung tanjung.

"Hentikan ajaran sesatmu," Syeh Bintoro berteriak lebih keras.

Sheikh Muso neither shook his head nor nodded. "Are the egrets immortal? Is that why their number is so great that we can't count them on all the fingers in the entire village? Or do they die on Tuesday and are resurrected by Allah on Saturday?"

Again, Sheikh Muso neither shook his head nor nodded.

"Do Allah and the angels transform into egrets and that is why you don't kill them? Why are you silent, Sheikh Muso?"

Sheikh Muso only smiled.

"Are there no angels other than those egrets? Is there no God other than you, yourself, Sheikh Muso?"

Sheikh Muso only smiled. He neither shook his head nor nodded.

"Why are those mangroves so important to us?" asked a young man with a face as cunning as a fox.

"I know nothing of mangroves."

"If that's so, why do you plant only mangroves on this cape? Did you bring all those trees from heaven?"

Sheikh Muso kept quiet. He shivered as the storm grew wilder and the wind whipped his home's fragile frame.

"Could it be that God's beautiful verses are inscribed in every leaf? Do those mangrove trees serve as a reminder of God at all times?"

Sheikh Muso remained silent. He was chilled to the bone and shivering. It was impossible to quench the thirst of the villagers eager to learn the secrets of life.

"Are mangrove trees more important than other trees? Is that why you are so preoccupied with planting them that you continue to work even through prayer time?"

Sheikh Muso rose and left the house. He wanted to spend time in seclusion at land's end.

"Don't go yet!" shouted Sheikh Bintoro, stepping out from behind a tree.

Sheikh Muso did not heed his brother's thundering call. He continued hurriedly toward land's end.

"Stop your blasphemous teaching!" Sheikh Bintoro shouted louder. "If you don't stop, Allah will take your life. Believe me!"

Still Sheikh Muso did not stop. He left Sheikh Bintoro behind with his hurtful suspicions.

Syeh Bintoro menganggap Syeh Muso telah mewartakan ajaran sesat karena tidak menjawab pertanyaan-pertanyaan warga kampung sesuai syariat. Tidak menjawab pertanyaan warga kampung berarti menyetujui segala perkataan mereka. Hal itu berbahaya bagi penegakan agama. Berbahaya pula bagi dirinya karena dia seperti tengah bertempur dengan bayangannya sendiri. Melihat segala yang dilakukan Syeh Muso, dia seperti melihat bayangan dirinya mengeruhkan air telaga yang semula bening dan berkilau bagai kaca.

"Jika tak kauhentikan ajaran sesatmu, Allah akan membunuhmu. Percayalah padaku!"

Syeh Muso tetap tidak menggubris. Dia melesat meninggalkan Syeh Bintoro, meninggalkan syak wasangka yang menyesakkan dada itu.

"Aku tak tahu apa-apa tentang ajaran sesat. Mengapa pula Allah akan membunuhku?" desis Syeh Muso sambil menatap laut lepas, menatap cahaya halilintar menggores langit yang murung dan kian mendung.

Syeh Muso sedih karena merasa tidak seorang pun memahami dirinya. Tidak penduduk kampung. Tidak juga Syeh Bintoro, bayang-bayang yang sangat dia cintai itu.

⊢—·—·—⊣

Apakah Allah jadi membunuh Syeh Muso? Allah tidak pernah berurusan dengan masalah-masalah kecil. Allah berurusan dengan mukjizat Nabi Nuh yang menyelamatkan umat dari banjir besar dengan kapal rapuh, tetapi sama sekali tidak ingin turut campur dalam urusan bangau atau bakau antara Syeh Muso dan Syeh Bintoro. Allah berurusan dengan mukjizat laba-laba yang melindungi Nabi Muhammad di gua, tetapi tidak ingin menghakimi siapa yang sesat siapa yang benar dalam memuja diri-Nya. Apakah Syeh Bintoro yang merasa taat syariat lebih benar? Apakah Syeh Muso yang tidak pernah menyampaikan satu ayat lebih sesat? Allah tidak mau menjawab pertanyaan-pertanyaan kecil itu.

Apakah Allah jadi membunuh Syeh Muso? Allah sama sekali tidak berurusan dengan pembunuhan Syeh Muso. Ketimbang Allah, Lurah Lading Kuning ingin lebih segera menghilangkan nyawa Syeh Muso. Syeh Muso dianggap musuh paling berbahaya

"I know nothing of blasphemy," Sheikh Muso said softly to himself, when he reached land's end. "So why would God take my life?" He stared at the open sea and the lightning that scratched the gloomy, darkening sky. He was upset that no one understood him — not the villagers, not even Sheikh Bintoro, the twin he loved so much.

*Can Allah take Sheikh Muso's life?* Allah never interferes in trivial matters. Allah had a hand in the miracle of the Prophet Noah, who saved believers from the flood in a brittle ark; but Allah stays out of the matters of egrets and mangroves. These are issues between Sheikh Muso and Sheikh Bintoro.

Allah also had a hand in the miracle of the spider that protected the Prophet Muhammad in the cave; but Allah does not judge who is right and who is wrong in their ways of praising Him.

Did Sheikh Bintoro think the sharia was more truthful? Had Sheikh Muso ever taught a misleading verse? Allah is not willing to answer such trivial questions.

*Was it Allah who finally took away Sheikh Muso's life?* Allah did not have a hand in the killing of Sheikh Muso. It was the village chief in Lading Kuning who wanted Sheikh Muso killed, sooner rather than later.

The village chief considered Sheikh Muso his most dangerous foe because, aside from Muso's loyal following, he suspected the sheikh and his gullible students of stealing from him and other village officials.

Not wanting to be seen as incapable of keeping the village safe, the village chief decided to murder Sheikh Muso. The chief would have preferred to kill Sheikh Muso with his own hands, but he did not want to be seen as cold-blooded. So he decided to use someone else's hands to remove Sheikh Muso, the so-called Eleventh Saint, from the cape that was becoming the most prosperous area among the coastal villages. That's why the village chief of Lading Kuning hired eleven assassins to murder Sheikh Muso and throw his body into the sea.

Why eleven? The chief believed Sheikh Muso would transform himself into eleven warriors, unbeatable by eleven ordinary

karena selain kini memiliki banyak pengikut, lelaki kencana ini bersama murid taklid juga dituduh menjadi maling yang setiap Jumat Kliwon mencuri di rumah para bekel, demang, dan lurah.

Karena tidak ingin dianggap tidak mampu menjaga keamanan desa dan menumpas para begundal, Lurah Lading Kuning kemudian menyewa sebelas pembunuh upahan untuk menaklukkan Syeh Muso. Lurah Lading Kuning sebenarnya ingin menghajar sendiri Syeh Muso. Akan tetapi, karena tidak ingin tampak sebagai petinggi yang kejam, dia meminjam tangan orang lain untuk menyingkirkan Syeh Muso dari tanjung yang kian lama kian tampak sebagai kawasan paling makmur di desa pantai itu. Dia meminta sebelas pembunuh upahan untuk membunuh Syeh Muso.

Mengapa harus sebelas? Karena Lurah Lading Kuning yakin Syeh Muso akan bisa mengubah diri menjadi sebelas pendekar yang tidak mungkin bisa dikalahkan oleh sebelas manusia biasa. Diperlukan manusia yang memiliki kekejaman dan naluri membunuh yang luar biasa untuk membantai Syeh Muso.

"Dia memang tidak pernah mencuri untuk dirinya sendiri. Dia memang selalu membagi-bagikan hasil curian kepada warga miskin, tetapi tetap saja dia bajingan tengik meskipun kalian akan menyebut dia sebagai maling aguna," kata Lurang Lading Kuning sesaat sebelum memberikan perintah pembunuhan Syeh Muso kepada sebelas pembunuh upahan.

Sebelas pembunuh upahan tidak terlalu peduli pada alasan Lurah Lading Kuning.

"Sebenarnya Syeh Muso takluk pada Syeh Bintoro. Tapi Syeh Bintoro minta tolong padaku untuk menyingkirkan Syeh Muso," kata Lurah Lading Kuning lagi.

Sebelas pembunuh upahan tidak mendengarkan penjelasan Lurah Lading Kuning. Setelah mendapatkan bayaran, mereka bergegas meninggalkan kelurahan. Mereka bergegas ke ujung tanjung.

⊢—·—·—⊣

Akan tetapi, di ujung tanjung kau tidak akan mendapatkan pertempuran sengit antara Syeh Muso melawan sebelas pembunuh upahan. Jauh sebelum sampai ke ujung tanjung, ketika melewati

men. It would take extraordinary meanness and killing instinct to slay Sheikh Muso.

Before he issued the order for Sheikh Muso's murder to the eleven assassins, the chief told them, "It's true he never stole anything for himself. He always gave his bounty to poor people. Nevertheless, although he is called *the good thief*, he is evil." The eleven assassins did not care about the chief's reasons for murder.

"And although Sheikh Muso can be defeated by Sheikh Bintoro," the chief went on, "Sheikh Bintoro asked for my help to get rid of his twin brother." But the eleven assassins had stopped listening to the chief. After receiving their blood money, they headed to the cape.

———•—•———

The battle between Sheikh Muso and the eleven assassins at land's end never occurred. Passing through the mangrove forest on their way to the cape, the assassins were trapped by creeping roots wrapping around their feet. As if following a command, the roots writhed like snakes that snared the assassins and dragged their bodies down into the sucking mud as if to bury them alive. Unable to move, the assassins looked like ancient statues standing stiff in the darkness of the night.

But the miraculous mangrove roots had not been ordered to kill, only to frighten. The roots finally loosened their hold, and the mud receded. The assassins freed themselves and fled.

———•—•———

"We couldn't have killed him!" the assassins reported to the village chief.

"We didn't even get a chance to look at his face!"

"Magical lights covered his body!"

The chief did not question the eleven men. "Don't be afraid," he said. "You'll win. I'll ask Sheikh Bintoro to help you."

The assassins shuddered. They had faced and escaped a terrifying death. They imagined the mangrove roots choking them and piercing their eyes with their pointed tips.

"Sheikh Muso will defeat himself," continued the chief. "Because Sheikh Muso and Sheikh Bintoro are twin brothers, only Sheikh Bintoro can kill the invincible man."

hutan bakau, para pembunuh diadang oleh akar-akar yang menjalar-jalar dan melilit tubuh sebelas pembunuh upahan itu.

Akar-akar itu, seperti diperintah oleh keajaiban, meliuk-liuk seperti ular dan akhirnya membelit dan membanting para begundal sehingga tubuh-tubuh para pembunuh gagal itu terbenam ke lumpur. Karena sebelas pembunuh upahan itu tidak bisa bergerak, dari kejauhan mereka tampak patung-patung purba yang berdiri kaku di kegelapan malam.

Akan tetapi, akar-akar pohon bakau itu tidak diutus untuk membunuh. Akar-akar bakau pengasih itu hanya menakut-nakuti. Ketika akhirnya belitan mengendur dan lumpur tidak mengubur hidup-hidup, para pembunuh kemudian bergegas meninggalkan ujung tanjung.

———•—•———

"Kami tak mungkin membunuhnya ...," salah seorang pembunuh upahan melapor kepada Lurah Lading Kuning.

"Melihat wajahnya kami tak mampu!"

"Ada cahaya yang menyelimuti tubuhnya!"

Lurah Lading Kuning tidak mendebat para pembunuh upahan itu. "Jangan takut. Kalian akan menang. Aku akan meminta Syeh Bintoro membantu kalian."

Para pembunuh upahan menggigil. Mereka merasa bakal menghadapi kematian yang menakutkan. Mereka membayangkan akar-akar pohon bakau akan mencekik leher atau ujung lancip rantingnya menancap di mata.

"Syeh Muso akan kalah dengan dirinya sendiri," kata Lurah Lading Kuning, "Dan karena Syeh Muso dan Syeh Bintoro adalah saudara kembar, hanya Syeh Bintorolah yang bakal mengalahkan lelaki digdaya itu."

Para pembunuh tidak paham pada perkataan Lurah Lading Kuning. Mereka terus menggigil. Mereka merasa malaikat kematian dengan perahu-perahu dari surga makin merapat, makin mendekat.

———•—•———

Syeh Muso masih tafakur di ujung tanjung saat Syeh Bintoro dan sebelas pembunuh upahan mendatangi tempat yang oleh warga dianggap wingit itu. Akar-akar masih menjalar seperti ular

The assassins did not understand what the chief was talking about. They kept shivering. The angel of death from heaven rowed his boats closer and closer.

Sheikh Muso was meditating at land's end when Sheikh Bintoro and the eleven assassins arrived at the place in the mangrove forest that the villagers considered haunted. Here the tree roots crept like snakes, causing anyone traveling to land's end to live in everlasting fear.

Apparently, Allah did not want to have a hand in the things that Sheikh Muso or Sheikh Bintoro would do. Neither did He instruct the mangrove roots to kill, so the cape turned tranquil.

The angel Gabriel whispered to Sheikh Muso, "Do what Sheikh Bintoro asks of you, even if he wants to stab a *kris*, dagger, into your belly."

The angel Gabriel then whispered to Sheikh Bintoro. "You don't need to kill your twin brother. Your job is only to ask him to go *moksha*, seek redemption."

The twins faced each other as the eleven assassins watched. The brothers did not exchange a word; they only held each other's eyes, as if engaged in an unspoken, secret conversation.

Sheikh Muso spoke first. "I tell you once more, I don't teach your congregation anything."

"You have turned into an idol!"

"I only do Allah's will."

"Your actions are seen as a decree from Allah. Whatever you do — even if it's wrong — is regarded as law."

"I've already told the villagers I'm nobody."

"They are blinded. They regard you as a saint and have forgotten the Prophet's teachings."

"If so, I will leave this cape."

"Go to a remote place."

"Yes, I will go. Now leave me alone."

Sheikh Bintoro took a few steps back and joined the assassins. "You don't need to kill Sheikh Muso," he said. "He's already dead. Although he seems to be standing up and meditating at land's end, he has died. What you see is only his body; his soul has departed."

sehingga siapa pun yang berada di ujung tanjung berhadapan dengan kengerian yang tidak kunjung hilang.

Allah pun agaknya tidak ingin berurusan dengan segala tindakan yang akan dilakukan oleh Syeh Muso atau Syeh Bintoro. Allah juga tidak mengutus akar-akar bakau untuk menjadi pembunuh sehingga tanjung jadi teduh, tanjung jadi tenang. Saat itu, Jibril mungkin berbisik kepada Syeh Muso. "Lakukanlah apa yang diminta oleh Syeh Bintoro, bahkan sekalipun dia ingin menusukkan keris ke lambungmu."

Saat itu Jibril juga mungkin berbisik kepada Syeh Bintoro. "Tak perlu kaubunuh saudara kembarmu. Tugasmu hanya meminta Syeh Muso moksha."

Lalu, kedua saudara kembar itu berhadap-hadapan.

Dalam pandangan sebelas pembunuh upahan, mereka tidak saling berkata-kata. Mereka hanya saling mengadu mata. Ya, mereka memang tidak berkata-kata, tetapi ada percakapan rahasia di hati mereka.

"Sekali lagi kukatakan kepadamu aku tak mengajarkan apa pun kepada umatmu."

"Tapi kau telah jadi berhala."

"Aku hanya melakukan apa pun yang dikehendaki Allah."

"Ya tetapi tindakanmu telah jadi firman. Segala yang kaulakukan, bahkan yang salah, telah dianggap sebagai ayat."

"Aku sudah mengatakan kepada mereka aku bukan siapa-siapa."

"Tapi mereka buta. Mereka telah menganggapmu sebagai wali dan melupakan ajaran Nabi."

"Kalau begitu aku akan meninggalkan tanjung ini ...."

"Pergilah ke pedalaman ...."

"Ya, aku akan pergi. Sekarang tinggalkanlah aku sendiri."

Syeh Bintoro lalu mundur beberapa langkah. Dia bergabung dengan sebelas pembunuh upahan.

"Kalian tidak perlu membunuh Syeh Muso. Dia telah mati. Dia memang tegak berdiri tafakur di ujung tanjung, tetapi sesungguhnya dia telah mati. Itu hanya tubuh Syeh Muso. Jiwanya telah pergi ...."

Sebelas pembunuh upahan menggigil mendengarkan ucapan Syeh Bintoro. Mereka merasa telah menyaksikan pertempuran

The assassins shuddered when they heard Sheikh Bintoro's words. They felt they had witnessed a grand battle without seeing a single drop of blood seep from Sheikh Muso's belly.

——•—•—

*Did Sheikh Muso die?*

The assassins made their report to the village chief. "We managed to kill him. We tossed his body into the sea."

"Sheikh Bintoro has no supernatural power. He became frightened and ran away when he stood face-to-face with Sheikh Muso."

"We knew Sheikh Muso's Achilles' heel. When we stabbed his belly, blood flowed so heavily that when we threw his body into the sea, the water turned red."

"We have nothing to fear anymore. There is no more 'good thief' and no more creeping roots with pointed tips that can pierce eyes. Everything is over."

The village chief smiled as he listened to the reports. He envisioned the royalty, government officials, and every villager praising him for removing Sheikh Muso from the cape, which would now become a more desirable place for everyone.

——•—•—

*Did Sheikh Muso die?*

No one told the villagers in Lading Kuning about Sheikh Muso's death. That night, Sheikh Bintoro carried a sweet-smelling body wrapped in a sheet of unbleached muslin traditionally used to swaddle the dead, and invited several people to say prayers at the mosque.

"Whose body is that?" someone asked.

"Is it Sheikh Muso?" another villager asked.

Sheikh Bintoro did not reply. He gave the signal to undo the tie that clasped the muslin around the neck of the corpse. When the tie came off, the people in the room trembled in fear. A decomposing dog lay under the bloodstained *kafan*.

"Are you Sheikh Muso?" someone shouted hysterically at the rotting dog.

There was no answer. Sheikh Bintoro ran off, leaving the stunned kampong dwellers. A deep, deathly silence shrouded the mosque.

dahsyat tanpa harus menatap percikan darah mengucur dari lambung Syeh Muso.

———•—•—

Telah matikah Syeh Muso?

"Kami telah berhasil membunuhnya. Mayatnya kami buang ke laut," seorang pembunuh upahan melapor kepada Lurah Lading Kuning.

"Syeh Bintoro ternyata tak punya kesaktian apa-apa. Dia lari terbirit-birit ketika berhadapan dengan Syeh Muso."

"Kami tahu kelemahan Syeh Muso. Kutusuk lambungnya dan darah segar mengucur deras. Saking deras, saat mayatnya kami buang, laut jadi memerah."

"Tak ada lagi yang harus kita takuti sekarang ini. Tak ada maling aguna. Tak ada akar menjalar yang ujung-ujung lancipnya menusuk mata. Semua telah berakhir."

Lurah Lading Kuning tersenyum mendengarkan laporan-laporan itu. Dia membayangkan para adipati, tumenggung, dan segala makhluk akan memuji keberhasilan indah menyingkirkan Syeh Muso dari tanjung yang kian lama kian tampak sebagai tanah yang harus dimuliakan oleh siapa pun itu.

———•—•—

Telah matikah Syeh Muso?

Tak seorang pun menceritakan kabar kematian Syeh Muso kepada warga kampung di ujung tanjung itu. Malam itu Syeh Bintoro, setelah terkenang pada kematian Syeh Siti Jenar, membopong sesosok tubuh harum terbungkus kafan. Dia lalu mengajak beberapa warga memberikan salat gaib.

"Siapa dia?" tanya seorang warga.

"Syeh Musokah?" tanya yang lain.

Syeh Bintoro tidak menjawab. Dia memberi isyarat agar salah seorang membuka tali pengikat leher sang mayat. Ketika tali pengikat terlepas, seluruh warga yang berada di ujung tanjung menggigil ketakutan. Mereka melihat wajah seekor anjing yang telah membusuk menyeringai di balik kain kafan yang belepotan darah itu.

"Syeh Musokah Sampean?" seseorang menjerit sejadi-jadinya pada anjing busuk itu.

"Did your grandpa transform into a rotting dog?"

Azwar, Sheikh Muso's dearest grandchild, did not reply although he knew with certainty that Sheikh Muso had gone moksha to the sea. His grandpa had parted the sea with his staff and walked on the seabed, seeing fish performing *dzikir* prayers to Allah in the seawalls.

Azwar was also certain that his grandpa Sheikh Muso would soon be inside the belly of a giant beast, having a conversation about the glory of Allah with small creatures that at night became the sea monster's prey.

"Come on, Azwar, Sheikh Muso was actually nothing more than a rotten dog, right?"

Tidak ada jawaban. Syeh Bintoro bahkan telah bergegas meninggalkan warga yang takjub bukan alang kepalang itu. Masjid jadi sunyi. Masjid jadi mati.

———•—•—

"Apakah eyangmu telah menjelma anjing busuk?"

Azwar, cucu terkasih Syeh Muso, tidak menjawab. Namun, dia tahu persis Syeh Muso sesungguhnya telah moksha ke laut. Eyangnya telah berjalan di dasar laut dan melihat ikan-ikan berzikir pada Allah di dinding-dinding laut yang terbelah oleh tongkatnya.

Dia juga yakin, sesaat kemudian, Syeh Muso akan berada di perut hiu raksasa dan bercakap-cakap tentang keagungan Allah dengan makhluk-makhluk kecil yang pada suatu malam juga menjadi mangsa raksasa air itu.

"Ayolah jawab, Azwar, ternyata Syeh Muso cuma anjing busuk, bukan?"

———•—•—

# Mata yang Indah

Budi Darma

Penerjemah: Nurul Hanafi

Beberapa saat sebelum meninggal, Ibu mengelus-elus kepala saya, kemudian berkata, "Haruman, lihatlah mata saya baik-baik." Tampak ada nyala lembut dalam mata Ibu, nyala lilin yang hampir padam. Lilin sudah hampir habis, demikian pula sumbunya. Namun tampak, nyala lilin itu tenang, tidak sama dengan nyala lilin yang berjuang untuk tetap hidup pada saat berhadapan dengan angin yang akan membunuhnya.

Saya tahu Ibu akan meninggal, meninggal dengan benar-benar pasrah.

Dengan mendadak, ada bau, entah datang dari mana, amat lembut, tapi amat segar. Saya diam, tetapi saya ingat cerita Ibu ketika saya masih kecil dahulu, "Haruman, pada saat saya akan meninggal kelak, akan ada bau dari surga dikirim ke dunia."

"Siapa yang mengirim?" tanya saya, dulu, ketika saya masih kecil.

"Malaikat. Ketahuilah, Haruman, ada masa awal dan ada masa akhir, demikian juga kehidupan manusia. Menjelang saat kehidupan seseorang berakhir, pasti ada malaikat melayang-layang tidak jauh dari dia yang akan meninggal. Kadang-kadang malaikat tidak membawa apa-apa, kadang-kadang membawa petaka, kadang-kadang pula membawa bunyi-bunyian atau bau yang tidak pernah terbayangkan oleh manusia sebelumnya. Lakukanlah tindakan-tindakan mulia dengan hati yang bersih dalam kehidupanmu, Haruman, agar kelak, sebelum kamu meninggal, malaikat akan membawakan kamu pertanda-pertanda yang agung."

Entah mengapa, begitu Ibu selesai berkata mengenai malaikat yang pada suatu saat akan datang, saya lupa kata-kata Ibu. Saya hanya ingat, Ibu selalu berbuat baik kepada siapa pun, dan sering

# Beautiful Eyes

By Budi Darma
Translated by Nurul Hanafi

A few moments before she died, Mother stroked my head and said, "Haruman, look into my eyes!"

A glow lit my mother's eyes — not the kind that flickers wildly as it fights against the wind, but rather a glow of serene candle-light. I knew my mother would die peacefully.

The air suddenly filled with fragrance, subtle but fresh. I remembered what Mother had told me when I was a child, "Haruman, when I die, heaven will send fragrances to earth."

"Who will send it?" I had asked.

"Angels. Haruman, there is a time to begin and a time to end, and such is mortal life. When a life nears its end, an angel hovers above the person who is about to die. Sometimes the angel doesn't bring anything, and that's a bad omen. Other times, the angel brings songs or scents never imagined by any creature on earth. Always perform good deeds as long as you live, Haruman, so that when your mortal life ends, the angel will bring you a great omen."

I don't know why, but as soon as Mother told me about the angel, I forgot her words. I only remembered that my mother always performed good deeds and frequently advised me to do the same. And, the good child that I was, I always obeyed her.

Then one day — I don't recall how old I was — Mother told me to leave our home. "Forget me, Haruman," she said, "but don't forget my counsel. Go, travel to faraway places and look for new experiences. You will know when it is time to return to me."

I have been on the road since then. During my wanderings, I have been a sampan rower, a lumberjack in dense forests, a roofer of thatched roofs, and an all-around handyman working many odd jobs.

sekali Ibu saya memberi nasihat kepada saya untuk meniru perbuatan-perbuatannya. Sebagai anak yang baik, saya selalu menurut.

Pada suatu hari, entah umur berapa saya pada waktu itu, Ibu menyuruh saya untuk pergi, entah ke mana. "Lupakanlah saya, Haruman, namun jangan lupa nasihat-nasihat saya. Pergilah ke tempat-tempat jauh untuk mencari pengalaman. Pada saatnya nanti, kamu pasti akan merasa, bahwa waktumu untuk kembali kepada saya telah tiba."

Demikianlah, sejak saat itu, saya mengembara. Selama mengembara, saya pernah menjadi pengayuh perahu tambang, penebang pohon di hutan-hutan lebat, tukang memasang atap rumbia, dan entah apa lagi. Nasihat Ibu untuk selalu bertindak baik dengan hati bersih selalu saya turuti. Namun, entah mengapa, saya merasa bahwa saya selalu dicurigai oleh siapa pun yang bertemu dengan saya. Begitu melihat mata saya, siapa pun, pasti membersitkan sikap curiga.

Kecurigaan apa yang mereka pendam, saya tidak tahu. Apakah mereka mencurigai saya sebagai pencuri, pembunuh, penipu, atau apa pun, saya tidak pernah tahu. Karena itu, saya selalu merasa bersalah atau mungkin lebih dari sekadar bersalah. Saya merasa saya berdosa, kendati saya yakin saya tidak pernah melakukan tindakan laknat sama sekali. Berpikir buruk pun, kepada siapa pun dan kepada apa pun, saya tidak pernah.

Mungkin karena saya merasa selalu dicurigai, dan karena itu saya selalu merasa bersalah dan berdosa, saya selalu berpindah-pindah tempat. Tidak pernah saya tinggal di suatu tempat lebih dari tiga hari. Memang, tidak ada satu orang pun yang pernah mengusir saya, tapi saya sendiri merasa bahwa saya akan menjadi beban bagi mereka.

Pada suatu hari, ketika saya sedang berjalan dari satu desa ke desa lain, seekor burung besar, tanpa saya ketahui dari mana asalnya, dengan sangat mendadak menukik ke arah saya, lalu ber-usaha dengan amat susah payah untuk menyerang mata saya. Entah mengapa, tepat pada saat cakar burung akan menghunjam ke mata saya, saya berhasil menutup wajah erat-erat dengan tangan. Dengan sangat cepat, burung itu kembali ke udara, lalu dengan sangat mendadak berusaha menyerang lagi.

Following Mother's advice, I always performed good deeds, but everywhere I went, people looked at me with suspicion. Their distrust of me was obvious each time our eyes met.

I have no idea why they were so wary. Perhaps they regarded me as a thief, a killer, a cheater, or some other villain. Regardless, it made me feel ashamed or, even worse, like a sinner, even though I'd never committed any crime. I never even thought ill of anyone, regardless of who they were.

Perhaps these feelings of shame and guilt caused me to drift from place to place, never staying anywhere for more than three days. While no one ever chased me away, I knew I would become a bother if I stayed longer.

One day, as I was walking from one village to another, a big bird swooped out of nowhere and attacked me. I covered my face tightly with both hands to keep its claws from scratching my eyes out. The bird quickly flew away, then dove at me again. I kept my face covered with my hands. Over and over the bird kept attacking. It scratched my hands, but not my eyes. My hands were bloody and extremely painful. I dropped to the ground and stayed there for I don't know how long.

For several days I remained handicapped from the bird's assault. I could still use my hands to work, but I was slow and tired easily. My whole body had become unbalanced. At times, I felt feverish. Other times, I would lose my balance and stagger, even fall down.

But I had to keep working. I refused to become a burden to others; I would not be a beggar.

Following my mother's wish, I managed to ban her from my mind during my travels. I never dwelled on the fact that I should be with my parents, siblings and other family members. Instead, I lived the life of a carefree wanderer without giving it a thought. However, during those agonizing painful moments after the bird attack, I did remember something my mother told me when I was little.

"Haruman," she said, "the sages once decreed that great wanderers were fated to stay no more than three days in a place; for otherwise, their presence would cause unrest."

Demikianlah, bertubi-tubi burung itu menyerang saya, bertubi-tubi pula saya menutup wajah saya dengan tangan. Akhirnya, burung itu hanya sanggup melukai tangan saya tanpa berhasil mencongkel mata saya.

Untuk menahan rasa sakit, saya terguling-guling di atas tanah dan mengerang-erang dahsyat, entah berapa lama. Namun, sampai berhari-hari, darah masih terus merembes keluar dari luka tangan saya dan rasa sakit masih benar-benar menyiksa.

Sesuai dengan pesan Ibu, selama mengembara, memang saya sudah berhasil melupakan Ibu. Selama mengembara itu saya tidak pernah berpikir bahwa seharusnya saya mempunyai ibu, ayah, saudara, dan kerabat lain. Saya benar-benar merasa sebatang kara tanpa pernah menyadari perasaan saya sendiri bahwa saya adalah sebatang kara.

Entah mengapa, pada saat saya hampir selesai berguling-guling di atas tanah untuk menahan rasa sakit, sekonyong-konyong saya teringat cerita Ibu, dahulu, ketika saya masih kecil.

"Haruman," demikianlah kata Ibu dahulu, ketika saya masih kecil. "Orang-orang suci pernah berkata, sebagaimana yang sering saya katakan dahulu, bahwa para pengembara besar ditakdirkan untuk tinggal di suatu tempat tidak lebih dari tiga hari. Kalau tidak, akan timbul kekacauan. Ingat-ingatlah kembali kisah para pengembara besar, sebagaimana yang sudah sering saya ceritakan."

Entah mengapa, begitu saya selesai teringat kata-kata Ibu mengenai para pengembara besar, dengan sangat mendadak saya lupa Ibu, demikian pula semua tindakan dan kata-kata Ibu. Hanya memang, kadang-kadang, saya merasa mendapat peringatan, entah dari siapa, untuk tidak tinggal bersama orang lain lebih dari tiga hari. Memang, saya tidak pernah mempunyai keinginan sedikit pun untuk mengganggu dan membebani orang lain.

Demikianlah, setelah saya kena serang burung besar itu, saya cacat. Tangan saya masih tetap dapat saya pergunakan untuk bekerja, tapi lambat dan cepat capai. Seluruh tubuh saya juga menjadi tidak beres.

Kadang-kadang tubuh saya mendadak panas, seolah darah saya mendidih. Beberapa kali pula dengan mendadak saya kehilangan keseimbangan. Kalau keseimbangan kacau, saya terpaksa berjalan

Strangely, shortly after that, I forgot all about my mother and her stories.

I continued traveling from village to village until one day, I arrived at a quiet secluded place. Little did I know that I would return to the job of a sampan rower because of an accident.

I was asleep under a weeping willow tree when a man stumbled over me and fell.

I immediately noticed his remarkably beautiful eyes. Yet, I also sensed there was something wrong with them.

"Are you a young man?" he asked me.

"Yes," I replied, suddenly realizing that although the man stared at me, he could not see me.

"I've been nearly blind for many years," said the man. "It gets worse as time goes by. But in this village, I'm the only one who's willing to be a sampan rower. I can't do any other job. People rarely travel by water, but it doesn't mean that my sampan and I are totally useless."

The rower's name was Gues. I noticed how much we resembled each other, even in the way we walked. Gues took me to his sampan, then disappeared. I wondered how he could find his way and row his sampan, for I was quite sure he was not *nearly blind* but totally blind.

I finally figured out that Gues's years of walking the same road and rowing the same sampan enabled him to do so by memory. He had tripped over me because there had never been a man sleeping under that weeping willow tree before.

Night began to fall and still no one needed the sampan. I became anxious as it grew darker and there was still no sign of Gues. After securing the sampan for the night, I walked back to the weeping willow tree and fell asleep in the same spot where Gues had stumbled over me.

I don't know how long I had been asleep when I felt a soft hand stroking my head. The night was pitch black, and I couldn't see anything, but I was sure the hand belonged to a woman.

Suddenly, a mouth closed firmly over mine in a kiss. Between passionate moans and fierce kisses, a soft voice demanded, "Gues, how can I be your wife if you don't treat me like one? To be a

terhuyung, kemudian terjatuh, dan kemudian berguling-guling menahan rasa sakit.

Namun, saya harus terus bekerja. Saya tidak mau mengganggu dan membebani orang lain. Saya pun menolak untuk menjadi pengemis.

Setelah sekian kali pernah menjadi pendayung perahu tambang di berbagai desa, akhirnya saya kembali lagi menjadi pendayung perahu tambang di sebuah desa sepi dan terpencil. Mengapa saya menjadi pendayung perahu tambang lagi, tidak lain karena pada suatu hari, ketika saya sedang tertidur di bawah sebuah pohon rindang, dengan sangat mendadak tubuh saya tertumbuk dengan tidak sengaja oleh seorang laki-laki. Begitu keras dia menumbuk saya, sampai-sampai dia terpaksa terguling.

Saya benar-benar terperanjat ketika saya menyadari bahwa laki-laki yang tidak sengaja menumbuk tubuh saya ini memiliki mata yang luar biasa indah dan luar biasa cemerlang. Namun terasa benar, bahwa mata yang luar biasa indah itu sebetulnya mengandung penyakit.

"Apakah kamu seorang laki-laki muda?" tanya dia.

"Ya," kata saya.

Saya sadar bahwa dia memandang saya dengan tajam, tapi saya juga sadar bahwa sebetulnya dia tidak melihat saya.

"Maaf, sudah bertahun-tahun saya mengalami rabun mata. Makin hari, makin rabun mata saya. Padahal, di desa ini hanya sayalah yang mau menjadi pendayung perahu tambang. Kebetulan pula, saya tidak mempunyai kemampuan untuk bekerja apa pun selain mendayung perahu tambang saya. Penumpang perahu tambang memang sangat jarang, tapi tidak berarti bahwa saya dan perahu saya tidak pernah diperlukan."

Pemilik perahu tambang itu bernama Gues. Potongan tubuhnya rasa-rasanya mirip potongan tubuh saya, begitu juga cara dia berjalan. Segera setelah dia membawa saya ke perahu tambangnya, dia menghilang entah ke mana. Mula-mula saya tidak tahu bagaimana dia bisa berjalan dan mengayuh perahunya sebab saya benar-benar yakin bahwa sebetulnya matanya sudah benar-benar buta.

Sampai hampir menjelang malam, tidak ada satu penumpang pun memerlukan perahu tambang. Saya gelisah, karena sampai

husband means producing children. Who will keep me company after you die?"

Horrified, I broke away and ran.

"Gues! Gues!" the woman wailed, running after me. "Am I not your wife, am I not?"

Suddenly she stopped. She must have realized her mistake when she saw me run in a direction different than the one Gues usually took. I heard her shift her laments to the gods. She cried out with deep remorse and grief for trying to make love to a man who was not her husband.

Hearing her sorrowful regrets, I halted for a moment, overcome by guilt. Even though I was innocent in what had happened, I felt I had somehow dishonored another man's wife. Guilt-ridden I ran from the village.

———•—•———

That wound never healed. My life became hell. I wandered aimlessly without bothering to remember how long I had been walking, until one day, I remembered my mother.

I retraced my steps along the long, abandoned road and traveled home.

My old village was in a frightful state of disrepair. Only a few houses stood among the ruins. Drought had cracked the soil and killed the plants. Even the river was dry. Everyone had taken their livestock and left the village — everyone except my mother. Mother had remained, waiting for my homecoming.

As soon as I saw her, I knew she had been preparing to die for a long time. I also knew that she would have kept living had I not come home.

When I approached her bedside, she seemed to ready herself, yet she still took time to stroke my head. That's when I remembered her story about the angel that visits mortals when they are about to die. "Haruman, please forgive me. My prayers to summon an angel for you have failed. Until you die, no angel will come to visit you. But one will escort you at the time of your death. That angel is your spouse-to-be in heaven."

I felt a stinging pain in my eyes. Suddenly, I couldn't see anything. I was blind.

hampir menjelang malam itu pula, tidak nampak tanda-tanda bahwa pemilik perahu tambang itu akan datang. Maka, setelah mengikat perahu tambang erat-erat, saya berjalan ke arah pohon rindang dan tertidur lagi di tempat tubuh saya tertumbuk Gues tadi.

Entah berapa lama saya tertidur, saya tidak tahu. Seandainya tidak ada tangan halus mengusap-usap kepala saya, pasti saya akan tertidur terus sampai lama. Tangan halus siapa? Saya tidak tahu, tapi saya yakin, pasti tangan halus perempuan. Malam sudah benar-benar gelap, dan saya tidak bisa melihat.

Dengan sangat mendadak, mulut saya terkunci oleh sepasang bibir yang memagut-magut bibir saya. Saya mendengar napas mendesah-desah ganas. Di antara pagutan-pagutan bibir, kadang-kadang saya mendengar suara lembut, tapi dengan nada marah, "Gues, mengapa kamu tidak pernah memperlakukan saya sebagai istri kamu? Berilah saya keturunan. Kalau kamu mati, siapa yang akan menemani saya?"

Sebelum saya kena perkosa istri Gues, saya sempat mem-bebaskan diri. Istri Gues berusaha menangkap saya, tapi saya tidak pernah tertangkap. Saya sempat mendengar lolong-lolong pilu dia, "Gues! Gues! Bukankah saya istrimu?"

Pada saat dia melolong-lolong sambil berusaha mengejar saya, saya bisa menarik kesimpulan mengapa Gues bisa berjalan dan mengayuh perahunya. Nampaknya, karena kebiasaannya yang sudah amat lama, dia hafal semua jalan yang harus dilaluinya. Dia menumbuk tubuh saya karena, agaknya, selama ini tidak pernah ada penghalang apa pun di bawah pohon rindang itu.

Tampaknya, setelah menyadari bahwa saya lari ke arah yang tidak biasa ditempuh Gues, dia sadar bahwa saya bukan Gues. Maka, melolong-lolonglah dia, memohon ampun kepada Seru Sekalian Alam. Dia merasa benar-benar menyesal karena telah berusaha melumat-lumat tubuh laki-laki yang ternyata bukan suaminya.

Mendengar lolong-lolong penyesalan, saya berhenti sekejap. Rasa berdosa menyergap seluruh jiwa dan raga saya. Kendati saya tidak pernah berusaha memerkosa siapa pun, saya merasa telah menodai istri orang lain. Hati saya benar-benar luka. Sambil menangis, saya berlari menjauhi desa.

"Haruman, please listen to my confession," she went on. "A long time ago, I made love with a man I didn't know. I loved his eyes. They radiated a brilliant light, and their sparkle was greater than those of the marbles the gods play with. I committed the sin, and that night, I fell fast asleep and dreamed."

In her dream, my mother said she was punished for the unbearable sin she had committed: In her womb, she carried a fatherless baby that would be born without eyes. An angel took pity on her. It flew away and returned with a pair of beautiful eyes for the fatherless baby.

"Heed me, poor woman," said the angel. "Driven by pity for you, I took a pair of mortal eyes from their sockets. I don't know who the mortal is. I don't know if it is a pious mortal or otherwise. His soul is still hovering. His fate of falling into hell or flying to heaven has yet to be determined. The only thing I know, oh, poor woman, is that he has a pair of remarkably beautiful eyes. Once I plucked these eyes, they could not be returned. But I can assure you that he doesn't need them anymore. If he falls into hell, he will be given a new pair of eyes, satanic ones that match the immoral behavior during his lifetime. If he is lifted to heaven, he will be given a pair of even more beautiful eyes."

Before she breathed her last breath, I said, "Mother, leave in peace. I forgave you a long time ago. The angel you've been waiting for is now here to collect me." I'm certain my mother did not hear my last sentence.

Luka hati saya tidak pernah sembuh. Kehidupan saya bagaikan kehidupan dalam neraka, neraka tempat saya tinggal selama-lamanya. Dosa saya, rasanya, tidak akan pernah terhapus.

Demikianlah, saya terus mengembara, tanpa ingat dan tanpa keinginan untuk mengingat berapa lama saya sudah mengembara. Demikianlah, pada suatu hari, dengan sangat mendadak saya teringat Ibu. Maka berjalanlah saya pulang, melalui jalan-jalan yang sudah begitu lama saya tinggalkan.

Ketika saya tiba kembali di desa Ibu, saya melihat pemandangan yang benar-benar mengerikan. Debu beterbangan, rumah tinggal sedikit karena rumah-rumah lain sudah roboh, tanah retak-retak kekeringan, pohon-pohon mati, dan tidak ada satu hewan pun yang nampak. Sungai juga sudah benar-benar kering. Desa Ibu telah ditinggalkan oleh semua penduduk, kecuali Ibu. Dia nampaknya tetap bertahan, untuk menunggu kedatangan saya kembali.

Begitu bertemu dengan Ibu, saya sadar, bahwa Ibu sudah lama bersiap-siap untuk meninggal. Dia pun akan terus bertahan hidup, seandainya saya tidak pernah kembali. Begitu melihat saya datang, begitu pula dia tampak akan meregang nyawa. Namun, masih sempat dia mengelus-elus kepala saya.

Tepat pada saat tangan Ibu mulai mengelus-elus kepala saya, langsung saya teringat kembali cerita Ibu dahulu, ketika saya masih kecil, mengenai malaikat yang pada suatu saat pasti akan datang menghampiri siapa pun.

"Haruman, maafkanlah saya. Doa-doa saya untuk mendatangkan bidadari ternyata gagal. Sampai saatnya kamu akan meninggal, kamu tidak akan pernah didatangi bidadari. Mudah-mudahan setelah kamu meninggal nanti, bidadari akan menjemput kamu. Bidadari yang akan menjemput kamu tidak lain adalah calon istri kamu di surga sana."

Begitu Ibu selesai mengucapkan kata-katanya, dengan mendadak mata saya menjadi pedih. Dengan mendadak pula, saya merasa benar-benar buta. Saya tidak bisa melihat apa pun.

"Haruman, dengarlah pengakuan dosa saya. Dahulu saya pernah memerkosa seorang laki-laki, entah siapa. Saya tertarik oleh matanya, mata yang terus berkilat, mengirimkan cahaya-

cahaya indah. Mata dia jauh lebih indah daripada kelereng mainan para dewa. Malam harinya, saya tertidur pulas dan bermimpi."

Dalam mimpi, menurut Ibu, Ibu merasakan beban dosa yang amat berat, karena dia sedang mengandung bayi tanpa ayah yang akan hidup tanpa mata. Tampaknya, ada bidadari yang merasa iba kepada Ibu. Bidadari ini segera terbang entah ke mana dan dalam waktu singkat sudah kembali dengan membawa sepasang mata indah.

"Ketahuilah, wahai perempuan malang," kata bidadari, "karena saya merasa amat sangat kasihan kepada kamu, dengan sangat tergesa-gesa tadi saya mencomot mata seseorang. Saya tidak tahu siapa dia. Apakah semasa masih hidup dia orang berhati mulia atau sebaliknya, saya tidak tahu. Arwah dia masih melayang-layang, belum ditentukan apakah dia akan tercebur ke neraka ataukah terangkat ke sorga. Saya hanya tahu, wahai perempuan malang, bahwa mata dia luar biasa indah. Dan karena saya sudah telanjur mencomot sepasang mata indah ini, tidak mungkin saya mengembalikan kepada pemiliknya. Ketahuilah, dia tidak akan memerlukan mata lagi. Kalau ternyata dia tercebur ke neraka, dia akan memperoleh mata baru, mata jahanam sesuai dengan kebejatan hati dan tindakan dia selama dia masih hidup. Dan kalau ternyata dia terangkat ke sorga, dia akan memperoleh sepasang mata baru yang jauh lebih indah."

Tepat pada saat Ibu akan mendesahkan napas terakhir dalam hidupnya, saya berkata, "Ibu, pergilah dengan damai. Sudah sejak dahulu saya memaafkan Ibu. Bidadari yang selama ini Ibu harapkan, telah datang menjemput saya."

Saya yakin, Ibu tidak sempat mendengar kalimat saya terakhir.

# Rumah Kawin

Zen Hae

Penerjemah: Indah Lestari

Lagu *Malam Terakhir* baru saja berakhir dari mulut Gwat Nio dan Karna Suling. Para wayang cokek sudah mengosongkan kalangan, bersiap-siap untuk pulang. Para panjak membereskan alat musik mereka. Akan tetapi, Mamat Jago masih saja berdiri sambil memeluk Sarti di tengah kalangan. Tangannya terus meremasi pantat Sarti dan menyorongkan mulutnya ke mulut wayang bermata burung hantu itu.

Bau anggur kolesom kembali menerpa hidung Sarti. Dia melengos dan berusaha mendorong tubuh Mamat Jago sekuat tenaga, tetapi dengan cepat Mamat Jago meraih tangan Sarti dan melipatkannya ke pinggangnya.

Kali ini Mamat Jago menggoyang-goyangkan pinggangnya sambil terus menekan pantat Sarti. Batang zakar Mamat Jago terasa seperti ikan gabus, menekan selangkangan Sarti.

Wayang cokek itu meringis, mencoba menggeser pantatnya.

"Aih jangan tinggalkan Abang, Manis. Jangan biarkan pancuran ini ngucur sendirian. Aaaghh."

"Heh, Minan, gesekin gua lagu *Ayam Jago*. Gua mau ngibing lagi," teriak Mamat Jago, tiba-tiba.

Minan Balok, si tukang tehyan, celingukan. Balo, si tukang gambang, menggelengkan kepalanya. Pemain musik lainnya mengangguk. Tidak mungkin lagi mereka main. Ini sudah pukul dua pagi. Sudah waktunya rombongan Gambang Kromong Mustika Tanjung pimpinan Tan Eng Djin dari Teluk Naga berhenti main.

Sahibul hajat, keluarga Lie Ban Hoa dari Salembaran dan keluarga Fai Koen Atmadja dari Kapuk, sudah meminta mereka berhenti sejak setengah jam lalu. Sebabnya, izin keramaian yang mereka dapatkan dari aparat keamanan setempat hanya sampai pukul satu.

# The Wedding House

By Zen Hae
Translated by Indah Lestari

Gwat Nio and Karna Suling had just finished singing *Malam Terakhir* and the couples emptied the dance floor of the wedding house. The musicians began putting their instruments back into their cases as Mamat Jago remained swaying on the floor, embracing Sarti, his favorite taxi dancer. He pinched Sarti's behind and tried to kiss the owl-eyed dancer on the lips.

The smell of cheap Chinese wine stung Sarti's nose. She turned her head away and shoved Mamat Jago with all her might, but he seized her hand and pulled it around his waist. Gyrating his hips, he squeezed Sarti's buttocks and pressed his groin, swollen like a snakehead fish, against her.

The dancer grinned and tried to pull away.

"Please don't leave me, sweetheart. Don't let this downspout empty on the ground."

People started to watch them. Some smiled, others frowned.

"Hey, Minan!" Mamat Jago yelled at the band. "Play *Ayam Jago* I want to dance again!"

Minan Balok, the harp player, looked at his bandmates. Balo, the xylophone player, caught his look and shook his head. The other musicians shook their heads in agreement. Playing another song was impossible. It was already two o'clock in the morning, past closing time for the Gambang Kromong Mustika Tanjung Band, led by Tan Eng Djin. The hosts had asked them to stop half an hour ago. The band's permit to play was only valid until one o'clock.

"Hey, are you deaf?" Mamat Jago shouted, gesturing to the band players, who still looked unsure what to do. "I'm loaded! I can pay for the lot of you. I want to dance again and will tip your musicians big! Come on!"

"Heh, budek lu. Gua masih banyak duit. Kalo perlu pala lu semua gua beli. Gua mau nyawer lagi. Ayo!" teriak Mamat Jago sambil menuding-nuding para panjak yang masih bersambut pandang.

Sarti kembali mengibaskan tangannya. Menarik tubuhnya dari pelukan Mamat Jago yang kian sempoyongan. Terlepas.

Sebagai gantinya, tamparan tangan kanan Mamat Jago mendarat di pipinya. "Sundel lu!" maki Mamat Jago sambil melempar cukin merah hati ke wajah Sarti.

Sarti meringis dan sambil memegangi pipinya, berlari ke arah wayang lain yang sejak tadi hanya bisa memandanginya dengan cemas.

Ini sudah kelewatan, pikir Eng Djin. Anak buahnya memang boleh dipeluk, dicium, atau dibawa ke mana saja, tetapi pantang disakiti. Dia pun keluar dari sela-sela gong, menghampiri pengibing mabuk itu dan merendengnya. "Maaf, kita harus berhenti, Bang. Kalau tidak, cokek kita bakal ditubruk polisi."

"Jangan takut, Koh. Mereka semua teman saya. Ayo, main lagi."

Bang Minan mulai menggesek tehyan-nya, tetapi segera Eng Djin menggoyang-goyangkan tangan kirinya. "Mendingan Abang pulang saja. Nanti kita-kita juga yang repot."

"Sial dangkalan lu!" maki Mamat Jago. Dengan sisa tenaganya, disodoknya perut Eng Djin, tetapi dia menepiskan tangan itu.

Mamat Jago balas menyerang dengan pukulan siku yang di-runcingkan — *gentus tubruk.*

Eng Djin jatuh terduduk.

"Engkoh jangan bikin saya malu ya. Saya jawara kampung. Jago berantem. Semua orang bisa saya bikin jatoh deprok."

Eng Djin bangkit dan mundur selangkah. Bersandar pada tiang. Dipandanginya kepalan tangan Mamat Jago yang padat berisi. Empat belas jurus ilmu pukul memang masih dikuasainya, tetapi dia sadar, tidak mungkin menandingi kemahiran pukulan jawara Kampung Bulak Petir ini. Namun, dia akan melawan sebisanya kalau Mamat Jago menyerang lagi. Itulah cara dia mempertahankan harga dirinya di depan anak buahnya.

Ternyata, tidak. Mamat Jago hanya memasang jurus. Kuda-kudanya kelihatan goyah. Tubuhnya goyang seperti orang-orangan sawah.

Mamat Jago staggered and for a moment, Sarti broke loose from his grip. "You bitch!" Mamat Jago growled. He slapped Sarti on the cheek then tossed his maroon scarf at her face.

Sarti grimaced and, holding her cheek, ran to the other taxi dancers who watched worriedly from a distance.

*This is too much*, Eng Djin thought. It was fine to hug, kiss, or take his dancers anywhere, but physically hurting them was not allowed. He stepped between the gongs and pulled the drunken dancer aside. "Hey, Mamat, I'm sorry, but we have to stop now so the police won't arrest us."

"Don't worry!" Mamat Jago grinned. "I'm friends with all of the police officers, so let's start again. Tell the band to play!"

Minan started to play his harp, but Eng Djin signaled him to stop. "You better go home," he said to the drunk. "If we continue, we'll get in trouble."

"Damn you!" Mamat Jago swung at Eng Djin's stomach, but the band leader blocked his punch. Mamat Jago attacked again, shoving his elbow straight into Eng Djin's gut and knocking him to the floor. "Don't embarrass yourself!" Mamat Jago laughed. "I'm the champion fighter of this village; I can beat up anyone!"

Eng Djin rose and took a step back to lean against one of the columns in the hall. He looked at Mamat Jago's meaty fists. Although Eng Djin had mastered fourteen martial art movements, he knew he could not beat the champion fighter of Bulak Petir village. Regardless, to save face in front of his musicians, he would fight his best if Mamat Jago attacked him again.

Swaying like a scarecrow in the wind, Mamat Jago glared at him.

Suddenly, two men in black leather jackets entered the dance hall.

Mamat Jago swirled around to face the two intruders. He shook his head, trying to clear the alcohol's fog.

The long-haired man pulled a revolver from inside his black jacket and pointed it toward the ceiling. The crowd gasped.

The crewcut man grabbed Mamat Jago's arms, snapped on the handcuffs, and dragged him out of the wedding house like a sack of chicken manure.

Tiba-tiba, dua orang berjaket kulit hitam, si Gondrong dan si Cepak, masuk ke kalangan. Eiiitt, Mamat Jago mengalihkan kuda-kudanya ke arah dua orang asing itu. Mencoba lebih awas, dia kibas-kibaskan kepalanya.

Si Gondrong lantas mencabut revolver dari balik jaketnya dan mengacungkannya ke udara.

Orang-orang terkesiap. Ada juga yang menjerit.

"Bapak-Ibu saya minta berhenti. Bubar!" si Gondrong memerintah.

Dengan sigap, si Cepak mencekal tangan Mamat Jago, memitingnya, memborgolnya, dan menyeretnya seperti sekarung tahi ayam.

⊢—·—·—⊣

Entah sudah berapa lebaran lewat setelah penangkapan itu. Mamat Jago tersenyum. "Sudah lama sekali," gumamnya. Saat itu, dengan mudah dia masuk-keluar sel. Ditangkap malam, keluar pagi. Dibekuk pagi, dilepas sore. Masuk sore, keluar malam. Anak-anak buahnya akan mengantarkan uang tebusan, tidak lama setelah dia digelandang polisi. "Polisi teman Abang," katanya berkali-kali kepada anak buahnya. Setelah itu, dia akan dengan leluasa datang lagi ke rumah kawin, ngibing dan minum, membuat keributan bila perlu.

Namun, itu dulu. Ketika kekayaan dan kehormatan didekapnya dengan dua tangan. Ketika jual-beli tanah kebun dan sawah di kampungnya sedang ramai-ramainya. Setiap saat orang datang dan pergi dari rumahnya. Membawa dan mengambil uang. Pekerjaannya sebagai calo tanah sangat sibuk kala itu. Pernah suatu ketika anak buahnya harus memanggul berkarung-karung uang ke rumahnya untuk membebaskan berhektar-hektar sawah yang kini menjadi bandar udara itu. Orang-orang kampungnya pernah berkata, dia tidur bukan di atas kasur kapuk, tetapi di atas kasur uang.

Sekarang ini, semuanya sudah lain. Kekayaan dan kehormatannya rontok sudah, seperti pohon kelapa disambar petir. Meranggas dan mati. Tanahnya yang dulu hektaran kini hanya tinggal sepekarangan saja, menciut bagai kelaras terbakar. Di atasnya berdiri rumah yang dulu pernah menjadi rumah termegah dan termahal di kampungnya — kini sudah menjadi sarang kumbang,

Many years had passed since that arrest.

Mamat Jago smiled and mumbled, "That was a long time ago." In those days, he was jailed as easily as he was released. Arrested at night, freed in the morning; arrested in the morning, freed at night; and so it went. His men always bailed him out soon after the police took him in. "The police are my friends," he repeatedly told his men. As soon as he was free, Mamat Jago would return to the wedding house to dance and drink and, if necessary, make a scene.

But that was back in the days when he was a land broker and held wealth and respect in both hands, back when the real estate business of selling rice field plots in his village was booming. Everyone who came to his house spent money and made money. His job as a land broker kept him very busy. One time, one of his men had to carry sacks of money to his house for the acquisition of the land where the airport now operated. The villagers used to say that Mamat Jago slept on a bed of money instead of on a *kapok,* cotton, mattress, the typical bedding.

Today, everything was different. His wealth and respect had disintegrated like a lightning-struck coconut tree. The hectares of land he once owned had shrunk to the size of a lawn. Mamat Jago's house — once the most luxurious and expensive house in the village — was now empty, dingy, and silent, home to moths, beetles, and spiders. Who knew who owned all of his cars and bikes now? There was no trace of his water buffaloes. Only a few goats and a coop of chickens were left. His men — there had always been ten to twenty back in the day — had left to look for a new employer after he went bankrupt.

His wife, Masroh, had died from tuberculosis two years ago. His three daughters and their husbands had moved out of town. One of his two sons worked as a motorcycle taxi driver to support his wife and four children. Only Mamat Jago's youngest son still lived in the house with him.

There was no more work to be done as a land broker. The locals had sold all of their inherited land until the only land left were the plots their houses stood on. If they sold that land, they would become homeless in their own village.

ngengat, dan laba-laba. Kosong, kusam, sepi. Mobil dan motornya entah di tangan siapa.

Puluhan kerbaunya tidak berjejak lagi. Kambing dan ayam hanya tinggal sekandang. Anak buahnya yang berjumlah puluhan sudah pergi meninggalkannya, mencari majikan baru begitu dia bangkrut.

Masroh, istri yang tidak pernah lagi disentuhnya sejak diserang TBC, wafat dua tahun lalu. Tiga anak perempuannya sudah dibawa suami mereka ke kota lain — menjadi orang rantau. Satu anak lelakinya menjadi pengojek untuk menghidupi istri dan empat anaknya. Hanya dia dan si bungsu yang tinggal di situ.

Ah, betapa perihnya kehilangan ini. Mamat Jago batuk satu-dua. "Apa ada obatnya?" dia bergumam.

Pekerjaan sebagai calo tanah sudah tidak dilakoninya lagi. Tidak ada lagi orang yang mau menjual kebun dan sawahnya. Tanah warisan mereka sudah habis terjual, tinggal yang kini mereka tempati. Tanah itu tidak mungkin mereka jual, kecuali kalau mereka mau menjadi gelandangan di kampung sendiri. Lahan-lahan yang tadinya menjadi sumber penghidupan mereka kini sudah berubah kegunaannya.

Ratusan hektar sawah itu sudah dibikin rata tanpa pematang dan diberi pagar besi setinggi dua meter di tepinya. Di tengahnya membujur dua jalur landasan beton, dari barat ke timur. Dia dan orang kampungnya hanya bisa memandangi pesawat terbang yang lepas landas dan mendarat. Hanya mereka yang pernah naik haji mampu menaikinya. Di malam hari, pesawat-pesawat itu berubah menjadi kunang-kunang raksasa yang tubuhnya tetap berkelap-kelip meski melayang di batas langit terjauh.

Pabrik-pabrik juga sudah berjalan siang dan malam. Siapa pun orang terkaya di kampungnya tidak mungkin membangun dan memiliki pabrik-pabrik itu. Mereka hanya petani penggarap dan pedagang kecil, tidak mungkin menguasai modal dan teknologi perpabrikan secanggih itu. Namun, anak-anak mereka, lelaki dan perempuan, si bungsu juga, senantiasa berbondong-bondong, keluar masuk pabrik, dengan seragam. Mereka sudah menjadi manusia pabrik yang mau tidak mau dibayar murah oleh tauke-tauke dari Korea, Jepang, dan Taiwan.

The land that had provided their livelihoods had also changed. Hundreds of hectares had been leveled, the dikes were removed, and a two-meter-high, iron-bar fence enclosed everything. Two concrete runways, stretching from west to east, bisected the area.

The locals, including Mamat Jago, watched the airplanes take off and land. Only the rich could afford to board them. At night, the planes blinked like giant fireflies, as they flew to the farthest horizon.

Factories now operated day and night. But even the village's most prosperous people could not build and own a factory. They were only sharecroppers and petty traders; they didn't know how to run a business or master the sophisticated technology used in the factories. Their children, Mamat Jago's own youngest son included, flocked in uniform to and from the factories. They became involuntary, underpaid factory workers employed by foreign tycoons.

Luxurious mansions were built in the village and became homes to people the villagers did not know. The locals could not afford such houses; they worked in jobs like motorcycle taxi drivers in the neighborhood. Their taxi motorcycles had been bought with the money they had made from selling their inherited land. The locals could enjoy the asphalt roads, the clear creek with its concrete sidewalk, and the beautiful parks — but they could only look from afar at the arched doors and windows of the mansions. They had seen fancy homes like these on the open-air movie screens — for which there was no longer space. To complete the modern, opulent scene there were also barking guard dogs, of course.

"Oh, this deprivation is agonizing." Mamat Jago mumbled and coughed. "Is there a cure for this?" Mamat Jago took a deep breath, as if extracting the memories buried in his chest. "I need my medication," he muttered and swallowed.

The southern wind brought the smell of wet soil across the meadow of hip-high grass land. It would rain soon. The monsoon had arrived, and the rainfall would become heavier as the Chinese New Year approached. Then, the wedding season would begin, and the wedding houses in Jakarta's suburbs would be crowded again. Mamat Jago missed it all.

———•———

Rumah-rumah mewah juga sudah dibangun dan ditempati orang-orang yang tidak pernah mereka kenal sebelumnya. Orang-orang kampung memang tidak mampu membeli dan menempati rumah mahal itu, tetapi mereka masih bisa menjadi pengojek di perumahan itu dengan motor yang dibeli dari hasil menjual tanah warisan mereka. Mereka masih bisa menikmati jalan-jalan aspal yang lurus-menyiku, sungai kecil yang jernih dan dibeton tepinya, taman yang indah, sambil memandangi rumah-rumah besar dengan pintu dan jendela yang melengkung. Rumah-rumah yang dahulu mereka saksikan di layar-layar lenong. Di tambah gonggongan anjing, tentu saja.

Mamat Jago menarik napas dalam-dalam sebagaimana dia menarik kenangan-kenangan yang terkubur dalam liang gelap masa lalunya. "Aku butuh obat," dia bergumam sembari menelan ludah.

Bau tanah basah dibawa angin selatan melintasi padang ilalang setinggi pinggang. Hujan akan segera turun. Musim penghujan sudah tiba dan akan makin tinggi curahnya menjelang Lebaran Cina atau Tahun Baru Imlek. Musim kawin akan tiba juga. Rumah-rumah kawin di Kampung Melayu, Kosambi, Salembaran, dan Sewan akan ramai lagi. Dia rindukan semua itu.

┣━•••━┫

Dalam mimpinya sore itu, Mamat Jago mendatangi lagi rumah kawin Teratai Putih. Orang-orang menyingkir begitu dia memasuki pintu utamanya. Dia memasang langkah tegap se-orang jawara kampung. *Hanya di sinilah aku bisa menikmati lagi seluruh kesenangan dan kehormatan hidupku*, pikirnya sembari tersenyum. Bukankah sudah bertahun-tahun belakangan ini dia tidak menikmati dua hal itu lagi. Ya, di sinilah orang akan memuji kelihaiannya ngibing yang dipadu dengan keindahan jurus-jurus pukulnya, kekuatannya menenggak berbotol-botol bir bercampur anggur kolesom, keroyalannya nyawer. Tentu saja tubuh wayang yang panas dan memabukkan! Liukan dan goyangan yang membangkitkan syahwat! Aih, lelaki mana yang bisa tahan.

Nyai Sirah, si tukang cuking, menyambut Mamat Jago dengan selendang merah hati, seperti dulu. Perempuan bersusur sebesar telur puyuh itu kemudian mengalungkan selendang itu di leher

One afternoon, during his siesta, Mamat Jago dreamed he visited the White Lotus Wedding House.

People gave way as soon as he entered the main door. He swaggered with the confidence of a village fighting champion. *Only here can I enjoy the pleasures and honors of life again*, he thought, smiling. For years he had been deprived of these experiences. But here, people still praised his dancing and fighting skills, his ability to finish so many bottles of beer and Chinese wine, and his generous tipping.

Mamat Jago imagined the dancers' sexy and arousing bodies, their lustful movements and writhings. Oh, what man could resist such temptation?

In his dream, Nyai Sirah, the hostess, welcomed him like she used to, carrying a maroon scarf. This woman, with a svelte figure, wrapped the scarf around his neck, an invitation to choose a partner and enter the dance floor.

Mamat Jago looked at no one but Sarti, sitting in the corner next to Minan Balok, the teh yan player. She wore cream-colored capri pants and a yellow-green T-shirt with a picture of a pink dragon. Dressed in that outfit, she looked younger than she was. Her curves were visible under the tight clothes.

Mamat Jago's blood flowed like a torrent. He took his favorite dancer's hand and pulled her out of the chair.

Sarti smiled and followed him with small, skipping steps. The other dancers emptied the floor, honoring the return of the dancing king from Bulak Petir.

His chin tilted, Mamat Jago glanced across the room. He raised his two fists, honoring the hosts, the band, and the band's leader, Tan Eng Djin.

Minan Balok responded by raking his *teh yan*.

"Come on, Minan, play *Ayam Jago*. I want to dance again!"

The xylophone, percussion, gong, and flute followed one after another. The tones mingled. Gwat Nio's soprano voice began to sing:

> *Don't spur a cock to fight, because the cock's comb will turn red;*
> *Don't spur a cock to fight, because the cock's comb will turn red;*

Mamat Jago, tanda dia harus turun ke kalangan, memilih wayang mana yang dia suka.

Namun, hanya Sarti yang dia tuju. Ditatapnya Sarti yang duduk di pojok, bersebelahan dengan Minan Balok. Kali ini Sarti memakai kaus hijau daun pisang bergambar naga merah jambu yang melintas dari bawah ke atas dan celana capri krem. Dengan pakaian itu, dia tampak lebih muda dari usianya yang sebenarnya. Sedikit gemuk membuat lekukan-lekukan tubuhnya tampak nyata dibalut pakaian yang serbaketat itu.

Darahnya berdesir. Ditariknya tangan wayang cokek kecintaannya itu. Sarti tersenyum dan mengikuti Mamat Jago dengan langkah merpati. Pengibing dan wayang lain sengaja mengosongkan kalangan, memberi penghormatan atas kembalinya si raja ngibing dari Bulak Petir itu.

Dengan dagu yang sedikit mendongak, Mamat Jago menebar pandangan ke seluruh ruang. Tidak lupa dia mengangkat kedua tangan yang dikepalkan, tanda hormat kepada sahibul hajat, kedua mempelai, dan Tan Eng Djin.

Bang Minan menjawab salam Mamat Jago dengan menggesek tehyan-nya.

"Ayo, Minan, gesekin gua lagu *Ayam Jago*. Gua mau ngibing lagi."

Tehyan digesek, disusul gambang, kecrek, gong, suling, dan kempul. Susul-menyusul. Jalin-menjalin. Gwat Nio sudah melantunkan suaranya yang garing-melengking seperti suara burung titutit.

> *"Ayam jago jangan diadu, kalau diadu jenggernya merah.*
> *Ayam jago jangan diadu, kalau diadu jenggernya merah.*
> *Baju ijo jangan diganggu, kalau diganggu yang punya marah.*
> *Baju ijo jangan diganggu, kalau diganggu yang punya marah."*

Namun, Sarti tidak juga menggoyangkan tubuhnya. Tangannya dibiarkan terkulai.

Mamat Jago meraihnya, melipatkannya ke pinggangnya, merapatkan pelukannya. Tubuh perempuan itu terasa dingin. Dia menatap paras Sarti. Bibirnya terkatup, matanya terpejam. "Ayo, Sarti, jangan kau goda Abang seperti malam-malam dulu!"

*Don't tease the woman in green, because her boyfriend
will get mad;
Don't tease the woman in green, because her boyfriend
will get mad.*

But on the dance floor, Sarti stood still. Her hands hung loose by her side.

Mamat Jago took her hands, placed them around his waist, and tightened his embrace. Sarti felt cold, like the *dadap,* coral tree leaves used to bring down a child's fever. Her lips were sealed, her eyes shut. "Come on, Sarti, don't tease me like you used to during those nights long ago." Mamat Jago shook Sarti. He tapped her cheeks, but there was not the slightest reaction. He looked at the musicians. Everyone had stopped playing. No one moved. Everything seemed as cold and blue as Chinese porcelain.

Mamat Jago lifted Sarti in his arms and carried her out of the room. The spectators who had earlier packed the wedding house dance hall and lawn were gone. Worried, he carried Sarti through the garden, where the evening rain came down like layers of mosquito netting. Along the street, the trees swayed drunkenly and the houses seemed struck dumb in silence. The electric and kerosene lamplights had dimmed. He walked along the asphalt road and crossed the clear creek, parting the tall grasses in the fields.

"You can't die, my dear. Come, live with me. In my house, you will be warm." As he kissed Sarti's lips, rainwater trickled into her mouth. The owl-eyed girl choked. She wriggled and put her arms around Mamat Jago's neck. He smiled and walked faster.

The night and the first rain of the season shrouded the Bulak Petir village. In the distance, on the edge of a fallow rice field by the road, Mamat Jago's house stood like a faded painting.

A few lights were on. *Ah, good boy*, Mamat Jago thought. His youngest son must have switched on the lights before leaving the house to work his night shift at the factory. The light from the lamps always brought back memories of the bright days when Mamat Jago was a young man. The days he courted Masroh and even after they were married, before the children were born and filled the house. The times he and Masroh would run across the dikes of the rice fields as soon as the season's first rain fell.

kata Mamat Jago sambil menggoyang-goyangkannya tubuh Sarti. Ditepuk-tepuknya pipinya, tidak ada gerakan sedikit pun. Dipandanginya para panjak. Semuanya berhenti main. Tidak ada yang bergerak. Semua dingin dan biru. Seperti keramik Cina.

Mamat Jago membopong Sarti keluar. Penonton yang semula menyesaki kalangan dan halaman rumah kawin sudah tidak ada lagi. Dengan was-was, dia menjejaki halaman, menerobos hujan senja yang turun bagaikan lapis-lapis kelambu. Sepanjang jalan, pohon-pohon meliuk-mabuk, rumah-rumah bisu-merunduk. Nyala lampu listrik dan patromaks tampak setengah hidup setengah mati. Dia menyusuri jalan aspal, memotong sungai, membelah padang ilalang.

"Kau tidak boleh mati, Sayang. Hiduplah bersama Abang. Di rumahku kau akan hangat." Dikecupnya bibir Sarti. Air liurnya yang bercampur air hujan masuk ke mulut Sarti.

Si mata burung hantu itu tersedak. Tubuhnya menggeliat. Tangannya meraih leher Mamat Jago.

Dia tersenyum dan mempercepat langkahnya.

Malam dan hujan pertama benar-benar telah mengepung kampung Bulak Petir. Dari kejauhan, rumah Mamat Jago yang terletak di tepi sawah bera dengan jalan yang lurus memotong pematang tampak bagaikan lukisan luntur. Satu-dua lampunya menyala.

Ah, anak yang baik, pikir Mamat Jago. Pasti Si Bungsu menyala-kan lampu-lampu itu sebelum berangkat ke pabrik untuk kerja malam.

Cahaya lampu-lampu itu senantiasa membangkitkan keriangan masa mudanya. Bukankah dulu ketika masih berpacaran, bahkan setelah menikah dan anak-anaknya belum lahir dan menyesaki rumah, dia dan Masroh selalu berlarian di atas pematang sawah begitu hujan pertama turun. Setelah basah kuyup oleh air hujan, barulah mereka mandi di sumur senggot yang airnya terasa lebih hangat daripada air hujan. Buatnya, laku itu semacam perayaan untuk datangnya musim hujan.

Pintu rumahnya tidak terkunci. Dasar anak ceroboh, maki Mamat dalam hati, pasti Si Bungsu lupa menguncinya. Dia mendorong pintu dengan punggungnya dan langsung menuju

Afterward, soaking wet, they then showered at the well where the water always felt warmer than the rainwater. This was how they celebrated the arrival of the monsoon.

The front door was unlocked.

"How careless!" Mamat Jago cursed under his breath, certain that his youngest son had forgotten to turn the lock.

He pushed the door open with his back and went straight to the bedroom. He lay Sarti on the bed — the same bed where Masroh, emaciated, had exhaled her last breath.

Mamat Jago took off Sarti's wet clothes and blanketed her with the same batik cloth he had used to cover his late wife's remains. He looked at Sarti; she was sound asleep.

"My lover, my wife." Mamat Jago kissed Sarti. He felt her kissing him back. She gently pulled him against her. Her breathing quickened. He hugged her tighter. Heat crept through their bodies. Sarti moaned, scratching Mamat Jago's back. In no time, they were entangled in love, on the worn-out mattress.

*Bam!* Startled, Mamat Jago released his embrace.

There, in the bedroom door, stood Eng Djin with Longhair and Crewcut.

Mamat Jago grabbed his pants and put them on.

"Come to your senses," Eng Djin said. "Sarti is dead."

Mamat Jago looked back at the bed. Sarti lay naked and stiff, droplets of sweat between her breasts. Not believing what he heard, he tapped Sarti's cheek repeatedly. "Come on, sweetie, wake up," he whispered in her ear. "Eng Djin and my friends are here."

"Let her go."

Mamat Jago shook Sarti's body in disbelief. She was blue, cold, and stiff. He released a bitter cry. He had not cried for a very long time — not even when Masroh had died.

Eng Djin sighed.

Longhair and Crewcut handcuffed Mamat Jago's wrists in front of his waist and walked him outside to a Jeep. During the drive, the two men Mamat Jago thought to be his friends did not speak to him. Crewcut drove and Longhair smoked.

Mamat Jago was completely immobilized. He looked at the handcuffs glistening around his wrists. The car bounced across

kamar tidur. Dia membaringkan Sarti di ranjang. Di situlah dulu Masroh mengembuskan napas terakhirnya dengan tubuh kurus kering dan sepasang payudara yang serupa jeruk busuk.

Mamat melucuti seluruh pakaian basah dari tubuh Sarti dan menyelimuti tubuh itu dengan kain batik yang dulu pernah dipakai untuk menyelimuti mayat istrinya. Dia pandangi wajah Sarti yang tertidur pulas. Dalam keremangan, wajah itu berganti-ganti dengan wajah istrinya.

"Pacarku, biniku."

Mamat Jago mengecup bibir Sarti. Bibir itu terasa bergerak. Balas melumat.

Tangan Sarti perlahan mendekap Mamat Jago. Dia mulai bernapas satu-dua. Hangat, panas, gemuruh.

Mamat Jago balas mendekapnya lebih erat lagi. Kini kehangatan menjalari tubuh mereka berdua.

Sarti mengerang sambil mencengkeram punggung Mamat Jago. Dalam sekejap, mereka telah bergumul di atas kasur ringsek. Mereka saling memagut, mematuk, mengecup, merenggut, mencakar, mengular, terbakar.

Tiba-tiba, brak! Mamat Jago kaget dan melepaskan pelukannya.

Eng Djin, si Gondrong, dan si Cepak sudah berdiri di pelangkahan pintu. Buru-buru Mamat Jago meraih dan mengenakan celana kolornya.

"Sadarlah, Bang. Sarti sudah mati," kata Eng Djin.

Mamat Jago menoleh.

Sarti terbaring telanjang kaku dengan sisa-sisa keringat yang meleleh di sela-sela payudaranya.

Tidak percaya, Mamat Jago menepuk-nepuk pipi Sarti. "Ayo, manis, bangun. Ada Koh Eng Djin dan teman Abang datang," bisiknya ke telinga Sarti.

"Relakan kepergiannya, Bang. Nyebut, Bang."

Mamat Jago masih tidak percaya. Dia mengguncang-guncangkan tubuh Sarti. Kaku, dingin, biru. Tangisan pilu kemudian meledak dari mulutnya. Tangis yang sudah lama sekali baru terdengar lagi. Ketika Masroh mati pun dia tidak terbujuk untuk menangis.

Eng Djin hanya menarik napas menyaksikan lelaki malang itu. Tanpa aba-aba, si Gondrong dan si Cepak langsung membekuk

potholes in the road, flinging him against the doors. When he cried out, Longhair simply looked at him with his cigarette between his lips.

In his dream, Mamat Jago watched the house lights dissolve into long wavy lines. Through the rear window, he also saw Sarti's naked, perspiring body following the car that was driving him to God knew where. *Had Sarti really died? Had he made love to a corpse? Hadn't Sarti returned his kisses and embraces like she did when they were making love in the old days?*

The car stopped and the rear door opened. "Get out!" Longhair ordered.

Having no other choice, Mamat Jago climbed out of the car, his feet sinking into sand.

He heard the roaring waves and rustling leaves. Salt dust stuck to his lips.

He tried guessing which beach he was at. Maybe Tanjung Kait, Rawa Saban, Kamal, or one he had never visited before. A strong push made him stumble on a coral and fall. His mouth filled with salty sand.

"We're not really your friends." Crewcut's voice was louder than the waves. "We pretended to be your friends only to catch you. Tonight, you're finished."

*Bang! Bang! Bang!*

Mamat Jago felt blood ooze from the holes in his temples and forehead. He saw the sand absorb his blood and the waves wipe it clean before disappearing into the sea.

———•—•———

*Bang! Bang! Bang!*

Mamat Jago startled awake. "Sarti!" he called.

No one answered.

He rubbed his forehead and temples. No blood, just rainwater from the leaking roof. "What kind of a dream was that?" he muttered, confused. He sat on the edge of the bed, listening carefully. He could still hear the shooting from his dream.

"Oh my." He smiled, realizing that what he heard were only firecrackers from the wedding house.

He walked to the window and opened it. The rain had stopped, but the lawn was muddy. So was his memory of Eng Djin, Longhair,

Mamat Jago. Mereka menggelandang Mamat Jago dan memasukkannya ke mobil jip.

Sepanjang jalan, kedua polisi yang diakui sebagai temannya itu tidak mengajak Mamat Jago bicara. Si Cepak sibuk menyetir, si Gondrong asyik merokok.

Mamat Jago mengamati borgol di tangannya yang kadang berkilatan oleh cahaya yang menembus kaca mobil. Baja antikarat ini benar-benar membuatnya tidak berkutik.

Terutama ketika mobil terguncang-guncang di jalan berlubang, tubuhnya terpental dan membentur pintu belakang mobil. Dia mengaduh dan si Gondrong hanya menoleh dengan rokok yang tetap terjepit di bibirnya.

Akhirnya Mamat Jago menyandarkan tubuhnya ke jok dan membuang pandangannya ke kaca pintu belakang. Dia menyaksikan cahaya lampu-lampu rumah yang meleleh dan membentuk garis panjang bergelombang. Namun, dia juga melihat tubuh Sarti yang telanjang berkeringat mengikuti mobil yang entah menuju ke mana. Tubuh Sarti melayang seperti ikan terbang. *Benarkah Sarti sudah mati? Mungkinkah aku menyenggamai mayat?* Mamat Jago membatin. Bukankah di atas ranjang Sarti balas membalas kecupan dan pelukannya dan mereka bergumul hebat seperti pada malam-malam dulu.

Tiba-tiba, mobil berhenti. Pintu belakangnya dibuka paksa. "Keluar lu!" Bentakan si Gondrong membuatnya ternganga. Mamat Jago tidak punya lagi kuasa untuk menolak. Dia melompat. Telapak kakinya amblas di hamparan pasir.

Si Gondrong dan si Cepak menggiringnya ke sebuah tempat gelap. Ada debur ombak. Kersik daun. Serbuk garam yang menempeli bibirnya. Dia menduga-duga pantai apa ini. Mungkin Tanjung Kait, Rawa Saban, Kamal, atau pantai yang belum pernah dia kunjungi. Dorongan keras membuatnya tersandung karang dan tersungkur. Butiran pasir asin memenuhi mulutnya.

"Kami tidak pernah benar-benar berteman denganmu. Kami berteman untuk bisa membekuk bajingan macam kau. Malam ini, hidupmu tamat," suara si Cepak mengalahkan deru ombak.

Dor! Dor! Dor!

Darah meleleh dari tiga lubang di pelipis dan dahi Mamat Jago. Diserap pasir, dijilat ombak, larut di air.

and Crewcut. And Sarti. *Why did something so strange happen to you in my dream?* he wondered.

Quickly, he opened the closet and took out his best clothes: a safari shirt, khaki trousers, mahogany brown felt hat, black leather sandals, and a wooden cane with a dragon head–shaped handle — all of it making him feel debonair again.

But the mirror in front of him told a different story, reflecting the wrinkles on his face and the dark bags under his eyes. He stared at his reflection until he coughed. His body jerked, and he chuckled, "Damn wife!"

Mamat Jago tapped the terrazzo floor three times with his cane. He had made up his mind. "I have to go back to the wedding house."

The White Lotus Wedding House looked the same as it had years ago. People gave way as Mamat Jago entered the arena. As always, he bowed before the hosts, the bride and the groom, Tan Eng Djin, the musicians, and the dancers as a sign of respect. They all returned his greeting — except for Sarti, who only pursed her lips and blew cigarette smoke at him. The old man smiled and did the same to her.

Sarti crushed the cigarette butt with her beautiful wooden clog. "You haven't come here for so long. I missed you." Sarti draped a maroon scarf around his neck.

"I had to take care of a lot of business, doll." Mamat Jago put his arm around Sarti's waist.

Without prompting, Minan Balok began playing his teh yan. The soft melody made Mamat Jago pull Sarti into a tighter embrace. He felt that the black hole in his chest could only be filled by hugging his favorite dancer.

The first stanza of *Stambul Siliwangi* flowed from Gwat Nio's lips to her singing partner, Karna Suling:

> *So this is the way it is, Karna, the dragon is the dragon.*
> *Oh, the wooden paddle, the wooden paddle would be burnt away by fire.*
> *So if this is the way it is, darling, what do I feel?*
> *Oh, the body is alive, but I feel dead.*

Then Karna joined Nio with her undulating voice. Occasionally, Mamat Jago sang along:

Dor! Dor! Dor!

Mamat Jago terjaga. Dia bangkit, seperti ada yang mengusap wajahnya. "Sarti!" dia memanggil. Tidak ada jawaban. Dia kemudian mengusap dahi dan pelipisnya. Tidak ada darah. Hanya air hujan dari genting bocor! "Mimpi apa lagi ini?" katanya, heran. Dia duduk di tepi ranjang. Ditajamkan pendengarannya, rentetan tembakan itu masih terdengar. Aih, dia tersenyum, rupanya hanya suara petasan dari rumah kawin! Dia berjalan menuju jendela dan menguakkannya. Hujan sudah berhenti, tetapi air masih menggenang di pelataran rumahnya. Begitu juga kenangannya pada Sarti, Eng Djin, si Cepak, dan si Gondrong. Dan Sarti! *Mengapa kau muncul dalam mimpiku dengan cara seaneh itu*, dia membatin lagi.

Tanpa membuang waktu, dia membuka lemari dan mengambil pakaian terbaiknya. Baju safari dan celana panjang krem, topi laken coklat tua, sandal kulit hitam, tongkat kayu dengan gagang berukir kepala naga membuat dia merasa gagah kembali. Akan tetapi, cermin buram di depannya tidak bisa menyembunyikan pipinya yang mulai keriput dan kantung matanya yang bergantung. Lama dia tatap wajah tuanya sehingga dia terbatuk. Tubuhnya terguncang-guncang, bayangnya terkekeh-kekeh. "Dasar bini sialan!"

"Aku harus kembali ke rumah kawin itu." Mamat Jago mengetuk-ngetukkan ujung tongkatnya ke lantai teraso. Tiga kali. Hatinya mantap.

Rumah kawin Teratai Putih masih seperti dulu. Orang-orang masih menyingkir begitu Mamat Jago masuk kalangan. Dia kembali memberi hormat kepada sahibul hajat, kedua mempelai, Tan Eng Djin, panjak, dan wayang cokek yang secara bergantian membalas salamnya.

Namun, Sarti hanya memonyongkan mulutnya dan mengembuskan asap rokoknya ke arah Mamat Jago.

Si Tua itu hanya tersenyum dan membalas Sarti dengan lagak serupa.

Sarti langsung menggilas puntung rokok dengan kelom geulisnya. "Sudah lama Abang gak ke sini. Sarti kangen," kata Sarti sambil mengalungkan cukin merah hati ke leher Mamat Jago.

*My rose, sweetheart, my rose, sweet soul from heaven.*
*Oh, the mothers, oh, the kaffir lime,*
*Oh, the kaffir lime, sweetheart, has a nice fragrance.*
*Oh, let's get acquainted, Nio, let's get acquainted, sweet-*
*heart, there are no hindrances*
*Ahh, the mothers are only clouds.*
*The mothers are only clouds, but my sweetheart belongs*
*to someone else.*

The dancers and their partners encircled Mamat Jago and Sarti. Unable to dance, everyone linked arms.

Suddenly, Mamat Jago coughed. His voice broke, his breathing became labored.

Sarti stroked his back. "You are ill."

"I'm lovesick."

"Please, you must see the doctor."

"Oh, no. I just want to stay at the wedding house with my doctor Sarti."

"Ah, Sarti has lots of patients."

"Please, treat me, doctor. Make me your only patient."

"Stop it."

"I dreamed of you, Sarti, and everyone in this wedding house."

"Oh, really? How did the story go in your dream?"

"Ah, I'm embarrassed to tell."

"Come on!" Sarti pinched Mamat Jago's thigh. "What did you dream?"

"We were playing doctor and patient."

"Ooo, that's dirty." Sarti squeezed his groin.

He moaned and pinched her buttocks. This time, she let him do it. A fire ignited inside Mamat Jago, in what once was a cold black hole. His body heat rose and crept into Sarti.

The spectators became uneasy.

"Come home with me," Mamat Jago whispered.

"Where is home?"

"Home."

Mamat Jago started coughing and could not stop. His hacking competed with the xylophone. His breathing rattled like a broken boat engine. At one o'clock in the morning, when the gong struck its closing note, his breathing had become a wheeze.

"Abang banyak urusan, Neng," kata Mamat Jago sambil mendekap pinggang Sarti.

Tanpa diminta, Minan menggesek tehyan-nya.

Bunyinya yang lirih membuat Mamat Jago mendekap Sarti lebih mesra lagi. Seperti ada lubang hitam di dada Mamat Jago yang hanya bisa tertutup jika dia mendekap wayang cokek kecintaannya itu. Bait pertama lagu *Stambul Siliwangi* kemudian mengalun dari mulut Gwat Nio.

> *"Ya jika begini, kalo begini, Karna, nagalah ya naganya.*
> *Aih, kayulah ya biduk, kayulah biduk ya dimakan api.*
> *Ya kalo begini, kalo begini, Sayang, apa rasanya.*
> *Aih, badanlah hidup, ya badan hidup, ya rasanya mati."*

Karna menyusul dengan suara bergelombang.

Sesekali, Mamat Jago mengikuti,

> *"Ya bunga mawar, Manis, bunga mawar,*
> *Jiwa Manis, dari kahyangan.*
> *Ya indung-indung, ya jeruk purut, Nona.*
> *Ya jeruk purut, Jiwa Manis, harum baunya.*
> *Ya belajar kenal, Nio, belajar kenal,*
> *Jiwa Manis, tidak halangan.*
> *Ai ... indung-indung, ya cuma awan.*
> *Ya cuma awan, Jiwa Manis, ada yang punya."*

Para pengibing dan pasangannya turut melingkari Mamat Jago dan Sarti. Namun, tidak ada yang sanggup menari. Semuanya hanya berdekapan. Tiba-tiba, Mamat Jago terbatuk. Suaranya kisut, napasnya turun naik.

Sarti mengusap-usap punggung Mamat Jago. "Abang sakit."

"Abang sakit cinta."

"Berobat dong."

"Enggak ah. Abang kepingin ke rumah kawin aja. Ke Dokter Sarti."

"Ah, Sarti banyak pasen."

"Rawatlah Abang, Bu Dokter. Jadiin saya satu-satunya pasen."

"Tong ah."

"Tadi Abang mimpiin Sarti dan semua orang di rumah kawin ini."

"Masak? Apa ceritanya."

Sarti screamed in alarm.

People turned their heads.

"Keep playing," Mamat Jago gasped, leaning heavily on Sarti. "I'll die if the band stops."

The musicians remained still.

Mamat Jago slumped to the floor, his weight pulling Sarti down with him. She cradled his head on her lap. She smiled and stroked Mamat Jago's face, looking into his eyes.

Mamat Jago saw Sarti's face change into that of the young woman who had long ago taken him for an outing to a small island near the northern coast. He had just finished reciting the Koran, and the excursion had been his reward. Just the two of them had visited the island, full of miniature holly, trees, eagles, seagulls, and blue crabs. That most wonderful excursion might have only lasted for a few minutes — or perhaps a couple of hours, the entire day, or several months. Mamat Jago no longer remembered. But he knew the woman's smile very well. And he was happy.

"Ah, malu nyeritainnya."

"Apaan?" Sarti mencubit paha Mamat Jago.

"Kita main dokter-dokteran."

"Ih, jorok." Sarti meremas selangkangan Mamat Jago.

Mamat Jago mengerang dan menekan pantat Sarti.

Kali ini, Sarti membiarkan Mamat Jago meremas dan menekan pantatnya. Ada api yang meletup dari bekas lubang hitam itu. Suhu badan Mamat Jago merambat hangat dan menjalar ke tubuh Sarti.

Api menjalar ke tubuh pengibing dan wayang cokek lainnya. Semuanya terbakar.

Para penonton menelan ludah. Seorang anak kecil, sembari berjongkok, meremas selangkangannya.

"Pulang yuk sama Abang."

"Pulang ke mana."

"Pulang."

Batuk Mamat Jago meletus lagi, bertanding dengan suara gambang. Napasnya seperti bunyi perahu ngadat. Hingga pada satu pukulan gong, napasnya mereda.

Sarti menjerit.

Orang-orang menoleh.

Tubuh Mamat Jago bertumpu di tubuh Sarti.

"Terus main. Gua bakal mati kalo gambang berhenti," kata Mamat Jago dalam dua kali jeda. Setengah berbisik, setengah menjerit.

Para panjak tetap diam. Pelan-pelan, tubuh Mamat Jago merosot ke lantai.

Sarti meletakkan kepala Mamat Jago di pangkuannya. Dia tersenyum, hanya bisa tersenyum, sambil mengusap-usap wajah Mamat Jago.

Dalam hitungan detik, Mamat Jago masih bisa menyaksikan wajah Sarti berubah menjadi wajah seorang perempuan muda. Itulah perempuan yang pernah mengajak Mamat Jago tamasya ke sebuah pulau kecil di pantai utara. Saat itu, Mamat Jago baru khatam membaca Quran. Sebagai hadiah, perempuan itu mengajaknya tamasya. Mereka berdua saja ke pulau penuh pohon kelingkit, elang bondol, burung camar, ganggang, rajungan itu. Masa tamasya paling indah itu mungkin hanya beberapa menit, satu dua jam,

seharian, berkali bulan. Mamat Jago tidak bisa mengingatnya lagi. Namun, dia hafal betul senyum perempuan itu. Dia pun merasa bahagia.

# Percakapan Patung-Patung

Indra Tranggono
Penerjemah: Wikan Satriati

Bulan sebesar semangka tersepuh perak tergantung di langit kota, dini hari. Cahayanya yang lembut, tipis berselaput kabut, menerpa lima sosok patung pahlawan yang berdiri di atas bangunan Tugu Joang yang tidak terawat dan menjadi sarang gelandangan. Cahaya bulan itu seperti memberi tenaga kepada mereka untuk bergerak-gerak dari posisi mereka yang berdiri tegak. Mereka seperti mencuri kesempatan dari genggaman warga kota yang terlelap dirajam kantuk dan diringkus selimut.

Lima patung itu, tiga lelaki dan dua perempuan, menggoyang-goyangkan kaki, menggerak-gerakkan tangan, kemudian duduk, dan ada juga yang tiduran. Mungkin mereka sangat letih karena selama lebih dari empat puluh tahun berdiri di situ. Wajah mereka yang kaku pun, dengan lipatan-lipatan cor semen beku, kerap bergerak-gerak seperti orang mengaduh, mengeluh, menjerit, dan berteriak.

"Dulu, ketika jasad kita terbujur di sini, kota ini sangat sunyi. Hanya beberapa lampu berpendar bagai belasan kunang-kunang yang membangunkan malam. Kini, puluhan bahkan ratusan lampu berpendar-pendar seterang siang. Negeri ini benar-benar megah," ujar patung lelaki yang dikenal dengan nama Wibagso sambil mengayun-ayunkan senapannya.

"Tetapi, lihatlah di sana, Bung Wibagso. Kumpulan gelandangan tumpang tindih bagai jutaan cendol sedang makan bangkai anjing dengan lahap. Dan di sana, lihatlah deretan gubug-gubug reyot dengan gelandangan yang dijejalkan, bagai benalu menempel pada tembok gedung-gedung. Mulut mereka menganga, menyemburkan abab bacin seperti bau mayat, mengundang jutaan lalat terjebak di dalamnya. Ya, Tuhan, mereka mengunyah lalat-lalat itu," desis patung lelaki bernama Durmo.

# The Statues' Conversation

By Indra Tranggono
Translated by Wikan Satriati

Just before dawn, a silvery moon the size of a watermelon hung in the city sky. Its soft, misty light illuminated the five statues of heroes standing atop the Joang Monument, a neglected war memorial that now served as a shelter for the homeless. The moonlight energized the statues, enabling them to move out of their rigid poses and seize the opportunity to free themselves from the grip of the homeless sound asleep beneath them in the folds of their blankets.

Each of the five statues, three men and two women, shook their legs and stretched their arms. Some sat, others reclined. Standing for more than forty years had tired them out. Their rigid faces, cast in stone, grimaced with the expressions of their living counterparts, who moaned, complained, screamed, and shouted.

The statue known as Wibagso unslung his rifle. "In the past, when our bodies were buried here, the town was very quiet. At night, only a few dozen lights glowed like fireflies. Now, tens, even hundreds, of lights shine as bright as daylight. Indonesia is indeed a great country!"

"But look over there, Brother Wibagso," hissed the male statue known as Durmo. "A group of hobos jostle each other like maggots feasting on a dog's corpse. And over there, rows of rickety huts where the homeless are crammed together like parasites clinging to the walls. And right here, the stench from the gaping mouths of these bums while they sleep smells like decaying corpses and attracts millions of flies. Oh, my Lord, look! They're chewing those swarming flies."

"That's normal, Brother Durmo." snapped Ratri, the statue of a woman who had been a spy for the guerrillas. "In an affluent country, poverty is always nurtured as an inspiration for progress. We should be proud. This country is very rich. Look there, rows

Ratri, patung perempuan yang dulu dikenal sebagai mata-mata kaum gerilyawan, menukas, "Itu biasa, rekan Durmo. Dalam negeri yang gemerlap, kemiskinan selalu dirawat sebagai ilham kemajuan. Kita mesti bangga, negeri ini sangat kaya. Lihatlah di sana, deretan rumah-rumah mewah menyimpan jutaan keluarga bahagia. Ada mobil-mobil mewah, ada lapangan golf pribadi, ada pesawat terbang pribadi. Dan lihatlah di sana, ada orang berdansa sampai pagi. Ya, ampun ... malah ada yang mabuk-mabukan."

Patung Sidik, yang sejak tadi mengamati dunia sekitar dengan pandangan nanar, melenguh bagai sapi menghadapi maut di ruang jagal. "Ternyata, mereka hanya mengurus perut dan kelamin sendiri. Aku jadi menyesal, kenapa dulu ikut memerdekakan negeri ini."

"Aku pun jadi tidak lagi percaya diri sebagai pahlawan!" timpal Durmo. "Kita berdiri di sini tak lebih dari hantu sawah. Ternyata mereka tak sungkan, apalagi hormat kepada kita. Buktinya mereka menggaruk apa saja."

"Bung Durmo, kita jangan terlalu mengedepankan perasaan Aku rasa mereka tetap hormat kepada kita. Buktinya, mereka membangunkan tugu yang megah buat kita," ujar Wibagso.

"Tapi kenapa kita hanya diletakkan di sini, terjepit di antara gedung-gedung besar? Masa tugu pahlawan kok cuma dislempitkan," gugat patung perempuan bernama Cempluk, yang dulu dikenal sebagai pejuang dari pos dapur umum.

—•—

Angin bertiup mengabarkan hari sudah pagi. Gelandangan-gelandangan yang tidur melingkar di kaki tugu menggeliat bangun. Mulut mereka menguap, kompak. Bau abab bacin yang membadai dari sela gigi-gigi kuning menguasai udara hingga tercium oleh para patung pahlawan.

Sontak, para patung pahlawan itu berdiri dan kembali ke tempat semula, sebelum keheningan pagi kembali dirajam hiruk-pikuk kota, sebelum udara bersih pagi dicemari deru napas kota yang keruh.

Di tempat masing-masing, patung-patung pahlawan itu terus bergumam.

Yu Seblak, pelacur kawakan yang dikenal sebagai danyang alias "penunggu" tugu itu, duduk takzim di kaki tugu. Tangannya diangkat

of luxury homes are occupied by happy families. There are luxury cars, private golf courses, and even private airplanes. And over there, people are dancing until sunrise. Look! There's a love fest!"

The statue Sidik examined the world around him with dazed eyes and bellowed like a cow in the slaughterhouse. "Those hedonists are only concerned with their pleasure of food and sex. I regret participating in liberating this country."

"I, too, am no longer sure about being a hero," Durmo agreed. "We stand here like nothing more than scarecrows in the fields. The city shows us no consideration, let alone respect. They uproot anything shamelessly."

"Do not get too pessimistic," said Wibagso. "I think we still garner respect. After all, they did build this magnificent monument for us."

"So why did they put us in this tiny spot?" countered the statue of Cempluk, a woman who had been a soup kitchen worker. "Why did they build a memorial for war heroes, then tuck it away way over here?"

•—•—•

Dawn broke, and the morning breeze brought a new day. The statues hurriedly returned to their rigid positions before the quiet morning was claimed by the hustle and bustle of the city, before the city's hot cloudy breath polluted the clean morning air.

The homeless sleeping at the foot of the monument woke and stretched. With yellow teeth, they yawned in unison, and the stench of their breath roiled through the surrounding air before wafting up to the statues of the heroes.

Standing rigid in their original positions, the statues kept mumbling.

At the foot of the monument, Yu Seblak, the senior prostitute and caretaker of the statues, sat in prayer. She held a pot of smoldering incense as she raised her hands above her head. A whirl of dancing smoke followed the movements of Yu Seblak's hands: to the right, to the left, up, and down. A handful of people sitting behind Yu Seblak, mirrored her moves. The senior prostitute, with her striking makeup, chanted a mantra.

hingga atas kepala sambil menggenggam dupa yang mengepulkan asap. Kepulan asap itu menari-nari mengikuti gerak tangannya. Ke kanan, ke kiri, ke atas, dan ke bawah. Gerakan Yu Seblak diikuti lima-enam orang yang duduk di belakang perempuan berdandan menor itu. Yu Seblak bergumam, meluncurkan kata-kata mantera.

"Aku mendengar ada banyak orang berdoa pada kita. Mereka memberi kita sesaji. Ada bunga-bunga. Ada jajanan pasar. Ada rokok klembak menyan." Mata Wibagso terus mengikuti upacara yang dipimpin Yu Seblak.

"Kurang ajar! Kita dianggap dedemit! Malah ada yang minta nomer lotre segala! Ini apa-apaan, Wibagso?" teriak Durmo.

"Sssttt. Tenanglah. Apa susahnya kita membikin mereka se-dikit gembira? Anggap saja ini selingan dalam perjalanan kita menuju jagat keabadian," ujar Wibagso.

"Tapi kalau pahlawan sudah disuruh mengurusi togel, itu kebangetan!" sanggah Cempluk.

"Hidup mereka gelap, rekan Cempluk. Mereka hanya bisa mengadu kepada kita, karena yang hidup tak pernah mengurusi nasib mereka, malah menghardik mereka. Misalnya para wakil rakyat, mandor-mandor negara," tutur Ratri.

Dalam irama cepat, Yu Seblak terus mengucapkan doa. Setelah itu, Yu Seblak menerima keluhan para "pasiennya".

"Habis, saya selalu kena garuk, Yu. Jadinya *dagangan* saya sepi. Eh, siapa tahu, para petugas yang galak-galak kayak buto itu, takut sama Kanjeng Wibagso dan semua pahlawan yang ada di sini," ujar Ajeng, perempuan berparas malam itu sambil menyerahkan amplop kepada Yu Seblak.

"Wah, kalau para pahlawan disuruh ngurusi garukan pelacur ya nggak bisa. Punya permintaan itu mbok yang sopan gitu lho." Yu Seblak dengan tangkas langsung memasukkan amplop kecil berisi uang itu ke dalam kutangnya. "Yaaah, permintaanmu akan aku usahakan. Semoga Kanjeng Wibagso dan kawan-kawannya bisa mempertimbangkan."

Wibagso tersenyum. Sidik manggut-manggut. Durmo tampak tersinggung.

"Mereka ini payah. Garuk-menggaruk pelacur, kere, atau gelan-dangan itu kan bukan urusan kita. Ngadu ke Dewan dong. Mereka kan punya wakil rakyat," ujar Durmo.

Wibagso watched Yu Seblak lead the ceremony beneath him. "I hear people pray to us," he said. "They even bring us offerings such as flowers, snacks, and clove cigarettes."

"Well, damn!" hissed Durmo. "They think of us as seers! Some of them even ask for predictions of winning lottery numbers. What the hell is this, Wibagso?"

"Shh, calm down," soothed Wibagso. "What's the harm in giving them a little happiness? Think of this as an intermezzo in our journey toward eternity."

"Asking dead heroes to predict winning lottery numbers is too much," Cempluk protested.

"Their lives are troubled, Comrade Cempluk," said Ratri. "They can only share their troubles with us. The living don't care about them; they only berate them."

Below, Yu Seblak finished her prayer, chanting in fast tempo. Afterwards, Yu Seblak turned to listen to the concerns of those behind her.

"It is impossible to ask heroes to prevent hookers from being arrested. It's not proper," Yu Seblak said in response to Ajeng's request for help.

"I'm always getting arrested, Yu," said Ajeng. "That's how I lose my customers. Who knows? The city officials might fear Wibagso and the other heroes and not arrest me again. Please help me, Yu." Ajeng slid an envelope into Yu Seblak's hand.

Yu Seblak quickly slipped the envelope into her bra. "Let's see," she said. "Hopefully, Wibagso and his colleagues will consider your request."

Wibagso smiled.

Sidik nodded.

Durmo looked offended. "They are hopeless. The arrests of prostitutes, beggars, and bums are none of our business. They should complain to parliament, with its representatives of the community."

"The parliamentarians are more interested in vying for power and dividing the bribes they receive for breaking regulations and laws," said Sidik. "Or they are too busy trying to put their hands in the country's coffers. The parliamentarians won't do anything."

"Ah, anggota Dewan kan lebih suka kasak-kusuk untuk berebut kekuasaan dan bagi-bagi uang dari hasil menjual undang-undang dan peraturan. Atau mereka lebih sibuk mengatur siasat untuk menjebol APBN dan APBD," ucap Sidik.

"Otakmu politik melulu," sergah Wibagso. "Kita tampung saja permintaan mereka."

"Tapi urusan kita banyak, Bung. Kita masih harus mempertanggungjawabkan seluruh perbuatan selama kita hidup. Jujur saja, waktu berjuang dulu, aku menembaki musuh tanpa ampun seperti membasmi tikus." Mata Durmo menerawang jauh.

"Kenapa gelisah? Perang memungkinkan segalanya terjadi. Kita tidak mungkin bersikap lemah-lembut kepada musuh yang mengincar nyawa kita. Kita terpaksa membunuh bukan demi kepuasan melihat mayat-mayat mengerjat-ngerjat karena nyawanya oncat. Kita hanya mempertahankan hak yang harus kita genggam," Wibagso mencoba menghibur Durmo yang dikenal sebagai gerilyawan paling berani menghadapi penjajah.

"Semua harus kita pahami sebagai taruhan dari pilihan kita. Dan kita yakin saja, malaikat-malaikat tahu dan mencatat kebaikan kita. Terutama malaikat penghitung pahala manusia," timpal Ratri.

⊢—·—·—⊣

Malam berikutnya, gelandangan-gelandangan kembali tidur di kaki tugu. Ada yang gelisah, ada yang tampak tenang, ada yang mendengkur. Hawa dingin tajam menusuk tulang. Patung-patung itu merasa sedih dan terharu menatap para gelandangan yang setia menemani mereka.

Dari radio penjual rokok di samping tugu, terdengar warta berita malam, "Tugu Joang untuk mengenang jasa lima pahlawan yang gugur dalam pertempuran Kota Baru melawan pasukan Belanda, akan dipugar. Kedudukan para pahlawan pun sedang diusulkan untuk ditingkatkan dari pahlawan lokal menjadi pahlawan nasional. Pemerintah Daerah telah menyiapkan dana pemugaran sebesar tiga miliar."

Lima patung itu mendengarkan berita dengan khusuk. Mendadak Wibagso meloncat girang. Ratri menari-nari. Namun, Cempluk tampak tidak bahagia. Dia hanya diam tepekur. Durmo tidak kunjung berhasil melucuti kegelisahannya. Sidik tetap diam, mematung meskipun sudah puluhan tahun menjadi patung.

"You only think of politics," said Wibagso. "Let's just collect their complaints."

Durmo looked pensively into the distance. "But we have many things to do, man. We still have the responsibility to account for what we did when we were alive. During combat, I shot our enemies mercilessly, just like I'd shoot rats."

Wibagso tried to cheer up Durmo. "Why should that bother you? War allows everything. How could we be kind to an enemy that preyed on us? We did not kill them for the pleasure of watching their bodies in pain as they died. We only did whatever it took to claim our rights."

"We have to regard everything we experienced as a consequence of the choices we made," Ratri chimed in, "and believe that the angels recorded our honorable deeds and will see to it that we are rewarded."

———•—•—◂

That night, the homeless went back to sleep at the foot of monument. Some tossed and turned restlessly; others snored calmly. The statues looked with both pity and affection at the outcasts who faithfully kept them company.

From a cigarette stall a short distance from the monument, a radio broadcasted the evening news: "The Joang Monument, which pays tribute to five warriors killed in the Kota Baru battle against the Dutch army, will be restored. A proposal to raise the heroes' status from local to national heroes has been issued. The district government has earmarked three billion rupiah for the refurbishment fund."

The five statues listened to this news. Wibagso jumped up in delight. Ratri began to dance. Cempluk looked unhappy, but remained quiet. Durmo appeared anxious, while Sidik remained motionless, statue-like, even though he had been a statue for decades.

"Why are you silent?" Wibagso asked Sidik. "We should celebrate!"

"What's so important?" Sidik answered somberly. "I don't care what they do to this monument. Let them restore it or whatever, I just don't care. I'm not proud to be a hero. The country I fought for has become a bountiful cornucopia for just a few people, while

"Kenapa kalian diam? Kenapa? Berita itu mesti kita rayakan," ujar Wibagso.

"Apa yang penting dari berita itu? Apa? Mau dipugar, terserah. Mau diapakan ya terserah .... Aku sendiri tidak terlalu bangga jadi pahlawan. Ternyata negeri yang kumerdekakan ini akhirnya hanya jadi meja prasmanan besar bagi beberapa gelintir orang. Sementara jutaan mulut lain menjadi tong sampah, hanya dapat mengunyah sisa-sisa pesta," ucap Sidik dengan wajah muram.

"Soal negeri ini tidak lagi jadi urusan kita. Tugas kita sudah selesai. Kita tinggal bersyukur melihat anak cucu kita hidup bahagia," sergah Wibagso.

"Tapi jutaan orang bernasib gelap itu terus menjerit. Jeritan mereka memukul-mukul rongga batinku," mata Sidik menatap tajam wajah Wibagso.

"Ah, sudah jadi arwah kok masih mengedepankan perasaan Sudahlah."

"Tapi perasaanku masih hidup!"

Wibagso mendekati dan merangkul Sidik. "Bung, untuk apa memikirkan semua itu. Capek. Pusing. Saatnya kita istirah."

"Terus kita hanya diam? Diam melihat berbagai kebusukan itu terjadi di depan kita? Begitu?" Sidik meradang.

"Lantas mau apa? Ingat, kita hanya arwah."

"Hanya arwah?"

"Ya, apa pun sebutannya, kita tak bisa apa-apa lagi. Dunia kita sudah beda dengan mereka yang masih hidup. Soal keadaan negeri kita ini, memang tidak semuanya membahagiakan kita. Ada yang hidup enak, ada yang susah. Wajar, kan? Dan ingat, hidup ini perlombaan. Ada pemenang dan ada pecundang."

Sidik tampak kesal dan malas mendengarkan ucapan Wibagso. "Aku ini sudah capek dengar khotbah macam itu. Dulu, waktu hidup selalu diceramahi, diguyur petuah-petuah. Eeeh sudah mati pun masih disuruh menelan nasihat. Capek, Bung, capek."

Ratri yang sejak tadi menunjukkan wajah kesal pada Sidik, langsung bilang, "Jangan-jangan kamu ini kurang ikhlas berjuang, Bung Sidik?"

Sidik meradang. "Kurang ikhlas bagaimana? Kakiku yang pengkor ini telah kuberikan kepada perjuangan. Bahkan, jantungku kurelakan menjadi sarang peluru-peluru musuh."

millions of others are sentenced to rummage through garbage cans in hopes to find some meager remnants of the wealthy's party."

"The affairs of this country are no longer our business," Wibagso snapped. "We did our jobs. We should only be grateful to see our children and grandchildren live happily."

"But millions of ill-fated people continue to scream injustice." Sidik glared at Wibagso. "Their screams reverberate in my heart."

"Please, Sidik, you're a spirit now," Wibagso said gently. "Why are you being so sentimental? Don't worry about it."

"But my heart is still alive."

Wibagso embraced Sidik. "Brother, don't keep thinking about this. It will only frustrate and defeat you. It's time for us to rest."

Sidik was furious. "So, we just keep quiet? Do nothing while so much wrong happens in front of us? Is that what you want?"

"But what can we do now? We're no longer alive; we're only spirits."

"Only spirits?"

"Whatever you call us, we can't do anything anymore."

Sidik looked annoyed, but reluctantly listened to Wibagso.

"We live in a different world than those who survived," Wibagso continued. "In regards to our country, it's true, not everything makes us happy. Some people have a good life and others don't. That's just life, right? Remember that life is a race. There will be winners as well as losers."

"I'm tired of listening to sermons," said Sidik. "When I was alive, I was preached to all the time. My elders filled me with advice. And wouldn't you know, I'm expected to listen to advice even after my death. I am tired, Brother, I am tired."

Ratri glared at Sidik. "Don't tell me you fought the revolution half-heartedly, Brother Sidik."

"How can you say that?" Sidik shot back. "My crippled foot is a result of battle, and I even stood and faced their bullets."

"In that case, I suffered more than you," said Wibagso. "When I seized an enemy-controlled city, dozens of bullets were fired at me mercilessly and riddled my body. But I was satisfied. My bravery encouraged my comrades, and we won the battle in the end. All of it happened thanks to me."

"Oooh ... kalau soal kayak gitu, penderitaanku lebih dahsyat! Kalian tahu, ketika aku merebut kota yang dikuasai musuh, puluhan peluru merajamku. Tubuhku luluh-lantak. Tapi aku puas. Berkat keberanianku, nyali kawan-kawan kita terpompa. Dan, akhirnya kita berhasil memenangkan pertempuran. Ini semua berkat aku!" ujar Wibagso.

"Enak saja kamu bilang *aku!*" sergah Durmo. "Dalam pertempuran itu, aku dan Sidiklah yang berdiri paling depan. Kami menghadapi musuh satu lawan satu. Dan di mana kamu, Wibagso? Di mana? Kamu lari terbirit-birit ke hutan dan ke gunung. Dan kamu tanpa malu menyebut dirimu sedang bergerilya!"

"Tetapi akulah yang punya gagasan untuk menyerang. Aku juga yang memimpin serangan fajar itu!" Wibagso tidak kalah meradang.

"Siapa yang mengangkatmu jadi pemimpin, Wibagso? Siapa? Waktu itu, kita tak lebih dari pemuda yang hanya bermodal nyali besar. Tak ada jabatan. Tak ada perbedaan kedudukan. Apalagi pimpinan resmi di medan perang!" hardik Durmo.

"Tapi perang tak hanya pakai otot, Bung. Perang juga pakai otak. Pakai siasat. Dan akulah yang menyusun siasat itu!" napas Wibagso naik turun.

"Tapi siasat tanpa nyali bagai kepala tanpa kaki!" bantah Durmo.

"Bung Wibagso," tukas Sidik, "kenapa kamu sibuk menghitung-hitung jasa yang sesungguhnya hampa?"

Wajah Wibagso memerah. "Sidik, belajarlah kamu menghargai jasa orang lain. Jangan merasa paling pahlawan!"

"Kapan aku membangga-banggakan diri? Kapan? Kamu ingat, waktu berjuang dulu, aku justru menghilang saat Panglima Besar mengunjungi kawan-kawan yang berhasil menggempur musuh. Kalau aku mau, bisa saja aku mencatatkan diri menjadi prajurit resmi, tercatat dalam buku negara. Dan aku yakin, saat negeri ini merdeka, aku mampu jadi petinggi yang bisa memborong pekerjaan besar. Tapi, puji Tuhan, maut keburu menjemputku," ujar Sidik.

"Begitu juga aku," sergah Durmo, "Aku berpesan kepada anak-anakku, kepada seluruh keturunanku agar mereka tidak

"It's easy to stake your claim to fame," Durmo snapped. "During that battle, Sidik and I stood in the very front of the battlefield. We faced the enemies at the front line. Where were you, Wibagso? You scampered off into the forest and mountains and then shamelessly claimed to be a guerilla fighter."

"But I had the idea to attack," Wibagso retorted. "I also led the attack that dawn."

"Who made you our leader, Wibagso?" asked Durmo. "We were nothing more than a group of young men with a lot of guts. There were no official positions, no hierarchy. Especially no commanders of the war!"

"To win the battle, we not only needed physical power, we needed brains too," said Wibagso. "We needed strategy,"

"But strategy without guts is like having a brain without a body," Durmo argued.

"Brother Wibagso," Sidik said, "why are you busy tallying merits that actually amount to nothing?"

Wibagso reddened. "Learn to appreciate the accomplishments of others. Don't act as if you were the only hero."

"I don't remember boasting," said Sidik. "When did I do so? I left after we successfully destroyed the enemy and the commander-in-chief came to visit. I could have enlisted as an official soldier and be recorded in the state's annals. If I had done that, today I would be a high state official and acquire many projects. Thank God I died before that happened."

Durmo snorted. "I told my children not to mention my service to the country just to get a meager allowance, which would also have many tax deductions."

"All of you are hypocrites!" Wibagso railed.

The air was heavy. The moon blinked.

┝━━┿━━┥

The city breathed again. Hobos, prostitutes, and pickpockets woke and started their daily activities. Some went hawking, others went begging or to polish shoes. Then there were those who stretched lazily on their sleeping mats and stayed there.

"Where are you going, Ajeng?" asked Yu Seblak.

"To the motel. I have an appointment." She applied her lipstick.

mempersoalkan kepahlawananku demi minta uang tunjangan yang tidak seberapa. Itu pun masih banyak potongannya!"

"Munafik! Kalian munafik!" bentak Wibagso.

Bulan kembali mengerjap.

Angin terasa mati.

———•—•———

Napas kota kembali berembus. Jantung kota kembali berdenyut. Gelandangan, pelacur, dan copet sudah bangun dan kembali memulai kesibukan masing-masing. Ada yang berangkat mengamen, mengemis, menyemir sepatu. Ada yang masih malas tiduran di tikar.

"Ajeng, kamu mau ke mana?" tanya Yu Seblak.

"Ke penginapan. Ada janjian," jawab Ajeng sambil mengoleskan gincu ke bibirnya.

"Wah, bakal dapat duit banyak, nih. Mau kencan dengan siapa, Jeng?" Yu Seblak menggoda.

"Kok mau tau aja? Rahasia dong."

"Aku tahu, pasti kamu kencan dengan si Jumingan, Satpol PP itu. Benar, kan? Dia itu memang tergila-gila sama kamu. Eh, kalau pulang tolong bawakan aku oleh-oleh, ya. Nasi gudeg telur. Ini kan berkat doa yang kusampaikan kepada para pahlawan itu. Dulu kamu kan minta *dagangan*-mu laris, iya kan?"

"Beres, Yu. Gudeg sayap juga boleh. Tambah paha juga bisa," tawa Ajeng berderai.

"Kamu cantik. Sudah berangkat sana."

Kalur, copet yang sudah punya *jam terbang tinggi*, bangun. Menenggak sisa air mineral. Dia duduk di samping Karep yang diberi gelar *gelandangan pintar* karena gemar bicara dengan kalimat-kalimat yang sulit dipahami.

Karep asyik membaca koran. "Berdasarkan kajian saya, rencana pemugaran tugu ini hanya permainan pemerintah. Pasti ada rencana-rencana tertentu," ucap Karep.

"Jadi, kalau tugu ini dipugar, kita malah kehilangan tempat, ya?" tanya Kalur.

"Jelas, dong!"

"Kalau benar-benar terjadi?"

"Ya, kita harus turun ke jalan. Kita kerahkan semua gelandangan di kota ini."

"You'll make a lot of money. Who is your date today, Jeng?" Yu Seblak teased.

"Why do you want to know? It's a secret."

"It's Jumingan, the police officer," Yu Seblak guessed. "He's crazy about you. Don't forget to bring me back *gudeg,* rice with egg. Your appointment came about because I sent your prayer to the heroes."

Ajeng laughed happily. "Sure, Yu. If you prefer, I can bring you gudeg with chicken wings or thighs."

"You look gorgeous. Just go now."

Kalur, a skilled pickpocket, woke and drank his remaining mineral water. He went to sit beside Karep, who was called "the intellectual bum" because he liked to read and spoke in long sentences that were difficult to understand. Karep was absorbed in the newspaper.

"According to my analysis, the monument restoration plan is a trick of the government," Karep commented. "There must be a hidden agenda."

"If the monument is restored, we won't be able to live here, right?" asked Kalur.

"Yep, that's right."

"What will we do if it really happens?"

"We will take to the street. We'll mobilize all the homeless in this city to protest."

Their conversation was interrupted by the newscast from Yu Seblak's transistor radio. "Dr. Gingsir, the new mayor, has canceled the Joang Monument restoration plan. According to Gingsir, the project is superfluous. In related news, the petition to raise the status of Wibagso and his colleagues to that of national heroes has been rejected by the national history expert team. The fund of three billion rupiah will be used to provide food stamps to the poor."

Some bums cheered and started to dance. Others banged on mineral water containers, biscuit cans, bottles, and buckets. They danced while drinking cheap liquor.

———•·•———

Fog cloaked the pale moon. The city had gone back to sleep. But in the local government building, the lights were still on.

Mendadak terdengar siaran warta berita dari radio transistor milik Yu Seblak. "Drs. Gingsir, Walikota yang menggantikan Raden Mas Picis, membatalkan rencana pemugaran Tugu Joang. Menurut dia, pekerjaan itu mubazir. Apalagi pengajuan kedudukan menjadi pahlawan negara bagi Wibagso dan kawan-kawan telah ditolak Tim Pakar Sejarah Nasional. Rencananya, dana sebesar tiga miliar dialihkan untuk memberikan bantuan pangan kepada masyarakat prasejahtera."

Beberapa gelandangan sontak bersorak. Mereka menari. Ada yang memukul-mukul galon air mineral, kaleng biskuit, botol-botol, dan ember. Ada yang berjoget sambil menenggak minuman keras.

———•—•———

Bulan pucat, diringkus kabut. Kota kembali tidur berselimut kegelapan. Namun di sebuah gedung pemerintah daerah, tampak lampu menyala.

"Saya setuju saja jika Den Bei Taipan mau bikin pasar raya di sini," ujar Drs. Gingsir, usai menenggak anggur.

"Terima kasih. Terima kasih. Bapak ternyata sangat *welcome*. Saya sudah menyiapkan segalanya. Termasuk dana untuk ini dan itu. Dan saya setuju, dasar kerja sama ini adalah bagi hasil keuntungan. Bagaimana kalau saya mengajukan angka 30:70?" Den Bei menenggak anggur.

"Den Bei, saya mesti mengusulkan hal ini pada Dewan. Dan biasanya, jawabannya agak lama. Anda tahu sendiri, mereka juga butuh angpao. Yaahhh ... seperti biasanya. Dan, lancar tidaknya segala urusan, ya tergantung besar kecilnya angpao," ujar Gingsir sambil tertawa.

"Apa dalam hal bagi hasil keuntungan masih ada masalah?"

"Ya, terjemahkan sendiri. Anda kan konglomerat yang cerdas."

"Bagaimana kalau ... kalau ... 35:65? Ini sangat besar. Tidak ada tawaran segila ini."

"Tampaknya angka itu masih telalu kecil. Dan saya masih bisa menawarkan pekerjaan ini kepada konglomerat lain. Saya kenal beberapa pengusaha besar dari Ibu Kota." Gingsir mencoba menggertak.

Dr. Gingsir sipped his wine. "I agree with your idea to build a mall where the monument stands, Den Bei Taipan."

"Thank you. You are very supportive, sir. I've set everything up, including the necessary funds. I agree that the main purpose of this collaboration is to share the profits. What do you think if I offered a thirty–seventy split?" Den Bei gulped his wine.

"Den Bei, I have to propose this plan to the zoning board. Usually they need quite a bit of time to respond. As you know, they will also need *angpao*, a bribe. That's just the way it is, and the way things are handled depends on the size of bribe we provide." Gingsir laughed. "So is there a mathematical error in the profit share you proposed?"

"You figure that one out. You're a smart businessman."

"It's too small," Gingsir bluffed. "I can offer the project to others. How about thirty-five–sixty-five? This is huge. No one will give you such a crazy offer, and I know some important businessmen in the capital."

Den Bei's face darkened. He wrinkled his forehead. "How about forty–sixty? This is a very progressive and significant enhancement."

"Well, well, well. That's a suitable number."

Both of them laughed.

"You will have the opportunity to build as many malls in this city as you want," said Gingsir. "Just choose the place: the city square, the old Rotenberg fortress, or the Joang Monument."

"I'll take all of them!" exclaimed Den Bei. "But because of space, I will build my first mall in the Joang Monument location. It's a very viable site, right in the middle of the city."

"That's a smart choice, even visionary. I don't mind having that crumbling monument removed."

They laughed again and shook hands.

———·—

A few days later, the heat of the sun was met by upheaval around the monument.

"Traitor! Liar! Cheater! Windbag!" Wibagso stomped his foot and made the monument shake. "The authorities come and go, and they are all the same. They continue to stab us in the back with their betrayals!"

Wajah Den Bei tampak terlipat. Keningnya berkerutan. "Bagaimana kalau 40:60? Ini peningkatan yang sangat maju dan berpengaruh.

"*Well ... well ... well.* Itu angka yang bagus."

Keduanya tertawa.

"Dan Den Bei masih bisa bikin pasar raya di kota ini. Berapa pun. Anda bisa pilih, alun-alun, bekas Benteng Rotenberg, atau di Tugu Joang."

"Semua tempat akan saya ambil. Tapi, berdasarkan pertimbangan pengaturan ruang, saya akan bangun dulu pasar raya di Tugu Joang. Tempat itu sangat menarik. Tepat di tengah kota."

"Oooh, itu pilihan yang cerdas, berpandangan ke depan. Saya nggak keberatan tugu yang kumuh itu digusur."

Keduanya tertawa. Keduanya berjabatan tangan.

⊢—•—•—⊣

Beberapa hari kemudian, terjadi keributan di Tugu Joang. Cahaya matahari yang sangat terik seolah semakin membakar suasana yang memanas.

"Pengkhianat! Culas! Licik! Sombong! Penguasa demi penguasa datang ternyata hanya bertukar rupa. Mereka tetap saja menikamkan pengkhianatan demi pengkhianatan di tubuh kita!" Wibagso mengentakkan kakinya hingga bangunan tugu itu bergetar.

"Mereka menganggap kita tak lebih dari bongkahan batu beku. Mereka hendak menggerus kita menjadi butiran-butiran masa silam yang kelam!" teriak Ratri.

Sidik, Durmo, dan Cempluk tersenyum.

"Kenapa kalian diam? Kita ini akan diluluhlantakkan! Lihatlah buldoser-buldoser itu datang. Berderap-derap. Kita harus bertahan. Bertahan!" pekik Wibagso.

Terdengar suara petugas penggusuran dari sebuah pelantang. "Kalian harus menyingkir! Menyingkir!" Suara itu tumpang-tindih dengan deru mesin buldoser.

Di depan tugu, Yu Seblak memimpin pengadangan penggusuran. "Kita harus bertahan. Kita lawan buldoser-buldoser itu! Ajeng, Karep, Kalur di mana kalian? Di mana?" teriak Yu Seblak. Wajahnya menyala.

"They think we're nothing but blocks of cold stone," Ratri said. "They want to grind us into the grains of a dark past."

Sidik, Durmo, and Cempluk smiled.

"Why are you silent?" cried Wibagso. "We will be destroyed! Look at those bulldozers! March on! We have to survive!"

An eviction officer shouted at the homeless through a loudspeaker: "You must leave now! Get out!" His voice rose above the roar of bulldozers.

In front of the monument, Yu Seblak led her friends to stop the eviction. "We have to survive!" she cried. "We will head off the bulldozers. Ajeng, Karep, Kalur, where are you?"

"We are here, right behind you," they replied in unison. Yu Seblak's face lit up.

The roar of bulldozer engines grew louder and surrounded the monument. Eviction officers and heavily armed police stood guard. The bulldozers pushed ahead, their claw-like rippers raised, ready to plow into the monument.

"Though they're just bums, they still try to defend us!" yelled Wibagso. "You should be ashamed!"

"We don't fight to defend our pride as heroes," cried Sidik. "We fight for those who have the right to defend their lives!"

Wibagso organized their defense as if he were alive again, ordering the revolutionists when fighting the colonial army. "I don't need any explanation, just your firm support," he said. Ratri, jump into the bulldozer's cab and strangle the driver. Cempluk, hold the boom and block it with your body. Sidik and Durmo, destroy the engines. Go, hurry!"

The bulldozers moved ahead and rammed into the remaining homeless. Karep, Ajeng, and the others scampered out of harm's way.

"You are cowards!" shouted Yu Seblak.

"It is useless to fight!" cried Kalur. "There are too many of them!"

"Let's just get out," Karep yelled. "If they are willing to crush the heroes, they definitely won't care about cockroaches like us. Get out! Get out!" Karep tried to drag Yu Seblak away.

"Kami di sini! Di belakangmu!" jawab mereka berbarengan.

Deru mesin buldoser semakin keras, mengepung tugu. Para petugas penggusuran tampak berjaga-jaga bersama ratusan polisi bersenjata lengkap. Buldoser-buldoser semakin merangsek. Moncongnya tampak ganas, siap menyeruduk tugu.

"Lihatlah, mereka yang hanya gelandangan saja membela kita. Mestinya kalian malu!" teriak Wibagso.

"Wibagso! Kalau kami akhirnya melawan, itu bukan membela kepongahan kita sebagai pahlawan. Tapi membela mereka yang punya hak hidup!" teriak Sidik.

"Aku tak butuh penjelasan. Aku hanya butuh kejelasan sikap! Ratri, meloncatlah kamu, masuk ke ruang kemudi, lalu cekik leher sopir buldoser. Cempluk, tahan moncong buldoser itu. Ganjal dengan tubuhmu. Sidik dan kamu, Durmo, hancurkan mesin-mesin buldoser itu. Cepat!" Wibagso mengatur perlawanan seperti mengatur para pejuang ketika menghadapi tentara-tentara penjajah.

Buldoser-buldoser terus merangsek. Menerjang orang-orang yang tetap bertahan. Karep, Ajeng, dan banyak gelandangan lainya, berlarian lintang-pukang.

"Kalian benar-benar pengecut!" teriak Yu Seblak.

"Sia-sia melawan mereka. Jumlah mereka ternyata buaanyak sekali!" teriak Kalur.

"Kita menyingkir saja! Pahlawan saja mereka gilas, apalagi kecoa macam kita. Menyingkir! Menyingkir!" Karep mencoba menarik Yu Seblak yang tetap berdiri beberapa meter dari buldoser-buldoser.

Yu Seblak tetap bertahan, tetap melawan. Dia lucuti pakaiannya. Tinggal celana dalam dan kutang. Dasternya dia kibar-kibarkan ke udara.

"Dasar kalian penindas! Ayo lawan aku! Ayoooo!"

Buldoser-buldoser itu tanpa ampun menggilas tubuh Yu Seblak. Terdengar jeritan.

Wibagso tersentak. Ratri menjerit seperti kemasukan setan. Durmo, Sidik, dan Cempluk, tampak kalap. Mereka mengamuk. Menghantam buldoser-buldoser itu dengan benda apa saja. Namun, sia-sia. Justru patung-patung pahlawan itu kini bertumbangan dan hancur dilumat buldoser-buldoser.

But Yu Seblak remained standing, in front of the bulldozers. She took off her clothes until she wore only her undergarments and waved her dress in the air like a flag. "Hey, you bullies, come and fight me! Come on!"

The bulldozers pushed ahead. There was a scream.

Wibagso shook. Ratri screamed hysterically. Durmo, Sidik, and Cempluk went crazy. In full rampage, the statues hit the bulldozers with anything they could get their hands on. But all their efforts were in vain. The bulldozers toppled the statues and crushed the heroes.

———•–•–———

"You have killed us twice," Wibagso said in a whisper.

His voice penetrated Dr. Gingsir's speech at the official opening of the mall. The voices of the heroes will echo throughout the passages of time, but only an ear sharp enough to hear silence will hear those voices, those grievances.

The moon blinked in the sky. The wind died.

———•••–———

Bulan di angkasa mengerjap. Angin mati.

"Kalian telah membunuh kami untuk kedua kalinya," ujar Wibagso lirih.

Ucapan itu menerobos pembukaan resmi pasar raya oleh Walikota Drs. Gingsir dan hingga kini, suara-suara patung-patung itu masih terus mengalun, bergema menembus lapisan-lapisan waktu. Namun, hanya telinga setajam kesunyian yang mampu menangkap suara itu, gugatan itu.

# Hikayat Kura-kura Berjanggut

Azhari

Penerjemah: Wikan Satriati

Dahulu kala, ketika waktu masih ditentukan oleh beberapa orang, kapal-kapal masih bergantung pada kecerlangan bintang-bintang dan nujuman, dan para perompak masih musuh utama Sultan, hiduplah seorang Tukang Cerita yang mengandalkan kebohongan. Pada musim ketika angin gila dan angin ekor duyung menguasai lautan, ramailah bandar oleh para awak kapal yang menunggu amuk lautan reda. Saat gempita itulah si Tukang Cerita turun dari gunung. Sehabis asar, dia selalu datang ke bandar itu, karena dia menggantungkan hidup pada kemurahan hati para pelaut yang terbius oleh kisah-kisahnya.

Pelaut-pelaut itu memberinya kain koromandel, keramik campa, permadani persia, batik jawa, kemenyan barus, candu magrib, dan kisah-kisah pelayaran. Segala pemberian itu, oleh Tukang Cerita, dijual kembali setelah bandar tidak lagi ramai. Sementara, kisah-kisah pelayaran adalah bahan-bahan cerita baru baginya, yang dikocoknya dengan begitu lihai, sehingga nyaris tidak kelihatan rupa aslinya. Dalam melumatkan cerita, mulutnya itu sempurna tiada terkira, melebihi batu giling yang paling tajam sekalipun. Para pelaut malang itu tidak pernah sadar bahwa kisahan Tukang Cerita itu ialah apa yang pernah mereka ceritakan.

Setiap dia menyelesaikan cerita, yang terkesan dipanjang-panjangkan, dia bertanya pada dua-tiga orang pelaut, "Bagaimana ceritaku barusan? Kalian percaya? Pengalaman apa yang kaudapat dalam pelayaran kali ini, Ranir? Wahai, Pasha, ceritakan padaku tentang gadis-gadis negeri Atas Angin?"

Maka berceritalah para pelaut itu, sementara dia mendengar dengan saksama sambil mengangguk-anggukkan kepalanya. Saat para pelaut itu satu demi satu selesai bercerita, dia bertepuk tangan,

# The Tale of the Bearded Turtle

By Azhari
Translated by Wikan Satriati

A long time ago — when time was still determined by many people, and when ships relied on shining stars and ancient astronomy, and when pirates were the Sultan's fiercest enemy — there lived a storyteller who relied on lies. He lived on a mountain in the kingdom of Lamuri, in the most northern part of the island of Sumatra. When crosswinds controlled the Andaman Sea, the Lamuri harbor became crowded with sailors waiting for the sea to calm. At such boisterous times, the storyteller came down from the mountain. He always arrived at the harbor after *asr*, the afternoon prayer time, for he relied on the generosity of the sailors who he mesmerized with his stories.

The sailors gave him Coromandel cloths, Campa ceramics, Persian carpets, Javanese batik, Barus incense, Magrib opium, and tales from their voyages. After the sailors returned to sea, the storyteller sold their gifts and used their tales as fodder for his own new stories. He mixed them with such skill that the original stories were barely recognizable. His imagination reshaped the stories the same way a whittler's knife reshaped wood. The simple sailors never realized that the storyteller's tales were tapestries woven out of the same yarns they had spun for him.

The storyteller embellished the tales with every retelling. At the end of each story, he would ask the sailors, "What do you think? Do you believe the story? What happened on your journey, Ranir? Oh, Pasha, tell me about the girls in the Upper Country!"

When the sailors told their adventures, the storyteller listened carefully. He clapped when they finished — not so much to applaud their skill, but because he had just found new material for future stories.

tentu bukan untuk menghormati kepiawaian mereka, tapi karena dia sudah menemukan bahan kisah baru untuk saat mendatang.

Mulut Tukang Cerita sama tajamnya dengan Zulfikar, pedang kesayangan Sultan. Kelak, dia binasa di ujung Zulfikar. Konon kabarnya, dia binasa karena *Kura-kura Berjanggut.*

Kisahnya tentang kura-kura berjanggut telah membuat Sultan begitu terhina. Mungkin maksudnya mulia — dia ingin menghibur para anak kapal yang telah menunggu lama di bandar karena huru-hara di lautan. Namun, mungkin saja Sultan menangkap maksud lain dari kisah itu.

Pada hari-hari menjelang putusnya leher Tukang Cerita oleh Zulfikar, kapal-kapal yang merapat di Bandar Lamuri tidak terbilang jumlahnya, bahkan berderet hampir menyentuh tepi cakrawala! Kapal-kapal itu singgah bukan oleh musim angin gila atau angin ekor duyung. Laut tenang. Langit bercahaya. Tidak ada waktu yang lebih bagus untuk berlayar selain pada musim ini. Namun, ini waktu Perompak Lamuri mengganas. Sudah bertahun-tahun tidak terdengar kabar berita tentang para perompak itu. Tidak ada yang bisa menerka kapan muncul dan hilangnya Perompak Lamuri. Tidak juga ahli nujum kepercayaan Sultan. Bahkan, bertambah cemaslah raut wajah para saudagar kapal tatkala melihat kapal-kapal perang Sultan yang memburu perompak pulang dengan layar hangus dan tiang roboh, padahal kapal-kapal perkasa itu telah dilengkapi dengan meriam dan bubuk mesiu buatan Turki Usmani.

Bandar Lamuri sebenarnya tempat menunggu yang paling pas bagi kapal-kapal itu disebabkan oleh kedudukannya tepat di mulut pintu antara bandar-bandar Atas Angin dan bandar-bandar Bawah Angin. Namun, sejak lima tahun terakhir, bandar itu sepi, sejak orang kulit putih merebut Bandar Malaka. Begitu Malaka direbut, penguasa putih langsung menurunkan ongkos merapat kapal setengah kali lipat dari bea Bandar Lamuri. Hal ini tidak lepas dari peran si Ujud.

Memang khianat si Ujud itu! Geram suara Sultan yang melaknat si Ujud masih terdengar sampai hari ini. Menurut *Hikayat Taman-Taman Kenikmatan* yang dikarang oleh pengarang istana paling

The storyteller's tongue was as sharp as Zulfikar, the Sultan of Lamuri's favorite sword. And the storyteller would die from the tip of Zulfikar because of "The Tale of the Bearded Turtle."

The fabulist's intentions were probably noble: He wanted to entertain the sailors stuck at the harbor because of an unruly sea. But the Sultan interpreted the story differently. To him, the story about the bearded turtle was deeply humiliating.

During the days leading up to the storyteller's beheading by Zulfikar, countless ships docked at the Lamuri harbor. The line of ships almost touched the edge of the horizon. The sea was calm and the sky luminous — neither crosswinds nor stormy weather prevented the ships from sailing. It was the best time to set sail — and the best time for pirates to attack.

No one could predict when the pirates would appear or sail away, not even the Sultan and his trusted clairvoyants. The crews of the merchant ships became worried whenever they saw the Sultan's mighty warships return to the harbor with scorched sails and broken masts, despite having been armed with cannons and gunpowder.

Due to its strategic position between the harbors of the Upper Country and Lower Country, the Lamuri harbor was the most lucrative place for ships to dock. But when white men seized the Malacca harbor, near the southern tip of Malaysia, they gained control of the Strait of Malacca. The white men reduced the docking fees to half of that at Lamuri.

Ujud, the storyteller, had a hand in this. He was a traitor, indeed. It is said that the Sultan's furious cursing of Ujud can still be heard to this day. According to *The Saga of the Pleasure Gardens*, a story written by the most brilliant palace storyteller of that time, the Sultan regretted not cutting off Ujud's head with Zulfikar when the wretched man incited a group of rich Kleng, men of Indian origin, to oppose him. Instead, the Sultan had exiled Ujud to Malacca.

The brilliant palace storyteller wrote in *The Saga of the Pleasure Gardens* that the Sultan did not behead Ujud because he was still filled with remorse at having swung Zulfikar to behead his own son, who was suspected of sharing pleasures with the Sultan's

cemerlang pada masa itu, Sultan menyesal kenapa dia tidak memancung leher si Ujud dengan Zulfikar, ketika orang celaka itu menghasut sekelompok orang kaya Lingkaran Kleng untuk memberontak. Sultan hanya menghukum-buang orang Ujud ke Malaka.

Tentu saja si pengarang istana yang cerdas punya alasan kenapa Sultan tidak memancung si Ujud. Tersurat dalam hikayat itu, Sultan masih menyimpan sesal yang dalam karena pada tahun yang lewat dia dengan ringan melayangkan Zulfikar ke leher anak kandungnya, yang dituduhnya telah membagi kenikmatan dengan seorang selir kesayangan Sultan. Menurut hikayat itu pula, setelah si anak kandung binasa, Sultan berjanji untuk menyimpan Zulfikar dan hanya menggunakannya pada saat-saat yang penting.

Namun, tidak begitu menurut para ahli hikayat, terutama orang kulit putih, yang hidup ratusan tahun kemudian. Menurut penafsir berkulit putih itu, Sultan menyimpan Zulfikar karena, pada malam hari setelah pemancungan itu, Sultan beroleh mimpi yang aneh. Dalam mimpi itu, Sultan didatangi seorang sahabat Nabi, yang mengatakan bahwa Zulfikar merupakan pedang kesayangannya, biasa dipakai untuk membela agama anjuran Nabi. Sultan pun sempat bertanya, "Wahai Saidina, bagaimana bisa pedang ini berada di tangan Kadi Malikul Adil dan kemudian Kadi menyerahkannya padaku?" Sang sahabat hanya menjawab, "Laut begitu luas, maka laut dapat menghanyutkan segala sesuatu kepada siapa saja, kepada orang yang saleh maupun yang tidak."

Sejak mimpi itulah Sultan menyimpan Zulfikar.

Nasib si Ujud berubah setelah orang kulit putih merebut Malaka dan menumpas penguasa taklukan Lamuri. Sultan Lamuri tidak kuasa menghentikan langkah orang kulit putih di tanah taklukannya, dan hanya mampu menatap saja dari seberang lautan. Sebabnya, di tanahnya sendiri pada saat yang bersamaan, meletus pemberontakan orang kaya Lingkaran Kleng sekutu si Ujud, yang melarikan diri ke Hutan Halimun. Ketika Sultan berhasil memadamkan pemberontakan itu, orang kulit putih sudah terlalu kuat di Malaka. Beberapa serangan kilat oleh balatentara laut Sultan dipatahkan oleh orang kulit putih. Maka dari itu, Sultan berencana menyiapkan perang yang lebih besar dan matang

favorite concubine. Also, according to the saga, after killing his son, the Sultan had vowed to put Zulfikar away and only use the sword for life-or-death reasons.

But, according to other storytellers, especially the white men who lived hundreds of years later, this was not true. According to them, the Sultan only put Zulfikar away because of the strange dream he had the night after beheading his son.

In the dream, the Sultan was visited by the companion of a prophet, who said Zulfikar was his favorite sword and was used to defend the prophet's religion.

The Sultan asked the prophet's companion, "Master, then why was this sword in the hands of Kadi Malikul Adil, one of my ancestors, and why did he give it to me?"

The prophet's companion replied, "The sea is so vast, it can bring everything to anyone, pious or not."

After that dream, the Sultan locked Zulfikar away.

———•—•———

The fate of Ujud changed after the white men seized Malacca. The Sultan of Lamuri couldn't stop the white men from entering Malacca, because a rebellion of rich Kleng — allies of Ujud — was happening at the same time on his land. All the Sultan could do was stare across the ocean at the white men while he fought the Kleng.

By the time the Sultan succeeded in quelling the Kleng rebellion, the white men had grown too powerful in Malacca. A few quick attacks by the Sultan's navy were easily defeated by the white man.

So the Sultan equipped his warships with the latest and most powerful cannons he had ordered from Turkey and studied more mature fighting strategies to fight the Malacca conquerors. As a result, the imperial treasury needed more money, and the Sultan raised the docking fees for the Lamuri harbor.

The white men appointed Ujud as a special adviser to them. He was ordered to resolve the problems they were having at Lamuri and other places they had conquered.

Ujud devised a plot to weaken Lamuri. As soon as the Sultan raised the fees at the Lamuri harbor, Ujud told the white men in Malacca to lower the docking fees in the Malacca harbor to half the

terhadap para penakluk itu. Untuk itu, kapal-kapal perang yang dilengkapi meriam paling ampuh dan terbaru telah dipesan kepada Kekhalifahan Usmani. Kas kesultanan pun harus ditambah. Itulah sebabnya ongkos masuk kapal di Bandar Lamuri dinaikkan.

Si Ujud kemudian diangkat sebagai penasihat orang kulit putih khusus untuk masalah Lamuri dan tanah-tanah taklukannya. Dia pun menyampaikan beberapa siasat untuk melemahkan Lamuri. Begitu Sultan menaikkan ongkos masuk kapal, dia sarankan penguasa kulit putih di Malaka untuk menurunkan tarif masuk kapal di Malaka setengah dari harga Bandar Lamuri. Hasilnya akan kelihatan pada musim angin buruk mendatang. Benarlah, hampir setengah dari kapal-kapal yang dulu singgah di Lamuri pindah ke Malaka. Itulah mengapa Bandar Lamuri sepi selama lima tahun terakhir.

Alhasil, Sultan pun menyesal tidak memancung kepala si Ujud dengan Zulfikar.

Bandar Lamuri bertambah sepi tatkala orang kulit putih mendirikan sebuah rumah pelacuran yang besar sekali di Malaka. *Muka Berseri,* nama rumah kenikmatan itu, langsung diusahakan di bawah kesyahbandaran. Ini juga saran si Ujud. Berkata dia, "Betapa aku sering mendengar sepinya hati para pelaut setiap kapal mereka singgah di Lamuri. Di sana tak ada rumah pelacuran sebab tak diizinkan Sultan yang alim. Padahal, sudah kubilang berkali-kali bahwa para pelaut itu tak semuanya seagama dengan kita. Belum selesai aku bicara, kulihat Sultan sudah memegang Zulfikar-nya. Siapa tidak gentar melihat pedang itu. Selama ini hati pelaut yang sepi hanya dihibur oleh bual dan cerita bohong Tukang Cerita sialan. Sungguh kasihan nasib pelaut yang singgah di sana."

┣━◆━◆━┫

Sementara si Tukang Cerita sendiri, sejak sepinya Bandar Lamuri, sudah jarang turun ke bandar. Dia telah begitu banyak kehilangan pendengar setianya. Dia hanya turun gunung apabila mendengar hal-hal besar terjadi di bandar.

Begitulah, kali ini Tukang Cerita pun turun ke bandar begitu dia mendengar banyaknya kapal yang merapat di bandar akibat mengganasnya Perompak Lamuri.

price. Hence, almost half of the ships that used to stop at Lamuri docked in Malacca during the next bad wind season, and the Lamuri harbor was deserted during the last five years.

The Sultan then regretted he had not beheaded Ujud with Zulfikar.

Lamuri became even more deserted when the white men set up a huge brothel in Malacca. The management of the Shining Face was placed directly under the harbor rulers. This was also Ujud's suggestion. He said, "I often heard the sailors pour out their lonely hearts when their ships stopped at Lamuri. There were no brothels because the pious Sultan did not permit it, even after I told him that not all sailors practiced our religion. Before I could finish, the Sultan gripped his Zulfikar. Who would not be afraid when looking at that sword? And so the lonely sailors in Lamuri were only entertained by the rambling fantasies of a poor storyteller. I pity the sailors whose ships docked there."

———

Since the Lamuri harbor was abandoned, the storyteller rarely came to the city. He had lost many of his faithful audience. He only left the mountain if he heard something important was happening in Lamuri.

That day he went to the harbor because he had heard that many ships had thrown anchor due to the recent pirate activity.

"Please, tell us a tale, oh, storyteller." A mate welcomed him. "You must have countless stories. I brought a jug of special aged wine from the Peranggi cellars. This wine will warm your body and your mind. You have to try it."

"Yes, tell us about the Lamuri pirates if you know anything about them," said another sailor.

"Ho, ho!" the storyteller replied. "Do not get me wrong, my friends. Today I'm not going to tell you about the Lamuri pirates, not this time. Let's leave the worries about the pirates to our captains and merchants. Let the admirals and His Majesty the Sultan figure it out. Let's have fun. We haven't seen each other for such a long time."

That afternoon, the storyteller told many stories. He talked through the night until the sun rose the next day. In turn, the

"Berceritalah, Tukang Cerita. Berceritalah. Kau pasti punya simpanan cerita yang tak terkira. Aku khusus membawakanmu anggur kekekalan yang disimpan di dalam gudang rumah orang Peranggi. Anggur ini tak hanya menghangatkan tubuhmu, tapi juga pikiranmu. Kau harus mencobanya," sambut seorang anak kapal.

"Ya berceritalah, Tukang Cerita. Ceritakan tentang Perompak Lamuri, kalau kau tahu tentang mereka," berkata anak kapal yang lain.

"Hoho, jangan salah sangka, kawan-kawan semua. Hari ini aku tak akan menceritakan tentang Perompak Lamuri, belum saatnya. Dan janganlah kalian dirisaukan oleh perompak itu. Biarlah para nakhoda dan saudagar, juga laksamana dan Sultan kita yang mulia saja yang memikirkan itu. Mari kita bersenang-senang terlebih dahulu. Bukankah sudah lama kita tak berjumpa?" jawab Tukang Cerita.

Maka, berceritalah Tukang Cerita sore itu tentang segala ihwal. Bercerita sepanjang malam sampai matahari terbit lagi keesokan harinya. Bercerita pula beberapa anak kapal tentang bandar-bandar yang mereka singgahi dan pengalaman cinta mereka di setiap bandar. Melupakan kapan kapal-kapal mereka bisa angkat sauh dari Bandar Lamuri dan kapan janji Sultan menumpas perompak yang mengganas itu terlunasi.

Berhari-hari, Tukang Cerita bercerita menghibur para anak kapal yang menunggu Sultan menumpas Perompak Lamuri. Sampai Tukang Cerita kehabisan ceritanya, sampai anak-anak kapal sadar bahwa telah begitu lama mereka menunggu di Bandar. Mereka masih menunggu datangnya kabar baik dari kesyahbandaran.

Hingga suatu hari, di tengah tuturan Tukang Cerita, datanglah beberapa puluh orang mendekat ke kerumunan itu. Melihat siapa-siapa yang datang, berdirilah dia seketika menghentikan kisahnya.

"Singkat saja, Tukang Cerita. Hari ini aku ingin mendengar perkara Perompak Lamuri. Aku tahu kau tahu segalanya tentang mereka," berkata seorang nakhoda tua.

"Tun, kau rupanya, nakhoda kapal Ikan Pari. Apa kabar perempuan berleher gading dari Magribi?" tanya Tukang Cerita.

Bersemu merah paras nakhoda tua itu.

"Katakan sejujurnya apa yang sebenarnya terjadi di laut kita?"

sailors told him about the harbors they had visited and their love experiences in every town. They forgot that their ships couldn't depart from Lamuri, and that the Sultan's promises to quell the pirates had yet to be fulfilled.

Day after day, the storyteller entertained the sailors who waited for the Sultan to defeat the pirates. Only when the storyteller ran out of tales, did the sailors realize how long they had been on shore. Meanwhile, they still waited for good news from the harbor authorities.

Then, one day, when the storyteller was in the middle of a story, a dozen men approached the gathering. After noticing who they were, the storyteller halted and rose.

"Storyteller, let me be brief," an old captain said. "Today I want to hear about the Lamuri pirates. I know you know everything about them."

"Oh, Tun, is that you?" asked the storyteller. "The captain of the Pari Fish? How is the Magribi woman with that ivory neck?" Amused, when the old captain's face flushed, he continued, "Tell us truthfully, what is actually happening on our seas?" Then, turning to another man, he asked, "And you, Abdul Kadir, the famous navigator and favorite of the merchant Barus, old friend and shipmate who vowed to never set foot on this land until the white man had left Malacca. Should I be touched by your presence here? Are you breaking your oath to never again listen to my stories?"

The young sailors were surprised to learn that the storyteller apparently knew their superiors intimately.

"No, I don't know anything about pirates because they no longer exist." The storyteller said calmly and added, "Didn't the Sultan promise to eliminate pirates as fast as your ships can move?"

"You're lying; you know everything." Abdul Kadir retorted. "Aren't you one of the Lamuri pirates? Not a single ship has return-ed since they went to chase the pirates two weeks ago."

Everyone was silent after Abdul Kadir's statement.

"You're absolutely right, Abdul Kadir. Once, both of us were Lamuri pirates. Everyone in this harbor knew that. But that was decades ago, long before these young mates were born. I was captain of the most feared Lamuri pirates in Upper Country and Lower Country, and you, Kadir, were the navigator I most admired.

"Dan kau, Abdul Kadir, juru mudi ternama kesayangan saudagar Barus, kawan lama sekapal yang bersumpah tak akan menjejak tanah sebelum orang putih meninggalkan Malaka. Apakah aku harus terharu? Kau melanggar sumpah untuk tidak mendengar ceritaku?"

Yang paling takjub mendengar percakapan itu ialah para awak kapal yang belia usianya. Baru tahu mereka ternyata Tukang Cerita punya hubungan dengan para petinggi mereka.

"Tidak. Aku tidak tahu apa-apa tentang Perompak Lamuri. Karena mereka tak ada lagi. Dan bukankah Sultan sudah berjanji untuk menumpas perompak di laut secepat laju kapal kalian?" kata Tukang Cerita.

"Kau bohong, kau tahu segalanya, bukankah kau bagian dari perompak itu? Dan tidakkah kaudengar satu armada belum kembali setelah dua Jumat mengejar kapal perompak?"

Heninglah semua jamaah mendengar pernyataan terakhir Abdul Kadir.

"Kau benar belaka, Abdul Kadir. Kita berdua pernah menjadi bagian dari Perompak Lamuri. Semua orang di bandar ini tahu. Tapi itu dulu, berpuluh tahun silam, ketika kalian, wahai anak-anak kapal yang belia, belum melihat dunia. Aku nakhoda kapal Perompak Lamuri yang paling ditakuti di selingkar laut Atas dan Bawah Angin, dan kau, Kadir, adalah salah seorang juru mudi kapal yang paling kukagumi. Di tanganmu, kemudi kapal kita secepat Zulfikar memenggal kepala. Itu dulu, waktu Sultan masih membutuhkan kekuatan kita di lautan. Sampai suatu hari, Sultan kita yang mulia mengatakan dia tak membutuhkan kita lagi sebagai sekutu lautnya. Hari itu, Zulfikar baru saja tiba di tanah ini. Seorang mufti dari seberang lautan mempersembahkan pedang itu kepadanya," kata Tukang Cerita.

"Hari itu kukatakan kepada Sultan, jika saja tiang-tiang kapal kita bisa bicara, akan mereka katakan bahwa orang kulit putih dalam perjalanan menyeberang ke mari dan kitalah kekuatan pertama yang akan mencegah kedatangan mereka. Dan bukankah kalian tahu apa jawaban Sultan waktu itu? Pamanku itu hanya memelukku dan berucap, terima kasih, wahai kemenakan, atas peringatanmu. Kita semua kecewa mendengar ketetapan hatinya,

By your hand, our ship moved as fast as Zulfikar would behead us. At that time, Sultan still needed our power at sea. Then, one day, His Majesty the Sultan said he no longer needed us. It was the day a *mufti* brought Zulfikar to this land. The Muslim holy man who came from across the ocean presented the sword to him."

The storyteller continued, "That day I said to the Sultan, 'If the masts of our ship could talk, they would say that the white man is on his way, and we are the frontline force to prevent their arrival.' Do you remember what the Sultan said? The Sultan, my uncle, hugged me and said, 'Thank you, my nephew, for your warning.' We were disappointed about his stubbornness, but since we respected our Sultan, we obeyed him. So I refused to join your rebellion, oh, Qaran." The storyteller walked to an Abyssinian and hugged him. "How is your daughter in Bukhara? Is she a big girl now? I hope you're keeping your promise to visit her at least once every two years."

"Yes. I'm on my way to visit Zulaikha. But news about the Lamuri pirates made me stop at this wretched harbor where I never wanted to set foot again. I thought the Sultan had called you back."

"Oh, Qaran, and other old friends. The unrest at sea has brought us together again. I never imagined we'd meet again like this. The Sultan made his decision, so did you and I. You, too, left Lamuri forever, to go anywhere. You were also disappointed that I was unable to fill your needs.

"Because of my love for this land, I didn't want to go anywhere and chose to settle down in the woods. I refused the house the Sultan gave me. After living in the woods for such a long time, I lost my knowledge of the oceans. Occasionally, I come to this harbor as a storyteller. I always listen for news about you from the sailors who want to hear my stories. This is how I have somewhat satisfied my longing for you.

"You will have to leave me. You have to because I do not know any better than you who the real pirates are in Lamuri. Now I hope you're still willing to listen to my story about the Bearded Turtle. I used to tell you this story on deck while we were at sea waiting for the wind during long, boring days. You knew that the

tapi kita menghormati Sultan kita, mematuhi kata-katanya. Maka aku menolak saranmu untuk melakukan pemberontakan, wahai Qaran," kata Tukang Cerita sambil mendekat ke arah seorang Abesy, lalu memeluk orang itu, "Sudah besarkah anak dara Bukharamu? Kuharap kau selalu memenuhi janjimu untuk mengunjunginya setidaknya dua tahun sekali."

"Ya. Aku dalam perjalanan untuk berjumpa Zulaikha. Tapi kabar tentang perompak itu menghentikan langkahku di bandar ini. Bandar yang sejujurnya tidak ingin kuinjak lagi. Hanya karena kudengar kabar tentang perompakan di laut Lamuri, maka kuarahkan kemudi ke bandar celaka ini. Dan kukira kau kembali dipanggil Sultan."

"Wahai Qaran dan kawan-kawan lama lainnya. Huru-hara di lautan menyebabkan kita berjumpa lagi. Tak pernah terbayang olehku kita bakal berjumpa lagi seperti ini. Sultan punya keputusan, kalian juga punya, begitu pula denganku. Kalian meninggalkan Lamuri untuk selamanya, pergi entah ke mana, juga merasa kecewa denganku yang tak mampu membela kepentingan kalian. Sementara, aku yang tak ingin ke mana-mana, karena cintaku pada tanah ini, memilih berumah di dalam hutan. Kutampik rumah pemberian Sultan. Lama di dalam hutan, hilanglah pengetahuanku tentang lautan. Sekali-sekali aku turun ke bandar dan menjadi Tukang Cerita, bertanya-tanya tentang kabar kalian dari para anak kapal yang mau mendengar ceritaku. Dengan begitu, lunaslah sedikit rinduku pada kalian," kata Tukang Cerita.

"Kalian akan pergi dari hadapanku. Dan memang itu yang harus kalian lakukan sebab aku tak lebih tahu dari kalian siapa sesungguhnya para Perompak Lamuri itu. Kini, kuharap kalian masih mau mendengarkan ceritaku tentang kura-kura berjanggut. Kisah ini dulu sering kuceritakan kepada kalian, di tengah lautan, di atas geladak kapal saat angin mati, saat kita berhari-hari dalam jemu yang panjang menunggu datangnya angin. Seperti kalian ketahui, begitu aku selesai menceritakan *Hikayat Kura-kura Berjanggut*, esok harinya layar kapal menarik angin dari segala penjuru," kata Tukang Cerita.

"Di antara kalian, masih ada yang percaya, mungkin sampai hari ini, hikayat itu adalah mantra penarik angin. Tapi ini adalah

day after I finished telling the tale, winds coming from all directions would fill our sails.

"Even to this day, there are those among you who believe that the tale was a spell to attract the winds. It was only a joke between me and our brilliant navigator. He looked at the stars in the sky, and when he told me that in seven days the wind would blow, I'd gather all of you on deck and told the tale. How excited you were while you listened. You knew the boring day-to-day waiting for the winds was ending soon. Hopefully with this tale, your ships can sail tomorrow. Now listen carefully."

A long time ago, when the animals and trees could talk and the harbor of Lamuri had yet to be named, a turtle king reigned over this part of the ocean. He was respected by the ocean creatures for his speed and strength.

One day, a ship appeared on the horizon. On the deck stood a camel. Only a camel.

His strength and power made the turtle king less vigilant.

The old belief says, "If you see a ship with a camel on deck, expel it at once because the camel has been expelled by the Prophet Solomon, lord of all animals." Imagine what kind of sin the camel had to have committed to make a prophet as patient as Solomon do that.

In the land of Solomon, the camel had caused so much trouble by spreading slander and lies that the prophet exiled him. But even during his exile, the camel continued to spread false stories because that was the only way he was able to influence the rulers of the world. Without his lies, not a single king was willing to pray for a camel the Prophet Solomon had banished. Everyone who believed the camel's lies was doomed to live in misery, and their destiny was as dark as the fog that covered its ship. And that was also true for the turtle that lived in this harbor.

The camel told the turtle king how odd he looked, because in the land of Solomon and in all the countries across the oceans he had ever visited, every turtle had a beard. The turtle king became angry when he heard this. He said, "Tell me where I can buy a beard, oh, camel, carrier of all news."

leluconku dengan mualim kita yang cerdas itu. Dia melihat bintang-bintang di langit, dan mengatakan padaku bahwa tujuh hari lagi angin akan berembus. Maka, aku mengumpulkan kalian semua di atas geladak. Dan menceritakan hikayat itu. Betapa gembira kalian tatkala aku menceritakan hikayat itu sebab kalian bakal terbebaskan dari hari-hari menunggu angin yang membosankan. Semoga dengan hikayat ini, kapal kalian bisa berlayar esok hari," kata Tukang Cerita. "Simaklah."

Dahulu kala, ketika segala binatang dan pepohonan masih bisa bicara, dan bandar ini belum bernama, hiduplah seekor raja kura-kura yang menguasai selingkar lautan ini. Kura-kura itu disegani oleh makhluk sepenjuru lautan karena kecepatan dan keperkasaannya.

Sampai pada suatu hari, di ujung lautan, terlihatlah sebuah kapal. Di atas geladak kapal itu, terlihat seekor unta. Hanya seekor unta.

O, keperkasaan dan kekuasaan membuat raja kura-kura menjadi kurang waspada.

Padahal petuah lama mengatakan, apabila kau melihat sebuah kapal dengan unta di atas geladaknya, segera usirlah kapal itu. Sebab itu adalah unta yang diusir Nabi Sulaiman, nabi junjungan segala binatang. Dosa apakah yang membuat orang sesabar Sulaiman berbuat begitu? Di tanah Sulaiman, dia telah menyebarkan banyak fitnah dan kebohongan, sering membuat Sulaiman susah tidak kepalang.

Dalam pembuangan, unta itu masih saja menyebar kabar kebohongan ke seluruh penjuru lautan karena dengan itulah dia mendapatkan doa para penguasa dunia. Bukankah tidak ada raja yang sudi berdoa untuk unta usiran Sulaiman?

Kebohongan sang unta membuat sesiapa yang percaya menjadi gelap takdir hidupnya, sepekat kabut yang menudungi kapalnya.

Seperti kura-kura yang pernah hidup di bandar ini.

Kepada kura-kura, sang unta mengatakan bahwa sungguh aneh kura-kura yang dilihatnya ini, sebab di tanah Sulaiman dan di seluruh penjuru lautan yang pernah disinggahinya, semua kura-kura ada janggutnya. Marahlah kura-kura mendengar kabar ini.

"According to Solomon, you do not have to spend your wealth to grow a pluck of hair on your chin." The camel chuckled, then told his lie. "Just pray for the safety of this nomadic camel and a beard will grow," he laughed.

The turtle king prayed for the camel's safety and the camel left. With a heart as big as the ocean, he disappeared in the fog that shrouded his ship.

And today, turtles still believe the lie. Notice how slow a turtle walks. The poor creature crawls on the ground looking for its beard, because it thinks Solomon might have thrown it away.

———•—•———

Berkata ia, "Katakan padaku di mana aku bisa membeli janggut, wahai unta pembawa berita?"

"Kau tak perlu menghabiskan seluruh kekayaanmu kalau hanya untuk mendapatkan sejumput janggut di dagumu, begitu pesan Sulaiman. Berdoa sajalah untuk keselamatan unta kelana ini. Maka akan tumbuhlah janggut di dagumu itu," jawab unta sambil tertawa. Begitu sang unta berdusta.

Kemudian, berdoalah kura-kura untuk keselamatan si unta. Setelah mendapatkan doa raja kura-kura, unta itu pun pergi dengan hati seluas samudra bersama kapalnya dan kabut yang memayungi kapalnya.

Maka, hitam-pekatlah hidup si kura-kura sampai anak cucunya hingga hari ini. Perhatikanlah, sungguh lambat jalannya kura-kura sekarang. Sampai sekarang, makhluk itu masih saja merayap mencari-cari janggutnya yang jatuh di tanah, sebab ia menyangka Sulaiman melemparkan begitu saja janggut itu.

# Mariantje dan Pasangan Tua

Erni Aladjai
Penerjemah: Nurhayat Indriyatno Mohamed

Pada Rabu pagi yang bercahaya, mereka terbangun dalam satu selimut. Pagi ini, Laura dan Don masih bersama. Tidak ada yang pergi lebih dahulu. Tuhan masih ingin melihat mereka melewati hari-hari baru. Tiap malam, saat jelang kelopak mata mengatup, Laura akan memasukkan jemarinya ke sela-sela jemari Don. Itulah kebiasaan rahasia dia, yang hanya diketahui Mariantje.

Perlahan-lahan, Laura bangkit dari ranjang, mengamati rambutnya yang setiap helainya telah berwarna kelabu. Mengamati pipi dan dagunya yang merosot. Tiga tahun lalu, dia masih sering duduk di depan meja rias ini, menyemir rambutnya sembari bersenandung lagu jaz lama. Dia dan Don penyuka jaz. Mereka menikmati musik itu sejak pertama kali masuk Batavia.

Dia masih ingat baik, suatu malam, Batavia begitu ramai. Beberapa pemain musik Filipina datang ke Batavia mencari pekerjaan. Di ruang masuk hotel dan jalan-jalan, mereka mengenalkan alat musik angin. Terompet, saksofon, bolero, dan rumba. Ah, kenangan itu selalu bagai embusan angin sore yang menenangkan. Ingatan dia pada irama jaz pertama kali di kota ini selalu abadi di kepalanya sebab, pada hari itu juga, sesuatu yang membuatnya bahagia telah terjadi.

Mula-mula Don — yang sekarang terus *lelap* di belakangnya itu — membeli dua lembar karcis untuk menonton pertunjukan jaz di Hotel Des Indes. Waktu itu, umur Don tujuh belas tahun. Masih muda dan senang memakai topi *bowler* (serupa topi yang sering dikenakan Charlie Chaplin), celana pantalon, dan jas.

Sementara, Laura berumur enam belas tahun. Dengan mengenakan *jurk*, baju, sifon bertabur bunga lotus, dia naik trem bersama Don. Mereka naik trem listrik pertama di Batavia. Dia mendengar keterangan itu dari pembicaraan dua orang *meneer*

# Mariantje and the Old Couple

By Erni Aladjai
Translated by Nurhayat Indriyatno Mohamed

It was a bright Wednesday morning, and they woke up under the same blanket. Laura and Don were still together. Neither had gone first. God wanted to give them a new day. Every night, just before she closed her eyes, Laura laced her fingers with Don's. It was her secret habit that only Mariantje knew about.

Laura got up slowly from the bed and studied her reflection in the mirror. Every last strand of her hair was gray; her cheeks and chin sagged. Just three years earlier, she often sat before this mirror, dyeing her hair while humming along to an old jazz number. She and Don loved jazz. They had enjoyed it since the first time it was performed in Batavia.

Laura remembered that first time well, the crowded night when groups of Filipino musicians came to town looking for work. From hotel entrances and in the streets, they introduced their instruments and their music: trumpet, saxophone, bolero, rumba. Ah, the memory was like a soothing afternoon breeze. The first time she heard jazz in the city was a memory that would remain with her forever, because on that day, something happened that had made her happy.

Don — the same Don who was right now lying there in the bed behind her — had bought two tickets to a jazz show at the Hotel des Indes. He was seventeen at the time, and he loved wearing bowler hats, the kind Charlie Chaplin often wore, with pantaloons and a jacket. Laura was sixteen. She wore a chiffon dress with a lotus motif, and the two had taken the tram to the show. She overheard two Dutchmen next to them say that it was the first electric tram.

At the Hotel des Indes, when the sounds of the saxophone played by Soleano, the Filipino musician, rose to the ceiling, Don slipped an engagement ring onto her finger.

dalam gerbong yang sama. Pada saat irama saksofon soleano dari si pemusik Filipina itu terdengar di langit-langit Hotel Des Indes, bersamaan itu juga Don memasangkan sebuah cincin *perloop*, tunangan, di jari manisnya.

—•—•—

Laura menyukai pagi. Dia tidak pernah mau melewatkan saat matahari terbit. Pagi ini, dia tidak lagi menyemir rambut. Laura Tua seolah telah berjanji pada setiap helai rambutnya bahwa mulai hari ini dan hari-hari selanjutnya, rambutnya tidak akan lagi *sesak napas* oleh baluran pewarna rambut yang kaku. Tidak ada lagi sarung tangan. Tidak ada lagi bubuk semir Tancho di atas meja riasnya.

Wanita tua itu kemudian melangkah ke ambang jendela kamar. Jendela itu selalu dia umpamakan layar bioskop. Di sana, di balik kacanya, ada dua pohon kersen dengan batang saling silang. Sangkar burung nuri peliharaan Don tergantung di salah satu tunggulnya. Setiap pagi, si nuri akan menyapa ketika Laura membuka tirai.

"Selamat pagi, sayangku!" itulah yang dikatakan si nuri. Don yang mengajari burung nuri itu menyapa Laura saban pagi. Seolah ketika itu, Don sudah tahu kalau suatu hari dia hanya bisa berbaring dengan selang di hidung. Penyakit telah mematikan sebelah tubuhnya. Laura tua mengangguk, menertawai si nuri yang mengoyang-goyangkan pantatnya.

Lalu, ucapan yang sama juga selalu dia dengar dari mulut Mariantje. "Selamat pagi, hari ini Nyonya tampak sehat dan ber-cahaya." Laura tertawa.

Mariantje, perempuan tinggi besar, berkulit kelam, dan rambut diikat saputangan itu, riang memasuki kamar Laura sambil membawa tongkat pel. Mariantje baru saja selesai merebus kentang untuk sarapan pagi Laura. Mariantje membantu segala hal di rumah Laura. Dia memasak, mencuci pakaian, menyetrika, menyapu pekarangan, dan belanja. Sudah lima tahun perempuan asal Sanger, Manado, itu bekerja pada Laura.

Setiap Sabtu pagi, ada tambahan belanja yang ditugaskan Laura padanya. Laura memintanya pergi ke Senen, membeli novel terbaru yang akan Laura bacakan untuk Don dengan menggunakan kaca pembesar. Laura menyukai cara Mariantje bekerja.

Laura loved the morning. She never wanted to miss a single sunrise. And this morning, she had decided she no longer was going to dye her hair. It was as though she had made a deal with her hair. She would no longer choke her hair in a thick coating of dye. There would be no more Tancho hair dye powder sitting on her dressing table. She would no longer need gloves.

She moved to the windowsill. She always saw the window as a movie screen. There, behind the glass, stood two kersen trees, their trunks intertwined. The birdcage where Don kept his parrot hung from one of the branches.

The bird greeted Laura every morning when she opened the curtains. "Good morning, my love!" the parrot would call. Don had taught the bird to greet her that way, as if Don knew that one day he would be confined to their bed with a tube up his nose, illness paralyzing half of his body.

Laura nodded at the parrot and laughed as the bird shook its tail.

Mariantje also greeted her every day with the same, "Good morning! You look healthy and radiant today."

Mariantje was a tall, large, dark-skinned woman. She kept her hair tied up with a bandana. She had just finished boiling potatoes for Laura's breakfast and came into Laura's bedroom holding a mop. Mariantje did all the chores around the house: she cooked, washed the laundry, ironed, swept the yard, and shopped. She came from Manado, on the island of Sulawesi. Mariantje had kept house for Laura for five years. Laura liked the way Mariantje worked.

Every Saturday, Laura added an additional task to Mariantje's shopping trip. She asked Mariantje to go by Senen, a shopping center in Jakarta, to buy the latest novel. Later, using a magnifying glass, Laura would read the book to Don.

Mariantje liked Laura's house. It was simple; jazz music filled the rooms that smelled of oranges. Every morning, Mariantje wound up Laura's old gramophone and played the jazz record of Laura's choice.

"Natalie Cole this morning, Mariantje!"

Mariantje menyukai rumah Laura. Wangi jeruk, sederhana, dan senantiasa terdengar alunan jaz. Setiap pagi, Mariantje akan mengengkol gramofon lama milik Laura, memasang piringan hitam lagu jaz yang dipesannya.

"Pagi ini Natalie Cole, Mariantje!"

Bagi Mariantje, ada banyak keharuan di rumah Laura. Seperti dua malam lalu, saat dia datang memeriksa keadaan Laura. Dia lihat perempuan tua itu duduk di sisi Don, membacakan Don sebuah buku bersampul merah. Laura percaya, meski Don tidak bisa bergerak lagi, Don masih bisa mendengar. Seperti biasa, suara Laura terdengar gemetar.

"Don sayang, aku akan membaca sebuah penggalan sajak Heine yang dikutip dalam *Max Havelaar*. Aku pikir kau mungkin menyukainya," kata Laura. Setelah berdeham, dia mulai membaca. "'*Nun di sana menderau air sungai yang suci, di sana kita menyelam di bawah naungan palma ... mimpikan impian yang serbabahagia.*' Jadi bahagialah, Sayang!"

Diam-diam, di bingkai pintu kamar Laura, Mariantje melihat pemandangan itu dengan haru. Laura memang seorang pembaca novel yang baik. Yang sedang dibaca Laura adalah *Max Havelaar* terbitan tahun 1977, yang Mariantje beli di Jalan Kwitang. Dulu, si pedagang buku membujuk Mariantje agar membelinya. "Ini buku bagus, Pram dan Kartini membacanya, kau harus punya!" katanya.

┣━•┼•━┫

Setelah membaca novel, seperti biasa, Laura menemui Mariantje. Mereka bercakap di dapur. Ini kali Laura melakukan pembicaraan sungguh-sungguh dengannya. "Mariantje, saya minta maaf tak bisa membayar gajimu beberapa bulan ini. Saya sedih, tapi kau tak pernah mengeluhkan itu."

"Nyonya jangan minta maaf. Membolehkan saya tinggal di sini, itu sudah lebih dari cukup." Mariantje menggenggam tangan Laura.

"Jika, suatu hari saya tiba-tiba pergi, maka kunci rumah saya selamanya milikmu. Itulah yang mampu saya wariskan padamu. Tolong rawat burung nuri Don. Kelak jika ada museum jaz di kota ini, sumbangkanlah piringan hitam kami."

Mariantje experienced many touching moments in Laura's house. Two nights ago, for instance, she'd gone to check on Laura and found the old woman in the bedroom, sitting next to Don, reading to him from a book with a red cover. Mariantje knew Laura believed that even though Don could no longer move, he could still hear. Her voice quivered like it usually did.

"Don, my love, this is a passage from *Max Havelaar*, in which he quotes the poet Heine. I thought you'd enjoy it." She cleared her throat and began to read:

> *And in the distance whisper*
> *The holy river's burbles*
> *And there, let us lie down joyously*
> *Beneath the palm by its edge*
> *And, in repose, drink in love*
> *While dreaming blissful visions.*

Laura looked at Don. "So be happy, my love!"

Mariantje watched quietly from the doorway. Laura was a good reader. The book was the 1977 edition of the book written in 1860 by Dutch author Eduard Douwes Dekker. She had bought it at Jalan Kwitang, after the bookstore seller had persuaded her to buy it. "It's a good book," he had said. "The literary icon Pram and the famous feminist Kartini read it, so you have to have it!"

———•—•———

After she finished reading to Don, Laura always looked for Mariantje. They talked in the kitchen. This time, Laura talked about something serious. "Mariantje, I'm really sorry I haven't been able to pay you these past few months. It saddens me, and you never complain about it."

"There's no need to be sorry." Mariantje clasped Laura's hand. "Letting me stay here is more than enough."

"When I die, the keys to my house are yours for good," Laura said. "That's all I can pass on to you. Please take care of Don's parrot. And when one day there's a jazz museum in this city, give them my old records." She then added in a half-whisper, "Thank you for taking care of Don and me."

"There's no need to keep thanking me, Miss Laura. I'm the one who should be thanking you."

"Terima kasih telah mengurus saya dan Don," tambah Laura setengah berbisik.

"Tak perlu mengulang-ulang terima kasih, Nyonya. Sayalah yang berterima kasih."

Sudah empat bulan memang, Mariantje tidak lagi dibayar oleh Laura. Uang pensiun Don dan Laura bahkan hanya cukup untuk biaya perawatan Don, makan seadanya, dan membeli buku terbaru setiap pekan.

Mariantje tidak mengeluh. Baginya, mengenal Laura adalah kebahagiaan. Mariantje ingat wajahnya yang lebam dan bibirnya yang pecah saat pertama kali dia bertemu Laura.

Mereka bertemu di toko. Laura datang membeli mayones dan susu manis kental. Mariantje datang membeli sebungkus biskuit untuk mengganjal perutnya. Tidak ada yang peduli dengan wajahnya yang lebam dan bibirnya yang pecah. Semua orang hanya memerhatikan rak belanja. Satu-satunya orang yang menanyakan keadaannya hanyalah Laura.

"Kenapa wajahmu? Kau jatuh?" tanya Laura mendekat. Tanpa menunggu jawaban, Laura menggandeng tangan Mariantje ke rumahnya. Di sana, Laura mengompres dahi, pipi, dan bibir Mariantje dengan es batu.

"Kenapa Nyonya mau membawa saya masuk?"

"Kau terluka." Itu saja jawaban Laura. Dia memberi Mariantje pakaian, sebuah daster bergambar kembang sepatu, memberinya selimut, dan mengantar Mariantje ke kamar tamu.

Bertemu Laura, membuat Mariantje yakin untuk berpisah dari Tigor. Dia tidak tahan dengan segala hal yang ada pada Tigor. Bau bir, membanting telepon, menyembunyikan uang, menggebrak meja, dan memecahkan kaca jendela. Mariantje lari pada tengah malam ke rumah Laura. Semua ini terjadi sekira lima tahun yang lalu.

├────·•·────┤

Minggu pagi, Mariantje berangkat ke gereja. Mariantje ingin berdoa agar Don dan Laura tetap sehat. Dia sangat takut jika Tuhan memanggil kedua orang itu. Jika boleh memilih, Mariantje berharap dia yang mati lebih dulu. Dia tidak punya siapa-siapa di Pulau Jawa selain Laura. Mariantje menghitung, besok tepat 170

It had been four months since Laura had last paid Mariantje. Don and Laura's pension was only enough to pay for Don's medical care, simple meals, and a new book once a week. Mariantje didn't complain. To know Laura was a source of joy.

Mariantje remembered the first time she met Laura. It was at a store. Mariantje was there to buy a pack of cookies to tide herself over. No one in the store cared about her bruised face and swollen lip; people just looked at the shelves. Laura was the only person who took notice.

"What happened to your face?" Laura asked as she came closer. "Did you fall?" Without waiting for an answer, she took Mariantje's hand and led her home. Laura made a compress of ice cubes and pressed it gently against Mariantje's face.

"Why did you bring me into your house?" Mariantje asked.

"Because you're hurt," Laura answered simply. She gave Mariantje a hibiscus-patterned house dress and a blanket and showed her to the spare bedroom. "You should rest."

Meeting Laura had given Mariantje the strength to leave Tigor. She couldn't stand anything about him. He reeked of beer. He threw the phone at her and hid money. He slammed furniture and broke the windows. In the middle of the night, Mariantje ran away to Laura's house. That was some five years ago.

⊢——•——•——⊣

On Sunday mornings, Mariantje went to church. She prayed for Don and Laura to stay healthy. She was terrified that God might call both of them before He called her. If she could choose, Mariantje hoped that she, herself, would be the first to die. She had no one in Java except Laura. Mariantje made a mental count; tomorrow would be 170 days since Don had become bedridden. It was truly a hard time for Laura.

On her way home from church one Sunday, Mariantje took a detour to buy flowers. She bought two: a single red rose and a single white rose.

She walked softly to Laura's bedroom with the two roses pressed to her chest. The room was exceptionally quiet. Laura lay on her side on top of the white sheets, her right arm embracing Don, who lay on his back with his mouth open.

hari Don terbaring di tempat tidur. Sungguh waktu yang cukup untuk menunjukkan betapa sabarnya Laura.

Dalam perjalanan pulang dari gereja, Mariantje singgah membeli bunga. Dia membeli setangkai mawar merah dan setangkai mawar putih.

Mariantje melangkah pelan-pelan ke kamar Laura dengan bunga mawar di dadanya. Kamar begitu sunyi. Di sana, di atas ranjang berseprai putih, Laura berbaring miring, tangan kanannya melingkari tubuh Don yang telentang dengan mulut terbuka.

Mariantje menghampiri Laura. Perlahan-lahan, jari telunjuknya menyentuh lubang hidung Laura. Tidak ada embusan. Mariantje meraba tangan Laura. Begitu dingin. Air mata Mariantje mulai mengalir, membasahi pipi. Perutnya bergolak.

Tiga jari kanannya kemudian menyentuh pergelangan tangan Don. Dia tidak merasakan ada denyut di sana. Don sudah bebas.

"Mungkin memang sudah saatnya mereka pergi," batin Mariantje. Dia terisak. Teringat pembicaraan dia dan Laura tempo hari, "Mariantje, sudah lama saya ingin pergi bersama Don. Pergi selama-lamanya. Konon di dunia sana, kami akan kembali muda. Bukankah itu indah, Mariantje?"

┣━━━•◦•━━━┫

Mariantje softly approached Laura and placed her hand beneath Laura's nose. Nothing. She grabbed Laura's arm. Cold. Mariantje clutched her stomach and began to cry.

She hurried over to Don's side of the bed and placed her fingers on his wrist. No pulse. Don was free.

Mariantje cried. She remembered her talk with Laura the day before: "Mariantje, for so long I've wanted to go away with Don — to go away forever. It's said that in the other world, we'll be young again. Isn't that beautiful, Mariantje?"

# Nyai dan Noni

Anindita S. Thayf

Penerjemah: Stefanny Irawan


(Nyai)

Malam sudah datang lagi, yang kesepuluh, kau mendesah. Kakimu tertuntun menuju tempatmu yang biasa — pojok paling dalam. Relung paling hangat dan tersembunyi di mana kau selalu setia menunggu kunjungan subuh. Kau duduk sambil menajamkan pendengaran, cerabih binatang malam membuatmu merasa seolah sedang menyaksikan pagelaran wayang, bukannya berada di tempat yang menakutkan. Ada suara khas sang dalang, nyanyian mendayu para sinden, juga alunan gending yang akrab. Sesekali, kau bahkan merasa bisa mendengar seruan penonton dan gema tepuk tangan mereka. Semua itu memesonamu. Menghanyutkan kesadaran sampai tiba-tiba secubit rasa geli menyentilmu. Rupanya, ada yang sedang mengerikiti kakimu. Kecoak! Serta-merta kau bergerak menjauh. Namun, hanya sebatas itu. Tidak sampai menjerit gugup — sebab itu bukan kau.

Kau memang seorang perempuan, tapi tidak seperti dia yang datang empat hari lalu. Yang cengeng dan manja. Yang peka dan perasa. Dia yang kau benci karena telah memaksamu berbagi tempat sempit ini. Lebih daripada itu, kau membenci semua yang ada pada dirinya — rambut pirang yang mengingatkanmu pada masa kejayaanmu dulu, bola mata yang membiru gundu dan terlihat begitu angkuh, juga kulit sewarna roti gandum, bahkan suaranya yang mirip dengkur palsu kucing.

Uhh! Kau sangat membenci yang terakhir itu — dasar bangsa penipu! Membuatmu kerap disesaki keinginan untuk mencekiknya. Menguburkan kuku-kukumu pada daging pucat leher jenjangnya. Kau yakin bisa membunuhnya. Mematahkan batang lehernya dengan cepat. Bukankah tanganmu terbukti cukup kuat karena

# The Mistress and the Lady

By Anindita S. Thayf

Translated by Stefanny Irawan

(Nyai / The Mistress)

Darkness fell again. This was the tenth night. You sighed. You walked to your usual place: the west corner, the warmest hidden nook where you faithfully waited for the break of dawn. You sat with closed eyes and expectant ears, as the sound of nighttime animals took your imagination to a *wayang, puppet,* show, instead of this creepy place. In your mind, you recognized the distinctive voice of the *dalang,* storyteller, the enchanting songs of the *sinden,* female singers, and the familiar *gending,* background, music. Every now and then, you even imagined hearing the applause of a cheering audience. All of that amazed you, transported you to another place, until suddenly, a ticklish tingle on your foot snapped you back to reality. A cockroach! Startled, you jerked away. But that was it. You didn't scream or panic. That was just not you.

Yes, you were a woman, but you were not like the other woman who arrived four days ago — the spoiled, crybaby woman, emotional and over-sensitive. You hated her for making you share this tiny place. More than that, you hated everything about her: her blonde hair that reminded you of your past golden era; the arrogant look in her round, blue eyes; her wheat-colored skin and the voice that sounded like a cat's deceptive purr.

You especially hated her hypocrisy; what a deceitful race she belonged to! You were filled with the urge to strangle her, to bury your nails deep into her long, pale neck. You were sure you could snap her neck and kill her in an instant. Your hands were strong from pulling weeds and wringing laundry. Her body, like a dried out banana-tree stump, was large but fragile.

Your lips stretched into a victorious grin. You expected a bit of fun in the killing. Your hand moved fast, right on target.

terbiasa mencabut rumput dan memeras cucian? Bukankah pula tubuh perempuan itu tampak serupa tunggul pisang kering, yang besar tapi rapuh?

Tanpa sadar, bibirmu memainkan ringis kemenangan. Dengan membunuhnya, kau berharap mendapat sedikit kesenangan. Mendadak, tanganmu bergerak begitu cepat. Langsung menuju sasaran dan ....

Plakk! Kriek!

Denyar kematian seketika terasa. Ada yang mati tanpa sempat lari. Kecoak itu. Kau tersenyum senang. Kebencianmu sedikit terlampiaskan.

⊢—•—⊣

(Noni)

Sebenarnya, kau sangat suka malam. Remang-remangnya kau anggap sendu-rawan. Dinginnya menuntunmu pada pendiangan cinta yang membara. Apalagi ketika sinar purnama menyirami tubuh dan rambut pirangmu, maka saat itulah mimpi terindahmu menjadi nyata.

Kini, yang terjadi adalah sebaliknya. Kau sangat membenci malam. Malam telah mewujud mimpi buruk paling seram. Yang mendatangkan dingin dan mampu meradangkan tulang. Yang mengundang sejumlah makhluk kecil menjijikkan untuk berpesta di luar sarang. Namun, yang paling mengerikan adalah kengerian yang membuatmu selalu berjaga-jaga setiap kali sore mulai mengajak matahari melarikan diri seperti saat ini.

Kau sudah hafal, angin yang lembap akan datang dari arah kiri. Karena itu, kau sengaja memilih duduk di sudut kiri ruangan paling luar. Merapatkan tubuh letihmu pada dinding. Mencoba memulung sisa kehangatan yang masih ada, tapi sia-sia. Tempat terhangat di ruangan ini sudah dikuasai oleh perempuan yang kasar dan tidak beradab itu. Si pemarah yang keras kepala. Dia yang kau benci karena membuatmu merasa selalu terancam. Lebih daripada itu, kau membenci semua yang ada pada dirinya — rambut hitam mengikal, bola mata sewarna jelaga yang menyorot tajam, suara yang sekeras salakan anjing, juga kulit kecokelatan milik pribumi, mengenangkan kau pada masa lalumu.

Uhh! Kau sangat benci pada bangsa itu — dasar bangsa rendahan! Kau tiba-tiba ingin menggigit lehernya. Menanamkan

*Whack! Splat!*

The aura of death filled the room. The cockroach was dead. You smiled, happy to have released some of your hatred.

———•———

(Noni / The Lady)

You used to love nighttime. You found its dusk romantic. Its coolness guided you to the smoldering furnace of love. You liked it best when the full moon illuminated your wheat-colored body and blonde hair, and your most wonderful dream came true.

But now, the complete opposite. You hated everything about nighttime. It had become the most terrifying monster in your nightmares — the one that summoned the cold and inflamed your bones; the one that lured disgusting little creatures out of their nests. The most frightening thing, though, was the terror that kept you on constant alert every time the sun escaped the late afternoon sky.

Already you knew that the warm wind came from the west. That's why you always wanted to sit at the farthest west corner of this cell, to press your body close against the wall and absorb what warmth was left from the day's sun. But what you wanted didn't matter. The other woman always occupied the warmest spot in here. That rude, uncivilized woman, the grumpy, stubborn one. You hated her for making you feel nervous all the time. Actually, you hated everything about her: her dark, wavy hair; her piercing, coal-black eyes; her loud, braying voice. Her brown skin, like the other indigenous people of this land, reminded you of a past long gone.

You truly despised the people of this country. You thought they were a cowering nation. You wanted to bite her neck, bury your white teeth deep into her jugular vein. You were sure you could kill her, make her blood flow all over the cell. Your father, a doctor, had taught you about the body's vulnerable areas. Attacking her would be easy; she was in the habit of sitting with her eyes closed.

The corners of your lips curled. Killing her would give you the peace you wanted, and you started to plan.

*Whack! Splat!*

The shattering noise came from the west corner where that woman reigned. You turned toward her. A cockroach lay dead on the floor, its entrails smeared on the woman's palm.

geligimu yang putih-kuat di sana, tepat di urat besar. Kau yakin bisa membunuhnya. Membuat darahnya meruah.

Ayahmu adalah seorang dokter yang sering membagi ilmunya tentang bagian tubuh manusia yang mematikan jika terluka. Kebiasaan perempuan itu duduk sambil menutup mata. Mudah sekali menyerangnya.

Tanpa sadar, ujung bibirmu menukik aneh. Dengan membunuh-nya, kau berharap mendapat sedikit ketenangan. Kau baru saja ingin menyusun sebuah rencana ketika tiba-tiba ... plakk! Kriek!

Ada yang bergema dari sudut ruang tempat perempuan itu bertahta. Suara nyaring yang mengusir hening dan menggerakkan kepalamu untuk berpaling. Di sana, dalam remang, kau menyaksi-kan pemandangan yang membuatmu bergidik. Di atas lantai, seekor kecoak terkapar mati dengan perut pecah. Di telapak tangan perempuan itulah terlihat isi perutnya.

Huekk! Tidak tahan, kau muntah.

•———•—•———•

"Sudah cukup! Kau telah membuat sabarku habis. Benar-benar perempuan sial, kau. Sial!" terdengar teriakan kesal si perempuan berambut hitam pada perempuan berambut pirang, yang langsung disusul dengan terjangan penuh kemarahan. Gerakan anjing pendendam.

"Tunggu dulu! Tunggu! Ada apa denganmu? Kau mau mem-bunuhku, ya? Dasar gila! Kau sudah gila!" pekik ketakutan si pirang berhamburan tanpa sela. Dia benar-benar tidak menduga. Serangan si rambut hitam terlalu kalap untuk dihentikan. Sebagai anak dari keluarga terhormat yang selalu menjaga sikap, keadaan ini baru baginya. Dia tidak pernah terlibat perkelahian. Para penjaga selalu ada. Namun kini, dinding penjara Jepang telah mengurungnya. Dia bukan lagi noni terhormat seperti dulu. Dia terbuang di sini. Tidak berarti.

"Kau telah menghinaku, Perempuan Sial! Kau barusan muntah di depanku. Apakah kau sengaja, hah?" perempuan berambut hitam balas menjerit sepenuh paru-paru. Saat ini, dia merasa telah mencapai puncak jemu. Amarahnya membubung. Inginnya terus mengamuk. Keluwesan sikapnya yang dulu mampu menggaet hati seorang *meneer* hingga menjadikannya nyai, dipaksa menguap oleh kejamnya penjara Jepang. Dia bukan lagi nyai *meneer*

Unable to hold it in any longer, you vomited.

"That's it!" the black-haired woman shouted before charging at the blonde like a rabid dog and driving her to the floor. "You drive me insane! Damn you, woman! Damn you!"

"Wait a second! Wait!" the blonde screamed, scrambling frantically. "What's wrong with you? Are you trying to kill me? You're crazy!" She had not seen the attack coming. As the daughter of a respected family, she had never been in a fight before; this was completely new to her. Her bodyguards had always protected her. But now, these Japanese prison walls surrounded her. She was no longer an honorable *noni*, young lady. Exiled here, she was worthless.

"You insulted me, bitch!" the black-haired woman screamed. "You puked in front of me. It was no accident, was it?" She had had enough. Her emotions soared out of control, and all she wanted was to rage on. Her graceful mannerisms — which had once won the heart of a *meneer*, Dutch gentleman, and made her his mistress — dissolved within the walls of this cruel Japanese prison. She was no longer the *nyai*, the mistress, of her beloved *meneer administrateur*. She was shackled here, meaningless.

"No! You misunderstood. You're wrong!" The blonde tried to calm her attacker, but the black-haired woman towered above her, out of control.

"You ruined this place with the foul stench of your vomit, *juffrouw*, miss! I'm going to kill you. I'll kill you!" The black-haired woman dropped to the ground and straddled the blonde's stomach, using her two strong legs to squeeze the still-struggling woman so hard it made the blonde gasp hysterically.

"*Godverdomme*, damn! My stomach! My stomach!"

The Dutch swearword escalated the black-haired woman's rage even more. "You think I don't know what that means? You ungrateful foreigner! Colonialist bastard! Infidel!"

"You're an ignorant servant!" the blonde spat back. "Stupid, foul-mouthed woman! You're the infidel!"

The tiny cell transformed into a fighting ring. The two women wrestled furiously, biting and scratching, trying to destroy each

*administrateur,* sang pengelola, tersayang seperti dulu. Dia terbelenggu di sini. Tidak bernilai.

"Tidak! Tidak begitu. Kau salah paham. Salah!" Si pirang masih mencoba menghentikan serangan. Akan tetapi, si rambut hitam sudah gelap hati. Serangannya makin menyakiti. Serangan pelampiasan.

"Kau telah mengotori tempat ini dengan bau busuk sisa makananmu, *Juffrouw*! Kau akan kubunuh. Kubunuh!" Si rambut hitam lantas menduduki perut si pirang. Berusaha menjepit tubuh lawannya, yang terus memberontak, dengan kedua kakinya yang kuat hingga meletupkan serangkaian jerit histeris dari mulut si pirang.

"*Godverdomme*, sialan! Perutku! Perutku!"

Mendengar umpatan dalam bahasa asing itu, perempuan berambut hitam malah semakin kalap.

"Pikirmu, aku tidak tahu apa yang kau katakan itu, hah? Dasar perempuan asing tidak tahu diri. Penjajah sialan! Kafir!"

"Kaulah bangsa jongos yang tidak tahu diri. Perempuan bodoh! Mulut kotor! Kau yang kafir!"

Tidak terhindarkan, ruang penjara sempit itu berubah menjadi kancah pergumulan. Tubuh-tubuh bergelut dalam amuk. Mencoba saling meremukkan dengan gigi dan kuku. Kulit pun terkuak. Daging terkoyak. Rambut-rambut tercerabut. Semuanya menghamburkan darah, hingga ....

Disertai pekik marah, tiga orang sipir penjara berkulit kunyit dan bermata kuaci menyerbu masuk ke tengah arena pergumulan. Mencoba memisahkan kedua perempuan yang lepas kendali itu dengan kasar. Dengan pangkal popor senapan dan sepatu lars. Dengan tamparan dan makian. Sebagai balasannya, erangan demi erangan saling bertalun. Jerit kesakitan pecah. Rintihan *ampun* menyela. Sebagai jawaban, caci maki dan suara tamparan diterima oleh perempuan-perempuan itu.

"Tutup mulutmu, Pelacur! Beginilah kalian akan selalu diperlakukan jika terus membuat kacau. Anjing-anjing betina gila!"

Malam kembali sepi ketika derap tiga pasang sepatu itu bergerak menjauhi penjara, meninggalkan dua sosok tubuh yang terkapar kesakitan dalam paluh darah.

•——•••——•

other. They tore each other's flesh and pulled out tufts of hair. Blood splattered everywhere.

Stomping boots. Three wardens with turmeric-colored skin and watermelon-seed eyes rushed into the middle of the cell. They tried to separate the two uncontrollable women with their rifle butts and boots, slaps and curses. Groan after groan answered them. Then, painful screams. Finally, mercy-pleading whimpers.

"Shut up, you whores. This is what you get for causing chaos here. Crazy bitches!"

The night became silent once again, as the stomping boots faded away from the cell, where two figures — one light, one dark —writhed in pain and blood.

⊢—•—•—⊣

(Nyai / The Mistress)

You forced your swollen eyes to open. It was obviously difficult and painful. You wanted to see more, though all you could see at first was red. Blood. Ignoring your pain, you tried to move. You couldn't. Then you tried to turn your head and succeeded in turning it a little. You saw her, the blonde.

You wondered what brought a pretty blonde girl like her to this hell on earth. You tried to guess: *Was she not quick enough to escape with her family when the Japanese attacked? Or did the Japanese kidnap her from her home?*

"Ah, family. Home." you whispered sadly, thinking about your own story.

You figured your life would always be happy. Your blond keeper would spoil you; your maids would serve you; and your parents would be proud of you. What a wonderful life you would have had, even if you were just the *nyai* of a Dutch man. *If only the Dutch had not lost the war and Japan had never come to this country*, you thought.

Life is indeed full of surprises. When the Japanese came, your Dutch lover left. He went back to his country without bringing you along. He said there wouldn't be a place for you there. Ah, how that man betrayed your loyalty, leaving you among the war spoils for the Japanese.

"Infidel," you cursed him. From then on, you hated every pale-skinned person with all your heart, including the blonde woman

(Nyai)

Kau memaksa membuka matamu yang bengkak. Rasanya berat dan perih. Namun, kau ingin melihat, meskipun hanya merah yang pertama kali tampak — darah. Dengan menahan sakit, kau mencoba bergerak — tidak bisa. Lalu, kepalamu berusaha berputar — ternyata bisa. Sedikit gerak memutar ke kanan. Saat itulah kau melihat dia — si pirang.

Dia terbaring meringkuk serupa bayi dalam rahim. Terlihat selemah kulit jagung. Wajahnya menengadah ke arahmu — pucat, penuh lebam, bernoda darah. Noda yang memudarkan kecantikannya dan menyembunyikan matanya yang terpejam. Kau melirik bagian bawah tubuhnya yang bermandikan darah. Sudah matikah dia? Tanpa diundang, ibamu muncul.

Entah apa yang telah membawa seorang gadis pirang cantik sepertinya masuk ke dalam neraka dunia ini. Dalam hati, kau mencoba menebak. *Apakah dia tidak sempat kabur bersama keluarganya saat Jepang menyerbu? Ataukah, dia diculik dari rumah?*

"Ah, keluarga. Rumah," desahmu pilu. Lalu, terbayanglah kisah hidupmu.

Seandainya Belanda tidak pernah kalah perang dan Jepang tidak menemukan negeri ini, kau meramalkan kalau hidupmu akan bahagia selalu. Dimanja oleh tuanmu. Dilayani para babu. Dibanggakan bapak-ibu. Sungguh indah hidupmu dulu, meskipun hanya menjadi nyai.

Namun, hidup memang penuh kejutan. Ketika Jepang datang, suamimu malah pergi. Kembali ke negaranya tanpa mau membawamu. Alasannya, tidak ada tempat untukmu di sana. Ah, betapa laki-laki itu telah melukai kesetiaanmu. Membiarkanmu menjadi harta rampasan perang bersama barang peninggalannya yang lain.

"Dasar kafir!" begitulah makimu selalu. Sejak itu, kau sangat membenci setiap orang berkulit pucat, termasuk si perempuan berambut pirang. Namun kini, keadaannya tidak jauh beda darimu. Haruskah kau tetap membencinya?

┝━·━·━┥

(Noni)

Kau tidak bisa bergerak. Tidak mampu merasakan apa-apa. Mungkin tubuhmu melumpuh atau kau sudah mati. Akan tetapi,

lying nearby. But now, her situation was not much different from yours, was it? Should you still hate her?

———•—•———

(Noni / The Lady)

You couldn't move or feel a thing. You wondered if you were paralyzed or had died. The hot pain surging through your body a moment later confirmed you were still alive.

"My stomach," you whispered faintly, your worry escalating. For two months, your baby had been sleeping soundly, safely inside your belly. You wondered how he was doing, if he had survived. The pain that spread inside your stomach and seeped out between your legs provided the answer.

You let out a hushed cry. "Gone! He's gone!" The flow of tears forced you to open your eyes. That was when you saw her: the black-haired lady.

She lay on her back, her head turned, looking at you. Her face was swollen, blotched with dried blood. Her lips had split. Her half-open eyes looked empty. Was she dead? Unexpectedly, you felt pity for her. You didn't know what made an Indonesian woman a Japanese prisoner. You tried to guess: *Was she a spy and someone had betrayed her? Had she made a mistake?*

"Ah, betrayal. Mistake," you murmured as you thought about your own story.

If only you had listened to your parents and hadn't followed the foolish passion of young love, you surely would have been on the ship with them and, by now, heading to the Land of Windmills. But love cast its spell on you.

A handsome young native man had captured your heart. He had been your father's loyal guard and charmed you with his good manners. You steeled yourself to break the boundaries — and your parents' hearts. You succumbed to the forbidden relationship until one day, you realized you were pregnant. You thought life would be forced to conform to the way you wanted it. You would be married in a week. How wonderful would that be, you thought, even if you had to sacrifice the ones you loved, your family.

Life always has a secret plan: the victory of the turmeric-skinned Japanese; the defeat of the wheat-colored Dutch. All of your family quickly moved away — except you, who preferred to

rasa hangat bercampur nyeri yang datang kemudian dari arah selangkang menyadarkanmu bahwa kau masih hidup, tapi ....

"Perutku," kau mendesis lemah dengan kekhawatiran meraja. Bayimu yang baru berusia dua bulan sedang tertidur lelap di dalam sana. Kau bertanya-tanya bagaimana keadaannya — *semoga dia selamat.* Namun, kesakitan yang merebak jelas dari balik kulit perutmu langsung memberikan jawaban.

"Tidak ada. Dia sudah tidak ada!" Kau memekik lirih. Matamu dipaksa membuka oleh kucuran air mata yang menderas. Saat itulah kau melihat dia — si rambut hitam.

Dia terbaring telentang dengan wajah menengok ke arahmu. Begitu mengenaskan — bengkak, penuh darah kering, bibirnya sobek. Matanya terbuka setengah dan terlihat hampa sinar. *Sudah matikah dia?* Tanpa diduga, rasa kasihanmu timbul.

Entah apa yang membuat seorang perempuan pribumi menjadi tawanan Jepang. Dalam hati, kau mencoba menebak. *Apakah dia seorang mata-mata yang dikhianati seseorang? Atau, apakah dia telah melakukan kesalahan?*

"Ah, pengkhianatan. Kesalahan," gumammu penuh sesal karena teringat kisahmu sendiri.

Seandainya kau mau mendengarkan perkataan orangtuamu dan tidak menuruti gelora cinta muda, tentulah kini kau sudah berada di atas kapal menuju daratan kincir angin bersama mereka. Namun, cinta telah meniupkan jampinya kepadamu.

Kau terbius kejantanan seorang laki-laki pribumi. Terpesona sopan santunnya sebagai pegawai ayahmu yang setia. Kau pun nekat melanggar batas. Menjalin kasih terlarang. Memasrahkan diri pada dosa .... hingga kau hamil. Dengan terpaksa, semuanya berjalan sesuai keinginanmu. Kalian akan dinikahkan seminggu lagi. *Sungguh indah jika rencana itu terwujud,* begitu pikirmu, meskipun harus mengorbankan mereka yang kau cintai — keluarga.

Namun, hidup selalu punya rencana rahasia. Kemenangan bangsa kuning. Kekalahan bangsa putih. Seluruh keluargamu bergegas mengungsi, kecuali kau, yang lebih memilih mengikuti pribumi itu — calon ayah bayimu, sang cinta sejati. Sebagai balasan, tanpa malu, dia mengabdi pada Saudara Tua berkulit kuning yang baru dikenalnya. Tanpa cinta, dia menyerahkanmu sebagai bukti kesetiaan.

be with your native man, the father of your child, your true love. In return, he handed you over to the yellow-skinned invaders he had just met, as proof of his loyalty to the new Japanese regime.

"Native scumbag!" you had cursed him. Since then, every inch of you hated every indigenous person, including the black-haired woman. But now, her predicament was not much different from yours, was it? Should you still hate her?

The two women were still preoccupied with their pain and their thoughts when the stomping boots returned. The jail keepers opened the cell door. They approached the two weak women on the prison floor.

"Water," the black-haired one groaned. "I need water."

"Doctor," the blonde pleaded. "I need a doctor."

Little did either woman know of the terror about to happen. When yellow hands ripped their clothes, when breath reeking of alcohol hit their faces, when the yellow-skinned, passion-ridden men with red, slanted eyes proceeded to violently rape them, it was too late for the *nyai* and the *noni* to realize they shouldn't hate each other. History has proven that life rarely treats women fairly, and these two shared a common enemy: men.

"Dasar pribumi!" begitulah makimu selalu. Sejak itu, kau sangat membenci setiap penduduk asli, termasuk si rambut hitam. Namun kini, keadaannya tidak jauh berbeda darimu. Haruskah kau tetap membencinya?

Kedua perempuan itu masih sibuk dengan luka dan pikirannya masing-masing. Pada saat yang sama, derap langkah berpasang-pasang sepatu terdengar mendekat. Para sipir membuka pintu, mendekati dua sosok tubuh yang tergeletak lemah di atas lantai. Satu per satu, tubuh-tubuh itu digerayangi dengan kasar.

"Air ... Air ...," si rambut hitam mengerang.

"Dokter. Aku perlu dokter," si pirang meminta.

Namun, sejak dulu, hidup memang tidak pernah adil kepada kaum perempuan. Tanpa setahu keduanya, kengerian yang sebenarnya baru saja akan terjadi. Tangan-tangan berkulit kuning itu merobek pakaian mereka satu per satu. Sejumlah laki-laki dengan mata-mata sipit yang memerah dan menyorotkan nafsu liar mulai memerkosa keduanya. Nyai dan Noni terlambat untuk menyadari bahwa seharusnya mereka tidak saling membenci seperti ini — bahwa sebenarnya musuh mereka tiada lain adalah laki-laki.

# Gusti, Doa Siapa yang Akan Kaudengar?

Junaedi Setiyono

Penerjemah: Maya Denisa Saputra

Mas Agung adalah kakak tertua kami. Sepeninggal Bapak, Mas Agung menjadi pengganti Bapak. Ibu senang bahwa kami, tujuh bersaudara, tetap rukun seperti halnya pada saat Bapak masih ada. Tentu hal itu tidak lepas dari kepemimpinan Mas Agung. Maka, ketika kakak Ibu, Budhe Mujirah, mendapat masalah, dan aku tidak sanggup membantu menyelesaikan masalahnya, tidak bisa tidak tumpuan kami ada pada Mas Agung.

Ya, aku pun menulis surat untuknya.

———•••———

Purworejo, 10 Maret 2005

Mas Agung yang baik,

Bila tidak karena Budhe Mujirah, aku tidak akan menulis surat ini, Mas. Sebenarnya sudah sejak sepekan yang lalu beliau memintaku untuk mengirimimu surat, tapi baru kali ini aku bisa. Bukan karena sibuk, melainkan karena aku harus menata hati terlebih dulu. Ya, ini tentang langgar kita.

Sejak Bapak wafat, aku memang tidak terlalu memerhatikan apa yang sudah dilakukan warga pada surau yang didirikan eyang buyut kita itu. Dan, kurangnya perhatian yang kuberikan adalah karena tampaknya keluarga kita semua setuju, bahkan merasa senang, dengan apa yang telah dilakukan warga terhadap langgar Eyang. Pernah kukatakan padamu kalau sikapku itu, selain karena Mas dan adik-adik semua sudah setuju, juga karena kesadaran betapa kita tidak bisa apa-apa. Selain itu, juga mungkin kita semua punya kekhawatiran bakalan dicap oleh warga kampung sebagai orang yang tidak setia pada agamanya.

Aku memang setuju-setuju saja pada rencana warga yang dipimpin oleh Pak Lurah, yang juga Pak Kiai kita, untuk memugar langgar yang sudah berdiri jauh sebelum negeri kita merdeka.

# Lord, Whose Prayer
# Will You Listen To?

By Junaedi Setiyono

Translated by Maya Denisa Saputra

Mas Agung is our eldest brother. After our father passed away, Mas Agung stepped up to fill his role. Mother was glad to see that all of us seven siblings maintained the same harmonious relationships we'd had during the time Father was alive, although we had each since left our birthplace of Purworejo and gone separate ways. This long-distance harmony, of course, could only happen under the guidance of Mas Agung. Therefore, when Mother's older sister, our Aunt Budhe Mujirah, faced a problem I could not help her with, it was only natural that I turned to Mas Agung.

Hence, I wrote him a letter.

———•••———

Purworejo, March 10, 2005

Dearest Mas Agung,

If it were not for *Budhe*, Aunt, Mujirah, I wouldn't bother you. She asked me to write to you last week, but I delayed — not because I was busy, but because I had to sort out my own feelings first, as I'm writing to you about our *langgar*, the prayer house that our great-grandfather Eyang Truno built here in Purworejo.

In the three years since Father passed away, I haven't paid too much attention to what the villagers do to the prayer house. My indifference came from the assumption that our family seemed to agree — was happy, even — with the changes the villagers were making to Eyang's langgar. I thought you and everyone else approved. I also realized there wasn't much we could do otherwise. Perhaps we were all afraid we'd be seen as apostates of our religion if we objected to improvements being made to a langgar that was built long before our country's independence in 1945.

So I had no qualms about the villagers' remodeling plans for the langgar when I learned they were being made under the

Kita sendiri waktu itu terlalu miskin untuk memperbaiki langgar kita — untuk agak menutupi kemiskinan kita, biasanya kau menyamarkannya dengan bilang pada Pak Lurah kalau kita harus mendahulukan mana yang lebih penting. Paling-paling, kita menjaga supaya atapnya tidak bocor dan rayap — yang mampu menembus lantai tegel — tidak naik merambati dinding menghabisi usuk dan reng. Setahun sekali kita kapur temboknya, dan sekira sepuluh tahun sekali kita cat semua kayu-kayunya. Ya, seingatku cuma itu.

Dana keluarga kita memang sudah habis untuk biaya kuliah kita tujuh bersaudara. Ibu memang menghendaki kita semua menjadi orang terpelajar, menjadi sarjana. Kita anggap dana itu sudah habis, karena selain menyekolahkan kita, Ibu harus selalu memiliki uang simpanan untuk biaya perawatan kesehatan Ibu sendiri — apa lagi, sekarang Ibu makin mudah sakit.

Maka, ketika Pak Kiai rawuh ke tempat kita dan minta izin untuk mengganti genting lama itu dengan genting pres sokka, kita semua setuju dan berkali-kali mengucapkan terima kasih. Genting lama itu memang sebagian sudah kita ganti dengan genting yang lebih baru. Namun, genting yang lebih baru itu ukurannya tidak sama dengan genting yang dulu dipasang oleh Eyang. Dengan bermacam-macam jenis genting yang kita pasang untuk mengganti genting lama yang sudah aus atau pecah, tentu berakibat kurang baik. Kalau hujannya deras, akan tempias dan menyebabkan para jamaah sesekali mengusap wajahnya karena risi kena kepyuran air dari atap.

Kebanyakan dari kita memang tinggal dan bekerja di Jakarta. Saudara-saudara sekandung kita lainnya tidak ada satu pun yang tinggal bersama Ibu menjaga langgar kita di Purworejo, kota tempat kita semua dilahirkan. Ada yang melanjutkan belajar, ada yang bekerja setelah menyelesaikan kuliah. Karena kita bertujuh hidup berpencar di berbagai kota, kita pun sepakat patungan untuk membayar tetangga terdekat agar menemani Ibu. Dan, untung ada Budhe Mujirah yang tinggal tidak jauh dari Ibu.

Maka, kita maklumi saja kalau akhirnya warga memperbaiki langgar tanpa sepengetahuan kita karena mungkin mereka telah berusaha mencari, tapi tidak berhasil menemui kita. Dan Ibu,

leadership of our *lurah*, the village chief, who is also our *Pak Kiai*, congregation elder. Aside from the fact that I was sure that a person who held both these positions would do the right thing, I also knew our family was too poor to shoulder the expenses ourselves. I remember when you concealed our financial situation by telling the lurah that we needed to prioritize the execution of repairs. At least we kept the roof from leaking and prevented the termites that crawled out from under the floor tiles from destroying the walls. These are the only things I can remember.

Although schooling for the seven of us depleted the family funds, at least Mother got what she always wanted: seeing her children become well-educated people with university degrees. And we agreed to now use our family savings to care for Mother, as her health begins to decline. Budhe Mujirah was to help us with this.

So, when Pak Kiai asked Mother for permission to replace the old, broken roof tiles with new, factory-made ones, Mother immediately agreed and thanked him profusely. But the size of the new clay tiles was different from the size of the old ones, and this, of course, created a problem. When it rained, water seeped through the roof and dripped on people's heads, which, as you can imagine, was not acceptable.

Most of us siblings live and work in Jakarta now and no one chose to stay in our birthplace to live with Mother and take care of our langar. The seven of us therefore agreed to jointly give a sum of money to Budhe Mujirah to help look after Mother and keep her company. We are fortunate that our aunt lives in the same neighborhood as Mother, next to the langgar.

All of this is probably why the villagers thought that they had our acceptance to renovate the langgar without actually consulting us in person. Perhaps they didn't know how to find us — or didn't want to ask. And knowing Mother, she would only have said, "*Sumangga kula nderek*: I agree, please go ahead."

That's also the reason I suggested that our family bequeath the langgar to the community. In reality, it already belongs to the public and is not really ours anymore. Everyone agreed, and I appreciated your help in taking care of the necessary documents

kita sudah tahu persis sifatnya, pasti hanya akan mengatakan *sumangga kula nderek*, silakan saja saya setuju.

Untuk itulah atas usulku ketika itu — bagaimana kalau langgar itu kita wakafkan saja. Karena pada kenyataanya, langgar itu memang sudah menjadi milik warga, bukan lagi milik keluarga kita. Kau dan adik-adik pun setuju. Kita berdua lalu mengurus surat-suratnya hingga terbit surat bukti kepemilikan tanah. Ya, urusan itu selesai dengan melegakan. Ini sungguh menenteramkan karena kita merasa sudah menyenangkan hati Ibu. Ingat 'kan kalau Ibu sering membisiki mengingatkan kita, bahwa kita ini *jelek-jelek* masih termasuk *trah kesuma rembesing madu*? Suatu trah yang salah satu cirinya adalah memegang teguh *pituduh putra becik nyirami mring kulawarga*, anak yang baik menyiram kebaikan kepada keluarganya.

Sekira lima tahun yang lalu, kita sepakati pulang menjelang hari raya Idul Fitri dan kembali ke tempat kerja setelah salat Ied. Namun, setelah Bapak berpulang ke rahmatullah, pada Juni 2002 yang lalu, Ibu menasihati kita untuk tidak harus pulang bersama-sama menjelang Lebaran. Ibu katakan, "Kepulanganmu itu lebih banyak mudharatnya daripada manfaatnya."

Aku diam-diam berterima kasih atas usul Ibu itu karena memang kupikir beliau benar. Akan tetapi, tentu saja kurang baik kalau hal itu yang mengusulkannya adalah kita, anak-anaknya. Maka kita sepakat untuk pulang menjenguk Ibu pada hari ulang tahun kita masing-masing dan merayakannya — istilah Ibu, mensyukurinya — bersama Ibu di rumah tua kita yang letaknya berdampingan dengan langgar, rumah di mana ari-ari kita ditanam di pekarangannya.

Nah, karena itulah sejak berpulangnya Bapak tiga tahun lalu, kita jarang berkumpul bersama-sama di rumah Ibu. Adik-adik bilang, "Kita 'kan bisa berhubungan setiap saat pakai telepon atau HP." Jadi tidak ada masalah kalau tidak dapat berkumpul setiap hari raya.

"*Kumpul ora kumpul asal mangan*, kumpul tidak kumpul asal semuanya makan ...," begitu candamu ketika itu.

Sekarang ini setahuku memang hanya aku dan kau, Mas, yang masih memikirkan langgar kita yang dulu dikenal orang dengan

needed to transfer ownership of the property. Thanks to you and me, the transfer ended smoothly and was a huge relief to the other siblings, because we also felt that we had pleased Mother. We all remember Mother's whispered reminders that, no matter what, we're descendants of *trah kesuma rembesing madu*, a clan that carries the distinctive quality of adhering to the concept of *putra becik nyirami mring kulawarga* — good children will be a blessing to their family.

Do you remember when, about two years before Father died, we all agreed to go home just before Eid al-Fitr, the end of Ramadan, and then return to work after the Eid prayer? After Father passed away in 2002, Mother asked that we not all come home at the same time on Eid al-Fitr. "Your homecoming creates more trouble than it is worth," she said.

I was secretly glad that Mother had said that. She was right — but it would not have been appropriate for any of us children to make such a suggestion. Our younger siblings said that it wouldn't be a problem if we couldn't all meet together on Eid al-Fitr because we could connect at any time via cell phones. I remember you joking: "*Kumpul ora kumpul asal mangan*; whether we gather or not, the most important thing is we all are still able to eat."

So we all agreed to each go home on our individual birthdays and celebrate it — or *give thanks* as Mother prefers to term it — with her in our old house next to the langgar, the same house where our umbilical cords are buried in its yard.

This meant that after Father's passing three years ago, the seven of us rarely gathered together at Mother's house.

As far as I know, Mas, only you and I still care about the langgar that the villagers know as Langgar Truno, named after our great-grandfather. We have both noticed changes at the langgar when we say our prayers there each year on our birthday visits.

The first change I remember was the villagers replacing the old roof tiles with the new factory-made ones, which gave our langgar a luxurious appearance. Next came the white ceramic floor tiles. After you saw those, I remember you calling me and whispering, "Actually, the cement tiles Eyang Truno had installed just before his passing were still fine and would look shinier as time passes."

nama *Langgar Truno* — karena eyang buyut, yang mendirikan langgar itu, dikenal dengan nama Eyang Truno. Dan sejak beberapa tahun yang lalu, dapat kita amati perubahan-perubahan pada saat kita setahun sekali salat di dalamnya.

Mas pasti ingat kejadian-kejadian dan percakapan kita. Perubahan pertama adalah digantinya genting lama dengan genting pres yang menjadikan langgar tampil mentereng. Perubahan berikutnya adalah lantai yang dikeramik. Ingatkah ketika kau berbisik, "Sebenarnya lantai tegel yang dibangun oleh Eyang Truno sesaat sebelum meninggalnya itu masih bagus dan bahkan makin lama makin tambah mengkilat." Dan, tidak kutanggapi pernyataanmu karena memang keramik putih lebih menjamin kebersihan. Kotoran sekecil apa pun, tahi cicak misalnya, akan kelihatan di atas hamparan lantai putih bersih.

"Lalu lantai tegelnya dibuang ke mana?" kejarmu ketika itu.

"Tidak dibuang, tapi keramik itu langsung dipasang di atasnya," jelasku.

Jawabanku rupanya belum memuaskan rasa ingin tahumu, dan kau berujar, "O, begitu. Dananya dari mana Dik? Kamu tahu?"

"Iuran warga. Itu yang bilang Budhe Mujirah," jawabku.

Kita pun berpikir, memang lebih nyaman salat di tempat yang putih bersih. Dan, konon setelah dikeramik, warga yang salat jamaah di langgar ini tambah banyak. Ya, syukurlah kalau begitu. Kita pun santai-santai saja.

Nah, sekarang aku ingin membagi pengalamanku pada saat aku kembali datang di kota kelahiran kita tahun ini untuk merayakan ulang tahunku yang ketiga puluh sekaligus menengok Ibu yang makin tampak renta dan sakit-sakitan.

Ketika itu, aku seperti biasa pergi ke langgar untuk salat, dan aku mendapati bahwa warna putih keramik menyenangkan itu sekarang sudah berganti dengan warna hijau karpet yang menyejukkan.

Waktu aku tanya bagaimana cara mendapatkan dana untuk membeli karpet sebagus itu, Budhe Mujirah menjelaskan dengan berapi-api seperti biasanya bahwa warga dengan sukacita menyumbangkan uangnya untuk membeli karpet itu. Bahkan warga mengusulkan untuk juga melengkapi langgar dengan alat pendingin.

I did not respond. In my opinion, the white ceramic floor tiles were actually more hygienic because the smallest piece of dirt — the droppings of a cicak house lizard, for example — could be easily seen and cleaned away.

When I did not respond, you asked what had been done with the old cement floor tiles. I explained that the white ceramic tiles had been installed directly on top of the cement ones.

Then you asked where the funds had come from, and I told you that according to Budhe Mujirah, the villagers had pooled their money to pay for it.

We finally agreed that it was more comfortable to pray in a shiny, clean place. We heard that after the ceramic tiles were installed, more villagers came to the langgar for congregational prayers. For this, we could only be thankful, and we relaxed.

Now I want to share what I saw when I returned to Purworejo to celebrate my thirtieth birthday with Mother, who has become even frailer.

As usual, I went to the langgar to do *shalat,* worship, and immediately noticed that the nice-looking white ceramic floor tiles had been replaced with a light-green carpet.

I asked Budhe Mujirah how the villagers had managed to raise enough money to buy such a beautiful carpet; she explained that the villagers had gladly donated their money and were now considering replacing the carpet and installing an air conditioner.

Knowing that Budhe is the only person in the village who would dare say "no" to the lurah, I responded jokingly, "Including you, Budhe? Did you also agree to these changes?"

As usual, Budhe raised her voice and spat. "Everyone agreed except *me,*" emphasizing the word *me.* Well, that's our Budhe. I've lost count of how many times she's raised her voice when discussing the lurah's policies, and then gone on to rant about the villagers who were unemployed even though most of them had more than one wife, and how each wife had too many children, and how too many young women — single and divorced alike — had gone astray.

Mas, even though you have repeatedly told me that you worry that all these upgrades to our langgar are a financial burden for the

Namun, karena aku tahu siapa itu Budhe — satu-satunya orang di lingkungan sekitar langgar yang berani bilang *tidak* pada Pak Lurah — aku menanggapinya dengan bercanda, "Termasuk Budhe? Budhe juga setuju?"

Dan, seperti biasa beliau akan meninggikan suaranya, "Selain *aku*, tentu saja semua setuju!" dengan tekanan pada kata *aku*. Ya, begitulah Budhe, entah sudah berapa kali kudengar lengkingan suara beliau pada saat membincangkan kebijakan Pak Lurah.

Seperti biasa pula, beliau lalu bercerita dengan menggebu-gebu tentang banyaknya warga yang jadi pengangguran karena kena pehaka, padahal mereka kebanyakan beristri lebih dari satu dan masing-masing istri beranak banyak. Juga tentang banyaknya perempuan muda, baik gadis maupun janda, yang jadi *nakal*.

Mas, dari genting pres, keramik, karpet, dan kipas angin aku bisa setuju, meski Mas berkali-kali bilang iuran-iuran itu dikhawatirkan akan membebani warga. Yang tidak dapat aku setujui adalah adanya rencana untuk mengganti karpet baru yang sudah ada dengan karpet yang lebih baru dan kemudian mengganti kipas angin dengan alat pendingin ruangan. Itulah yang tidak dapat aku setujui.

Pada saat aku menanyakan hal ini, salah seorang anggota takmir menjawab, "Karpet lama bukannya tidak terpakai, tapi bisa digunakan oleh warga yang *ngunduh* tahlilan, tapi tak punya tikar atau tikarnya tak mencukupi." Lalu dia melanjutkan penjelasannya bahwa karpet baru akan jauh lebih sedap dipandang mata, "Bukankah dengan dirancang seperti sajadah dengan gambar masjid megah nantinya para jamaah akan berderet salat dengan lebih teratur?"

"Bukankah karpetnya masih bagus, Pak Lurah?" begitu tanyaku ketika secara kebetulan bertemu dengan beliau pada saat salat magrib.

Pak Lurah menjawab, "Betul Den Pras, tapi karpet ini kasar dan tipis. Dengkul bisa ngilu dan jidat bisa perih. Apalagi jika jidat dan dengkulnya kurus dan layu seperti punyanya Yu Mujirah. Karpet yang baru jauh lebih tebal dan gambarnya bagus. Ini sebetulnya demi orang-orang yang sudah sepuh seperti Yu Mujirah."

Aku kejar, "Bagaimana dengan rencana mengganti kipas angin dengan alat pendingin ruangan? Apa itu juga benar?"

villagers, I still agreed with the new clay roof tiles, white ceramic floor tiles, carpet, and fan. But I object to replacing a carpet that still looks new and replacing the fan with an air conditioner. I really can't agree with that.

When I asked the board of elders about it, they said, "The carpet is now used to accommodate villagers who don't have enough mats for a memorial service." I was also told that the new carpet was more pleasing to the eyes. They asked, "Wouldn't a design resembling a prayer mat depicting a grand mosque not make the praying congregation line up more orderly?"

Later, when I ran into the lurah during shalat *maghrib*, the sunset prayer, I asked him, "Pak Lurah, isn't the current carpet in the langgar still in good condition?"

He answered, "You're right, but the carpet feels rough on the skin and it's thin. It hurts our knees and scratches our foreheads. This is especially so for those who have thin, old knees and foreheads, like Mujirah. The new rug is much thicker and has a beautiful design. So we bought this new carpet for older people like your aunt."

I next asked if he planned to replace the fan with an air conditioner. "Are you really going to do that?"

Pak Lurah became defensive. "Yes, I am. The air from the fan is not cool enough, and it could even make us old people catch a cold, especially those who are frail like Yu Mujirah. The air conditioner operates differently: its air is cool, but there's no wind or humming sound."

I wasn't satisfied with this answer and continued to pressure him. "In addition to the huge amount of electricity needed to power the air conditioner, its installation will cause a major change to the overall appearance of this langgar. Are these wood windows going to be replaced with glass ones?" I think I exhausted the lurah's patience. He answered me irritably: "Yes, and you don't have to worry about the funding. After all, the villagers have never bothered the family of Eyang Truno nor any relatives like Mujirah. Right?"

His words offended me, and I no longer felt the need to talk around the subject. I didn't mince words: "Even though I don't pray here every day, I notice that, despite the carpeting laid over

Dan dengan penuh semangat dia membela diri, "Benar, karena kipas angin itu kurang menyejukkan, bahkan bisa bikin kami-kami ini, orang yang sudah tua, jadi masuk angin. Apalagi yang memang pada dasarnya tidak sehat seperti Yu Mujirah. Alat pendingin ruang lain lagi, cess krenyess ... sejuk, tanpa angin dan tanpa bunyi uwuk-uwuk."

Aku tetap mengejarnya, "Tapi selain alat pendingin ruangan itu butuh tenaga listrik yang tidak sedikit, pemasangannya akan merombak bangunan langgar ini secara keseluruhan. Jendela kayu itu semua akan diganti dengan jendela kaca?"

Barangkali aku sudah berhasil menghabiskan kesabaran Pak Lurah, dan dengan roman muka jengkel dia berkata, "Ya, dan untuk masalah dana, Den Pras tidak perlu khawatir. Bukankah selama ini warga tidak pernah merepoti keluarga besar Eyang Truno? Apalagi merepoti orang seperti Yu Mujirah? Tidak pernah, 'kan?"

Kata-kata ini untukku cukup menyinggung, maka aku pun tak perlu lagi berbasa-basi. Aku pun lugas berkata, "Pak Lurah, saya memang tidak setiap hari salat di sini, tapi saya dapat amati, bahwa meski sudah pakai keramik, sudah pakai karpet, para jamaah salatnya masih pakai sajadah. Jadi sama saja dengan ketika salat di atas lantai tegel yang dibangun Eyang dulu. Juga tentang aliran udara, hal ini sudah dipikirkan betul oleh Eyang. Lihat, begitu banyak jendela! Dan, Pak Lurah tahu bahwa gaya rancang bangun langgar inilah yang mengilhami perancang gedung kelas nasional pada saat dia diminta merancang bangunan masjid di Jakarta, 'kan? Rumah ibadah berbentuk joglo dengan sebagian dinding dari kayu yang dihiasi ukiran Jepara inilah bentuk tampilan rumah ibadah yang khas Indonesia!" Aku pikir dengan perkataanku ini percakapan kami akan selesai. Namun, ternyata aku keliru.

Dengan senyum tipis dia berujar, "Maaf Den, sebetulnya karpet tebal berpola gambar masjid dan juga alat pendingin ruangan itu sudah kami beli, dan ada di rumah saya saat ini. Selanjutnya tinggal menarik iuran warga. Dan memang warga sudah setuju untuk iuran kok." Dia berhenti sebentar, tajam melirikku sekilas, dan cepat meneruskan, "Memang untuk dapat dimasukkan menjadi golongan orang-orang yang nantinya masuk surga itu perlu pengorbanan harta benda. Semua warga sudah setuju ... kecuali satu orang, yaitu Yu Mujirah. Mungkin karena merasa diri

the ceramic floor tiles, members of the congregation still use their prayer mats. Therefore, there's no difference between what they pray on now and what they prayed on when the langgar still had the cement floor tiles that Eyang originally installed. Further, Eyang had also already thought about the ventilation — look at how many windows there are! Also, the *joglo-style* roof and wood walls decorated with Jepara carvings make this place of worship unique. The langgar's pyramid-shaped roof even inspired the commission of a nationally renowned architect to design a mosque in Jakarta!"

I thought my points would end our conversation. Well, I was wrong.

The lurah smiled cynically and replied, "I'm sorry, but we have already purchased the new carpet with a mosque design and the air conditioner. The items are now stored at my house. We only need to pool the money from the villagers. They have already agreed."

He looked at me for a moment before he continued. "Indeed, to go to heaven, a material sacrifice is needed. Everyone has agreed to contribute. Well, everyone except for one person: Mujirah. Maybe because she considers herself nobility, she figures she's above worrying about the common folks." The lurah lightened his tone. "And you probably already know that Mujirah doesn't think as clearly as she used to."

Mas, I really couldn't accept that he insinuated that our aunt — Eyang Truno's beloved daughter — was a crazy person! But there was no point in being stubborn and arguing further with the lurah. I couldn't do anything else except quickly gain control of myself.

I opened my clenched fist and relaxed my fingers. I took a deep breath, then slowly exhaled. I took a long look at the wood windows that would soon be gone. Not able to restrain myself, I embraced and kissed one of the window shutters.

I could tell the lurah was watching me, perplexed by my actions.

Mas, I don't care if I'm now the one who the lurah thinks is crazy, but our problems with him are far from over. Our problems have now extended to Budhe Mujirah.

keturunan ningrat, jadinya ya biasalah ... tidak merakyat. Dan Den Pras tahu sendiri 'kan kalau Yu Mujirah itu orang yang tidak waras?" Begitu Pak Lurah menyelesaikan ucapannya dengan enteng.

Mas, aku sungguh tak bisa menerima putri kesayangan Eyang Truno dibilang orang sinting. Namun, rasanya tidak ada gunanya bersitegang dengan Pak Lurah. Aku tidak mampu berbuat apa pun selain bergegas menjauhinya — ya, dengan berbalik dan melangkah meninggalkannya. Tanganku yang terkepal pelahan kuregangkan. Kutarik napas dalam-dalam dan pelahan kuembuskan. Kupandangi jendela-jendela kayu berukir yang sebentar lagi akan amblas. Tidak mampu aku menahan diri, kupeluk dan kucium salah satu daun jendela yang ada di dekatku.

Pak Lurah mengawasiku dengan pandangan penuh tanda tanya.

Mas, aku tidak peduli jika sekarang aku juga dianggap tidak waras oleh Pak Lurah. Namun, rupanya masalah dengannya berkembang, tidak berhenti sampai di situ saja. Bahkan, perkaranya kini berimbas pada Budhe Mujirah.

Tetangga yang kita minta menemani Ibu meneleponku sekira seminggu yang lalu. Dia katakan bahwa tiga hari lalu, atap teras rumah Budhe Mujirah, yang sudah makin rapuh dan doyong ke arah langgar, membawa masalah. Beberapa gentingnya melorot dan ada yang jatuh menimpa kepala salah seorang jamaah langgar. Katanya, orang-orang menggelandang Budhe Mujirah ke rumah Pak Lurah. Mas, apa yang sebaiknya kita lakukan sekarang? Aku berdoa semoga masalah ini dapat segera diselesaikan dengan baik.

Aku tunggu jawabanmu.

Dari adikmu Prasojo.

┣━━◦●◦━━┫

One of Mother's neighbors called me about a week ago. She told me that some of the tiles from the roof on Budhe Mujirah's verandah, which is old and leans toward the langgar, had slid off and injured a worshipper. The neighbor also said that the villagers confronted Budhe Mujirah and had taken her to the lurah's house.

Mas, what should we do now? I pray that this problem will get resolved soon.

I'll be waiting for your answer.

From your brother,

Prasojo

———•❖•———

# Belenggu Emas

Iksana Banu
Penerjemah: Maya Denisa Saputra

Ruang tamu ini sangat nyaman. Mungkin karena semua jendelanya dibuka lebar sehingga udara sejuk Koto Gadang bisa leluasa masuk, membawa pergi sisa kepenatan tubuh akibat terguncang-guncang selama enam jam di dalam kereta api uap milik *Soematra Staatsspoorwegen* yang bertolak dari Padang kemarin siang.

Kulirik Nyonya Joanna Adriana Westenenk yang duduk di sebelahku. Kurasa dia juga merasakan keletihan yang sama meski sudah terbiasa bertandang ke wilayah-wilayah jauh semacam ini.

Tujuh tahun yang lalu, suaminya, Louis Constant Westenenk, menjadi terkenal karena keberhasilannya dalam mengatasi Kerusuhan Kamang yang disebabkan penolakan penerapan pajak di Kamang pada bulan Juni 1908. Kini dia menjabat sebagai Residen Benkoelen.

Aku berteman baik dengan Nyonya Westenenk, tetapi tidak menduga bahwa dia benar-benar menepati janji, mengajakku ke tempat ini. Sebuah tempat yang menurutnya akan membuat mata sekaligus hatiku terbuka lebar. Tentu saja perjalanan ini di luar kegiatan resmi suaminya. Aku pun merasa sedikit nekat bepergian sejauh ini hanya berdua saja dengan Nyonya Westenenk. Bertiga, sebetulnya. Karena selalu ada ajudan yang menemani Nyonya Westenenk.

"Louis tak bisa menemani," kata Nyonya Westenenk kemarin. "Ada sejumlah acara di Padang bersama Asisten Residen dan para pemuka adat setempat."

Aku mengiyakan. Seharusnya suamiku juga diundang mengikuti acara itu, tetapi dia telanjur ditugaskan kantornya ke Solok bersama beberapa Kepala Insinyur lain. Bulan lalu, dia sudah mengirim surat permintaan maaf kepada Asisten Residen.

# The Golden Shackle

By Iksana Banu

Translated by Maya Denisa Saputra

The living room looked very comfortable, with wide-open windows inviting the cool air of Koto Gadang, West Sumatra, to enter the room. The breeze gently blew away the fatigue I felt from sitting for six hours on the steam train, owned by the Soematra Staatsspoorwegen, that had departed Padang yesterday afternoon.

I glanced at Mrs. Joanna Adriana Westenenk, seated next to me in the living room. Even though she was accustomed to traveling all over West Sumatra, I wondered if she felt as exhausted as I did.

Seven years ago, her husband, Louis Constant Westenenk, made his mark in government service during the June 1908 tax rebellion known as "The Night of Kamang." Now he was the Resident of Bengkoelen.

I was a good friend of Mrs. Westenenk's, but I hadn't expected her to keep the promise she made to take me to the *Roehana Koeddoes* Amai Setia Vocational School. She had told me this visit would enlighten both my mind and my soul. I felt adventurous for traveling this far away from home with only Mrs. Westenenk.

Actually, there were three of us; the Resident's wife was always accompanied by an aide.

"Louis won't be able to come," Mrs. Westenenk had told me. "He has to attend a government affair in Padang."

My husband had been invited to the same affair, but he couldn't attend because he had received an assignment from his office to travel to Solok with all the other engineers in his department. He had sent his regrets to the new Assistant Resident a month ago.

Hence, here I was, free to follow whatever my heart wanted. I had longed to go on an adventure like this for a long time. I just had to practice sitting on the hard bench of a train coupé to develop my endurance! Mrs. Westenenk and I had stayed overnight

Maka, di sinilah aku sekarang. Bebas mengikuti kata hati. Ya, sudah lama aku menginginkan petualangan liar semacam ini, meski tampaknya aku harus lebih sering melatih kesabaran, duduk berlama-lama di atas bangku kereta api yang keras. Setiba di Fort de Kock, kami beristirahat semalam, lalu pagi hari tadi berkereta kuda ke tempat ini.

Tidak jauh berbeda dengan rumah-rumah Hindia lain yang biasa dimiliki pejabat bumiputera terpandang, rumah besar. Empat keping jendela gaya Prancis menjadi penyeimbang di kiri-kanan pintu depan. Ada pula bangunan tambahan, memanjang di kedua sisi rumah utama. Mirip ruang kelas. Itulah bagian yang sesungguhnya paling penting dari bangunan ini. Ingin sekali aku segera melongok isinya, yang konon telah membuat gempar banyak pejabat Belanda di seantero Hindia Belanda. Akan tetapi, tentu saja aku harus sabar menunggu hingga tuan rumah muncul.

"Onne biasa datang sekitar jam setengah sepuluh," kata wanita dalam busana Minang yang tadi menyambut kami. "Dan bila tak ada keperluan lain, Onne akan terus di sini hingga sore hari," sambungnya sambil menyuguhkan dua cangkir teh hangat serta sejumlah kudapan. Dia memperkenalkan dirinya sebagai Zaiza, atau barangkali nama lain yang kurang-lebih berbunyi seperti itu. Bahasa Melayunya bercampur dengan logat setempat. Agak sulit bagi telingaku yang sudah sangat terbiasa mendengar Bahasa Melayu Batavia atau Melayu Jawa.

"Terima kasih. Kami memang datang terlalu pagi. Tak apa, kami akan menanti kedatangan beliau." Nyonya Westenenk mengangguk.

Zaiza minta izin kembali ke belakang.

"Onne adalah nama panggilan wanita yang akan kita temui nanti," bisik Nyonya Westenenk. "Artinya *kakak.*"

Aku mengangguk, lalu memutar pandangan ke beberapa sudut ruangan. Di hadapanku, dekat jendela, berderet buku berbahasa Belanda, Arab, dan Melayu. Tersimpan rapi di dalam sebuah lemari berkaca dengan empat ambalan. Di ujung kanan ada rak pendek, sarat tumpukan koran terbitan dalam dan luar negeri. Sementara di sisi kiri tergantung sebuah potongan kain yang dikerjakan dengan kehalusan yang menakjubkan. Mungkin itu

at Fort de Kock before heading for this place in a horse-drawn carriage early this morning.

Just like other Dutch Indies–style houses owned by high-ranking local officers, the walls of this house were made from wood. Four French-style windows flanked the front door. There were other buildings as well, built on both sides of the main house. They looked like classrooms. I was eager to take a look inside those rooms; they had reportedly caused an uproar among Dutch officers across the Indies. But protocol dictated that I first wait patiently until the owner of this house appeared.

The woman who greeted us at the door when we arrived was dressed in traditional Minang clothes. "*Onne* Jacobs usually arrives around half past nine," she had told us. "And if she isn't required to go anywhere else, Onne will stay here until evening." The woman had then introduced herself and served us hot tea and snacks. Her Malay was mixed with local dialect. My ears were more accustomed to Malay with a Batavian or Javanese accent, and I had to adjust to the way she spoke.

"Thank you," Mrs. Westenenk said. "It is fine; we did arrive early. We will wait for her."

The woman nodded and excused herself.

"The word *onne* is the Minang way of respectfully addressing a woman," Mrs. Westenenk whispered to me. "It means 'older sister.'"

I nodded and turned my attention to the room. Near one window stood a glass bookcase with four shelves of neatly stacked books written in Dutch, Arabic, and Malay. In another corner, a rack offered local and foreign newspapers. On the wall hung a skillfully woven piece of cloth — a sample of local textiles, perhaps. This living room showed a prominent level of refinement.

It would not be uncommon to find such ambience in the living rooms of Dutch officers, but I was now far from the city, sitting in the living room of an Indonesian native. To be more exact, I was in the home of a native Indonesian woman.

Mrs. Westenenk tapped my shoulder lightly and smiled, as if reading my mind. "This is not all, Nellie," she whispered. "Wait until you talk to her, listen to her ideas."

salah satu contoh tenunan yang dikerjakan di sini. Terakhir, di atas meja, tampak terbitan terbaru sebuah koran yang belum lama ini menjadi perbincangan hangat di antara kami. Benar-benar ruang tamu yang sarat peradaban.

Bukan hal aneh menjumpai pemandangan serupa itu di ruang tamu para pejabat Belanda. Namun, saat ini aku tengah berada di dalam sebuah bangunan yang jauh dari keramaian kota, milik seorang pribumi. Tepatnya, seorang wanita pribumi.

Seolah mengerti yang kupikirkan, Nyonya Westenenk menyentuh pundakku sembari melempar senyum.

"Ini belum semuanya, Nellie," bisiknya. "Tunggu sampai kau berbicara dengannya. Dengarkan pemikiran-pemikirannya."

"Ya, Nyonya," sahutku. "Banyak berita tentang orang ini. Seharusnya aku malu. Dia berani menyuarakan dirinya sendiri di tengah tekanan hebat lingkungannya. Sementara aku, lihatlah, betapa menyedihkan diriku di hadapan suami."

"Berhentilah menyalahkan diri." Nyonya Westenenk memperbaiki letak sarung tangan putih berpola renda yang dikenakannya. "Hindia Belanda tidak sama dengan Eropa. Di sini semua berjalan lebih lambat. Bahkan orang kulit putih pun tak bisa melangkah gegas. Akan tetapi, bukan berarti kita tak sudi merentangkan kedua tangan lebar-lebar menyambut perubahan yang sedang menggeliat. Perubahan yang sebentar lagi membuat lompatan besar di seluruh penjuru dunia ini. Di Barat, di Timur, di seluruh penjuru dunia, wanita sedang bergerak."

"Dan suami Anda sungguh luar biasa, membiarkan Anda pergi ke sini hanya ditemani olehku dan seorang ajudan, sementara aku harus mencuri waktu selagi suami bertugas ke luar kota."

Kulirik jendela. Tampak Joep, ajudan Tuan Westenenk, sedang asyik bercakap dengan kusir kereta yang tadi mengantar kami ke sini.

"Louis sama saja dengan pria-pria lain di dunia. Pernah terlihat rapuh, tidak percaya diri, bahkan sangat tidak ramah kepadaku saat berkobar kerusuhan Kamang tujuh tahun lalu," Nyonya Westenenk kembali memahat senyum tipis di wajahnya yang tirus. "Tetapi setelah perang berlalu, dia kembali seperti yang kukenal sebelumnya. Memberi banyak kelonggaran. Dengar, aku

"Yes," I answered. "I've heard a lot about this woman. She is so brave in speaking up for herself — unlike me, who is just a pathetic presence at my husband's side."

"Oh, stop blaming yourself." Mrs. Westenenk adjusted her white lace gloves. "The Dutch Indies is not the same as Europe. Everything moves slower here — even the white people can't move quickly. It doesn't mean that we are not willing to welcome change. In the West, as well as the East, women around the world are awakening."

"Your husband must be a very understanding person for allowing you to come," I said. "I had to sneak out between my husband's assignments."

"Louis is just like any other man in this world," answered Mrs. Westenenk. "I've seen his fragile, insecure side — he was hostile to me when the riot in Kamang broke out seven years ago." Mrs. Westenenk forced a smile. "But he returned to his normal self after the war ended, giving me a lot of freedom. Listen, I don't want to meddle in your personal affairs. I've known your husband, Theo, longer than you and, as far as I know, there's nothing inherently wrong about him. If he seems to be difficult, it might be because he's concerned about you. He doesn't like seeing his wife suffer from being moved here and there. Louis was like that, too."

"I think it's all about our perceptions, ma'am. It's true that he's good-hearted and faithful."

I rose and walked to the bookcase across the room, where the family portraits were displayed. It seemed strange to see so many photographs. I knew it was *haram* — condemned by Islamic law — for a Muslim Minang family to immortalize themselves in photographs, just like it was *forbidden by Islamic law* to reproduce a person's likeness on paper. This family, however, seemed comfortable with taking pictures and displaying them. The boys looked dashing in their typical Victorian-style sailor suits; the girls looked beautiful in their gowns and white shoes. Judging from the photographs, I concluded that the owner of this house had been inquisitive ever since she was a child.

"Your Theo is faithful — I don't have any qualms about him in that regard," said Mrs. Westenenk. "And maybe you're right. It makes sense that such unrest in the country would make him

tak ingin mencampuri urusan rumah tanggamu. Aku lebih dahulu kenal dengan Theodor Makenbrug, suamimu, dibandingkan dirimu. Dia teman dekat Louis. Sejauh yang kutahu, tak ada yang salah dengannya. Kalau tampak keras, barangkali karena dia mengkhawatirkanmu. Belum terbiasa melihat istrinya ikut sengsara, berpindah-pindah rumah di negeri ini. Louis dulu juga begitu."

"Saya rasa semua memang tergantung dari mana kita melihat, Nyonya. Betul, dia baik hati dan setia. Itu satu hal," kataku sambil bangkit, berjalan mendekati dinding dekat lemari buku yang menyimpan foto keluarga. Cukup aneh melihat banyak foto manusia di rumah ini. Biasanya, sesuai tafsir agama yang mereka anut, keluarga Muslim Minang pantang memindahkan wajah ke atas sehelai kertas foto. Aku dengar, menurut mereka haram membuat tiruan ciptaan Allah. Akan tetapi, rupanya keluarga ini bukan hanya terbiasa berfoto, mereka tahu persis bagaimana tampil anggun di depan kamera. Anak-anak lelaki berdiri gagah dalam seragam kelasi Victoria seperti yang biasa dikenakan para *sinyo* Belanda, sementara anak-anak perempuan mengenakan gaun dan sepatu putih. Dari semua sosok yang terpampang di situ, harus kuakui bahwa pemilik rumah ini ternyata memang telah memiliki tatapan sangat tajam sejak masa kanak-kanak.

"Theo setia. Aku tidak mengeluhkan Theo dari sisi itu," aku melanjutkan bicara. "Dan barangkali Anda benar. Masuk akal bila semua itu membuatnya sangat khawatir. Tetapi untuk hal lain..." aku tidak merampungkan kalimat, karena kulihat Nyonya Westenenk tidak menyimak. Dia sibuk membolak-balik koran yang dia ambil dari rak. Kuurungkan pula niat untuk mengajaknya kembali membicarakan pokok masalah awal.

Ya, aku tidak mengeluhkan Theo dari sisi kebaikan hati dan kesetiaan. Tidak pernah kudengar sedikit pun berita miring tentang dirinya. Padahal, setiap malam hampir semua kelab, baik di Batavia, Bandung, atau Semarang sarat kisah perselingkuhan. Mulai dari yang menggelikan, hingga yang mengerikan.

Aku bertemu Theo pertama kali di Singapura pada suatu petang yang sejuk oleh siraman hujan tiga tahun lalu. Seorang teman ayahku berulang tahun. Kami merayakannya dengan meriah

anxious. But, for other things ....” I noticed Mrs. Westenenk was no longer paying attention to me as she busily flipped through a newspaper she had taken off the rack.

I had never doubted Theo's faithfulness or kindness. Despite the talk I'd heard that all the clubs in Batavia, Bandung, and Semarang were filled with adulterers, I had never heard any rumors about Theo.

I met Theo in Singapore, three years ago, at a birthday party of my father's friend. We were celebrating it at the Singapore Club, on the upper floor of the Adelphi Hotel. After my mother died, I frequently accompanied my father on his travels, including events in clubs like this. Just like my late mother, I acted as his guardian angel, making sure Father didn't drink so much that he had to be carried home.

That night, I let Father enjoy his night with friends at the billiard table. I wore a long sarong and white *kebaya*, the native long-sleeved blouse worn over a wrap-around skirt. I took a seat in a large, deep, easy chair near the verandah and secluded myself with a book. Thus, I was at some distance from the crowd of men who continuously yelled, “Boy, fill up!” while waving empty whiskey glasses at the waiters.

There were a few other women in this room, but I didn't know any of them. Not interested in engaging in small talk, I buried my face in my book.

Suddenly, like a wizard who magically appears from behind the curtain, a man stood in front of me, holding out a glass of cherry brandy. His angular features made him look very Dutch. A neat, black moustache matched his dark suit.

“Ah! What a wonderful evening it is,” he said. “A fair-skinned angel clothed in Malay apparel reading the verses of Tagore. I recommend you take a sip or two of this drink. I'm Theodor Makenburg — just call me Theo. I'm one of the engineers in your father's company.”

“Cornelia. Nellie.” I took the glass from his hand. At first, I silently cursed my father's annoying idea to send this man over to me. But unlike previous men he had introduced to me, this one was someone I might consider further. Yes, I did feel that gentle stir.

di Singapore Club, sebuah perkumpulan para pialang saham yang terletak di lantai atas Hotel Adelphi. Sejak kematian Ibu, aku sering menemani Ayah pergi ke segala pelosok. Termasuk menghadiri acara di tempat-tempat khusus semacam ini. Seperti mendiang Ibu dahulu, aku juga berperan sebagai malaikat penjaga. Tidak ingin melihat Ayah kelewat mabuk sehingga harus digotong pulang.

Malam itu, kubiarkan Ayah melayari kegembiraan masa lalu bersama teman-temannya di meja bilyar, sementara aku memilih menyendiri di kursi besar dekat beranda dengan sebuah buku, mengenakan kebaya putih, serta sarung panjang. Menjauh dari gerombolan lelaki yang tidak putus berteriak, *"Boy,* lagi, setengah!" sambil mengacungkan gelas wiski kosong kepada pelayan.

Beberapa wanita berkumpul juga di ruangan ini, tetapi tidak ada seorang pun yang kukenal, dan aku terlalu malas untuk berbasa-basi. Jadi, kubenamkan saja wajahku pada halaman buku.

Maka, di sudut itulah beberapa saat kemudian, seperti pesulap yang muncul secara gaib dari balik tirai, seorang pria mendadak berdiri di depanku, mengangsurkan segelas *cherry brandy.* Wajahnya sangat Belanda. Penuh sudut di sana sini. Di atas bibir, sepotong kumis berwarna gelap menjulur rapi. Serasi dengan jas hitam yang dikenakannya.

"Lihatlah, betapa meriah malam ini. Seorang bidadari berkulit putih dalam balutan sarung Melayu, berkelana menyusuri bait-bait Tagore," katanya. "Tetapi kusarankan engkau mencoba dahulu sekecap dua kecap minuman ini. Dan aku menyebut diriku sendiri Makenburg. Theodor. Panggil saja Theo. Insinyur di salah satu perusahaan ayahmu."

"Cornelia. Nellie. Terima kasih. Suka Tagore?" kujemput gelas dari tangannya seraya mengutuk dalam hati keisengan ayahku menyodorkan orang ini. Namun, tidak seperti pria-pria pilihan Ayah sebelumnya, kurasa kali ini aku bertemu orang yang bisa kupertimbangkan lebih jauh. Ya, getaran halus itu. Aku bisa merasakannya.

"Aku sering mendengar orang membicarakan *Gitanjali."* Sangat berhati-hati Theo duduk di sebelahku. "Sayang sekali, untuk lelaki yang setiap hari bergaul dengan besi, mur, dan beton, sangat langka kesempatanku membaca karya sastra dunia. Tetapi engkau

"Do you like Tagore?" I asked.

"I often hear people talk about *Gitanjali,*" Theo replied, carefully taking a seat next to me. "Unfortunately, a man like me who spends his days in the company of iron, bolts, and concrete bars rarely has the opportunity to read the world's literary works. But you can be assured that I didn't miss reading *Max Havelaar.* It's a very useful book for those who plan to visit the Dutch East Indies."

"It's one of my favorite books!" I exclaimed. "I felt a bit compelled to improve the situation there after I read it. Just like what Rudyard Kipling said in one of his poems —"

"*The White Man's Burden?*" Theo interrupted.

I playfully punched his arm and pursed my lips. "It appears we have a liar here! You have found plenty of opportunities to read the world's literary works!"

We both laughed.

"How do you feel about women who read literature?" I probed.

Theo shrugged and pursed his lips, thinking a minute before answering with a smile. "I think it's fine — as long as she also likes to read European and Indies cookbooks."

"Ah, you don't like independent women? What do you think of the women's suffrage activist Aletta Jacobs?"

"For heaven's sake, Nellie! We're at a party and you're looking for an argument!" Theo playfully raised his hands in a boxing stance.

We laughed again.

That was our first conversation. Things were simple, uncomplicated. After that, Theo visited my father's house in Singapore frequently. Once or twice, he invited Father and me to dine out. Six months later, Theo and I were married.

Almost two years into the marriage and tired of waiting for a baby who never came, I demanded that Theo allow me to come with him to Batavia, his new post. After a heated argument, he finally relented.

We lived in the Gunung Sahari district, near the beach. The climate there was hot and humid; not a day went by without profuse sweating! I chose to wear a sarong and kebaya instead of European clothing. Following the advice of Father's female colleagues, I wore a white kebaya to help reflect the heat. Also,

boleh yakin bahwa aku tidak melewatkan *Max Havelaar*. Sungguh berguna untuk orang yang ingin bertandang ke negeri asal kisah itu ditulis."

"Itu salah satu buku kesukaanku. Setelah membaca, ada semacam panggilan untuk memperbaiki keadaan di sana. Seperti yang dikatakan Rudyard Kipling dalam salah satu sajaknya ...."

"*The White Man's Burden*?" potong Theo.

Kutinju lengannya sambil mencibirkan bibir. "Lihat, ada seorang pendusta di sini. Kau penggemar sastra pula rupanya!"

Kami tergelak.

"Engkau menyukai wanita yang gemar membaca buku sastra?" pancingku.

Theo mengangkat bahu, memanjangkan bibir sejenak sebelum menjawab sambil tersenyum, "Asalkan dia juga gemar membaca buku resep makanan Eropa dan Hindia."

"Ah, tidak suka wanita yang mandiri? Bagaimana pendapatmu tentang Aletta Jacobs?"

"Demi Tuhan, Nellie. Kita sedang berada di tengah suasana gembira. Dan kau mengajakku berkelahi!" seru Theo sambil mengangkat kedua tangan, memasang kuda-kuda bertinju.

Kami tertawa.

Itu pembicaraan awal kami yang sangat bersahaja. Setelah itu, Theo mulai kerap bertandang ke rumah kami di Singapura. Sekali-dua mengajak aku dan Ayah bersantap malam di luar. Enam bulan kemudian, kami menikah. Menjelang dua tahun usia pernikahan, setelah lelah menunggu kehadiran jabang bayi yang tidak kunjung tiba, memaksa agar diperbolehkan mengikuti Theo menduduki posnya yang baru di Batavia. Melalui pertengkaran sengit, akhirnya Theo bersedia membawaku serta.

Kami tinggal di kawasan Gunung Sahari. Sebuah wilayah dekat pantai. Udara di situ sangat panas dan lembap. Tiada hari tanpa keringat, sehingga aku lebih sering mengenakan kain-kebaya dibandingkan pakaian Eropa. Seperti anjuran seorang rekan wanita Ayah, aku selalu mengenakan kebaya putih. Selain memantulkan panas, putih adalah warna kebaya kelas atas yang sebaiknya dipilih oleh wanita Eropa bila ingin memakai busana gaya tropis. Aku juga semakin terampil menggulung rambut tinggi-tinggi. Kini leher dan kuduk terbebas dari rasa gatal akibat panas.

white was the upper-class color of choice for European women opting to wear native clothes. I also became accustomed to putting my hair up in a bun. My neck was now free, and the heat did not make me itch.

"You look very pretty, ma'am!" teased our maid.

"You look just like the angel Nawangwulan," the coachman exclaimed.

I had no idea what they thought when they saw me wear such clothing, but they looked pleased.

When we moved to Padang, the capital of East Sumatra, I continued to dress this way. At first, Theo did not seem to pay any attention to my hair or the way I dressed. One day, however, he asked me to sit with him in the gazebo, out of sight of our houseboys and maids.

Theo pointed to my sarong and kebaya. "I advise you not to dress like that too often — especially here in Sumatra. Actually, it's probably best if you don't wear those types of clothes at all."

I was shocked. "Have I breached a local taboo?"

Theo filled his ivory pipe with tobacco. "Well, it has something to do with the people here, but it's not about violating anything sacred. Please try looking at the situation from a Dutch viewpoint."

I thought hard on that but could not come up with anything I'd done wrong.

Theo blew out several columns of smoke. "*The White Man's Burden*, remember? We want to change the situation and change the people, but not change into one of them. We should not lower our position in front of our maids, houseboys, or coach drivers. I never liked the British, but I agree with what Lieutenant-Governor Stamford Raffles and Kipling thought. The white men have to become an example in all things, including the way we dress. Look at Raffles. Even though he had an excellent understanding of local culture, he forbade his officers to wear a sarong or chew betel nut."

"Ah, I see." I felt relieved. "I thought I had broken some local taboo. This matter is much simpler."

"It's not a simple matter!" Theo's raised voice made me jerk back.

"I'm sorry," I replied, "but almost all the wives of the European officers in Singapore wear a sarong or the close-fitting dress

"Aduh, Nyonya. Cantiknya!" Asih, babu kami, menggoda.

"Seperti Dewi Nawangwulan," Mang Udin, kusir bendi langganan kami ikut menimpali. Entah apa yang ada di pikiran mereka melihatku berpakaian seperti itu. Akan tetapi, menurutku mereka tampak senang.

Setelah kami pindah ke Padang, aku tetap berpenampilan demikian. Awalnya Theo tidak memberi tanggapan apa pun soal rambut dan pakaianku. Namun, pada suatu sore tiba-tiba dia mengajakku duduk di *tuinhuis*, jauh dari penglihatan para jongos dan babu kami.

"Ada baiknya engkau tidak terlalu sering berpakaian seperti itu," dia menunjuk kebaya dan kainku. "Terutama di tanah Sumatera ini. Barangkali akan jauh lebih baik bila engkau tidak pernah lagi mengenakan semua itu."

"Oh, mengapa?" aku terperanjat. "Apakah aku melanggar suatu larangan yang dikeramatkan di sini?"

Theo mengisi pipa gadingnya dengan tembakau. "Memang, ada kaitannya dengan mereka, tapi ini soal lain. Bukan perkara keramat. Coba pindahkan sebentar sudut pandangmu ke pihak kita."

Aku terdiam. Berusaha berpikir keras, tapi tetap tidak mene-mukan sesuatu yang keliru. Sebenarnya aku bahkan sama sekali tidak mengerti apa yang dikatakan oleh suamiku.

"*The white man's burden*. Ingat?" Theo meloloskan serangkaian asap dari mulutnya beberapa kali. "Kita ingin mengubah keadaan, mengubah mereka. Bukan berubah menjadi mereka. Bukan merendahkan diri di hadapan para babu, jongos, atau tukang bendi. Aku tak pernah suka dengan orang Inggris, tetapi aku setuju pendapat Raffles dan Kipling. Orang kulit putih harus menjadi teladan untuk segala hal. Termasuk berbusana. Coba lihat, meski Raffles sangat memahami budaya daerah, bahkan menulis buku tentang Hindia, dia melarang pejabat memakai kain atau mengunyah sirih."

"Ah, begitu rupanya," aku menghela napas. "Tadinya kukira aku telah melanggar aturan setempat. Ternyata persoalannya jauh lebih sederhana."

"Ini bukan persoalan ringan," mendadak suara Theo meninggi membuatku menarik tubuh ke belakang.

*cheongsam.* Even their husbands wear Chinese-style clothing. This doesn't have any bearing on the way their servants perceive them. When we were in Batavia, all of the Dutch women there wore a sarong and kebaya, and the men wore takwa shirts. Were you disturbed by that?"

"We're not in Batavia." Theo tapped his pipe to empty the ashes. "Here, people still pull out their machetes for reasons we can't comprehend. We should serve as a reminder to them that the cultural distance between them and us still exists. One way to do this is by maintaining respect for each other. We should keep to our own way of dressing, for instance. Distance and assertiveness will help build obedience."

Theo tapped his pipe again. "It's all for their own good," he continued. "Imagine, they might be laughing behind our backs, thinking us fools for wearing their clothing. How would you feel if you saw a houseboy wear a suit and tie?"

"A houseboy wear a suit and tie? That would be silly, of course. But the regents often wear a suit and European clothes. We don't mind that, do we? And Mrs. Westenenk —"

"Ah, Adriana. Although she's the wife of a high-ranking officer, she's not a good role model for you to look up to. Poor Louis. Adriana shouldn't use social work as an excuse for her traveling around without her husband."

"She's not traveling for fun, Theo. I know what she has done for the native women in Agam and Bengkoelen. She gives them room to grow. And it appears to me that her husband supports her."

"Louis doesn't know anything about local manners. That's why I wanted to talk to you this afternoon. I don't want you following Adriana and doing what she does. She's like a contagious disease — anyone who gets too close to her becomes just as wild. I don't want people gossiping about you. Besides, what are you going to do with those native women? Do you want them to kick up their heels and dance the can-can? In Europe, you might be able to break away from tradition, like your idol Aletta Jacobs, who works away from home, uses her maiden name, and even demands the right to vote. But I'm telling you, it is not happening here!"

"Maaf," kataku lirih. "Tetapi hampir semua istri pejabat Eropa di Singapura tidak risih mengenakan sarung atau *cheong sam*. Para suami bahkan secara berkala mengenakan baju gaya Tiongkok. Sejauh yang kuingat, hal itu tidak menurunkan wibawa mereka di depan jongos maupun babu. Di Batavia kemarin, semua warga Belanda juga memakai sarung, kebaya, dan baju takwa. Engkau tidak merasa terganggu?"

"Kita bukan di Batavia," Theo mengetuk pipa, membuang sisa abu. "Di sini orang masih mudah menghunus parang untuk alasan yang sulit kita cerna. Kita harus tegas, sedikit keras. Harus diingatkan bahwa jarak dengan kita tetap ada. Salah satunya dengan cara saling menjaga kehormatan. Mengenakan busana masing-masing. Jarak dan ketegasan akan memunculkan rasa segan, yang pada gilirannya akan membangun kepatuhan. Setelah patuh, mereka bisa kita didik, kita bentuk menjadi lebih baik. Semua untuk kebaikan mereka juga akhirnya. Dan tentu semua ada tahapannya. Bayangkan, di belakang kita, boleh jadi mereka membuat lelucon. Menganggap kita seperti badut saat mengenakan busana mereka. Bagaimana pula perasaanmu melihat seorang jongos memakai jas?"

"Jongos? Tentu saja. Tetapi para bupati kerap mengenakan jas dan baju pesiar gaya Eropa. Kita tidak keberatan, bukan? Dan Nyonya Westenenk ...."

"Ah, Adriana itu. Meski istri pejabat tinggi, dia jenis wanita yang tidak bisa kau jadikan anutan. Kehadirannya di rumah sangat langka. Kasihan Louis. Adriana tidak bisa seenaknya mempergunakan dalih pekerjaan sosial untuk bepergian ke sana ke mari tanpa suami di sisinya."

"Dia tidak plesir, Theo. Aku tahu apa yang dia lakukan dengan wanita-wanita pribumi, baik di Agam maupun di Benkoelen. Dia memberi ruang bagi mereka untuk berkembang. Dan setahuku, suaminya mendukung."

"Louis tak tahu apa-apa tentang tata krama. Itulah yang me-maksaku menemuimu sore ini. Aku tak mau kau bertingkah seperti Adriana. Dia seperti penyakit menular. Siapa yang dia dekati, berubah menjadi liar. Aku tak ingin orang bergunjing tentang dirimu. Selain itu, hendak kalian apakan wanita-wanita

Abruptly, Theo put his pipe away and went inside, leaving me in the garden with a million restless thoughts.

It was a day I would remember forever because it was the beginning of endless arguments with my husband. He disapproved of everything, from my choice of our food to the way I talked to the maids and houseboys — and he forbid me to socialize with a *nyai,* the native companion of a Dutchman who lived near us. Every argument led to further restrictions of my privileges. Finally, after a clash, he refused to let me buy newspapers, even though he still allowed me to read books. I took revenge by moving to another bedroom, where I locked the door and spent long nights writing poetry and essays on sheet after sheet of paper.

And that's how it came to be when, after Theo left for Solok, I recklessly accepted Mrs. Westenenk's invitation to visit Koto Gadang with her. I bribed the houseboys and maids to keep their mouths shut and not tell Theo, because visiting Koto Gadang was a rare opportunity. I had the chance to meet this amazing Minang woman who had become an inspiration to so many people in the Indies. She had founded a school for women and taught them handicrafts — weaving, sewing, embroidering — so they could become independent and not have to rely on a husband's income. Most importantly, they would not become destitute or be forced into prostitution if their husbands died.

Three years ago, this woman had taken a step further by becoming the editor-in-chief of a newspaper for women. This only strengthened my desire to meet her. I wanted to write for the opinion column of her newspaper. I wanted to help her unlock the golden shackle that men so often use to trap women in a cycle of dependency.

"Ah, Nellie, did you get lost in those books?" Mrs. Westenenk's voice called me back to the spacious, cool living room. "Look, the one you've been waiting for has arrived. There's the founder of the Amai Setia School and editor of *Soenting Melajoe* newspaper. That's her, no one else but her."

I followed the direction of Mrs. Westenenk's gaze.

A woman in her thirties stood at the front door with a rattan bag slung across her shoulder. She was shorter than I had imagined, and the crimson headband she wore around her head made her

pribumi itu? Kalian ingin mereka melompat-lompat dengan kaki terangkat ke atas menari *cancan*? Di Eropa, engkau mungkin bisa jungkir balik menabrak kebiasaan. Seperti Aletta Jacobs, pujaanmu itu. Bekerja di luar rumah atas nama sendiri. Bahkan menuntut hak memilih wakil rakyat. Tetapi sekali lagi, tidak di sini!" Theo menyimpan pipanya lalu masuk ke dalam rumah, meninggalkanku sendiri di taman dengan sejuta kegundahan.

Hari itu senantiasa kuingat dalam hidup, karena merupakan awal pertikaian tidak berkesudahan dengan suamiku. Ada saja yang dia persoalkan. Pilihan makanan, cara bicara dengan babu, jongos, atau larangan bergaul dengan seorang nyai yang tinggal di dekat kami. Celakanya, semua selalu berujung pada pengurangan hak-hak istimewaku. Semakin lama, ruang gerakku semakin sempit. Belakangan, lewat sebuah keributan hebat, dia tidak lagi memperbolehkanku membeli koran walau masih boleh menikmati buku. Kubalas perlakuannya dengan pindah tidur ke kamar lain. Kukunci pintu. Lalu kuhabiskan malam-malam panjang dengan menulis sajak atau karangan lain dalam berlembar kertas.

Akhirnya kemarin, saat Theo sedang pergi ke Solok, aku nekat mengikuti ajakan Nyonya Westenenk ke Koto Gadang. Kusuap jongos dan babu agar tidak menceritakan peristiwa ini kepada Theo. Ini kesempatan langka. Aku harus bertemu dengan wanita Minang yang luar biasa ini. Wanita yang telah menjadi ilham banyak orang di Hindia. Yang telah mendirikan sekolah, memberi bekal keterampilan menenun, menjahit, serta membordir bagi kaumnya, agar tidak semata menggantungkan nafkah dari belas kasihan suami, atau sekadar menjadi perhiasan tidak bernyawa. Serta yang paling penting, agar tidak jatuh ke lembah nista, menyewakan tubuh untuk bertahan hidup saat suami mereka meninggal.

Tiga tahun lalu, wanita ini bahkan maju lagi selangkah, menjadi pemimpin sebuah surat kabar khusus wanita. Sungguh, semakin bulat tekadku ke sini. Aku ingin diperbolehkan sesekali mengisi ruang pendapat pembaca di dalam surat kabarnya. Membantunya membuka belenggu emas yang sering dipasang kaum pria untuk mengecoh wanita.

"Ah, Nellie. Apakah tumpukan buku itu mengganggu pende-ngaranmu?" suara serak Nyonya Westenenk menarik sukmaku kembali ke ruang tamu besar yang sejuk ini. "Lihat, yang kau tunggu

look even smaller. But I clearly saw the passion for life in her eyes, and the strength of her handshake communicated the same when she took my hand and introduced herself with a clear voice in fluent Dutch.

"*Ik ben Roehana Koeddoes. Welkom op de ambachtschool, Amai Setia. Van mevrouw Westenenk heb ik vernomen dat u een interessant manuscript over vrouwen heeft voor mijn krant.*"

"I'm Roehana Koeddoes," she said. "Welcome to the Amai Setia Vocational School. I heard from Mrs. Westenenk that you have an interesting article about women for my newspaper."

sudah datang. Pendiri sekolah Amai Setia dan pemilik suratkabar *Soenting Melajoe*. Beliau sendiri. Tak lain dan tak bukan."

Kuikuti arah pandang Nyonya Westenenk.

Seorang wanita berusia tiga puluhan berdiri di pintu masuk. Kulihat wanita yang kuimpikan itu. Berdiri dengan tas rotan tersampir di pundak. Dia lebih pendek dari yang kubayangkan. Bahkan terlihat semakin mungil dengan kain ikat berwarna kesumba di kepalanya. Akan tetapi, aku bisa melihat jelas semangat hidup yang berkobar dari kedua belah matanya. Juga dari kuatnya genggaman saat dia menyambut uluran tanganku serta berkata dengan suara lantang dalam bahasa Belanda yang sangat fasih, *"Ik ben Roehana Koeddoes. Welkom op de ambachtschool genaamd Amai Setia. Van mevrouw Westenenk heb ik vernomen dat u een interessant manuscript over vrouwen heeft voor mijn krant.* Saya Roehana Koeddoes. Selamat datang di Sekolah Kerajinan Amai Setia. Saya dengar dari Nyonya Westenenk Anda punya banyak naskah menarik tentang dunia wanita untuk surat kabar saya?"

# Lelaki Ladang

Arafat Nur

Penerjemah: Minerva Soedjatmiko

Hasan mesti bergegas memetik cabai di sepetak tanah di lembah dekat alur yang airnya hampir kering. Bagian tanah lembah yang tidak terlalu luas itu menjadi tumpuan harapan penduduk Buket Kuta di saat kemarau sedang melanda. Kampung itu tersembunyi di kedalaman sunyi rimbunan kebun kelapa telantar yang telah berubah jadi hutan belukar, berjarak lima belas kilometer dari Jalan Raya Medan-Banda sepanjang Aceh Timur. Untuk mencapai Idi, kota kecamatan yang tidak ramai, orang harus menempuh dua puluh kilometer lagi. Penduduk Buket Kuta tidak mengenal kota kabupaten, apalagi kota provinsi yang entah di mana letaknya, bahkan dengan angan-angan pun sulit mereka gapai.

Hasan bisa melihat di seberang sana, sisa Kampung Kulam, kampungnya dulu yang sudah tidak berpenghuni lagi. Pada tahun 1999, setahun setelah Soeharto terpaksa meletakkan jabatannya sebagai presiden dan Jakarta menjadi kacau, para pejuang mengambil kesempatan menyerang pos-pos tentara, sebagai pelampiasan terhadap pemerintah. Mereka mengecam karena tidak mendapat bagian hasil yang adil dari sumber daya alam Aceh yang habis dikeruk pemerintah pusat. Ketidakpuasan atas ketidakadilan ini disuarakan melalui pemberontakan yang terus-menerus dilakukan.

Di Kampung Bukit Kuta, cuma sekira lima belas keluarga saja yang tersisa dari kampung mati itu, termasuk Hasan sebagai kepala keluarga, yang oleh tentara tidak ditemukan bukti keterlibatannya dalam pembangkangan terhadap pemerintah.

Hasan memang masih ingat bahwa di awal-awal perlawanan, tidak ada paksaan terhadap *pajak nanggroe* dan orang-orang kaya memberikan sumbangan dengan sukarela. Waktu itu, perang masih seumpama *api dalam sekam* dan belum terlalu muncul

# Man of the Fields

By Arafat Nur

Translated by Minerva Soedjatmiko

Hasan hurriedly harvested the chili peppers growing on a patch of land near a stream that was starting to run dry. The Acehnese farmers of Buket Kuta staked their hopes on the harvest of this small area of the valley when the dry season hit. Buket Kuta was a small village tucked away in the deep silence of neglected coconut groves that had grown into riotous woods, some nine miles off the main road between Medan and Banda, in Eastern Aceh. Idi, the closest town, was about thirteen miles away. Without any available public transportation, the villagers of Buket Kuta never ventured out. They had no idea what the world beyond their village looked like.

Hasan gazed across the valley at what remained of Kampung Kulam. The village where he had grown up was now deserted. In 1999, a year after Indonesia's President Soeharto was forced to step down, the government in Jakarta fell into chaos. The rebels in Aceh took advantage of the instability and began attacking army posts in retaliation against the government. The Aceh rebels claimed that the government had exploited the natural resources that belonged to the most northern province of Sumatra, and that the Acehnese had not received their fair share of the proceeds. Their discontent erupted in a series of violent protests.

Hasan was the breadwinner of one of fifteen families who were allowed to leave Kampung Kulam for the safety of Buket Kuta. The soldiers had found no evidence of these families being involved in revolts against the government.

Hasan thought back to the beginning of the Acehnese uprising against the government. At that time, coercion had not been necessary to collect what the rebels called *pajak nanggroe* — contributions to fund the uprising. Resentment against the government

ke permukaan. Kaki tangan pejuang bisa leluasa berkeliaran ke mana saja, menemui pengusaha dan orang-orang kaya di kota tanpa khawatir dicurigai tentara.

Serdadu yang jumlahnya masih sedikit hanya kenal satu dua dalang pemberontakan lewat foto yang mereka bawa, juga lewat selebaran-selebaran yang mereka tempelkan di dinding kedai dan *meunasah* sebagai seruan kepada masyarakat agar melaporkan kepada tentara bila ada yang melihat orang-orang dalam selebaran itu.

Namun, kala perang berlangsung lama dan keadaan para pejuang makin terjepit, mereka meminta uang dengan paksa pada siapa saja sebagai biaya perjuangan. Mereka tidak bisa lagi menemui orang-orang kaya di kota. Maka dari itu, *pajak nanggroe* kemudian diwajibkan pada penduduk kampung yang masih bisa didatangi, tidak peduli bahwa kaum petani itu hidup menderita dan papa.

Hasan terengah menarik karung berisi panenan di antara tanaman cabai di ladang.

Kampung Kulam tinggal kenangan dan telah menjadi hutan besar, tempat ular dan babi bersarang. Di kampung itu pula, banyak penduduk yang mati dan telah terkubur. Hasan teringat bapak, mak, dan adik perempuannya. Seketika, air mata jatuh menimpa ujung sepatu bot karet yang selalu dipakainya di luar rumah.

⊢—•—•—⊣

Sambil memetik cabai, Hasan mengunyah sebatang alang-alang sambil mengingat kembali saat para tentara marah besar sebab seorang pejuang nekat menghadang truk tentara dan membunuh sepasukan serdadu dengan tembakan bazoka.

Ratusan tentara datang keesokan harinya membakar rumah-rumah dan menembaki siapa saja. Kampung tempat Hasan tinggal jadi ladang pembantaian. Tidak peduli perempuan dan anak-anak, beberapa dari mereka ikut terkapar bersama laki-laki yang rubuh ke tanah bersimbah darah. Beruntung bagi Hasan dan istrinya, mereka saat itu tidak sedang di rumah. Mereka berada di ladang.

Dari ladang yang berjarak sekira satu kilometer dari rumah, mereka bisa mengetahui kegaduhan di permukiman, teriakan-

was widespread, and the rich city folks who supported the rebels' cause gladly made donations. Back then, the war was merely an expression of discontent, similar to an ember cradled in a damp husk to keep it from flaring. Rebels moved about freely, meeting with businessmen and wealthy people in the city without fear of drawing the government military's suspicion.

There were only a few government army units assigned to manage the rebels, and only one or two of the rebel organizers were known. The soldiers distributed posters with photographs of these ringleaders to the shops and *meunasah,* prayer houses, encouraging the community to report any sightings of the people shown on the flyers to the authorities.

However, as the war dragged on, the Acehnese rebels became physically and financially cornered. They began extorting money from everyone. When the wealthy residents fled, the rebels turned a blind eye to the peasants' hardships and poverty, and they made the nanggroe payments compulsory for villagers as well.

Hasan sighed and pulled his harvesting sack across the path between the chili beds. Kampung Kulam was but a memory, a dense forest that only the snakes and boars called home. Numerous villagers had been killed and buried there. Hasan thought of his father, mother, and younger sister. Tears fell onto the rubber boots he always wore when leaving the house.

┣━━━•━•━┫

As he harvested, Hasan chewed on a reed and thought about the government army's revenge on Kampung Kulam after a brave Acehnese rebel had blocked one of their trucks and killed a battalion of soldiers with his bazooka. The next day, hundreds of government soldiers stormed Kampung Kulam, burning homes and shooting every villager in sight — women and children along with the men. The village that Hasan had called home became a slaughterhouse, its once fertile ground colored with blood.

At the time of the ambush, Hasan and his pregnant wife had been out harvesting in the far field. But although they were more than half a mile from home, they could hear the soldiers shouting and gunshots reverberating through the air. Each time gunfire erupted, Hasan's breath caught in his throat and he felt his heart

teriakan prajurit yang menghardik dan memaki, serta letusan tembakan berkali-kali yang getarannya sampai ke dada. Setiap kali bedil meletus, napas Hasan tertahan dan jantungnya berdebar. Saat letusan senjata terjadi saling sahut, seakan ada segerombolan lain balas menyerang, Hasan dan istrinya yang sedang bunting lari menghilang ke hutan.

Ketika sejumlah tentara itu pulang ke pos mereka masing-masing, Hasan menemukan kampungnya sudah rata. Tidak ada lagi rumah orangtuanya, tidak ada rumah tetangga, tidak ada lagi rumah yang tersisa. Semua sudah musnah dibakar. Cuma mayat-mayat terkapar di halaman rumah, dan berserakan di ladang-ladang kelapa dan palawija. Hanya mereka yang berada jauh dari permukiman saja yang selamat. Melihat semua itu, jiwa Hasan terguncang selama berhari-hari kemudian serupa orang hilang ingatan.

Ketika sadar, dia menangis. Mengutuki perang. Kemudian hari, setelah guncangan jiwanya mereda, dia belajar untuk lupa. Hidup di sini harus bisa melupakan luka. Hidup menuntutnya bekerja. Dia bersama istrinya membangun gubuk baru di kampungnya sekarang.

•—•—•

Ratusan, mungkin juga sudah ribuan kali, tentara yang men-dirikan pos di pinggir Kampung Buket Kuta ini memeriksanya. Hampir saban hari isi rumahnya digeledah, setiap jengkalnya diperiksa, dan mereka tidak pernah menemukan senjata. Meskipun begitu, setiap kali serdadu datang memeriksa dan mengawasi kampung itu, Hasan tetap menjadi bulan-bulanan penyiksaan, sebagaimana juga setiap lelaki yang mereka temui.

Tentara sengaja memukuli penduduk agar orang-orang membenci pejuang. Tersebab pejuanglah mereka terus-terusan dianiaya. Karena tidak sanggup melawan prajurit-prajurit garang bersenjata lengkap itu, penduduk menjadi marah dan geram dengan orang-orang yang melawan pemerintah. Ketika serdadu datang, merekalah yang harus lari menyelamatkan diri ke hutan untuk menghindari penyiksaan.

Setiap kali tentara meninggalkan kampung-kampung sehabis memburu pejuang, Mando Gapi dan anak buahnya selalu muncul bagai dari dalam bumi. Panglima Sagoe, petinggi

pounding against his chest. Hasan and his wife ran into the forest to hide.

After the air quieted and it appeared that the soldiers had left to return to their posts, Hasan and his wife returned to their village — only to find that there was no village. Along with his parents' and neighbors' houses, every structure had been burned to the ground; not a single house was left standing. Bodies lay between the charcoaled remains of what used to be homes; more were scattered among the coconut trees and unharvested crops. The only survivors of the village were those who had not been in the village during the government army's retaliation rampage. The sight of it all stunned Hasan, and during the following days he lived in a state of numbness.

When his senses returned to him, Hasan wept and cursed the war. Only over time did he learn to stow the memories away. Living in this land required the ability to muffle the pain and forge on. Life demanded him to work. Thus, Hasan and his wife built a new hut in Buket Kuta and began again.

The soldiers stationed at the post on the outskirts of Buket Kuta searched the village hundreds, perhaps thousands, of times. They searched Hasan's home almost every day, but never found any weapons. Nevertheless, each time the troops patrolled the village, they vented their anger on Hasan and the other village men. The military hoped that their abuse would make the farmers hate the Acehnese rebels for causing such pain. But unwilling to fight back against the heavily armed soldiers, the villagers could only run to seek sanctuary in the forest.

Each time, after the military departed from their raids, the square-jawed rebel commander Mando Gapi and his men appeared. With no regard for the villagers' suffering, they demanded payment of nanggroe dues. Recruiting new men willing to join the Acehnese fight against the government military had grown difficult. So many lives had been lost; those who were still around shuddered at the sight of a weapon.

"Your growing debt would be paid off if you joined us," Mando Gapi barked at Hasan.

pejuang kecamatan, itu tetap menuntut pembayaran pajak. Lelaki berahang persegi itu tidak peduli terhadap keadaan penghuni kampung yang teramat susah.

Agaknya dia begitu kesulitan mencari anggota baru yang mau diajaknya berperang melawan serdadu pemerintah. Banyak sudah orang yang mati, dan yang tersisa begitu ketakutan ketika melihat senjata.

"Utangmu pada kami semakin menumpuk dan akan lunas semuanya jika kau bergabung dengan kami!" sergah Mando Gapi.

"Aku punya anak, Bang," ibanya.

"Selalu itu alasanmu!"

"Aku tidak tahu harus bagaimana."

"Kau masih beruntung punya keluarga. Kami tak punya siapa-siapa lagi selain senjata. Apa pun alasanmu, kau harus tetap membayar pajak. Itu adalah tanggung jawab orang yang tidak mau ikut berperang!"

"Tapi, aku tak punya uang, Bang," kata Hasan.

"Bukankah cabaimu hampir panen?"

"Tapi, aku belum memetiknya. Utangku pada Dullah juga banyak," keluh Hasan.

"Kau selalu mengeluh. Berperang pun menolak. Jadi, jasa apa yang bisa kau sumbangkan demi kepentingan orang banyak dan demi martabat bangsa Aceh yang sudah habis dinjak-injak pemerintah? Mereka merampas hasil bumi kita, menguras minyak, gas, dan menebang kayu-kayu untuk kertas. Ketika menuntut untuk merdeka, mereka mengirimkan tentara, membunuh lelaki dan memerkosa perempuan-perempuan kita. Pantaskah sekarang kau berdiam diri saja?"

"Kalau aku tidak punya anak dan istri, aku juga akan ikut berperang, Bang," balas Hasan gugup.

"Alah, kata-katamu itu sungguh tidak meyakinkan. Kau tidak menunjukkan bukti apa-apa. Untuk memberikan *pajak nanggroe* saja kau kerap menghindar. Lihat kami yang telah mengorbankan semua harta kami untuk membeli senjata dan rela hidup sengsara di hutan yang selalu dalam intaian dan ancaman senjata serdadu laknat!"

Hasan mendengus bingung, "Aku tidak tahu, Bang."

"I have a child, sir," Hasan pleaded.

"You always use that excuse!"

"I don't know what else to say."

"You're lucky to even have a family!" Mando Gapi scoffed. "We rebels have no one, just weapons. It doesn't matter what you're dealing with, you still have to pay up. That's the price of not participating in the war!"

"But I have no money, sir."

"Aren't your chili peppers ready for harvesting?"

"I haven't picked them yet, sir. Also, I owe Dullah, the grocer, a lot of money."

"Bah! You always complain. You won't even join the uprise. In what way do you contribute to the greater good, to defending the honor of the Acehnese as the government tramples us? They're seizing our oil and gas; they're destroying our forests to manufacture paper. And when we claim our share, they send their troops to kill our men and rape our women. It is not right that you remain silent in the face of all this!"

"If I didn't have a wife and child," Hasan answered nervously, "I would join the war, sir."

"Oh, come on, you aren't fooling anyone! You have contributed nothing! You even avoid paying the nanggroe dues. Look at us rebels! We have sacrificed everything to buy weapons and lead a miserable existence in the forest under constant watch of those damned soldiers!"

"I don't know, sir," Hasan mumbled, uncertain what to say.

Mando Gapi slapped his forehead, shook his head, and put his hands on his hips. "Look, I'm trying to work with you. Go pick those peppers, sell them, and give us some of the money. I'll come back for it tomorrow or the day after." Leaving Hasan standing on his porch, Mando Gapi turned around and walked away.

Hasan was terrified.

He suddenly felt incredibly weak and standing became a challenge. He slumped into a squat and leaned against the wall. Mando Gapi's demands for payment, on top of his debt at Dullah's shop, made Hasan's head spin.

Reza, his three-year-old son, toddled out of the house. Hasan pulled his son onto his lap. Stroking the boy's head, he gazed into

Mando Gapi menepuk keningnya, menggeleng-geleng, lantas berkacak pinggang.

"Dengar," ucap Mando Gapi. "Aku ini mau berbaik hati padamu. Kaupetik itu cabai, jual, dan sisakan uangnya untuk kami. Aku akan mengambilnya besok atau lusa!"

Hasan terpaku di beranda rumahnya, memandangi Mando Gapi yang berbalik badan, meninggalkan rumahnya.

Sepeninggalan Mando Gapi, Hasan beringsut lunglai, berjongkok, lalu bersandar pada dinding rumah. Tiba-tiba tubuhnya begitu lemah, tidak bertenaga, bahkan untuk berdiri saja sulit. Kata-kata Mando Gapi yang memaksa, berikut ancaman-ancaman yang bernada lunak, ditambah perkara utang-piutang di kedai Dullah, membuat kepala Hasan pening dan telinganya berdenging-denging.

Reza, anaknya yang berumur tiga tahun, muncul dari dalam rumah, menghampirinya, mengusik ketenggelaman dirinya dalam kegamangan.

Hasan menarik tangan anaknya ke dalam pangkuan, membelai-belai kepala bocah itu, sedangkan matanya menerawang jauh dengan pikiran tidak menentu. Dia terjepit antara Mando Gapi dan tentara. Sekarang juga dia harus memetik cabainya!

•———•·•———•

Sudah pasti prajurit yang tinggal di pos pinggir kampung itu mencium gelagat Mando Gapi menyusup ke Kampung Buket Kuta. Karenanya, para lelaki di kampung terpaksa melarikan diri ke hutan jika tidak ingin jadi bulan-bulanan mereka. Pagi tadi, Hasan pulang, setelah terperangkap lima hari lima malam dalam hutan, kurang tidur, gelisah tidak menentu, dan tubuhnya begitu lelah. Di gubuk, ditemui Saudah, istrinya, lagi tersedu. Reza merengek-rengek minta makan.

"Kita tak punya apa-apa lagi, Bang. Beras habis," ucap Saudah pilu.

Hasan menjawab dengan tatapan pedih. Perutnya juga perih. Bukan hanya wajahnya yang kumuh, otaknya juga lusuh. Hasan begitu geram, tidak henti-henti mengutuk perang laknat itu.

Kalau saja utangnya tidak menumpuk di kedai Dullah, dia pasti sudah melesat ke sana. Namun, dia begitu malu menemui lelaki empat puluhan itu untuk mengutang barang tiga bambu beras dan

the distance, filled with erratic thoughts. He was stuck between the government army and the Acehnese rebels.

He must harvest his peppers immediately.

The government army had tracked Mando Gapi to Buket Kuta. Their search forced all adult males in the village to flee to the forest again. After five days and five nights, Hasan returned home, exhausted. Lack of sleep and an undefined restlessness made his bones ache. His wife, Saudah, greeted him, weeping. Reza bawled for food.

"We don't have anything to eat anymore, dear," Saudah told her husband. "We finished the rice."

Hasan grimaced. His stomach was empty, too. Furious, Hasan cursed the war. His mind was frazzled, and he looked like it.

If he didn't owe Dullah so much money, he would rush over to the grocer right away. But Hasan was overcome with shame at the thought of asking the middle-aged man for a bit of salted fish and rice on credit — again. The shopkeeper always complained about his losses to everyone who borrowed from him, and Dullah might turn him down.

Hasan also knew that each time government troops entered the village, they forced Dullah to turn over his shop's inventory to them, along with however many rupiah were in the cash drawer. The army picked everything clean as if they owned it all.

Each time, Dullah watched them loot his shop without making any attempt to resist. Doing so saved him from the abuse served up by the soldiers, who instead busied themselves with kicking the villagers within boot distance and hurling accusations at the farmers' dirty faces, accusing them of being rebels.

Hasan removed his stained, tattered shirt and wearily wiped his head with a calloused hand. The stench of urine, where his son had wet the dirt floor, made his headache worse. Pacing the tight space, he accidentally stepped on Reza's toe. The child wailed.

Saudah split the shriveled cucumber Hasan had found in an abandoned field. She handed a piece to Reza, which immediately quieted him. As the toddler bit into the cucumber, a tiny drop of juice squirted out and dripped from his mouth.

dua ons ikan asin. Dullah belum tentu bersedia memberikannya sebab utang lama belum juga terbayar. Hasan membayangkan dirinya tidak akan sanggup menghadapi Dullah yang akan terus-terusan mengeluh rugi pada siapa saja yang datang mengutang.

Hasan tahu, setiap kali sepasukan tentara masuk ke kampung itu, Dullah terpaksa merelakan barang-barangnya, berikut beberapa rupiah uang di laci yang langsung dikeruk tentara, seolah itu semua milik mereka. Dullah akan menyaksikan penjarahan miliknya di depan mata, tanpa berusaha menentang. Sikap tanpa perlawanan demikian menyelamatkannya dari siksaan pasukan beringas yang sibuk memukuli dan menendang pantat dua tiga penduduk yang kebetulan sedang berkeliaran di sekitar kedai. Sambil melayangkan tendangan, mereka menuding wajah-wajah kotor petani itu sebagai pemberontak.

⊢——·——·——⊣

Hasan membuka kaus kumalnya yang koyak di sana-sini, lalu memukuli kepalanya dengan tangannya yang kekar. Bau pesing, bekas kencing anaknya di lantai tanah itu semakin membuat-nya pusing. Dia berpikir keras sambil berjalan mondar-mandir di ruang sempit itu, dan beberapa kali hampir menginjak kaki Reza yang menyebabkannya menjerit.

Saudah membelah dua bagian mentimun yang dibawa pulang suaminya, yang ditemukan Hasan di sebuah ladang telantar saat meninggalkan tempat persembunyian. Separuh dari mentimun itu diberikan pada Reza yang membuat anak itu seketika diam. Bocah itu dengan rakusnya mengigiti potongan mentimun itu. Airnya muncrat, meleleh di sekitar mulutnya.

Ketika Hasan duduk di lantai, Saudah datang dengan sebotol minyak tanah. Kulit hitam itu bengkak-bengkak serupa bekas gigitan serangga. Saudah mengoleskan minyak tanah itu ke sekujur badan lelakinya.

Hasan tahu betapa istrinya begitu mencintainya. Saudah juga tahu betapa suaminya sangat mencintai dia. Namun, mereka kehilangan cara untuk menanggapi atau menerima. Di tengah kemelut dan penderitaan yang begitu menyesakkan selain dari ketakutan semua perasaan terasa asing, seolah perang tidak memberikan ruang sedikit pun untuk cinta.

Hasan sat down on the floor; his dark skin was covered with bug bites.

Saudah rubbed kerosene all over her husband's body to soothe the welts.

Hasan knew how much Saudah loved him and Saudah knew how much Hasan loved her. But they had lost the ability to exchange this emotion with each other. Amid the peril and misery that smothered each day, fear was the only emotion they could share; war left no room for love.

"How far did you go this time?"

"To the Damar Forest."

"That far?"

"The government soldiers kept chasing us. The rebels opened fire and shot one of them. The soldiers were furious. Whoever wanted to stay alive had to join the rebels, who ran into the forest." Hasan rubbed his calves and continued, "The soldiers made no effort to distinguish farmers from rebels — to them, we all looked the same. Our filthy bodies even smelled the same. But it's no wonder the soldiers were furious; the rebels did shoot one of them." Hasan paused. "What did they do here?"

"They gathered everyone, including the children, in the meunasah. Several boys were beaten because their fathers were accused of killing a soldier." Saudah sighed.

"What did they do to you?"

"They just scolded me."

"They didn't take anything from our house?"

"No. There isn't anything left for them to take! They were really angry. They shot whatever livestock they saw."

"Our goat?" Disbelief flooded Hasan's face.

"Dead."

"Did you cook it?"

"They took the carcass."

Hasan pulled away and ran out the door. He ran through the back garden, past the drought-stricken coconut trees that had refused to bear fruit all year. "Damn it all!" he screamed, stumbling through the brush. Finally, Hasan stopped running. He beat his head with both hands and wept.

"Sampai hutan mana Abang lari?"

"Hutan Damar."

"Jauh sekali?"

"Tentara terus mengejar kami. Pasukan kami memancing tembakan. Mungkin ada tentara yang kena tembak. Laki-laki yang ingin selamat terpaksa melarikan diri bersama kelompok pejuang yang terus menyingkir ke tepi hutan." Hasan memijit betisnya yang terasa pegal dan menyambung, "Serdadu pemerintah tidak akan membedakan lagi raut wajah petani dari wajah pemberontak, bentuk rupa mereka sama. Bau tubuh mereka juga sama, sebagaimana bau tubuh kumuh orang yang jarang mandi. Patutlah tentara mengamuk hari itu. Rupanya kami berhasil menembak salah satu dari mereka."

Hasan berhenti sejenak dan melayangkan pandangan ke Saudah. "Apa yang mereka lakukan di sini?"

"Orang-orang, termasuk anak-anak, dikumpulkan di *meunasah*. Beberapa anak laki dipukul. Menuding-nuding bapak mereka penyebab seorang prajurit terbunuh." Saudah mendesah.

"Kau diapakan mereka?"

"Cuma dibentak."

Hasan terdiam sejenak lalu bertanya, "Mereka tak mengambil barang-barang dalam rumah?"

"Tidak. Mungkin tidak ada lagi barang yang bisa mereka ambil. Tapi, mereka begitu kesal dan mengamuk. Ternak-ternak yang mereka lihat ditembaki." Saudah menjelaskan.

"Kambing kita?" wajah Hasan cemas.

"Juga mati."

"Kau tak memasaknya?"

"Bangkainya mereka bawa."

Hasan menyentak tubuhnya, melesat lewat pintu. Dia berlari-lari ke kebun belakang, melewati pohon-pohon kelapa yang setahun belakangan ini enggan berbuah. Kemarau membuat kuning daun-daunnya dan banyak pelepah tercampak ke tanah. Hasan berhenti berlari. Kedua tangannya memukul-mukul kepalanya.

"Memang jahanam!" pekiknya. Dia berjalan gontai melewati semak-semak. Di dekat pematang sawah, tumbuh beberapa batang singkong. Sepintas ditatapnya batang-batang padi yang

Close to the narrow levees that divided the rice paddies, a few cassava plants had sprouted. Brittle stalks of rice still rose from the cracked ground like tiny bundles of thin sticks; the leaves were parched. Hasan had plowed the land and tended to the seedlings on this plot. But now, the rice paddies were dry. The plants had perished, the seed was wasted.

At the cassava patch, Hasan clenched his fists when he saw the uprooted plants. Boar tracks explained the damage. Hasan cursed. His stomach roiled; he thought of his wife's and son's hunger.

Eventually, Hasan decided to take home the boars' leftovers. Like a scavenger, he dug for the remaining roots with his hands. The immature tubers were hard, like tree roots.

Back home, Hasan handed Saudah his meager harvest.

She boiled the thin, tough roots in silence.

Though it was only noon, Hasan yearned for sleep. During the five days he was trapped in the woods, he could only catnap along with the other farmers and rebels. A ceaseless anxiety kept everyone awake.

Tossing and turning on his cot, Hasan still could not fall asleep. Neither was his passion aroused when he looked at his wife. Normally, his desire for her could be sparked at any time of the day or night, but although he had been away from home for five days, he remained unmoved, even after she lay down next to him.

"I'm going to pick the chili peppers," he told her, climbing out of bed and grabbing an empty sack next to the door.

———•———

Now, Hasan moved between the chili beds with an urgency to fill his harvest bag. His calloused hands trembled slightly as he picked the peppers. His fingers, skilled and swift, plucked every pepper from each hanging stem, regardless of whether the fruit was red or green. Sometimes, in his haste, he seized the rotten ones that had not fallen off the stem. He tried to stay focused on the task at hand, but failed miserably. A shadow followed him relentlessly, circling nearby.

Hasan was alone gathering the peppers as twilight draped the field. He could not keep himself from looking around, searching for another presence, someone standing like a ghost behind him.

masih menancap ke tanah seperti seikat kecil batang lidi. Daunnya kering. Tanah tempat batang padi itu menancap pecah-pecah, retak di sana-sini. Padahal dia sudah banyak menghabiskan tenaganya untuk membajak dan mengurus tanaman di sepetak sawah itu, belum lagi kerugian biji gabah sebagai bibit yang akhirnya binasa. Tumbuhan padi itu tidak akan menghasilkan apa-apa, selain kurasan tenaga dan seperempat karung gabah yang terbuang sia-sia.

Di kebun singkong, Hasan mengepalkan tinjunya dengan geram melihat batang-batang umbi tercerabut. Ada bekas kekasaran terjadi di sana. Tapak-tapak babi hutan itu sebagai bukti. Hasan memaki-maki. Perutnya perih. Dia teringat perut istri dan anaknya.

Akhirnya, dibawa pulang juga sisa-sisa singkong yang masih tinggal di dalam tanah, yang tidak bisa dijarah babi hutan. Hasan mengorek sisa-sisa umbi yang masih tertinggal dalam tanah seperti ayam yang mengorek tanah mencari cacing. Umbi-umbi yang masih serupa akar kayu itu memang keras karena belum berisi.

Sesampai di gubug, Hasan menyerahkan ubi hasil korekannya kepada Saudah. Dia kemudian merebus akar kayu yang keras itu tanpa bersuara.

Meskipun masih tengah hari, tubuh Hasan menginginkan tidur. Tubuhnya begitu keletihan sekembalinya dari pelarian, ditambah kurang tidur karena tidak ada tempat tidur selama di hutan, ditambah pula perasaannya yang tidak nyaman. Selama lima hari terperangkap di hutan, dia bersama pemberontak dan petani lainnya hanya tidur-tidur ayam. Perasaan cemas selalu menghantui, membuat mereka sebentar-sebentar terjaga.

Setelah lama dia membolak-balikkan tubuh di ranjang kamar, mata lelahnya tidak kunjung bisa terpejam. Begitu pula keinginannya bercumbu yang terkadang timbul tidak tentu waktu, yang kapan saja bisa berkobar, tidak peduli siang, tapi tidak ada nyala gairah sama sekali meskipun istrinya kemudian ikut merebahkan diri di sampingnya.

"Aku mau petik cabai," Hasan meloncat dari ranjang, lalu menyambar karung kosong di sisi pintu.

⊢——•—•——⊣

He worried about suddenly being surrounded by a military squad. Government soldiers on surveillance often hid in the bushes for hours before unexpectedly materializing without a sound. They would never believe that he was merely a farmer working the fields, because no one — except a starving rebel stealing a farmer's crops — would still be wandering in the fields after dark.

Hasan wanted to get the job done quickly. He knew the price of chili peppers was at a high. If he could harvest them all, he could buy a sack of rice, enough for his family to live on for a month. His wife would have no need to weep, and his son would not bawl for food.

The rows of peppers he had picked looked like wild animals had foraged there. Some stems were broken, some fruit scattered on the dirt. Hasan realized that the damaged plants would wither. It seemed he worked so slow while time passed so fast. But finally, all the chili peppers — ripe, green, still in bud, and even the rotten ones, were bagged. The sack was full. He could sort the good from the bad later that evening at home.

Hasan straightened. His heart began to pound when he realized how late it was. Delight and fear mixed within him. He imagined his wife and son, anxiously waiting for him to come home with rice.

Hasan hurriedly tied the top of the sack with a used plastic strap. He looked in all directions, then dragged the bag down a path between thick weeds. He deliberately did not carry the sack on his back to avoid being noticed from afar. Hasan crept forward, lugging the bag behind him.

When he reached a part of the path that was blocked from view by high shrubs, he could walk upright again and felt relieved. Even if there were soldiers out here, they would not be able to spot him. The surrounding grove gave him cover.

Hasan thought of his wife and child. Come what may, he must always return to the fields to plant rice, cassava, and chili peppers. The rice and cassava could be eaten. The peppers could be sold to Dullah. If the price was right, his wife would be able to buy groceries, clothes, and other things at the market in Idi. Hasan had no wish to join the war. He merely wanted to live a happy life with his wife and child.

Sekarang, dengan bersemangat, Hasan mondar-mandir di antara tanaman cabai mengisi karungnya. Tangan kekar itu agak gemetaran menyambar buah-buah cabai, tidak peduli merah atau hijau. Tangannya seolah begitu terampil, cepat menyambar buah itu pada tiap-tiap batang yang bergelayut. Namun, seringkali pula tangan itu menyambar daun, yang disangkanya buah hijau. Kadangkala buah busuk yang tangkainya masih menempel di dahan ikut terenggut dalam genggamannya. Dia berusaha memusatkan pikiran pada pekerjaannya, tapi sering gagal. Selalu saja ada bayangan menganggu yang berkitaran tidak jauh darinya.

Hasan sendiri di sana, lenyap dalam kesunyian senja. Seraya memetik cabai, seringkali dia tebarkan pandangannya ke sekeliling begitu dirasakan ada sosok lain yang hadir, seolah telah berdiri di belakangnya selayak hantu. Dia begitu khawatir kalau tiba-tiba sepasukan tentara sudah berdiri mengelilinginya — itu kerap terjadi karena pasukan pengintai sering mengendap di semak-semak selama berjam-jam dan muncul tiba-tiba tanpa menimbulkan suara.

Para prajurit tidak akan percaya lagi kalau dirinya cuma seorang lelaki ladang. Sekalipun petani, di petang hampir gelap semacam ini, tidak ada lagi yang berkeliaran di ladang. Kecuali pemberontak kelaparan yang sedang mencuri tanaman petani.

Hasan ingin lekas-lekas menyudahi pekerjaannya. Tangannya itu begitu cepat menyambar, tanpa peduli pucuk-pucuk cabai muda yang ikut terengut. Dia tahu, harga cabai lagi mahal. Kalau buah-buah cabai itu habis dipetiknya, dia bisa menukarkan dengan satu karung beras, cukup bagi keluarganya untuk bertahan selama sebulan, tanpa perlu mendengar keluhan istri dan rengekan anaknya yang minta makan.

Jalur pokok cabai yang sudah dipetik itu bagai dijamah binatang liar. Batang-batangnya patah dan beberapa buah berserakan di tanah bersama daun-daunnya yang gugur dan tercerabut dari tangannya. Hasan menyadari kerusakan tanaman cabainya itu, dia tahu daun-daun pada cabang-cabang yang patah itu nantinya akan layu berguguran.

Terasa begitu lambat pekerjaan itu, sementara waktu begitu cepat melesat. Kini buah masak, hijau, bahkan putik dan busuk masuk ke dalam karung. Nanti malam di rumah dia bisa

Suddenly, like the shadow of a ghost rushing by, several figures dressed in camouflage jumped out of the nearby bushes. *Soldiers.*

Hasan gasped and released the sack of peppers. Something hard slammed into the back of his neck. Before he could utter a sound, Hasan fell to the ground.

memisahkannya dari buah yang bagus. Karung itu sudah penuh. Hasan segera bangkit. Dadanya berdebar-debar begitu disadari hari sudah meremang. Perasaannya bercampur aduk antara senang dan ketakutan. Terbayang pula istri dan anaknya yang menunggunya dengan cemas membawa pulang beras.

Secepatnya dia mengikat mulut karung itu dengan tali plastik bekas. Lalu, menyeretnya di jalan setapak yang diapit ilalang tebal. Matanya menyebar ke segala arah. Sengaja dia tidak memikul karung itu supaya tidak kelihatan jika ada orang yang menengoknya dari jauh. Hasan berjalan mengendap-endap sambil menyeret karung cabainya.

Ketika melalui jalan setapak yang terhalang semak-semak tinggi, Hasan bisa berjalan tegak dan merasa lega. Kalaupun ada orang di kejauhan sana, mereka tidak akan melihatnya. Hutan belukar di sekeliling melindunginya dari pandangan orang-orang.

Hasan teringat istri dan anak. Dia sadar bahwa meskipun apa yang terjadi, dia harus tetap ke ladang, menanam padi, singkong, dan cabai. Padi dan singkong bisa dimakan. Cabai dijualnya pada Bang Dullah. Jika kena harga, istrinya bisa belanja ke Pasar Idi, beli baju, dan barang-barang lainnya. Dia tidak mau ikut-ikutan berperang dengan hidup tidak menentu. Keinginannya cuma sederhana — hidup bahagia, seadanya, bersama istri dan anaknya.

Sekonyong-konyong, seperti bayangan hantu berkelebat, beberapa sosok berpakaian loreng menyergapnya dekat semak-semak situ. *Tentara!* Hasan terkesiap, karung cabai di tangannya terlepas. Sebelum suaranya sempat keluar, sesuatu yang keras telah menghantam tengkuknya dengan begitu kuat. Hasan langsung rubuh terjerembap ke tanah. Tubuhnya tidak berkutik lagi.

┣━━•❖•━━┫

# Topeng Nalar

Dewi Ria Utari

Penerjemah: Femmy Syahrani

Sudah tiga hari, Nalar demam. Biasanya demamnya cepat hilang begitu dikompres air atau keningnya ditempeli irisan bawang merah. Kemarin, neneknya sudah membawa dia ke Mak Moyong, dukun anak. Kata si dukun, kena sawan. Namun, demamnya tidak juga turun ketika dia dipaksa neneknya minum jamu dari Mak Moyong.

Kalau sore ini aku dapat gaji mingguan, Nalar akan langsung kubawa ke Dokter Kiki. Puskesmas sudah tutup saat aku bubaran pabrik. Tidak tega aku jika menunggu sampai besok. Demam Nalar begitu tinggi. Lagi pula, penyebabnya aku sendiri. Sebagai ibu dan penyebab sakitnya, aku harus bertanggung jawab. Apalagi sudah setahun ini hubunganku dan Nalar tidak begitu hangat.

Penyebabnya, ketika setahun lalu, dia melihat aku *nopeng*, membawakan tari topeng dengan Ibu di kampung, Nalar memaksaku untuk mengajarinya nopeng. Aku menolak. Sudah cukup rasanya garis keturunan penari topeng berhenti di tubuhku. Lagi pula, tanggapan nopeng sudah tidak sebanyak dulu saat aku remaja. Sejak tidak banyak tawaran nari, aku memutuskan jadi buruh pabrik rokok. Pemasukan sehari-hari, meski sedikit, ternyata lebih mampu menyambung hidup kami berempat — aku, Ibu, Danu, dan Nalar.

Selain soal penghasilan, aku tidak tega jika membiarkan Nalar melalui sejumlah persyaratan yang harus kujalani dulu. Puasa mutih, yang hanya makan nasi putih, dan *ngrowot*, yang hanya makan umbi-umbian, Senin-Kamis, belum lagi dalam waktu-waktu tertentu harus tidur di lantai tanpa alas, hingga *tapa kungkum*, bersemedi dengan berendam. Aku menjalani pekerjaan sebagai buruh karena tidak ada pilihan lain. Bukannya aku tidak suka menari. Namun, aku harus tahu diri. Rumah ini sudah kehilangan

# Nalar's Mask

By Dewi Ria Utari
Translated by Femmy Syahrani

Nalar has been running a fever for three days. Usually, a wet compress or some shallot slices on her forehead quickly dispels such fevers. Yesterday, her grandmother took her to see Mak Moyong, a children's healer, who said it was a bout of epilepsy. But Nalar's fever continued, even after her grandmother made her drink Mak Moyong's tonic.

When I receive my weekly paycheck later this afternoon, I will take Nalar straight to Doctor Kiki. The public clinic will be closed by the time I finish my shift at the factory, but I can't bear to wait until tomorrow. Nalar's fever is very high. As her mother, I need to take responsibility. Nalar and I haven't been getting along during this past year, and I might have contributed to her condition by upsetting her.

It all started when Nalar saw me perform the mask dance with my mother in the village and demanded that I teach her. I refused. The hereditary line of mask dancers should end with me and go no farther. Besides, mask-dancing gigs are not as plentiful as they used to be when I was a teenager. As the interest and requests for mask dancing dwindled, I took a job at a cigarette factory. My regular paycheck, little as it is, proved to be a more reliable source of income than the money I received for dancing. It supports the four of us: me, my mother, Nalar, and Nalar's brother, Danu.

In addition to a mask dancer's unpredictable income, I didn't have the heart to subject Nalar to the series of rites I had endured, such as performing three kinds of fasts: *puasa mutih*, when one only eats rice; *ngrowot*, when one only eats tubers; and a full fast on Mondays and Thursdays. On certain nights, I had to sleep on

para lelakinya, baik ayahku maupun suamiku. Mereka ditakdirkan meninggal mendahului para istrinya. Sungguh tidak mungkin jika menjadikan ibuku pada usia senjanya harus ikut mencari uang. Cukuplah aku.

Melihat keadaan ini, wajar rasanya jika aku tidak menginginkan Nalar menjadi penari topeng. Seperti anak-anak lainnya, aku ingin dia bersekolah sampai semampuku membiayainya. Setelah lulus, dia bisa kerja di pabrik, penjaga toko, atau penjual barang.

Harapanku pupus ketika tiga bulan lalu, Nalar diajak Ibu mengunjungi makam Mbah Buyut di Desa Gabusan. Jaraknya dua jam perjalanan naik bus. Sepulang dari sana, Nalar langsung ke kamar penyimpanan topeng dan mengobrak-abrik topeng-topeng yang sudah kusimpan rapi. Di depanku, dia langsung memasang sampur yang dibelitkan di pinggang dan memasang topeng di wajahnya dengan cara digigit. Saat kutanya, ibuku membantah telah mengajarinya menari. Nalar sendiri tidak mengatakan apa pun. Dia hanya menari menandak-nandak dan baru terdiam saat kucopot paksa topeng di wajahnya.

Bukannya meredam keinginan Nalar, ibuku malah semakin bersemangat mengajari Nalar menari. Dengan sisa gamelan di rumah, Ibu mengiringi Nalar menari. Bocah itu paling suka *lerep*, gerakan mengelus dua jumbai di kiri dan kanan topeng sambil mengentakkan kaki ke tanah. Jika hanya menari, sebenarnya aku tidak terlalu kesal. Aku hanya tidak suka ketika Ibu mulai mengajarinya berbagai tirakat yang pernah diajarkannya kepadaku saat seusia Nalar. Anak itu sudah terlalu kurus untuk ikut-ikutan puasa dan sejenisnya. Sebagai ibunya, aku malu jika Nalar dianggap kurang gizi. Ditaruh ke mana mukaku. Seolah aku tidak cukup memberinya makan.

Inilah kenapa aku tidak suka berharap. Berkali-kali aku dikhianati harapan. Aku berharap Nalar jadi pekerja pabrik, penjaga toko, atau penjual barang. Setidaknya dengan tetap menjadi buruh *nglinting* rokok, aku bisa membiayainya sampai SMA. Memang dia baru tujuh tahun. Masih bisa dia berubah mengikuti harapanku. Akan tetapi, sekali lagi, aku benci berharap. Sangat membencinya ketika ayahku meninggal karena malaria dan suamiku tidak pernah pulang sejak pamit melaut tiga tahun silam.

the floor without a mattress, or perform the *tapa kungkum*, which is meditating while submerged in water.

I had gone through these rites because I had no other choice. It wasn't that I didn't like dancing, but my household had lost its men. Both my father and my husband had been fated to die before their wives. I couldn't possibly let my mother, this late in her life, continue to share the burden of earning a living. That burden should be mine alone.

Given these circumstances, I definitely didn't want Nalar to become a mask dancer. I wanted her to stay in school, like all the other children, for as long as I could afford it. After she finished school, she would be able to get a job as a factory worker, a shop-keeper, or a sales clerk.

My hope vanished three months ago, when my mother took Nalar to the grave of Nalar's great-grandmother in Gabusan Village, a two-hour bus ride away. When they returned home, Nalar went straight to the room where I stored the masks and rummaged through the tidy collection. Then, right in front of me, she wrapped a long sash around her waist and put on the mask, holding it with her teeth.

My mother denied having taught Nalar to dance. Nalar herself did not say anything. She just pranced about until I ripped the mask off her face.

Instead of discouraging Nalar, my mother was all the more eager to teach the child. With what was left of the set of *gamelan* at home, my mother played the musical instruments to accompany her granddaughter's dancing.

The girl loved doing the *lerep* movement, stroking the tassels on either side of the mask while stamping her feet.

I wouldn't have been too upset if my mother had only taught Nalar to dance, but then she began teaching her the rituals she had taught me when I was Nalar's age. The girl was too thin to practice the fasting rituals. As her mother, I'd be embarrassed if people thought that Nalar was malnourished, and I'd lose face if she looked as if I weren't giving her enough to eat.

This is why I don't like to hope — I've been betrayed too many times. I hoped Nalar would be able to work as a factory worker or

Hanya tersisa satu lelaki di keluarga kami. Danu, kakak Nalar yang sekarang sudah kelas enam SD. Seharusnya aku seperti kebanyakan keluarga lainnya di kampungku yang menaruh harapan pada anak lelakinya. Namun, bagiku, Danu tidak bisa diharapkan. Aku tidak bisa memercayai anak yang kulahirkan tanpa kutahu siapa ayahnya.

Mungkin karena aku tidak menerima kehadirannya, Danu juga tidak memedulikan kehadiranku. Dia lebih peduli pada Nalar. Baginya, Nalar lebih dari sekadar adik seibu. Nalar seolah dolanan yang tidak pernah kubelikan sejak dia bisa merengek. Dolanan yang bisa membalas setiap sentuhan dan perhatiannya.

Sejak Nalar belajar menari, Danu tidak lagi sering menghabiskan waktu dengan bocah-bocah lelaki yang kerap nongkrong di warung kopi Pak Gatot. Dulu, dia kupergoki terbatuk-batuk saat mengisap rokok pemberian anak-anak itu. Begitu aku lewat di depan warung, dia langsung klepas-klepus berlebihan sambil duduk menekuk salah satu kakinya seperti gaya sopir truk yang suka mangkal di warung itu.

Belakangan ini, Danu lebih suka menunggui Nalar belajar joget. Dia menonton sambil menatah kayu randu untuk membuat topeng. Aku tidak tahu dari siapa dia belajar. Pasti hanya coba-coba. Dari yang semula hasilnya topeng peyot, Danu mulai bisa menatahnya seukuran wajah Nalar.

Sebenarnya aku senang, Danu jadi tidak banyak nongkrong di warung. Namun, tetap saja aku memiliki banyak celah untuk memarahinya. Apalagi jika aku pulang dari pabrik dalam keadaan lelah teramat sangat. Teras rumah penuh serpihan kayu, menjadi benda yang cocok sekali untuk kuraup dan kulemparkan ke wajah-nya. Sambil kelilipan, biasanya Danu hanya menyimpan marah dan mengambil sapu lidi. Nalar hanya bisa menangis.

Kemarahanku pada Danu semakin memuncak dengan sakitnya Nalar. Gara-garanya, empat hari lalu ketika aku mendapat tanggapan nari di kampung sebelah. Juragan beras desa sebelah menang jadi lurah. Aku diminta nari tayub dengan Yu Wasis. Ibu sebenarnya sudah tidak setuju aku tayuban. Lebih baik nopeng saja. Katanya, nopeng lebih terhormat ketimbang nayub. Aku sudah persetan dengan alasan itu. Yang penting ada uang untuk membeli beras.

a shopkeeper or a sales clerk. By holding onto my factory job of rolling cigarettes, I would at least be able to put her through high school. It's true, she's only seven now. She still could change and turn out the way I hope, but once again, I hate hoping. I really hated hoping when my father died of malaria and my husband failed to come home after he headed out to sea three years ago.

Now, only one male remained in our family: Danu, Nalar's brother, now in sixth grade. Many families in my village place their hopes on their sons. I should have been like them, but I could not put my hopes on Danu. I could never trust a child I'd given birth to without knowing who the father was.

Perhaps because I did not trust Danu's existence, he did not care about mine either. He lived with us, but he cared mostly about Nalar. She was more to him than just a half-sister — she was the toy I never bought him; a toy that responded to his touch and attention.

After Nalar began her dance lessons, Danu spent less time hanging out with the boys at Pak Gatot's coffee shop. I used to catch Danu coughing from smoking the cigarettes they gave him. As soon as I passed by the shop, he made a show of puffing away, with one leg pulled up onto his seat, just like the truck drivers who loitered there.

Now Danu preferred to hang around Nalar during her dance lessons. He would watch her practice while he carved masks out of kapok wood. I don't know where he learned how to do that. He must have experimented on his own. His work improved as time went on, from the ill-fitting masks he carved in the beginning to the precision-sized masks he now carved to fit Nalar's face.

Although I was glad that Danu no longer spent as much time hanging out at the coffee shop, I still found many reasons to scold him — especially when I came home from the factory, exhausted. The wood shavings that littered the porch were the perfect size for me to scoop up and throw in his face. Blinking, he would hold back his anger and get a broom. Nalar just cried.

My anger at Danu peaked when Nalar began running her fever three days ago. It started when I was offered a dance gig in a

Ternyata Nalar mencariku. Rupanya dia dengar dari Danu bahwa aku dapat tanggapan nari dan dia merajuk ingin menonton. Kemudian, Danu berhasil meyakinkan mbahnya jika dia bisa menjaga Nalar. Akhirnya, mereka menyusulku.

Tiba-tiba, aku melihat mereka di antara penonton. Namun, perhatianku lebih tersita ke berapa banyak lelaki berwajah berahi yang bisa kukalungi sampur. Mereka jelas-jelas lebih royal menyisipkan uang kertas ke dalam kembenku. Semakin malam, aku tidak cukup puas dengan puluhan tangan yang merogoh dadaku. Juragan beras yang punya gawe konon penggemar rahasiaku. Dia pasti bakal *nyangoni* aku duit berlembar-lembar jika bisa mengajaknya tidur. Sayangnya, niatku gagal ketika menjelang tengah malam, kulihat Nalar dan Danu berdiri termangu di deretan belakang penonton. Aku baru menyadari kehadiran mereka ketika hanya tinggal puluhan lelaki dewasa. Garis genit di bibirku mendadak wagu begitu melihat wajah pasi Nalar. Dia terlihat *mimbik-mimbik*, menahan tangis, tepat saat tangan Kang Jono menyusup belahan dadaku. Aku langsung berlari turun dari panggung. Kuseret kedua anakku menjauh dari tempat itu. Biarlah malam itu menjadi rezeki Yu Wasis.

Sepanjang jalan pulang, kugelandang kedua anakku dengan perasaan kisruh. Di gendonganku, Nalar terus membenamkan wajahnya di cerukan dua buah dadaku. Sementara, Danu tidak mengeluarkan suara apa pun. Hanya bunyi srak-sruk kedua kaki telanjangnya yang bergegas mengikuti langkah kakiku.

Begitu sampai rumah, aku langsung masuk kamar dan membaringkan Nalar yang ternyata sudah tertidur. Setelah itu, aku keluar dan menarik tangan Danu yang sedari tadi berdiri mematung di ruang tengah. Tidak kupedulikan teriakan ibuku yang sibuk bertanya, "*Ono opo tho iki*, ada apa ini?" sambil membenahi rambutnya yang acak-acakan selepas tidur. Aku menuju kamar penyimpanan topeng. Setengah kudorong Danu ke dalamnya. Tidak kupedulikan tangisnya. Tanpa mengeluarkan sepatah kata pun, aku mengunci pintu. Masih sempat kudengar isak Danu dari dalam.

Paginya, aku terbangun oleh igauan Nalar dan panas keningnya yang menyengat ketiakku. "Mas Danu. Mas Danu," igaunya

neighboring village. The rice merchant there had been elected as the village head, and he was hosting a celebration. He requested that I perform the *tayub* dance with another dancer.

My mother didn't approve of me dancing the sexually-suggestive tayub. She thought it was better to stick to mask dancing. She said it was more respectable than the tayub. I couldn't care less about that; what mattered most to me was to have money to buy rice.

Later, Mother told me that after I left to perform the dance gig, Danu told Nalar where I had gone, and Nalar began sulking, because she wanted to watch. Danu convinced my mother to let him take Nalar to watch my performance. He promised that he would look after his sister, and after Mother assented, they headed out to the neighboring village to find me.

I didn't see them at first; my whole attention was focused on how many lustful men I could arouse by coiling my scarf around their necks. The men were certainly being generous with the money they tucked into my torso wrap.

As the night wore on, I grew bored with the dozens of hands groping my breasts. I had heard that the rice merchant was a secret admirer. I hoped that he would tip me a large sum of money if I could get him into bed with me.

But once again, my hope was not to be.

Just before midnight, I saw Nalar and Danu standing in the back row of the audience, wide-eyed. The playful, seductive smile froze on my lips the moment I saw Nalar's ashen face. As a man from the audience slipped his hand into my cleavage, Nalar looked about to cry. I immediately ran off the stage and dragged my two children away. *Let tonight's fortune fall to my dance partner.*

The entire way home, I herded my two children in a state of turmoil. Nalar buried her face between my breasts as I carried her in my arms. Danu didn't make a sound other than the shuffle of his bare feet as he hurried to match my stride.

As soon as we got home, I put Nalar, who had fallen asleep, into bed. I shut her bedroom door on my way out and grabbed Danu, who was standing motionless in the living room.

My mother kept shouting, "What on earth is going on?" but I didn't answer. I dragged Danu into the mask storage room, ignoring his crying as I turned the lock to the room.

sambil memejamkan mata. Lirih suaranya memanggil kakaknya membuatku beranjak dari kasur. Niatku untuk terus mengurung Danu kubatalkan. Setidaknya, jika merasakan kehadiran Danu, Nalar agak tenang.

Tidak kutemukan Danu di kamar hukuman. Kudapati selot pintu pengunci tidak lagi terpasang. Ibu pasti melepaskannya tadi pagi. Namun, saat kutanya, dia menyanggah. "Tadi pagi saat bangun, pintunya sudah seperti itu," ujar Ibu sambil memarut kelapa. Sejak saat itu, tidak lagi kudapati Danu pulang.

Suhu badan Nalar sering naik-turun sejak kepergian Danu. Sudah beberapa kali kubawa ke puskesmas dan dokter yang harganya lebih mahal, tapi mereka tidak menemukan penyebab pastinya. Bermacam obat, baik yang resmi maupun jejamuan, telah dicoba. Namun, hasilnya tetap sama saja. Nalar hanya terlihat anteng dan membaik keadaannya setiap kali menggenggam topeng yang dibuatkan Danu untuknya.

Sejak Nalar sakit-sakitan, keuanganku makin memprihatinkan. Apalagi pabrik tutup untuk sementara. Beberapa teman mengabarkan perusahaan rokok keluarga yang sudah berdiri sejak lima puluh tahun ini akan dijual. Tanggapan tayub pun mulai berkurang. Untunglah Pak Saidi, penabuh gamelan yang sering mengiringi aku nari, mengabarkan ada acara pengumpulan rakyat yang menginginkan tari topeng.

"Kok bukan tayub Pak?" tanyaku.

"Tayub memang lebih ramai. Tapi pemimpinnya ini katanya pengen pengisi acaranya sopan. Terus karena acaranya soal apa sih itu namanya, kepedulian pada seni bangsa sendiri, makanya mereka ngumpulin beberapa kelompok seni di daerah ini," kata Pak Saidi.

"Tapi yang dipilih yang sopan. Itu namanya enggak adil," sanggahku.

"Ndak ngerti lah aku. Manut aja. Terus mereka minta topengnya dicat ijo semua, biar katanya peduli lingkungan."

"Piye tho, katanya tadi peduli kesenian. Terus sekarang peduli lingkungan."

"Yah, namanya juga ngumpulin orang biar kepilih. Apa saja biar ketok apik tho," tukas Pak Saidi.

The next morning, I woke up to Nalar's hot forehead burning my armpit. "Mas Danu. Mas Danu," she murmured, calling for her brother, her eyes still closed. Her soft voice propelled me out of bed. I regretted keeping Danu locked up in the storage room all night. Nalar would be comforted when she saw him.

But the door to the mask room was no longer locked, and Danu was gone. I asked my mother if she unlocked the door earlier that morning. "The door was like that when I woke up," she answered, grating a coconut.

I never saw Danu in the house again.

Nalar's temperature became erratic after Danu disappeared. I took her to the public clinic and then to the more expensive doctors, but no one could figure out what was wrong. We tried all kinds of medicine — modern and traditional — but the results were all the same. Nalar's condition improved only when she held the mask Danu had made for her.

Nalar's bouts of fever quickly worsened my financial condition. The cigarette factory was shut down. Friends told me that the family who built and owned the fifty-year-old company was going to sell it. There were fewer requests for tayub performances.

One day, Pak Saidi, a gamelan musician who often played the accompaniment for my dances, told me about a political rally that wanted to have mask dances.

"How come they're not asking for the tayub?" I asked.

"Tayub draws a bigger crowd," Pak Saidi acknowledged, "but the rally host wants respectable performers for the event. And because the event is about — what do you call it — "concern for our national arts," they're bringing together performers from the area."

"But they're only choosing the ones who perform respectable dances," I protested. "That's not fair."

"Well, what do I know — I'm only doing what I'm told. And they ask that all masks be painted green, to show concern for the environment."

"What's with these people? First it's about the arts, next it's about the environment."

"That's how you rally people to vote for you," Pak Saidi explained. "Candidates will do anything that makes them look good."

Tidak kupedulikan tangisan Nalar yang tidak mau topeng-topeng di rumah menjadi hijau. Hanya satu topeng yang tidak kuganti warnanya. Topeng seukuran wajahnya yang dibuatkan Danu untuknya. Aku tidak mau nanti panasnya naik lagi di saat aku menari. Setidaknya setelah aku mendapat uang bayaran pentas, dia bisa kubawa ke dokter di kota.

Sore itu kuwanti-wanti Ibu untuk menjaga Nalar di rumah. Sejak demam, aku memang tidak berani meninggalkannya cukup lama. Nalar masih ngambek saat aku pamitan. Dia menolak kucium pipinya. Bahkan, Nalar tidak mau melihatku. Diselusupkan kepalanya di antara kaki mbahnya.

Setelah pimpinan partai yang mengadakan acara itu memberikan kata sambutan, kelompok musik angklung menjadi hiburan pertama. Aku mendapat giliran kedua. Meski bukan acara resmi, pesta rakyat yang diadakan sebuah partai itu dipadati warga desa yang haus akan hiburan. Apalagi, sebelum acara dimulai, dibagikan sembako secara cuma-cuma.

Dengan takzim, kupasang topeng di wajahku. Perlahan aku beranjak dari duduk bersilaku. Dari membelakangi penonton, aku memutar badanku setelah yakin topeng tidak goyah. Saat itulah, ketika kuedarkan pandangan dari lubang di bagian mata topengku, aku melihat Nalar dan Danu berdiri di antara para penonton di bagian belakang. Mereka bergandengan tangan. Tarianku terhenti. Tubuhku beku. Di balik topengku, kulihat Nalar tersenyum. Sebelah tangannya menggenggam topeng kesayangannya. Perlahan dia memasang topeng itu di wajahnya. Sambil tetap bergandengan, kedua anakku berbalik. Melangkah menjauh entah ke mana. Itulah kali terakhir kulihat mereka berdua.

I ignored the tearful pleas from Nalar, who didn't want the masks in the house to turn green. I spared only one — the mask that Danu had made for her. I didn't want her temperature to go up again while I was dancing. With the payment for my performance, I could at least afford to take her to the doctor in the city.

On the afternoon of the rally, I asked my mother to watch Nalar at home. Since she began having fevers, I didn't dare to be away from the girl for too long. Nalar sulked when I said good-bye and wouldn't let me kiss her cheeks. Refusing to look at me, Nalar hid her face in her grandmother's lap.

After the political party leader who was hosting the rally delivered his opening speech, an *angklung* group was the first to perform. I was scheduled to dance after those musicians playing the bamboo instruments finished their piece. Although it wasn't an official government event, it was crowded with villagers who hungered for entertainment. The distribution of free packages of the nine basic staples — rice, sugar, cooking oil, milk, eggs, salt, fruits and vegetables, meat, and cooking fuel — before the rally started was surely an added incentive to attend.

I mindfully donned the green mask and slowly rose from my cross-legged sitting position. Rising with my back to the audience, I turned around after I made sure that my mask was securely fastened. It was then, when I looked through the eye slits of my mask, that I saw Nalar and Danu standing at the back of the audience. They were holding hands.

My body froze. From behind my mask, I saw Nalar smile. She held her favorite mask in her hand. Slowly, she put it on her face. Then, still holding hands, my two children turned around and walked away.

I never saw them again.

# Robodoi, Bajak Laut dari Tobelo

Yudhi Herwibowo

Penerjemah: Oni Suryaman

*Apakah ini hari-hari terakhirku?*

Robodoi termenung sambil mengeja kata-kata itu dalam hati. Malam ini, dalam kesendiriannya di tepi pantai, dia merasakan semua pertanda seakan mengarahkannya ke hari-hari terakhir itu. Kerlip bintang-bintang di angkasa yang makin meredup, bisik angin yang makin tidak terdengar di telinga, dan udara yang makin terasa tipis dihirupnya. Semuanya seperti mengarah ke titik penghabisan. Tubuhnya pun bahkan terasa menggigil karena tamparan-tamparan angin malam yang seperti mampu menusuk ulu hatinya. Sesuatu yang tidak pernah dirasakan sebelumnya walau sebenarnya dia tahu bahwa, sejak dulu, pertanda-pertandalah yang mengantarkan jalan hidupnya hingga sampai seperti sekarang.

Robodo berasal dari Tobelo, sebuah daerah di Pulau Halmahera Utara. Dia laki-laki yang lahir saat langit tanpa bintang. Waktu itu tahun 1785, hanya ada bulan sabit yang nampak di atas sana, bersama angin dingin yang seperti berniat membekukan semua yang ada, dan kesenyapan yang terasa sempurna. Orang-orang desa kemudian berbisik-bisik, "Malam seperti ini adalah waktu yang tak diinginkan bagi sebuah kelahiran. Bayi-bayi akan mudah mati. Namun bila dia bertahan, dia akan menjadi sangat kuat."

Ucapan itulah juga yang selalu diujarkan Papa Tatto — begitu Robodoi memanggil ayahnya — bertahun-tahun kemudian. Awalnya, Robodoi tidak pernah benar-benar mengerti arti ucapan itu. Namun semakin dewasa, dia mulai mengamini ucapan itu, hingga hari ini, saat usianya telah begitu menua.

Lalaba, salah satu kawan seperjuangan Robodoi selama ini, yang sejak tadi duduk di sudut yang lain, perlahan mendekat. Sejenak dia duduk dalam diam, sengaja tidak ingin menganggu keheningan

# Robodoi, the Pirate from Tobelo

By Yudhi Herwibowo

Translated by Oni Suryaman

*Are these my last days?*

Robodoi contemplated the words that filled his heart. Tonight, on the beach, he felt that's where the signs were pointing. The sparkle of the stars in the sky looked dimmer, the whisper of the wind felt softer, and the air smelled stuffy — all ominous signs to herald his final moment. He shivered as the evening breeze picked up and chilled his bones. He had never felt like this before. Though he liked to deny it, he knew — as did everyone else — that his life had always been ruled by the stars.

Robodoi had been born on a dark, starless night, in 1785, in Tobelo, a region of North Halmahera, one of the larger Moluccan islands. A silvery crescent moon provided the only light, and a chilly wind froze all it touched; the silence felt complete. "This is a bad night for the birth of a baby," the villagers whispered. "The child is doomed to die young. But if it survives, it will be very strong."

Papa Tatto, that's how Robodoi called his father, often repeated those words, even years later. At first, Robodoi did not understand what the words meant, but as he grew older, he started to appreciate their significance — especially tonight, while he sat shivering on the beach.

Robodoi's aide, Lalaba, had been sitting some distance down the beach. Now, he rose and ambled quietly toward his leader, taking in the features of the man he had accompanied for most of a lifetime. The wind whipped Robodoi's aging body and snatched his long hair. Yoppi, Pilatu, and their other comrades were no longer with them, and Lalaba figured that the sudden loneliness had killed Robodoi's strong spirit.

Robodoi. Dia hanya menoleh sejenak untuk memandang wajah orang yang hampir sepanjang hidup diikutinya. Dia membiarkan angin memainkan anak-anak rambutnya yang panjang, sambil sesekali menampar-nampar tubuhnya yang makin menua. Entahlah, dalam suasana seperti ini, dia seperti bisa merasakan apa yang sedang dirasakan Robodoi. Kesendirian ini seperti telah mengikis semua semangat yang dulu membuncah. Mungkin itu karena tidak ada lagi Yoppi dan Pilatu, kawan-kawannya yang dulu selalu bersama.

Lalaba akhirnya menyentuh pundak Robodoi. Laki-laki itu pun menoleh perlahan. Di bawah sinar bulan, kerut-kerut keriput wajah di depannya itu seperti tidak lagi bisa disembunyikan oleh malam. Lalaba sendiri sebenarnya sudah setua Robodoi, tetapi wajah pemimpinnya ini nampak jauh lebih tua darinya.

"Semua sudah usai," ucapan Lalaba terdengar pelan.

Robodoi merasakan suara itu begitu jauh. Namun, ngiangnya seperti tidak pernah selesai terdengar di telinganya.

┣━━•━•━━┫

*Semua sudah usai...*
Itulah ucapan yang tidak pernah terbayangkan oleh Robodoi. Sejak bocah, garis hidupnya seakan sudah diarahkan pada satu titik. Robodoi ingat, saat dia berusia tujuh tahun, Papa Tatto membawanya ke tepi pantai. Didudukkan tubuh kecilnya di rakit bambu. Lalu, Papa Tatto menarik rakit itu ke tengah lautan dengan perahu. Setelah dirasa cukup jauh, Papa Tatto kemudian melepaskan ikatan rakit itu.

Itu adalah pertama kalinya Robodoi merasakan ketakutan yang begitu menulang. Ombak terus mengempas rakit berulang-ulang. Membuat tubuh seakan tertampar berkali-kali. Beberapa kali dia nyaris jatuh, tapi masih bisa memegang tepian rakitnya. Inilah yang membuat tenaganya habis. Pada akhirnya, dia tidak lagi bisa menahan tubuhnya saat ombak besar kembali datang. Tubuhnya terpelanting dari rakit. Air asin tidak henti masuk ke mulutnya, membuat rasa perih di tenggorokannya. Ombak semakin bersemangat, kali ini diikuti pusaran air yang seperti menarik-narik kakinya. Dia hanya bisa terus menggapai dengan sisa-sisa tenaganya. Pada saat-saat terakhir itulah, dia berhasil meraih kembali rakitnya.

When at last Lalaba gently touched Robodoi's shoulder, Robodoi turned his head slowly. The moonlight shadowed the wrinkles in his face. Lalaba was as old as Robodoi, but his leader looked much older. Lalaba's voice was barely audible. "It is all over."

To Robodoi, the words sounded far away, but they echoed endlessly in his ears.

*It is all over ....*

This was something Robodoi had never imagined. From the time he was a boy, his life had been pointed in one direction.

When he was seven years old, Papa Tatto had taken him to the beach, seated him on a bamboo raft, and tied the raft to a boat. Papa Tatto then towed Robodoi and the bamboo raft out into the open sea. When they were out far enough, Papa Tatto released the raft with Robodoi on it.

The waves pounded and slapped Robodoi and the raft. He was nearly bucked off several times, but managed to cling to the sides until a big wave rolled the raft and tossed him into the sea. Salt water filled his mouth and burned his throat. It was the first time Robodoi had been afraid of dying. The waves became more violent and pushed him into a sucking vortex. He used his final bit of strength to flail toward the bucking raft.

When Robodoi and the raft finally washed ashore, he was spent. "You survived this time," Papa Tatto said gently, "but not because you're great. You survived because you were just lucky. You can never defeat the sea!"

Too exhausted to speak, Robodoi stared at Papa Tatto's face as his father bent down close to him. "Therefore, befriend the sea." Papa Tatto tapped Robodoi on his shoulder. "Befriend the sea so she will never drown you."

Papa Tatto's counsel proved wise.

When he was fourteen years old, Papa Tatto took him out on a ship for the first time. By that age, Robodoi knew that Papa Tatto was a loyal follower of the Sultan of Tidore, Muhammad Amiruddin. Sultan Nuku, as he was known, had been fighting the VOC, a Dutch trading company, since the company had arrived in the islands. So Robodoi had been excited when Papa Tatto asked him to join him on the ship along with other young men.

Ketika pada akhirnya Robodoi tiba di pantai dengan tubuh lunglai, Papa Tatto hanya berujar pelan, "Kalau kau selamat kali ini, itu bukan karena kau hebat. Kau hanya beruntung karena lautan tak akan pernah bisa kau kalahkan!"

Robodoi terdiam memandang wajah Papa Tatto yang mendekat.

"Maka itu ... jadikan laut sebagai sahabatmu," ujar Papa Tatto sambil menepuk pundaknya. "Dengan begitu, ia tak akan pernah menenggelamkanmu!"

Sekarang, Robodoi ingat bagaimana Papa Tatto mengajaknya pertama kali dalam perahu. Dia tidak banyak bertanya kala itu, tapi ketika Papa Tatto menyerahkan sebatang tombak padanya, dia sadar kalau ini tentu bukan sesuatu yang biasa.

Robodoi telah tahu sejak lama bila Papa Tatto menjadi anak buah Sultan Nuku, sebutan bagi pemimpin Kesultanan Tidore, Muhammad Amiruddin. Sejak lama, kesultanan itu memang sudah berperang melawan VOC, kongsi dagang milik Kerajaan Belanda yang sejak lama berdagang di kepulauan itu. Maka itulah, darah Robodoi segera mendesir ketika Papa Tatto menyuruhnya bersama beberapa pemuda lainnya menuju lautan.

Masih benar-benar diingatnya saat itu. Sebuah kapal pedagang budak Iranun membawa puluhan budak-budaknya menuju Sape, sebuah daerah di Kepulauan Nusa Tenggara.

Awalnya, Papa Tatto memerintah Robodoi dan pemuda-pemuda lainnya untuk menunggu. Papa Tatto sepertinya ingin menunjukkan dirinya bersama kawanannya menghancurkan kapal pedagang budak itu dan merebut budak-budak yang ada.

Namun, ternyata suasana saat itu benar-benar tidak bisa dikendalikan. Teriakan-teriakan penuh semangat, panah-panah yang mulai mengisi langit, membuat dada Robodoi dan pemuda-pemuda yang ada di atas perahu ikut bergejolak. Apalagi saat sebuah tembakan meriam mulai mengarah pada perahu mereka.

Mau tidak mau, Robodoi dan pemuda-pemuda lainnya meluncur ke tengah peperangan. Itulah peperangan pertama Robodoi. Napasnya seakan terhenti saat perahu yang ditumpanginya mulai meluncur. Teriakan pemuda-pemuda lainnya mengalahkan debur ombak, bagai teriakan burung-burung bangkai kala menemukan mayat. Seiring itu, panah-panah menyebar ke langit, bersamaan

When Papa Tatto handed spears to him and the other men, Robodoi realized that this was not a regular boat outing. He heard his shipmates whispering that an Iranun slave ship was on its way to Sape, a harbor town on Sumbawa, one of the Lesser Sunda Islands, with dozens of slaves on board.

At first, Papa Tatto ordered the men to do nothing and just wait. It appeared he wanted to show Robodoi how he could destroy the slave ship and capture the slaves. But the situation soon got out of control. Robodoi and the other mates became excited when war cries and flying arrows filled the sky. When a cannonball nearly hit their boat, they couldn't wait any longer, and launched into the battle.

It was Robodoi's first combat. His held his breath as the boat gained speed. Shouts from the young men overrode the roar of the waves. They sounded like vultures finding carrion. Arrows whizzed through the deafening artillery fire. It didn't take long before the men from Papa Tatto's boat boarded the much taller enemy ship. Then, the air filled with cries of death and yells of victory.

It was a decisive day. The spear Robodoi had once used to hunt game and fish had now been used to kill humans. He looked at the blade: Blood that had so recently flowed in a warm body, now had dried and blackened. The feeling of victory was addictive.

The Dutch continued to attack Sultan Nuku and, after Papa Tatto was killed in one of the battles, Robodoi decided to join the men who had been his father's crewmates. The group moved from place to place and mingled with the locals of coastal villages. Finally, the group settled in Raja Ampat, a small cluster of islands in northeastern Maluku.

But the sea always called to Robodoi. "Befriend the sea," Papa Tatto had told him, and Robodoi quietly regarded it as his trusted companion. He often boarded his boat just to listen to the winds and the waves, and he liked to dive to the bottom just to look at the fish and explore uncharted caves. He began making offerings to the sea in the form of freshly slaughtered cattle heads and water buffalo. Robodoi felt he and the sea had a bond no one could understand.

desingan senapan-senapan yang memekakkan telinga. Tidak lama berselang, orang-orang dari perahu berhasil melompat ke atas kapal musuh yang jauh lebih tinggi. Teriakan-teriakan kematian kemudian memecah, diakhiri pekikan-pekikan kemenangan.

Inilah hari yang menentukan itu. Tombak yang selama ini digunakan Robodoi hanya untuk berburu binatang hutan dan ikan, kini merasakan tubuh-tubuh musuh yang hangat. Darah yang sempat mengalir nampak mengering dan hitam. Sungguh, kematian seakan telah diciptakan untuknya.

Kemenangan pun selalu menjadi candu. Kemudian, Sultan Nuku semakin terdesak oleh orang-orang berkulit pucat itu. Setelah Papa Tatto tewas di sebuah pertempuran, Robodoi memutuskan pergi bersama orang-orang yang tersisa, yang dulu mengikuti ayahnya. Mereka kemudian berpindah-pindah tempat selayaknya orang buruan — mencoba membaur dengan penduduk desa yang ada di beberapa tepian pantai, lalu pindah lagi ke Raja Ampat.

Akan tetapi, lautan selalu memanggil Robodoi. Ya, sejak ucapan Papa Tatto padanya semasa kanak-kanak dulu, diam-diam Robodoi sudah menjadikan laut sebagai sahabat terbaiknya. Secara teratur, dia menaiki sampan kecil untuk sekadar menikmati angin dan ombak laut. Dia juga tetap menghabiskan waktunya berenang ke kedalaman laut, untuk sekadar melihat aneka ikan-ikan dan gua-gua yang belum didatangi sebelumnya. Lebih dari itu, dia mulai memberikan persembahan kepada laut, entah itu berbentuk kepala kerbau ataupun kepala sapi yang masih segar. Maka itulah, Robodoi merasakan bila dirinya dan laut seperti memiliki ikatan yang tidak bisa dipahami orang lain.

Robodoi benar-benar tidak pernah bisa meninggalkan lautan. Dia mungkin bisa menjauhinya beberapa bulan saat bersembunyi dari kejaran musuh, terutama kapal-kapal Belanda. Namun, itu seperti menahan kerinduan pada seorang kekasih. Dia rindu saat-saat mendorong perahunya ke pantai. Dia rindu dayungannya yang membelah lautan. Percikan-percikan air laut di wajahnya seperti mampu membuat semangatnya membuncah. Juga teriakannya yang memecah langit, yang akan segera diikuti oleh semua anak buahnya. Sungguh, itulah hidupnya. Tidak ada satu pun yang bisa mengekangnya, termasuk dirinya sendiri.

Robodoi could never leave the sea for long. He could stay away for a few months while hiding from his enemies — the Dutch ships in particular. But, as if pining for a lover, he missed the sea the moment he pushed his boat onto the beach. He missed paddling across the waves; seawater spraying his face never failed to lift his spirits. And he missed calling out to the sky with a cry that was quickly taken up by his men. It was the way he lived his life, and no one could keep him from it, not even himself.

At times, Robodoi and his mates silently took the boat they kept hidden in the mangrove forest to pirate at sea. That was how Robodoi and his men survived.

Initially, no one in the village knew that Robodoi and the men were pirating. But everything changed when Robodoi discovered a treasure chest filled with gold and jewelry among the loot.

Using the gold, Robodoi bought twelve boats, completely outfitted for battle. He bought cannons and asked some drifters to join his group.

Within a short time, Robodoi had attacked several Gujarati and Chinese merchant vessels. He even dared to destroy a few Dutch patrol ships. It was no wonder that soon thereafter, his name was feared among the sailors.

Standing on his boat on the day of battle, Robodoi looked at the ten big ships at sea facing him. They were Dutch ships that had just arrived in these waters. They did not act intimidated by Robodoi's large fleet. Only after he ordered an attack, and hundreds of flying arrows cut through the sky, did the Dutch crew become agitated. They quickly loaded their cannons and readied to return fire.

Alas, they were too late. Yoppi and Pilatu, who led the boats at the rear of Robodoi's fleet, had already joined Robodoi's attack. It did not take long before the dead of his enemies floated alongside the dead of his men.

The battle made him famous. Men sought him out and asked to join him. Within a month after the bloody battle, Robodoi had more than four hundred men under his command — men, he believed, who were willing to die for him.

After that battle, he no longer targeted only the small ships. No ship, no matter its size, could deter him. He defeated Gujarati and Chinese ships; he conquered Dutch ships fully equipped with

Maka, pada waktu-waktu tertentu, Robodoi bersama beberapa orang yang sejalan dengannya mulai mengendap-ngendap mengeluarkan perahu yang selama ini disembunyikan ke hamparan lautan.

Itulah cara Robodoi dan kawan-kawannya bertahan hidup. Awalnya, tidak ada orang-orang desa yang mengetahui rahasia itu. Namun, semua berubah saat Robodoi berhasil mendapatkan harta rampokannya yang jumlahnya tidak sedikit — beberapa guci berisi emas dan perhiasan mahal.

Dari situ, Robodoi mampu membeli dua belas perahu dan juga perlengkapan yang lebih memadai. Dia bahkan mampu membeli beberapa meriam dan mulai berani mengajak pemuda-pemuda pengangguran untuk bergabung bersamanya.

Maka, beberapa bulan berselang saja, Robodoi sudah merampok beberapa kapal milik pedagang Gujarat dan Cina. Dia bahkan berani menghancurkan beberapa kapal Belanda yang sedang melakukan patroli. Tidak heran, dalam beberapa bulan saja, namanya sudah menjadi momok menakutkan.

Dia berdiri di atas perahunya, memandang sepuluh kapal besar di hadapannya. Itulah kapal-kapal Belanda yang nampaknya baru datang di lautan ini. Mereka nampak tidak peduli melihat kehadiran puluhan perahunya. Barulah saat dia memerintahkan serangan dan ratusan panah meluncur ke langit, nampak kegelisahan di atas kapal. Meriam-meriam segera dipasang dan serdadu-serdadu mulai mengeluarkan senapan untuk mulai balas menembak.

Namun, mereka terlambat. Yoppi dan Pilatu yang memimpin perahu-perahu dari arah belakang kapal-kapal itu sudah melakukan serangan. Hanya butuh beberapa saat saja, lautan dipenuhi mayat-mayat musuhnya dan beberapa anak buahnya. Lautan dipenuhi mayat-mayat yang mengambang hampir di semua penjurunya.

Gara-gara perang itulah, namanya semakin berkibar. Orang-orang berdatangan dan meminta bergabung dengannya. Alhasil, sebulan sejak perang besar itu, sudah ada 400 orang lebih yang mengikuti perintahnya. Orang-orang, yang diyakininya, siap mati untuknya.

Kini, bukan lagi kapal-kapal kecil yang menjadi incaran Robodoi. Semua kapal tidak lagi membuat mereka takut. Dia pernah

cannons. Doing battle became a daily routine for Robodoi and his men.

Of course, Robodoi was not always lucky.

Worried about Robodoi's reputation as a pirate, the Ternate Sultanate dispatched a special naval convoy that captured him. But Pilatu, Yoppi, and Lalaba ambushed the ship bringing him to shore. A battle was inevitable, and cannonballs flew. In the end, the sultanate's convoy surrendered to Robodoi's larger fleet.

Though he had escaped that capture, Robodoi was certain that the Ternate Sultanate would make another attempt to apprehend and destroy him, so he decided to lie low for a while and position himself as far as possible from the Sultanate's reach. He took all of his followers to the east coast of Sulawesi, where, of course, he continued to pirate at sea.

Lalaba did not agree with this decision. Robodoi knew that his friend was cautious and, at times, appeared cowardly. While the other men were eager to raise arms, Lalaba disagreed with them. "Everything has changed," Lalaba told Robodoi. "Don't you realize that we have become too big? The villagers are avoiding us. We can no longer fit in with them —"

"We can live wherever we want, Lalaba!" Yoppi interrupted.

"Listen," Lalaba said, "we have wreaked havoc on those white men's ships. I'm sure they're planning to retaliate. I've heard rumors that Dutch ships unlike those we've ever seen so far are headed for these waters."

Pilatu and Yoppi laughed. "Don't they always come?" Pilatu asked. "And don't we always succeed in destroying them?"

Lalaba looked at Robodoi, as if asking for support, but Robodoi tended to agree with Pilatu and Yoppi. They had defeated the white men several times. They now even sailed the ships he had seized from them.

Robodoi didn't fear the white men's ships. Yes, their ships were large and heavily armed with cannons, but they moved slowly. Robodoi had always defeated them with a single, swift attack.

But Lalaba's fears were warranted. New ships, sailing under the Royal Dutch Navy's flag, sailed into the Raja Ampat waters. These ships were unlike those the men had ever seen before.

mengalahkan kapal-kapal Gujarat dan kapal-kapal Cina, bahkan kapal-kapal Belanda yang dikenal memiliki banyak meriam. Perang sudah menjadi makanan sehari-hari bagi mereka semua.

Tentu saja, sepanjang tindakan itu, Robodoi tidak selalu beruntung.

Pernah dalam sekali, pasukan dari Kesultanan Ternate berhasil menangkapnya. Namanya sebagai perusuh nampaknya sudah membuat pihak kesultanan gerah hingga mengirim pasukan khusus untuk menangkapnya.

Untungnya, saat pihak Kesultanan Ternate akan membawanya ke daratan, anak buahnya berhasil mengadang kapal mereka. Pilatu, Yoppi, dan Lalaba memimpin penyergapan itu.

Maka, tidak bisa dihindari lagi, peperangan di dekat pantai pun terjadi. Beberapa tembakan meriam sempat saling dilepaskan. Namun, karena jumlah perahu Robodoi lebih banyak, pasukan Kesultanan Ternate kemudian memilih menyerah.

Robodoi dapat bebas saat itu. Namun, dia yakin, pihak Kesultanan Ternate pastilah akan sesegera mungkin membuat rencana lain yang lebih besar untuk menangkap dan menghancurkannya. Robodoi pun memutuskan untuk menepi sejenak. Dia membawa semua pengikutnya ke daerah di tepi Sulawesi Timur. Dia mencoba pergi sejauh mungkin dari jangkauan Kesultanan Ternate. Namun tentu saja, sepanjang perjalanan itu, Robodoi sama sekali tidak menghentikan upaya untuk menaklukkan kapal-kapal lain di lautan.

Robodoi memandang Lalaba. Teman akrabnya tetap duduk di sampingnya. Lalaba adalah orang yang paling berhati-hati di antara semua pengikutnya. Dia terlalu banyak berpikir hingga kadang terlihat seperti penakut. Saat kawan-kawan yang lain penuh semangat untuk mengangkat senjata, dia selalu berucap berbeda dari lainnya.

Pernah suatu kali, Lalaba berkata dengan suaranya yang terdengar lembut seperti suara perempuan, "Sekarang kita semua harus memahami. Kini, semua sudah berubah. Apa kalian tak menyadari kalau kita sudah terlalu besar? Penduduk mulai menjauhi kita. Kita tak lagi bisa membaur bersama mereka."

"Kita akan hidup di mana pun tempatnya, Lalaba!" Yoppi memotong cepat.

They were more agile and swift. With just one attack, the Dutch destroyed twelve of Robodoi's boats and killed many of his men.

Robodoi was furious. This was his most humiliating defeat. He ordered more boats and planned a counterattack. When he heard reports of a solitary ship flying the Royal Dutch Navy's flag alone in the Raja Ampat waters, Robodoi saw his opportunity.

Robodoi ordered Yoppi and Pilatu to take their ships and form a half circle around the lone Dutch ship, while Robodoi and Lalaba positioned their boats to attack directly from the front. Robodoi's plan was set in motion.

Strangely, the Dutch ship neither panicked nor tried to escape. Although it was obvious that the boat was surrounded, no one seemed to be bothered by it.

Robodoi raised his hand and yelled, "A-taa-aa-ack!" Hundreds of arrows sliced the air. The Dutch ship responded with a just a few cannon shots, and Robodoi assumed there were not enough Dutch crewmen to put up a fight.

Robodoi and his men boarded the ship to steal its cannons and gun powder. Suddenly, Dutch ships appeared out of nowhere and moved to encircle them.

"It's a trap!" Pilatu shouted. Robodoi's men scrambled back to their boats, and without waiting for further orders, dispersed in all directions, trying to confuse their enemies. But the Dutch cannons easily sank several boats, and Robodoi saw many of his men floating dead in a sea turned red with their blood.

---

On the beach, Robodoi shook off the memories and sunk silently into his loneliness. The cold wind raked his wrinkled face.

"It is all over," Lalaba whispered. "All the others have surrendered. We can no longer continue the fight; I'm too tired to continue the running."

Robodoi did not answer. Lalaba was sitting next to him, but his voice seemed to come from afar. He could not remember how long he had lived on the run. He, too, was very tired. Even if he stopped pirating, the white men would never give up hunting him.

Everything Lalaba had predicted had come to fruition. Robodoi closed his eyes. He regretted having ignored Lalaba's advice. Now, Robodoi could only draw a deep breath. It seemed he didn't have

"Dengar," ujar Lalaba lagi. "Kita sudah berkali-kali mengacaukan kapal-kapal orang-orang berkulit pucat itu. Mereka memang nampaknya tak terlalu menanggapi tindakan kita. Tapi, aku yakin mereka pastilah sedang melakukan sesuatu yang besar untuk membalas itu semua. Sudah kudengar kapal-kapal mereka mulai berdatangan menuju perairan ini."

Pilatu dan Yoppi tertawa berbarengan.

"Bukankah mereka selalu datang?" ujar Pilatu. "Dan bukankah kita pun selalu bisa menghancurkan mereka?"

Lalaba terdiam, dia mengalihkan padangannya pada Robodoi seperti meminta dukungan.

Robodoi rupanya lebih setuju dengan pendapat Pilatu dan Yoppi. Sudah berkali-kali mereka mengalahkan orang-orang bermuka pucat itu. Beberapa kapal yang kini digunakan bahkan merupakan kapal yang direbut dari mereka.

Robodoi memang tidak pernah takut dengan kapal-kapal milik orang-orang berkulit pucat itu. Walau kapal mereka besar dan diisi dengan banyak meriam di sisi-sisinya, gerakannya sangat lambat. Hanya dengan satu kali perintah penyerangan saja, Robodoi bisa menaklukkan kapal-kapal mereka.

Namun, dugaan Lalaba ternyata tidak keliru. Kedatangan kapal-kapal orang berkulit pucat itu kali ini tidak seperti sebelumnya. Ada beberapa kapal yang datang sekaligus dengan bendera Angkatan Laut Kerajaan Belanda. Kapal-kapal itu ternyata dapat bergerak dengan lebih cepat.

Hanya dengan satu penyergapan saja, mereka berhasil menghancurkan dua belas perahu milik Robodoi. Tidak terhitung lagi banyaknya anak buah Robodoi yang tewas dalam pertempuran itu.

Kemarahan Robodoi memuncak. Inilah kekalahan yang paling memalukan.

Robodoi kemudian memerintahkan untuk membeli beberapa perahu lagi. Dia kembali menyusun serangan balasan. Saat seorang pengikut melaporkan sebuah kapal berbendera Angkatan Laut Kerajaan Belanda nampak terpisah di daerah Raja Ampat, Robodoi pun tidak menyia-nyiakan kesempatan ini.

Malam itu juga, di bawah perintahnya secara langsung, Robodoi segera memerintahkan menyerang kapal itu. Yoppi dan Pilatu

another option. Everything had changed. The sea was still his best friend, but he could not escape old age.

Robodoi decided to sail to Tobungku, a region within the Ternate Sultanate. Lalaba accompanied him. It was 1852. Several of his followers escorted him, even though he had told them repeatedly to leave. He knew that, while weary, they still wanted to prove their loyalty.

When he arrived at Tobungku, the Ternate Sultanate sent fourteen *kora-koras,* Moluccan war boats, to meet him. Robodoi was separated from the others. He was blindfolded with a black cloth, and his hands were tied securely behind his back. Without saying a word, the guards from the Sultanate guided him. He could tell they were boarding a big ship.

For a long time, Robodoi sat blindfolded on the deck. Nothing happened. Finally, the blindfold was ripped from his eyes.

"So, this is the man who has caused us trouble all this time?" A white man stared at him, grimacing.

Robodoi stood and looked around him. White men dressed in white-and-blue Dutch uniforms snickered. Some of them pointed a gun at his head. He realized that the Ternate Sultanate had conspired with the Dutch to catch him. Furious, he balled his fists. Even though he knew the Sultanate of Ternate and the Dutch were in cahoots, he never suspected the Sultan would deliver him to his enemies.

"Do you know why we brought you here?" the white man who appeared to be the captain sneered. He pulled his revolver out of the holster and shot Robodoi in the thigh. "You're only fit to die at sea," he said.

Robodoi staggered and lost his grip on the railing. As he fell overboard, he heard laughter coming from the deck.

Robodoi felt himself sink. The pain in his thigh quickly spread throughout his body. The water around him reddened.

He struggled back to the surface. The waves washed over him again and again. As sea water slipped off his face, Robodoi tried to breathe and surrendered himself to the waves. Memories buoyed him: the first time he paddled a raft out to sea, using only his hands; his adventures when diving among the fish; exploring

memimpin perahu-perahu lainnya untuk menyebar membentuk setengah lingkaran, sementara perahu Robodoi dan Lalaba mengarah lurus ke depan.

Anehnya, kapal Belanda di depan nampak tidak berupaya melarikan diri. Padahal, jelas keadaanya telah terkepung. Mereka bahkan nampak tidak terlalu kebingungan. Saat Robodoi mulai mengangkat tangannya sambil berteriak, "Sera-a-a-ngg!" ratusan panah lepas memenuhi langit. Hanya satu-dua kali saja terdengar dentuman meriam sebagai balasannya. Robodoi langsung menebak, kalau tidak banyak orang dalam kapal itu. Hanya beberapa saat saja, Robodoi sudah menaklukkan kapal itu. Namun, saat mereka akan menaiki kapal untuk mengangkat meriam-meriam dan mesiu-mesiu dari kapal itu, tiba-tiba saja muncul kapal-kapal Belanda lainnya, yang entah datang dari mana, sudah mengepung mereka dalam sebuah lingkaran besar.

"Perangka-a-a-p!" Pilatu berteriak lantang. Mereka segera mencoba kembali ke perahu masing-masing. Tanpa menunggu perintah, mereka mencoba menyebar ke segala arah, membuat musuh kebingungan memilih sasaran.

Namun, meriam kapal-kapal Belanda itu dengan mudah menghancurkan beberapa perahu terdekat.

Malam tiba-tiba saja menjadi sangat mengerikan. Dalam pelariannya, Robodoi masih bisa melihat beberapa mayat pengikut-nya yang mengambang di lautan yang mulai memerah karena darah.

———•••———

Robodoi terdiam dalam kesendiriannya di tepi pantai. Dibiar-kannya angin berembus pelan pada keriput di wajahnya.

"Semua sudah usai," ucapan Lalaba terdengar pelan seperti menyelisip di telinganya.

Lalu lanjutnya, "Semuanya sudah menyerah. Kita tak lagi bisa melakukan perlawanan. Pelarian ini sudah begitu melelahkan."

Robodoi tidak menyahut. Lalaba ada di sebelahnya, tapi suara-nya terasa begitu jauh. Mungkin karena dia sudah merasa sangat lelah. Dia tidak lagi ingat sudah berapa tahun melarikan diri. Orang-orang berkulit pucat itu seperti tidak pernah merasa lelah memburunya. Padahal, sudah beberapa tahun ini, dia tidak lagi membajak seperti dulu.

magical caves. He thought about the battles he had fought during his lifetime. The sea had been his best friend all of his life. If, today, the sea wanted to consume him, he would surrender willingly. When the waves once again folded him into a roll and slipped him back beneath the water's surface, Robodoi closed his eyes.

The sea would not harm him.

Robodoi memejamkan mata. Akhirnya, semua yang diucapkan Lalaba memang benar adanya. Sedikit dia menyesal, kenapa beberapa tahun lalu tidak menanggapi ucapannya saat dia meminta dukungannya.

Kini, Robodoi hanya bisa menarik napas panjang. Sepertinya dia memang tidak punya pilihan lain. Semua sudah berubah. Laut memang masih menjadi sahabatnya yang terbaik, tapi ketuaan ini tidak lagi bisa ditolaknya.

Maka akhirnya, dengan ditemani oleh Lalaba, Robodoi memutuskan pergi menuju Tobungku, salah satu daerah di Kesultanan Ternate. Waktu itu tahun 1852, beberapa anak buahnya masih mengawal dirinya walau dia sudah berkali-kali menyuruh mereka pergi. Dia tahu, mereka sebenarnya sudah begitu lelah, tapi mereka masih mencoba tetap setia padanya.

Saat tiba di Tobungku, orang-orang Kesultanan Ternate mengirimkan empat belas buah kora-kora, perahu perang khusus. Anehnya, di tengah perjalanan, mereka memisahkan Robodoi dari yang lainnya. Mereka kemudian menutup mata Robodoi dengan kain hitam dan mengikat erat kedua tangannya ke belakang badannya.

Robodoi mulai merasa tidak enak. Namun, tidak ada lagi yang bisa dilakukannya. Tanpa banyak bicara, orang-orang Kesultanan Ternate itu menggiringnya. Dia merasakan bila mereka membawanya ke atas sebuah kapal yang besar.

Setelah beberapa lama tidak terjadi apa-apa, seseorang akhirnya membuka kain penutup mata Robodoi dengan kasar.

"Jadi ini orang yang menyusahkan kita selama ini?" seorang berkulit pucat menatapnya dengan seringai yang tidak hilang-hilang dari bibirnya.

Robodoi memandang ke sekelilingnya. Hanya ada beberapa laki-laki berkulit pucat dengan seragam biru putih yang tengah tersenyum mengejek padanya. Beberapa dari mereka bahkan menyorongkan senapan ke arah kepalanya. Dia kemudian sadar kalau Kesultanan Ternate ternyata bersekongkol dengan orang-orang Belanda untuk menangkapnya. Hal ini membuat amarahnya meluap. Kepalan tangannya mengencang. Walau dia tahu ada

hubungan Ternate dengan Belanda, dia benar-benar tidak pernah berpikir mereka akan menyerahkan dirinya pada Belanda.

"Kau tahu kenapa kami membawamu ke sini?" Lelaki pucat yang nampaknya pemimpin di kapal ini kembali menyeringai padanya. "Karena kau hanya pantas mati di lautan!" Sambil mengucapkan kalimat itu, dia mengangkat senapan pendeknya dan menembakkannya pada paha Robodoi.

Seketika, tubuh Robodoi terjengkang dari sisi kapal dan jatuh ke dalam lautan, diiringi tawa dari atas kapal.

Sejenak, tubuh Robodoi tenggelam. Rasa perih dari titik di mana peluru bersarang di pahanya dengan mudah menyebar ke seluruh tubuhnya. Air di sekelilingnya mulai memerah.

Ombak kembali mengempaskannya berulang-ulang. Ketika air laut menyapu wajahnya, Robodoi menarik napas dan menyerahkan tubuhnya pada ayunan ombak. Dalam keadaan seperti ini, kilasan-kilasan masa lalunya seakan hadir dengan cepat. Dia ingat pertama kalinya dia mengayun rakit dengan tangannya menuju lautan, lalu petualangannya yang menyenangkan saat menyelam di antara ikan-ikan yang indah dan gua-gua yang nampak gaib. Juga teringat peperangan-peperangan yang dilakoninya hampir sepanjang hidupnya. Robodoi yakin, lautan adalah sahabat terbaiknya sejak lama. Bila hari ini laut ingin menelannya, dia akan membiarkannya dengan ikhlas. Maka, ketika sekali lagi ombak menerpanya dan menghantam tubuhnya kembali ke dalam lautan, Robodoi memejamkan matanya. Dia yakin, laut tidak akan mencelakakannya.

# Pohon Pu Tao Tua

Teguh Afandi

Penerjemah: Laura Harsoyo

Di halaman rumah Boneo, sebatang *pohon pu tao,* yang lebih sering disebut pohon jamblang, tampak payah menopang tubuhnya yang semakin tua. Tinggi batangnya tidak melebihi genting rumah. Cecabangan menyeruak membuat tajuk mendompol, tetapi kering karena banyak daun rebah ke tanah oleh kelelahan. Pohon pu tao itu berdiri sama tua dengan rumah si empunya. Hanya, rumah yang dulu berlantai tegel hitam dan berdinding papan kayu nangka kini sudah berubah dengan lantai keramik warna metalik dan dinding bata dan jendela kaca.

Sudah lama pula pohon pu tao itu tidak pernah berbuah. Memang, ketika musim berbuah datang, akan tumbuh bunga dan bakal buah yang merimbuni tajuk. Namun, pohon pu tao terlalu lemah untuk mempertahankan sebiji buah pun. Walau pu tao berbuah lebat, tidak akan ada yang berniat memakannya. Buah dari pohon tua itu sudah disingkirkan dari meja makan. Buahnya masam, tidak menimbulkan minat.

Meski pohon pu tao itu sudah sedemikian tua, Boneo belum berniat menebangnya. Dia masih patuh akan nasihat ibunya.

Kata Harmunik, jangan sampai ditebang pohon pu tao itu sebelum Boneo menikah dan punya keluarga baru. Bagaimanapun, pohon itu kenangan hidup atas almarhum ayahnya dan hari kelahiran Boneo.

Ayahnya menanam pohon pu tao ketika tahu anak pertamanya adalah lelaki. Anak lelaki kelak membawa tanggung jawab untuk *mikul dhuwur mendhem jero*, mengangkat derajat orang tuanya dan mewarisi nama keluarga.

Harmunik terus marah-marah. Akhir-akhir ini, banyak hal kecil yang mengusik kemarahan Harmunik. Seolah-olah segala

# The Old Pu Tao Tree

By Teguh Afandi

Translated by Laura Harsoyo

In Boneo's front yard, a pu tao tree — better known as a *jamblang* or Java plum — was struggling to hold up its aging frame. The trunk's height did not even reach the roofline of the house. Its branches created a thick canopy, but the foliage was dry; many dead leaves had fallen to the ground.

The pu tao tree was as old as its owner's house. The house had originally been built with black tile flooring and walls made of jackfruit wood boards, but now it had a metallic-colored, ceramic-tiled floor, brick walls, and glass windows.

It had been a long time since the pu tao tree had borne any fruit. The tree still flowered, and buds still popped out in the leafy canopy, but the pu tao tree was too weak to bring even a single bud to ripe maturity. And even if the tree had borne fruit, no one would have been interested in eating them anymore. The fruit of the pu tao tree was no longer served at the table; its sourness made it undesirable.

Even though the pu tao tree was old, Boneo had no intention of cutting it down. He still respected his mother's advice.

Harmunik had advised Boneo not to cut the pu tao tree down before he had married and had his own family. After all, the tree was a living memorial of his late father, as well as a testament of Boneo's birth.

His father had planted the pu tao tree when he found out that his firstborn was a boy. A son would carry the responsibility of upholding his parents' reputation while covering up their short-comings. A son would raise his parents' stature and inherit the family's royal surname.

sesuatunya tidak berada di tempat semestinya dan hal itu membangkitkan kekesalan. Dedaunan pu tao yang luruh karena angin membuatnya mengomel. Suara anak-anak yang riuh sepulang sekolah membuatnya gerah. Semua dirasakannya salah. Penyebab utamanya adalah Boneo yang belum juga menikah. Seperti pohon yang masuk musimnya, tapi enggan menumbuhkan buah.

"Kamu ini kenapa, Boneo? Pekerjaan sudah mapan, harta juga sudah cukup, tapi masih belum juga mau menikah," Harmunik berbicara dengan nada yang cukup tinggi. Anak satu-satunya itu seperti menutup telinga dari semua omongan Harmunik dan para tetangga.

"Belum ada yang cocok," Boneo menjawab santai. "Meski menikah adalah hukum alam, tidak mungkin bila dipaksakan."

Kesendirian Boneo sempat menimbulkan desas-desus kurang baik, bahwa dia adalah keturunan Luth yang ditenggelamkan hujan batu karena menyukai sesama jenis. Bagaimana mungkin seorang lelaki berperawakan kekar, wajah tidak terlalu buruk, pendidikan tinggi — yang membawanya pada kedudukan yang baik di kantor — terus melajang hingga umur kepala empat. Pastilah ada sesuatu di benak Boneo yang tidak beres.

Akan tetapi, desas-desus itu terbantahkan ketika suatu kali Boneo pulang bersama seorang wanita berpipi kuning mentega. Para tetangga, yang selalu tidak sabar bila melihat berita baru, tersenyum bangga.

Perjaka mapan yang tidak lekas kawin penanda dua hal — sakit jiwa atau tenggelam dalam kemaksiatan. Nyatanya, hubungan dengan wanita berpipi mentega itu tidak lebih dari selembar almanak bulanan. Boneo kembali berjalan sendirian sambil mengulum senyum tanpa penyesalan.

"Ayahmu pasti menangis di kuburnya, Boneo!"

"Mengapa?"

"Keturunannya putus di kamu," Harmunik terhenti sampai di situ. "Percuma ayahmu menanam pohon pu tao ini, penanda kebusukanmu." Ada keputusasaan dalam nada bicara Harmonik.

"Apa tidak menikah itu tanda busuk, Bu?"

"Apa yang hendak kamu cari setelah semuanya kamu dapatkan? Pendidikan, pekerjaan? Apa tidak hendak kamu mencari pasangan?" Pertanyaan Boneo dijawab dengan pertanyaan kembali.

Lately, though, little things incited Harmunik's anger, as if everything was not where it should be, which unsettled her and provoked her resentment. The pu tao leaves that the wind blew to the ground bothered her. The loud voices of children returning from school annoyed her. Everything felt wrong to her. But the main cause of her discontent was her son, Boneo, who had no plans to marry. He was like a mature tree that wouldn't bear fruit. Her only child had no ears for her words or the neighbors' gossip.

"What's wrong with you, Boneo?" Harmunik's voice was agitated. "You have a steady job, you have enough money, and still you don't want to marry."

"I haven't found the right one yet," Boneo answered casually. "Even though marriage is a law of nature, it's impossible to enforce."

Boneo's extended bachelorhood had sparked an unfavorable rumor that he was gay, like the people in the story of Lot, who were struck by a meteor shower for being attracted to people of the same sex. How was it possible that an athletic, handsome man with a good education, which had landed him a good position in his office, had stayed single for more than forty years? If a well-established bachelor didn't marry, it could only point to two facts: either he was mentally ill, or he was gay. Surely something must have gone wrong in Boneo's mind.

The rumor became disputable, however, when Boneo brought home a woman with a smooth, creamy complexion. The neighbors — always eager to check out good news — smiled proudly.

But Boneo's relationship with the fair-skinned woman lasted less than a month, and then Boneo walked alone again, smiling without regrets.

"Your father must be crying in his grave, Boneo," his mother fretted.

"Why?"

"Because unless you marry, his lineage will end with you." Despair crept into Harmunik's voice. "Your father planted this pu tao tree in vain; now it's only a reminder of your dishonor."

"How is being single a sign of dishonor, Mother?"

"What are you looking for, after all that you've acquired? Harmunik asked back. "Education? More money? Don't you want to find a partner?"

"Belum ada yang cocok," selalu itu yang dikatakan Boneo sebagai alasan penutup percakapan.

Aneka alasan lain akan dibantah Harmunik, kecuali yang satu ini.

Kerutan yang telah berdiam di wajah Boneo semakin dalam ketika dia tersenyum dan melaju meninggalkan Harmunik. Air mata membasahi pipi Harmunik. Dia meraung seperti koak sepasang gagak yang mewartakan kematian bagi keturunan Boneo.

———

Harmunik mulai sering melamun. Mata sayu menatap dahan pu tau yang semakin sepuh. Kulit kayu mengelupas dierami sarang semut. Beberapa *klarap,* sejenis kadal yang mampu terbang, beranak-pinak di rongga pokok pu tao. Rasanya, ada bagian di hatinya yang mulai keropos. Saban hari, sindiran dan gunjingan tetangga seperti jarum kasur yang dilesatkan tepat ke dada Harmunik.

"Silsilah keluarga seperti pohon, semakin tua semakin rimbun. Banyak keturunan," kata suami Harmunik ketika menanam pu tao tepat pada hari menanam ari-ari Boneo. Pohon pu tao adalah tanda keberlanjutan keturunan. Selama keturunannya masih hidup, pu tao harus tetap dijaga. Selama pu tao masih berdiri tegak, selama itu pula keturunannya harus dilanjutkan.

Darah yang tumpah di dipan saat melahirkan Boneo tidak boleh sekejap menguap. Terlebih, dulu, pernikahan Harmunik ditentang semua orang. Bagaimana mungkin, Harmunik yang sekadar putri penjual serabi kuah *minggah bale* dengan menikahi lelaki bergaris biru di pembuluh nadinya. Meski tidak beroleh restu keluarga mertua, Harmunik menikah dengan dampak tidak diperkenankan menggunakan nama keluarga. Sudah dilepas menjadi sebatang pohon baru yang tidak ada kaitannya dengan dahan induk.

"Makanya aku pilih pu tao," Harmunik mengingat perkataan suaminya. "Pu tao tidak berharga, tapi selalu ada buah yang memaniskan lidah."

———

Semakin lama, pohon pu tao semakin tidak menunjukkan daya. Sebagaimana Harmunik yang tidak kuasa menahan kuasa usia. Angin kencang mematahkan beberapa dahan. Dedaunan rontok ke tanah. Halaman rumah Harmunik dipenuhi rerontokan

"I haven't found the right one yet," Boneo repeated, signaling an end to the conversation.

Harmunik could dispute every reason except this one.

Boneo's smile deepened the wrinkles around his eyes; he rose to leave.

Harmunik wept, her grief sounding like a pair of crows proclaiming the demise of Boneo's descendants.

Harmunik started daydreaming frequently. She often rested her glazed eyes on the old pu tao tree. Ants had nested in the bark, and *klarap* — flying lizards — had bred in the tree's hollow. She felt hollow, too. The neighbors' daily innuendos and gossip pierced her heart.

"A family is like a tree," Harmunik's husband had told her when he planted the pu tao tree on the day Boneo's placenta was buried. "The older the family gets, the denser its foliage becomes. More descendants."

The pu tao tree symbolized continuity of the family's lineage. As long as the family's descendants continued to procreate, the pu tao tree had to be kept alive. Conversely, as long as the pu tao tree was still standing, the family's procreation must continue.

The blood spilled during Boneo's birth could not be wiped away. From the start, Harmunik's marriage was opposed by everyone. As the daughter of a Javanese rice pancake vendor, she had been fortunate to marry a man with royal bloodlines. But Harmunik's marriage took place without the blessings of her husband's family, and, as a result, she was not allowed to use the family's royal surname. Their lineage was an offshoot that grew separate and apart from the parent tree.

"That's why I chose the pu tao tree," Harmunik remembered her husband saying. "The pu tao fruit might be worthless, but it is a prolific producer and will always provide a snack."

Time went on, and the pu tao tree, like Harmunik, couldn't stop the aging process. Both grew older and less virile.

One night, strong winds whipped through the branches of the pu tao tree, and the next morning, Harmunik woke to a yard littered with gnarled, tangled sticks and rotting leaves. Even though

daun dan cabang-cabang pu tao yang saling silang. Hingga selesai waktu duha, Harmunik tidak berniat membersihkannya. Dia hanya menunggu kepulangan Boneo dari perjalanan dinas luar kota. Harmunik memendam gejolak perasaan yang beriak laiknya air di buluh yang digoyang lindu.

"Bu, kutebang saja ya pohon pu tao itu?" tanya Boneo sore itu, selepas perjalanan dinas.

Harmunik masih diam.

"Bu, Boneo janji, tahun depan akan menikah. Hanya, Boneo belum menemukan calon yang sesuai."

"Apa saja, terserah kamu," Harmunik tidak berselera menjawab.

"Sekarang, Boneo mau menebang pohon pu tao tua itu," Boneo gegas berdiri.

Dia memanggul kapak, lalu mendekati pokok pu tao. Dengan beberapa tebas saja, pohon pu tao sudah rebah ke tanah. Dengan kapak juga, Boneo merampasi dahan-dahan, lalu memotong-motongnya menjadi beberapa bagian dengan ukuran sepadan. Dia menumpuk potongan dahan itu di tepian teras. Bisa dijadikan kayu bakar atau arang untuk membakar jagung, pikirnya. Boneo mengelap peluh di dahi dan bahu. Lalu, dia masuk ke dalam rumah, ingin mendinginkan suhu badan.

Harmunik masih terdiam di kursi. Sebingkai foto pernikahanya tergeletak di pangkuan. Matanya terpejam. Beberapa jenak sebelumnya, ketika pertama kali terdengar suara berdebam, saat pokok pu tao tua membentur tanah pekarangan, Harmunik menyebut-nyebut nama Allah, mewiridkannya dengan suara begitu lemah.

Cahaya senja menerobos lewat kisi-kisi jendela, membentuk pola di kulit Harmunik. Pohon pu tao yang biasa menghalau cahaya kini sudah tiada.

"Bu, sekarang rumah kita lebih cerah. Tidak ada penghalang sinar matahari lagi." sambil meraih segelas air dingin, Boneo melanjutkan, "Bu, kemarin Boneo bertemu dengan Amhar, kawan kuliah dulu, yang sama-sama belum punya pasangan. Besok, Boneo kenalkan sama Ibu." Senyum Boneo mengembang.

"Bu, kalau tidur di kamar," kata Boneo. Dia mendekati tubuh Harmunik yang sudah lemas.

it was past the *duha*, mid-morning, praying time Harmunik had no intention of cleaning up. She was filled with senseless turmoil, as if pounding water in a mortar. She waited for Boneo to return from his out-of-town business trip.

When Borneo arrived home that afternoon and saw the damage the wind had done to the tree, he asked, "Mom, should I just cut down the pu tao tree?"

Harmunik said nothing.

Boneo sighed. "Mom, I promise I will get married next year. It's just that I haven't found the right one yet."

"I don't care," Harmunik said listlessly. She had no energy for a fight. "It's up to you."

"All right, then I'll cut down that old pu tao tree!" Boneo sprang to his feet and grabbed an ax. It only took a few strikes to fell the old pu tao tree.

Inside the house, Harmunik heard the thud when the old tree hit the ground. Weakly, Harmunik called the name of Allah repeatedly.

Outside, Boneo stripped the branches of the old pu tao tree and cut them into pieces of equal size. He piled the wood on the edge of the porch to use as firewood for heating his mother's home or as charcoal to roast corn.

Inside, Harmunik sat silently in her chair. Her wedding photo lay on her lap. Her eyes were closed.

Finished with felling the pu tao tree, Boneo wiped the sweat off his forehead and shoulders, then went inside to cool off.

Dusk's light broke through the window lattice and formed a pattern on Harmunik's skin. The pu tao tree that used to shade the room was gone now.

"Hey, Mom, look! Our house is brighter now! Nothing is blocking the sunlight!" Filling a glass with cold water, Boneo continued, "Yesterday I met with Amhar, a college friend, who's also still single." Boneo's smile widened. "Tomorrow, I will introduce Amhar to you."

Boneo stopped talking when he noticed Harmunik's slumped body.

"Mom," he said, "you'd better take a nap in the bedroom."

The pu tao tree was no more, and Harmunik no longer worried about anything.

Pohon pu tao itu sudah ditebang. Harmunik takkan lagi me-risaukannya.

# Penyusup Larut Malam

S. Prasetyo Utomo
Penerjemah: Indra Blanquita Hurip

Sunyi wajah lelaki tua, lusuh, bersarung, dan berpeci. Langkahnya pincang memasuki pelataran rumah Aryo. Lepas asar, dalam gerimis, wajah lelaki tua lusuh itu seperti susut — menahan kegugupan. Dia menemukan pencariannya pada Aryo — meski mereka belum saling kenal. Matanya juling — tidak tepat membidik wajah Aryo. Aneh, rekah bibirnya kian menakik senyum, "Nak, kaulah yang kucari!" Tangan kanannya terjulur menyalami Aryo — erat dan akrab.

Menolak duduk di kursi, lelaki tua bermata juling itu memilih bersila di lantai. Aryo menduga-duga kenapa lelaki tua itu datang ke rumahnya, dengan begitu rendah hati.

"Belilah ladang saya, Nak," pinta lelaki tua juling itu.

"Saya tidak berminat beli ladang" tukas Aryo, lunak, lembut, sambil memandangi sisa gerimis tipis yang membasahi peci lelaki tua lusuh itu.

Lelaki tua berpeci itu memohon dengan mata juling yang membersitkan cahaya harapan — sepasang mata yang penuh ketulusan. Tubuh lelaki tua itu kurus berkeriput. Dia mencari gairah dari luar dirinya. Rupanya, Aryolah yang menjadi harapannya.

"Coba pikir lagi, Nak. Barangkali kau berminat. Kujual ladangku dengan harga sangat murah. Mungkin kau punya sejumlah uang yang saya perlukan." Lelaki tua lusuh itu menyebut sejumlah harga.

Aryo tercengang. Alangkah murah.

Wajah lelaki itu menyiratkan permohonan. "Uang ini untuk biaya berobat istri saya."

Aryo tertegun. Dia pun surut, merasa diri kerdil. Ditahannya tubuh yang menggigil. Dia tidak lagi berani membalas tatapan juling lelaki tua lusuh itu. Liang sunyi sangat legam di dalamnya.

# The Midnight Intruder

By S. Prasetyo Utomo
Translated by Indra Blanquita Hurip

The gaunt old man wore a sarong and a shabby *peci*, cap. He limped into Aryo's front yard in the late afternoon rain. It was just past afternoon prayer, and the old man appeared anxious, as if trying to calm his nerves. He had placed his hope in Aryo, seeking strength from outside himself. Although the two were not formally acquainted, the old man hoped that Aryo would solve his problem.

The gaunt man's crossed eyes could not focus on Aryo's face, but he extended his right hand, and they shook in a warm and friendly manner. Waving off Aryo's invitation to sit in a chair, the old man sat cross-legged on the floor. He smiled and looked up at Aryo. "I've been looking for you."

Aryo was curious about what had brought such a humble man to his house.

"Son, I need you to buy my land," the old man implored. His crossed eyes filled with tears. "Please."

"But I have no desire to buy any land," Aryo replied gently, looking at the raindrops still beaded up on the old man's peci.

"Please reconsider, my son. You might be interested if I sell you my land at a very cheap price. You have the money I need." The frail old man mentioned a sum.

Aryo was startled by how cheap it was.

"The money is to pay for my wife's medical expenses." The man's crossed eyes were dark pools of bleakness.

Aryo, taken aback, felt very small indeed. Trying to control his agitation, he did not dare return the old man's look.

"Come back at noon tomorrow," Aryo finally said. "I will pay you the price for your land in full."

The trembling old man shook Aryo's hand, and then limped away into the drizzle that dampened his peci.

"Besok siang, datanglah kembali ke sini. Akan saya bayar lunas ladang itu."

Gugup, lelaki tua berpeci itu menyalami Aryo. Menembus rintik gerimis yang tiada henti membasahi pecinya. Langkahnya terpincang-pincang — tertatih-tatih menjauh.

Menuruni jalan setapak tidak jauh dari rumahnya, menjelang senja, Aryo mencapai ladang yang dibelinya dari lelaki tua berpeci. Ladang itu terletak di lembah yang dikitari pegunungan, berpagar bambu berkeliling, dan di dalamnya berdiri surau kayu. Dalam gerimis, surau itu mengekalkan sunyi, tidak jauh dari rumah-rumah kampung yang dirobohkan buldoser. Pepohonan bergelimpangan ditebas gergaji mesin. Ladang-ladang diratakan sebagai dataran luas — cokelat kemerahan — dengan kupu-kupu senja berpasangan, senyap dan rapuh. Tinggal rumah lelaki tua berpeci, ladang yang dibeli Aryo, dan surau kayu beratus tahun yang masih utuh berdiri.

Terdengar parau azan magrib, dikumandangkan lelaki tua berpeci. Dia sendirian di surau. Ketika mengumandangkan azan, lelaki tua berpeci berdiri dengan kaki kanan mengecil di bawah sarungnya. Tumit kaki kanannya sedikit diangkat agar dia bisa kokoh berdiri. Dia pun menoleh sesaat tatkala mendengar langkah kaki Aryo. Lalu, segera tersenyum tulus.

Usai salat dan berdoa, lelaki tua itu menyalami Aryo. Bertanya, "Kini kau tahu, mengapa kujual ladang ini padamu?"

"Belum sepenuhnya paham."

"Lihat, seluruh warga kampung ini meninggalkan rumahnya. Tanah dan rumah mereka dijual. Di sini akan didirikan perumahan. Tinggal saya yang masih bertahan. Ladang ini kujual padamu, karena berdiri surau leluhur kami. Aku percaya, kau akan mempertahankannya."

"Bagaimana Bapak bisa mengenaliku?"

"Anakmu, gadis kecil, Salsa, suka bermain di ladangku. Bersama teman-temannya, dia sering menungguiku membakar ketela atau jagung di ladang dan memakannya panas-panas. Aku pernah mengantarkannya pulang, ketika hujan, dan bersua denganmu."

"Lalu, kenapa Bapak serahkan ladang ini padaku?"

As dusk approached, Aryo walked down a dirt path not far from his home and arrived at the plot of land he had agreed to purchase from the old man wearing the peci. The lot was in a valley surrounded by hills, not far from where a row of village houses had been recently leveled by bulldozers. The old man's lot was enclosed by a bamboo fence, and within stood a wooden *surau,* prayer hut.

The surrounding land was now a vast expanse of brownish-red earth, where trees, felled by chainsaws, lay in disarray, and night moths swarmed the desolate and fragile land. All that was left standing was the old man's house and the centuries-old wood surau that would soon belong to Aryo.

Aryo heard the old man's raspy voice calling out the *azan*, the call to evening prayer. He was alone in the surau. Lifting the heel of his right foot and shifting his weight onto the toes of his club-foot for balance, he rose. He turned when he heard footsteps and gave Aryo a sincere smile.

After the prayer, the old man shook Aryo's hand and asked, "Now do you know why I'm selling you this land?"

"No, not really."

"Look around. All the villagers have sold their land and houses to the developers, who then leveled the land to build a housing complex. I'm the only one left. I sold the land to you, because this surau was built by my ancestors. I trust that you will preserve it."

"How do you know me?"

"Your daughter. The little girl Salsa likes to play in my field. She and her friends often wait for me to roast yams or corn and then eat them hot. I once took her to your home when it was raining and saw you."

"So why are you selling this land to me?"

The old man smiled with calm acceptance and chuckled. "I want you to preserve this surau," he repeated quietly, fixing his crossed eyes on Aryo's face. "This is the surau of my ancestors. You must not sell it."

One evening, shortly after Aryo had purchased the old man's lot, he arrived home to find a well-dressed man waiting for him in

Lelaki tua itu tersenyum, seperti ingin menertawakan Aryo. Dari senyumnya, lelaki tua itu menampakkan kepasrahan yang tenang.

"Aku ingin surau ini kaupertahankan. Jangan dijual." Lelaki itu terdiam. Memandang tajam Aryo. "Ini surau leluhur."

Seorang lelaki setengah baya berdasi mendatangi rumah Aryo menjelang senja. Sikapnya sopan. Menunggu lama di ruang tamu. Menunggu Aryo yang baru saja pulang dari luar kota. Dia menampakkan kesegaran senyum. Saat bersua Aryo, lelaki asing itu menampakkan keakraban. "Kami datang untuk menawar ladang di tengah perumahan yang sedang kami bangun," kata lelaki setengah baya berdasi itu.

"Saya tak berniat menjualnya pada siapa pun. Ada surau yang mesti kupertahankan."

"Surau itu sudah ditinggalkan. Semua orang di kampung itu menjual tanahnya."

"Termasuk rumah lelaki tua itu?"

"Dia telah menjual lahan dan rumahnya. Pindah ke desa lain," kata tamu setengah baya berdasi itu, penuh kemenangan. "Tinggal lahan Bapak yang belum dijual. Kami berani menawar dengan harga tinggi. Mungkin ini harga tertinggi yang pernah kami tawarkan."

Tercengang Aryo mendengar harga sangat tinggi yang ditawarkan lelaki setengah baya berdasi itu. Baru beberapa saat dia beli ladang dari lelaki tua pincang itu, kini harganya sudah melambung berlipat kali. Dia merasa berdosa, telah membeli tanah dengan harga yang sangat murah. Kini, dia tidak bisa mempertahankan surau dan lahan itu.

Usai salat magrib, Kiai Najib memimpin doa di surau yang sepi, hampir-hampir tanpa pengunjung. Hanya empat orang yang mengikuti salat magrib di surau itu. Kiai Najib yang mulai rapuh tubuhnya, menyalami tiga orang yang mengikuti doanya.

Aryo memahami kecemasan dalam cahaya mata kiai.

"Jangan pulang dulu," kata Kiai Najib, "ada hal yang perlu kubicarakan. Surau ini sudah sangat tua. Perlu dibangun kembali surau yang lebih baik, agar orang-orang mau salat berjamaah ke sini."

the living room. The stranger greeted him politely and, in a friendly manner, said, "I come with an offer to buy the lot you own in the center of the housing complex we are building."

"I have no intention of selling that lot to anyone. There's a surau on that land that I want to preserve."

"That prayer hut has been abandoned. All the villagers have sold their land and moved away."

"Did the old man do the same?"

"He sold his land and house to you and moved to another village." Smugly, the middle-aged man straightened his tie. "Yours is the only parcel of land that hasn't been sold. We're willing to offer a high price for it — possibly the highest price we've ever offered." The well-dressed man told him the price.

Aryo was astounded. He had just bought the land from the old man, and now the price had multiplied many times. He felt guilty — the land had been so cheap. And now, he could no longer hold on to it.

———•—•———

Within the newly developed housing complex, on the lot that Aryo bought, evening prayer was over. Kiai Najib had led the prayer in the almost-deserted surau. He shook hands with the three people who had participated in his prayers. Aryo knew why there was anxiety in his eyes.

"Don't go home yet," Kiai Najib said to Aryo. "There's something I need to talk to you about. This is a very old surau. We need to build a better one so that more people will come to worship here."

"Kiai, don't worry," Aryo answered. "I will build a better surau with the money I received from selling my new land."

Kiai Najib's eyes widened, and Aryo nodded in affirmation.

———•—•———

Aryo was surprised when the cross-eyed old man appeared at his house one afternoon his eyes gleaming with fury. Aryo forced a smile. He was not surprised by the man's anger and had no desire to fight his ire.

"I didn't sell you the land so you could sell it to the developer!" shouted the gaunt old man, his thin chest heaving.

"I could not hold on to it after all the other villagers had sold their homes," Aryo explained. "Yes, I sold the land, but I donated

"Kiai jangan cemas. Aku akan membangun surau ini dengan uang penjualan ladangku."

Kiai Najib terbelalak. Aryo mengangguk — meyakinkan kiai.

———•—•———

Meradang pandangan lelaki tua pincang itu. Matanya tajam. Kemarahan membakar sepasang mata juling itu. Kemurkaan memperkeruh wajahnya.

Aryo tidak menyangka, lelaki tua juling itu datang ke rumahnya sore hari.

Aryo tersenyum. Terus tersenyum. Dia tidak ingin mengimbangi perangai murka lelaki tua bermata juling. Dia seperti sudah menebak akan ketidakrelaan itu.

"Kuserahkan ladang itu bukan untuk kaujual pada pengembang perumahan!" kata lelaki tua bermata juling.

"Aku tak bisa mempertahankan lahan itu. Ketika seluruh kampung menjual rumah, tak ada lagi yang menghalangi pengembang perumahan untuk membeli lahan itu," tukas Aryo. "Saya memang sudah menjual ladang itu, tapi semua uang yang kuterima kuserahkan untuk membangun surau di permukiman ini."

Sepasang mata lelaki juling itu meredup. Dada tipis yang menahan sesak napas itu menguncup. Kedua bahunya jatuh. Wajahnya luruh. Dia menyalami Aryo — berpamitan.

Aryo mengikutinya. Langkah mereka terhenti di tanah lapang yang dibangun surau baru. Lama lelaki tua juling itu memandanginya. Lalu tersenyum dan mengangguk-angguk. Tubuhnya yang kian rapuh tertatih-tatih menjauh.

Aryo lupa bertanya, di mana rumah lelaki tua juling itu kini.

———•—•———

Gerimis tengah malam memperpekat surau kecil yang baru selesai dibangun. Gelap seluruh ruangan tatkala seorang lelaki pincang menyusup ke pelataran surau. Mengucurkan air wudu dari keran. Desis air memancar lebih keras dari rintik gerimis di dedaunan jambu. Lelaki tua itu memasuki surau. Setelah bertahajud, dia duduk bersila — berzikir lama, hingga menjelang dini hari.

Kiai Najib yang memasuki surau untuk sembahyang subuh terperanjat. Dalam gelap surau, dia melihat lelaki asing di suraunya. "Apa yang kaulakukan di sini?" tegur Kiai Najib, keras, tajam.

all the money I received from the sale to upgrade the surau within this housing complex."

Immediately, the fire in the old man's eyes died. His thin chest stilled, his shoulders dropped, and his face fell. He shook Aryo's hand and took his leave.

Aryo walked with him on his way home. They halted together at the parcel of land where the surau was being renovated. The cross-eyed old man looked at the construction site for a long time. Smiling, he kept nodding his head. Finally, the frail man limped away.

Aryo had forgotten to ask where the old crossed-eyed man now lived.

———•–•———

Midnight blanketed the newly-constructed surau in darkness. All the rooms were pitch black when a man limped to the front of the surau. He turned on the tap for the ablution water. The water flowed more strongly than the drizzle falling on the guava leaves. Sitting cross-legged, the man performed the ritual of midnight prayer. He recited *zikr,* the short prayers, for a very long time. He was still praying when dawn began to break.

Kiai Najib entered the surau to perform his morning prayer ritual and was shocked to find a stranger praying. "What are you doing here?" he asked sharply.

The old man remained quiet, engrossed in his zikr.

The kiai's alarm mounted. No one had ever come into the surau after midnight to worship. "You can't just do as you please in this surau!" he said.

The old man did not respond to the kiai's reprimand. He simply remained seated, cross-legged, continuing his zikr. When the old man finally rose, he took the kiai's hand and kissed it, smiling. Then, very calmly, he limped out of the surau and disappeared into the drizzle without looking back.

After the dawn prayer, Kiai Najib approached Aryo. "Earlier this morning, I found a stubborn man praying in this surau," he whispered. "Because I didn't know him, I sent him away. He walked with a limp."

Lelaki pincang tua itu terdiam. Tenggelam dalam zikirnya.

Kecurigaan Kiai Najib pada lelaki asing itu kian memuncak. Tidak pernah sebelumnya, ke dalam suraunya, datang seseorang lewat tengah malam, salat tahajud, dan berzikir. "Kau tak bisa semaumu saja di surau ini!"

Masih duduk bersila dan berzikir, lelaki tua lusuh berpeci itu tidak menyahut hardikan Kiai Najib. Usai berzikir, dia tersenyum — tenang sekali. Lalu menyalami kiai dan mencium tangannya. Terpincang-pincang meninggalkan surau. Menghambur dalam rintik gerimis. Tidak menoleh.

⊢——•—•——⊣

Usai salat subuh, Kiai Najib mendekati Aryo dan membisik. "Semalam aku menemukan seorang lelaki degil berzikir di surau ini. Aku tak mengenalnya. Kuusir dia. Jalannya terpincang-pincang."

"Atas nama dialah kusumbang seluruh uang penjualan ladang untuk mendirikan surau kita."

"Oh, aku telah keliru mengusir orang," tukas Kiai Najib masygul.

⊢——•—•——⊣

Tidak lagi kelihatan Kiai Najib menjadi imam salat di surau. Kiai terbaring sakit.

Aryo tidak pernah menduga, kiai akan jatuh sakit, justru ketika pengunjung surau tidak sesunyi dulu lagi. Aryo pun menemui lelaki tua itu terbaring lunglai di kamarnya, tapi suaranya jernih saat berpesan, "Sampaikan maafku pada lelaki tua berpeci itu. Aku berdosa telah berkata kasar padanya."

"Akan saya sampaikan permintaan maaf Kiai," balas Aryo.

⊢——•—•——⊣

Tiap tengah malam, lelaki tua pincang itu terlihat memasuki surau dengan wajah yang jernih, pandangan mata juling yang teduh. Berzikir, larut dalam sunyi. Namun Aryo, yang ingin sekali bersua dengannya, tidak pernah mendapatkan kesempatan itu.

⊢——•—•——⊣

"Oh!" Aryo exclaimed. "It was in that old man's name that I donated all the money from the sale of my land to upgrade our surau!"

"Oh, no." Kiai Najib was filled with remorse. "I banished the wrong person."

————

Soon after, Kiai Najib was laid up with an illness and could no longer officiate the prayers in the surau. Aryo never imagined that the kiai would fall ill, just when more people had started coming to the previously deserted surau. When Aryo went to visit Kiai Najib, he found the priest lying exhausted on his bed. But when the kiai spoke, his voice was clear: "Please convey my apology to that old man. I sinned by speaking so roughly to him."

Aryo answered, "I will convey your apology to him, Kiai."

————

Every midnight, the limping old man entered the surau with an expression of peace on his face and a serene look in his crossed eyes. Immersed in the silence of his solitude he recited his zikr.

But Aryo, who very much wanted to convey the kiai's words to him, never saw him.

————

# Aku Tidak Ingin Tubuh Ranummu

Ouda Teda Ena

Penerjemah: Laura Harsoyo

Lelaki itu sudah mengawasinya semenjak belia. Mulai dari dia masih kuncup, lalu ketika mekar. Dia seperti terbius baunya yang semerbak segar. Tiap pagi, dia mengintip dari jendela sambil mengisap rokok kreteknya. Asap dikepulkan — perlahan keluar dari mulutnya bersama baris-baris mantra. Matanya jalang dan nanar, ingin segera memetiknya jika saatnya tiba.

•———•·•———•

Semalam, tidurnya tidak nyenyak. Bantalnya yang hangat dan sarung tenunnya yang lembut tidak mampu melelapkan tidurnya. Ayam masih berkokok bersahutan sesekali. Langit di timur mulai berwarna biru cerah. Embun di dedaunan mulai menjatuhkan diri ke tanah. Lelaki itu tidak sabar menunggu matahari. Dia kalungkan sarungnya ke leher dan bergegas ke sumur. Ditimbanya seember air, dibasuhnya wajahnya untuk mengusir sisa-sisa kantuk.

Diambilnya keranjang bambu. Ditentengnya tangga bambu. Dia pandangi perdu kopinya — rimbun dan subur. Buahnya yang ranum memerah menyembul di ranting-ranting di antara dedaunan yang hijau tua atau menguning. Segera dipasangnya tangga bambu menyeruak ke dalam kerimbunan pokok kopi. Perlahan-lahan, dia menaiki tangganya, setapak demi setapak. Setiap naik satu langkah, napasnya menghirup dalam-dalam segarnya udara pagi yang dipenuhi wangi daun dan buah kopi.

Pada sebuah ranting yang besar, dia mendadak berhenti. Sepasang mata hitam cokelat sebesar kelereng melotot menatapnya. Tatapan yang penuh kebencian, penuh kemarahan, bercampur sedikit ketakutan. Gigi tajam dan runcing dia pamerkan penuh ancaman.

Lelaki itu terkesiap, darahnya mendidih memanaskan kepala. Dia tahan marahnya dalam kemeretuk giginya.

# Brewed Love

By Ouda Teda Ena
Translated by Laura Harsoyo

The man had watched her since she was a bud, and as she blossomed, he was intoxicated by her fresh fragrance. Every morning, he peeked at her out of the window while smoking his *kretek*, clove, cigarette. The smoke spiraled out of the sides of his mouth as he chanted his mantra. His eyes were wild and filled with an eagerness to pick her when the time was ripe.

————

That night, he had not been able to fall asleep. Neither his warm pillow nor his soft cotton sarong had been able to soothe him. The chickens kept clucking until daylight broke through the eastern sky and dew rolled off the leaves to the ground.

The man had no patience to wait for the sun to rise. He wrapped his sarong around his neck and hurried to the well. He drew a bucket of water and washed his face to drive away his drowsiness.

Carrying a bamboo basket in one hand and a ladder in the other, he went to check on his coffee tree. Clusters of ripening red berries dotted the branches of the tree, lush with dark-green foliage and some yellowing leaves.

He quickly poked his ladder up into the tree's canopy, leaned it against the trunk, and carefully climbed the rungs. With each step, he inhaled the fresh morning air, scented with the aroma of coffee leaves and berries.

Suddenly, he stopped and gasped; blood raced to his head. He clenched his teeth in anger.

There, on a big branch, a pair of dark-brown eyes glared at him. The marble-size eyes were filled with anger and fear. Threatened, the animal bared a row of sharp, pointed teeth.

Mata mereka beradu.

Degup jantung lelaki itu menggetarkan ranting-ranting pohon kopi. Cemburunya memuncak, memompa seluruh darahnya ke kepala. Sejenak, hilang akal sehatnya. Didih darah di nadi-nadinya menggetarkan tubuhnya. Hampir saja tangannya yang kokoh menghantam kepala binatang jalang yang mendahuluinya memetiki buah kopinya.

Kesadaran kemanusiaan dan kasihnya kepada alam mengekang gerakan tangannya yang didorong oleh naluri kebinatangan. Lalu, rasa cintanya menyunggingkan senyum.

"Aku manusia dan kau adalah binatang," bisiknya kepada si luwak yang mencuri buah kopinya.

Mata luwak itu masih melotot, giginya masih menyeringai. Wajahnya marah penuh kebencian. Dia mendesis seakan ingin menerkam leher si lelaki dan membunuhnya. Luwak itu merasa terdesak dan akan melakukan apa saja untuk tetap dapat menikmati ranum merah buah-buah kopi itu.

"Aku dikaruniai hati untuk mencinta dan kau hanya dikaruniai naluri untuk bernafsu," berbisik lagi lelaki itu pada si luwak.

Luwak itu tetap pada marahnya. Matanya semakin melotot, seringainya semakin penuh nafsu membunuh.

"Kau tak paham, kawan. Kau hanya tergiur pada kemolekan ranum merah daging buah kopi. Kau tak paham sejatinya kopi." Suara lelaki itu tetap berbisik.

Dia tidak mau mengusik luwak yang marah. Dia tidak mau membahayakan diri sendiri.

"Kau hanya suka daging buahnya yang merah ranum manis segar berair. Ambillah, kawan … ambillah. Makanlah sepuasmu, aku tak butuh itu." Lelaki itu tersenyum pada binatang yang marah itu.

"Aku rela menunggu kau membuangnya dari ususmu. Kau hanya mengunyah dagingnya, lalu membiarkannya bercampur kotoran di lorong-lorong ususmu yang menjijikkan. Namun, di situlah hatinya ditempa. Ketika kau membuangnya, ketika kau telah menikmati daging dari tubuhnya, yang tersisa hanyalah hatinya. Hati semulia mutiara hitam." Lelaki itu mulai menuruni tangga perlahan. Merelakan buah-buah kopinya dilalap rakus sang luwak.

Their eyes met.

Jealousy beat violently in the man's chest. He wanted to shake the branches of the coffee tree; he wanted to strike the wild animal that had beaten him to picking the coffee berries.

But his fury quickly fled, and his sense of humanity and love of nature prevailed.

"I'm a human and you're an animal," he whispered to the cat-like *luwak* stealing his coffee.

The mongoose held its ground with bared teeth, staring and hissing at the man. The cornered luwak was prepared to do anything to keep enjoying the red, ripe coffee berries.

"I'm blessed with a heart and the ability to love, while all you have is desire," the man said softly. Still, the luwak didn't move. It glared at the man with a menacing grimace.

"You don't understand, my friend. You're just tempted by the beauty of the red, ripe flesh of the coffee berries. You don't know the essence of coffee." The man spoke gently. He did not want to disturb the angry luwak, nor did he want to put himself in danger.

"If the red, ripe, sweet, juicy berries are all you want, then take them, my friend. Please, help yourself. Eat as many as you want; I don't need them." The man smiled at the angry animal.

"I'm willing to wait for you to digest them and excrete them. See, you only chew the flesh and then leave it to break down in your intestinal tract. But that is where the heart is forged. After you have enjoyed the flesh of her body and you discard her, all that remains is her heart. A heart that is as precious as a black pearl."

The man slowly descended the ladder. He left the coffee berries for the luwak to feast on.

"If you understood my language," the man said before leaving, "I'd tell you that the essence of the coffee is in her heart."

The man rolled a single dark coffee bean in the palm of his hand. "And the heart of a coffee berry, the *bean*, should be willing to be crushed and brewed in order to release the aroma and taste that captivate the human heart."

"Kalau kau paham bahasaku, kuberitahukan padamu, sejatinya kopi ada di bijinya, di hatinya." Bisiknya pada si luwak sebelum dia meninggalkannya.

"Dan hati sebutir kopi pun harus rela hancur dan diseduh supaya dia mengeluarkan wangi, memberikan rasa sehingga hati seorang manusia tertambat padanya," guman lelaki itu sambil menimang sebutir kopi di tangannya.

# Kehadiran Orang-Orang Pejuang

Cuplikan dari *Lolong Anjing di Bulan*
Arafat Nur
Penerjemah: Maya Denisa Saputra

Suatu petang pada bulan Juli 1989, kedai kopi Leman di Tamoun tiba-tiba sesak oleh kerumunan manusia. Terdengar keriuhan orang-orang yang bersorak-sorai. Keriuhan itu tiba-tiba senyap ketika Arkam membuka suara. Suaranya yang lantang menembus keluar kedai itu.

Satu dua lelaki dan perempuan, dengan pakaian kerja mereka yang kotor, masih terus berdatangan menghampiri kedai. Sementara, matahari sudah condong ke barat. Bentuknya seperti sebuah lingkaran cahaya yang tersangkut di jajaran pucuk pohon kemiri. Setengah sinarnya tercurah terang ke pasar Tamoun membentuk bayangan panjang pada setiap benda dan juga pada satu dua orang yang sedang berlalu di jalan menuju kedai Leman.

Arkam menunjukkan secarik kain merah bergambar bulan bintang yang dikatakannya bendera. Bendera semacam itu tidak pernah dikibarkan di Alue Rambe. Aku dengar bahwa Panglima Perang Wilayah Pereulak, Ishak Daud, adalah orang pertama yang mengibarkan bendera itu di salah satu SMA di Aceh Timur.

Semua orang senyap terdiam. Mereka menatap penuh perhatian ke wajah Arkam yang keras.

Sambil melangkah hilir-mudik di depan orang-orang, Arkam terus berbicara dengan penuh semangat hingga wajahnya menegang. Tonjolan urat-urat pada lengannya tampak ketika jari-jarinya menggenggam kuat membentuk kepalan tinju. Saat berbicara, berkali-kali dia menyentuh topi pet merahnya. Dia seperti ingin membukanya, tetapi selalu batal.

"Kita sudah lama hidup ditekan, ditindas, dan dilalimi. Kita tidak bisa terus-terusan begini. Selamanya kita akan menjadi budak. Kita adalah orang-orang bermartabat. Nenek moyang kita pejuang

# The Presence of Fighters

Taken from *Blood Moon Over Aceh*
By Arafat Nur
Translated by Maya Denisa Saputra

One evening in July 1989, Leman's coffee stall at Tamoun quickly filled with cheering villagers. The crowd suddenly fell quiet when my uncle, Arkam, started speaking. His loud voice carried to the people standing outside Leman's stall.

Drawn by the unusual activity, men and women, still dressed in their dirty work clothes, kept coming to the stall, even as the sun — like a circle of light stuck between the buds of the candlenut trees — moved towards the western horizon. Late afternoon sunlight drenched the Tamoun market, casting long shadows on every surface, including the people walking to Leman's stall.

Arkam waved a piece of red cloth with a star-and-moon motif, which he referred to as a flag. That kind of flag had never been flown in our Aceh province, Alue Rambe. I had heard that Ishak Daud, the commander of the Pereulak region of Aceh, was the first to raise that flag, in one of the high schools in East Aceh.

Pacing in front of the crowd, Arkam's tense face held everyone's rapt attention. Veins bulged in his arms when he shook his clenched fists in the air. He repeatedly touched his red cap — as if he wanted to take it off, but never did.

"We've been living under oppression for too long!" he shouted passionately. "We are being repressed and tyrannized. We can't live like this any longer or we'll be slaves forever. Where's our self-respect? All of us are dignified people. Our grandfathers were heroic fighters. We shall not fear! We must be brave and fight against this injustice and tyranny. Are you courageous enough to fight against this cruel regime?"

"We are!" the crowd roared. The thundering voices were deafening.

hebat. Kita tidak boleh takut. Kita harus berani melawan semua kelaliman ini. Apakah kalian semua berani melawan pemerintahan keji ini?" teriaknya mengacungkan tinju ke udara.

"Berani!" sambut orang-orang penuh semangat.

Gelegar suara yang membahana itu memekakkan kupingku.

Arkam terus saja berbicara. Dia mengulang inti tujuan perjuangan yang dibangkitkan Hasan Tiro tiga belas tahun lalu di kaki gunung di Pidie. Namun, perlawanan-perlawanan kecil itu berhasil dipatahkan serdadu pemerintah. Banyak pengikut Hasan Tiro yang mati di ujung bedil lawan. Sebagian yang tersisa terendus oleh mata-mata, lalu diringkus, diculik, dan akhirnya dibunuh oleh tentara. Sementara, Hasan Tiro dan beberapa pengikutnya sudah terlebih dulu menyingkir ke luar negeri untuk mencari suaka politik dan dukungan dunia internasional.

Selama masa itu, pejuang terus menghimpun kekuatan di luar negeri. Sebagian mengikuti pelatihan rahasia di Libya dan menyelundupkan senjata ke Aceh.

Mereka adalah anak-anak muda yang yakin mampu melawan pemerintahan Jakarta di bawah pimpinan Soeharto yang telah menyengsarakan banyak rakyat. Tidak saja rakyat Aceh, tetapi juga rakyat Indonesia lainnya juga hidup dalam penindasan dan ketidakadilan. *Bagaimana mungkin di negeri yang hijau dengan hasil alamnya yang melimpah — belum lagi minyak dan gas bumi — rakyatnya hidup dalam kemiskinan?* Begitu sebagian isi ceramah Arkam.

"Sekarang, tibalah saatnya kita bangkit untuk berjuang mengambil apa yang menjadi milik dan hak kita. Kita bisa hidup makmur dan lebih bermartabat dengan mengurus tanah kita sendiri. Hidup pejuang!" seru Arkam dengan wajah *padam* menegang.

"Hidup pejuang!" sambut orang-orang mengacungkan tinjunya ke udara. "Hidup Aceh! *Allahu akbar*!"

Arkam adalah adik Ibu. Usianya sekira tiga puluhan waktu itu. Selama enam tahun, dia menghilang ke Malaysia. Kemudian, dia hengkang ke Libya dan tinggal di sana selama setahun untuk mengikuti pelatihan keprajuritan. Kini dia kembali dengan tubuh lebih tinggi dan wajah terkesan keras dengan tulang pipi menonjol. Kumisnya tetap tipis. Sepertinya kini, dia punya kegemaran memakai topi pet merah.

Arkam continued speaking to the crowd. He reiterated the original reason for the separatist uprising that Hasan Tiro — founder of the Free Aceh Movement — had initiated thirteen years ago at the foot of the Pidie mountain. Yes, the Indonesian army had destroyed these small, initial attempts of Aceh's to rise against an unjust government. Yes, many of Hasan Tiro's followers had been killed on the spot, while the rest were hunted by government agents and finally captured and killed. But Hasan Tiro and a few of his followers had fled overseas to seek political asylum and international support. There, the Aceh rebels amassed their power. Some went underground for training in Libya; others smuggled weapons to Aceh and hid them in the jungles and farmland.

"They were the youths who believed they could rebel against the central government in Jakarta under the regime of Soeharto, who had already brought much suffering to his people," Arkam bellowed. "His oppression and injustice not only targeted us, the people of Aceh, but it was also inflicted on many segments of our society! How could it be possible for a nation rich in natural resources — including crude oil and natural gas — to be forced to live in poverty?"

The crowd in Leman's stall cheered.

"Now is the time for us to rise and fight!" Arkam roared, his red face stern. "Take what is rightfully ours! We can live prosperously and in dignity by taking charge of our own land. Long live the rebel Aceh fighters!"

"Long live the fighters!" the crowd roared back, shaking their fists in the air. "Long live Aceh! *Allahu Akbar,* God is the Greatest!"

———•—•———

Arkam was my mother's brother. After living in Malaysia for six years, he had joined a military training camp in Libya for a year. Now, in his thirties, he was back in Aceh. He still wore a thin mustache but was taller. His raised cheekbones accentuated his taut expression. Apparently, he had developed a habit of wearing a red cap.

Arkam and his seven comrades traveled from village to village, soliciting support for Aceh's independence movement and recruiting new followers. These villages were under Arkam's command as *Panglima Sagoe*, a rank of insurgency fighter assigned

Arkam dan tujuh temannya sering berkeliaran ke kampung-kampung untuk mencari dukungan penduduk dan untuk mendapatkan pengikut baru. Di antara mereka berdelapan, hanya tiga orang yang memiliki senjata, termasuk Arkam. Dua orang memegang radio genggam dan yang tiga lainnya bertangan hampa.

Mereka berkeliaran di kampung-kampung dalam wilayah kekuasaannya sebagai *Panglima Sagoe*, jabatan prajurit pejuang tingkat kecamatan.

Alue Rambe, kampungku ini, adalah kampung terpencil di pegunungan Aceh Utara sebelah selatan Kota Lhokseumawe. Kampung kami termasuk dalam kekuasaan Arkam.

Jalan utama kampung berupa jalan tanah berkerikil. Ketika dilalui sepeda motor atau truk angkutan barang, debu-debu pun terbang berhamburan. Namun, pada musim hujan, bagian-bagian tertentu badan jalan dipenuhi genangan air yang membuatnya becek dan sangat licin.

Aku berada di dalam kerumunan orang-orang di luar kedai Leman, membaur dengan lelaki, perempuan, dan anak-anak. Aku menyandarkan dada pada dinding papan terbuka sehingga aku bisa leluasa memandang ke dalam kedai.

Para lelaki duduk pada setiap bangku. Yang tidak mendapatkan bangku bersandar pada tiang dan beberapa lainnya berjongkok di lantai tanah. Di meja yang lapang, dan satu-satunya di kedai itu, dijajarkan sepucuk senjata laras panjang dan sepucuk pistol. Senjata-senjata itu seperti sengaja dipamerkan untuk membangkitkan semangat orang-orang dalam berjuang melawan pemerintahan Jakarta yang sudah berlaku tidak adil terhadap Aceh.

Arkam memungut sepucuk AK-47 dan mengacungkannya ke orang-orang. Dia memastikan pada orang-orang bahwa benda itu berbahan logam, bukan kayu ataupun plastik. Temannya yang berwajah angkuh mengacungkan AK-47, menegakkan, lalu melipatnya. Seorang lagi menimang-nimang sepucuk pistol Baretta buatan Italia, menggenggamnya, kemudian memutar-mutarkan pistol itu dengan jari telunjuk yang dimasukkan dalam lingkaran pelatuk. Pistol itu tidak berputar dengan baik dan hampir saja jatuh, yang membuat Arkam membelalakkan mata ke arahnya. Pemuda itu membuang muka, berpura-pura tidak tahu dan tidak peduli pada mulut Arkam yang menyeringai.

to sub-districts. Alue Rambe was located in a remote mountain area of North Aceh, south of Lhokseumawe. Our village fell under Arkam's jurisdiction.

Of the eight men, only three — including Arkam — carried arms, two of them operated handheld radios and the other three were empty-handed.

The main road in our village was gravel. In the dry season, motorcycles and delivery trucks churned up large dust clouds. In the rainy season, parts of the road flooded and became very slippery.

⊢—•—•—⊣

I was among those who congregated outside Leman's stall when Arkam returned. Mingling among the men, women, and children, I leaned against an open clapboard so I could see what was going on inside.

Men filled every space on the benches. Those who did not get a seat leaned against the stall poles; others squatted on the bare ground. Two long-barreled guns and a revolver lay on the only empty table. Those weapons were purposely put on display to fuel the crowd's rebellion against the central government in Jakarta that was mistreating the people of Aceh.

Arkam picked up an AK-47. Waving the gun at the crowd, he assured them that the weapon was real, made from metal, not wood or plastic. His comrade held up another AK-47 and arrogantly loaded and unloaded it. Someone else picked up the Beretta and tried twirling the Italian-made pistol by placing his index finger inside the trigger loop. But the gun did not rotate properly and almost fell. When Arkam glared at the man, he looked away.

I knew what the different kinds of weapons were because I had watched Arkam many times as he explained each of their functions to the people surrounding him.

All that time, a muscular man stood guard beside the table with the weapons. The young men in the crowd seemed reluctant to leave. They continued to stare at the guns as if they were the world's most magical objects. Indeed, such weapons had never been seen in this village.

Aku tahu semua jenis senjata itu karena Arkam menjelaskannya berulang-ulang seraya mengacung-acungkannya ke hadapan orang-orang yang mengitarinya. Sementara, seorang pemuda yang bertubuh agak kekar berdiri tegap di sisi meja berjaga-jaga. Para pemuda, yang masih tetap bertahan dan belum beranjak dari kerumunan, tidak lepas-lepas memandangi tiga pucuk senjata itu dengan takjub, seolah-olah itu adalah benda paling ajaib di dunia. Benda semacam itu memang belum pernah ada di kampung ini.

Yasin, seorang pemuda yang sejak tadi diam, memandangi dengan saksama senjata-senjata itu tanpa memedulikan penjelasan-penjelasan Arkam. Tiba-tiba, dia menyentuh AK-47 yang baru saja diletakkan di meja.

Seketika itu juga, Arkam menepis tangannya.

Yasin sangat terkejut.

"Ini senjata berbahaya. Kau tidak boleh menyentuhnya," hardik Arkam. Kejadian itu membuat tiga temannya menegakkan badan dan menajamkan mata.

Salah satu temannya yang lebih tegap mendorong Yasin agak jauh dari meja. Beberapa pemuda berwajah bengal lainnya bergeser ke belakang.

Arkam melanjutkan hardikannya, "Kalau kau sudah bergabung dengan kami dan sudah memadai latihan menembaknya, baru kau boleh memegangnya. Kaukira ini senjata mainan?"

Sejumlah orang tertawa. Mereka mengangguk-anggukkan kepala pertanda dukungan pada ketegasan Arkam.

Wajah Yasin merona. Agaknya, dia malu telah melakukan ke-cerobohan.

Arkam pun sesumbar tentang kehebatannya menembak dari jarak jauh. Latihan keprajuritan yang diajarkan oleh para pejuang lebih hebat dibandingkan latihan serdadu pemerintah yang hanya dibekali senjata bekas perang dunia kedua dengan peluru yang sering macet dan bidikan yang tidak tepat.

Leman, sang pemilik kedai kopi, diam saja. Senyumnya tampak dibuat-buat. Kegembiraannya juga seperti dipaksakan. Lebih setengah penduduk kampung datang. Sebagian dari mereka menyesaki kedai kopi, sebagiannya lagi berada di jalan. Aku yakin mereka datang bukan untuk minum kopi, melainkan semata ingin

One youth, who had been looking silently at the guns, suddenly touched the AK-47 that Arkam had just laid on the table. Arkam immediately slapped the youth's hand, shocking the boy. "This is a dangerous weapon!" Arkam snapped. "Don't touch it."

One of Arkam's comrades pushed the youth away from the table. Arkam continued his scolding. "Do you think this is a toy? Only after you join us and are trained to shoot, can you hold it." Some people laughed and nodded. The youth's face reddened.

Arkam also boasted about his skill in long-range shooting. The Aceh rebels' military training was better than that of Jakarta's government army, he said. Those soldiers were outfitted with used World War II weapons, which often malfunctioned with jammed barrels and faulty sight mechanisms.

Throughout Arkam's rally, Leman, the coffee stall owner, stayed silent with a fake smile on his face. More than half of the village had come to his coffee stall — some crowding into the shop, others loitering outside it.

I was certain these villagers did not come to drink Leman's coffee! They were there to get a closer look at the deadly firearms that Arkam and his comrades had brought. Before that afternoon, weapons only existed in the boasts of people who dreamed about reaping the benefits of Aceh's rich natural resources. In Aceh, no civilian would dare touch such a thing, let alone have one at home. The punishment for illegal gun possession was decades behind prison bars — or death.

Some people in the coffee stall, especially the youth, became impassioned, convinced that the resistance movement could successfully fight the injustices of the central government. I saw glints of uneasiness on the faces of some of the older people present. They were probably worried about the dangers that currently lurked in the villages.

War never seemed to end in this land. There had been war ever since the arrival of the Portuguese, in the early 16th century, followed by the Dutch, the Japanese, and then the Communist Party and Darul Islam rebellions. Now, the once-weakened Aceh resistance movement was on the rise again.

Meanwhile, the scene at Leman's stall had become more heated. Arkam's comrades and the young men in the crowd started

melihat lebih dekat senjata-senjata api mematikan yang dibawa Arkam dan temannya. Sebelumnya, keberadaan senjata-senjata itu hanyalah merupakan bualan orang-orang yang bermimpi tentang kekayaan Aceh. Di negeri ini, tidak ada orang sipil yang berani menyentuh barang semacam itu, apalagi sampai menyimpannya di rumah. Hukuman bagi pemilik senjata tidak sah adalah hukuman mati, atau setidaknya akan mendekam belasan tahun dalam penjara.

Sebagian orang di kedai kopi, terutama mereka yang masih muda-muda, tampak begitu berapi-api. Mereka menyambut gerakan "pengusiran hama dan penyakit" ini dengan begitu yakin. Mereka akan melawan ketidakadilan pemerintah Jakarta. Aku menangkap kecemasan di wajah beberapa orang tua di sana. Kecemasan akan bahaya yang sedang mengintai kampung-kampung.

Perang memang seakan tidak pernah berakhir di tanah ini. Perang sudah ada semenjak kehadiran Portugis, Belanda, dan Jepang. Perang berlanjut dengan pemberontakan Partai Komunis Indonesia dan Darul Islam. Sekarang, perjuangan Aceh yang melemah mulai bertunas kembali. Tidak akan ada kata *akhir* untuk peperangan di tanah ini.

Sementara itu, teman-teman Arkam dan para pemuda bersorak. Bersemburan cercaan dan makian terhadap tentara pemerintah seakan musuh-musuh mereka itu sudah berada di depan mata. Kegilaan anak-anak muda itu membuat sebagian lainnya kesal. Diam-diam, mereka menyingkir dari sana mengikuti perempuan-perempuan yang sedari tadi kulihat sudah menyingkir duluan.

"Percayalah," teriakan Arkam membuat orang-orang di dalam kedai senyap.

Tangan kanan Leman yang sedang menyaring kopi menggantung di udara sambil memegang gayung kaleng kopi, sedangkan tangan satunya lagi memegang saringan. Dia, seperti yang lainnya, diam mendengarkan.

"Percayalah," ulang Arkam yang tampak begitu percaya diri, "Kita akan sanggup mengusir serdadu-serdadu itu dari sini. Senjata-senjata yang kita miliki lebih hebat daripada senjata mereka. Senjata yang mereka miliki cuma M-16 yang usang, bekas dipakai tentara Amerika di Perang Vietnam. Sering macet.

shouting curses at the government military, as if their enemy stood in front of them. Their loud frenzy irritated some and they quietly left Leman's stall to follow the women who had started to go home earlier.

"Trust me!" Arkam's roar silenced the stall.

Startled, Leman froze, one hand holding a coffee can by its handle, the other hand holding the filter.

"Trust me!" Arkam roared again with great confidence. "We'll chase away those soldiers! Our weapons are far more powerful than theirs. They only use worn-out M16s that the American soldiers used in the Vietnam War! The triggers are jammed, and they won't fire bullets!" Arkam's laughter was drowned out by cheers from the passionate youth who were reluctant to leave.

When the boisterous laughter broke out, Leman, pale and shaken, looked as if he wished his rowdy visitors would leave. They were displaying guns in his stall without his permission.

Outside the stall some other kids and I were anxiously waiting for Leman to turn on his fourteen-inch television. Every evening, after performing the *asr* afternoon prayer, we'd watch television until Leman chased us away with shouts ordering us to take a shower and go to the Quran's recitation class. Leman's television was the only one in my village; hence, his stall was always crowded after the asr prayer time, when the broadcast began. Watching television in the evening was an unmatched enjoyment for us kids, and probably for the adults, as well. They were free to watch it until late at night.

But that evening, we were greatly disappointed. Arkam's gun rally prevented Leman from turning on the TV. About twenty young men remained seated around the table where the three firearms and their bullets lay. It was as if Arkam were the greatest and most powerful rebel leader in Aceh.

After Arkam finished talking, a villager asked one of the unarmed men, "Why don't you carry a gun?" The slim man answered awkwardly, "It's on its way from abroad."

In order to reassure the villagers, Arkam, nodded his head. He looked tired and tense. He took a sip of the cold coffee he hadn't had a chance to drink earlier. He immediately ordered Leman to take it away and replace it with a fresh, hot cup.

Hahaha ...." Tawa Arkam disambut anak muda lainnya dengan sorak-sorai. Sepertinya mereka tidak ingin beranjak dari sana.

Tangan Leman bergetaran memegang gayung kopi saat ledakan tawa terjadi. Wajahnya pucat. Sepertinya dia ingin selekasnya mengusir tamu-tamu yang bersikap kurang beradab itu. Mereka menggelar pertunjukan senjata di kedainya tanpa izin.

Aku bersama belasan anak lain menunggu di luar kedai dengan menyandarkan perut di dinding dan dengan leluasa memandang ke dalam. Aku menjadi begitu kesal karena Leman tidak kunjung menyalakan televisinya. Setiap petang, tepatnya sehabis asar, aku dan anak-anak lainnya akan menonton sebentar, sebelum Leman menghardik dan mengusir kami pulang untuk mandi dan pergi mengaji. Menonton televisi saat petang adalah kesenangan tiada tara bagi anak-anak. Mungkin juga kesenangan bagi orang dewasa yang bebas menyaksikannya sampai larut malam.

Televisi 14 inci milik Leman adalah satu-satunya televisi yang ada di kampungku. Kedai ini selalu ramai dikunjungi orang-orang selepas asar, ketika siaran televisi dimulai.

Petang itu, kami betul-betul kecewa dengan pameran senjata Arkam yang menyebabkan kami tidak bisa menonton televisi. Ada dua puluhan pemuda yang terus mengerumuni meja tempat dipamerkannya tiga pucuk senjata api beserta pelurunya itu. Saat itu, Arkam seolah seorang pemimpin perjuangan paling hebat dan paling berkuasa di Aceh.

Tiga pemuda yang bertangan hampa itu adalah pengikut baru Arkam yang katanya kelak juga diberi senjata.

Seorang penduduk bertanya kepada pemuda yang tidak ber-senjata itu saat Arkam selesai bicara, "Kenapa kau tidak memiliki senjata?"

Dengan rikuh, pemuda ramping itu menjawab, "Sedang di-kirim dari luar negeri."

Untuk meyakinkan penduduk, Arkam yang mendengarkan perkataan itu, mengangguk tanpa senyum. Wajah Arkam tampak lelah, tetapi masih menegang. Dia menyesap kopi yang telah dingin, yang sedari tadi tidak sempat diminumnya. Hanya sekali sesap dan dia segera meminta Leman menyingkirkan dan menggantinya dengan kopi baru yang panas.

Leman quickly poured the coffee and served it.

Only a few people were left in Leman's stall. Most of them still hung around Arkam, who ordered everyone to go home.

Leman cepat-cepat menyeduh kopi dan menghidangkannya. Sementara, orang-orang masih memandang Arkam. Hanya sebagian kecil saja yang menyingkir meninggalkan kedai Leman.

"Sekarang, pulanglah kalian ke rumah masing-masing!" perintah Arkam kepada orang-orang yang ada di dalam dan luar kedai.

# Cerita di Balik Tenun Ikat

Fanny J. Poyk

Penerjemah: Laura Harsoyo

Bapa Tua Hermanus Messakh duduk termenung di depan rumah bebaknya yang terbuat dari anyaman bambu. Di depannya, lima ekor babi dan ayam bergerak bebas ke sana-kemari. Beberapa ekor babi sudah dijualnya ke rumah makan Bambu Kuning untuk dibuat menjadi daging *se'i*. Ya, daging asap khas Kota Kupang, Nusa Tenggara Timur itu, sangat laris dan disukai masyarakat sekitarnya. Beberapa ekor ayam kampung peliharaannya mati. Konon ayam-ayam itu diracun orang karena Bapa Tua terlalu pelit untuk membagikan telur-telurnya kepada penduduk sekitar.

"Eeee Bapa eee ... *itu ayam su batalor, kasih beta satu telur sa* untuk sarapan ini pagi," pinta Pinto Mauk, tetangga pengangguran yang doyan minum sofi, minuman yang berasal dari pohon lontar yang sudah diragi.

Bapa Tua marah sekali. Hardiknya, "*Lu pi sana*, kerja cuma mabok, mau makan enak terus!"

Pinto diam, tetapi hatinya agak tersinggung. Dengan langkah limbung, dia keluar dari rumah bebak Bapa Tua, berjalan ke kebun lontar milik David Taka. Dia hendak meminta satu buah gula lempeng yang dimasak istri David, Mini. Lalu, keesokan harinya, beberapa ayam Bapa Tua Hermanus Messakh mati. Sasaran utama yang menjadi tertuduh adalah Pinto. Lelaki pemabuk sofi itu terbengong-bengong tatkala Bapa Tua Hermanus Messakh menuduh dia yang membuat mati ayam-ayamnya.

"*Lu mangaku sudah*, kamu yang membuat ayamku mati," tuduh Bapa Tua.

Pinto berdiri, tapi masih terlihat limbung, pengaruh sofi masih menguasai otaknya. Matanya menatap Bapa Tua dengan kuyu. "*Sambarang sa ... beta* tidak membuat ayam-ayam Bapa mati.

# The Tale Behind the Ikat

By Fanny J. Poyk
Translated by Laura Harsoyo

Hermanus Messakh sat pensively in front of his *bebak,* a hut with walls of woven bamboo. Five pigs and a few chickens roamed in the old man's front yard. He had sold some of his pigs to Bambu Kuning, a restaurant that made *se'i,* the smoked meat that Kupang, the capital of the Indonesian province Eastern Nusa Tenggara, was noted for. Several of his chickens had recently died — poisoned, he believed, by neighbors who wanted to get even with an old man too stingy to share his eggs.

"Hey, *Bapa.*" Pinto Mauk, an unemployed neighbor, approached the bebak. He was fond of drinking *sofi,* an alcoholic beverage made out of fermented *lontar leaves.* "Since your chickens have been laying, can I have just one egg for breakfast this morning?"

"Get lost," the old man snapped. "All you do is get drunk, yet you still expect to eat well."

Pinto said nothing, but he was deeply offended. Unsteadily he headed for David Taka's lontar orchard to ask for a piece of palm sugar disc that David's wife made.

The next day, Hermanus Messakh discovered that a few more of his chickens had died. Pinto was his main suspect. Pinto listened, bewildered, as the old man accused him.

"Just admit it, you killed my chickens!"

Still groggy from his sofi hangover, Pinto stared wearily at the old man. "I didn't kill your chickens. All I asked for yesterday was one egg and you refused to give it to me. Don't blame me for the death of your chickens. I have no idea what they've been eating."

Hermanus Messakh said nothing more. It was pointless to argue with a drunk. He decided to sell some of his remaining chickens at the market and use the money to purchase the beautiful, traditionally-dyed *ikat* cloths at Enci Yulia's shop.

Beta cuma mau minta telor satu *sa*, tapi Bapa sonde kasih, jangan salahkan *beta* kalau ayam-ayam itu mati, *beta sonde* tau itu binatang makan apa," ujar Pinto dengan kesadaran yang masih berada di angka lima puluh persen.

Bapa Tua Hermanus Messakh hanya diam. Mungkin dia berpikir tidak ada gunanya bertengkar dengan orang yang sedang mabuk. Dia berkata dalam hati, esok dia akan membawa beberapa ayamnya yang masih sehat ke pasar untuk dijual. Semua uang yang terkumpul nanti, akan dia belikan tenun ikat di toko Enci Yulia yang terletak di tepian Pantai Tode Kisar, dekat Kota Tua Kupang.

———•••———

"Untuk apa Bapa Tua beli kain tenun ikat?" tanya keponakanya, Eben Messakh.

"*Lebe baek* kumpul tenun ikat daripada piara ayam, kain-kain itu akan beta jual di depan Hotel Yulia, dekat Pasar Koenino sana. Banyak orang bule menginap di sana, nanti beta bisa dapat untung lebih banyak daripada piara ayam," ujar Bapa Tua Hermanus Messakh masih dengan nada geram.

Kini, di ruang tamu rumahnya, sudah terkumpul dua puluh tenun ikat dari beragam kabupaten yang ada di NTT. Bapa Tua Hermanus Messakh membelinya di Kampung Oesao dan Desa Kefa dan Soe. Di kedua desa itu, dia mencari penenun kampung yang mahir mencampur bahan-bahan pewarna alami agar tenunan terlihat kuno. Kata Bapa Tua Hermanus pada sang keponakan, Eben Messakh, "Ini tenun paling bagus di Soe, harganya mahal karena dibuat dari bahan-bahan alami yang ada di hutan-hutan di sana. *Lu* lihat, dia *sonde* luntur pas dicuci, warnanya juga tahan lama. Nanti, beta mau beli *lebe* banyak lagi, biar dapat untung *lebe* besar."

———•••———

Dalam beberapa bulan, Bapa Tua semakin tergila-gila pada tenun ikat ketika seorang nyonya Cina kaya asal Jakarta memborong seluruh jualannya. Bapa Tua lalu menjalin persahabatan dagang dengannya. Dia mengantar sang nyonya ke tempat perajin tenun yang ada di seluruh Kupang — Oesao, Kefa, Soe, Timor Tengah Selatan, hingga Belu yang berbatasan dengan Timor Leste. Setiap dagangannya habis, dengan mata berbinar, dia tunjukkan uang hasil berdagang itu pada sang keponakan.

"What are you buying those ikats for?" asked Eben Messakh, Hermanus's nephew.

"It is better to collect these ikats than to raise chickens," Hermanus Messakh grumbled, still annoyed. "I will sell the ikats on the sidewalk in front of the Yulia Hotel, near the Koenino Market. Many foreigners stay there and will want to buy our traditional woven cloth. It will be much more profitable than raising chickens."

Soon, the old man had gathered pieces of ikat from various districts in Nusa Tenggara Timur. He bought them in the villages of Oesao, Kefa and Soe, where he had traveled in search of weavers skilled in mixing the natural colorings that gave the ikat textiles their antique look. Hermanus said to himself, "The ikats are expensive because they are made from natural material that comes from the local forests. The colors won't fade when washed. I will purchase more, so I can make even more money."

Within several months, the old man had become obsessed with ikat. After a rich Chinese lady from Jakarta purchased all of his supply, the two established a business relationship, and Hermanus took her to weavers all over Kupang, Oesao, Kefa, Soe, South Central Timor, and even to Belu, near the border of Timor Leste. Every time he sold out of ikats, Hermanus showed the money to his nephew, with sparkling eyes.

Hermanus became so immersed in the ikat business that he no longer had time to make lontar wine or tend to his chickens and pigs. So he handed over that old business to his nephew with an agreement to share the profits in parts of sixty percent for Eben and forty for him.

"I'm fair, aren't I? You get the bigger share," Hermanus said, chewing a wad of betel leaves. He liked chewing betel leaves so much that his lips and teeth were stained orange. He claimed that because he chewed, he didn't have to brush his teeth with toothpaste. "I'm not only saving money," he stated happily, "but chewing betel leaves is healthy, whereas brushing your teeth with toothpaste will cause your teeth to rot."

Eben Messakh simply nodded. He had been drinking sofi since he was a teenager, and the alcohol had corroded his brain. He

Si Bapa Tua mengutarakan niatnya untuk membeli tenun ikat Timor Tengah Selatan dan Desa Belu lebih banyak lagi. Tenun-tenun dari dua desa itu terkenal dengan warna-warninya. Dia benar-benar tidak sempat lagi pada kegiatannya semula — berdagang minuman tuak dari pohon lontar, beternak ayam kampung, dan babi. Semua peliharaannya itu diserahkan pada Eben Messakh dengan perjanjian bagi hasil, enam puluh buat Eben, empat puluh untuk dirinya.

"*Beta* adil, kan? *Lu* dapat hasil yang *lebe* banyak," katanya sembari memamah sirih. Seluruh bibir, juga giginya, berwarna jingga karena sirih. Dengan menyirih, Bapa Tua senang, sebab dia tidak perlu menyikat gigi dengan odol lagi. "Irit toh? Menyirih itu sehat, gosok gigi dengan odol buat gigi keropos," katanya selalu.

Eben Messakh, sang keponakan yang pengangguran tapi telah memiliki dua anak, mengangggukkan kepala tanpa membantah. Otak lelaki bertubuh gempal berusia sekira tiga puluh tahun ini mungkin telah berkarat karena meminum sofi. Sudah sejak memasuki usia akil balik, dia melakukan itu. Tanpa sofi, hidupnya merana. Dia juga harus rela istrinya menjadi TKI di Malaysia.

Bapa Tua Hermanus Messakh selalu berpesan padanya untuk rajin-rajin membaca koran. Katanya, "Hee ... lu jangan pasang muka bodoh terus, pergi ke Pasar Koenino, jadi tukang parkir di jalan biar dapat duit. Minum sofi terus otak lu akan berkarat. Bagaimana mau kasih makan lu punya anak-anak? Tiap hari lu juga harus baca koran, lu lihat pengumuman di koran, jangan sampai ada pengumuman bini lu mati dengan isi perut kosong baru dibawa pulang. Lu jangan enak-enak saja, jadi TKI itu berat. Lu harus malu jadi laki-laki, jangan cuma bisa piara itu burung dan minum sofi saja."

Eben Messakh menggerutu dalam hati. Anting di telinga kirinya berpendar kala tertimpa cahaya rembulan. Tato bergambar rajawali dan naga di kedua pangkal lengannya bertengger gagah, perkasa, dan kekar. Kala dia berjalan lengkap dengan topi *baseball* yang bertuliskan *freedom*, Eben kian merasa dia makhluk kota besar yang sangat bergaya seperti yang dia lihat di layar televisi kala menonton Bruno Mars menyanyi. Sang Paman kerap dibuatnya kesal.

could not make it through the day without drinking. Unemployed at thirty and with two children to care for, Eben had to send his wife to work as a migrant worker in Malaysia.

At first, Hermanus reprimanded his nephew. "Hey, wipe that stupid look off your face. Go to the Koenino market. Be a parking attendant there and earn some money. Drinking sofi all the time only dulls your brain. How are you going to feed your children? Make sure you read the paper every day. Make sure there's no announcement about your wife being brought home already dead. The life of a migrant worker is hard. You should be ashamed for taking it easy and only caring about keeping your glass filled with sofi and your Mr. Happy's well-being."

Eben Messakh grumbled. His left earring glinted in the moonlight; tattoos of a mighty eagle and a fearsome dragon covered his forearms. Whenever he walked down the street wearing a baseball cap with "Freedom" embroidered on it, Eben felt like he was the most fashionable person in the city, just like the singer Bruno Mars, who he watched on TV.

Eben's cocky attitude disgruntled his uncle. "Do you really think you're a singer?" the old man sneered. "You think that drinking sofi every day will turn you into the most dashing man in all of Kupang? Go on! Sell these eggs in the market!"

---

One day, the story of the ikat took a tragic turn. When Hermanus Messakh visited the weavers, he was surprised to learn that all the ikat was gone. The Chinese woman from Jakarta had bought all of the best ikat and taken them to Jakarta, where they would be turned into haute couture dresses by top fashion designers. They then would continue their journey to Paris, Milan, New York, and Hong Kong to be displayed at exclusive fashion exhibitions. Hermanus gawked in disbelief. If he could have seen the price tags on those dresses, he would have fainted right there.

Walking home, he muttered, "Had I known that this would happen, I would not have taken that lady to those weavers. I really regret that." From then on, Hermanus no longer wanted to be reminded of his association with ikat.

When he saw his uncle looking so sad, a sober Eben Messakh said, "Bapa, I've told you not to trust those people from Jakarta.

*"Lu pikir, lu su jadi penyanyi kah?* Tiap hari minum sofi, *lu* kira lu sudah yang paling gagah di seantero Kupang. Sana, pergi ke pasar, lu jual telur-telur ayam ini!"

Akan tetapi, tenun ikat kemudian menemukan jalannya yang cukup memilukan. Tatkala Bapa Tua Hermanus Messakh kembali ke tempat para perajin tenun, dia terkejut melihat nyonya Cina asal Jakarta sudah memborong seluruh tenun yang menjadi langganannya. Bapa Tua, melalui tatap mata tuanya, memandang nanar ketika semua tenun sudah tidak ada lagi.

Tenun ikat terbaik yang dibuat dari bahan-bahan alami bermutu tinggi sudah dibawa ke Jakarta. Di sana, kata para perajin tenun, kain-kain itu akan dijadikan pakaian adibusana oleh para perancang papan atas. Selanjutnya, perjalanan sang tenun yang telah berubah wujud menjadi pakaian kelas atas itu, akan diusung pada pameran pakaian adibusana musim semi dan panas di Paris, Milan, New York, dan Hong Kong. Andai saja Bapa Tua Hermanus Messakh tahu harganya, dia akan pingsan sebelum kembali ke rumahnya.

Lalu, sambil berjalan pulang, Bapa Tua Hermanus menggerutu sendirian, "Eeee...tahu begitu beta sonde kasih tahu itu rumah-rumah penenun ke Aci Jakarta, beta *manyasal.*"

Sejak itu, Bapa Tua Hermanus Messakh tidak pernah mau tahu lagi tentang kisahnya bersama tenun ikat.

Eben Messakh kali ini bisa berpikir agak lurus. Dia melihat pamannya yang sedang murung, lalu berkata, *"Bapa eee ... beta su bilang kalau Bapa jangan tarlalu percaya deng orang-orang Jakarta. Mereka suka baku tipu. Lebe baek* kita bikin sofi, kita jual ke warung-warung kopi di Pantai Tode Kisar. Untungnya *lebe* besar. Kalau mereka mabok, itu sudah biasa. Biarkan saja."

Bapa Tua Hermanus Messakh membisu.

Esoknya, Kampung Oesao gempar. Mereka melihat Bapa Tua dan keponakannya berjalan-jalan di tengah desa dengan tubuh telanjang bulat sambil memegang botol sofi — mereka mabuk berat setelah seharian meminum minuman itu.

Bapa Tua, sambil berjalan dengan langkah terhuyung-huyung, terus-menerus mengoceh, "Itu Aci orang Jakarta, *dia su ambil beta pung rejeki. Dia su ambil ....*"

They only want to deceive us. Let's just make sofi. We can sell the liquor to the cafes and coffee shops at Tode Kisar Beach. We'll make a bigger profit. Ignore the drunks there — it is their normal way of life."

Hermanus remained quiet.

The next day, Oesao village was in an uproar. Hermanus and his nephew were staggering naked through the village while guzzling a bottle of sofi. Heavily intoxicated after drinking all day, the old man slurred, "That *aci* from Jakarta has taken away my fortune. That sister took it all away ...."

# Rahasia Pak Dwija

G. Budi Subanar

Penerjemah: Laura Harsoyo

Walaupun kami bertetangga telah cukup lama, Pak Dwija dan aku baru bersahabat setelah melayat bersama pada suatu hari pertengahan Agustus 1985. Pak Dwija pulang kantor lebih awal. Adi Malela, seorang mantan pejuang, meninggal karena usia tua. Menurut desas-desus, dia salah seorang teman Supriyadi, tokoh tersohor pejuang Pembela Tanah Air (PETA) yang melawan Jepang dalam pemberontakan 14 Februari 1945. Kehadiran Pak Dwija di tempat melayat membuka tabir hubungan antara dirinya dengan almarhum Adi Malela. Ternyata, keduanya selama ini memegang rahasia sekuat baja. Dalam sambutan sebelum pemberangkatan jenazah, Pak Dwija menyingkapkan yang selama ini hanya diketahui sebagai desas-desus.

"Mari kita menundukkan kepala untuk kepergian Bapak Adi Malela. Zaman pendudukan Jepang, kami dipertemukan saat pelatihan di sekolah perwira di Bogor. Kami ditugaskan bersama di Blitar sampai dipercaya memimpin pasukan, memegang komando dengan *katana,* pedang Jepang. Itu tanggung jawab tidak mudah. Almarhum bersama saya memang pernah bersama-sama menjadi teman seperjuangan Supriyadi. Ini beban pengalaman yang kami tanggung berdua. Bahkan, gara-gara itu kami sama-sama diadili dan dihukum di Jakarta oleh tentara Jepang." Pak Dwija tersedak. Dia membuang pandangannya ke kejauhan sebelum melanjutkan kata-katanya, "Sekarang, Bapak Adi Malela sudah menyelesaikan hidup dan perjuangannya. Semoga beroleh istirahat abadi di hadapan Sang Khalik pemilik kehidupan." Demikian sambutan Pak Dwija yang diungkapkan dengan suara berat dan terbata-bata.

Semenjak kematian tokoh pejuang itu, perangai Pak Dwija berubah seratus delapan puluh derajat. Dia tidak lagi tampak

# Mr. Dwija's Secret

G. Budi Subanar
Translated by Laura Harsoyo

Even though we had been next-door neighbors for a long time, Mr. Dwija and I only became acquainted after we both attended the wake of another villager on a hot mid-August afternoon in 1985. Adi Malela, a war veteran, had died of old age. According to rumors, Adi was a friend of Supriyadi, a famous rebel leader of the PETA, Pembela Tanah Air — Defenders of the Fatherland — Indonesian warriors who fought Japan in the anti-occupation uprising on February 14, 1945, in Blitar. The presence of Mr. Dwija at the wake suggested a close relationship between himself and the late Adi Malela.

In his eulogy, Mr. Dwija confirmed what had only been rumors all this time: Both he and Adi Malela had vowed to keep their friendship a deep secret while they were both still alive.

"Let us bow our heads in honor of Adi Malela," Mr. Dwija intoned. "We met during the Japanese occupation, in the Japanese military academy in Bogor. Together, we were assigned to Blitar, where we were entrusted to lead the Japanese troops and enforce discipline with *katanas,* Japanese swords. It was not an easy responsibility. The deceased and I had indeed become sympathizers of Supriyadi's rebellion against the Japanese occupation. This was an experience we shared. In fact, this was the reason that both Adi Malela and I were tried and convicted of treason in Jakarta by the Japanese military." Mr. Dwija cleared his throat and gazed into the distance before he continued in a heavy, mournful voice. "Now, Adi Malela has completed his life and struggles. May he receive eternal rest with the Creator of Life."

sebagai seorang bapak yang ramah dan riang. Wajahnya sering terlihat murung dan menjadi mudah gelisah.

Sering kali, sekira tengah malam, dari rumah Pak Dwija, kerap terdengar teriakan-teriakan tidak jelas. Rumah kami bersebelahan sehingga kami mendengarkannya dengan jelas. Beberapa tetangga pun berkata bahwa mereka mendengarkannya juga.

Waktu-waktu berikutnya, setiap sore hari, aku sering melihat Pak Dwija melamun di teras rumahnya pada saat aku melewati rumahnya itu dalam perjalanan pulang dari kampus.

Suatu sore, sekira sebulan setelah meninggalnya Adi Malela, kudengar suara serak Pak Dwija memanggil pada saat kulewati rumahnya. "Nak Mas, mampir! Masih kuliah sejarah, ya?" Pak Dwija agak berteriak.

"Ya, Pak," jawabku dari luar pagar sambil turun dari sepeda. Aku baru saja pulang dari kampus, usai bimbingan tugas akhir. Semester akhir ini, aku memang sedang disibukkan dengan penulisan tugas akhir bidang sejarah setempat — mulai dari bertukar pikiran dengan dosen pembimbing, pengamatan lapangan, pengkajian berbagai buku acuan, hingga pengolahan bahan kajian. Semua kegiatan itu benar-benar membuat perhatianku terkuras.

"Sini, sini, aku sedang butuh beberapa keterangan sejarah. Aku pengin mendengarkan kisah-kisah dari Masa Kerajaan Singhasari dan Majapahit. Siapa tahu bisa membantuku." Demikian kata Pak Dwija berharap padaku.

Demi rasa hormat padanya, kuikuti undangannya. Lama kami terlibat pembicaraan di teras rumahnya.

Sejak saat itu, Pak Dwija beberapa kali mengundangku untuk bercerita tentang sejarah kerajaan-kerajaan di wilayah Jawa Timur dan wilayah-wilayah Nusantara lainnya. Termasuk para penguasanya dan beragam kisah di seputar masa-masa itu. Kebiasaan ini menjadi kesempatan bagiku untuk mengulang dan mengembangkan hasil kuliah yang kuikuti dan mendalami pemahamanku terhadap buku-buku yang sudah kubaca.

⊢━━·━·━⊣

"Berkali-kali, anak-anak di rumah serta putri sulungku dan suaminya memberi saran padaku untuk menuliskan pengalaman masa laluku. Setiap kali mereka membicarakannya, aku diam. Aku menolak yang diminta oleh anak-anak dan menantuku untuk

After the wake for the revolutionist Adi Malela, Mr. Dwija's temperament changed one hundred and eighty degrees. My next-door neighbor was no longer a kind and cheerful father. Most of the time, he looked depressed and was easily agitated.

Often, around midnight, I heard shouts coming from Mr. Dwija's house. Some of the other neighbors said that they had heard the shouts, too.

In the afternoons, on my way home from school, I often saw Mr. Dwija sitting on his porch, deep in thought.

One such afternoon, about a month after the wake of Adi Malela, Mr. Dwija's hoarse voice called out as I passed by his house. "Son, come here. You study history, right?"

"Yes, sir," I answered from outside his fence. I was in a hurry, bicycling home from campus after discussing thesis ideas with my academic advisor for my final semester. My thoughts were preoccupied with preparing my final dissertation in the field of local history. A lot of field work and reading material required my attention.

"Come, come!" Mr. Dwija beckoned. "I need some historical information. I want to hear about the era of the Singhasari and Majapahit kingdoms. Who knows, maybe that will help me."

Out of respect, I accepted his invitation, and we engaged in a long conversation on the porch of his house.

After that day, Mr. Dwija often invited me to join him and talk about the history of the kingdoms in East Java and other regions of the Indonesia archipelago. He asked for facts about the rulers and other various developments around those times. These visits became opportunities for me to review and further explore my classroom lecture materials and to deepen my understanding of the books I had read.

———•———

One day, Mr. Dwija started our conversation in an unexpected way. "My children keep telling me that I should write about my past experiences. I remain silent every time they mention the idea. I have always ignored their requests to write down the experiences of my youth."

menuliskan pengalaman masa muda itu." Pak Dwija membuka percakapan. Terlihat dari cara dia menempatkan diri pada kursi tempat duduknya, dia agak gelisah. Sementara, aku duduk dengan kepala agak tertunduk sambil menunggu kalimat selanjutnya.

"Nak Mas tahu riwayat hidup Pak Adi Malela yang meninggal bulan lalu?" tanya Pak Dwija. Dia seperti memeriksa lagi pengetahuanku tentang almarhum temannya.

"Saya tidak begitu mengenalinya, Pak. Kata beberapa tetangga dekatnya, beliau orangnya agak samar-samar, Pak," jawabku berhati-hati.

"Apakah setelah kubeberkan pada saat pemakamannya semua menjadi jelas?" tanya Pak Dwija mencari tahu.

"Saya tidak banyak tahu. Katanya, Pak Adi itu menyimpan sebuah katana di rumahnya. Itu barang mahal, Pak. Ada orang yang membuat tiruannya dan memperdagangkannya. Benda pusaka yang dijadikan barang dagangan," kataku sekenanya.

"Hush, jangan menyebut pedang samurai itu barang mahal." Pak Dwija memalingkan pandangannya. Matanya yang keruh melayang seperti mencari sesuatu di kejauhan. Dia meremas-remas tangannya sambil bergumam, "Karena barang itu, aku sekarang sering berteriak-teriak kalau malam."

Ucapannya membingungkanku dan, karena tidak tahu bagaimana menanggapinya, aku hanya diam.

Pak Dwija berdehem beberapa kali, lalu berkata, "Jadi, begini. Aku dan Pak Adi Malela itu dulu pernah menjalani pelatihan di *rensetai,* sekolah perwira untuk tentara PETA, Pembela Tanah air. Kami pernah menjabat sebagai komandan kompi, *chudanco* istilahnya. Kami disapa *Chudanco Adi Malela* dan *Chudanco Dwija.* Kami bersama-sama di Batalyon Pendidikan Pembela Tanah Air di *daidan*, Markas Komando, Blitar. Umur kami belum tiga puluh tahun saat itu." Pak Dwija mulai bercerita. "Supriyadi pada saat itu menjabat komandan peleton, *shodanco.* Sebenarnya, kami atasannya ...," suara Pak Dwija pelan mendatar.

"Oh, begitu ya Pak. Saya sama sekali tidak pernah mendengar sebelumnya," kataku terus terang.

"Sstt, memang ini rahasia kami. Lebih dari empat puluh tahun lamanya, kami hidup dengan rahasia kami. Kami bersikap

Mr. Dwija seemed slightly uncomfortable about sharing this information with me, so I waited silently for his next words, with my head slightly bowed.

"Do you know the life story of Mr. Adi Malela?" Mr. Dwija asked, as if wondering how much I knew about his deceased friend.

"I didn't really know him, sir," I responded cautiously. "According to his closest neighbors, he was a rather unusual person."

"His story did not become clearer after all I revealed during the wake?"

"I don't know much," I repeated. "Rumors have it that Mr. Adi kept a katana in his house. A Japanese sword is an expensive item, sir. There are people who duplicate and trade them — heirlooms that are treated as merchandise."

"Hush! Don't refer to a samurai sword as an expensive item." Mr. Dwija's cloudy eyes looked into the distance. Squeezing his hands together, he muttered, "It's what often makes me scream at night."

His words confused me, and because I didn't know how to respond, I kept quiet.

Mr. Dwija cleared his throat several times and then began his story. "So, here it is. Mr. Adi Malela and I underwent training together at Rensei-tai, a platoon commander school for PETA soldiers, Defenders of the Fatherland. We served as *chudanco*, company commanders, and we were addressed as Chudanco Adi Malela and Chudanco Dwija. We were assigned together at the Educational Battalion of the PETA at the Command Headquarters in Blitar. We were barely thirty years old then. At that time, Supriyadi was a platoon commander, a *shodanco*. We were actually his superiors." Mr. Dwija's voice trailed away.

"I've never heard that before," I said truthfully.

"Shh, this indeed was our secret. For more than forty years, we lived with our secrets and kept things under wraps." Mr. Dwija held my eyes firmly with his own.

"My defense broke when Chudanco Adi Malela passed away," Dwija continued. "He was my best friend, and he left a gaping hole in my life. After his death, I have nightmares about our bitter experiences, about being beaten by the Japanese soldiers. Those of us at the company and battalion levels bore the consequences."

memegang rahasia sekeras baja." Pak Dwija mengungkapkannya dengan tegas, matanya memandangiku dalam-dalam.

"Semenjak sahabatku Chudanco Adi Malela meninggal, pertahananku jebol. Seperti ada sebuah lubang yang menganga dalam hidupku. Aku jadi banyak bermimpi buruk setelah kepergiannya. Pengalaman-pengalaman pahit yang selama ini kami simpan bermunculan kembali, terutama saat dihajar tentara Jepang habis-habisan. Ini gara-gara peleton Shodanco Supriyadi yang memberontak. Kami yang ada di tingkat kompi dan batalyon kena getahnya ...." Suara Pak Dwija putus-putus. Badannya mulai gemetar. Dia meremas-remas tangannya seolah menenangkan dirinya sebelum memandangiku dengan tatapan putus asa.

"Ya, Pak," jawabku. "Terima kasih saya boleh mendengarkan kisah sejarah Bapak di masa itu," kataku lagi.

Setelah berdiam sesaat, Pak Dwija meneruskan percakapan. "Nak Mas lebih mendalami sejarah abad delapan belas dan sembilan belas ya?" Pak Dwija bertanya seperti mengalihkan pembicaraan. Dia sepertinya tertarik dengan tema tugas akhirku.

"Iya, Pak. Ini satu pokok besar baru yang sedang diperkenalkan. Ada beberapa pengajar kami yang punya keahlian di bidang tersebut." Jawabku terus terang.

"Pantesan. Kalau aku tanya lebih mendalam dari masa Singhasari dan Majapahit, selalu mengatakan itu wilayah arkeologi karena terkait dengan peninggalan candi-candi. Atau, kemungkinan lain, menyebut sastra Jawa Kuna karena terkait dengan naskah-naskah sastra zaman itu. Mungkin, Nak Mas perlu tahu. Aku waktu sekolah guru dulu malah sempat mendapat pelajaran Jawa Kuna. Guru-guru kami masa itu masih senang mengajak murid-muridnya membuka tulisan-tulisan *Adi Parwa* bagian awal kisah Mahabarata dan sejenisnya. Sekarang malah Nak Mas sudah tidak mendapatkan kuliahnya."

"Saya tidak tahu kalau dulu Pak Dwija jadi guru sekolah," kataku menyela.

"Ya, memang tidak banyak orang tahu aku dulu guru sekolah. Itu sudah masa lalu," katanya.

"Tapi, Pak Dwija beruntung bisa membaca dan diajak mendalami sumber-sumber yang penuh ajaran budi pekerti dari warisan sastra Jawa Kuna. Sekaligus dengan sejarah-sejarah yang

Again, Mr. Dwija's voice trailed away, and he began to tremble. He squeezed his hands together as if trying to calm himself before looking at me sadly.

"Thank you for allowing me to hear your stories of the past," I said.

After a moment of silence, Mr. Dwija abruptly switched the subject. "You're studying the history of the eighteenth and nineteenth centuries as the theme of your thesis, aren't you?"

"Yes, sir. It is a new subject, and several of our lecturers have expertise in this field."

"No wonder. When I research deeper into the Singhasari and Majapahit eras, they are always referred to as archeological sites, due to the temple ruins. Or, Ancient Javanese literature is mentioned, as it is related to literary manuscripts of the era. Perhaps, son, you should know that when I was studying to become a teacher, I studied the Ancient Javanese language. Our teachers back then were happy to invite students to read the writings of Adi Parva — "The Book of the Beginning," the first of eighteen books of the Mahabharata epic, and the likes. It seems that now this course is no longer taught —"

"I didn't know that you used to be a schoolteacher!" I interrupted.

"Yes, not many people know that I was a schoolteacher. That is in the past."

"But you were fortunate to read and be invited to explore the sources that are full of characteristic teachings from the Ancient Javanese literary heritage, as well as the history around them," I said. "Nowadays, the disciplines are separated, sir. Archeology is a separate subject; Ancient Javanese literature is another subject; and history is a subject of its own. It is as if they are not interrelated with each other. Then, a person has to be somewhat fluent in the language that pertains to each discipline. For history, for example, I had to make a great effort to master the Dutch language, as most of the books and documents are written in Dutch. It was only recently that I was able to read the resource material I needed."

"Yes, I was a teacher for several years," Mr. Dwija continued. "A young teacher, according to the meaning of my name. My teaching career was interrupted by the arrival of Japanese troops. Ordinary life fell apart. Schools were taken over. The Japanese needed people capable of leading others, to take care of and

ada di sekitarnya. Sekarang, kami sudah dikotak-kotakkan, Pak. Arkeologi sendiri, Sastra Jawa Kuna sendiri, Ilmu Sejarah juga dipelajari sendiri. Sepertinya tidak terkait satu sama lain. Perangkat bahasanya juga harus khusus. Untuk bidang sejarah, menguasai Bahasa Belanda saja, saya perlu usaha setengah mati. Bacaan buku-buku dan dokumen laporannya sebagian besar berbahasa Belanda. Belum lama inilah saya bisa membaca sumber-sumber yang saya butuhkan."

"Ya, aku sempat jadi guru beberapa tahun. Seorang guru muda sesuai namaku, Dwija Taruna. Tapi terputus dengan kedatangan tentara Jepang. Semua jadi kacau. Sekolah-sekolah diambil alih. Guru-guru ada yang dicalonkan jadi pelatih bela negara. Jepang butuh orang yang mampu memimpin orang lain untuk mengurusi dan melatih para pemuda yang dikumpulkan dari berbagai daerah. Aku bersama Pak Adi termasuk di antaranya. Kami dipaksa untuk membentuk pasukan rakyat yang menjadi mesin perang melawan Sekutu dan dipaksa ikut menindas tenaga *romusha,* tenaga kerja paksa yang menderita untuk membangun jalan dan berbagai sarana tentara yang lain. Kami harus menutup mata terhadap *kumiai,* pemerasan dan perampasan harta rakyat ditambah bermacam-macam pajak sehingga mereka semakin sengsara. Zaman serbasulit. Betul-betul serbasulit." Pak Dwija menghentikan ceritanya sambil menerawang.

"Aku belum bisa melanjutkan ceritanya. Belum sanggup.... Mungkin masih butuh waktu untuk mencernanya kembali. Kenangan-kenangan pahit yang berseliweran. Dan, ah, siksaan-siksaan itu terlalu berat. Sungguh-sungguh di luar perikemanu-siaan." Pak Dwija menghela napas dalam-dalam.

Aku duduk diam, tidak berani menanggapi ungkapannya.

"Kapan-kapan akan kuceritakan lagi," katanya menyudahi percakapannya.

Aku mohon pamit dari pertemuan sore itu.

Malam hari, aku mendengar teriakan-teriakan dari rumah Pak Dwija. Teriakan-teriakan yang tidak jelas. Aku tidak bermaksud untuk mencari tahu apa yang diteriakkannya. Tidak ada sepatah kata pun yang dapat kupahami. Entah, apakah Ibu Dwija atau putra-putrinya paham dengan teriakan-teriakan yang keluar dari mulut Pak Dwija.

train the young people gathered from various regions. Adi and I were among those leaders. We were forced to form a people's army to fight against the Allied Forces and to join in suppressing the *romusha*, Indonesian slave laborers, who suffered and died to build roads and army facilities. We had to turn a blind eye to *kumiai*, an extortion and deprivation of people's properties through various taxes, which made them even more miserable. It was a horrendous, painful time. Really very difficult."

Mr. Dwija halted his reminiscing, then said, "I can't continue the story. I can't. Perhaps I need more time to digest these horrible memories still haunting me. Oh, God, the excruciating torturing was really beyond humanity." Mr. Dwija took a deep breath.

I sat quietly, not daring to comment.

"I'll tell you more, some other time." Mr. Dwija rose, ending the conversation.

That night, I heard Mr. Dwija screaming. I couldn't understand a single word, and I did not intend to find out. I wondered if Mrs. Dwija or their children understood what Mr. Dwija was screaming about. I couldn't imagine the anxiety that the Dwijas faced on such nights.

In the morning, it was as if nothing had happened. Mr. Dwija went to work, his children went to school, and Mrs. Dwija went to her job at the hospital.

The family's live-in housemaid, who kept the house clean, washed clothes, and cooked, also did not seem upset about anything. She did her chores as if nothing had happened. She had served Mr. Dwija's family for decades. Everything at Mr. Dwija's house continued as normal, as if Mr. Dwija's delirious screaming during the night would certainly pass and did not need to be worried about.

As usual, Mr. Dwija was waiting for me when I rode my bike home from campus. We took a seat on the porch together. In the middle of our conversation, Mr. Dwija switched topics. "I was tried for treason in the *Gunritsu Kaigi*, the Japanese military court in Jakarta. So was my friend, Chudanco Adi Malela. From Blitar,

Aku tidak bisa membayangkan kegelisahan Pak Dwija. Aku tidak bisa merasakan kecemasan Ibu Dwija dan putra-putrinya menghadapi malam-malam seperti itu.

Pagi harinya, seperti tidak terjadi apa-apa. Pak Dwija ke kantor hampir bersamaan dengan anak-anak yang berangkat ke sekolah atau kuliah. Ibu Dwija juga berangkat ke tempat kerjanya di rumah sakit.

Pembantu rumah tangga yang bertugas membersihkan rumah, mencuci pakaian, dan memasak, juga tidak merasa ada sesuatu yang perlu dikhawatirkan. Dia mengerjakan segala sesuatunya seolah tidak terjadi apa-apa. Toh, dia sudah puluhan tahun mengabdi di rumah keluarga Bapak Dwija Taruna.

Semua berjalan tanpa ada gejolak apa pun. Teriakan-teriakan Pak Dwija yang mengingau saat tidur malam tentu akan lewat dan tidak perlu dikhawatirkan.

•—••—•

Seperti biasa, Pak Dwija telah mengadangku sepulang dari kampus. Kami duduk di teras berdua. Di tengah percakapan, Pak Dwija mulai membeberkan lagi kenangan pahitnya. "Aku dulu diadili tentara Jepang dalam *Gunritsu Kaigi*, mahkamah pengadilan militer di Jakarta. Termasuk almarhum Chudanco Adi Malela," kata Pak Dwija menyela di tengah pembicaraan.

"Dari Blitar, kami dibawa ke Jakarta. Bertruk-truk jumlahnya. Katanya, dijanjikan tidak akan dilakukan tindakan apa pun. Ternyata, kami dimasukkan ke dalam penjara. Pakaian kami dilucuti, sampai hampir telanjang. Beberapa komandan, termasuk almarhum Adi Malela dan aku, ditempatkan secara terpisah. Kami dianggap sebagai tokoh-tokoh kunci yang merancang pemberontakan Februari itu. Anggota lainnya dikumpulkan di satu ruangan." Pak Dwija tampaknya mulai lancar dalam bercerita masa lalunya yang pahit itu.

"Iya, caranya tentara Jepang memaksa para pelatih PETA yang dikira terlibat dalam pemberontakan terlalu kejam. Aku dihajar dengan senjata *sinai*, batang bambu yang dibelah dan di dalamnya diisi per besi," katanya lagi.

"Berat rasanya kehilangan Chudanco Adi Malela yang mengalami nasib sama. Selama ini, dia menjadi sinar indah yang menerangiku. Dia menjadi sahabat yang hadir saat berbagai kesulitan melanda.

we were transported by truck to Jakarta. We were promised that nothing would happen to us, but we were put in prison. We were stripped of our clothes except for our underwear. Several commanders, including Adi Malela and me, were held separately. Other PETA members suspected of being involved in the uprising were placed in one room. We were considered the key rebel figures who had designed the February 14th rebellion against the Japanese. The Japanese soldiers were very cruel to the imprisoned PETA trainers and instructors. I was beaten with a *sinai*, a split bamboo club filled with iron springs."

Mr. Dwija stopped, and then continued. "It was hard losing Chudanco Adi Malela, who suffered the same fate as I. All this time, he was a beacon for me. He became a friend who was present when difficulties struck. In fact, when the burden of raising so many children almost destroyed me, he helped and encouraged me. Now that he is gone, I have to dig up all those hardships and remember them. It takes a lot of effort to write them down."

Mr. Dwija went inside the house, leaving me on the porch. When he returned, he held a fat envelope and a katana.

"In these notes, I have recorded almost all the incidents I can remember that have haunted me after the death of Chudanco Adi Malela. And these aren't all of them. All this time, we kept these experiences to ourselves because each of us knew what we shared. But after he died, those terrible events appeared in my mind and dreams without warning. My family tells me that I scream wildly in the middle of my sleep. My eldest son advised me to write down all those shocking memories. What shocking memories? What does he know about my experiences!"

Mr. Dwija brushed the memory aside. "Ah, never mind. Here are some notes." Mr. Dwija handed me the fat envelope filled with papers. "There are also several maps in there and a painting of Supriyadi's face. Please, son, let me give you this, since you will be a historian."

I had no words. I accepted the envelope with glistening eyes.

"Shh, son. This is the katana I told you about before." Mr. Dwija lay the rusty katana on the table. The handle was still sturdy, but the hand guard was missing. Mr. Dwija's gaze wandered.

Bahkan, saat beban keluarga akibat dari banyak anak yang harus kutanggung sehingga hampir menghancurkan diriku, dia membantu dan menguatkanku. Sekarang sepeninggalnya, terpaksa aku mengais-ngais lagi dan mengingatnya. Butuh usaha keras untuk bisa menuliskannya."

Pak Dwija meninggalkanku di teras. Dia masuk rumah. Keluar lagi membawa satu amplop dan sebuah pedang katana.

"Dalam catatan ini, kutulis hampir semua peristiwa yang bisa kuingat dan menghantuiku sepeninggal Chudanco Adi Malela. Memang belum bisa semuanya. Selama ini, kami bisa menyimpannya, karena kami masing-masing bertindak tahu sama tahu. Sepeninggal dia, duh, rasanya peristiwa-peristiwa itu muncul tanpa kendali. Kata orang serumah, setiap kali di tengah tidur, aku berteriak-teriak tidak keruan. Putra sulungku pernah secara sembrono menyarankanku. 'Pak, guncangan-guncangan itu ditulis saja.' Guncangan apa! Tahu apa dia dengan pengalaman-pengalamanku!"

"Ah, sudahlah," katanya sambil seperti menepiskan sesuatu. "Ini ada beberapa catatan di sini. Ada juga beberapa gambar peta. Dan lukisan wajah Supriyadi. Silakan, Nak Mas toh akan menjadi ahli sejarah. Jadi, pada Nak Mas catatan ini kuserahkan," katanya sambil menyerahkan satu sampul berisi kertas-kertas.

Aku menerimanya tanpa bisa berkata apa-apa. Hanya berkaca-kaca.

"Sstt, Nak Mas. Ini katana yang pernah kuceritakan dulu." Pak Dwija memegangi sebuah katana yang sudah berkarat, sambil menunjukkannya padaku. Gagangnya masih kokoh, tidak ada pelindung tangan di bagian pegangannya. Lalu, Pak Dwija meletakkannya di atas meja. Pandangannya kemudian menera-wang.

"Boleh saya melihat dan memegangnya?" tanyaku meminta izin.

"Jangan. Kamu tidak paham. Itu bukan barang mainan," kata Pak Dwija seperti bersalin tekanan suara daripada biasanya. Duduknya tegak. Tatapan matanya tidak mengarah kepadaku seperti kalau dia bicara dalam keadaan biasa.

"Kami sama-sama dihukum oleh pengadilan militer Jepang. Shodanco Supriyadi berhasil melarikan diri, menghilang dan

"May I hold it?" I asked.

"Don't!" Mr. Dwija barked. "Don't you understand it is not a toy?" Mr. Dwija's tone of voice was harsher than the way he usually talked to me. He sat up straight and did not look at me as he normally did when we spoke. He swallowed, and then continued his story.

"Chudanco Adi Malela and I were both convicted of treason by the Japanese military court in Jakarta. Shodanco Supriyadi was nowhere to be found. He simply disappeared and never returned. We battalion members, who were his superiors, and other PETA members, who served under him, were all convicted at the Japanese military court. The Japanese kept asking us about Shodanco Supriyadi's whereabouts. The memories of the long torture that accompanied the trial are what make me scream at night. I am unable to bear the burden after the passing of Chudanco Adi Malela."

I remained silent and did not dare look at Mr. Dwija, who remained seated rigidly in his chair.

"I am sorry, son. Maybe I should write more. Yes, my children and my son-in-law have suggested it. Please, son, go home now."

"Yes, sir. Thank you," I said, then added, "I'll be waiting for the story of the katana."

Mr. Dwija rose and stood silently next to me, as if willing me to move from my seat.

I, too, rose and, facing Mr. Dwija, bowed my head deeply towards him before saying goodbye.

"Yes, please," he answered, briefly.

⊢—·—·—⊣

A few days passed, and I didn't see Mr. Dwija on his porch when I biked by on my way home from campus. I missed him asking me about my thesis assignment and telling me about his experiences. I longed for our talks. Also, the story of the katana was unfinished; I was still waiting for the rest of the story. I was certain that when Mr. Dwija was ready, he would tell me the rest of it.

Then, one afternoon, Mr. Dwija's wife hailed me from the porch.

"Son, please stop by for a while," she said kindly.

I sat at my usual seat on the porch.

memang tidak pernah kembali. Kami jajaran anggota batalyon yang menjadi atasannya, dan anggota PETA yang lain di bawahnya, harus menjalani pengadilan militer Jepang di Jakarta. Tentara Jepang itu terus-menerus bertanya pada kami tentang keberadaan Shodanco Supriyadi. Siksaan-siksaan panjang yang mengiringi pelaksanaan pengadilan itu membuatku berteriak-teriak setiap malam. Aku tidak mampu menahannya sepeninggal Chudanco Adi Malela." Pak Dwija bercerita.

Aku diam tanpa menanggapi sepatah kata pun. Aku juga tidak berani memandangi Pak Dwija yang tetap duduk tegap di tempatnya.

"Maaf, Nak Mas. Mungkin aku masih harus menuliskannya lagi. Iya, anak-anak dan menantuku telah menyarankannya. Silakan, Nak Mas pulang."

"Ya, Pak. Terima kasih," jawabku singkat.

"Saya menunggu cerita rahasia katana," kataku sebelum pamit.

"Terima kasih," kata Pak Dwija sambil berdiri. Dia berdiri tegap di sebelahku, seakan mengiringkanku segera beranjak dari tempat dudukku.

Aku beranjak dan berdiri menghadap Pak Dwija. Menundukkan kepala dalam-dalam ke arahnya, lalu pamit.

"Ya, silakan," jawabnya singkat.

⊢—·—·—⊣

Beberapa hari kemudian, aku lewat halaman rumah Pak Dwija tanpa diadang oleh Pak Dwija. Biasanya dia memintaku singgah dan mengajakku berbincang-bincang — menanyai tugas akhirku atau bercerita tentang pengalamannya. Aku merasa seperti ada sesuatu yang kurang.

Kisah katana sepertinya belum selesai diceritakannya. Masih ada yang kutunggu kelanjutan ceritanya. Ah, suatu ketika, Pak Dwija pasti menceritakannya.

Suatu sore, Bu Dwija mengadangku. Dia mempersilakan aku singgah.

"Nak Mas, tolong mampir sebentar," katanya ramah.

Aku duduk di tempat biasanya. Bu Dwija masuk ke rumah dan keluar lagi dengan beberapa lembar kertas di tangan.

Mrs. Dwija went into the house and returned with several pieces of paper in her hand. "For the past few days, Mr. Dwija has been ill," she said. "In fact, he is sleeping right now. He asked me to give you these papers, son. He asked that you read them here. Please." She handed me the papers.

Mrs. Dwija went into the house, then returned with a cup of tea for me.

I began reading Mr. Dwija's writing. Being a teacher before the arrival of the Japanese, the letters flowed like calligraphy, with a certain rhythm across the page.

I read:

*Finally, after a month of interrogations, a Japanese military court passed our sentence. Chudanco Adi Malela and I were sentenced to fifteen years in prison. Other penalties varied. Our bodies were bloody and scarred from lashings. Two of my teeth were broken. We didn't know what our ultimate fate would be.*

*A few months after Indonesia's independence, we were released from prison. Chudanco Adi Malela and I agreed to return to Blitar. We hoped to find someone in Blitar who would still remember us. Two katanas, left in the former Defenders of the Fatherland Educational Battalion at the Daidan Blitar Command Headquarters, were handed to us. Those who had escaped the Japanese court still recognized us. We were truly moved.*

*Both of us were offered the chance to be members of the Indonesian People's Army with the rank of Lieutenant Colonel. We wondered if we were worthy of the position and decided to leave the military. How could the Indonesian army have members like us who were still traumatized by the torture of the Japanese soldiers? It would only be a disgrace. We chose to work in the private sector and went our separate ways, only to be reunited again in this village. Now that Chudanco Adi Malela is dead, I wonder when it will be my turn.*

There, Mr. Dwija's writing ended.

I looked at the empty chair in front of me, the chair where Mr. Dwija usually sat. I looked at the empty table, where Mr. Dwija had once placed his katana.

I put down the papers I had read and slowly leaned back in my chair.

———•◦•———

"Beberapa hari ini Bapak sakit, Nak. Sekarang juga sedang tidur. Beliau pesan untuk menyerahkan kertas ini pada Nak Mas. Bapak meminta Nak Mas membacanya di sini saja. Silakan." Katanya sambil menyerahkan kertas itu padaku.

Bu Dwija masuk rumah, lalu kembali dengan membawa teh untukku.

Aku mulai membaca tulisan tangan Pak Dwija — tulisan seorang guru pendidik sebelum kedatangan Jepang, dengan bentuk-bentuk hurufnya yang berirama.

*Akhirnya, setelah hampir sebulan menjalani pemeriksaan, hukuman pengadilan militer Jepang dijatuhkan. Kami masuk penjara. Chudanco Adi Malela dan aku dihukum lima belas tahun. Lain-lain hukumannya beragam. Badan penuh bilur-bilur bekas siksaan. Bahkan dua gigiku tanggal. Kami tidak tahu akan seperti apa nasib kami selanjutnya.*

*Beberapa bulan setelah kemerdekaan, kami dibebaskan dari penjara. Chudanco Adi Malela dan aku bersepakat bersama-sama kembali ke Blitar. Beberapa orang di Blitar masih mengenali kami. Dua katana komando yang ada di bekas Batalyon Pendidikan Pembela Tanah Air di Daidan Markas Komando Blitar diserahkan kepada kami berdua. Mereka anak buah yang lolos dari pengadilan Jepang yang masih mengenali kami. Sungguh terharu kami dibuatnya.*

*Kami berdua sempat jadi Tentara Rakyat Indonesia berpangkat Letnan Kolonel. Ah, apakah pantas penghargaan itu. Jadi, kami bersepakat meninggalkan tugas pekerjaan militer. Masak, tentara Indonesia di sebuah negara merdeka punya anggota yang menyandang luka bekas siksaan tentara Jepang. Ah, hanya akan menjadi aib. Kami memilih kerja di jalur sipil. Masing-masing berpisah. Ternyata dipertemukan lagi di kampung ini. Sekarang, Chudanco Adi Malela telah mendahuluiku. Entah kapan giliranku.*

Sampai di situ tulisan Pak Dwija selesai.

Kupandangi kursi kosong di depanku. Di situ, Pak Dwija biasanya duduk. Meja di depanku juga kosong. Di situ Pak Dwija pernah menempatkan katananya.

Aku meletakkan kertas yang selesai kubaca. Perlahan-lahan, aku menyandarkan diri pada kursi yang kududuki.

# Ketuk Lumpang

Muna Masyari

Penerjemah: Junaedi Setiyono

Bibir Arsap menyungging seolah mengejek. Matanya tidak lepas menatap orang-orang yang menyaksikan Marinten mengetukkan alu ke bibir lumpang. Sakit hati Arsap terobati sudah. Bara di dadanya padam tersiram.

Bulan alis mengintip dari balik pelepah janur. Petromaks mendesis-desis di langit beranda rumah, dikerubungi serangga. Sepasang paha sapi yang sudah dikuliti digantung sungsang di beranda dapur. Bau dupa tertindih bau satai bakar yang meruap terbawa angin.

Semula, irama ketuk lumpang yang berseiring dengan gemerincing tutup tempolong kuningan terdengar sumbang. Antara ketukan Marinten dengan lainnya tidak selaras. Bukan irama yang biasa dimainkan saat pembuatan dodol, penyembelihan sapi, panen raya, ataupun pada saat mengabarkan duka ketika ada yang meninggal dunia.

Ada rasa berbeda yang tercipta. Semakin didengar, menyerupai irama kabar duka, tetapi ketukan alu lebih halus dan patah-patah. Lain waktu, iramanya mengentak cepat. Tutup menangan bergemerincing nyaring serasa dalam semarak panen raya. Lalu melirih perlahan seperti terpagut angin.

Arsap tahu, itu bukan kesalahan semata. Pemainnya merupakan kesatuan kelompok yang diketuai Marinten, yang dikenal mahir dalam memainkan macam-macam irama ketuk lumpang. Sudah dikenal di penjuru kampung. Jika ada hajatan, orang-orang biasa mengundang mereka. Tidak mungkin Marinten keliru memimpin kawan-kawannya memainkan irama.

Marinten, selain mahir memainkan irama, juga memiliki daya pikat melebihi kawan-kawannya dan membuat orang selalu tertarik mengundang. Dengan mengenakan sampir batik bercorak

# Requiem for a Wedding

By Muna Masyari

Translated by Junaedi Setiyono

Arsap sneered as he watched the people gathered around Marinten tapping the lip of her bowl-shaped vessel with her *alu*, wooden pestle, making music with her band outside in his yard. He had recovered from his heartache, and the fury inside him had subsided.

A waning moon peeked out from behind the fronds of a coconut palm, while insects courted the hissing kerosene lamp on the verandah. Two steer hindquarters hung upside down from the rafters of the kitchen porch, curing. The fragrance of incense and roasting satay wafted in the wind.

At the beginning of Marinten's performance, the rhythm of the large wooden pestles hitting their vessels, along with the clanking brass lids, sounded discordant. Marinten and the other performers were not in sync. The music they played this night was different from the music they played to accompany the making of *dodol*, a sweet toffee-like confection, or the music they played when livestock was slaughtered for a special occasion, or the music they played to celebrate the harvest of crops or to express sympathy.

Tonight's music created a different atmosphere. The arrangement conveyed a condolence, but the tap of the alu was softer and irregular, interspersed with tapping that was quick and punctuated. Then, with the loud crashing of the cymbals, the music sounded like a harvest celebration, only to taper off, becoming softer and softer, as if it were carried by a breeze.

Arsap knew that the unusual rhythm was not due to lack of skill. Marinten and her band were known in the village as talented musicians capable of performing various rhythms of *ketuk lumpang*, a style of music using brass spittoon lids and wooden mortars and

kembang cengkeh, kebaya bunga-bunga, rambut disanggul miring berhias untaian kembang melati, Marinten berhasil mencuri perhatian di setiap acara. Meskipun berdandan seadanya, Marinten tetap terlihat cantik. Sederhana, tapi memesona. Ada yang bilang, Marinten memiliki daya pikat yang diwariskan ibunya.

Menurut cerita orang-orang, dulu ibu Marinten juga pandai memainkan ketuk lumpang. Irama yang dimainkan mampu melepas lelah saat panen raya, menyemarakkan suasana dalam acara perkawinan maupun khitanan, dan bisa membuat orang terhanyut kesedihan saat dimainkan untuk mengabarkan duka.

Bila ada acara hajatan yang mengundang dirinya, para undangan segera datang berduyun-duyun. Bunyi ketukan alu yang beradu dengan gemerincing tempolong kuningan seolah menyihir mereka untuk segera hadir. Yang semula berhalangan, tetap mengusahakan hadir demi melihat ibu Marinten mengetukkan alu bersama kawan-kawan dalam memainkan irama ketuk lumpang.

Sama dengan Marinten, ibunya juga menjadi pusat perhatian para undangan ataupun orang-orang yang hadir sekadar menonton. Banyak pemuda kampung terpikat dan terkagum-kagum pada kecantikan serta kemahiran ibu Marinten dalam memainkan ketuk lumpang. Kemampuan itulah yang diturunkan pada Marinten.

Setiap panen raya ataupun musim perkawinan, Marinten dan kelompoknya tidak pernah sepi undangan. Bahkan ada yang terpaksa ditolak karena waktunya berbenturan.

Akan tetapi, irama yang dimainkan Marinten sekawan malam ini sungguh berbeda. Iramanya kadang terdengar sedih, marah, lalu tiba-tiba berirama kacau sebagaimana orang yang tengah dilanda putus asa.

Sebagaimana perhatian para undangan, mata Arsap tidak lepas dari sosok Marinten di halaman. Dia menikmati kacaunya irama ketuk lumpang yang dimainkan perempuan itu sebagai irama kemenangan, membayar kekalahan.

•—•—•

Malam merangkak perlahan. Ketukan alu dan gemerincing tutup tempolong kuningan semakin jelas terdengar. Bau satai bakar kian meruap. Undangan dan penonton tidak ada yang

pestles that originated from Madura Island in Indonesia. Marinten's band was usually invited to perform at all the gatherings in the village. During every harvest and wedding season, Marinten and her musicians never lacked for invitations to play. They even had to turn down invitations because dates overlapped one another. There was no way that Marinten had made a mistake in directing her fellow musicians.

Aside from being an accomplished musician, Marinten was charming, which made her even more popular. Although Marinten dressed simply, she looked beautiful. Wearing a batik shawl with a clove-flower pattern and a flowered *kebaya,* an Indonesian long-sleeved blouse, with her hair put up in a slanted chignon and decorated with strands of jasmine, Marinten drew people's attention on every occasion. Her appearance was plain, but attractive. People said she had inherited her mother's charisma.

According to village talk, Marinten's mother had also been a skilled ketuk lumpang musician. It was said that her tapping could relax tired muscles after a big harvest, enliven the atmosphere during a wedding celebration or circumcision ceremony, and console mourners drowning in sadness at a funeral.

Whenever Marinten's mother was invited to play, the invited guests thronged to the occasion, as if seduced by the music of tapping pestles and clanking brass lids. Even those with conflicting obligations made arrangements so they could come watch Marinten's mother and her friends perform the ketuk lumpang music.

Like Marinten, her mother had been the center of attention, not only from the invited guests, but also from the uninvited party crashers. Young men in the village were attracted to her beauty and impressed by her competence in playing ketuk lumpang. Marinten had obviously inherited these attributes.

But this night, the music that Marinten and her group played was quite different. The music sounded sad, then angry, then suddenly chaotic. The cadence of the piece expressed despair.

Along with the other guests, Arsap could not take his eyes off Marinten's figure in the middle of his yard. He enjoyed listening to the incongruous rhythm of the ketuk lumpang music, and he

beranjak meskipun irama yang dimainkan Marinten sekawan tidak sesuai dengan acara dan cenderung kacau. Bayi-bayi lelap dalam gendongan ibunya.

Arsap mengisap batang rokoknya dalam-dalam, lalu mengembuskan perlahan. Asap bergulung-gulung, melayang ke udara. Puntung rokok menumpuk di pinggir tatakan cangkir. Wajik dan dodol masih tersisa empat kerat di piring.

*Pantang bagi lelaki direndahkan oleh perempuan!* Arsap membatin sambil tersenyum pongah.

Penolakan lamaran oleh ibu Marinten telah membakar hati Arsap. Ditolak tanpa alasan sungguh suatu penghinaan! Padahal, dia dan Marinten sudah mengikat hati sejak keduanya menginjak remaja.

Maka, dengan darah mendidih, Arsap pun meminta pada ayahnya agar dicarikan seorang perempuan yang bersedia dinikahi secepatnya. Maksar, yang semula sudah berkeberatan Arsap melamar Marinten, mencari calon menantu dengan segera.

Begitu Maksar menemukan perempuan yang dirasa cocok dinikahi Arsap, mereka pun melamarnya. Sesuai kemauan Arsap, tanggal pernikahan dimusyawarahkan secepat mungkin.

Tidak lebih dari dua pekan sejak ibu Marinten menolak lamaran Arsap, tanggal baik pun ditetapkan. Arsap sengaja mengundang Marinten memainkan ketuk lumpang pada malam menjelang pernikahannya. Tentu untuk menyirami bara di hati. Untuk menunaikan penghinaan yang ditanggungkan oleh ibu Marinten.

Bunyi ketuk lumpang terus bertalu. Bau dupa yang baru dibakar sebagai ganti yang sudah mati datang menyerbu. Sebagian para ibu yang bertugas menyiapkan ragam masakan untuk undangan besok pagi masih sibuk di dapur.

Malam merangkak semakin lamban. Arsap dan ayahnya masih menemani para kerabat dan undangan di beranda. Maksar tampak bergembira dengan tawa yang kadang terbahak di sela-sela obrolannya. Dodol dan wajik tinggal dua kerat. Cangkir-cangkir sudah menyisakan ampas.

Tiba-tiba Arsap melihat kemunculan Kakek Samulla di halaman dengan sebatang rokok mengepul terjepit di sela jarinya. Jalannya melambat memerhatikan Marinten dan kawan-kawan.

considered Marinten's off-beat performance a retribution for his defeat.

The night moved on slowly. The tapping and clanging of brass tops became more pronounced. The aroma of satay roasting on hot grills filled the air. Although the music Marinten played was not traditional to the occasion and sounded off-key, guests stayed to listen. Babies slept soundly in the warm safety of their mother's sling.

Arsap took a deep drag on his cigarette and exhaled slowly. The smoke coiled into the air. Cigarette butts piled high on the edge of his saucer. Only four pieces of *wajik*, an Indonesian sweet made of glutinous rice, and dodol remained on the serving platter.

*A woman should not underestimate a man!* Arsap thought arrogantly. Remembering Marinten's mother's refusal of his wedding proposal to Marinten still infuriated him. To be refused without any reason was quite a humiliation, especially since he and Marinten had been in love since they were teenagers.

Consequently, Arsap asked his father, Maksar, to find him a girl who *was* willing to be married — immediately.

Maksar, who also had objected to his son wanting to marry Marinten, immediately started looking for a prospective daughter-in-law. When Maksar found a girl he considered an appropriate wife for Arsap, Maksar proposed to her for his son. Less than two weeks after Marinten's mother had refused Arsap's proposal, the date for Arsap's wedding was set.

Arsap invited Marinten to perform ketuk lumpang on the eve of his wedding, with the sole intention of retaliating against Marinten's mother, while extinguishing the hot humiliation, anger, and heartache that flamed his heart.

As the music of the ketuk lumpang continued, the scent of a new block of incense that had replaced the burned one drifted through the house. In the kitchen, women busily continued preparing food for the wedding guests.

The night dragged on. Arsap and his father mingled with their relatives and guests on the veranda. Maksar seemed happy, his laughter interspersing the conversations. Now, only two pieces of

*Mau apa lelaki tua itu*, pikir Arsap. Dia menyikut lengan ayahnya. Tawa Maksar terhenti seketika, mengikuti arah pandangan Arsap. Maksar menatap Kakek Samulla dengan mata tidak suka.

Langkah Kakek Samulla terhenti sebentar, mengamati Marinten yang tengah memainkan ketuk lumpang dari jarak yang cukup dekat. Dia tidak segera naik ke beranda untuk menemui tuan rumah. Tatapannya aneh. Cara mengembuskan asap rokok perlahan dari mulutnya memberi kesan ada suatu kepahaman yang berhasil diraba.

Dada Arsap rusuh menggemuruh. Dia pernah diceritai ayahnya tentang sosok tua itu.

———•—•———

"Memalukan!" ibu Marinten marah-marah menyambut kedatangan anaknya.

Daun pintu ditutup lagi dengan kasar. Dari tadi, ibu Marinten tidak bisa memejamkan mata mendengarkan bunyi ketuk lumpang yang dimainkan Marinten di rumah Arsap.

Marinten diam. Perempuan itu nyelonong masuk, mengempaskan pantat pada kursi kayu dengan wajah layu. Dia melepas untaian kembang melati di sanggulnya.

"Bagaimana kamu bisa memainkan irama sekacau itu? Bukankah kau sudah mahir memainkan irama untuk acara perkawinan?" pertanyaan ibu Marinten masih bernada gusar meskipun suaranya sedikit kurang jelas.

Sambil mengunyah sirih-pinang, ibu Marinten mondar-mandir di depan anaknya. Sesekali membuang ludah pada kaleng bekas berisi abu tungku di dekat kaki lincak. Wajahnya mengeras. Bibirnya basah dan merah. Lalu mencecar Marinten lagi dengan pertanyaan-pertanyaan yang tidak tuntas dia pikirkan sejak tadi. Kemarahan dimuntahkan.

"Kenapa pula teman-temanmu ikut bermain tak karuan? Seharusnya kalian menyelaraskan irama satu sama lain!"

Marinten tidak menyahut.

"Itu pasti gara-gara kamu! Pikiranmu ke mana-mana!"

"Bukankah Ibu yang mengajariku memainkan ketuk lumpang dengan menyatukan jiwa dan pikiran? Menghayati penuh perasaan. Dalam acara gembira, kita harus bermain dengan jiwa riang. Begitu

dodol and wajik were left on the serving platter, and only coffee dregs remained in the cups.

Suddenly, Arsap noticed old man Samulla in the yard. Holding a burning cigarette between his fingers, the old bachelor approached slowly while watching Marinten and her group play.

*What is the old man doing here?* Arsap wondered. He nudged his father's arm with his elbow. Maksar followed Arsap's gaze and abruptly stopped laughing. He frowned, looking at old man Samulla.

Samulla didn't walk to the verandah to greet the host. Instead, he stood still near the musicians and watched Marinten play the ketuk lumpang with a strange look in his eyes. Slowly exhaling his cigarette smoke, he looked as if he had discovered some kind of truth.

Arsap's heart pounded in his chest as he remembered what his father had told him some time ago about that old man.

Soon, the ketuk lumpang performance was over, and Marinten left to walk home. She saw Samulla waiting for her on the roadside.

The old man, who had never married, told Marinten her mother's story. Now Marinten understood why her mother had refused Arsap's proposal.

———•–•———

That night, Marinten's mother could not fall asleep. Sitting by the window, she listened to the discordant sounds of ketuk lumpang music her daughter was playing at Arsap's wedding celebration.

Suddenly, the front door whooshed open, then slammed shut. Without greeting, Marinten stomped into the house and dropped onto one of the wooden chairs. Sulking, she removed the strands of jasmine from her hair and loosened her chignon.

"Shame on you!" Marinten's mother reproached her daughter angrily. "How could you play so poorly? Don't you know how to perform wedding music?"

Chewing on a wad of betel leaves, Marinten's mother paced in front of her daughter. Every so often, she spat betel juice into the earthen stove's ash can sitting near the leg of a bamboo bench. Her face hardened as she bombarded Marinten with questions that had been bothering her all night.

pun sebaliknya. Dengan begitu, irama yang kita mainkan akan mampu menyentuh hati siapa saja yang mendengar. Menggiring mereka pada kedalaman jiwa dan rasa yang sedang kita hayati. Bukankah begitu?"

"Betul. Lalu kenapa yang kaumainkan tadi iramanya jadi seperti itu? Seharusnya kau memainkannya dengan jiwa bahagia."

"Aku sudah memainkan ketuk lumpang dengan jiwaku. Jadi, tidak ada yang perlu kusesali."

"Kamu diundang untuk acara pernikahan, bukan kematian!" suara ibu Marinten meninggi.

Geraham Marinten bergesekan. "Apa aku harus bahagia dengan perkawinan Kak Arsap?" dia bangkit, menatap ibunya lekat-lekat, lalu menggeleng keras. "Tidak, Bu!"

"Dasar bodoh! Kau menyesal karena aku menolak lamaran Arsap?"

"Beri aku alasan, kenapa Ibu menolak lamarannya?"

"Dia tidak baik untukmu. Kau boleh menikah dengan siapa pun asal bukan dengannya!"

"Dengan siapa pun?" Senyum Marinten menyeringai mengejek, belum yakin ibunya tidak akan menjilat ludah sendiri.

"Ya! Dengan siapa pun!" ibu Marinten menegaskan.

Dagu Marinten sedikit terangkat, "Baik, kalau begitu, besok pagi aku akan ke rumah Kakek Samulla, menerima lamarannya untuk menikahiku!" Marinten meninggalkan ibunya begitu saja.

Ibu Marinten tercekat di tempat. Kunyahan pinang-sirih di mulutnya terhenti. Sekian detik matanya tidak berkedip meskipun punggung Marinten sudah lenyap di balik pintu.

Sementara, Marinten merebahkan tubuhnya pada lincak. Mengempaskan napas. Pikirannya mengawang. Marinten sudah tahu dengan alasan apa ibunya menolak lamaran Arsap. Antara Kakek Samulla, Maksar, dan ibunya, ternyata pernah terlibat suatu persoalan.

Dulu, Maksar dan Kakek Samulla sama-sama menyukai ibu Marinten. Keduanya sering mencegat ibu Marinten di jalan ketika pulang dari undangan. Dua lelaki yang beda usia itu berebut akan melamar ibu Marinten. Namun, ibu Marinten menjatuhkan hatinya pada Maksar. Selain lebih muda, lebih gagah, dan tampan, Maksar juga pintar meramu kata-kata manis. Kakek Samulla,

"Why did your musician friends follow your lead? Everyone knows you should harmonize the rhythm with one another!"

Marinten didn't respond.

"The performance was a failure because of you! Your thoughts were everywhere except on what you were invited to do!"

"Was it not you, my mother, who taught me to unite my soul and thoughts when I play ketuk lumpang? You said that we have to instill all our feelings in our music. For a happy occasion, we must play with gladness in our soul, and the other way around. Thus, the music we play can touch the hearts of our audience. The music should enable them to reach the depths of their souls and experience the feelings we are instilling. Am I right, Mother?"

"Yes, you are right," said her mother. "So, then, why didn't the music you played convey that? You should have played happy tunes!"

"My soul was in the music I played; there is nothing I regret."

"You were invited to play at a wedding, not a funeral!"

Marinten gritted her teeth. "I'm supposed to be happy at Arsap's wedding?" She rose from her seat, glared at her mother, then shook her head hard. "No, Mother!"

"How stupid you are! You are upset that I refused Arsap's proposal to marry you?"

"Give me one reason you refused his proposal."

"He is not good enough for you. You may marry whoever you want — except him!"

"Marry whoever I want?" Marinten sneered.

"Yes! Marry whoever you want to marry!"

Marinten threw her head back and laughed. "All right! Then, tomorrow I will go to old man Samulla's home and accept his proposal of marriage!"

Marinten's mother stopped chewing her wad of betel leaves. Shocked, she stared at her daughter's back as Marinten vanished through the door.

———•———

Reclining on a bamboo bench on the verandah, Marinten slowly exhaled while her thoughts drifted to what Samulla had told her earlier that night — why her mother had refused Arsap's

yang saat itu sudah hampir berkepala empat, tidak berdaya atas pilihan ibu Marinten.

Maksar merasa memperoleh kemenangan tanpa harus berperang. Dia berniat melamar ibu Marinten secepatnya. Namun, orangtua Maksar justru tidak setuju karena ibu Marinten dikabarkan memiliki susuk pemikat, lalu mencarikan perempuan lain.

Kakek Samulla berang. Dia tidak terima Maksar menyianyiakan ibu Marinten begitu saja dengan tuduhan yang belum tentu benar adanya. Terjadi pertengkaran sengit antara mereka berdua. Hampir saja terjadi *carok*, adu celurit.

Marinten yakin, menolak lamaran Arsap merupakan suatu cara ibunya untuk membalik cerita masa lalu. Membayar sakit hati pada keluarga Maksar yang selama ini dipendamnya. Kalaupun dia menyuruh Marinten memenuhi undangan mereka memainkan ketuk lumpang, biar terkesan seolah tidak pernah terjadi apa-apa.

Marinten meringis. Begitu manis ibunya bersandiwara. Geraham Marinten kembali bergesekan. Tatapannya menggantung di langit-langit kamar.

Sepulang dari undangan tadi, Kakek Samulla mencegat Marinten di jalan. Dari lelaki tua yang belum pernah menikah hingga sekarang itulah Marinten mendengar kisah masa lalu ibunya, dan mendapatkan simpulan, mengapa ibunya menolak lamaran Arsap.

⊢—·—·—⊣

Dahi Marinten mengerut begitu membuka pintu. Dia mendapatkan alu yang digunakan semalam telah patah jadi tiga dan berserakan di beranda. Buru-buru Marinten berlari ke dapur. Hanya ada sepi. Mulut tungku masih dingin membisu. Marinten juga tidak melihat parang yang biasanya disandarkan pada palang kaki lincak.

Dada Marinten berdegup kencang. Kembali dia berlari ke beranda. Memungut dua patahan alu dengan hati cemas.

Kabut tipis masih bergelayut di dahan-dahan pohon kelapa. Marinten menatap jauh ke jalan.

⊢—·•·—⊣

proposal. It was a problem that involved Samulla, Maksar, and her mother.

A long time ago, according to Samulla, both he and Maksar had courted her mother. Both of them would wait for her when she walked home from an engagement. The two men — one old, one young — competed for her mother's hand.

Marinten's mother had chosen Maksar. Not only was Maksar younger, brawnier, and more handsome than Samulla, but he was also a slick sweet-talker.

Samulla, who was almost forty then, did nothing to change her mother's mind.

Maksar felt he had won a war he hadn't fought. He made plans to propose to Marinten's mother as soon as possible.

Maksar's parents, however, wouldn't agree. They'd heard that Marinten's mother owned a *susuk pemikat* — a magic gold pin that could bewitch a man — so Maksar's parents made him marry another girl.

Samulla was furious when he heard what happened. He could not believe that Maksar had abandoned Marinten's mother because of a rumor. The two men quarreled bitterly and almost fought each other with sickles.

Now, lying on the bamboo bench, Marinten felt sure that her mother's refusal of Arsap's proposal was her way of settling her score with the past. It was her way of compensating for the hurt Maksar's family had inflicted on her, which she had kept buried all this time. She had told Marinten to accept Maksar's invitation to play the ketuk lumpang at Arsap's wedding celebration, to show his family that there were no hard feelings.

Marinten grimaced and clenched her teeth, staring at the ceiling. Her mother had put on a big show.

———·•·———

When she woke the next morning, Marinten looked about the verandah, and frowned. The alu she had used the night before lay broken into three pieces on the floor. Marinten ran to the kitchen. It was quiet there. The hearth was still cold. The cleaver that was usually propped up against one of the legs of the bamboo bench was gone.

Her heart racing, Marinten ran back to the verandah and anxiously picked up two pieces of the broken pestle.

Marinten gazed down the road. The light fog still hung on the branches of the coconut tree.

# Kisah Cinta Perempuan yang Diberkati Kiai Kambali

Ranang Aji Surya Putra
Penerjemah: Oni Suryaman

Di sebuah kota kecil, Pati, di pesisir utara Jawa, ada seorang perempuan muda nan cantik dan kaya. Dia selalu menjadi perbincangan hangat dalam masyarakat, baik itu di rumah-rumah maupun di jalanan. Semua itu berkat Kiai Kambali yang budiman dan sakti setengah mati. Kisahnya seperti ini.

Menurut cerita, Kiai Kambali adalah guru dari para guru di dunia jin dan manusia. Jika dia berjalan di antara jalan atau pematang sawah menuju gedung utama di daerah pondoknya yang luas, dapat dipastikan dia diiringi oleh seribu jin yang siap melayaninya sebagai tuan guru yang dimuliakan. Hal itu bisa disaksikan oleh semua makhluk di dunia, kecuali manusia.

Meskipun usianya masih tergolong muda, sekira empat puluhan tahun, karena keberhasilannya mendapatkan sesobek dari ribuan halaman kitab *Ratamalsya* milik Nabi Sulaiman (*yang semoga damai bersamanya*), tiba-tiba dia menguasai pengetahuan alam jin dan alam manusia. Kemampuannya ini jelas dinilai luar biasa karena banyak orang suci dari seluruh dunia memburu kitab tersebut tanpa hasil.

Hasil jerih payahnya itu diperoleh di sebuah gua di tepi Sungai Silugonggo setelah mengalahkan jin penguasa setempat dalam sebuah pertarungan maut yang disaksikan oleh para jin dan arwah-arwah suci para guru. Dengan hasil itu, dia kemudian mendapatkan ijazah atas penahbisan gurunya. Gurunya itu adalah seorang kiai yang memiliki ijazah dari guru lain dari Kalimantan yang berguru pada guru-gurunya sampai pada Syekh Hussein bin Hussein dari Iran. Syekh Hussein sendiri langsung berguru pada budak Sulaiman (*yang semoga damai bersamanya*), dari sebangsa jin. Berkat ilmu kesaktian dan kitab yang dimilikinya itu, Kiai Kambali menolong banyak orang.

# The Lovesick Lady

By Ranang Aji Surya Putra
Translated by Oni Suryaman

In Pati, a small town on the northern coast of Java, lived a young lady who was rich and beautiful.

She was often the talk in neighbors' homes, especially when women gathered for an *arisan* — a social get-together that included gossip and a low-stakes money game — and at weddings or during small talk, such as discussing Yu Giman's lice problem. She was also the talk on the street, where the unemployed men gathered at night, cursing their fate while numbing it with a bottle of diluted alcohol. Kiai Kambali, a powerful and kindhearted holy man, was the cause of it all. The story goes like this.

Kiai Kambali, who also lived in the northern part of Java, was the master of masters in the realm of jinn — supernatural spirits capable of assuming human or animal form. Whenever he walked down the road or across the rice field to the main building of his vast estate, Kiai Kambali was always accompanied by a thousand jinn ready to serve him as their revered master. These jinn were visible to all beings in the world — except humans.

Although he was still relatively young at the age of forty, Kiai Kambali had obtained a fragment torn from one of the thousands of pages of The Book of Ratamalsya, which belonged to the Islam Prophet Sulaiman (peace be upon him), son of the wise King of Israel. Kiai Kambali's achievement in attaining this holy relic received high acclaim, because holy men around the world had failed to find this book.

Kambali received his divine status after a deadly duel, where he defeated the jinni that lived in a cave by the Silugonggo River. Their battle was witnessed by all the jinn and spirits of the masters. After his victory, Kambali was ordained by a master who had been ordained by a master from Kalimantan, who had

Suatu hari, seorang perempuan muda nan cantik datang padanya untuk meminta petunjuknya agar kehidupannya berubah dari ketiadaan menjadi melimpah ruah. Kiai Kambali, yang memiliki sifat kasih sayang, memerintahkan Jafar, muridnya dari kalangan jin, untuk melihat kemungkinan di dunia ini yang mampu mengubah nasib perempuan itu.

Kemudian, Jafar segera pergi dan kembali secepat kilat dengan membawa berita yang diinginkan.

Perempuan muda nan cantik itu kemudian diperintahkan untuk menanam tanaman hias. Selain itu, ada syarat-syarat lain yang harus dipenuhi olehnya.

"Kamu harus menyiapkan ruangan khusus yang terkunci dan tak boleh dibuka lagi," ujar Kiai Kambali dengan suara yang tegas.

"Untuk apa, Kiai?" Perempuan muda itu bertanya polos.

"Tidak bertanya tentang syarat adalah bagian dari syarat." Kiai Kambali berkata sembari tersenyum.

Perempuan itu mengangguk mengerti dan menerima syarat itu dengan rasa patuh disertai dada penuh gemuruh.

Beberapa bulan kemudian, perempuan muda nan cantik itu datang kembali dan membawa kabar gembira. Dia menceritakan dengan rasa sukacita bahwa semua tanamannnya dibeli orang dengan harga yang tinggi, bahkan melebihi harga lukisan para seniman di pasar seni. Kehidupannya sekarang berubah tajam. Dia mampu membeli tanah yang luas, rumah dan mobil yang bagus, dan mampu mengembangkan usahanya dengan baik. Masalahnya, katanya, saat ini dia tidak memiliki suami.

Mendengar itu, kiai yang penuh kasih sayang pada perempuan itu tersenyum. Dia meminta perempuan muda nan cantik itu menunggu. Kali ini, sang mahaguru memerintahkan muridnya yang lain, juga dari kalangan jin, bernama Bendro, untuk membantu perempuan itu.

Bendro, murid pilihan itu, pun segera pergi dan kembali secepat kedipan mata manusia serta mengatakan sesuatu yang bisa dipahami semua makhluk di dunia, kecuali manusia.

Setelah itu, Kiai Kambali meminta perempuan muda nan cantik itu mendekat padanya. "Semua ketetapan hanya ada pada Allah Sang Mahakuasa. Hanya Allah Yang Maha Pengasih yang

learned from his masters, who, in succession, led all the way back to Sheikh Hussein bin Hussein from Iran, who had received instructions directly from a jinni of the Prophet Sulaiman. Blessed by a supernatural power and the possession of a torn page from The Book of Ratamalsya, Kiai Kambali helped many people.

One day, a beautiful young lady came to him and asked for guidance on how to turn her destitute life into one of wealth. The merciful Kiai Kambali asked his disciple Jafar, a jinni, to look for the answer that would change the lady's fate.

Jafar departed immediately and quickly returned with the answer. He spoke to Kiai Kambali in a way that could be comprehended by every being in the world — except humans.

Kiai Kambali told the beautiful young lady to return home and grow decorative plants and flowers. But there were rules she had to obey.

"You must select a special room," Kiai Kambali ordered, "which must be kept locked."

"Prepare a special room for what, Kiai?" the young lady asked.

"Not questioning the rules is part of the rules," Kiai Kambali said with a smile.

The lady nodded. Even though she was filled with anxiety, she obediently carried out the holy man's instructions.

Several months later, the beautiful young lady returned to Kiai Kambali with remarkable news. Her decorative plants and flowers had sold at high prices — even higher than some of the paintings at the marketplace. Her life had changed dramatically. She could now afford to buy a large piece of land, a beautiful house, and a nice car. She could also expand her business. But now, she sought guidance for another problem; she didn't have a husband.

After listening, Kiai Kambali, who was filled with compassionate love for the beautiful lady, smiled. He asked her to wait. This time, he ordered his jinn disciple Bendro to help.

Bendro departed immediately and returned in a flash. He spoke to Kiai Kambali in a way that could be comprehended by every being in the world — except humans.

Kiai Kambali asked the beautiful young lady to come closer. "All has been destined by God Almighty," Kiai Kambali said knowingly.

akan memberimu jodoh. Apakah kamu siap diberi jodoh oleh Tuhan sendiri?" Kiai Kambali bertanya dengan nada bijak.

Perempuan muda nan cantik itu, dengan kepasrahan yang penuh, mengatakan sungguh bahagia bila bisa mendapatkan jodoh atas pilihan Tuhan Yang Mahabijaksana

Mendengar suara perempuan itu, Kiai Kambali tersenyum. Perempuan itu dipersilakan pulang dan melakukan upacara di depan kamar khusus sembari puasa *mutih* — tidak makan semua yang berasa, hanya nasi dan air putih — selama tujuh hari tujuh malam.

Ketika upacaranya selesai, pada pagi hari setelah itu, perempuan itu menemukan seorang pemuda tengah duduk bersimpuh di depan teras rumahnya. Tubuhnya kotor dan berbau seperti sampah yang menumpuk selama bertahunan. Dia segera memerintahkan pembantunya memberikan pemuda yang dia sangka sebagai pengemis itu uang seribu rupiah. Namun, pemuda itu tidak mau menerimanya. Katanya, dia hanya ingin bekerja di rumah perempuan muda nan cantik itu.

Pembantunya menyampaikan keinginan itu pada majikannya.

Perempuan muda nan cantik, yang tengah menikmati makanan buka puasanya, tidak begitu menanggapi, dan hanya mengatakan, "Silakan kapan-kapan saja kembali lagi. Saat ini kita belum butuh," ujarnya pendek.

Pembantunya menemui pemuda itu dan memintanya pergi setelah menyampaikan pesan majikannya. "Kembali saja kapan-kapan, siapa tahu, mungkin kamu beruntung," katanya.

Seminggu kemudian, pemuda itu datang lagi dan kembali meminta pekerjaan.

Kali ini, perempuan muda itu yang langsung menemuinya. Akan tetapi, karena setengah jijik melihat penampilan pemuda itu, dia langsung menolaknya dengan halus.

"Saya bisa mengurus tanaman," pemuda itu mencoba meyakinkan.

Namun, sekali lagi, perempuan muda nan cantik itu menolak.

Pemuda itu lantas pergi, tapi kemudian dia kembali lagi, bahkan bolak-balik tanpa jera hingga beberapa minggu kemudian. Kunjungannya yang terakhir bertepatan dengan saat pembantu perempuan muda nan cantik itu menyatakan berhenti bekerja.

"Only God the Merciful can grant you a husband. Are you ready to receive a husband from God Himself?"

With total acceptance in her heart, the beautiful young lady said she would be happy to receive a husband chosen by the All-Wise God.

Kiai Kambali smiled again. He told her to go home and observe a *mutih* — a fasting ritual where she could only consume white rice and water for seven days and seven nights — in front of the special room she had prepared and kept locked.

The morning after the ritual's seventh night, the beautiful young lady found a young man sitting cross-legged on her porch. He was unwashed and reeked like rotting garbage. Thinking he was a beggar, the lady ordered one of her servants to go out and give the man one thousand rupiahs.

But the dirty young man told the servant he would not accept the money. He said he only wished to work as a houseboy for the beautiful young lady.

The servant delivered the dirty young man's message to the beautiful young lady, but she was preoccupied with breaking her fast with an enjoyable meal. "Tell him to return another time," she said tersely. "We do not need any help right now."

The servant went back to the man on the porch. He delivered the lady's message and asked the man to leave. "Come back some other time," the servant said. "Who knows, you might have better luck."

A week later, the dirty young man was back. This time, the beautiful young lady met him on the porch herself. The man said he was looking for a job. Repulsed by his appearance, she politely refused him.

"I could help you take care of your decorative plants and flowers," the man said, trying to dissuade her. But the beautiful young lady said no, and the man left.

The dirty young man kept returning, again and again, week after week. By chance, one of his visits occurred the same day that the lady's gardener quit.

Now, because she needed help, the beautiful young lady decided to hire the dirty young man. She tasked him with taking care of all of her decorative plants and flowers.

Karena perempuan itu sedang membutuhkan tenaga, terpaksa dia memutuskan untuk menerima pemuda itu bekerja di tempatnya. Dia memberikan tugas mengurusi semua tanaman hiasnya.

Menyadari keputusannya ini, perempuan muda nan cantik itu menjadi berpikir dan mulai khawatir, jangan-jangan pemuda inilah yang diberikan Tuhan Yang Maha Pengasih kepadanya. "Ya Allah, apa dosaku?" keluhnya. Dalam hatinya, dia marah dan menolak tegas pemuda dekil itu sebagai jodohnya. Maka dari itu, dia menjaga jarak agar tidak selalu bertemu.

Suatu malam, tanpa bisa ditahan karena kegelisahan dan rasa muak, dia memutuskan mendatangi Kiai Kambali untuk meminta nasihat. Namun, sebelum sampai di pelataran pondok, tiba-tiba matanya seperti melihat pemuda dekil itu di sebuah gubuk tengah sawah bersama seorang perempuan. Hatinya menjadi semakin kaget bukan kepalang karena ternyata perempuan itu sama persis dengan dirinya. Di sana, dia melihat mereka tengah berbincang mesra selayaknya kekasih. Jantungnya berdebar kencang. Dengan perasaan yang diliputi ketakutan, tapi juga penasaran, dia memaksakan diri untuk mencoba melihat lebih dekat. Namun, ketika kakinya hendak melangkah, tiba-tiba bayangan itu menghilang.

Karena semakin takut, akhirnya dia memutuskan kembali ke rumah.

Pikirannya kacau.

Hatinya dibingungkan oleh apa yang dia lihat.

Mengapa pemuda itu ada bersama perempuan yang mirip dengan dirinya di gubuk sawah Kiai Kambali? Apakah dirinya tengah mengalami penampakan?

Semakin lama merenungkan, semakin dia merasa khawatir. Bila benar bahwa pemuda dekil itu adalah orang yang dikirim Kiai Kambali, seharusnya dia mau menerimanya. Jika tidak pasti, akan membuatnya mendapatkan bencana, pikirnya.

Setelah lelah memikirkannya, perempuan muda nan cantik itu akhirnya membuat simpulan bahwa pemuda dekil yang bekerja untuknya itu mungkin orang yang dikirim oleh Kiai Kambali. Untuk itu, dia seharusnya menemui dan memperlakukannya dengan baik.

The beautiful young lady started to worry that this dirty young man might be the husband who God the Merciful had chosen for her. Deep in her heart, she was angry and vehemently rejected the notion that this man was her match. "Oh, God," she groaned, "what sin have I committed?" She kept her distance to avoid any contact with him.

One night, her unbearable restlessness and repulsion of the dirty young man drove her to again visit Kiai Kambali for advice. But as she crossed the rice field, before reaching Kiai Kambali's courtyard, she was surprised to spy the dirty young man in a shanty standing in the middle of the rice field. She became even more surprised when she saw that he was in the shanty with a woman who looked exactly like her. The dirty young man and the woman in the shanty looked to be engaged in an intimate conversation. They looked just like lovers.

Her heart racing, the beautiful young lady was overcome by fear. But driven by curiosity, she stepped closer for a better look. That was when they vanished.

Thoroughly frightened, the beautiful young woman fled home.

Her thoughts churned in confusion. *What did I see? Why was the dirty man and a woman who looked exactly like me in a shanty in Kiai Kambali's rice field? Was I hallucinating?*

The longer she thought about it, the more worried she became. *What if the dirty man had indeed been sent by Kiai Kambali? Failing to receive him could be disastrous.* Troubled, the beautiful young lady decided that to be safe, she should receive the dirty young man and treat him well.

The next day, the beautiful young lady prepared herself to go talk to the dirty man to ascertain the possibilities. But a knock on the front door prevented her from leaving. Opening the door with uncertain feelings, she was astonished to see a clean, handsome man, who looked like Kiai Kambali.

The young man introduced himself. "Jafar, my lady. My name is Jafar." He said he wanted to buy flowers for a wedding ceremony.

Without asking any questions, the beautiful young lady called for the dirty man to take care of her customer's request.

Several days later, the clean, handsome Jafar returned for the same purpose — to buy flowers for a wedding ceremony. And

Esok harinya, dia mengajak berbicara pada pemuda itu untuk memastikan kemungkinannya. Namun, sebelum sempat bertemu, pintu rumahnya diketuk oleh seseorang. Masih dengan perasaan yang tumpang tindih, dia membukakan pintu untuk melihat siapa yang datang berkunjung. Agak terperangahlah dia karena tamunya kali ini adalah seorang pemuda yang bersih lagi tampan, dengan wajah mirip Kiai Kambali.

"Jafar, Bu. Saya Jafar," kata tamunya memperkenalkan diri. Pemuda itu mengaku ingin membeli beberapa bunga untuk kebutuhan pernikahan.

Tanpa bertanya siapa yang akan menikah, segera saja dia memanggil si pemuda untuk mengurus itu semua.

Dalam beberapa hari, Jafar kembali datang untuk keperluan yang sama.

Ketika Jafar datang suatu malam untuk ketiga kalinya, mereka menjadi semakin akrab dan tiba-tiba perempuan muda nan cantik itu merasa terpikat.

Perempuan muda nan cantik itu mulai berpikir bahwa pemuda bernama Jafar ini adalah jodohnya, bukan pemuda dekil yang bekerja padanya. Hari-hari berikutnya, kepalanya dipenuhi dengan lamunan asmara. Dia bahkan telah bertekad untuk menikahi Jafar. Keputusannya ini akan dia sampaikan pada Kiai Kambali, sekaligus memohon agar diberi doa mantra asmara sebagai cara memudahkan jalannya.

Perempuan muda nan cantik itu kemudian menemui pembantunya, si pemuda dekil, sebelum berkunjung ke pondok Kiai Kambali.

Namun, saat dia berbicara, tiba-tiba dia merasakan perasaan yang aneh, semacam perasaan yang sama seperti perasaannya terhadap Jafar. Bahkan, dia juga melihat wajah pemuda itu nyaris sama dengan muka Jafar, sekaligus mirip Kiai Kambali. Diliputi perasaan yang aneh, bergegas dia datang untuk menemui Kiai Kambali di pondoknya.

Ketika mereka bertemu gurunya itu memandangnya dengan penuh kelembutan. Sinar matanya yang teduh itu membuat hati perempuan muda itu seperti berada dalam dekapan kedamaian yang penuh cinta di musim bunga. Keadaan itu membuatnya lupa apa yang mesti dia sampaikan. Tersesat dalam perasaan yang

then Jafar returned a third time. He and the beautiful young lady became friendlier and closer, and suddenly she felt attracted to him.

The beautiful young lady started thinking that Jafar might be her match — not the dirty young man who worked as her gardener. As days went by, preoccupied with thoughts of love, she decided she'd like to marry Jafar. She wanted to tell Kiai Kambali about her decision and, at the same time, ask for a love spell to help smooth her way.

But before leaving to visit Kiai Kambali again, the beautiful young lady went to see her gardener, the dirty young man. This time, something strange happened when she spoke to him. Her feelings toward the dirty young man now matched the feelings she had for Jafar. And the dirty young man now looked like Jafar, but also like Kiai Kambali. Unsettled, she rushed to Kiai Kambali's house.

Kiai Kambali looked at her tenderly. His gentle gaze held the beautiful young lady in a loving, peaceful embrace, just like her plants did during flowering season. His gaze made her forget why she came. Lost in a never-ending spiral, the beautiful young woman finally told Kiai Kambali that she was ready to marry.

Kiai Kambali smiled meaningfully. "That is wonderful," he said gently. "Now you can enter the locked room."

"When, Kiai?"

"Any time."

As she said goodbye, she suddenly remembered her reason for coming, but her heart had filled with desire for Kiai Kambali — the same desire she felt for Jafar and the same desire she felt for the dirty young man. All the way home, her heart was in turmoil and her thoughts were scattered. Still, she tried to choose among the three men.

At home that night, driven by great curiosity, the beautiful, young lady finally unlocked the room.

Inside the room, her mind filled with the happiness of a woman dreaming of her marriage. She saw herself sitting with Jafar, the dirty young man, and Kiai Kambali. On the beautiful bridal platform, surrounded by handmaids, she saw all the flowers from

aneh seolah masuk dalam sebuah lilitan tanpa ujung, perempuan muda nan cantik itu akhirnya hanya mengatakan bahwa dirinya siap menikah.

Pernyataannya itu membuat Kiai Kambali tersenyum penuh arti. "Bagus kalau seperti itu," ujar Kiai Kambali lembut. "Kau boleh masuk ke dalam kamar yang terkunci sekarang," tambah Kiai itu.

"Kapan, Kiai?"

"Kapan saja."

Saat pamit, perempuan muda nan cantik itu ingat apa yang hendak disampaikannya, tetapi kemudian dia urungkan niatnya itu karena hatinya tiba-tiba dibebani oleh keinginan yang sama terhadap Kiai Kambali, seperti hasratnya terhadap Jafar dan pemuda dekil itu. Sepanjang perjalanan pulang, batinnya terasa tumpang tindih, pikirannya tidak tentu arah. Namun, dia mencoba membuat putusan.

Ketika malam tiba, perempuan muda itu ingat pesan gurunya bahwa dia bisa membuka pintu kamar khusus yang selama ini terkunci. Alhasil, didorong oleh rasa penasaran, dibukanya pintu kamar yang selama ini terkunci rapat.

Begitu masuk ke dalam kamar, tiba-tiba seluruh kesadarannya adalah semua jenis kebahagiaan seorang perempuan yang memimpikan pernikahan. Dia melihat dirinya bersanding berjajar, di tengah-tengah, diapit oleh Jafar, pemuda dekil, dan Kiai Kambali. Dalam sebuah pelaminan yang indah itu, matanya seolah-olah melihat bunga-bunga yang berasal dari kebun bunganya. Di dalam pesta itu, tampak pula dayang-dayang yang berdiri berjajar di depan pelaminan. Tubuhnya bergetar, sulit sekali benaknya memahami itu semua. Dengan perasaan yang seperti diayun-ayun, dia mencoba bertanya mengapa bisa menikahi tiga pria sekaligus dalam seketika. Namun, seluruh pertanyaannya itu tiba-tiba lenyap begitu saja ketika dirinya merasakan betapa seluruh hasrat, rasa senang, dan bahagianya telah mencapai puncaknya tanpa bisa dipungkiri. Ketiga pria itu baginya sama saja.

Tidak ada yang bercerita bagaimana perempuan muda nan cantik itu berbagi ranjang. Cerita yang tersiar, yaitu bahwa dia hidup bahagia berlimpah kekayaan bersama tiga suami yang tidak pernah disaksikan secara nyata oleh masyarakat sekitarnya.

her own garden. Unable to comprehend what was happening, she shuddered. How could she marry all three men at the same time? But then her passion, joy, and happiness reached an undeniable intensity, and her questions vanished. For her, the three men were the same as one.

There are no stories about the beautiful young lady sharing her marital bed. The story only tells us that she lived happily, in great wealth, with three husbands who were never seen by her neighbors.

Thus, the townspeople of Pati told the story of the beautiful young lady again and again.

Sometimes, women who were impressed by, but jealous, of this lucky young lady told the story and spiced it up with details that changed the tale.

Sometimes, idle young men who were poverty-ridden and miserable because of unrequited love told this story, whenever they could.

Those who were brave enough went looking for the truth in the flower garden that was tended by a dirty young man who looked like Kiai Kambali. The man sometimes said his name was Bendro; at other times, he claimed to be Jafar.

Others flocked to Kiai Kambali's estate to ask for spells so they could have the same luck as the beautiful young lady. Some even dared to visit the cave by the Silugonggo River to meditate. They hoped to gain supernatural powers to overcome the hardship of their world.

All of this happened because of a love story about a lady blessed by Kiai Kambali, who always walked in the company of a thousand jinn — which are visible to all creatures in the world except humans.

Demikianlah, kisah perempuan muda nan cantik itu terus diceritakan. Tentu dengan tambahan bumbu-bumbu yang setiap waktu bisa berubah rasa dan ceritanya, oleh para ibu yang terpesona dan cemburu dengan keberuntungan perempuan muda nan cantik itu. Juga oleh para pemuda pengangguran yang nestapa dan tidak bahagia karena ditolak cintanya dan juga karena kemiskinan yang mendera. Kisah itu terus diucapkan, setiap saat, ketika mereka punya kesempatan.

Sebagian dari mereka yang memiliki nyali datang sendiri untuk melihat kebenarannya di kebun bunga yang diurus oleh pemuda cakap mirip Kiai Kambali dan mengaku bernama Bendro. Terkadang, mengaku Jafar.

Sebagian masyarakat yang lain berbondong-bondong mendatangi pondok Kiai Kambali untuk meminta mantra-mantra tertentu agar bernasib sama seperti perempuan muda nan cantik itu. Sebagian yang lain bahkan nekat pergi ke gua di tepi Sungai Silugonggo untuk bertirakat, meniru laku Kiai Kambali, dengan harapan mendapatkan kesaktian yang mampu menaklukkan dunia yang keras ini. Semua itu berkat kisah cinta perempuan yang diberkati Kiai Kambali — seorang kiai, yang bila berjalan, selalu diiringi seribu jin yang bisa dilihat oleh semua makhluk di dunia ini, kecuali manusia.

# Para Penjual Rumah Ustazah Nung

Ben Sohib

Penerjemah: Oni Suryaman

Kau harus melihat sendiri bagaimana si bungsu itu memainkan lenong di hadapan ibunya. Dia tahu ibunya selalu merasa iba kepadanya dan lekas terharu pada apa pun yang dikeluhkannya. Lelaki itu memang bebal dalam banyak hal, tapi tidak untuk urusan yang satu ini. Ketiga kakaknya, dua perempuan dan satu laki-laki, dibuat tidak berkutik dan hanya bisa pasrah saat sang ibu akhirnya menuruti keinginannya — menjual rumah pusaka.

"Dulah *tsudah* tak tahan hidup *tsendiri*. Dulah ingin menikah lagi *tsecepatnya*," itu yang dia katakan sambil tangannya mengusap sepasang pipi tembam yang basah oleh air mata.

Lihat, dia selalu berbicara dengan memanggil namanya sendiri, menegaskan bahwa dia memang anak bontot yang manja. Memang benar dia anak bungsu dari empat bersaudara. Namun, usianya 38 tahun, berperut buncit, berkepala botak, dan tidak fasih melafalkan *s* karena dua gigi depannya sudah rompal (soal kenapa dua gigi depannya rompal, akan kuceritakan nanti).

Aku tidak tahu apa yang ada di pikiranmu jika kau berada di sana menyaksikan rapat keluarga sore itu, melihat seorang lelaki dewasa berbicara dengan memanggil namanya sendiri — sesuatu yang hanya pantas dilakukan anak balita atau paling tidak gadis remaja. Mungkin kau ingin menamparnya. Ketiga kakaknya ingin sekali membunuhnya.

"Kau tak memikirkan Umi?" tanya salah seorang kakak perempuannya.

"Umi *bitsa* membeli rumah kecil di kampung dekat-dekat *tsini*. Buat apa rumah *tsebetsar* ini jika penghuninya cuma Umi dan Dulah? Lagipula, kalau nanti menikah, Dulah kan juga ingin punya rumah *tsendiri*, punya mobil, punya *utsaha*, *tseperti* kalian *tsemua*!"

# The Sale of Ustazah Nung's House

By Ben Sohib

Translated by Oni Suryaman

You'd have to see for yourself how the youngest son acted out for his mother's benefit. He knew that his mother felt sorry for him and that she was quickly affected by whatever he complained about. He was dim-witted regarding many issues, but not this one. He stifled his three older siblings: two sisters and one brother. They could only acquiesce when their mother finally decided to grant Dulah's wish: sell the family legacy.

"Dulah can no longer live alone," Dulah sniffled, wiping tears off his chubby cheeks. "Dulah *wanth* to get married *ath thoon ath pothible*."

Despite being a thirty-eight-year-old man, Dulah always referred to himself by name. He had a distended belly and bald head and couldn't pronounce the letter "s" because he had lost two front teeth. Dulah was, indeed, the spoiled youngest child of the siblings.

I wonder what would have gone through your mind if you had been present that afternoon of the family meeting and witnessed a grown man refer to himself by his own name, something only a toddler or young child would do. You'd want to slap him. His three siblings wanted to kill him.

"Don't you ever think about *Umi, our mother*?" asked one sister.

"Mother can buy a *thmall houth* in the nearby village. Why do we need a *houth thith* big when only Umi and Dulah live in it? And after getting married, Dulah *altho wanth* to get *hith* own *houth*, *hith* own car, *hith* own *buthineth*, *juth* like you all!"

His full name was Abdulah, but believe me, it was embarrassing to see a grown man, with the appearance I described before, refer to himself by name. It was even worse because of his lisp.

"Umi might not be comfortable in a new house," snapped his other sister.

Namanya memang Abdulah dan dia memang dipanggil *Dulah*. Namun, percayalah, kau akan merasa jengah melihat seorang lelaki dewasa, dengan potongan seperti yang sudah kugambarkan tadi, berbicara dengan gaya memangggil namanya sendiri. Kejengahanmu akan menjadi-jadi setiap kali ada kata yang mengandung huruf *s* di tengah-tengah pembicaraannya.

"Tapi Umi belum tentu betah di rumah baru," sergah kakak perempuan yang lainnya.

"Betul, selain banyak kenangan dengan almarhum Abah, Umi kan ada majelis taklim di rumah ini. Itu hiburan tersendiri buat masa tua Umi," kali ini kakak laki-lakinya yang angkat bicara.

Si bungsu berdiri. "Hiburan? Hiburan buat kalian karena kalian *tsudah* punya *tsegalanya*! Kalian hanya mementingkan diri *tsendiri*! Kalian ...." Dia tidak mampu melanjutkan kalimatnya. Dia kembali duduk dan menutup wajah dengan kedua telapak tangannya. Sekarang, dia tersedu. Kakak-kakaknya yang duduk di depannya terdiam, sementara sang ibu yang duduk di sampingnya tampak seperti orang linglung. Mungkin dia bingung menghadapi suasana seperti ini, apalagi pikirannya masih terganggu dengan kata-kata Abdulah seminggu yang lalu. Saat menyampaikan niatnya hendak menikah lagi setelah delapan tahun menduda, anak bungsunya itu mengawali dengan keluh kesah bahwa dia tidak pernah merasa bahagia sepanjang hidupnya dan bahwa sekarang dia ingin menikmati hidup selagi usianya belum telanjur tua. Pikiran Ustazah Nung — demikian perempuan itu dipanggil oleh warga kampung — makin ruwet ketika dia tahu dengan siapa sang anak hendak menikah (soal dengan siapa Abdulah hendak menikah, juga akan kuceritakan nanti).

Setelah tangisnya mereda, si bungsu melanjutkan bicaranya, "Kalian tak pernah memikirkan hidup Dulah yang hancur, yang *ketsepian*, yang tak punya rumah tangga, yang tak punya apa-apa!"

"Kami semua memikirkan hidupmu. Kau bebas mengawini setan mana pun yang kau suka, tapi jelas kami tak setuju dengan usulmu menjual rumah ini. Kita juga harus memikirkan kehidupan Umi!" kata kakak perempuannya yang pertama.

"Umi akan baik-baik *tsaja*, kalian berlebihan! Ini mumpung *tsekarang* harga *tsedang* tinggi, mau menunggu apa lagi? Kalian

"It's true." Now, the older brother started talking. "In addition to all the memories she has of Father in this house, Umi also hosts religious study groups here, which provide her with entertainment in her old age."

Dulah rose. "Entertainment? It might be entertainment for you all, *becauth* you already have everything! All of you are *thelfith*! You ...." Unable to finish his sentence, Dulah sat back down next to his mother and covered his face with his hands, sobbing.

His siblings, sitting across from him, said nothing. Their mother looked confused. Perhaps she was at odds with how to handle a situation like this, especially when her mind was so troubled by what Dulah had announced to her the previous week.

After being divorced for eight years, her youngest son had stated that he wanted to remarry. He had never been happy, he complained, and now he wanted to enjoy life before he became too old. Ustazah Nung — that's what the neighbors called Dulah's mother — had become even more troubled when she found out *who* her son wanted to marry.

Sitting next to his mother, Dulah composed himself and continued. "You never think about *Dulath* wretched life, *hith lonelineth, hith* not having a family, not having anything!"

"We all think about your life, and you are free to marry any tramp you desire," his oldest sister snapped. "But we absolutely do not agree with your suggestion to sell this house. We also need to think about Umi's life!"

"Umi will be fine!" Dulah cried. "You all are exaggerating! Real *ethtate priceth* are high; what are you waiting for? Do you have the heart to *thee* Dulah *thuffering* like *thith* for many *yearth* to come? If *thith continueth,* Dulah will walk around naked in front of the *houth!*"

In the end, Ustazah Nung made the decision. "I will sell this house and divide the proceeds according to your rightful share of inheritance." The old woman's voice cracked with emotion.

———•———

Let me tell you now how Abdulah lost his two front teeth — and a few other things.

If Dulah were not so stupid, his front teeth and first marriage might still be intact. But he was too foolish to keep either.

tega melihat Dulah hidup merana *tseperti* ini bertahun-tahun? Kalau begini *tserus*, Dulah *bitsa-bitsa* duduk dan jalan-jalan telanjang di depan rumah!"

"Akan kujual rumah ini dan kubagikan uangnya sesuai hak waris masing-masing!" akhirnya Ustazah Nung ambil putusan. Perempuan tua itu berbicara tegas dan lantang, dengan suara bergetar.

————•–•–•————

Kini tiba saatnya aku bercerita tentang bagaimana dua gigi depan Abdulah rompal, juga beberapa hal lainnya. Giginya masih utuh seandainya dia tidak berbuat bodoh. Bahkan rumah tangganya mustinya juga masih utuh. Namun, dia terlalu bodoh untuk mempertahankan keutuhan gigi depan maupun rumah tangganya.

Itu bermula dari petualangannya dengan seorang perempuan bernama Lola. Saat itu, Abdulah sudah beristri. Namun, dua tahun usia pernikahan tampaknya masih terlalu singkat untuk bisa memadamkan api cinta pertamanya kepada Lola. Dia memang sudah tergila-gila kepada perempuan itu sejak dia masih murid SLTA. Mereka belajar di sekolah yang sama. Abdulah murid kelas 3, Lola duduk di bangku kelas 1. Namun, mereka lulus dalam waktu yang bersamaan lantaran dua kali Abdulah tidak naik kelas (Abdulah juga pernah tidak naik kelas sebelumnya, dua kali saat di SD, sekali di SLTP).

Selama tiga tahun menjadi teman satu sekolahan, Abdulah tidak berhasil menjadikan Lola sebagai pacarnya, tapi dia cukup senang telah berhasil membuat Lola bersedia menerima apa saja yang dia berikan, baik berupa barang maupun uang. Tidak sekali pun pemberiannya pernah ditolak Lola. Rasa bahagia Abdulah berlipat ganda saat Lola mulai berani meminta uang jajan se-minggu sekali, yang langsung dia terjemahkan sebagai kesediaan gadis itu untuk menjadi istrinya.

"Lola memang cantik, tapi sepertinya dia bukan gadis baik-baik, aku sering melihat dia merokok di warung Bu Mameh," kata Ustazah Nung saat Abdulah memintanya untuk meminang Lola, enam bulan setelah mereka berdua lulus SLTA.

"Lola cinta pertama Dulah, tak ada yang bisa menggganti-kannya," jawab Abdulah.

It all started with a young woman named Lola, Dulah's first love. He had been in love with Lola since high school. Dulah was a senior and Lola was a sophomore, but they graduated at the same time because Dulah had to repeat two years of high school. (Abdulah had repeated school years before; twice in elementary school and once in junior high.)

During the three years that Abdulah and Lola were schoolmates, he didn't succeed in making Lola his girlfriend, but he was happy enough with Lola's willingness to accept whatever he gave her, be it money or presents. In fact, Abdulah was jubilant when Lola asked him for spending money every week. He considered this a sign that she was willing to one day be his wife.

Six months after they graduated from high school, Abdulah asked his mother if she would speak to Lola's mother and request Lola's hand in marriage.

"I agree, Lola is a beautiful girl," said Ustazah Nung. "But I don't think she's a *good* girl. I've seen her smoking in Bu Maneh's stand."

"Lola is Dulah's first love!" Abdulah cried. "No one can replace her!"

With great reluctance, Ustazah Nung finally went to Lola's house to convey Dulah's marriage proposal to Lola's mother. But Ustazah Nung returned home with bad news for her beloved youngest son. Lola was already betrothed to a businessman who owned a travel agency. They were to be married the following year.

For two years, a depressed Abdulah brooded. Ustazah Nung worried about his condition, until one day, one of her sisters came to visit and brought along a woman named Hilda.

"This is my friend's daughter," said Ustazah Nung's sister, when she introduced Abdulah to Hilda. "She is from Tasikmalaya, in West Java, and came to Jakarta to find a job."

Six months later, Abdulah and Hilda married.

Ustazah Nung sold a piece of the family's land to finance the wedding. She gave the remainder of the sale's proceeds to Abdulah to use as capital to open a goat-meat satay stall on Otista Street.

Contrary to the expectations of most people who knew him, Abdulah succeeded in managing his business, *Warung Sate Kambing*

Dengan berat hati, Ustazah Nung akhirnya melangkah ke rumah Lola menemui ibunya, menyampaikan niat Abdulah. Kemudian, dia pulang dengan membawa kabar buruk untuk anak laki-laki terkasihnya itu — Lola "sudah ada yang punya," seorang pengusaha biro perjalanan. Mereka akan menikah tahun depan.

Sejak saat itu, Abdulah menjadi pemurung dan sering melamun. Keadaan yang membuat Ustazah Nung risau ini berlangsung selama hampir dua tahun, sampai salah seorang kakak perempuannya datang bersama seorang perempuan bernama Hilda.

"Ini adik temanku. Dia dari Tasikmalaya, ke Jakarta mau mencari pekerjaan," katanya saat memperkenalkannya kepada Abdulah.

Mereka menikah enam bulan kemudian. Ustazah Nung menjual sebidang tanah di Kebon Baru untuk biaya perkawinan dan sebagian sisanya diberikan kepada Abdulah untuk modal usaha membuka warung sate kambing di Jalan Otista.

Di luar dugaan banyak orang yang mengenalnya, Abdulah berhasil mengelola warung itu dengan baik. Kian hari, *Warung Sate Kambing Bang Dulah* kian banyak mendapatkan pelanggan. Dalam waktu dua tahun, Abdulah sudah berani mengambil kredit mobil. Saat itulah Lola kembali muncul dalam kehidupannya. Lola yang tidak kunjung menikah, baik dengan pengusaha biro perjalanan maupun biro apa pun juga, datang ke warung itu.

"Satemu enak," katanya saat akan membayar di meja kasir.

"Kau tak perlu membayar," jawab Abdulah dengan gemetar.

Lola mengulurkan dua lembar kertas, selembar uang kertas pecahan lima puluh ribu dan selembar lainnya kertas putih bertuliskan nomer telepon genggamnya. Abdulah menerimanya dengan tangan bergetar seperti orang sakit buyutan. Lola pun sengaja menyentuhkan jemari tangannya ke telapak tangan Abdulah yang berkeringat dingin. Abdulah buru-buru memasukkan kedua lembar kertas itu ke laci, lupa memberikan uang kembalian.

Tidak sampai dua minggu setelah kunjungan itu, kabar bahwa Abdulah sering pergi berdua dengan Lola sudah santer terdengar di seantero kampung. Menurut sas-sus yang beredar di antara warga, Abdulah memberi Lola uang bulanan. Sepeda motor bebek baru yang dikendarai Lola konon juga merupakan pemberian Abdulah. Kabar-kabar burung itu akhirnya hinggap di

*Bang Dulang.* Day by day, the number of customers who came to his goat-meat satay stall increased. Within two years, Abdulah had the confidence to purchase an automobile on credit.

And it was then that Lola showed up at his stall.

"Your satay is delicious," she said when she paid for the satay.

"You don't need to pay," said Abdulah, shaking. Two years of marriage to Hilda were not enough to douse Dulah's flame for his first love.

Lola, who had not married the travel agency owner or anyone else, handed Dulah two pieces of paper: one, a 50,000 rupiah bill; the other, a note with her cell phone number.

Abdulah shook like he had Parkinson's disease when Lola deliberately brushed her finger across his clammy hand. He quickly put the two pieces of paper into the cash drawer and forgot to give Lola her change.

Less than two weeks after that encounter, village rumors ran rampant that Abdulah and Lola had been seen together. According to hearsay, Abdulah had given Lola spending money. Supposedly, Abdulah had also purchased Lola a new scooter.

The rumors finally reached Hilda's ears.

One Sunday afternoon, Abdulah went to the kitchen to get a glass of water. Hilda, who was washing a wok, asked, "Is it true what people are saying about your relationship with Lola?"

It is hard to know what was going on inside Abdulah's head. Initially, he didn't say anything. He merely glanced at Hilda and looked out of the window for a while. But after his wife said, "Just tell me the truth. I would rather hear it from you," Abdulah blurted out everything, confirming that the rumors people were spreading were fact. He ended his confession, smiling. "Maybe Dulah still loves Lola."

The back of the wok hit Abdulah's mouth with such force that it broke his two front teeth.

Hearing the uproar, Ustazah Nung, who was resting in her bedroom, hurried to the kitchen. Seeing Abdulah's bloody mouth, she screamed.

That night, Hilda returned to Tasikmalaya and never returned.

telinga Hilda. Saat Abdulah ke dapur hendak mengambil segelas air pada satu sore di hari Minggu, Hilda yang sedang mencuci wajan bertanya, "Benarkah semua yang aku dengar dari orang tentang hubunganmu dengan Lola?"

Entah apa yang saat itu ada di benak Abdulah. Awalnya, dia diam saja, matanya sebentar memandang Hilda, sebentar memandang ke jendela. Lalu, mendadak dia lancar berbicara setelah si istri berkata, "Ceritakan saja yang sebenarnya, aku lebih senang mendengar dari mulutmu sendiri."

Abdulah membenarkan semua yang diceritakan orang dan didengar istrinya. Dia menutup pengakuannya dengan "Mungkin Dulah masih mencintai Lola" yang dia ucapkan sambil tersenyum.

Hantaman punggung wajan di mulutnya itu begitu keras, dua gigi depannya langsung rompal. Mendengar suara ribut-ribut, Ustazah Nung yang sedang rebahan di kamar bergegas menghampiri sumber suara. Dia menjerit melihat mulut Abdulah penuh darah. Malam itu juga, Hilda pulang ke Tasikmalaya dan tidak pernah kembali ke Jakarta. Sementara, Lola memilih hengkang dari kampungnya. Dia tinggal bersama salah seorang sepupunya di daerah Kota. Konon, di sana, dia bekerja di sebuah restoran yang juga menyediakan karaoke. Sebulan sekali, dia pulang ke rumahnya.

•——•—•——•

Abdulah kembali menjadi pemurung dan sering melamun. Entah karena sebab yang mana. Warung satenya dibiarkan tidak terurus dan tutup tiga bulan kemudian. Mobilnya dibawa pergi oleh dua orang *penagih utang* yang datang ke rumahnya tidak lama setelah itu. Pada tahun pertama setelah kejadian itu, juga pada tahun-tahun selanjutnya, Abdulah lebih banyak menghabiskan waktunya dengan duduk sambil merokok, berpindah-pindah dari satu kursi di ruang tamu, ke kursi lainnya di teras belakang atau teras depan. Setiap kali ibunya menganjurkan menikah lagi, selalu dia tanggapi dengan gelengan kepala.

Hingga pada satu malam di tahun yang kedelapan, setelah beberapa minggu sebelumnya sering terlihat berdiri di depan cermin memegang sisir, berusaha sedemikian rupa menyisir ke kanan sejumput rambut panjang yang tumbuh di sisi kiri kepalanya agar bagian atas kepalanya yang botak licin itu tampak seolah-olah masih ditumbuhi rambut tipis, Abdulah tiba-tiba

Lola chose to leave the village and live with a cousin in the city, where she worked at a restaurant that had karaoke entertainment.

Once again, Abdulah became depressed and brooded. He neglected his satay stall, and it closed three months later. Not long after that, two debt collectors confiscated his car.

For eight years, Abdulah wasted his days by smoking, wandering through the house, and drifting from one chair to another. Every time his mother suggested that he remarry, he shook his head.

Until one night, out of the blue, Abdulah approached his mother and said that he had seen Lola several times during the past month. Lola, who had been married and widowed, told him that she loved him and wanted him to be the new father for her son. Abdulah's eyes filled with tears when he told his mother that the three-year-old boy, after only a short time of knowing him, already called him "Papa." Dulah wanted to marry Lola.

"It is perfect!" exclaimed the real estate agents when they saw Ustazah Nung's house. The size was ideal. The deed was "clean." The old house was located right on an arterial thoroughfare. The property frontage was 98 feet, its depth 164 feet — excellent for the site of another four-story building like the ones that had already been built around the home.

The land developers had repeatedly asked Bang Sanip, the old real estate broker who controlled the market in that area, about Ustazah Nung's house. Bang Sanip knew the history of every property in the area. Three years ago, after the flyover to downtown had been finished, the remaining properties became the target of every land developer and speculator. Their value had skyrocketed. Most of the property owners had chosen to sell their land and move to the suburbs, where land value was much lower. "This is a golden opportunity; the price is attractive," Bang Sanip had urged Ustazah Nung many times. But Ustazah Nung remained one of the few who had chosen to keep her inherited property.

"You could buy a new house, go on a *hajj*, pilgrimage," said Bang Sanip. He and two of his brokers were on yet another visit

menghampiri ibunya dan mengatakan hendak menikah dengan Lola.

Abdulah bercerita bahwa Lola sudah beberapa kali menemuinya dalam sebulan terakhir ini. Dia berkata bahwa Lola yang sekarang janda itu mencintai dirinya, bahwa Lola ingin dia menjadi ayah baru yang bertanggung jawab bagi anak satu-satunya. Mata Abdulah berkaca-kaca saat menceritakan bagaimana anak lelaki berusia tiga tahun itu, dalam waktu demikian singkat, sudah terbiasa memanggilnya *Papa*.

•——•••——•

*Tak ada cacatnya* adalah istilah yang digunakan para calo tanah dan rumah yang banyak berkeliaran di daerah ini ketika mereka mempercakapkan rumah Ustazah Nung. Ukurannya pas, surat-suratnya *bersih*. Rumah tua itu berada tepat di pinggir Jalan Raya Kampung Melayu Besar. Lebar depannya 30 meter, sementara panjangnya mencapai 50 meter, sangat bagus untuk gedung berlantai empat. Di kanan dan kiri rumah Ustazah Nung itu memang sudah banyak berdiri gedung berlantai empat.

Bukan sekali dua kali para pengembang menanyakan rumah Ustazah Nung kepada Bang Sanip, makelar bangkotan yang menguasai seluk-beluk pertanahan di daerah ini. Bang Sanip hafal hampir seluruh riwayat rumah dan tanah di wilayah yang — sejak dibangunnya jalan layang ke pusat kota — menjadi incaran para pengembang itu.

Sejak jalan layang mulai dibangun sekira tiga tahun lalu, harga rumah dan tanah yang terletak di pinggir jalan raya itu melambung. Kebanyakan warga memilih menjual rumahnya dan pindah ke daerah pinggiran yang harga tanahnya jauh lebih murah. Hanya tersisa beberapa gelintir warga yang memilih mempertahankan rumah dan tanah warisan leluhurnya. Ustazah Nung termasuk salah seorang dari mereka.

"Ini kesempatan emas, harganya bagus. Ustazah bisa membeli rumah baru, naik haji lagi atau umroh. Sisa uang Ustazah bisa disimpan di bank syariah, tujuh turunan tidak bakal habis," bujuk Bang Sanip pada suatu sore. Sudah tiga kali dia bersama dua temannya datang menemui Ustazah Nung dalam setahun ini.

"Aku masih betah di sini," jawab Ustazah Nung.

to Ustazah Nung's house. "You can deposit the rest of the money in a *shariah,* Islamic bank, and it would last for more than seven generations!"

"I still like to live here," answered Ustazah Nung.

Bang Sanip and the brokers finished drinking the water she had served them, but their mouths were still dry. They had spent an hour trying to persuade Ustazah Nung to sell her house, but the veiled woman didn't seem to know anything else to say other than, "I still like to live here."

Ustazah Nung's brief refusal to his long-winded persuasions frustrated Bang Sanip. Both of his brokers — who had been tasked to confirm everything he said by interspersing short affirmations such as, "that's true," "exactly," and "precisely" — were also frustrated. All of their work had not influenced the outcome of the situation at all.

Bang Sanip and the brokers left Ustazah Nung's house. Once outside the fence, Bang Sanip stopped. He turned around and glanced at the old house. *Ah, such, such valuable real estate. If only the owner were not repeating the same sentence over and over again, "I still like to live here."*

It was then that Bang Sanip saw Abdulah walk out of the house. Adjusting his sarong, Abdulah plopped down on the old couch in the corner of the porch and pulled his legs up beneath him before lighting a cigarette. He looked disheveled, like someone who had not slept for days.

Bang Sanip wiped his mouth, erasing a smile. An image of Lola filled his head. He knew where to find Lola, and he also knew what the woman needed right now. Scurrying, he caught up with his two brokers. He quickly told them about the scandalous love affair of Abdulah and Lola.

That night, the real estate brokers held a meeting that lasted till the break of dawn.

⊢——••⊣

Bang Sanip dan kedua rekannya meninggalkan Ustazah Nung setelah menenggak habis air putih yang disuguhkan, tapi tenggorokannya masih terasa kering. Air liurnya nyaris habis setelah hampir satu jam dia merayu Ustazah Nung dengan berbagai jurus agar mau melepas rumahnya. Namun, perempuan berkerudung itu seperti tidak mengenal kalimat lain, kecuali, "Aku masih betah di sini."

Entah sudah berapa kali Ustazah Nung mengucapkan kata-kata ini. Setiap kali kalimat itu terucap, Bang Sanip dan kedua temannya merasa seperti dicekik.

Jawaban singkat yang diberikan Ustazah Nung setiap kali Bang Sanip menyelesaikan kalimatnya yang panjang lebar, benar-benar membuat pemimpin makelar itu putus asa. Kedua temannya yang bertugas membenarkan semua yang diucapkan Bang Sanip ikut putus asa. Mereka merasa kalimat-kalimat pendek seperti "itu benar," "tepat sekali," dan "betul sekali," yang mereka sisipkan di tengah-tengah pembicaraan Bang Sanip, terbukti tidak berpengaruh apa-apa.

Begitu sampai di luar pagar rumah Ustazah Nung, sebelum melanjutkan langkahnya, Bang Sanip menoleh dan menatap rumah tua itu beberapa waktu. *Aih, rumah yang sangat cantik seandainya si pemilik tak suka mengulang-ngulang kalimat, "Aku masih betah di sini."*

Saat itulah Bang Sanip melihat Abdulah muncul dari dalam rumah, berjalan sambil membetulkan gulungan sarungnya menuju sofa tua yang diletakkan di pojok teras. Abdulah duduk mengangkat kedua kakinya sebelum menyalakan rokok. Wajahnya kusut seperti orang yang tidak tidur berhari-hari.

Tiba-tiba, Bang Sanip mengusap mulut, menyembunyikan senyumnya. Lalu, dia berjalan dengan cepat, bergegas menyusul kedua temannya. Benaknya dipenuhi wajah Lola. Ingatannya dengan cepat menyusun kembali riwayat percintaan dan per-selingkuhan yang melibatkan Abdulah dan Lola. Bang Sanip tahu di mana Lola bisa ditemui dan dia juga tahu apa yang sedang dibutuhkan perempuan itu saat ini.

Malamnya, para makelar itu menggelar rapat hingga men-jelang dini hari.

# Laut Lepas Kita Pergi

Kurnia Effendi

Penerjemah: Oni Suryaman

Sebelum meninggalkan tempat permukiman korban tsunami 26 Desember 2004 di Jantho, Aceh Besar, kurang lebih sepuluh menit yang lalu, Ayah mengatakan, "Aku percaya, kamu bukan pemuda cengeng. Hampir sebulan kita telah menangis bersama-sama. Itu cukup. Tidak perlu diperpanjang lagi. Kita sudah saling berusaha untuk menemukan ibumu. Juga kedua adikmu. Percayakan itu kepada Tuhan. Mungkin kini tempat mereka lebih lapang dibanding kita saat ini. Mungkin tidak ada lagi pikiran yang membebani mereka. Tinggal kita, mau hidup terus atau perlahan-lahan mati."

Mata Ayah memandangku tidak lagi senyalang elang. Tidak ada kemarahan dalam kata-katanya. Aku merasakan ucapan Ayah begitu sungguh-sungguh, tetapi tidak mengandung tekanan.

Dia bicara seperti sedang menceritakan tentang kegiatan sehari-hari. Begitu datar. Akan tetapi, hatiku terkesiap mendengarnya. "Aku akan berangkat pagi ini juga, sebelum orang ramai ke jalan-jalan. Sebelum banyak ibu-ibu antre di kamar mandi umum. Sebelum tampak asap di dapur terbuka itu. Aku percaya, kamu akan sanggup menghadapi hari depanmu sendiri. Aku melihat ototmu yang kuat, badanmu yang sehat, dan terutama perasaanmu yang tabah. Ingat! Jangan pernah menangis lagi."

Bibirku mendadak gemetar. Seperti ada ribuan kata-kata berkerumun di ujung lidah. Berdesakan ingin meletup, mendorong dinding gigi. Membuat rahangku keras seperti terbuat dari logam. Namun, tidak ada suara yang sanggup keluar dari mulutku.

"Aku menulis surat untukmu karena kukira kamu tak akan bangun saat subuh. Bacalah setelah matamu tak mampu memandang bayanganku. Sampai suara panggilanmu tak mungkin kudengar lagi." Ditepuk-tepuknya bahuku, seolah-olah aku sendiri yang berduka dan dia berperan sebagai sang bijak yang berusaha

# To the Sea We Surrender

By Kurnia Effendi

Translated by Oni Suryaman

Some ten minutes before Father left the shelter that housed the Jantho tsunami victims in Aceh Besar, Sumatra, he said to me, "You're not a crybaby, but we've been crying together for almost a month. It's enough. We've tried to find your mother, your younger brother, and older sister. There's no need to continue. Let God take care of them. Maybe they're in a happier place now than we are. Perhaps they have been released from all burdens. Now, you and I are the only ones left. It's up to us to decide to keep on living or slowly die."

My *ayah*, father, could no longer see well. I heard no anger in his words. Rather, he spoke without emotion, as if he were talking about normal activities. Listening to him, my chest tightened. I felt his sincerity, even though he spoke in a monotone.

"I'm leaving this morning," he said, "before the road becomes too crowded, before the women line up in front of the public bathroom, before the smoke rises from the soup kitchen. I am certain you can face your own future. I can see that you are strong, healthy, and, above all, determined. Remember! Never cry again."

Thousands of words crowded onto the tip of my tongue, pushing against by teeth, wanting to escape. But my jaws locked tight, as if made of metal. No sound could escape my mouth.

"I wrote you a letter, because I thought you would not yet be up this early," Ayah continued. "Read it when you can no longer see my shadow, when your voice can no longer reach my ears." He patted my shoulder, as if I were the one mourning and he was the wise man comforting me. "Forgive me for those times I could not make you happy."

menghiburku. "Maafkan aku jika selama menjadi ayahmu tak pernah membuatmu bahagia."

Tidak ada pelukan dari Ayah. Tangannya mengusap pipiku, terasa kasar. Keriput yang terbentuk dari serangkaian kerja keras itu berusaha melekat di paras mukaku. Aku mencium bau khas yang barangkali tidak akan terhapus dalam sewindu.

Kini, Ayah telah melangkah memunggungiku. Ke arah selatan, menuju pedalaman, menjauh dari laut.

Begitu sadar, Ayah telah semakin jauh — hanya kulihat punggungnya yang setengah bungkuk dan segerumbul pohon yang miring di ujung pandangan siap mengaburkannya —aku segera berlari ke dalam tenda. Jika benar Ayah menulis surat untukku, tentu disimpan tidak jauh dari alas tidurku. Memang kutemukan selipat kertas lembap yang tampak baru saja disisipkan ke bawah timbunan sarung.

Aku berdebar membuka lipatan surat itu seakan-akan hendak membaca isi surat wasiat. Ternyata, hanya beberapa baris kalimat yang mudah dihafal setelah membacanya dua kali.

*Mustafa, anakku. Aku terlampau sedih dalam peristiwa kehilangan ini, dan mungkin sebentar lagi menjadi gila. Aku akan pergi. Mudah-mudahan kamu tetap kuat untuk tinggal. Aku ternyata seorang pengecut. Selamat tinggal.*

Aku melompat bagai tersengat kalajengking. Tanpa sadar, aku telah melanggar permintaannya untuk tidak memanggilnya. Aku berlari sekencang-kencangnya menuju arah Ayah berjalan. Namun, sampai aku terengah-engah, tidak kutemui lagi bayangan Ayah. Mungkin tikungan, atau bekas tikungan, telah menyembunyikan arah langkahnya. Sandalku telah lepas entah ke mana. Tanah becek dan kerikil yang menghunjam telapak kakiku tidak benar-benar kurasakan sakitnya. Lebih sakit perasaan dalam relung dadaku. Pisau sepi menoreh begitu dalam. Baru saja Ayah pergi, tapi kesepian begitu lekas menyergap. Aku seperti menjadi seorang diri di dunia. Dari seorang piatu menjadi sekaligus yatim dan sebatang kara. Terasa hidup sendiri di bawah langit yang selalu mendung. Jauh dari laut, tapi gemuruh itu tidak pernah mau hilang dari rongga telingaku.

Kini aku berjalan lunglai kembali ke permukiman sementara. Kata *sementara* itu mulai terasa tidak terbatas. Terutama bagiku

Ayah didn't embrace me; instead, he stroked my cheek with a rough hand, calloused from a long life of hard labor. I smelled his distinct scent; I would remember it for many years to come.

And then, Ayah walked away from the only home we'd known since December 26, 2004, when the tsunami brutally washed away all life as we knew it. His bent back turned toward me, heading inland, away from the sea.

Ayah didn't walk fast, but with each step he took, the separation I felt grew stronger. I would feel that distance between us from one, two, or even hundreds of miles.

When Ayah became a small dot disappearing into a grove of twisted trees, I ran to our tent. He would have left the letter he'd written to me somewhere near my sleeping mat. Indeed, I found a damp piece of paper tucked under the pile of sarongs where I slept.

My heart pounding, I unfolded the paper, as if I were about to read a will. The note contained only a few sentences, which I easily memorized after reading them twice.

*Mustafa, my son. This loss has made me so sad, I may soon go mad. I must leave. Hopefully, you are strong enough to stay. I am just so tired. Goodbye.*

I jumped up as though stung by a scorpion. Without meaning to, I violated Ayah's instructions and raced after him as fast as I could. I ran until I ran out of breath, but I didn't find his shadow. His footprints disappeared in the bend of the road. Somewhere along the way, I had lost my sandals. I ignored the mud and painful pebbles that poked the soles of my feet. The agony deep in my heart hurt much more.

Ayah had only just left, but loneliness struck me, as if I were the only person in this world. I had gone from losing my mother and two siblings to losing my entire family. I stood alone beneath the forever-cloudy sky and the roaring waves of the faraway sea.

I limped back to the temporary shelter in a camp of hastily erected military tents and wood structures with earth floors. *Temporary* was starting to feel like *forever*, especially to me, who no longer had anyone. The only person I could rely on had simply walked away, leaving nothing behind except a damp scrap of paper with words that made me feel even more dejected.

yang kini sudah tidak memiliki siapa-siapa lagi. Satu-satunya tumpuan harapan telah meninggalkanku. Pergi begitu saja. Hanya meninggalkan kata-kata yang justru membuatku semakin terpuruk.

Memang, sekarang bukan lagi saatnya untuk terus menangis. Setiap hari, kuhabiskan waktuku untuk menanyakan kabar dari timur, barat, selatan, dan utara — dari seluruh penjuru mata angin. Adakah yang menemukan Meutia? Adakah yang mendapatkan sosok Hasan? Adakah yang sempat bersimpang jalan dengan Siti Salamah?

Bahkan, andai kata telah berbentuk jenazah!

Mungkin tinggal serangkai belulang dari tubuhnya yang terimpit rangka bangunan. Bekas perjalanan yang tidak lazim — terseret sekian kilometer bersama puing dan ombak berwarna cokelat. Terempas dan hanyut berkali-kali.

Mungkin juga sekadar sobekan pakaian terakhir yang dikenakannya menjelang gelombang tsunami datang. Mungkin aku masih sanggup mencium wangi sisa tubuhnya, di antara lumpur dan segala yang hancur. Aku akan memeluknya untuk penghabisan kali sebelum kurelakan masuk ke dalam lubang bersama mayat lain yang baru ditemukan. Tanpa nama, kecuali jika aku menandainya dengan setulus hati, lalu berusaha mengingat letaknya.

"Ayah, mungkinkah kita akan sanggup menziarahi mereka?"

Namun, aku tidak lagi bersama Ayah. Dia sudah pergi dan kini mungkin telah tiba di wilayah lain yang juga tidak dikenalnya karena suasananya sudah berubah. Sementara, aku akan tetap tinggal di sini, bersama beberapa penduduk yang masih bertahan dengan keadaan seperti ini. Bersama beberapa tentara yang kulihat juga mulai bosan dan kusut mukanya.

---

Ketika Ayah memberiku sepucuk rencong, aku baru saja selesai menunaikan SMP. Umurku menjelang lima belas tahun.

Usai menerima pengumuman kelulusan, aku bersama teman-teman merayakannya dengan cara membakar baju seragam di tengah ladang. Anak seorang juragan kambing menyumbangkan seekor kambing untuk pesta syukuran. Aku pulang menjelang magrib dengan perasaan mekar sumringah. Setelah libur panjang, aku akan memasuki dunia sekolah yang lain. Seolah-olah ada

Indeed, Father was right. This was not the time to keep crying. Every day, I spent my time searching for news from all directions — east, west, north and south. "Did you find my sister, Meutia?" "Did you see my brother, Hasan?" "Have you come across my mother, Siti Salamah?" My questions never stopped.

"Tell me," I would plead, "even if all you saw was their dead bodies stuck in the ruins, even if all you saw was what was left of their bodies after being dragged and tossed by the sea, flung away and sucked back in along with the debris for miles and miles by huge brown waves."

Or, I begged, "Tell me if you found even a piece of clothing they were wearing before the tsunami hit. Perhaps I can still catch their scent amid the stench of mud and trash. At least I could then hold a scrap of them one last time before releasing them forever to burial in the mass watery grave with the other dead bodies."

My family's final resting place would be unmarked, of course, unless I marked it in my heart. "Ayah!" I cried. "Will we ever be able to visit their graves?"

But Ayah was no longer with me. He was gone now. Perhaps he had reached another destination — an unrecognizable place, because the tsunami had altered our world.

For now, I decided I would stay at the temporary shelter with the other survivors who were trying to exist, watched over by a few soldiers who looked weary and depressed.

———•—•———

Back when I was almost fifteen years old and had just graduated from middle school, Ayah gave me a *rencong*, a traditional Acehnese dagger.

My friends and I had celebrated our graduation by burning our school uniforms in the middle of a rice field. A goat farmer's son provided us with a goat for the celebration. Around dusk, I went home, feeling elated. After the long break, I would enter a new school, a new environment. My future was a blank piece of paper on which I could write all my hopes and dreams. I walked home, whistling.

As I approached the gate of our yard, I saw Ayah. His eyes were sharp. I knew immediately that he had something very important to say and that his words might be harsh ones. My heart started

selembar kertas harapan untuk ditulisi segala keinginan. Dicoret-coret dengan gambar impian sekehendak hati. Aku pun berjalan sambil bersiul-siul.

Di pintu pagar rumah, aku mendapatkan mata Ayah yang nyalang seperti elang. Aku serentak menduga ada hal yang sangat penting dan mungkin akan disampaikan dengan nada marah. Firasat itu begitu kuat, membuat dadaku berdegup kencang. Rasa takut menjalar. Semua ingar-bingar, yang tadi mengepung api unggun perayaan pesta lulus sekolah, langsung sirna.

"Mustafa!" panggil Ayah.

"Ya, Ayah." Aku mempercepat langkah. Dengan dada terbuka seperti ini, tentu tampak bagai menantang. Namun, bajuku sudah sempurna menjadi abu di persawahan kering dua jam yang lalu.

"Ayah mau amanatkan sesuatu kepadamu! Duduklah!"

Perasaanku mengerut. Serambi rumah tampak sepi. Langit redup. Sebentar lagi akan terdengar suara azan dari surau di belakang rumah. Aku segera duduk di bangku kayu yang terletak setengah miring di teras.

"Ayah, hari ini aku lulus sekolah." Aku mencoba meredakan gejolak dengan cara menyampaikan berita gembira. Siapa tahu akan menurunkan kemarahan Ayah. Namun, ternyata tidak mengubah apa pun.

"Ayah tahu! Karena itulah Ayah memanggilmu. Sudah saatnya kamu menerima ini," Ayah mengangsurkan sebuah benda yang masih tertutup oleh kain putih, "Bukalah!"

Dengan agak gentar, aku melolos kain kafan yang sudah tidak baru lagi. Serta-merta terkejut, meski sudah menduga dari bentuknya, ketika mendapatkan sebuah rencong yang masih mengilat meskipun gagangnya berupa kayu yang sudah berumur panjang.

Mendadak, tanganku gemetar. Apa maksud Ayah memberiku sebuah benda tajam yang berbahaya ini? Setiap menghadapi logam tajam, apalagi dengan beberapa lengkung yang mirip ukiran, aku merasa sedang berhadapan dengan masalah besar.

"Ayah ... ini sebuah rencong ...."

"Syukurlah kamu tahu. Ayah tak bisa menunda waktu lagi. Sudah saatnya kamu memahami arti bahaya di luar sana."

to race, and fear ran through me. All the excitement from the graduation celebration vanished.

"Mustafa!"

"Yes, Ayah." I quickened my steps. I was bare-chested; my shirt had turned into ash in the rice field two hours ago.

"I have something important to tell you. Sit down."

My heart sank. It was quiet as we walked to the porch. The sky was now dark. Soon we would hear the call to prayer from the *surau,* mosque, behind the house. I quickly took a seat on the wood bench.

"Ayah, I graduated today," I said, trying to ease the tension with my good news. But it didn't change anything.

"I know!" Ayah said. "That's why I called you. It is time for you to have this." Ayah thrust an object wrapped in a white cloth toward me. "Open it!"

Shaking, I loosened the old cloth. Even though I could have guessed what it was from the shape, I was still surprised when I held a real rencong in my hand. The wood of the hilt was aged, but the blade was shiny.

My hand trembled. Why did my father give me such a dangerous weapon? Every time I looked at the sharp metal blade, especially its serrated edge, I felt that I was in deep danger.

"Ayah, this is a rencong ...."

"It is good that you know that," Ayah said. "I can no longer delay this. It is time you understand the perils of the world out there."

I looked around, thinking that my father's dire evaluation of our situation was a bit exaggerated. Despite the uprising and the growing tensions between Aceh rebels and government authorities, our village was in the safest area. Even the members of *Gerakan Aceh Merdeka*, the Free Aceh Movement, never passed through this area.

"You, along with me, are now responsible for protecting our family. You have to protect Meutia and Hasan, while I protect your mother, Salamah."

My father's words frightened me. He spoke as though soon, the war would explode. The evening breeze felt cooler than usual. The call for the *maghrib,* evening prayer, filled the air. I didn't

Aku memandang sekitar. Kukira Ayah keliru dalam menilai keadaan. Desa kami daerah yang paling aman. Bahkan, jarang menjadi lintasan anggota Gerakan Aceh Merdeka, baik secara terang-terangan maupun menyamar.

"Kamu mulai bertanggung jawab melindungi keluargamu. Bahu-membahu dengan Ayah. Jaga keselamatan Meutia dan Hasan. Sementara, Ayah akan menjaga Salamah, ibumu."

Tanganku semakin gemetar mendengar penjelasan Ayah. Sepertinya, sebentar lagi akan meletus perang. Sementara, angin senja kala bertiup lebih dingin dari biasa. Kemudian terdengar azan magrib berkumandang. Entah siapa yang menjadi muazin sore ini, meskipun suaranya terdengar mendayu-dayu, terasa mengiris liang telinga seperti pipih sembilu.

"Ayo lekas simpan rencong itu! Kini menjadi milikmu. Jangan dibiarkan telanjang, salah-salah disambar iblis." Ayah meng-ingatkan.

Setelah aku kembali dari menyimpan senjata yang baru saja kudapatkan, Ayah bangkit dan berkata, "Sekarang, kita ke surau."

Sehabis sembahyang, aku merenung di dalam bilik. Rupanya, hari ini berlangsung dihiasi berbagai peristiwa yang mendebarkan. Sejak pagi, aku sudah berdebar-debar menunggu pengumum-an ujian akhir. Aku tidak terlampau bodoh. Namun, bukan berarti pasti lulus.

Ketika membuat api unggun dan membakar baju-baju, angin bertiup cukup kencang. Kemarau telah berhasil membuat setiap petak ladang menjadi kering, tumpukan jerami bertebaran di mana-mana. Tentu kami berdebar-debar dan selalu terkesiap setiap kali melihat api meliuk ke arah gubuk.

Senja ini, sebuah rencong diwariskan kepadaku! Begitu men-dadak, seakan-akan musuh sudah berada di balik dinding rumah. Telinga kami menduga, ada semacam keresek langkah kaki orang jahat yang mendekat. Ya, aku telah menjadi pemuda!

Ketika Ayah memintaku untuk khitan, Hasan belum lahir. Dia masih berada dalam perut Ibu yang membuncit seperti mendekap ember di balik kain sarungnya. Sementara, Meutia mulai sekolah seminggu tiga kali di madrasah terdekat.

"Sudah waktunya kamu memotong ujung kulupmu. Itu sumber penyakit! Mau berangkat sendiri atau kuantar?"

know who the *muadzin,* prayer caller, was, but his lilting voice pierced my ears like a sharp blade.

"Now, hurry — put it away," Ayah warned. "It is yours now. Never leave it unsheathed, or the devil might possess it." When I returned from putting away my new weapon, Ayah rose. "Now let's go to the surau."

After the prayer, back in my room, I reflected on the day that had just passed; it had been filled with many exciting events.

That morning, I had anxiously waited for the result of my final middle school exams. I was not stupid, but that didn't mean I was guaranteed to pass. That afternoon, I had burned my school uniform in celebration, and the wind had been blowing so hard that we had gasped with worry every time the flames veered toward the shanties in the field, because the dry season had parched every patch, and piles of dry straw were everywhere.

And then, this evening, I had inherited a rencong! It was all too sudden, as if enemies were already lurking behind the walls of the house, although we were always alert and treated every rustle as the sound of approaching danger. Yes! I now had become a man!

——•—•——

I was in fourth grade when Ayah told me to get circumcised. Hasan had not yet been born. Mother's bulging belly looked as if she hid a melon in the folds of her sarong. Meutia had started attending the nearby *madrasah,* Islamic elementary school, three times a week.

"It is time to cut your foreskin," my father said. "It is the source of disease. Will you go by yourself or should I accompany you?"

I hesitated. Why couldn't Ayah wait until I had mastered my Quran recitation with the correct rhythm and tone? Or until I had experienced my first wet dream?

"No!" he exclaimed, sensing my reluctance. "You get circumcised now or don't ever set foot in this house again."

"Mustafa," my mother said gently, "take the new sarong I placed on your bed."

I nodded. I never had the heart to refuse my mother's requests; no matter how hard, no matter how frightful.

The only exciting adventure I'd had up till then was a swim race in the fast-flowing river. Having my foreskin removed would

Aku terkesima. Mengapa Ayah tidak menunggu aku benar-benar khatam Alquran dengan tartil dan lafal yang benar? Atau membiarkan aku mengalami mimpi basah yang pertama?

"Tidak!" Seolah Ayah mendengar keragu-raguanku. "Sunat sekarang atau tidak usah masuk ke dalam rumah."

"Ambillah kain sarung yang baru, Mustafa." Ucapan Ibu lebih lembut. "Sudah kusiapkan di ranjangmu."

Aku pun mengangguk. Aku tidak pernah tega menolak permintaan Ibu. Sesulit apa pun. Setakut apa pun.

Aku belum menjumpai petualangan yang seru, selain lomba berenang di arus sungai yang deras. Namun, pengalaman dipotong ujung pelirku tentu merupakan salah satu keberanian seorang anak laki-laki. *Jangan menangis! Ya, jangan menangis, Mustafa!*

"Aku percaya, kamu bukan anak cengeng, Mustafa!" ujar Ayah membekali perjalananku.

Maka, berangkatlah aku kepada seorang dukun sunat. Menyerahkan kelaminku yang gemetar untuk dipotong, dijahit, dan diperban, setelah sebelumnya dibius dengan suntikan di sekitar *burung*-ku itu. Aku meringis saat perih menjalar, menembus tabir pembiusan.

Akan tetapi, aku berhasil mempertahankan agar mataku tetap nyalang, tanpa setitik air menggenang di sudutnya. Aku berhasil dan begitu bangga. Aku seorang anak yang berani. Tidak cengeng! Aku hanya malu kepada Ibu yang tidak pernah takut untuk melahirkan. Sebentar lagi, akan ada bayi ketiga yang melewati pintu rahimnya. Pasti sakit luar biasa, karena ukuran bayi tidak sebanding dengan besarnya lubang yang hendak dilaluinya. Itu menurut akalku, yang masih duduk di kelas empat sekolah dasar.

"Inilah anak Ayah yang pemberani." Ayah menepuk bahuku, ketika sedang kunikmati seekor ayam panggang yang khusus dimasak oleh Ibu. "Aku percaya, kamu bukan anak cengeng!"

⊢—·—⊣

Akan tetapi, lihatlah hari ini, di ambang waktu duha, ternyata akhirnya aku menangis.

Dadaku seperti mau meledak oleh impitan kesepian. Padahal, aku tahu, di sekitarku masih ada orang-orang lain yang setengah gila akibat perasaan kehilangan. Ibu-ibu yang putus asa. Anak-anak

definitely prove I was a courageous boy. *Don't cry! Don't you ever cry, Mustafa!*

"I trust you not to be a crybaby, Mustafa," Ayah said, handing me money as I left.

So, I went to the shaman and presented him my shivering penis to be cut, stitched, and bandaged. I cringed during the process. But I kept my eyes open and dry, with no tears welling at the corners. And then, it was over. I had succeeded and was bursting with pride! I had proven I was courageous and not a crybaby!

But in front of my mother, who was never afraid to give birth, I only felt shame. Her third baby would soon pass through her womb. It must hurt terribly, because a baby was much larger than the opening it had to pass through. My circumcision was nothing compared to her childbearing. At least, that was my reasoning as a fourth-grader.

"Here is my brave boy." Ayah patted my shoulder, while I enjoyed the roasted chicken my mother had made especially for me. "I knew you weren't a crybaby!"

———•—•—•———

But now, today, early in the morning at the temporary shelter, before *dhuha* prayer time, I did cry.

Even though I knew I was surrounded by people who were half-mad with suffering from their loss, my chest felt as if it might explode under the pressure of loneliness. I was surrounded by desperate mothers, by children playing without knowing where to turn for a hug when they were hungry, by soldiers who missed their family, and by volunteers on the verge of collapsing, overwhelmed by the stench that had hung in the air day after day.

When Ayah left the shelter, the last thing I saw of him was his bent back. I knew that the shabby, crumpled shirt on his back had come out of a box thrown from the open door of a roaring helicopter on a cloudy afternoon.

Do I still need to look for my sister Meutia? And Hasan, my brother? And my mother? They might all be buried God knows where. The mighty tsunami took them from me without giving me a chance to say goodbye. Please, forgive me.

———•—•—•———

kecil yang bermain tapi tidak tahu mesti mencari pelukan siapa ketika lapar datang. Juga beberapa tentara yang rindu keluarganya. Juga para relawan yang sudah nyaris mabuk oleh bau busuk yang melayang-layang sepanjang pekan.

Ketika Ayah meninggalkan tempat permukiman, yang terdiri atas tenda-tenda militer dan sebagian lagi berupa bangunan kayu yang berdiri tanpa dasar bangunan, hanya kulihat punggungnya yang setengah bungkuk. Kemejanya yang lusuh mengandung banyak lipatan di sana-sini, warnanya buram, diperoleh dari kardus yang dilempar oleh sebuah helikopter yang gemuruh di suatu siang bermega pekat. Dia tadi berjalan tidak terlampau cepat, tapi jarak antara kami demikian pasti menjadi semakin jauh. Semakin terasa bahwa telah terbentang ruang yang memisahkan kami. Mungkin satu, dua, atau bahkan ratusan kilometer.

Apakah aku masih perlu mencari Meutia, Hasan, dan ibuku yang entah berkubur di mana? Tsunami yang perkasa telah merebutnya dari kami tanpa memberi kesempatan untuk belajar cemburu lebih dulu. Maafkan aku.

—•—

# Senja di Batavia

Irene Wibowo

Penerjemah: Translation Workshop
Universitas Kristen Petra 2019

Batavia, 12 Oktober 1740.

Dari jendela kamarnya, Sari melihat burung-burung bangau melayang berputar tinggi di angkasa. Lengkingan mereka mengiringi nyaringnya pekik-pekik ketakutan di bawahnya. Hamburan warna merah bersemu jingga di langit seakan menggambarkan api yang tidak berhenti berkobar.

Lima hari setelah Nyonya Carolien, majikannya, menitahkannya untuk pulang ke rumah sampai waktu yang tidak ditentukan, Sari melewatkan waktunya berdiam diri di rumah berkawan dengan kebisingan-kebisingan yang mulai memekakkan telinganya.

Teriakan amarah yang dilontarkan dalam bahasa Melayu dan bahasa Belanda, serta teriakan ketakutan yang dilontarkan dalam bahasa Cina, saling bersahutan memenuhi udara. Suara pedang yang mengayun membelah angin serta suara bubuk mesiu yang melontarkan peluru tidak henti-hentinya mengalun bersama teriakan-teriakan itu.

Seperti kata Nyonya Carolien, orang Cina sedang dibantai habis-habisan di luar sana. Dia juga menceritakan kalau mereka membuat rusuh dengan membunuh lima puluh orang Belanda. Sekarang, pikiran Sari melayang pada Xiao Li, sahabat baiknya. "Ah, Xiao Li. Di mana kamu sekarang?" gumamnya.

---

Sari baru beberapa minggu bekerja untuk Nyonya Carolien saat dia bertemu dengan Xiao Li tahun lalu. Gadis lima belas tahun seperti Sari seharusnya sudah dipinang. Namun tidak ada yang mau dengan seorang gadis berbibir sumbing. Dia pun tidak bisa mendapatkan pekerjaan, sampai pada suatu hari, tetangganya, yang bekerja sebagai pembantu rumah tangga di tangsi Belanda,

# The Sun Sets over Batavia

By Irene Wibowo
Translated by Translation Workshop
Universitas Kristen Petra 2019


Batavia, Dutch East Indies, Friday, October 14, 1740
　　Five Days After the Chinese Massacre
　　From her bedroom window, Sari saw the herons circling high up in the sky. Their squeaks mimicked the terrified screams below them. The red-and-orange-streaked sky mirrored the burning fires around her.
　　It had been five days since Mrs. Carolien, her mistress, had sent her home, without specifying how long she was to stay there. Sari had passed the time listening to the piercing noises that filled the air: a cacophony of angry shouts in Malay and Dutch, anguished screams in Chinese, clashing swords, and rattling gunfire.
　　Mrs. Carolien had told Sari that during the Chinese riot against the colonial Dutch government, fifty Dutch had been killed. Now, the Dutch were retaliating and out to annihilate the Chinese.
　　Sari thought of Xiao Li, her best friend. "Oh, Xiao Li," she whispered, wondering where he was now.

———

　　Sari had only worked a few weeks for Mrs. Carolien when she met Xiao Li the previous year. Usually, fifteen-year-old girls were already married, but no one wanted to marry Sari because of her cleft lip. Worse, no one would hire her because of it. But one day, her neighbor, a maid in the Dutch barracks, offered her a job in Mr. Willem's household. Mr. Willem was a high-ranking Dutch officer, and Sari was assigned to serve his wife, Mrs. Carolien.
　　Mrs. Carolien loved to collect silk cloths. She believed that silk enhanced her beauty.
　　Every Saturday, after Mrs. Carolien finished her breakfast, Sari accompanied her to the Tanah Abang Market.

menawarinya pekerjaan di rumah Tuan Willem, seorang perwira tinggi militer Belanda, untuk melayani Nyonya Carolien, istrinya.

Nyonya Carolien suka mengumpulkan kain-kain sutera. Menurutnya, kain-kain sutera membuat kecantikannya makin menonjol.

Setiap hari Sabtu, setelah Nyonya Carolien menghabiskan sarapan paginya, Sari menemani Nyonya Carolien ke Pasar Tanah Abang.

Toko kain yang dimiliki keluarga Xiao Li terletak di bagian timur pasar, dekat toko-toko kelontong. Tokonya agak sepi hari itu. Selain Sari, hanya ada seorang perempuan Cina bertubuh tambun dan Nyonya Carolien bersama temannya.

Sari melihat-lihat potongan sisa kain di sebelah pintu masuk dekat tempat membayar sambil menunggu majikan dan temannya berbelanja. Pemilik toko sedang mengembalikan uang kepada seorang perempuan Cina yang menggendong anak bayi. Dilihatnya juga seorang anak laki-laki yang dengan sigapnya mengangkat segulung kain yang dibeli perempuan itu ke kereta kuda yang menunggu di depan toko.

Mereka sedang berjalan menuju pintu toko saat Sari mendengar suara *tuk* pelan. Dilihatnya satu mata uang perak menggelinding di ubin keramik yang mengilap. *Jika uang itu tidak berada di dalam dompet yang punya, siapa pun dapat memungutnya, bukan?* begitu pikir Sari. Maka, dia beranjak untuk mengambil uang itu sembari berpikir akan ditukarkan dengan barang apa nantinya. Baru saja dia mendekatinya, anak laki-laki yang mengangkut kain tadi sudah memungut uang perak yang tidak bertuan itu. Namun, anak itu tidak memasukkan uang logam itu ke dalam saku celana pendek putihnya. Dari ambang pintu, Sari melihat dia berlari kecil menuju dan memberikannya kepada perempuan itu.

Sari kembali masuk ke dalam toko. Dia bersandar pada salah satu lemari kaca di bagian belakang toko dan memerhatikan anak itu kembali berjalan masuk, lalu duduk di atas kursi tinggi dekat tempat membayar. Anak laki-laki itu mengusap peluh yang mengalir dari dahinya dengan selembar handuk yang dikalungkan di lehernya. Pipinya merah seperti buah tomat yang diiris-iris Sari saat membuat roti lapis untuk Nyonya Carolien.

Sari mengalihkan pandangannya dengan cepat pada kain merah di depannya saat mata sipit anak laki-laki itu bertemu

Xiao Li's family owned a Chinese fabric shop in the eastern part of the market, near the grocers. On the day that Sari met Xiao Li, the fabric shop was not crowded. Other than a plump Chinese woman, the only customers in the shop were Sari, Mrs. Carolien, and Mrs. Carolien's friend.

While waiting for her mistress and her friend to finish their shopping, Sari rummaged through the remnants bin near the cash register. She idly watched the plump Chinese woman paying for her purchases. After the shopkeeper gave the woman her change, the shop boy quickly picked up the roll of cloth to carry it to her waiting carriage in front of the shop.

As they left, Sari heard a soft clink — a silver coin rolled across the shiny ceramic floor tile. *If that coin is not inside the woman's purse, anyone can pick it up, right?* Sari automatically headed toward the coin while thinking of all the things she could buy with it later.

Just as she started to bend down to pick up the coin, the shop boy, returning from delivering the lady's purchase, grabbed the coin. But the boy didn't put the coin in the pocket of his white shorts. Instead, he ran after the carriage and returned the coin to the Chinese woman.

Sari turned and walked to the back of the shop. Leaning against one of the showcases, she watched the shop boy resume his seat on a tall stool near the cash register. He used the tip of the towel he wore around his neck to wipe the perspiration off his face. His cheeks were as red as the sliced tomatoes that Sari put on Mrs. Carolien's sandwich.

When his eyes met hers, Sari quickly averted her gaze to feign interest in a bolt of red cloth in front of her. Nervous heat spread through her when she saw the boy climb off his stool and approach her.

"Hi," he said.

Sari blinked in disbelief and glanced up at the boy. Not many people would talk to her. Some believed that looking at her disfigured face for too long might bring them misfortune. Outside of her family, this Chinese boy was the first person who had ever initiated a conversation with her.

matanya. Hawa panas menjalar ke sekujur tubuhnya ketika dari sudut matanya dia melihat anak itu turun dari kursi tinggi dan berjalan mendekatinya.

"Hai," ujar anak laki-laki itu.

Sari mengerjapkan matanya dan memandang anak itu dengan aneh dan takjub. Tidak banyak orang yang mau berbicara dengannya. Sari tahu ada orang yang percaya bahwa wajahnya yang cacat bisa mendatangkan petaka kalau dipandang terlalu lama. Anak laki-laki Cina itu adalah lelaki pertama di luar keluarganya yang mengajaknya bicara.

"Xiao Li," ujarnya lagi, memperkenalkan diri. Lalu melanjutkan, "Namamu siapa?"

"Sari," jawabnya dengan malu-malu.

"Sali," katanya sambil menganggukkan kepalanya.

Sari tersenyum. Orang Cina memang tidak bisa mengucapkan *r*.

┝━┿━┥

Setelah hari perkenalan itu, Sari dan Xiao Li sering menghabiskan waktu bersama. Sore hari saat Nyonya Carolien meluangkan waktunya untuk minum teh bersama dengan teman-temannya dan saat Xiao Li bebas dari tugas membantu ayahnya, Sari dan Xiao Li berjalan bersama ke tepi Kali Besar untuk melihat senja.

Xiao Li bercerita bahwa orang Cina di Batavia tidak enak-enak amat hidupnya. Ada pemberlakuan wajib lapor bagi setiap orang Cina yang berdiam di Batavia. Orang Cina yang banyak uang sering diperas oleh orang Belanda. Beberapa teman Xiao Li yang hanya memiliki dua potong baju, hitam dan biru, dipindah paksa ke Ceylon. Apakah mereka selamat tiba di Ceylon, tidak ada yang tahu. Ada desas-desus mereka dibuang ke laut.

Kata Xiao Li, banyak orang Cina yang tidak mampu dan masih tinggal di Batavia sekarang menjadi buruh di pabrik gula Belanda. Namun, belakangan ini banyak dari mereka yang diberhentikan secara paksa karena harga gula yang terus turun. Nampaknya, banyak orang Cina yang geram dengan sikap semena-mena orang Belanda dan berniat memberontak.

Sari teringat, pada pertemuan terakhir mereka, Xiao Li bercerita kalau orang Cina akan menyerang orang Belanda dalam waktu dekat. Dia mencuri dengar dari teman ayahnya yang datang malam-malam untuk mengajaknya ikut serta. Ayahnya tentu

"I'm Xiao Li," he introduced himself. "What's your name?"

"Sari," she answered, eyes still averted.

"Sali," the boy nodded.

Sari smiled; she knew that Chinese people could not pronounce the *r* sound.

━━•┄•━━

After that day, Sari and Xiao Li spent all of their free time together. In the late afternoon, when Mrs. Carolien had tea with her friends and Xiao Li had finished helping his father in the shop, the two friends walked to the bank of the Kali Besar river to watch the sunset.

Xiao Li told Sari that life was not easy for the Chinese in Batavia. Dutch law mandated that all Chinese living in Batavia be registered. The wealthy Chinese were coerced into giving their money to the Dutch. Some of Xiao Li's friends, who were so poor they only had only two pieces of clothing, were forcefully deported to Ceylon in South Asia. No one knew whether they arrived safely; or whether they arrived at all. Rumors said they were dumped into the sea.

Xiao Li said that most of the poor Chinese who had remained in Batavia became laborers in the Dutch sugar mills, but recently, a lot of them had lost their jobs because of the declining price of sugar. Many Chinese were disgruntled with the Dutch's arbitrary attitude and decided to rebel.

The last time she was with Xiao Li, he told her that the Chinese were preparing to revolt against the Dutch treatment of them. He had eavesdropped on the conversation between his father and his father's friend, who had come in the middle of the night to invite his father to join the uprising. His father had blatantly refused the invitation, saying he'd never had any problems with the Dutch. But from that moment on, Xiao Li knew that Batavia was no longer safe.

At the end of that day together, Xiao Li took a piece of red silk cloth out of his pocket. He draped the thin, smooth fabric around Sari's shoulders. "Keep this as a token of our friendship, as a symbol of my feelings for you." He quickly placed a light kiss on Sari's forehead, then walked away. That was the last time she saw him.

━━•┄•━━

menolak mentah-mentah ajakan itu karena dia tidak memiliki masalah dengan orang Belanda. Sejak saat itu, Xiao Li tahu bahwa Batavia mulai tidak aman.

Pada pengujung hari itu, Xiao Li mengambil selembar kain sutra merah dari saku celananya. Kain tipis dan licin itu dengan lembut dibalutkannya melingkari bahu Sari. "Simpanlah kain ini sebagai *cendelamata pelsahabatan* kita. Sebagai tanda *pelasaanku* padamu." Kecupannya, yang ringan dan cepat, ditempatkan di dahi Sari. Lalu, dia melangkah pergi, menjauh, dan hilang.

⊢━•━•━┤

Kenangan Sari buyar saat Emak memanggilnya untuk membantu menyeduh kopi buat Bapak dan Mas Ario, kakaknya. Di ruang tamu, Bapak dan Mas Ario sedang menggerutu. Mereka tidak mendapat upah karena pengawas ladang gula melarang mereka menggarap ladang dalam beberapa hari ini.

"Kawan-kawanku pergi ke kota untuk mengambil harta orang-orang Cina serakah itu. Aku mau ikut besok daripada berdiam di rumah," ujar Mas Ario.

"Ah, kaki Bapak sakit. Kamu saja yang pergi. Bawa pulang barang yang banyak. Katanya, mereka punya guci bagus. Semoga tidak rusak kena tembakan meriam agar kita bisa jual lagi. Enak saja mereka bisa kaya, sementara kita terus-terusan miskin," omel Bapak.

"Ambil yang banyak ya, Nak," sambung Emak. "Emak dengar kemarin kalau orang-orang Cina mau menjadikan kita budak. Kalau tidak mau, kita yang akan dibunuh seperti yang mereka alami sekarang. Nah, tahu rasa, mereka kini yang dibantai."

Sari mengantarkan kopi ke ruang tamu dan meletakkannya di atas meja. Dengan takut-takut, dia duduk di sebelah Emak sembari memandang Bapak dan Mas Ario yang menyeruput kopi. Dengan suara gemetar, Sari berkata, "Kenapa kalian begitu benci dengan orang Cina? Bukankah mereka tidak pernah bikin ribut dengan kita?" Tiga pasang mata seketika melihat ke arah Sari dengan tatapan yang menghakimi.

"Kamu ini perempuan tahu apa?" bentak Bapak. "Mereka menguasai pusat kota. Merampas milik kita. Kamu lupa dulu kita pengusaha pabrik gula? Meskipun kecil, itu milik kita. Mereka

Sari's reverie at her bedroom window was broken when Emak, her mother, called her to help brew coffee for Bapak, her father, and Mas Ario, her brother.

In the living room, her father and brother were complaining. The native field workers hadn't received any wages because the Chinese supervisors of the sugarcane fields had not allowed them to work for the past few days.

"Tomorrow, my friends are going to town to plunder those greedy Chinese," Mas Ario said. "I plan to join them. It's better than staying home."

"Ah, my leg hurts," Bapak grumbled. "You go. Bring home lots of valuables. People say they have nice urns, and hopefully they were not broken by during the riots so we can sell them. It is unfair that the Chinese are rich while we are so poor."

"Take as much as you can, son," Emak added. "Yesterday, I heard that the Chinese want to make us Batavians their slaves. If we refuse, we will be killed, just like they are being killed today. They know now what it means to be slaughtered."

Sari brought the coffee to the living room and placed the tray on the table. She timidly sat down next to Emak and looked at Bapak and Mas Ario, as they sipped their coffee. Her voice trembled when she asked, "Why do you hate the Chinese so much? Have they ever disturbed us?"

Three pairs of eyes, filled with judgment, shifted to her.

"You're a girl," Bapak snapped. "What do you know? The Chinese dominate Batavia's city center, taking what's ours. Did you forget that we used to own a sugar mill? Even though it was small, it was ours. The Chinese have a lot of money, but still, they pushed us to the outskirts. How much greedier can they get?"

"But —"

"Hush!" Emak interrupted shrilly. "Don't you dare talk back to your father!"

Sari had no intention of talking back to Bapak. She knew he was outraged because the Chinese had usurped his sugar mill business, and, consequently, he and Mas Ario were now field hands — instead of owners — of the sugarcane plantation. Sari only wanted to point out that not all Chinese were bad, and that they should not blame all Chinese for their current situation. But,

punya banyak uang, melibas kita hingga tertinggal di pinggiran. Kurang serakah apa mereka?"

"Tapi kan ...."

"Hus. Kamu sekarang berani membantah bapakmu?" potong Emak, nadanya meninggi.

Sari tidak punya maksud membantah Bapak. Dia memahami perasaan ayahnya yang terluka karena perusahaannya dicaplok orang Cina sehingga dia bersama Mas Ario sekarang terpaksa menjadi buruh di lahan tebu. Sari hanya ingin bilang bahwa orang Cina itu juga ada yang baik dan tidak bisa semuanya disalahkan sebagai penyebab keadaan keluarga mereka sekarang ini. Belum sempat dia kembali berusaha menyampaikan maksudnya, pintu rumah diketuk.

Emak bergegas membuka pintu dan mendapati pengawas kebun tebu dan dua tentara Belanda berdiri di depan rumah.

"Selamat sore, Bapak-Ibu sekalian," ujar pengawas kebun tebu berbasa-basi. "Saya membawa pengumuman bahwa Belanda menawarkan dua dukat untuk setiap kepala orang Cina."

Bapak dan Mas Ario segera bangkit dari tempat duduk untuk mendengarkan lebih lanjut pengumuman itu.

Sari terdiam mendengar pengumuman itu. "Ini tidak benar," gumam Sari dengan kesal setelah pengawas kebun tebu dan dua tentara Belanda itu pergi. Belum pernah dia melihat mata Bapak, Emak, dan Mas Ario begitu berbinar-binar.

Dengan langkah sedikit terpincang-pincang, Bapak mengambil golok, sementara Mas Ario membawa cangkul.

Sari mencengkeram tangan Mas Ario dan berusaha menahannya keluar dari rumah.

Emak menariknya.

"Kamu ini perempuan banyak tingkah. Duduk diam sana!" bentak Bapak.

Emak memaksa Sari duduk di kursi walaupun dia terus meronta.

Malam itu, Bapak dan Mas Ario tidak pulang.

———•••———

Setiap langkah kaki Sari lengket berkecipak karena genangan-genangan darah yang membasahi tanah. Warnanya lebih merah dari senja. Merah pekat. Lebih pekat dari dinding merah di rumah

before she could gather the courage to speak her mind, someone knocked on the door.

Emak hurried to open it.

The sugarcane plantation supervisor and two Dutch soldiers stood in the doorway.

"Good evening, ma'am, sir," the supervisor said. "I'm here to inform you that the Dutch government is offering two *ducats*, gold coins, for every Chinese head."

Bapak and Mas Ario quickly rose from their seats, eager to find out more about the offer.

Sari froze. "This is not right," Sari muttered, after the supervisor and Dutch soldiers left. She had never before seen Bapak's, Emak's and Mas Ario's eyes glitter so greedily.

Bapak grabbed a machete, Mas Ario took a hoe.

Sari gripped her brother's hand and tried to keep him from going out of the house. Emak pulled her back.

"You're a girl!" Bapak scolded.

"Don't act up! Sit here and be quiet!" Emak shoved Sari back into her chair.

That night, Bapak and Mas Ario did not come home.

⊢—•—•—⊣

The next day, Sari walked to town. Every step she took felt sticky from the blood that had pooled on the ground. The blood was redder than the sunset, redder than the brick walls of Mrs. Carolien's house. The Kali Besar that flowed between the footpath and rice field had changed color, too — it was blood red. Sari trembled and wept as she stepped over dead bodies. She stopped, overcome, when she saw a lifeless baby in the embrace of his mother's corpse.

Dutch soldiers had jabbed bayonets into every body lying on the ground, silencing the groans and shrieks. The dead children she saw had been murdered. She pictured the children running around on the streets and getting shot in the head, and those hiding in the bushes getting stabbed in the heart.

Sari bent over and vomited.

There was just a little bit of daylight left. In the neighboring village, where Xiao Li and his family lived, many more Chinese bodies littered the ground.

Nyonya Carolien. Kali Besar yang mengalir di antara jalan setapak dan sawah berubah warna — memerah. Tubuh Sari bergetar hebat sembari melangkahi mayat orang-orang itu. Air matanya mengalir semakin deras ketika dia melihat bayi yang sudah tidak bernapas dalam dekapan mayat emaknya.

Serdadu-serdadu Belanda menusukkan bayonet pada siapa pun yang tergeletak di tanah. Tidak ada erangan. Tidak ada jerit kesakitan. Anak-anak kecil itu bukannya terbunuh, melainkan sengaja dibunuh. Membayangkan anak-anak itu berlarian ke tengah jalan kemudian ditembak di kepalanya dan mereka yang ditemukan bersembunyi di dekat semak-semak lalu ditusuk tepat di jantungnya, membuat Sari mual. Dia membungkuk dan muntah.

Langit menyisakan sedikit sinar terangnya. Di perkampungan seberang, tempat Xiao Li dan keluarganya tinggal, lebih banyak lagi orang-orang Cina yang bergelimpangan di tanah tanpa nyawa. Beberapa orang setempat, kenalan Bapak dan Mas Ario, serta serdadu-serdadu Belanda memandang Sari dengan tatapan penuh selidik. Sebagian dari mereka keluar-masuk rumah membawa barang-barang yang ada di rumah itu. Sebagian lagi membakar rumah dan yang lainnya menusuki setiap orang yang tergeletak di tanah.

"Heh! Sedang apa kamu di sini?"

Sari terkejut mendengar suara Mas Ario memanggilnya di depan teras rumah seseorang sembari membawa piring keramik dan sendok perak. Baju dan tubuhnya dipenuhi bercak darah.

"A ... aku mencarimu dan Bapak. Kami di rumah khawatir," sahut Sari agak gemetar. Dia berharap kebohongannya tidak diketahui kakaknya.

Mas Ario memandang adiknya dengan sorot mata marah. Dia kembali masuk ke dalam rumah itu, lalu keluar dengan mengusung barang-barang lainnya.

Petang itu, pada saat Sari kembali ke rumah bersama Bapak dan Mas Ario yang membawa barang-barang untuk Emak, perkampungan itu telah hangus tidak berbekas oleh lautan api.

Sembari mengekor Bapak dan Mas Ario, Sari akhirnya tidak tahan dan berteriak, "Mengapa semuanya harus dibunuh, Mas? Mengapa?" Air mata mengalir membasahi pipinya. "Mereka punya

Village locals, friends of Bapak and Mas Ario, and Dutch soldiers watched her suspiciously as she walked. Some of them looted houses. Others set houses on fire. Still others stabbed the corpses on the ground.

"Hey! What are you doing here?"

Sari jumped when she heard her brother's voice calling out to her. He was standing on a porch, arms filled with ceramic plates and silver spoons. His clothes and skin were splattered with blood.

"I ... I was looking for you and Bapak," Sari stammered. "We were worried about you." She hoped that her brother would not catch her lie.

Mas Ario gave his sister an infuriated look and went back into the house to carry out more loot.

That evening, Sari walked home behind Bapak and Mas Ario, who carried valuables for Emak. Behind them, they left a village consumed by fire.

Sari, unable to bear it anymore, screamed, "Why? Why did everyone have to be killed, Mas? Why?" Tears streamed down her cheeks. "What did they do wrong? Why were those children murdered too? Children, Mas! Children!" Sari sobbed.

"Best to eradicate pests at their roots," Ario stated flatly, without looking back at her. "That way, they can't grow. Let this teach them not to mess with us." He quickened his step, leaving Sari in the middle of the chaos.

That night, Sari didn't sleep.

———

On Saturday, October 22, 1740, Adriaan Valckenier, Governor-General of the Netherlands, issued an order to stop the Chinese massacre.

One week later, a Dutch soldier knocked on Sari's family's door. He said that Mrs. Carolien had sent him to pick Sari up to return to her house.

Carrying some clothes wrapped in a sarong, Sari followed the man to Mrs. Carolien's house.

The metallic odor of blood was gone. The soil was no longer drenched with carnage. No dead bodies littered the ground.

salah apa sama Mas? Kenapa anak-anak juga dibunuh? Anak-anak, Mas. Anak-anak," Sari tersedu.

"Membersihkan hama akan lebih bagus bila hingga akar-akarnya karena mereka tidak akan pernah tumbuh lagi. Biarkan ini menjadi pelajaran bagi mereka agar tidak lagi macam-macam sama kita!" bentak Ario tanpa menoleh. Dia mempercepat langkahnya dan meninggalkan Sari di tengah-tengah segala kekacauan itu.

Pada malam itu, Sari sama sekali tidak bisa memejamkan mata.

Pada Sabtu, 22 Oktober 1740, Gubernur Jenderal Belanda, Adriaan Valckenier mengeluarkan perintah untuk menghentikan pembunuhan terhadap orang Cina.

Seminggu setelahnya, seorang tentara Belanda mengetuk pintu rumah Sari. Katanya, dia diutus Nyonya Carolien menjemput Sari untuk kembali bekerja.

Dengan baju yang dibungkus selembar sarung, Sari berjalan di belakang tentara itu menuju rumah Nyonya Carolien.

Bau tajam besi di udara telah hilang. Tanah tidak lagi basah oleh darah. Tidak ada lagi mayat bergelimpangan di jalan.

Nyonya Carolien menyapa Sari dengan ramah. Dengan lembut, dia meminta Sari mengerjakan tugas sehari-harinya, tapi dia tidak pernah lagi mengajak Sari belanja di Pasar Tanah Abang.

Pada sore hari, di waktu istirahat sebelum dia harus menyajikan makan malam untuk Tuan Willem dan Nyonya Carolien, Sari pergi menatap senja di bawah pohon waru di tepi Kali Besar. Di situ, dia biasanya menatap senja bersama Xiao Li. Sari memejamkan mata menahan perih. Merahnya matahari yang sedang terbenam itu mengingatkannya pada api yang berkobar, darah yang mengalir, teriakan-teriakan ketakutan, dan Xiao Li. Sejak Minggu, 9 Oktober 1740 itu, waktu kejadian Geger Pecinan dimulai, sejak dia kehilangan Xiao Li, senja tidak lagi sama. Senja hanya suatu luka yang menghampakan jiwa.

Sari bersandar di batang pohon waru. Dia mengeluarkan kain sutra merah dari balik angkinnya. Pelan-pelan, kain itu dia balutkan di bahunya. Sari mengusap bahu dan lengannya. Dia yakin, suatu hari nanti, entah kapan, dia akan kembali berada di samping Xiao Li.

Mrs. Carolien greeted Sari. Gently, she asked Sari to resume her usual chores, but she never again asked Sari to go shopping with her at Tanah Abang Market.

One night, during her break time in the early evening before it was time to serve Mr. Willem and Mrs. Carolien their dinner, Sari went to watch the sunset from under the cottonwood tree on the bank of the Kali Besar, where she had so often watched the sunset with Xiao Li.

Sari closed her eyes, holding back her grief. The red sunset reminded her of blazing fires, flowing blood, screams of fear, and Xiao Li. Since Sunday, October 9, 1740, when the Chinese Massacre happened, since she lost Xiao Li, sunsets were no longer the same. The sunset now was just a wound that drained her soul.

Sari leaned against the trunk of the cottonwood tree. She pulled out a red silk cloth from the folds of her cummerbund. Slowly, she wrapped the cloth around her shoulders. Xiao Li. Sari stroked her shoulders and her arms. She was sure, one day, even if she did not know when, she would stand beside Xiao Li again.

⊢——•●•——⊣

# Alloy Bintang Kampung

Radixa Meta Utami
Penerjemah: Novita Dewi

Aku mulai suka lagu dangdut saat usiaku sepuluh tahun. Dangdut mampu menenangkan hatiku yang kacau ketika aku diganggu oleh teman-teman sekolahku. Mereka sering iseng, seperti melempar gumpalan kertas secara diam-diam saat pelajaran berlangsung. Mereka sering mengolok-olok, "Anak bangsawan kok berangkat-pulang sekolah dengan sepeda? Kenapa nggak dengan mobil aja? Hahahahaha ...." Sering pula mereka menyenggolku hingga jatuh.

Pada saat aku berumur 15 tahun, setiap pulang sekolah, aku mulai mengamen lagu dangdut keliling Jalan Paingan. Aku melakukan ini selama bersekolah SMA. Lalu, aku berpikir mengapa aku tidak menjadi penyanyi dangdut saja. Maka, hal itu menjadi cita-citaku.

Suatu Jumat siang, sepulang sekolah, aku langsung masuk ke kamar tidurku untuk berganti baju. Kemudian, aku berjalan ke ruang tamu untuk bernyanyi karaoke. Sambil menunggu makan siang, aku menyalakan alat pemutar kaset dan memasang lagu *Yang Kurindu* dari Denny Malik. Dengan lincah, aku mengikuti suara Denny dan irama dangdut itu,

> *"Jangan kau katakan*
> *Ku sudah tak sayang*
> *Sedangkan dirimu*
> *Masih kurindukan ...."*

Suaraku rupanya melayang ke telinga ibuku yang sangat muak dengan lagu dangdut.

Tiba-tiba, Ibu berdiri di depanku dan melayangkan telapak tangannya ke wajahku.

*Plakk!*

"Waduh ada apa, Bu?" tanyaku sambil mengelus sisi wajahku yang ditampar tadi.

# Village Celebrity

By Radixa Meta Utami
Translated by Novita Dewi

I began to like dangdut music when I was ten years old.

This genre of Indonesian dance and folk music comforted me whenever I was upset about my classmates teasing me. In class, they often threw spitballs at me. "Why does a rich kid ride to school on a bicycle?" they taunted. "Why wouldn't a rich kid ride to school in a car?" Every recess, they'd "accidentally" bump into me and send me sprawling.

When I was fifteen, I started singing dangdut songs as a street busker along the business district of Jalan Paingan, Yogyakarta, a cultural hub known for its traditional crafts and performing arts. I did this all through high school. I sang after school to earn extra money, and I began to toy with the idea of becoming a professional dangdut singer.

One Friday afternoon after school, while I waited for *Ibu*, Mother, to prepare lunch, I went into our living room to practice my dangdut singing. I turned on the cassette player and put on the song *Yang Kurindu* by Denny Malik, a well-known dangdut singer, and sang along with Denny. "*Please don't say ... I care no more ... when ... I still miss you ....*"

Suddenly, Ibu appeared in front of me and slapped me.

I rubbed the side of my face. "Mom! What's wrong?"

"Alloy, my son! I don't want you singing dangdut songs."

"Why don't you like my singing, Mom? I want to be a professional dangdut singer."

"Alloy! We are Catholics. Are there any Catholics who like dangdut songs? How would it be possible for a Catholic to be a dangdut singer? Do you know of any Catholic who is a successful world-class dangdut singer? There aren't any, are there?"

"Alloy! Aku tidak suka kalau kamu menyanyi dangdut!"

"Ibu, mengapa tidak suka? Aku 'kan ingin menjadi penyanyi dangdut!"

"Alloy! Kita ini orang Katolik. Mana ada orang Katolik yang suka dengan lagu dangdut? Mana ada orang Katolik yang bisa menjadi penyanyi dangdut? Apakah kamu pernah melihat orang Katolik yang berhasil menjadi penyanyi dangdut bahkan sampai tingkat dunia sekalipun? Tidak ada, 'kan?"

Tidak lama kemudian, Ayah pulang dari mengajar. Ayah langsung melerai kami.

"Aduh! Ada apa ini?"

"Mas, anakmu ini ingin menjadi penyanyi dangdut. Aku tidak setuju, Mas!" jawab Ibu dengan kesal sambil meninggalkan kami berdua.

"Le, apa benar kamu ingin menjadi penyanyi dangdut?" Ayah, yang selalu menyapaku dengan panggilan Jawa untuk anak laki-laki, memelukku dengan erat.

"Benar, Ayah. Aku ingin menjadi penyanyi dangdut." Aku menjawab Ayah dengan mulai terisak.

"Ya sudah, Nak. Kamu tidak usah khawatir. Nanti Ayah bantu," kata Ayah sambil menenangkanku.

⊢—·•·—⊣

Atas persetujuan Ayah, aku bergabung di Paduan Suara Mahasiswa Cantus Firmus (PSMCF) saat aku mulai kuliah di Universitas Sanata Dharma, sebuah universitas swasta terkemuka di Yogyakarta. Di sana, aku tidak hanya mempelajari semua jenis lagu ataupun cara mengolah suara, tetapi juga belajar bertanggung jawab dengan sesama anak PSMCF. Aku berlatih olah suara dari Senin hingga Jumat mulai dari pukul lima sore sampai dengan pukul sepuluh malam. Beginilah akibat yang kurang menyenangkan sebagai calon penyanyi dangdut — harus pulang malam-malam dan menerima bentakan dari Ibu setiap hari.

Setiap Sabtu sore, kami mengikuti misa di salah satu gereja Katolik di Sleman. Di situlah, aku dan sesama anggota paduan suara yang lain menyanyikan lagu-lagu rohani Katolik dengan jenis lagu dangdut untuk pertama kalinya. Begitu kami menyanyi, para jemaat yang hadir justru merasa tersentuh dengan lagunya

Just then, *Ayah*, Father, came home from his teaching job. He immediately intervened. "For Heaven's sake! What's going on?"

"Your son wants to be a dangdut singer," Ibu said angrily. "Just so you know, I hate it." Ibu left us in a huff.

"*Le*, Son, is it true that you want to be a dangdut singer?" My father, who always used the Javanese term of e dearment for boys when he talked to me, gave me a big hug.

"Yes, I want to be a dangdut singer," I replied and started to cry.

"Okay, don't worry," Ayah said, calming me. "I'll help you."

With my father's approval, I joined the Cantus Firmus Student Choir — PSMCF — during my freshman year at Sanata Dharma University, a well-known private college in Yogya. Not only did I learn different kinds of music scales and how to control my voice, but I also learned to be accountable to my fellow PSMCF members. I practiced singing from 5 p.m. to 10 p.m., every Monday through Friday. The price I paid to be an aspiring dangdut singer was coming home late at night and enduring my mother's scolding every day.

Every Saturday, our family attended vigil Mass at one of the Catholic churches in Sleman, our neighborhood. During one of those services, the PSMCF members sang Catholic hymns with a dangdut beat — a first for that church. As soon as we started to sing, the congregation — all except my mother — looked captivated by the songs' rhythm. The priest and the nuns were curious about this new genre of music we presented.

After Mass, one of the sisters approached us. "Praise the Lord," she said. "Is this your first time to sing hymns with a dangdut rhythm? We rarely hear that kind of music in church, especially in our church."

"Thank you for the compliment, Sister," I answered for all the choir members. "This was my suggestion. I hope that all our parishioners enjoyed this music."

"Amen, Le. Amen."

After church, my parents and I climbed into our family van, a Toyota Kijang, and rode to the Gadjah Wong, a well-known restaurant in Sleman. I often sang there at nights and was scheduled to perform that evening. But halfway there, we ran into a traffic

ketimbang syairnya, kecuali ibuku. Begitu juga dengan pastor dan para suster yang mulai penasaran dengan jenis lagu dangdut yang kami bawakan.

Usai misa, salah seorang suster datang menghampiri kami. "Puji Tuhan. Ini pertama kalinya kalian menyanyikan lagu-lagu rohani dengan lagu dangdut. Padahal, lagu dangdut ini sangat jarang didengar di semua gereja, terutama gereja kita."

"Puji Tuhan. Terima kasih atas pujiannya, Suster. Kebetulan, ini atas prakarsa saya. Semoga jenis lagu ini mampu menghangatkan suasana umat di gereja kita ini," ucapku untuk mewakili seluruh anggota paduan suara itu.

"Amin, Alloy. Amin."

Setelah bertemu dengan suster, aku dan kedua orangtuaku langsung berangkat dengan Kijang meninggalkan gereja menuju Rumah Makan Gadjah Wong, rumah makan ternama di Sleman. Aku akan mengamen di sana. Naas, di tengah perjalanan, jalanan mulai macet. *Astaga! Jangan-jangan, aku akan datang terlambat.* Kulantunkan doa rosario di dalam hati. Puji Tuhan. Doaku terjawab dan jalanan itu akhirnya mulai berjalan lancar.

Setibanya di rumah makan, Ayah tidak segan membantuku untuk mencari pakaian yang akan kupakai sekaligus lagu-lagu yang akan kubawakan nanti, baik itu lagu-lagu dangdut maupun campursari. Beruntung aku sangat hafal dengan semua lagu dangdut dan campursari, terutama lagu-lagu yang sering kubawakan saat bernyanyi karaoke di rumah.

Ibu hanya diam membatu sembari melihat kami bersiap-siap untuk tampil.

"Dik, mengapa kamu diam saja? Lebih baik kamu membantuku," pinta ayah.

"Tidak mau. Aku malu, Mas," sahut Ibu yang cuek.

"Tidak apa-apa, Pak. Mungkin Ibu sedang marah," ungkapku sambil menyelesaikan riasanku.

Tepat pukul delapan malam, aku tampil di panggung untuk bernyanyi. Seluruh pengunjung rumah makan yang hadir mulai heboh saat menyaksikan penampilanku. Aku biasanya menya-nyikan sepuluh lagu selama dua jam berturut-turut. Bahkan, pihak rumah makan sering membayarku Rp50.000 per lagu setiap malam Minggu. Lumayan, penghasilanku ini cukup untuk

jam. *Oh, no! I'll be late!* I silently recited the rosary to Lord Jesus. *Praise the Lord*. He answered my prayer, and the traffic started to flow again.

After we arrived at the restaurant, my father quickly helped me dress for the performance and organize the songs — a mixture of both dangdut and *campursari*, a Javanese pop variety — to perform later. Fortunately, I was very familiar with all the songs, especially the ones I often practiced with karaoke at home.

Ibu silently watched me getting ready for the performance.

"Darling, why are you so quiet?" my father asked my mother. "Can you help me?"

"No way," my mother answered indifferently. "I'm embarrassed, Mas."

"It's okay, Dad," I quipped while finishing my makeup. "Mom is still upset."

At exactly eight o'clock, I walked onstage to sing. My performance captivated the audience.

I usually sang up to twenty songs for two consecutive hours. On Saturday nights, the restaurant manager usually paid me 20,000 rupiah for each song I performed. Not bad at all! I earned enough to take care of my personal needs, as well as set money aside for savings, busking costumes, vacation, and college supplies.

That night, during my last five songs, some patrons in the back row started heckling me.

"Isn't that strange?" One said. "A Catholic singing dangdut songs?"

"Why?" said another. "How do you know he is Catholic? I actually envy him."

"I know he is Catholic," the first one said loudly. "His name is Raden Mas Ralph Alloysius Bambang Sejati. He is a freshman in our college and the son of our favorite lecturer, Mr. Raden Mas Agustinus Bambang Praptomo. His mother is no other than our math teacher in middle school. I doubt that a singer with his background can make it in the dangdut music world."

"What? Do you mean Mrs. Raden Ayu Maria Sejati Yuniarti? Gosh! How weird! His voice is even better than that of the dangdut singer Thomas Djorgh!"

kebutuhan pribadiku setelah menyisakan uang tabungan untuk keperluan mengamen, liburan, maupun keperluan tugas kuliah.

Tiba-tiba, ketika aku menyanyikan lima lagu terakhir, sebagian pengunjung yang berada di tempat duduk paling belakang mulai iseng mengolok-olokku.

"Aneh ya? Ada orang Katolik yang bisa menyanyi dangdut."

"Lho? Kok kamu tahu kalau dia itu Katolik? Aku aja iri melihatnya."

"Ya tahulah. Namanya saja Raden Mas Ralph Alloysius Bambang Sejati, adik tingkat kita sekaligus putra dari dosen kita tercinta, yaitu Bapak Raden Mas Agustinus Bambang Praptomo. Ibunya aja, guru matematika kita waktu SMP. Setahuku, mana mungkin penyanyi macam dia laku di kelompok lagu dangdut?"

"Maksudmu Ibu Raden Ayu Maria Sejati Yuniarti? Owalah .... Tapi anehnya, suara merdunya itu melebihi suara merdu Thomas Djorghi."

"Ah, tidak mungkin! Suaranya mirip Denny Malik."

"Ah, mana mungkin itu? Memangnya dia terilhami oleh Denny Malik?"

Akibat ocehan mereka, suasana di rumah makan menjadi ribut. Namun, beruntung penampilanku berakhir dengan sempurna.

Selesai lagu terakhirku, hampir semua pengunjung berdiri dan bertepuk tangan. Mereka lalu berdesak-desakan untuk memberikan bunga atau meminta tanda tangan kepadaku. Ada juga pengunjung yang mengajakku berswafoto bersama.

Aku menerima bayaran dari pihak rumah makan itu. Uang yang kuterima terlihat cukup banyak malam ini. Aku sangat bersyukur. Aku langsung menyilangkan tanganku ke kening, dada, dan kedua bahuku sambil tersenyum. *Terima kasih, Tuhan Yesus.* Setelah aku menerima bayaran itu, aku langsung berlari menghampiri orangtuaku yang sudah menungguku di mobil untuk bergegas pulang.

Di tengah perjalanan pulang, Ibu dengan tiba-tiba mengecam pedas kepadaku. "Alloy, kamu dengar sendiri 'kan omongan mereka? Semua pengunjung di rumah makan tadi bergunjing tentang penampilanmu. Kamu dengar, nggak?"

"Lho? Bu, aku 'kan tadi lagi nyanyi. Jadi, aku tidak sempat mendengar ocehan mereka." Aku berusaha membela diri dengan

"Ah, no way! He sounds like the dangdut singer Denny Malik."

"You think Denny Malik inspired him?"

Their back-and-forth remarks soon escalated and created a boisterous atmosphere in the restaurant. Fortunately, despite the interruptions, I completed my performance just fine.

After the last song, almost everyone in the audience rose and gave me a round of applause. They jostled one another as they approached the stage to hand me flowers and ask for my autograph. Some asked me to take pictures with them.

The restaurant manager paid me. I received a lot of money that night. *Thank you, Jesus, thank you, Lord.* Smiling, I crossed myself gratefully and then ran outside, where my parents were waiting in the family van, in a hurry to get home.

On the way home, Ibu, sitting in the front seat next to Ayah, suddenly lashed out at me. "Alloy, you heard it yourself, didn't you? The entire audience ridiculed your performance. Didn't you hear them?"

"How could I hear them?" I lied. "I was singing, so I couldn't hear any audience's babble."

Ibu turned slightly, leaned her head back, and snapped, "I am fed up, Le. I have reminded you that we are Catholics. We can't even face our neighbors, let alone the church members. Where do you get the nerve, Le? From now on, no more singing dangdut songs. That's it!"

My mother's word stung me. Why did the audience's blabber bother her so much? I did not know what to do. *God, forgive those who made fun of me. Forgive also my mother, who was harsh with me.*

When we finally arrived home, I rushed out of the van, ran straight into my bedroom. I slammed the door behind me and locked it. I could no longer hold back my tears. Feeling weak, I slowly sank to the floor. *Why should this happen? What should I do?*

A knock on my door accompanied my father's coaxing voice. "Le, open the door, I want to talk to you."

*Oh my God! That's Ayah knocking on my door.* I immediately rose, wiped my tears and opened the door.

Ayah quickly embraced me.

berbohong kepada Ibu bahwa aku tidak mendengar ocehan mereka.

"Ibu sudah muak, Nak, Ibu 'kan sudah pernah bilang sama kamu bahwa kita ini orang Katolik. Malu sama tetangga, apalagi jemaat gereja. Kamu kok malah nekat?" Ibu yang duduk di samping Ayah, membalikkan badannya ke kanan dengan memutar sedikit kepalanya ke belakang. Lalu dengan geram, Ibu membentakku, "Pokoknya mulai detik ini, kamu harus berhenti menyanyi dangdut. Titik!"

Hatiku sungguh miris mendengarnya. *Mengapa Ibu begitu terpengaruh oleh ocehan mereka tadi?* Aku bingung harus berbuat apa. *Tuhan, ampunilah mereka yang telah mengolok-olokku. Ampunilah juga ibuku yang bersikap keras kepadaku.*

Akhirnya, kami tiba di rumah. Aku bergegas keluar dari mobil dan langsung berlari ke kamar tidur. Aku langsung membanting pintu dan menguncinya. Air mataku tidak terbendung lagi. Aku menurunkan tubuhku perlahan-lahan ke lantai. Aku lemas. *Mengapa ini harus terjadi? Apa yang harus kulakukan?*

Tok ... tok ... tok. "Alloy, buka pintunya! Ayah ingin bicara empat mata denganmu," pinta Ayah.

*Yesus! Rupanya itu suara Ayah! Ayahlah yang mengetuk pintu kamarku.* Aku pun langsung bangkit berdiri. Aku mengusap air mataku dan membuka pintu.

Ayah langsung merangkulku.

Aku terisak-isak sembari memeluk Ayah erat-erat.

"Nak, jangan dengarkan perkataan ibumu! Sebenarnya, Ibumu tidak tahu tentang bakatmu yang sebenarnya."

"Ayah, mungkin apa yang dikatakan Ibu tadi adalah benar. Mustahil orang Katolik sepertiku menjadi penyanyi dangdut."

"Jangan putus asa dulu, Nak. Ayah 'kan pernah berjanji kepadamu untuk membantu mewujudkan impianmu menjadi penyanyi dangdut. Kamu harus semangat, Nak."

Aku hanya bisa mengangguk pelan untuk mengiyakan perkataan Ayah. Aku percaya bahwa Ayah tidak akan ingkar janji kepadaku. Dia pasti akan membantu mewujudkan impianku menjadi penyanyi dangdut. Mungkin tangan Tuhan sudah mulai bekerja sekarang.

Sobbing, I clung to my father.

"Le, don't mind your mother! She doesn't realize how talented you are."

"Dad, maybe there is truth in what Mom said. Maybe she's right that it is impossible for a Catholic like me to make my dream of becoming a dangdut singer come true."

"Don't give up, Le. I promised to help you become a dangdut singer. Keep your spirits up."

I nodded. I knew that Ayah would never break his promises. He would help me realize my dream of becoming a dangdut singer. Maybe God's plan had begun to work.

In my junior year at college, when I was twenty years old, I won an award for the best student at the faculty level. The university sent me to audition in a dangdut singing contest held by Peksimida, the Regional University Student Art Week.

On the day of the audition, Ayah drove the family van to take me to the Mrican Campus, where the competition was taking place. I had dressed up like Denny Malik.

On the way, Ayah played dangdut instrumentals from the van's stereo to help me practice the songs I was to sing. Finally, we arrived.

At the site, I immediately ran into a classmate who was also a contestant. Angella looked pretty, dressed up like the dangdut singer Selfi Nafilah.

"Good morning, Angella! *Piye kabare?*" — How are you? — I asked in Javanese.

"Good morning! I'm fine, Loy. You're joining the competition, right?"

"Yes. I'm competing for the men's dangdut singer award. What about you?"

"I'm competing for the women's dangdut singer award." Angella smiled sweetly.

"I didn't know you liked dangdut."

"Oh, yes, I do like this kind of music."

"When did you first learn about dangdut?"

"When I was eight, some twelve years ago."

"Wow!" I exclaimed. "That's a long time ago!"

Sekarang aku sudah semester enam dan, pada usia dua puluh tahun, mendapatkan penghargaan sebagai mahasiswa yang berhasil dengan nilai *dengan pujian* tingkat fakultas. Tidak hanya itu, aku juga diutus universitasku untuk mengikuti ajang pemilihan Pekan Seni Mahasiswa Daerah (Peksimida) cabang menyanyi dangdut putra tingkat perguruan tinggi.

Pada hari-H, aku diantar oleh ayahku dengan Kijang. Aku berdandan bak Denny Malik.

Sambil jalan, Ayah memutarkan lagu dangdut untukku sambil mengingat lagu-lagu dangdut yang akan kubawakan ketika lomba nanti. Akhirnya, kami tiba di Kampus Mrican, tempat aku mengikuti lomba itu.

Saat memasuki gelanggang lomba itu, aku berpapasan dengan Angella, teman sekelas, yang juga mengikuti lomba itu. Angella berdandan cantik bak Selfi Nafilah.

"Selamat pagi Angella! *Piye kabare?* — Apa kabar?"

"Selamat pagi, Alloy! Puji Tuhan. Aku baik, Loy. Kamu mengikuti ajang pemilihan Peksimida, 'kan?"

"Ya. Aku mengikuti ajang pemilihan Peksimida cabang menyanyi dangdut putra. Kamu?"

"Sama. Aku juga mengikuti ajang pemilihan itu. Tapi, cabang menyanyi dangdut putri," jawab Angella sambil tertawa manis.

"*Owalah* ... Kamu suka lagu dangdut juga?"

"Ya, Loy. Aku juga suka dengan seni nada itu."

"Sejak kapan?"

"Waktu aku berusia delapan tahun. Tepatnya dua belas tahun yang lalu."

"Wah! Sudah lama sekali," kejutku sambil mengelus dada.

Kami melakukan pendaftaran ulang di ruang K18. Lalu, kami menunggu nama kami dipanggil sembari berdoa, menghafal lagu, dan meminum setengah botol air putih. Tidak lama kemudian, nama kami dipanggil.

Dengan mantap, aku menyanyikan lagu *Yang Kurindu* oleh Denny Malik. Aku berusaha menjiwai lagu itu agar para juri tidak kecewa. Usai aku bernyanyi, para juri langsung bertepuk tangan dengan semangat.

Aku meninggalkan ruang itu dengan gembira. *Hore!* Rupanya penampilanku berjalan dengan sempurna.

We registered in Room K18 of the building, then waited for our turn. We passed the time by praying, practicing our songs, and sharing a bottle of water. It wasn't long before our names were called.

I confidently sang *Yang Kurindu* by Denny Malik. To impress the judges, I tried to put feeling into my performance. As soon as I finished singing, they gave me a big round of enthusiastic applause.

Happily, I left the room. *Great!* It seemed my performance went well.

The same was true for Angella. She also looked happy after her audition that day. We walked together, while chatting along the way.

"What do you think, Loy? Did you nail it?"

"Thank God, my performance went well. What about you?"

"I did okay, Loy. At first, I was nervous. But thankfully, my nervousness suddenly disappeared when I started to sing. I bet it's the power of the rosary prayer I recited last night."

Shortly afterwards, we ran into my parents.

"*Piye*, Le?" — How did you do, Son? "You made it, didn't you?"

"Praise the Lord, Dad. Everything went well."

◆

While waiting for the results of the singing competition, I continued my college studies as usual. On Saturdays, I also attended vigil Mass, did my busking, and visited friends. *Hopefully, God will answer my prayers.*

One morning, about a month after the competition, I jogged ten laps around the university grounds while listening to the birds sing like a choir. It was about five-thirty, and farmers were heading for the fields to tend their crops. I slowly inhaled the fresh air. *Ah, how clean and refreshing!* I was deeply grateful for the beautiful surroundings God had created for me. I was proud to be a child of Sleman. Singing along with *Stasiun Balapan*, the signature song of Didi Kempot, I headed home, where I immediately ran into my mother.

"Alloy, someone texted you." Ibu handed me the family's smart-phone. "Check to see if there's a message."

*Oh, my God, it's from the Peksimida singing competition committee!* I immediately clicked on the text message.

Begitu juga dengan Angella. Dia juga tampak gembira hari ini. Kami berjalan berbarengan sambil bercakap-cakap.

"Bagaimana, Loy? Berhasil?"

"Puji Tuhan, penampilanku berjalan dengan sempurna. Kamu?"

"Aku juga, Loy. Awalnya aku gugup. Tapi puji Tuhan, gugupku mendadak hilang ketika aku bernyanyi. Mungkin, ini karena berkat doa rosario yang kulantunkan tadi malam."

Tidak lama kemudian, kami berpapasan dengan orangtua kami.

"Piye, Le? Berhasil?"

"Puji Tuhan, Ayah. Semuanya berjalan dengan sempurna."

•——•—•——•

Sambil menunggu pengumuman hasil ajang pemilihan Peksimida, selama sebulan ini, aku tetap melanjutkan kuliah seperti biasa. Begitu juga dengan kegiatan lain, seperti mengikuti misa setiap Sabtu sore, mengamen, dan berkunjung ke rumah teman. *Semoga Tuhan Yesus menjawab penantianku. Amin.*

Waktu pada jam tanganku menunjukkan pukul setengah lima pagi. Aku berlari mengelilingi Kampus Paingan sebanyak sepuluh kali putaran. Sambil berlari, aku mendengar suara burung-burung yang sedang bernyanyi bak paduan suara. Terlihat pula para petani yang mulai menginjakkan kakinya ke sawah untuk bercocok tanam. Perlahan, aku menghirup udara segar. *Ah, betapa bersihnya udara ini!* Aku sangat bersyukur dengan lingkunganku yang Dia ciptakan. Aku bangga menjadi anak Kampus Paingan. Sembari menyanyikan lagu Didi Kempot, *Stasiun Balapan*, aku menuju pulang. Setibanya di rumah, aku langsung berpapasan dengan Ibu.

"Alloy, tadi hp-mu berbunyi." Ibu menyodorkan telepon genggamku kepadaku.

*Astaga! Ternyata pesan singkat itu dari panitia ajang pemilihan Peksimida.* Aku langsung membuka pesan singkat itu.

> *Selamat pagi Saudara Alloy! Kami dari panitia ajang*
> *pemilihan Pekan Seni Mahasiswa Daerah Universitas*
> *Sanata Dharma Yogyakarta menyatakan bahwa*
> *Nama: Raden Mas Ralph Alloysius Bambang Sejati*
> *Jurusan: Perekonomian*

*Good morning, Alloy,*
*The Peksimida Committee of Sanata Dharma University,*
*Yogyakarta, is pleased to announce that*
*Name: Raden Mas Ralph Alloysius Bambang Sejati*
*Major: Mathematics*
*Faculty: Science and Technology*
*Class: 2007*
*has qualified to enter the next round of the men's dangdut singing competition. We invite you to register and join the preparation for the upcoming Peksimida on Thursday, May 27, 2010, from 4 p.m. to 6 p.m. in the Koendjono Room, Central Building of Campus 2, Mrican, Sanata Dharma University, Yogyakarta. We thank you in advance for your attention to the matter.*

"Praise the Lord! Yes!" I cheered, jumping up and down. "Thank you, Lord Jesus!" I pressed the smartphone against my chest.

Ibu looked at me curiously. "What's going on? What's the message about?"

"The results of the Peksimida singing competition!" I tried to control my voice — I felt about to choke!

"Oh." Ibu was clearly not interested.

"I passed the first round of the Peksimida competition," I continued and showed her the text message on the smartphone. Before Ibu could say anything, I hurried away to take a quick shower and dress as neatly as possible.

After my shower, I entered the dining room. My parents were already waiting to have breakfast together. Ibu had prepared Yogyakarta home-style fried rice with sunny-side-up eggs, in addition to Kalasan fried chicken, *peyek tumpuk* — crispy peanut fritters — and *wedang uwuh*, a traditional herb drink. Ibu had also prepared a variety of mouth-watering, traditional sweet snacks. Ibu was a talented cook.

While enjoying breakfast, I told Ayah about the text message I had received earlier. "Dad, I have good news! I passed the first round of the singing contest!" Grinning from ear to ear, I showed Ayah the smartphone text message.

> *Fakultas: Ekonomi*
> *Angkatan: 2007*
> *Dinyatakan LOLOS ajang pemilihan Pekan Seni Mahasiswa Daerah cabang lomba menyanyi dangdut putra. Saudara diharapkan hadir untuk melakukan pendaftaran sekaligus mengikuti pertemuan teknis jelang Pekan Seni Mahasiswa Daerah Provinsi Daerah Istimewa Yogyakarta yang akan dilaksanakan pada hari Kamis, tanggal 27 Mei 2010 jam 16.00-18.00 WIB, bertempat di Ruang Koendjono Gedung Pusat Kampus 2 Mrican Universitas Sanata Dharma Yogyakarta.*
> *Demikian pesan singkat ini kami sampaikan. Atas perhatian Saudara, kami mengucapkan terima kasih.*

"Puji Tuhan. Hore!" Aku bersorak dengan melompat girang. "Terima kasih, Tuhan Yesus." Aku menekan telepon genggamku ke dadaku.

Ibu mulai menatapku dengan heran. "Ada apa? Tentang apa pesan itu?" Ibu bertanya menyelidiki.

"Tentang hasil ajang pemilihan Peksimida kemarin." Aku berusaha mengendalikan suaraku yang sepertinya tersedak.

"Oh ya?" tanya Ibu datar.

"Aku lolos ajang pemilihan Peksimida," jawabku sambil menunjukkan pesan singkat dari telepon genggam pintarku kepadanya. Sebelum Ibu mampu berkata apa-apa, aku bergegas mandi dan berdandan serapi mungkin.

Di ruang makan, Ayah dan Ibu sudah menungguku untuk sarapan bersama. Kebetulan, pagi ini, Ibu baru saja memasak nasi goreng kampung Yogyakarta dengan lauk telur mata sapi. Selain itu, tersedia juga ayam goreng Kalasan, peyek tumpuk, dan wedang uwuh di meja makan. Sebagai kudapan, tampak beberapa jajanan pasar seperti klepon, cenil, sawut, tiwul, dan kue apem. *Ah, enak sekali masakan Ibu!*

Sembari menikmati sarapan, aku memberitahukan Ayah tentang pesan singkat tadi. "Ayah, tadi aku mendapatkan pesan singkat dari panitia ajang pemilihan Peksimida di kampusku. Aku lolos!" Aku tersenyum lebar sambil menunjukkan pesan singkat dari telepon genggam pintarku di depan ayah.

"Thank God! Congratulations, Le," said Ayah, kissing me on the forehead. "Hopefully you will also succeed in the next Peksimida."

"Yes, Dad. Thanks for your prayers and support."

"You're welcome, Le. Good luck!"

In mid-June, I took part in another Peksimida dangdut singing competition at the Sarjana Wiyata University in Sleman, where the National Student Art Week — Peksiminas — would be held later. It turned out that Angella had also qualified to participate in the national female dangdut singing contest. I didn't know that she shared my aspiration to become a professional dangdut singer.

For the national competition, I sang the same compulsory song I sang during the regional competition: the classic dangdut song *Darah Muda* by Bang Haji Rhoma Irama.

Angella sang *Dua Kursi* by Rita Sugiarto as her compulsory song, and *Perahu Kaca* by Selfi Nafilah as her song of choice.

Both sets of parents watched our performances.

*Thank God. He answered our prayers.* Our hard work was rewarded by winning the championship in our separate categories. We both shed happy tears.

My mother, who had opposed my dreams all this time, finally acknowledged my talent.

In the end, I proved that a Catholic, like me, could become a dangdut singer. After graduating from college, I went to work as a controller in an insurance company, but I also continued being a dangdut singer. I recently signed a contract to record a dangdut Catholic-worship music album. As a token of gratitude, I not only use my talent to make a living, but also as a means to serve God.

"Puji Tuhan. Selamat ya, Nak. Semoga di ajang Peksimida nanti, kamu juga berhasil," ucap Ayah dan mencium keningku.

"Amin, Ayah. Terima kasih atas doa dan dukungannya. Semoga Tuhan Yesus membalas kebaikan Ayah."

"Sama-sama, Loy dan selamat berjuang."

Pada pertengahan Juni, aku mengikuti ajang Peksimida cabang lomba menyanyi dangdut putra di Universitas Sarjanawiyata Tamansiswa di Yogyakarta yang juga merupakan tempat untuk mengikuti ajang Pekan Seni Mahasiswa Nasional (Peksiminas) yang akan kami ikuti nanti. Ternyata, Angella juga lolos untuk mengikuti ajang ini untuk cabang lomba menyanyi dangdut putri. Aku tidak menyangka bahwa dia memiliki cita-cita yang sama denganku.

Di Peksiminas, aku masih menyanyikan lagu yang sama ketika aku mengikuti ajang pemilihan Peksimida untuk lagu wajib dan lagu *Darah Muda* oleh Bang Haji Rhoma Irama sebagai lagu pilihan. Sementara, Angella menyanyikan lagu *Dua Kursi* oleh Rita Sugiarto sebagai lagu wajib dan lagu *Perahu Kaca* oleh Selfi Nafilah sebagai lagu pilihan. Penampilan kami disaksikan oleh para hadirin, termasuk kedua orangtuaku dan kedua orangtua Angella.

*Puji Tuhan.* Doa kami akhirnya terjawab juga. Dengan bekerja keras, kami terpilih sebagai juara. Kami pun menangis bahagia.

Ibu yang dulu bersikap keras terhadap cita-citaku akhirnya luluh juga dan dia mengakui bakatku yang sebenarnya.

Aku akhirnya berhasil membuktikan bahwa orang Katolik sepertiku bisa menjadi penyanyi dangdut. Usai lulus kuliah, aku bekerja sebagai ahli keuangan di sebuah perusahaan asuransi sekaligus sebagai penyanyi dangdut. Kini, aku menerima perjanjian kerja untuk meluncurkan album dangdut rohani Katolik. Sebagai rasa syukurku, aku memanfaatkan bakatku ini tidak hanya untuk kepentingan pribadi, tetapi juga sebagai bentuk pelayananku kepada Tuhan yang memberikan banyak berkat dalam hidupku.

# Aku Akan Pulang ke Wamena

Friska Sibarani
Penerjemah: Novita Dewi

Kuletakkan surat penempatanku menjadi guru di Wamena di atas meja cokelat tua di kamarku dan meneguk air minum untuk mencoba menenangkan pikiran. Kupandangi sebuah bingkai foto di atas meja. Fotonya sudah memudar. Aku tidak ingat kapan terakhir aku memandangi foto itu.

"Ibu, Ayah, aku rindu! Masih bisakah kita bertemu?" bisikku dengan suara yang bergetar sambil mengambil foto tersebut.

Untuk beberapa waktu, ingatan masa kecilku pun kembali. Aku lahir pada tahun 1996 di sebuah kota kecil di Kabupaten Jayawijaya. Kota tersebut bernama Wamena, yang berarti *anak babi*. Di Wamena, aku menjalani masa-masa kecilku bersama kedua orangtuaku. Meski kami bukanlah penduduk asli, kedua orangtuaku selalu mengajari aku untuk mencintai tanah kelahiranku tersebut. Masa kanak-kanakku tidak berbeda dengan orang lain.

Kota kecil tersebut memiliki penduduk yang beragam dari berbagai daerah. Aku sendiri memiliki teman bermain yang berasal dari Padang, Madura, Sunda, Toraja, dan Wamena. Orangtuaku selalu berpesan padaku untuk tidak membeda-bedakan teman-temanku dari mana pun mereka berasal.

Ayahku seorang perantau yang berasal dari Jawa dan ibuku berasal dari Sumatera. Ayah merantau ke Wamena setelah dia baru lulus Sekolah Menengah Atas. Awalnya, ayahku bekerja sebagai karyawan toko perabotan. Lalu, memutuskan untuk membuka usahanya sendiri dan kemudian menjadi seorang pedagang kelontong di Wamena.

Ibuku seorang pegawai negeri sipil yang ditugaskan di Dinas Sosial Kota Wamena. Keduanya bertemu di tempat ini, kemudian memutuskan menikah dan melanjutkan hidup di tanah yang

# Going Home to Wamena

By Friska Sibarani
Translated by Novita Dewi

I placed my teaching-job assignment to Wamena on the dark brown table in my room and sipped my glass of water, trying to calm myself. A framed, faded picture of my parents caught my eye. I could not remember the last time I had looked closely at the photo.

I picked up the picture and sighed. "*Ibu*, Mother, and *Ayah*, Father, I miss you! Will we ever see each other again?"

My childhood memories swiftly returned. I was born in 1996, in Wamena, a small town in the Jayawijaya Regency of Indonesia's Papua highlands. The name *Wamena* means *piglet* in the vernacular language. I spent my childhood there. Although my parents were not natives of Wamena, they always taught me to love my place of birth. My childhood was no different from that of other Wamena children.

The small town had a diverse population that came from various regions. I had playmates from Padang, Madura, West Java, and Toraja, as well as Wamena. My parents taught me to not discriminate against my friends regardless of where they came from.

My father was a migrant from Java, and my mother came from Sumatra. My father drifted to Wamena right after graduating from high school. At first, he worked as a shopkeeper in a furniture store. Later, he decided to start his own business and opened a convenience store downtown.

My mother was a civil servant in the Social Services Department; she had been assigned to a clerical position in Wamena.

The two met, married, and decided to continue living in beautiful Wamena. My early childhood had been fairly pleasant until that dreadful day came.

indah ini. Dahulu, masa kecilku terbilang sangat menyenangkan, hingga hari itu tiba.

Tanggal 6 Oktober 2000 terpaku dalam ingatan penduduk Kota Wamena sebagai peristiwa Wamena Berdarah. Peristiwa itu terjadi akibat penurunan paksa Bendera Bintang Kejora oleh TNI dan Polri sebagai tindakan pemerintah Indonesia terhadap gerakan kemerdekaan yang disuarakan oleh penduduk asli Papua. Saat itu, aku baru berusia empat tahun.

Senja baru saja menghilang di balik gunung-gunung yang mengelilingi kota. Aku berlari ke sana-kemari, bermain bola biru kesayanganku. Aku terkejut melihat sebuah gumpalan asap hitam tebal di atas gunung-gunung yang tadinya indah. Bunyi tembakan mulai terdengar dari sudut-sudut kota yang jauh. Beberapa orang mulai berlarian di depan rumah kami.

Seorang tetanggaku, yang merupakan penduduk asli, menyuruh kami segera masuk dan berlindung di bawah tempat tidur. Dengan cepat, kami mengikuti perintahnya. Bunyi tembakan terus terjadi berjam-jam.

Ayah mendekapku dalam rangkulan. Dia berusaha menutup telingaku agar aku tidak mendengar apa pun. Namun, jeritan yang sangat menakutkan di luar sana tetap terdengar olehku dan hingga kini masih terekam dalam pikiranku.

Beberapa kali rumahku diobrak-abrik oleh beberapa orang Dani, penduduk asli Wamena, yang mencari para pendatang. Tedengar beberapa orang dari mereka berteriak *"Ou! Ou! Ou!"*

"Kenapa mereka?" Ibu rupanya gugup dan prihatin. "Kenapa mereka? Kesakitan?"

"Bukan kesakitan." Ayah merangkul aku lebih erat sambil berbisik, "Itu teriakan khas orang Dani untuk berperang."

Dekapan Ayah menempelkan kupingku pada dadanya. Terdengar detak jantungnya yang cepat.

"Rupanya, mereka ingin kita segera meninggalkan Kota Wamena." Ayah menghela napas.

Dengan mencuri pandangan dari lengan ayah yang merangkulku, kulihat sebuah parang tajam berlumuran darah segar yang dipegang oleh salah satu orang Dani yang telah berhasil masuk ke dalam rumah kami. Sementara, Ibu terus-menerus menghitung

The incident began when the the Indonesian National Military and the Indonesian National Police forcibly removed the *Bintang Kejora* "Morning Star" flag of the native Papuans. They did it as a government measure to repress the Papuans' independence movement.

I was only four years old.

That afternoon of October 6, 2000, the sun had just disappeared behind the mountains that surrounded the town. I was running around, playing with my favorite blue ball, when suddenly a column of thick black smoke appeared over the mountains that had been so beautiful just a moment ago. The rattling of gunshots filled the far corners of town. In front of our house, people started running.

A neighbor, who was a local Dani tribe member, told my family to go immediately inside the house and take shelter under the bed. We quickly followed his orders. We heard gunfire for hours.

Ayah held me in his arms. He covered my ears to muffle the frightening sounds. But I could still hear the screams outside, and to this day, that cacophony of terror remains recorded in my mind.

Shouting, "Ou! Ou! Ou!" the Danis raided our house several times looking for migrants from other Indonesian islands.

"Why are they shouting 'Ou! Ou! Ou!'?" My mother asked nervously. "Are they in pain?"

"They're not in pain." Ayah tightened his arms around me and whispered, "That is the Danis' war cry."

My father's embrace pressed my ears against his chest, and I could hear his heart racing. "Apparently, they believe that all Javanese — including us — are their oppressors, and they want us to leave Wamena immediately." Ayah sighed heavily.

From under the bed, I peeked between my father's arms. One of the Dani men who entered our house, held a sharp machete covered with fresh blood. All through the night, we hid under the bed. Ibu counted rosary beads, praying that someone would rescue us.

That night was the most terrible night of my life. I felt suffocated in our narrow, dark, dusty, hiding place. Occasionally, I whined, pleading to leave the place soon. But Ayah could only give me a hug to help me wait patiently for our rescue.

rosario sambil berdoa agar ada orang yang menolong kami keluar dari keadaan ini. Kami masih berlindung di kolong tempat tidur.

Aku merasa malam itu adalah malam yang paling mengerikan dalam hidupku. Dadaku merasa sesak untuk bernapas di kolong tempat tidur yang sempit, gelap, dan berdebu. Beberapa kali aku merengek untuk segera keluar. Namun, Ayah hanya memelukku agar aku mau bersabar menunggu pertolongan.

Pagi harinya, doa ibuku terkabul. Beberapa anggota TNI dengan persenjataan lengkap datang ke rumah kami. Ayah segera keluar dan meminta bantuan. Kami sekeluarga segera dibawa menggunakan truk milik TNI.

Sementara, kerusuhan terus terjadi. Pembantaian terjadi di mana-mana. Anggota Polri dan masyarakat asli Wamena saling membunuh. Seolah-olah, tidak akan ada lagi perdamaian di antara mereka.

Sepanjang jalan, Ibu menghalangi pandanganku dengan tangannya.

Dari celah-celah jari-jarinya, kulihat mayat-mayat bergelimpangan di sepanjang jalan. Beberapa di antaranya tidak memiliki badan yang utuh lagi. Semua orang menjerit ketakutan dan berlari-lari menyelamatkan diri. Banyak yang terpisah dari keluarganya. Bahkan, banyak juga yang melihat anggota keluarganya terpenggal dan terpanah di depan mata sebelum akhirnya juga ikut terbunuh. Anak-anak kecil menjerit ketakutan. Sambil menangis, mereka mencari ibunya. Suara tangisan terdengar memilukan di mana-mana.

Kami diungsikan ke Polsek. Di sana, kami segera bergabung dengan pengungsi lain yang juga bernasib sama dengan kami. Saat itu, kami bersyukur masih dapat lolos dari peristiwa 6 Oktober 2000 itu. Semuanya saling membantu mengobati luka-luka. Para wanita membantu ibu-ibu menjaga anak-anaknya yang terus menangis ketakutan. Sementara, para pria membantu TNI untuk menyediakan makanan — memasak menggunakan sekop dan drum sebagai alat masak. Tidak ada pilihan lain. Saat itu, bertahan hidup adalah hal terpenting.

Kami diberi tempat untuk beristirahat di dalam ruang berjeruji bersama pengungsi lain. Ibuku memelukku agar mau memejamkan mata setelah berhari-hari tidak bisa tidur. Di sudut ruang berjeruji

In the morning, my mother's prayers were answered. We heard a military truck pull up by our house. Ayah immediately went outside, asking for help. The Indonesian soldiers loaded our family into the truck.

All around us, the riots continued. Massacres were rampant. Members of the Indonesian Police Force and the indigenous Dani Papuans killed each other. So much blood was shed, it seemed that peace could never again be possible between them.

As we rode along, Ibu covered my eyes with her hands. Peeping through her fingers, I saw dead bodies — some mutilated — lying along the road. I heard people screaming and running in fear, trying to save themselves. I saw families being separated. I heard children shrieking, desperately looking for their mothers. I saw families watching the beheading of loved ones before being decapitated themselves. The sounds of horror took up so much air, I couldn't breathe.

My family was taken to the police station in Wamena and put into a large holding room with barred windows, where we joined other refugees who shared our fate. We were grateful we had managed to escape the October 6 slaughter.

Inside the holding room, the refugees all supported one another, treating wounds and helping mothers look after their children, who cried incessantly in fear. The men worked with the Indonesian soldiers to prepare food. They used shovels and drums as cooking equipment because there was no other choice. Survival was what was most important.

After several sleepless days and nights, my mother held me and encouraged me to try and rest.

But I saw my father, in a corner of the room, scribbling on a crumpled piece of paper. He seemed nervous.

I immediately went to him, crawled onto his lap, and hugged him tightly.

Ayah put the crumpled piece of paper into my jacket pocket. He stroked my hair and said, "Get some sleep, sweetheart. We will be leaving here soon; we've already waited a long time."

I looked into his face and, for the first time, saw tears well up in his eyes. Before the tears rolled down his cheeks, I held him tight. I didn't want my ayah to be sad.

itu, aku melihat Ayah mencoret-coret kertas kusam. Wajahnya tampak gelisah.

Aku segera duduk di pangkuannya sambil memeluknya dengan erat. Ayah memasukkan kertas yang dia tuliskan sebelumnya ke dalam saku jaketku. Dia mengelus-ngelus rambutku dan berkata, "Beristirahatlah, Sayang! Sebentar lagi kita harus pergi dari sini. Kita sudah terlalu lama menunggu."

Untuk pertama kalinya, kulihat mata Ayah berkaca-kaca. Belum sempat air matanya membasahi pipi, aku memeluknya erat.

Esok paginya, kami diangkut bersama rombongan besar ke bandara karena keadaan kota yang masih sangat rawan. Para petugas TNI mengawal kami untuk keluar dari Kota Wamena. Langit masih saja menampakkan kabut yang gelap. Beberapa kali, pesawat jet milik angkatan udara RI melintas dengan cepat.

Saat itu, kulihat kanan dan kiriku, hampir semua orang menahan takut.

Ayah berbisik padaku, "Tenanglah Lin, setelah ini, kita akan pergi jauh," dan seperti biasa, aku selalu percaya pada kata-kata Ayah.

Sesampainya di bandara, keadaan tidak seperti yang diharapkan. Bandara telah ditutup oleh beberapa orang Dani bersenjatakan panah. Pesawat terus berputar di atas kota dan tidak dapat mendarat. Kelompok orang Dani semakin banyak.

Terjadi perlawanan dari anggota TNI. Beberapa anggota TNI dan orang Dani tewas di tempat karena terpanah atau tertembak senjata api. Muncratan darah membanjiri tiap sudut lapangan udara. Akhirnya, TNI berhasil mengatasi orang Dani dan menguasai bandara.

Dengan cepat, pesawat mendarat begitu keadaan aman.

Ayah segera menggendongku. Sambil ditariknya tangan Ibu, Ayah terus berlari ke arah pesawat yang jaraknya cukup jauh.

Orang-orang semakin berdesakan. Dorong-mendorong terjadi untuk saling mendahului sampai di pesawat secepatnya.

Dengan lengan dan tangannya, ayah berusaha melindungi kepalaku agar tidak terbentur oleh desakan orang yang semakin ganas. Badanku bergetar ketakutan. Jemari-jemariku mencengkeram Ayah.

The next morning, dark smoke still filled the sky. Wamena remained unsafe and the military loaded a large group of us into a truck for transport to the airport. As we rolled out of Wamena, an Indonesian Air Force plane flew several quick passes over us.

Everyone tried to control their fear. Ayah whispered, "Don't be afraid, Lin; after this, we'll go far away." And, as always, I believed him.

But when we arrived at the airport, things did not go as expected. Dani tribesmen, armed with bows and arrows, had closed the airport. Unable to land, the Indonesian Air Force plane continued circling above the town. The Dani militia's numbers grew.

The Indonesian military and the Dani militia faced off. Suddenly, they clashed violently and we were enveloped by arrows and gunfire. Members of both factions died on the spot, and the airfield became littered with bodies and blood. As the Indonesian military slowly overpowered the Danis, the Indonesian Air Force plane made a quick landing.

Ayah snatched me up, grabbed my mother's hand, and raced toward the plane. The closer we got, the more the panicked crowd's jostling intensified. People elbowed and pushed one another, desperate to board the plane, which has landed some distance away.

Ayah shielded my head, protecting me from the chaotic crowd surging with increasing aggressiveness toward the aircraft. I clung to Ayah, shaking with terror. He hoisted me onto his shoulders and shoved his way forward. We were now very close to the plane. I heard him shout to the people near the plane's door, asking for their help in getting me aboard.

A middle-aged man crammed next to us yanked me off my father's shoulders as he plowed forward. It felt as if I'd lost my arm, and I cried out in pain. With me in his arms, the man propelled the two of us up several steps to the aircraft.

I looked back. As people fought to overtake each other to board the plane, my parents fell farther and farther back in the crowd. Alarmed, I struggled in the man's arms. I did not want to be separated from my parents!

But the man held on to me while continuing to force his way up the plane's landing ladder and crowded in with people muscling

Sambil berdesak-desakan menuju pintu pesawat, dia meng-angkatku pada pundaknya. Terdengar Ayah terus meminta tolong pada beberapa orang yang berada di pintu pesawat agar mau menerimaku.

Begitu kami berada persis di bawah pintu pesawat, seorang pria paruh baya di sebelah kami menarik badanku dengan kencang.

Lenganku seperti hampir lepas rasanya. Aku menangis kesakitan.

Pria paruh baya tersebut memelukku dengan kuat. Kami berhasil menaiki beberapa anak tangga pesawat, sedangkan kedua orangtuaku semakin terimpit oleh orang-orang yang berusaha saling mendahului.

Aku tidak ingin terpisah dari Ayah dan Ibu. Aku meronta dalam pelukannya. Pria tersebut berusaha menahan rontaanku dan terus mencoba menaiki anak tangga yang dipenuhi oleh orang-orang yang saling mendorong. Langkahnya mulai terpincang-pincang terinjak beberapa orang.

Aku sama sekali tidak memedulikannya. Aku hanya terus berteriak melihat ayahku yang semakin terpojok oleh segerombolan orang. Beberapa saat kemudian, pria paruh baya tersebut berhasil membawaku masuk ke dalam pesawat.

Aku terus menangis terisak-isak memangil Ayah dan Ibu. Namun, mereka tidak juga terlihat di mana pun. Pintu pesawat telah tertutup dan aku masih belum menemukan mereka. Aku tidak mengenal seorang pun yang berada di dalam pesawat.

Tubuhku masih bergetar ketakutan. Aku menjerit sambil berlari-lari di antara orang-orang mencari Ayah dan Ibu.

Pria paruh baya tersebut kembali menarikku ke dalam pelukannya dan berusaha membuatku berhenti menagis. Namun, aku masih tidak memedulikannya. Aku sangat ketakutan melihat orangtuaku tidak berada di sisiku. Dalam pelukan pria tersebut, aku terus terisak-isak hingga mulai merasa sangat lelah. Aku tertidur dalam pelukannya selama penerbangan berlangsung dari Wamena ke Jayapura.

Sesampainya di Jayapura, pria paruh baya yang menolongku dengan gelisah terus-menerus melihat ke segala arah, seperti mencari orang di antara para pengungsi. Dia kemudian menitipkan aku pada para perawat di bandara.

and pushing each other. People trampled his feet, and he began to limp. I did not care at all what happened to him. I just kept screaming as I watched the crowd slowly swallow up my father and mother.

Next thing I knew, the middle-aged man and I were inside the plane. Sobbing, I called out for Ayah and Ibu, but they were nowhere to be seen in the mass of humanity. The plane's door closed; still I did not see my parents anywhere. I didn't know anyone on the plane.

Terrified, I broke loose and attempted to run down the plane's crowded aisle, looking for my parents. The middle-aged man quickly caught me and pulled me back into his arms. He tried to calm me, but I ignored him. I was so very scared knowing that my parents were not with me. I kept sobbing until a tiredness crept over me. During the flight from Wamena to Jayapura, the capital of Papua, I fell asleep in the man's arms.

When we landed in Jayapura, the middle-aged man looked around anxiously, as if searching for someone among the refugees. Finally, he entrusted me to the care of the nurses at the airport, who tried to comfort me as they treated my injuries. They found the crumpled piece of paper that Ayah had put in my jacket pocket. Scribbled on it was the name and address of his oldest sister, my *budhe*, in Jakarta.

*Budhe*, my aunt, became my guardian and raised me.

———•—•——

My tears fell on the photo of my parents. Because of all that had happened, I never wanted to return to Wamena. I hated my childhood memories; they always stirred up sadness and fear. My new teaching assignment, however, presented me with a difficult choice.

I slowly reread my job assignment post: Wamena, Jayawijaya Regency. I began to feel the pain again and closed my eyes tightly. I sunk deep into the memories of my parents and my childhood. I remembered how I was raised with a great love for the land of my birth. I also remembered how my mother taught me not to differentiate others based solely on their physical appearance. I wanted to scream loud enough to penetrate the sky. "Why does the universe turn things around at will?"

Para perawat berusaha menghiburku sambil mengobati luka-luka di tubuhku. Mereka akhirnya menemukan kertas yang ditaruh ayah di saku jaketku. Ternyata, kertas itu berisi nama dan alamat budheku yang berada di Jakarta. Mereka pun akhirnya mengirimkanku kepadanya. Sejak saat itu, Budhe menjadi wali yang membesarkanku.

Air mataku telah mengalir membasahi foto kedua orangtuaku. Setelah semua yang telah terjadi pada masa lampau, aku tidak pernah berharap untuk kembali lagi ke Wamena. Bagiku, kenangan masa kecilku adalah hal yang kubenci karena membangkitkan kesedihan dan rasa takut dalam lubuk hatiku. Namun, tugas pekerjaan yang baru kuterima menghadapkanku pada pilihan yang sulit.

Dengan perlahan, kubaca lagi daerah penugasanku — *Wamena, Kabupaten Jayawijaya*. Hatiku mulai merasakan perih. Kupejamkam mataku kuat-kuat. Ingin rasanya aku berteriak hingga langit pecah, "Mengapa semesta membalikkan keadaan semaunya?"

Kurenungkan dalam-dalam wajah Ayah, Ibu, dan masa kecilku. Aku dibesarkan dengan rasa cinta yang besar pada tanah kelahiranku. Ibuku juga selalu mengajariku untuk tidak membedakan orang lain hanya berdasar atas tampilan ragawinya.

Kini berkali-kali kutepuk permukaan meja tulisku dengan penuh rasa penyesalan bercampur amarah. Bagaimana bisa selama ini aku tumbuh sambil menyimpan dendam. Aku tahu bukan ini yang diinginkan Ayah dan Ibu. Akan tetapi, bagaimanapun, kehilangan kedua orang terkasih adalah kepedihan yang masih membekas dalam hatiku.

Satu kesalahanku yang aku sadari saat ini adalah seharusnya aku tidak boleh menilai buruk sebuah kelompok masyarakat hanya berdasarkan sudut pandangku saja. Apa yang kualami pada masa kecilku seharusnya tidak membuatku membangun benteng perbedaan. Segala hal yang terjadi pada kedua orangtuaku tidak sepenuhnya kesalahan sebuah kelompok masyarakat. Aku, orangtuaku, dan semua orang lain adalah korban dari kemurkaan dan perbedaan yang tecermin saat itu. Aku coba menenangkan diriku kembali dalam diam.

I repeatedly pounded the table with mixed feelings of regret and anger. How could I have grown up holding a grudge against the Papuans? This was not the attitude my parents would have wanted to see in their daughter. Still, the loss of my beloved parents remained so painful.

But now I realized my mistake. I had misjudged a group of people based solely on my own prejudices. What I had experienced in my childhood shouldn't cause me to discriminate now. Everything that happened to my parents and me was not entirely the fault of one segment of society. My parents and I, like everyone else, were victims of the anger and differences that were reflected at that time.

I tried to calm myself and return to silence. I now understood what my parents had hoped for. I took a piece of paper and poured out my innermost feelings into the writing that quickly filled the page. I wrote:

*The incident on October 6, 2000, would not have happened had peaceful deliberations been used to resolve the problem. Instead, both parties — the joint network of the military and police force on one side, and the Papuan community in Wamena on the other — stood unwavering in their respective opinions.*

*The Indonesian government insisted that the Bintang Kejora flag, flying at several points in Wamena, be taken down, while the Papuan population refused to obey and opposed the order.*

*This incident resulted in at least thirty people being killed and forty others seriously injured. The wound from this event makes me understand that the actual problem was not caused by disparity. It was not about opposing perspectives. It was not about cultural distinctions. It was about trust. There was no trust between the two parties, who both saw themselves as victims: victims of violence and victims of injustice related to differences between communities. Both entities felt threatened by the presence of the other.*

*As human beings, we are not fortified by differences because, in essence, we are not different. The biggest barrier between us is our suspicion of each other. This is the element that prevents us from living peacefully side by side.*

*During the incident, not one single corpse I saw had a different color of blood than another. Only when covered by different skin colors did indigenous Papuans and Javanese migrants start to*

Sekarang, aku mengerti apa yang diharapkan kedua orang-tuaku. Kuambil sebuah kertas dan aku luapkan segala isi hati terdalamku dengan coretan yang dengan cepat memenuhi kertas tersebut.

*Peristiwa tanggal 6 Oktober sebetulnya tidak perlu terjadi jika musyawarah damai digunakan sebagai jembatan yang tepat untuk menyelesaikan masalah. Malah kedua pihak, yaitu aparat gabungan TNI-Polri dan Masyarakat Papua di Wamena saling mempertahankan pendapat masing-masing.*

*Pemerintah bersikeras meminta masyarakat menurunkan bendera Bintang Kejora yang berkibar di beberapa titik di Kota Wamena. Sementara, masyarakat menolak dan melawan. Hal inilah yang mengakibatkan sedikitnya tiga puluh orang tewas dan empat puluh lainnya luka berat. Luka dari peristiwa ini membuat aku mengerti persoalan itu bukan soal perbedaan, bukan soal pandangan, ataupun soal kebudayaan, melainkan soal kepercayaan. Kepercayaan antara dua pihak yang sama-sama merasa sebagai korban. Korban kekerasan dan ketidakadilan terkait perbedaan terhadap kelompok masyarakat. Keduanya merasa terancam satu sama lain.*

*Kita bukan dibentengi sebuah perbedaan karena pada hakikatnya kita tak pernah berbeda. Pembatas terbesar di antara kita adalah kecurigaan pada satu sama lain. Inilah yang menjadi penghalang agar kita dapat hidup berdampingan dalam damai.*

*Saat peristiwa itu terjadi, tak ada satu mayat pun yang kulihat mengeluarkan warna darah yang berbeda antara satu dan lainnya. Hanya saja, saat tertutup oleh warna kulit yang berbeda, ketidakpercayaan antara masyarakat asli Papua dan pendatang muncul dan membuat satu sama lain semakin menjauh. Seharusnya, aparat militer, petugas pemerintah, dan masyarakat sipil yang tinggal di wilayah Papua maupun penduduk asli, mampu memahami luka sejarah ini. Dengan memahami luka sejarah dan tabiat orang Papua, kita dapat hidup berdampingan dengan damai di tanah Papua.*

Usai menulis catatan singkat tersebut, hatiku terasa ringan. Pikiranku memusat pada surat penempatanku menjadi guru di Wamena. Aku teringat perkataan Budhe, "Menjadi guru adalah

*distrust each other, and this widened the gap between them. The military apparatus, government officials, and civilians — including the indigenous Papuan people who live in the region — should understand this historical wound. By understanding history and the character of the Papuan people, we can coexist peacefully in the land of Papua.*

After writing the short note, I felt greatly relieved. I focused on my job assignment to teach in Wamena, and I remembered what Budhe had once said to me, "Teaching is a noble profession."

In my opinion, noble work should be done sincerely. Determined and ready to make peace with my bitter childhood memories, I was convinced I had made the best decision. I would soon ask Budhe's blessing for my teaching career in Wamena.

I hoped that Budhe would not only accept, but also understand the decision I had made. I slowly picked up my employment agreement. I re-read it. My grip around the pen tightened, then I signed the document. *I am ready.* Taking a deep breath, I said, "Wamena, I'm coming home."

pekerjaan yang mulia!"

Menurutku, pekerjaan yang mulia seharusnya dilakukan secara tulus. Jadi kini, aku bertekad untuk siap berdamai dengan kenangan pahitku pada masa kecil. Aku semakin mantap pada putusanku. Aku akan segera meminta doa restu Budhe agar mengizinkanku menjadi guru di Wamena. Semoga Budhe juga mau mengerti dan menerima putusan yang telah kubuat. Kuambil surat perjanjian kerjaku dengan perlahan. Sejenak, aku membacanya kembali. Jemari-jemariku mulai menggenggam pena, menandatanganinya. *Aku siap.* Kuhela napas panjang sambil berkata, "Aku akan pulang ke Wamena!"

# Kehampaan di Pantai Tanjung Lesung

Maryam Mufidah
Penerjemah: Nurina Sanputeri Halim

Sore itu, pada 22 Desember 2018, kabut tebal dan suara gemuruh yang tidak kunjung reda menghantam seluruh Pantai Tanjung Lesung, Pandeglang.

"Gempa! Gempa! Gunung Krakatau meletus!" Teriakan penduduk di sekitar Pantai Tanjung Lesung terdengar di seantero desa.

Isak tangis terdengar di mana-mana. Korban pun banyak terlihat di reruntuhan rumah. Banyak jasad tidak terurus. Desa sunyi menahan sedu dan pilu.

Seorang anak berparas cantik duduk bersandar di bebatuan purba yang berada di tepi pantai. Mata anak itu disembunyikan di antara kedua lututnya. Wajahnya tertunduk.

"Nak, mengapa kamu di sini?" tanya seorang polisi yang sedang berkeliling di tepi pantai yang masuk dalam Provinsi Banten itu. Dia ditugaskan untuk mencari korban-korban gempa bumi yang kemudian disusul tsunami.

Anak itu memandang sang polisi sebelum berkata lirih, "Saya sudah tidak memiliki apa pun."

Sang Polisi lalu mencari keterangan mengenai anak perempuan itu pada penduduk setempat.

Anak itu bernama Fenita. Kecuali kakaknya yang sedang meneruskan pendidikan di luar Pulau Jawa, semua keluarganya memang sudah habis ditelan gempa dan digulung tsunami.

"Fenita, kakakmu akan kuberi tahu mengenai keadaanmu dan orangtuamu yang telah meninggal. Kamu dapat tinggal di rumahku sampai kakakmu datang menjumpaimu. Kamu dapat memanggilku *Om Rian*," polisi itu tersenyum sambil menatap Fenita.

"Pak Polisi … eh, Om Rian, tidak keberatan?" tanya Fenita ragu.

# Tanjung Lesung Beach Wrapped in Desolation

By Maryam Mufidah
Translated by Nurina Sanputeri Halim

On the afternoon of December 22, 2018, thick fog and rolling thunder blanketed the entire Tanjung Lesung Beach in the Pandeglang Regency, West Java.

"Earthquake! Earthquake! Mount Krakatau is erupting!" The villagers' shouts and cries were heard throughout the collapsing area. The injured were tended to inside the ruins of what used to be houses. After the shaking subsided and the wall of sea water had receded, the village quietly restrained its sadness.

At the edge of the beach, a beautiful young girl sat on a boulder with her head between her knees.

"Why are you here, child?" asked a police officer, making rounds at the Banten Province beach to look for victims from the tsunami.

The girl glanced at the police officer. "I don't have anything anymore," she said softly.

The police officer asked the villagers for information about the girl. Her name was Fenita, he was told. Other than a sister who was away at school on another island, all of Fenita's family members had been killed in the disaster.

"Fenita," the police officer said, "I'll contact your sister and tell her what has happened. Until she's able to return for you, you can stay in my house." The policeman smiled at Fenita. "You can call me Uncle Rian." "Officer — I mean, Uncle Rian — you don't mind?" Fenita doubted this change in fortune.

"I live alone. So —"

Before the policeman could finish his sentence, Fenita ran to him and hugged him tightly. She still needed a parent's love.

———•——•———

"Om di rumah sendirian. Jadi ...," Om Rian belum menyelesaikan kata-katanya, Fenita langsung memeluknya dengan erat. Dia memang masih membutuhkan kasih sayang orangtua.

---

Fenita didaftarkan oleh Om Rian ke sebuah sekolah dasar di Kota Tegal. Pada hari pertama memasuki sekolah, Fenita masih gugup. Namun, atas dukungan Om Rian, dia akhirnya dengan percaya diri belajar di sekolah itu. Fenita tidak malu-malu berkenalan dengan teman-teman barunya.

Di sekolah itu, ada seorang anak bernama Winda yang sama-sama tidak memiliki orangtua.

"Kita harus tetap tegar menghadapi berbagai ujian. Hidup bukanlah untuk berpangku tangan," kata Winda pada saat jam istirahat.

"Kau benar," Fenita tersenyum dan berharap dapat berkawan akrab dengan Winda.

"Kamu perlu tahu aturan kelas kita. Siapa yang paling sedikit kekurangannyalah yang menjadi pemimpin. Semua murid akan menjulukinya *si orang pertama*," jelas Winda.

"Ada anak yang seperti itu?"

"Ada. Anak itu bernama Malik. Itu dia," Winda mengarahkan pandangannya pada Malik yang sedang bersandar di pintu kelas tidak terlalu jauh dari tempat Fenita dan Winda bercakap-cakap.

"Menurutku, anak yang memiliki apa yang kau sebutkan tadi tidaklah berarti dia hanya peduli pada dirinya sendiri," kata Fenita.

"Ssst! Malik datang," bisik Winda.

Malik mendatangi mereka dan menghardik Fenita, "Anak baru sudah berani menantang aku!" kata Malik gusar. Dia berpaling dari pandangan Fenita dan langsung pergi.

Kembali Fenita dan Winda berdua bercakap-cakap.

Menurut Winda, sebenarnya teman sekelas tidak setuju aturan yang dibuat Malik, tetapi mereka tidak berani menentangnya.

"Semoga aku bisa membantunya untuk berubah melalui doaku," kata Fenita sambil tersenyum.

Sepulang sekolah, Fenita langsung mencuci kaki, berganti baju, berwudu, dan melaksanakan salat. Seusai salat, Fenita berdoa supaya Malik mendapat hidayah. Fenita membaca Alquran dan berharap doanya dikabulkan.

Uncle Rian enrolled Fenita into a nearby elementary school in Tegal, Central Java. On the morning of her first day of school, Fenita felt nervous, but because of Uncle Rian's encouraging words, she became confident enough to go study at the school. When she met her new friends, Fenita didn't feel shy.

One of Fenita's new school acquaintances was a girl named Winda, who had lost her parents too.

"We have to stay tough enough to face all kinds of challenges," Winda told Fenita during a school break. "Life isn't to be wasted doing nothing."

"You're right." Fenita smiled, hoping she and Winda would become closer friends.

"You need to know our class rules," Winda continued. "Whoever is the strongest becomes the leader. All the students refer to that person as *The Leader*."

"Is anyone The Leader now?"

Winda glanced at a boy leaning against a classroom door not far from where Fenita and Winda were talking. "His name is Malik." According to Winda, her classmates didn't agree with the rules Malik made, but they didn't dare challenge him.

"I think," said Fenita, "that being *The Leader* means nothing if that person only cares about himself."

"Shh!" Winda hushed. "Malik is coming this way!"

Malik stopped in front of the two girls and sneered. "This kid is a newcomer, but she's already brave enough to challenge me?" Malik looked away from Fenita and walked on.

"I hope I can help him change through my prayers," said Fenita with a smile.

After school, Fenita went home to perform her ablutions, change clothes, and complete her prayer rituals. As soon as she finished, Fenita prayed for Malik to receive guidance. Fenita read the Koran and hoped her prayer would be answered.

———•———

During the school holiday, Uncle Rian invited Fenita to join him for an outing at the beach in Tegal. Fenita didn't answer. Instead, she ran to her room and cried. Uncle Rian's invitation had made Fenita sad. The beach in Tegal had made her an orphan.

Pada saat liburan sekolah, Om Rian mengajak Fenita berlibur ke Pantai Tegal.

Fenita tidak menjawab. Dia berlari ke kamar dan menangis. Dia beranggapan bahwa pantailah yang membuatnya menjadi yatim piatu.

Tidak lama kemudian, Om Rian masuk ke kamar Fenita. Dia duduk di pinggiran tempat tidur Fenita sambil mengelus-elus kepalanya dengan lembut.

Ajakan Om Rian berlibur ke pantai menjadikannya gundah. Untuk menenangkan diri, Fenita bermain ke rumah Winda yang jaraknya tidak begitu jauh dari rumah Om Rian.

Fenita bercerita pada Winda tentang gempa dan tsunami yang melanda desanya.

"Saat itu, aku dan ayahku berencana menangkap ikan di laut dengan menggunakan perahu. Ibu yang tahu mengenai rencana itu langsung menyiapkan makanan ringan. Ibu telah membeli buah melon yang akan dibawa ke pantai. Lalu, gempa datang mengguncang desa.

"Ayah langsung membawaku ke tepi pantai dengan menggunakan perahu miliknya agar aku dapat selamat. Namun, setibanya di pantai, tsunami datang. Aku diminta lari ke arah daratan.

"Ayah bukannya menyelamatkan diri, dia malah menolong seseorang yang tenggelam digulung ombang. Ayah pun terombang-ambing di antara gelombang yang menggunung," cerita Fenita. Matanya berkaca-kaca.

"Bagaimana dengan ibumu? Apa yang terjadi dengannya?"

"Menurut cerita dari tetangga yang bersama Ibu sewaktu gempa, kaki ibu tersandung melon yang menghambatnya lari keluar. Ibu tertimpa kayu penyangga rumah," lanjut Fenita. "Itulah yang membuatku benci pantai dan buah melon. Keganasan alam itulah yang membuatku hidup seperti sekarang ini," lanjut Fenita. Air matanya menetes.

"Jangan khawatir, semua yang kita punya di dunia ini hanyalah sementara. Semua yang kita miliki pasti kembali pada Yang Kuasa. Hidup di dunia bukanlah satu-satunya cara kita bahagia. Dengan membahagiakan orang lain pun kita dapat berbahagia.

Uncle Rian sat on the edge of her bed and softly stroked her head, trying to calm her. Fenita decided to go visit her friend Winda, who lived nearby. She told Winda all about the earthquake and the tsunami that had struck her village.

"At the time it happened, my father and I were in our boat about to go fishing in the sea," Fenita told Winda. "My mother had prepared some light snacks and had bought a melon for us to take. Then the earthquake came and shook the village. My dad immediately turned the boat back to the beach to take me to safety. But, the tsunami pounded the beach."

Fenita's tears fell. "I was told to run inland," she continued. "Instead of saving himself, my father helped others who were drowning in the sea surge. For a long time, my dad was tossed adrift between mounting waves."

"What about your mom?" asked Winda. "What happened to her?"

"According to our neighbors who were with her during the earthquake, my mother tried to run outside but tripped over the melon, which blocked her way. She was struck by a falling wood beam. That's why I hate beaches and melons. The power of nature is what made my life like this."

"Don't worry," Winda consoled. "Remember, everything we have in this world is temporary; it will all go back to the Almighty at some point. Life in this world isn't the only way we can be happy. By bringing joy to other people, we can be joyful too. Not only will we be at peace in this world, but also in the hereafter."

"Thank you, Winda," said Fenita, "Your words are reassuring to me."

Winda nodded. "Don't ever hate something God created for us."

———•—•———

The next day, Winda told Fenita about a flower-arranging and photo-frame-decorating competition that used materials found on the beach.

"By entering this competition, you can make your parents happy," Winda challenged Fenita. "I mean, which is stronger? Your desire to make your parents happy or your desire to hate the beach? You can't avoid the beach forever."

Bukan hanya berbahagia di dunia, melainkan juga di akhirat," ucap Winda menyemangati.

"Terima kasih, Winda. Kata-katamu menyemangatiku," kata Fenita

"Jangan pernah membenci sesuatu yang Allah ciptakan untuk kita," jawab Winda.

———•••———

Keesokan harinya, Fenita didekati Winda yang mengabarkan tentang lomba membuat rangkaian bunga dan menghias bingkai foto dari bahan-bahan yang mudah dijumpai di lingkungan pantai.

"Dengan mengikuti lomba ini, kamu dapat membahagiakan orangtuamu," ucap Winda. "Hayo, lebih besar yang mana? Keinginan untuk membahagiakan orangtuamu atau keinginan untuk menghindari pantai? Sampai kapan kamu akan seperti ini?" tantang Winda yang akhirnya membuat Fenita bersedia ikut.

Sesampainya di gelanggang lomba, Fenita terkesima dengan keindahan pantai Kota Tegal. Sudah lama dia tidak melihat pantai.

Winda menunggu di teras bangunan yang didirikan di tepi pantai, sedangkan Fenita bersiap mengikuti lomba.

"Hei, kamu lagi, kamu lagi. Bosan aku!"

"Malik?" Fenita terkejut, tapi cuma sebentar.

Fenita tidak menghiraukan Malik. Dia berharap Malik tidak mengganggunya. Setelah acara dimulai, Fenita mendengarkan pewara yang sedang menjelaskan tata cara lomba. Pewara tersebut memberitahukan bagaimana membuat bunga dengan menggunakan sabun. Hanya dengan mengukir dengan pisau kecil, peserta diharapkan dapat menghasilkan bunga istimewa.

Saat lomba dimulai, Fenita memutar otaknya untuk mencari bahan. Fenita berjalan mendekati pedagang di seputar pantai. Semula, Fenita enggan untuk membeli buah melon karena buah melon selalu mengingatkannya pada cerita tentang kematian ibunya. Akhirnya, Fenita pun membeli buah melon yang nantinya akan diukir membentuk bunga mawar dengan pisau kecil yang diberikan pada setiap peserta lomba. Namun, Fenita masih bingung bagaimana cara menghias bingkai foto. Tiba-tiba, terlintas di benaknya untuk memanfaatkan kerang di tepi pantai sebagai bahan utamanya. Fenita lekas-lekas mengambil kerang-kerang bercorak indah.

Fenita accepted Winda's challenge. When they arrived at the beach, Fenita was amazed at how beautiful Tegal's seashore was. It had been such a long time since she had seen a beach.

Winda waited on a patio at the edge of the competition area while Fenita prepared herself for the competition.

"Hey, you again! I'm tired of seeing you!"

"Malik?" Fenita was surprised, but only for a moment. She ignored Malik and hoped he wouldn't bother her. Fenita focused her attention on the competition's facilitator as he explained the rules of the competition.

The facilitator gave each contestant a small knife, then, using soap, he demonstrated how to carve a flower. With this knowledge, contestants were expected to create a special flower out of material they found on the beach.

After the competition began, Fenita walked by the merchants who had set up their wares on the beach. At first, Fenita was reluctant to buy a melon because the fruit reminded her of her mother's death. But she finally bought one so that she could carve it into a rose using the small knife. That took care of the flower requirement, but Fenita was still uncertain about how to decorate her photo frame. *Sea shells!* She quickly collected a few shells with beautiful patterns.

Fenita returned to the competition area. She carved the inside of the melon into a beautiful flower and arranged the seashells to adorn her photo frame. Finished, she submitted her work to the judges, and went to meet up with Winda to tell her what she'd done. Fenita promised she would never hate melons or beaches again if she won the competition.

It was time for the judges to announce the winners. Fenita had won first place and Malik had won second place! Elated, Fenita stepped onto the stage to receive her award and certificate. Oddly enough, Malik wasn't onstage next to her when the judge made the presentations.

After a short delay, the host announced that Malik had left the competition to register himself at a boarding house. The committee would take Malik's award and certificate directly to his new boarding school. Fenita's prayer had been answered.

Fenita beranjak ke gelanggang lomba dan langsung membuat bunga dengan mengukir bagian dalam melon dan menyusun kerang-kerang menjadi sebuah hiasan bingkai foto. Beruntung Fenita telah diberi tahu cara mengukir bunga dengan menggunakan pisau sehingga dia dapat membuat bunga yang indah. Seusai Fenita berkarya, dia menyerahkan karyanya dan menemui Winda. Fenita memberitahukan apa yang baru saja dilakukannya. Dia berjanji tidak akan membenci melon dan pantai jika dia menang.

Waktu pengumuman tiba. Fenita meraih juara satu dan Malik juara dua.

Fenita sangat bahagia. Dia naik ke atas panggung. Namun, anehnya, Malik tidak berada di sampingnya ketika penilai menyerahkan penghargaan dan piagam untuk Fenita.

Setelah ditunggu beberapa saat, pewara memberitahukan bahwa Malik tidak ada di panggung karena dia sedang mendaftar di sebuah asrama pondok. Penghargaan dan piagam milik Malik akan diantar panitia ke pondok pesantren barunya.

Fenita bergembira karena doanya telah dikabulkan.

Setelah turun dari panggung, Fenita segera menemui Winda. Fenita melihat Om Rian dan seorang gadis berada di samping Winda. Gadis itu adalah kakak Fenita yang dia nantikan kedatangannya. Fenita memeluk kakaknya erat-erat.

Winda memberi tahu kalau doa Fenita juga dikabulkan oleh Allah — Malik masuk pondok pesantren. "Allah Maha Penyayang pada semua makhluk-Nya. Bagian-bagian alam yang ada di dunia ini pastilah dapat membahagiakan manusia dengan membuahkan manfaat. Namun, kita saja yang sering melihat kemurahan Allah itu secara sempit," jelas Winda.

Leaving the stage, Fenita saw a girl standing with her Uncle Rian and Winda. The girl was Fenita's sister! Fenita hugged her tightly.

"God Almighty loves all his creations," Winda said. "Humans can certainly benefit from some parts of nature. However, we are often only aware of a small part of God's generosity."

# Kopi dan Cinta yang Tak Pernah Mati

Agus Noor

Penerjemah: Oni Suryaman

Kebebasan selalu layak dirayakan. Maka, selepas keluar penjara, yang diinginkan ialah mengunjungi kedai kopi ini. Kebahagiaan akan semakin lengkap bila dinikmati dengan secangkir kopi. Hanya di kedai kopi ini, dia bisa menikmati kopi terbaik yang disajikan dengan cara paling baik.

Ada orang-orang yang bersikeras mempertahankan kenangan dan kedai kopi ini seolah diperuntukkan bagi orang-orang seperti itu. Nyaris tidak ada yang berubah. Meja kursi kayu hanya terlihat makin gelap dan tua.

Yang dulu tidak ada hanya pengumuman bergambar bayangan wajah lelaki berkumis tebal, yang terpasang dekat jendela.

Ada tulisan di bawah pengumuman itu, seperti larik puisi. *Pada kopi ada revolusi, juga cinta yang tak pernah mati.* Dia tersenyum. Sejarah memang aneh — dulu lelaki itu pembangkang, kini dianggap pejuang.

Beberapa orang di kedai kopi langsung menatap tajam saat dia masuk. Dia mengenali beberapa dari mereka — para pembangkang yang sejak dulu memang selalu berkumpul di kedai kopi ini. Dia tetap tenang. Apa pun bisa terjadi. Mungkin seseorang akan menyerangnya. Sepuluh tahun dalam penjara membuat kewaspadaannya makin terasah.

Dia meraba pistol di balik jaket. Sekadar berjaga. *Kita harus selalu berhati-hati menghadapi kebencian,* batinnya, saat menatap anak muda penyaji kopi yang terus memandanginya.

Mata itu mengingatkan pada mata laki-laki yang dulu dibunuhnya. Umur anak muda itu baru sebelas tahun saat bapaknya mati. Kini terlihat seperti banteng muda yang siap meluapkan dendamnya. Pemuda itu mengangguk pelan saat dia memesan.

# Coffee Noir

By Agus Noor
Translated by Oni Suryaman


Freedom is always worth celebrating. That's why, after his release from prison, he wanted to visit this coffee shop. His joy would be complete with a cup of coffee, and only in this coffee shop could he enjoy the best coffee served in the best way.

Some people insist on preserving memories, and this coffee shop existed for such people. Almost nothing had changed since he last visited. Only the wood chairs had grown darker and older. The only new addition was a poster next to the window, displaying the sketch of a man's face with a thick mustache.

At the bottom of the poster, a line was written like a verse of poetry: "In coffee, there is revolution, as well as everlasting love." He smiled. *History had its own humor: The man who used to be considered a rebel was now hailed as a hero.*

Several people had glared at him when he entered. He recognized some of them; this coffee shop had always been a hotspot for rebels. He remained calm. Anything could happen. Someone might confront him. The ten years in prison had honed his sense of awareness to perfection.

*Be careful when facing hatred*, he thought. He touched the gun under his jacket, just in case.

A young server locked eyes with him — the same eyes as the man he had killed. The server had only been eleven years old when his father died. Now, he looked like a young bull hungry to exact revenge. The server nodded slowly when he ordered his coffee.

Noon's heat bolstered the coffee aroma in the shop. He would never forget the soothing smell of coffee; the scent was stolen from heaven.

Panas udara siang membuat wangi kopi terasa semakin kental. Tidak akan pernah dilupakannya harum kopi yang menenteramkan ini, seolah wangi itu dicuri dari surga.

Ketika ditugaskan ke kota ini, komandannya memberi tahu, agar tidak melewatkan kedai kopi ini dari *daftar yang harus dikunjungi.* Kedai kopi yang menyediakan kopi terbaik. Kedai kopi yang tidak saja istimewa, tetapi juga berbahaya.

Bertahun lalu, dia dikirim ke kota ini untuk menghabisi seorang pembangkang yang dianggap berbahaya bagi negara. Saat itu, unjuk rasa nyaris meledak setiap hari. Kota ini menjadi kota yang selalu rusuh oleh gagasan gila perihal kemerdekaan.

Para perusuh itu, begitu tentara menyebutnya, tidak hanya bergerak di hutan-hutan, tetapi juga menyusup ke kota, menyerang pos keamanan, atau menyergap pasukan patroli keamanan.

Tentara melakukan pembersihan. Puluhan orang ditangkap, diculik, dan tidak pernah kembali. Ada suatu peristiwa yang tidak akan pernah dilupakan oleh penduduk kota ini. Pada suatu hari, tentara menghajar delapan anak muda di perempatan pusat kota. Mereka diseret, dibariskan satu per satu, kemudian ditembak tepat di kepala. Kekejian seperti itu terkadang diperlukan untuk menciptakan ketakutan. Namun, siapa yang bisa membunuh gagasan? Kepala bisa ditembak sampai pecah, tetapi gagasan akan terus hidup dalam kepala banyak orang. Peristiwa itu mendapat pembangkangan keras dan makin memicu perlawanan.

Amnesty International menekan pemerintah pusat untuk menghentikan kekerasan. Saat tindakan militer dianggap tidak lagi berdaya guna, dialah yang dikirim.

Sebagai seorang mata-mata yang terlatih, dia pun dengan cepat mengetahui, bagi orang-orang di kota ini, kedai kopi bukan sekadar tempat untuk menikmati kopi. Hampir di setiap jalan di kota ini, selalu ada kedai kopi. Rasanya, tidak ada penduduk kota ini yang tidak menyukai kopi. Di kedai kopi, waktu seperti berhenti. Orang bisa sepanjang hari duduk di kedai kopi untuk berkumpul, berbual atau menyendiri, mempercakapkan hal-hal rahasia, kasak-kusuk perlawanan, juga tempat paling tepat untuk menyelesaikan masalah. Pertengkaran bisa diselesaikan dengan secangkir kopi. Semua keterangan di kota ini akan dengan mudah didapatkan di kedai kopi.

When he had been assigned to this town, many years ago, his commanding officer had told him place this coffee shop on his list of must-visit places. "It serves the best coffee," his commanding officer had told him and added, "This coffee shop is not only special, but is also dangerous."

At that time, demonstrations for independence took place almost every day. This town had always been riotous with crazy ideas about freedom. He had been assigned to kill a rebel deemed dangerous to national security.

The rebels, as they were labeled by the Indonesian National Army didn't just roam the jungle, but also infiltrated towns, attacked military posts, and ambushed military patrols.

The national army had conducted a sweep. Dozens of people were captured and had disappeared. The people of the town would never forget the day the army killed eight young men in an intersection downtown. The youths were dragged there, lined up, and then shot in the head.

Such horror was sometimes used to create fear. But who can kill ideas? Even if a person is killed, his ideas would still be alive inside the minds of many others. The atrocity at the downtown intersection was protested vehemently and had triggered more retaliations.

Amnesty International pressured the central government of Indonesia to cease the brutality. When military operations were deemed impotent, he had been assigned to the town.

His commanding officer had been right — a coffee shop was not just a place for the townspeople to gather and drink coffee. There were coffee shops on almost every street. Not one person didn't enjoy a cup of coffee. At the coffee shop, time stood still. People could sit all day long and gossip, tell secrets, plot for resistance, or just be alone. Any dispute could be settled over a cup of coffee. Any information he needed to know about this town was easily obtained in a coffee shop.

And so, from the information he had collected, he had identified the man he had been sent to kill. His target, considered the most dangerous rebel by the Indonesian authorities, turned out to be neither a big, important man in town nor a guerilla leader roving the jungle.

Dari keterangan yang dimiliki, dia mengenali lelaki yang mesti dihabisi. Yang dianggap musuh negara paling berbahaya ternyata bukan seorang berperawakan kekar, yang hidup berpindah-pindah dalam hutan memimpin gerilyawan, dan karena itu tentara tidak pernah berhasil menangkapnya. Orang yang dicarinya itu hanya bertubuh kecil, nyaris kurus, berkulit gelap, rambut agak ikal. Dia terlihat keras, tetapi selalu berbicara dengan nada santun. Jadi, inilah orang yang selalu menghasut anak-anak muda untuk melakukan perlawanan dan menuntut kemerdekaan. Dia hanya penyaji kopi.

┣━━━•━━━┫

Anak muda penyaji kopi itu telah berdiri di dekatnya, menyodorkan secangkir kopi yang sedikit bergetar ketika diletakkan di meja. Dia tahu anak muda itu gugup, tetapi berusaha mengendalikan perasaannya.

"Ini kopi terbaik yang kusajikan untukmu yang di dalamnya tersimpan rahasia, yang hanya bisa kau ketahui setelah kau meminumnya." Anak muda itu menatapnya. "Tapi aku tak yakin, apakah kau berani meminumnya habis."

Di luar, jalanan ramai lalu-lalang kendaraan. Klakson angkot dan knalpot sepeda motor meraung kencang. Lagu dangdut terdengar dari kedai kopi seberang jalan. Namun, dia merasakan suasana begitu sunyi di kedai ini. Semua orang dalam kedai terdiam dan memandang ke arahnya, seolah berharap terjadi perkelahian seru.

"Duduklah," akhirnya dia berkata. "Seperti yang selalu dikatakan orang-orang di kota ini, mari kita selesaikan semuanya dengan secangkir kopi."

Terdengar kursi kayu digeser, anak muda itu pun duduk. "Seperti ketika kamu menghabisi ayah aku!"

Lagu dangdut masih terdengar dari kedai seberang — *Tuduhlah aku, sepuas hatiiimuuuu, atau bila kau perlu bunuhlah akuuuu....*

"Kau pasti membenciku." Dia mengisap rokok dalam-dalam.

"Untuk apa membenci seorang pengecut. Pengecut lebih pantas dikasihani."

"Kalau kukatakan aku bukan pembunuh ayahmu, pasti kau tak percaya. Tapi baiklah, bila aku memang kau anggap pembunuh ayahmu, kau pasti tahu kenapa ayahmu harus dibunuh."

The man he was sent to kill turned out to be small — almost skinny — with dark skin and slightly wavy hair. The man looked tough, but always spoke politely. This rebel, who continuously incited young men to join the resistance and demand independence, was simply a server in this coffee shop — exactly why the national army never succeeded in capturing him.

The young server, who now stood next to him, handed him his coffee. The cup shook a little as he lowered it to the table. "This cup of coffee is made from the best coffee there is. In it lies a secret, which you can only unveil after you drink it," said the young server, staring at him. "But I wonder if you dare to empty your cup."

Outside, the road was crowded with traffic, the air congested with honking bus horns and rumbling motorcycle pipes. *Dangdut*, Indonesian folk music, blared from the coffee shop across the street. But silence reigned in this coffee shop. Everyone was quiet. All eyes were fixed on him, as if expecting a fight to break out.

"Sit down," he finally said to the young server. "As the people in this town would say, 'Let's settle everything over a cup of coffee.'"

"Just like when you murdered my father?" The wood chair scraped across the floor as the young server pulled it out and sat down.

The dangdut song still blared from across the street. "Accuse me to your heart's content, and if you feel it necessary, just kill me." The assassin sucked hard on his cigarette. "I understand why you must hate me."

"Why should I hate a coward? You should be pitied."

"If I told you that I didn't kill your father, you would not believe me. I understand. So let's say you believe that I am indeed your father's killer; if that's so, then you must also know why he had to die."

"There are always excuses to be a murderer. Only a coward kills by using devious ways."

"Don't trust the newspapers. You should know, I admired your father. I am not responsible for his death; this country is."

"The first thing a coward always does is to justify his deeds. That's why a coward always survives."

"Selalu tersedia cukup banyak alasan untuk menjadi pembunuh. Hanya pengecut yang membunuh dengan cara-cara licik."

"Jangan terlalu percaya pada apa yang diberitakan koran-koran. Asal kau tahu, aku mengagumi ayahmu. Kematian ayahmu bukan tanggung jawabku. Itu tanggung jawab negara."

"Yang pertama-tama dilakukan para pengecut memang selalu mencari pembenaran. Itu sebabnya para pengecut selalu selamat."

Dia kembali menyalakan sebatang rokok. Padahal, rokok di asbak masih panjang. Dia ingin meminum kopi di cangkir itu pelan, tapi seperti ada yang menahannya — naluri yang mengharuskannya bersikap hati-hati dalam keadaan seperti ini. Jari-jarinya berkedut, hal yang selalu terjadi bila dia merasa cemas, hingga rokok di jarinya nyaris lepas. "Aku telah menghabiskan sepuluh tahun dalam penjara untuk sesuatu yang dituduhkan padaku yang sebenarnya tak pernah kulakukan."

"Pengecut tak akan pernah berani mengakui kejahatan yang dilakukan!"

"Aku sendiri hanya orang yang dikorbankan untuk menutupi kesalahan orang lain. Salah alamat bila kau mendendam kepadaku."

"Ini bukan soal dendam. Ini soal keadilan," tatapan anak muda itu makin tajam. "Kamu memang sudah dihukum. Dan aku yakin, sepanjang hidupmu, kamu akan terus dihukum oleh kepengecutan dan ketakutanmu. Tapi itu bukan alasan bagiku untuk berhenti menuntut keadilan."

"Apa yang kamu tuntut dari keadilan? Keadilan tak pernah membuat yang mati hidup kembali."

"Yang mati memang tak akan pernah hidup kembali ...."

"Kecuali Tuhan," dia menimpali ucapan anak muda itu, mencoba berkelakar mencairkan suasana tegang.

"Keadilan bukan perkara orang per orang. Ini bukan persoalan antara aku dan kamu. Juga bukan persoalan kamu dan ayahku. Jika kamu menganggap ini hanya persoalan pribadi, semestinya kamu menantang ayahku untuk berkelahi satu lawan satu, sampai salah satu di antara kalian mati. Itu jauh lebih jantan dan terhormat. Tapi aku tahu, pengecut semacammu tak akan pernah berani bersikap jantan seperti itu. Menyedihkan memang, pengecut selalu selamat oleh kepengecutannya."

Although the cigarette in the ashtray was still long, he lit another. He wanted to take a sip from "the best coffee that held a secret that could only be unveiled after drinking," but his instincts forced him to be careful in this situation. His fingers twitched, something that always happened when he was nervous, and he almost dropped his cigarette. Finally, he said, "I served ten years in prison for something I didn't do."

"A coward never admits to the crime he committed."

"Look, I'm just the fall guy for someone else's crime. You picked the wrong person to hold a grudge against."

"This is not about holding a grudge; this is about justice." The young server's look hardened. "You served your time, indeed. I'm sure that for the rest of your life, you will be punished for your cowardice and fear. But that is no reason for me to stop pursuing justice."

"What do you want to pursue justice for? Justice has never raised someone from the dead. The dead can never be raised again ...."

"Except by God," the young server interrupted cynically. "Justice is not a personal matter. This is not about you and me. This is not even about you and my father. If you think this is personal, you should have challenged my father to a one-on-one duel to the death. That would have been braver and more honorable. But I know, a coward like you would never act bravely like that. Sadly, indeed, a coward is always saved by his cowardice."

"I am not a coward!" His voice hung in the air.

"Then drink the coffee," said the server, "and let's see what happens."

When he stared silently at the cup of coffee, the young server grimaced. "You think that coming here to my father's coffee shop proves your courage? No! You didn't come here to apologize; you came here to prove that you're innocent of killing my father. You think that your ten-year prison sentence is enough to close the matter. For me, a crime should never be forgotten. A murderer always denies what he has done and insists that he doesn't know his victim. I'm sure that you have forgotten what my father looks like."

"Aku bukan pengecut!" Suaranya terdengar mengambang di udara.

"Kalau begitu, minum kopi itu, dan kita tunggu apa yang terjadi."

Ketika dia hanya terdiam gamang memandangi cangkir kopi, anak muda itu tertawa masam. "Apa kamu pikir dengan berani datang ke kedai ayahku ini kamu sudah membuktikan keberanianmu? Tidak! Aku yakin kamu datang kemari bukan untuk meminta maaf. Kamu datang kemari justru karena ingin membuktikan bahwa kamu tidak bersalah telah membunuh ayahku. Kamu merasa, dengan dipenjara sepuluh tahun, sudah cukup untuk menganggap selesai persoalan. Bagiku, tak ada kata *lupa* untuk kejahatan. Pembunuh selalu bersikeras melupakan korbannya. Bahkan, aku yakin, kamu sudah lupa seperti apa ayahku."

Dia diam-diam melirik pada pengumuman di tembok kayu itu — wajah lelaki berkumis tebal itu tidak akan pernah mungkin dilupakannya. Wajah itu selalu muncul dalam mimpi buruknya. Dia tidak akan pernah lupa pada saat-saat dia mulai mendekati lelaki itu.

*Masuklah ke dalam hati musuhmu melalui apa yang disukainya.* Ketika dia selalu mengajaknya bicara tentang kopi, lelaki itu dengan cepat menyukainya. Saat menikmati kopi pada sore bergerimis, dari lelaki itu dia tahu rahasia menyajikan kopi. Sentuhan tangan penyaji kopilah yang membedakan rasa kopi. Biji kopi terbaik tetap saja tidak akan enak bila tangan penyaji kopi itu tidak mengenali jiwa kopi. Dia pun mengerti kenapa di kedai ini tidak ada mesin penggiling kopi. Lelaki itu mengolah sendiri biji-biji kopi dengan tangannya.

"Sentuhlah biji-biji kopi itu dengan seluruh perasaanmu, kamu akan merasakan sesuatu yang lembut. Kamu pun akan tahu mana biji kopi terbaik yang pantas disajikan untuk pelanggan."

Sebenarnya, dia tidak hendak percaya. Namun pada kenyataannya, kopi di kedai kopi ini memang terasa paling nikmat di lidahnya. Dia sudah sering menikmati kopi di banyak kedai kopi, tetapi tidak ada yang bisa membuatnya merasa begitu nikmat senikmat setiap kali dia menikmati kopi di kedai ini. Seakan dalam secangkir kopi itu ada kebahagiaan yang dikekalkan. Bahkan ketika

He stole a glance at the poster on the wood wall. No, he would never forget the face of the man with the thick mustache. The face haunted him in his nightmares. He would never forget the moment he approached that man.

*Gain your enemy's trust by knowing what he likes.* That had been his motto at that time. When he first started his conversations with the mustached man about coffee, the coffee shop owner liked him immediately. Enjoying the coffee during that rainy afternoon, he learned the secret of coffee-making from that man. "It is the hand that makes the coffee that makes the difference," the man had told him. "Even the best coffee beans would taste bad if the coffeemaker is not in touch with the soul of the coffee."

He suddenly understood why there was no coffee grinder in this shop. The owner always crushed the coffee beans between his hands.

"Touch the beans with all of your soul, and you will feel something tender inside. You will know which beans are the best, worthy of being served to the customers."

He wasn't sure he believed that, but it was a fact that the coffee from this shop was indeed the best he had ever tasted. He had enjoyed coffee in many places, but none tasted as good as the coffee from this shop. Eternal bliss was captured in every cup. Even while he was in prison, he had secretly asked the warden to smuggle in coffee from this shop. For a price, of course.

"In this shop, no one ever dares to let the coffee get cold without touching it." The young server's voice interrupted his reminiscence. "Letting your coffee get cold is enough to prove to me that you're not just a coward who doesn't dare to drink my coffee, but that you're indeed a coward who is haunted by his own fear."

The young server rose and left him to his troubled thoughts.

———•—•—•———

The sky was dark and empty when he left the coffee shop. But the emptiness in his heart was vaster than that of the sky above him. It would have been more respectful for the young server to beat him than to insult him like this.

He would never return to that coffee shop. The young server's cup of coffee filled him with fear — it reminded him of pouring arsenic in the mustached man's cup of coffee.

dalam penjara, diam-diam dia sering minta tolong pada sipir untuk membelikan kopi dari kedai ini. Dengan sogokan, tentu saja.

"Tak pernah ada sebelumnya yang membiarkan kopi di kedai ini menjadi dingin tanpa menyentuhnya," suara anak muda itu membuyarkan ingatannya. "Itu sudah cukup membuktikan bahwa kamu bukan saja pengecut karena tidak berani meminum kopi yang aku sajikan, tetapi juga meyakinkanku kalau kamu memang pengecut yang dihantui ketakutanmu sendiri."

Anak muda itu bangkit meninggalkannya sendirian.

┝━━•━•━┥

Langit gelap dan kosong ketika dia keluar dari kedai itu. Namun, perasaan kosong dalam hatinya menghamparkan kehampaan melebihi luas langit yang dipandanginya. Rasanya dia merasa lebih terhormat bila anak muda itu menghajarnya hingga babak belur ketimbang membuatnya merasa terhina seperti ini.

Tidak akan pernah berani lagi dia kembali ke kedai kopi itu. Kopi yang disajikan anak muda itu benar-benar telah membuatnya diluapi perasaan takut — mengingatkannya pada peristiwa saat dia menuangkan arsenik ke dalam cangkir kopi lelaki berkumis itu.

Dia melihat seorang gadis berjalan bergegas menyeberang jalan. Gadis itu memakai kaos bergambar sablon wajah lelaki berkumis itu. Kematian seorang pengecut seperti dirinya tidak akan pernah mendapat kehormatan seperti kematian lelaki yang dibunuhnya.

Saat melintas di depan toko kelontong berkaca lebar, dia berhenti, memandangi bayangan muram tubuhnya — kulit cokelat gelapnya tersamarkan warna jaket yang telah pudar, mata cekung, dan alis matanya yang semurung sayap burung sedikit tertutup rambut yang mulai gondrong. Bayangan di kaca itu seperti hantu masa lalu yang tidak ingin dilihatnya.

Kemudian, dia berjalan menuju kelokan, dan untuk terakhir kali memandang kedai kopi itu dari kejauhan, sebelum akhirnya menghilang ke dalam cahaya kota yang remang. Bila pada akhirnya dia benar-benar menghilang dari dunia ini, adakah seseorang yang masih mengingat dan mengenangnya?

┝━•◦•━┥

He saw a girl hurry across the street. On the front of her T-shirt was the face of the man with a thick mustache. The death of a coward like him would never be honored like the death of the man he had killed.

When he passed a general store with a wide glass window, he stopped. He looked at his somber reflection, his dark-brown skin concealed by his faded jacket. His eyes, sunk below arched eyebrows, were partly covered by his unkempt hair. The man he saw in the glass window was like a ghost from the past he didn't want to see.

He walked toward the intersection and turned to look back at the coffee shop for the last time before disappearing in the dim light of the town. When, in the end, he departed from this world, would anyone out there remember him? Would anyone out there care?

⊢——•◆•——⊣

# Hikayat Emak

Guntur Alam

Penerjemah: Oni Suryaman

"Jangan sesekali kau dekati batang kayu itu." Selalu itu yang Emak katakan bila mata bocahku mulai berbinar-binar menatap batang kayu yang tumbuh rindang di belakang limas kami itu. Lalu, aku akan melempar tanya yang sama lewat retina mata yang seketika meredup mendengar larangan Emak itu. "Mengapa?"

"Di dahan yang paling dekat dengan pokok batangnya, ada seekor ular cokelat besar bersarang. Ular itu akan menggigit siapa saja yang mengusiknya."

Mendengar jawaban Emak itu, aku pasti akan berjinjit ngeri. Terburu membunuh keinginan yang meluap-luap untuk bergumul dengan dahan-dahannya. Sejak saat itu, aku selalu menikam luapan rasa yang sama.

Namun, semakin gigih aku meredam keinginan mendekati batang kayu itu, semakin gencar pula Emak mengulang-ulang hikayatnya. Cerita yang aku pun mulai hafal tiap bagiannya. Entah, Emak seolah-olah tengah menggodaku, serupa seseorang yang hendak menguji — seberapa patuh aku akan larangannya itu? Sementara itu, sifat kanak-kanakku yang penasaran akan kebenaran hikayat Emak, menggebu-gebu dalam bertanya — apa benar? Atau ini hanyalah dongeng Emak semata agar aku tidak jadi anak gadis bengal yang bergumul dengan dahan-dahan kayu, macam bujang-bujang ingusan itu.

Di batang kayu itu, ada seekor ular cokelat besar yang siap mematuk siapa pun yang mendekatinya. Dulu, ada seorang gadis muda dengan wajah bulat telur, leher jenjang, kulit sawo matang, rambut ikal mayang yang bergelombang sebatas pinggulnya, mata belok, hidung bangir, dan bibirnya sangat tipis. Dia gadis yang cantik.

# The Seductive Tree

By Guntur Alam

Translated by Oni Suryaman

*Don't you ever go near that tree.* Mother spoke those words whenever, as a child, I looked with curiosity at the shady tree growing behind our house. Hearing her warning, my eyes would dim as I asked, "Why?"

"There's a big brown snake nesting on the lowest branch of that tree. The snake will strike at anyone who disturbs it." Mom's answer always made me flinch and for a while squelched my desire to explore the tree.

But the more I stayed away from the tree, the more often Mother retold the story about the big brown snake. I began to memorize each part of the tale. Who knew, perhaps Mother was daring me. Perhaps she wanted to test my obedience.

Meanwhile, I wondered about the truth of Mother's story, and I kept asking myself, *Is it true? Or did Mother make it up to keep me from becoming like the teenagers who gathered there to fool around beneath the branches, hidden by the heavy foliage?*

"On that tree branch, lived a snake ready to strike anyone who went near it." Mother always started her tale with that line. "Once, a beautiful, brown-skinned young girl lived near the tree. Her face was oval; she had big eyes, a fine nose, and thin lips. Her long curly hair reached her hips."

As I grew a bit older, I began to wonder if the girl in the story was me. Once I started to think that way, I began looking at my face in the mirror in my room. With my dark, waist-length curly hair, big eyes, fine nose, and brown skin, I looked exactly like the girl in my mother's story. It was as if she was telling a tale about me.

Selalu itu yang jadi pembuka hikayat Emak. Lambat laut, aku seperti merasa, *tidakkah tokoh gadis yang ada dalam hikayat Emak itu diriku?* Sejak menduga-duga serupa itu, aku kerap mematut wajahku di cermin dalam bilik. Rambut hitam yang legam serupa ombak bergelombang sampai pinggang, mata belok, hidung bangir, kulit sawo matang — persis. Emak seolah-olah tengah berhikayat tentang diriku.

Gadis muda itu tinggal bersama emaknya di limas mereka. Seorang perempuan tua yang mulai terdengar begitu cerewet baginya. Selalu saja melarangnya mendekati batang kayu yang tumbuh rindang di belakang limas mereka. Padahal, di bawah batang kayu itu, saban hari menjelang siang sampai malam merayap datang, ada seorang bujang yang duduk dengan kambing-kambingnya.

Bujang itu berahang keras dengan sorotan mata elang, tangannya besar dengan bidang dada yang begitu luas untuk bersandar. Sebelum emaknya memergoki, dia kerap datang dan bercerita bersama bujang itu tentang kambing, batang kayu tempat mereka berteduh, sampai kain tenun (setelah itu, emaknya selalu melarangnya mendekati batang kayu itu), gadis itu merasa telah menemukan hidupnya. Diam-diam, ada yang tumbuh di dadanya, sekuntum mawar liar yang menggeliat-geliat.

Di bagian hikayat itu, aku selalu menemukan raut muka Emak berubah. Ada binar-binar yang tidak dapat Emak sembunyikan, serupa sipu gadis pemalu yang jatuh cinta. Jarang sekali aku menemukan riak-riak bahagia di gurat muka Emak yang keras.

Gadis itu tidak dapat meredam geliat mawarnya. Lebih-lebih bila mata beloknya tengah menerawang di langit-langit kamar. Bayangan dia yang menyandarkan kepala di dada bujang itu selalu saja membuat matanya terkantar-kantar. Genggaman jemari besar dengan telapak kapalan terasa begitu lembut saat memegang tangannya. Dia tidak tahan. Dia tidak dapat menahan rindu yang menyekap.

Lalu, raut muka Emak akan kembali berubah. Setelah binar-binar yang demikian jarang aku temui itu, aku akan menemukan wajah Emak yang nelangsa. Penuh beban, penuh derita, seperti seseorang yang menahan rindu begitu besar, hingga rindu itu terasa tengah meremas-remas hatinya tanpa belas.

"The young girl lived with her mother in their shack," my mother's tale continued. "A big, shady tree stood behind their shack. Every day, from mid-morning until nightfall, a young man tended his goats there. The young man had a square jaw, sharp eagle eyes, big arms, and a broad chest to lean against. Before her mother caught on, the girl often visited the young man. They talked about his goats, the tree that shaded them, and the weaving of fabric. The girl felt that she had found her match. And while inside her chest a wild rose began to grow, her mother forbade her to go to the tree."

I rarely saw any shred of happiness in my mother's hard face, but at this part of the story, Mother's expression always changed. Her face became radiant, like that of a girl who was in love.

"The girl could not control the growth of the rose," Mom continued, "especially when she gazed at the ceiling of her room, daydreaming. The image of her head leaning against the young man's chest filled her mind. Imagining his big hands and calloused palms grasp her hands evoked a yearning she could neither bear nor contain."

At this part in the story, Mother's face changed again. The fleeting light of joy darkened to sorrow in a face molded by burdens that tortured her heart without mercy.

"Unable to hold back her longing, the girl disobeyed her mother's orders," Mom continued. "Around noon, on a day that she would remember as the darkest day of her life, she sneaked out to the tree to see the young man. The beautiful girl and the young man held each other, satisfying their deep longings until it overwhelmed their senses, and the girl's veil of innocence was lifted. Suddenly, a big brown snake struck the unaware girl. The snake's fangs sank into her skin, ejecting its venom. The girl's face turned white in terror. Frightened, the young man ran away and vanished into the jungle, leaving the girl with the big eyes to the venom that took her life."

———·———

To be honest, I didn't like it when Mother told the story. Not only was it always the same story — about a beautiful girl, a snake, and a shady tree growing behind a shanty — but her story frightened me to the point that it gave me nightmares. In those dreams, I would defy my mother's forbiddance and sneak to the

Setelah tidak sanggup menahan rindu yang membuatnya terkantar-kantar, gadis itu melanggar larangan emaknya. Pada pagi menjelang siang yang kelak gadis itu catat sebagai hari paling pekat dalam hidupnya, dia menemui bujang itu.

Mereka melepas rindu yang sudah tidak tertakar, hingga meluapkan segala rasa sampai tidak sadar kain tenun telah tersingkap dan seekor ular cokelat besar yang mengintai mematuk si gadis yang lengah. Bisa telah tersembur, taring telah tertanam. Si gadis membiru dalam ketakutan, si bujang cemas hingga lari ditelan rimba, meninggalkan gadis bermata belok menampung bisa yang merenggut nyawanya.

⊢—·—⊣

Sesungguhnya, aku tidak suka bila Emak telah berhikayat. Selain cerita Emak yang selalu sama — tentang seorang gadis cantik dan batang kayu yang tumbuh rindang di belakang limas kami itu — cerita Emak diam-diam telah menakutiku. Aku kerap bermimpi buruk. Telah berkali-kali aku ceritakan itu kepada Emak tentang aku yang ketakutan dalam tidurku. Seolah aku tengah melanggar pantangan Emak, diam-diam menyelinap, dan pergi ke bawah batang kayu itu. Di sana, aku menemukan seekor ular cokelat yang demikian besar, bermulut lebar dengan kedua taring yang mengerikan.

Itu artinya — *jangan sesekali kau pantang Emak. Bila kau lakukan, ular cokelat besar itu akan mematukmu, menyemburkan bisanya yang beracun, hingga kau meregang nyawa sendiri dan terlempar ke alam orang-orang mati. Terkucil, sendiri, dan sunyi.*

Pasti, pasti kata-kata itu yang Emak lontarkan bila aku bercerita tentang mimpi-mimpi burukku. Bila telah demikian, Emak akan kembali mengulang hikayatnya, perihal sebatang kayu di belakang limas kami itu dan seorang gadis cantik yang dipatuk ular cokelat karena melanggar larangan emaknya.

Setelah aku merasa Emak tidak akan pernah berhenti menceritakan hikayatnya yang menakutkan itu, aku memilih untuk tidak menceritakan lagi mimpi-mimpi burukku. Sebabnya, ceritaku tentang mimpi-mimpi yang mengerikan itu tidak akan membuat Emak iba dan menyudahi kisah membosankannya.

Sama halnya dengan keinginanku untuk pergi bersama bujang-gadis sebayaku yang saban pagi kutatap dari jauh. Mereka

tree, where I'd find the big brown snake with its mouth wide open, baring two terrifying fangs. I told Mom about the horrors of my sleep.

"The dream is warning you: Don't you ever dare violate my prohibition," Mom explained. "If you do, the big brown snake will bite you, inject you with its deadly venom, and leave you to die alone and be cast into hell. Banished. Deserted. Abandoned."

Mother always said the same thing every time I told her about my nightmares. Then she would repeat her tale about the tree behind the house and the beautiful girl who was bitten by a big brown snake because she violated her mother's rules.

After realizing that Mom would never stop telling me her frightening tale, I quit telling her about my nightmares.

I wanted to join the teenagers who gathered at the tree. Every day I watched them from afar — laughing, jumping, and playing tag in their white and red school uniforms. The colors enticed me. Every night before I closed my eyes, I prayed that my dream would take me to them, we'd wear the same uniform and laugh together.

But that never happened. Instead, I always had a nightmare about the snake in the tree.

I longed to tell Mother why I wanted to go to the tree behind our house which stood proudly in the middle of the meadow. I wanted to tell her that around its trunk and in the shade of its boughs, I saw teenagers playing catch, running after dragonflies, and rolling on the grass. Their laughter buzzed in my ears. But I could never explain that to her.

Mother somehow seemed to read my young mind. "Believe me," she said, "they will never like you. If their parents see you with their children, they will quickly call them home. Then you will cry. I don't want to see tears on your face — your tears will not make them pity you. Now, *that* hurts, doesn't it?"

I didn't understand what she meant. I only knew that her face turned dreadful, like a grimacing ghost who had died in a rage, burdened by sadness, and filled with vengeance. I decided to bury my wish together with the frightening ghost.

tertawa-tawa, berloncat-loncatan, berkejar-kejaran dengan masih mengenakan baju seragam putih-merah. Warna yang menggoda mataku. Saban malam sebelum pejam menjemputku perlahan, doaku sama. Semoga aku bermimpi ada di antara mereka, dengan seragam yang sama, menderaikan tawa bersama.

Namun, mimpi itu tidak kunjung datang. Saban malam hanyalah mimpi tentang ular yang bersarang di batang kayu itu. Mimpi mengerikan.

Sejatinya, aku hendak bercerita kepada Emak, mengapa aku ingin sekali mendekati batang kayu itu. Batang kayu yang tumbuh di belakang limas kami, batang kayu yang berdiri kokoh di tengah padang rumput. Di sana, aku kerap menemukan bujang-gadis seumurku berkejaran, berlari menangkapi capung, bersorak-sorak, lalu berguling-guling di atas rumput, menderaikan tawa yang rincak di kupingku.

Namun, aku tidak kunjung mampu untuk mengutarakannya. Tersebab, Emak seolah telah mampu membaca pikiran yang ada di batok kepala kanak-kanakku.

"Percayalah, mereka tidak akan suka padamu. Ebak-emak mereka akan gegas menyeru mereka pulang, bila kau ada di antara mereka. Setelah itu, kau pasti menangis. Emak pun tidak hendak melihat air mata ada di wajahmu sebab air mata itu tidak akan membuat mereka iba. Menyakitkan, bukan?"

Entah apa yang Emak katakan. Hanya saja, air muka Emak terasa sangat mengerikan. Serupa seringai hantu perempuan yang mati penasaran, nelangsa, penuh beban, penuh dendam. Aku pun memilih mengubur keinginanku bersama hantu perempuan yang menakutkan itu.

• — • —•

Ada hikayat yang sesungguhnya sangat ingin kudengar dari Emak. Tentunya, bukan hikayat tentang sebatang kayu yang tumbuh di belakang limas kami dan seorang gadis cantik yang dipatuk ular cokelat besar lantaran melanggar larangan emaknya. Hikayat ini tentang Ebak yang tidak sekali pun dapat kubayangkan rupanya. Tidak ada selembar foto atau apa pun yang berhubungan dengan lelaki itu di limas kami. Hingga, aku pun tidak tahu, harus membayangkan rupanya seperti apa.

There was, however, a story that I would have liked to hear from Mother. It was not, of course, the story about the tree behind our house and the beautiful girl who was bitten by a big brown snake because she violated her mother's forbiddance. No, it was the story about my father, whose face I could not even imagine. There was no picture or anything related to him in our house. I therefore didn't know what kind of a person he was.

When I pleaded with her to tell me about my father, Mother's expression would become gloomy, mixed with anger, loneliness, love, and vengeance. She always said, "Your father died, and now you live with just me in this house." The change in her was frightening, but also made me feel sorry for whatever caused her such pain.

"Can we visit his grave?" I asked.

"It is not good for a young girl to visit a graveyard," she'd reply. "Did you forget what I taught you? The Prophet forbids young girls to visit the graveyard because they will wail out there."

I became increasingly curious about the man who had caused me to live in this house, and eventually I used my young wit to make Mother tell me about my father. Like Mother repeating her awful story, I kept repeating the same questions, even though I knew her answers would always be the same. Finally, she offered a bit more.

"There is nothing special that I can tell you about your father," said Mother. "He had a square jaw and eyes like an eagle; his hands were big, and his palms were calloused. He had dark hair, and his chest was as broad as the meadow."

"How did he die?" I persisted, only to have Mother frown and glare at me.

"Your father died in the jungle, where he ran because he saw a snake strike at someone," she finally told me. "That's it. Don't you ask about that again."

And that was it. Nothing more to help me form a picture of my father in my mind. I had no one to compare him to. Mom and I lived alone in this house — two women who were not good at telling stories.

My mother told me the dreadful snake story even more frequently after I came of age, and I started getting used to what I

Ebakmu telah mati dan kau yatim bersamaku di limas ini.

Selalu, selalu itu yang Emak katakan bila aku mulai memancing Emak untuk bercerita tentang Ebak. Aku pun akan menemukan air muka Emak berubah keruh. Seperti seseorang yang menahan marah, nelangsa, cinta, kesumat, dan semua rasa yang berbalur dalam hatinya. Rasa yang bergumul-gumul hingga melahirkan raut muka Emak yang terlihat begitu mengerikan, juga menumbuhkan iba bila kau pandang lamat-lamat.

"Bisakah kita ziarah ke kuburnya?" Aku pun mengikuti kebiasaan Emak. Mengulang permintaan yang sama. Berulang-ulang. Walau aku pun tahu, jawaban Emak pasti akan sama pula.

"Anak gadis tak elok berziarah ke kubur. Kau mulai lupa apa yang Emak ajarkan? Nabi melarang anak gadis ziarah tersebab pasti akan menangis meraung-raung di sana."

Lalu, aku mulai memutar otak kanak-kanakku agar dapat meminta Emak menceritakan hikayat tentang Ebak. Selain menuntaskan rasa ingin tahu, aku ingin membuat Emak lupa mengulang-ulang hikayat sebatang kayunya itu. Aku kian penasaran dengan sosok laki-laki yang telah membuatku ada di limas ini.

"Tak ada yang luar biasa untuk Emak ceritakan tentang Ebakmu. Dia lelaki berahang keras dengan sorot mata elang, bertelapak tangan besar yang kapalan. Rambut legam dan dadanya serupa padang rumput yang bidang."

Hanya itu. Tidak ada yang lainnya, hingga aku hanya dapat mereka-reka wajah Ebak dalam benak kanak-kanakku. Aku pun tidak punya pembanding, seperti apa rupa lelaki itu. Di limas ini, cuma ada aku dan Emak. Dua perempuan yang terasa begitu kaku dalam bercerita.

Apa musabab kematian Ebak?

Aku masih setia mengejar Emak dengan hikayat yang sepertinya tidak hendak dia terakan. Bila telah demikian, Emak akan memasang wajah merengut. Mendelikkan mata tidak suka padaku. Aku pun akan menutup mulut.

"Ebakmu mati di tengah rimba, usai berlari lantaran melihat seekor ular mematuk seseorang. Kematian yang mengerikan, kematian yang membuatnya terlempar ke alam yang tak bisa kau raba. Sudah, tak usah kau tanya tentang itu lagi."

•——•••——•

now consider a fairy tale — nothing to be worried about. I didn't ask her about my father anymore, knowing she would never tell me anything more. And I didn't tell her that, secretly, I had been to the tree twice, peeking at a young man who had a square jaw, whose Adam's apple had started to show, whose sharp, eagle eyes smiled at me.

Begitulah, Emak selalu saja menghikayatkan tentang sebatang kayu di belakang limas kami itu. Tentang seorang gadis cantik yang dipatuk ular cokelat besar lantaran melanggar larangan dari emaknya. Kebiasaan Emak menceritakan hikayatnya itu kian menjadi-jadi saja seiring usiaku yang menampak. Aku pun mulai terbiasa dengan ceritanya, kuanggap dongeng semata, tidak perlu dicemaskan. Aku pun tidak hendak lagi memaksa Emak menceritakan hikayat tentang Ebak karena aku tahu Emak pasti tidak akan menceritakannya. Aku pun tidak perlu bercerita kepada Emak, kalau aku diam-diam telah dua kali pergi ke bawah batang kayu itu. Mengintip seorang bujang yang mulai berjakun, bersorot mata elang dengan rahang keras yang tersenyum padaku.

⊢———•◆•———⊣

# Mata di Bibir Subuh

Artie Ahmad

Penerjemah: Oni Suryaman

Suara azan subuh terdengar, merambat dari corong pelantang suara di masjid. Bergetar masuk ke dalam gendang telinga orang-orang yang masih terlelap. Suara Pak Modin yang terdengar lantang itu juga ditangkap telinga Muzaini. Azan masih terdengar, menggelitik telinga Muzaini. Namun, meski azan itu masuk ke telinga dan mengetuk-ngetuk gendang telinganya, Muzaini seakan tidak berdaya. Matanya seolah terkena getah nangka. Lengket, sulit untuk dibuka. Muzaini berusaha membuka mata, tapi rasa kantuk yang dirasakannya sangat keterlaluan. Muzaini tidak kuasa melawan, dia kembali bergelung di tilam.

Suara azan Pak Modin telah lesap, subuh telah lama lewat. Dalam mimpi di kepalanya, Muzaini menangkap bayang Wak Rohim. Dulu saat dia masih anak-anak, Wak Rohim gurunya mengaji di surau desa. Dalam gambar di mimpinya itu, Wak Rohim berdiri membawa rotan yang dipergunakan untuk memukul pantat para muridnya yang hanya main-main saat mengaji. Muzaini tergagap, ketika melihat Wak Rohim berjalan ke arahnya. Rotan di tangannya diayun-ayunkan. Bibirnya tersenyum simpul. Begitulah wajah Wak Rohim ketika hendak menghukum muridnya.

"Muz! Kau tak menjalankan perintah Allah dengan baik, ya? Kau meleng, ya?" Suara Wak Rohim terdengar lantang.

Muzaini tidak kuasa menjawab. Dia hanya menggeleng-geleng. Wajahnya pucat pasi, keringat dinginnya mengalir.

"Kau, Muzaini Samsyudin! Berani tak menjalankan perintah Gusti Allah? Muridku yang dulu berjanji akan menjadi manusia baik. Kau bohong padaku?" Wak Rohim semakin dekat. Kumisnya yang melintang dengan jambang lebat itu semakin menambah kesan angker di wajahnya.

# A Revelation at Dawn

By Artie Ahmad

Translated by Oni Suryaman

Pak Modin's call to the dawn prayer blared from the mosque's loudspeaker. The sound vibrated in the ears of the sleeping villagers. The muezzin's call to prayer also knocked at Muzaini's ears, but Muzaini couldn't move. He tried very hard to open his eyes, but his eyelids felt heavy and sticky, like they were coated with jackfruit sap. Overcome by extreme drowsiness and unable to fight the feeling, Muzaini turned over and curled up in bed again. Pak Modin's call to prayer faded away, and the dawn prayer time passed.

In his dream, Muzaini caught sight of Wak Rohim's shadow. Wak Rohim had been his religion teacher at the village mosque when he was a child. Wak Rohim carried the rattan switch he used to spank students who didn't pay attention during the Quran recital lesson.

Muzaini cringed when Wak Rohim walked toward him, waving the switch in his hand.

The religion teacher smiled. He always smiled when he was about to punish a student. "Muz!" Wak Rohim called loudly. "You're not paying attention! You're not obeying God's commands, are you?"

Muzaini turned pale and could not answer. Sweating, he just shook his head.

"You, Muzaini Samsyudin, my student, the one who promised to become a good person! How dare you disobey God's commands!" Wak Rohim came closer. His curly moustache and bushy beard made him even scarier. "Did you lie to me?"

"It's not like that, *Wak Guru*, teacher," said Muzaini, trembling. "I tried to wake up. But I could not open my eyes. It was as if they were glued shut by jackfruit sap."

"Bukan begitu, Wak Guru. Saya sudah berusaha bangun. Tapi tak kuasa. Mata saya lengket seperti kena getah nangka," Muzaini menggigil.

"Alasan saja kau, Muz. Menyesal aku dulu tak memukulmu lebih keras dengan rotan ini. Kini kau jadi seorang pembangkang." Wak Rohim mengangkat rotannya tinggi-tinggi.

Muzaini ingin berlari menghindar, tapi tidak bisa. Tangan kiri Wak Rohim menggamit lengannya. Tangan itu mencengkeram Muzaini erat-erat. Napas Muzaini tersengal, tapi dia seolah tidak memiliki tenaga untuk lari dari Wak Rohim.

"Oh, Muz. Betapa berubahnya engkau sekarang ini? Aku tak menduga kau akan berubah seperti sekarang," Wak Rohim menurunkan tangannya yang memegang rotan, cengkeraman di lengan Muzaini mengendur, lalu diempaskan begitu saja.

"Tak ada yang berubah dengan diri saya, Wak Guru. Tak ada yang lain saya rasa. Saya hanya sering kelelahan setelah bekerja di kota," Muzaini menatap Wak Rohim dengan getar suara yang tidak bisa ditahan.

Wak Rohim mengangkat wajahnya. Ditatapnya Muzaini lekat-lekat. Seringai di bibirnya terlihat.

"Tak ada yang berubah dengan dirimu? Kau bercanda! Kini kau lalai akan semuanya. Sembahyangmu tak lagi sebaik dulu. Dan, kau lupa akan janjimu," Wak Rohim berdiri di depan Muzaini dengan gagah. Sarungnya yang putih bersih dengan corak bunga-bunga kecil berwarna hitam berkibar-kibar ditiup angin. "Dulu, kau bilang jika sudah banyak uang dan dapat pekerjaan bagus, kau akan membantu merawat gubuk kecil tempat anak-anak desa mengaji. Tapi seolah kau lupa dengan janjimu itu. Jangankan membantu merawatnya, bahkan kau pun tak lagi mau menengoknya."

•——•·•——•

Muzaini terbangun dari tidurnya. Matanya sudah leluasa dibuka meski agak berat. Muzaini tidak mengerti, mengapa Wak Rohim datang dalam mimpinya hari ini, dengan keadaan yang membuatnya bergidik pula. Sudah lama sejak dia bekerja di luar kota, orang-orang di desanya teramat jarang berkunjung ke dalam mimpinya. Muzaini saban malam memang bermimpi, tapi tidak

"That's just an excuse, Muz. I regret that I didn't swat you harder with my rattan switch in the past. Now you have abandoned your faith." Wak Rohim raised his switch high in the air.

Muzaini tried to flee but couldn't move.

Wak Rohim grabbed Muzaini's arm and clamped it tightly.

Muzaini gasped, but he had no strength to pull away.

"Oh, Muz. How you have changed!" Wak Rohim lowered the switch and relaxed his grip on Muzaini's arm. "I didn't expect you to turn out like this," he said, then simply let Muzaini go.

"I have not changed, Wak Guru! I am still the same!" Muzaini could not stop his voice from shaking as he looked at his former teacher. "It is just that I am always so tired after working in the city."

Wak Rohim smirked and brought his face close to Muzaini's. "You have not changed? You must be kidding! You neglect everything. You miss your daily prayer. And you forgot your promise."

Wak Rohim drew himself tall in front of Muzaini. His plain white sarong, dotted with small black flowers, fluttered in the wind. "You promised that when you found a job and started making good money, you would help care for the small hut in your village that I use for the children's religious studies. But you seem to have forgotten about that promise. You don't even visit the village, let alone help take care of the hut."

• — • • — •

Muzaini woke. His heavy eyelids snapped open. *Why had Wak Rohim appeared in my dream in such a way?* He shuddered.

Muzaini had been working in the city for a long time, and the people from his village — the people he'd known all his life — rarely visited his dreams. Instead, his nightly dreams were visited most often by his city colleagues: his boss chasing after him to meet a deadline; his landlord, trying to collect the rent before it was due; or Manisa. Ah, Manisa, his gentle, sweet-faced coworker. She started visiting his dreams from the moment they met.

Muzaini was stunned by the words Wak Rohim had spoken in his dream. Wide awake now, he stared at the floor and thought deeply for a while. Yes, he remembered. He had promised Wak Rohim that after he got settled in his new life in the city, he

memimpikan orang-orang di desanya yang telah lama dia kenal. Dalam mimpi Muzaini selepas kerja di kota besar ini, yang sering bertandang adalah kawan-kawan kenalannya, atasan di kantor yang sering mengejar-ngejar tenggat waktu pekerjaan, pemilik kamar sewa yang suka menagih padahal belum waktunya, atau, yang paling kerap, Manisa. Manisa, kawan sekantornya yang berwajah manis dengan perangai lembut itu. Wajah yang menjadi kembang tidur Muzaini, bahkan sejak pertama kali mereka berjumpa.

Tertegun Muzaini mendengar ucapan Wak Rohim. Dia tepekur beberapa saat. Matanya nyalang menatap lantai. Bibirnya bergetar. Dia ingat sekarang, memanglah dulu dia sempat bernazar apabila telah mendapat pekerjaan dengan gaji yang baik, dia akan membantu merawat surau kecil untuk mengaji yang sering disebut *gubuk* oleh Wak Rohim. Namun, sudah lebih lima tahun bekerja dengan gaji yang baik, belum pernah dia membagi rezekinya untuk surau kecil tua tempatnya mengaji dulu. Entah hari baik apa yang didapatkannya, hari ini Wak Rohim datang ke dalam mimpinya, dan seolah menagih janji yang telah sekian lama tidak juga dia tepati.

———•—•———

Sepanjang hari, mimpi itu lekat dalam ingatannya. Di kantor, di warteg tempat dia makan siang, ingatan tentang mimpi bertemu Wak Rohim selalu bertandang. Bahkan ketika dia bertemu dengan Manisa pun, untuk kali pertama Muzaini tidak tertarik menanggapi perempuan muda itu. Muzaini merasa lesu. Bahkan ketika pulang bekerja, dia langsung mengurung diri di kamar sewa. Muzaini berdiam diri di tilam kamarnya. Sampai akhirnya dia lelap. Tertidur sampai azan Subuh berkumandang.

Kali ini, Muzaini begitu leluasa membuka mata. Tidak lama setelah terjaga, dia menyeret kakinya masuk ke dalam kamar mandi, mengambil air wudu, lalu bersembahyang subuh. Selepas sembahyang itulah, pikiran jernih itu muncul. Tiga pekan lagi, dia akan libur panjang selama satu pekan. Saat itulah kesempatan baik untuknya pulang guna menemui Wak Rohim untuk membayar tunai janjinya dulu.

———•—•———

Mata Muzaini terbuka. Subuh menjalar masuk ke dalam bus yang dia tumpangi. Suara azan dari masjid-masjid di pinggir jalan

would help care for the small mosque — which Wak Rohim often referred to as a *hut* — where the old teacher taught religion to the village children. Although Muzaini had earned a good living in the city for more than five years now, he had never shared his good fortune or sent money to rennovate the small, old mosque where, as a child, he studied religion. He wondered how he had deserved the blessing of having Wak Rohim appear in his dream and remind him of his unfulfilled promise.

All that day, the dream lingered in Muzaini's mind. In his office and in the food stall where he ate his lunch, Muzaini kept thinking about the encounter he had with Wak Rohim in his dream. And for the first time, he wasn't interested in speaking with Manisa.

After work, Muzaini wearily returned home to his rented room and immediately shut himself inside until he fell asleep.

At dawn, he heard the call for morning prayers. This time, his eyes opened easily. He rose, performed *wudu*, ritual ablution, and prayed. Only after praying was he able to see things clearly. In three weeks, he would take a full week of vacation, return to his village, meet with Wak Rohim, and fulfill his promise.

———•—•—

The light of dawn entered the windows of the intercity bus taking Muzaini to his village. Wide-eyed, he heard the *azan*, call to prayer, from a mosque on the roadside. He blinked. The bus had arrived at the last terminal, the one closest to his village.

Muzaini excitedly hailed an *ojek*, motorbike taxi, circling the bus terminal. Even though he was still a bit sleepy and tired after the long, twelve-hour bus ride, Muzaini was eager to return to his village.

In his backpack, he carried an envelope of cash for Wak Rohim to use for repairs to the mosque. Surely, after all these years, the small mosque must be showing its age. Muzaini knew that his teacher lived a frugal life. Wak Rohim didn't charge tuition, and when a student's parent offered him money, he typically declined it. To Wak Rohim, taking money from someone who was as poor as he was would only make both parties suffer. The parent would suffer from not having enough money to support the family, and Wak Rohim would suffer from knowing he'd taken money from a parent who needed it more than he did.

terdengar. Muzaini mengejap-ngejapkan kedua matanya. Sebentar lagi bus antarkota yang dia naiki akan sampai ke pemberhentian terakhir, terminal yang paling dekat dengan desanya.

Sesampai di terminal, dengan semangat, Muzaini memanggil ojek yang mangkal di sekitar terminal. Meski masih sedikit merasakan kantuk lantaran kelelahan setelah menempuh perjalanan selama dua belas jam perjalanan, Muzaini sangat bersemangat untuk pulang ke desanya kali ini.

Di dalam ranselnya, Muzaini telah menyiapkan sebuah amplop berisi uang yang akan diberikannya kepada Wak Rohim guna memperbaiki suraunya. Surau yang mungkin kini sudah bertambah reyot lantaran aus dimakan usia. Muzaini pun tahu, bagaimana keuangan guru mengajinya itu. Anak-anak yang diajar mengaji tidak ditarik bayaran. Apabila ada yang memberikan uang, Wak Rohim selalu menolaknya. Baginya, menerima uang dari orangtua muridnya yang memiliki nasib keuangan seperti dirinya hanya akan menambah sengsara kedua belah pihak. Orangtua murid akan sengsara lantaran anggaran untuk hidup berkurang. Wak Rohim pun akan sengsara lantaran batinnya tidak tenang menerima uang dari orangtua muridnya yang juga kesusahan.

Muzaini berjalan ke rumahnya. Dia mengurungkan diri untuk terus ke rumah Wak Rohim yang berada di batas desa tetangga. Turun dari ojek, dia merasakan sangat letih meski semangatnya untuk bersua dengan Wak Rohim masih berkobar-kobar. Pintu belakang tidak terkunci. Muzaini mencari-cari ibunya, tapi yang dicari tidak ada. Mungkin ibunya sedang ke pasar. Pesan kepulangannya telah disampaikan kepada ibunya sejak beberapa hari yang lalu, tapi Muzaini tidak mengatakan bahwa dia perlu juga bertemu Wak Rohim.

Lepas siang, Muzaini baru berkesempatan untuk pergi keluar rumah. Ibu sedang ada tamu untuk membicarakan pekerjaan. Mungkin itu pembeli yang akan membeli beras hasil panen milik ibu. Diam-diam, Muzaini pergi ke rumah Wak Rohim. Namun, di tengah jalan, dia bertemu beberapa orang. Mereka berduyun-duyun berjalan ke arah rumah Wak Rohim. Muzaini melihat mereka dengan tatapan bingung. Seorang anak muda berusia belasan tahun juga turut berjalan ke arah rumah Wak Rohim. Dengan cepat, Muzaini bertanya.

After the motorbike taxi let him off outside his village, Muzaini walked to his childhood home. He had decided that instead of going directly to Wak Rohim's house at the border of the neighboring village, he would go home first. Even though Muzaini was very eager to meet with Wak Rohim, he wanted to freshen up first from his long trip.

The backdoor of his house was open. Muzaini called out for his mother, but he could not find her. *Perhaps she has gone to the market.* He had told his mother, several days ago, that he was coming home, but he hadn't told her about his plans to see Wak Rohim and fulfill his promise.

By early afternoon, Muzaini was finally ready to leave his house and meet with Wak Rohim. His mother had come home and now had a visitor. They were talking about business. Perhaps the visitor wanted to buy rice from his mother's harvest.

Muzaini quietly left for Wak Rohim's house. He encountered several people along the way, all walking in the direction of Wak Rohim's house. Muzaini looked at them, trying to figure out why so many people were heading the same way. He approached a teenage boy with a friendly smile. "Why are there so many people heading in the same direction?" Muzaini asked. "Where is every-one going?"

The young boy took Muzaini's hand and, in accordance with Indonesian custom, bowed slightly to him while saying, "We're going to a celebration."

"A celebration? Where?"

"At Wak Guru Rohim's house."

Muzaini became even more puzzled. "What is going on at Wak Rohim's house?" he asked. "What is the occasion?"

The teenage boy looked at Muzaini with surprise. "Why, don't you know? We are commemorating Wak Guru Rohim's forty-day departure to Almighty God."

Stunned, Muzaini withdrew his hand. Shaken and disoriented, he staggered the rest of the way to Wak Rohim's house. Many people had already arrived. They prayed for Wak Rohim's soul while Muzaini wept. His regret deepened when he saw that the teaching mosque — Wak Rohim's "hut" — had already fallen into unrepairable ruin.

"Adik, mau ke mana kalian ini? Kenapa beramai-ramai?" Muzaini bertanya sembari tersenyum ramah.

"Oh, iya, kami akan melaksanakan kenduri," sahut pemuda itu sembari menyalami Muzaini.

"Kenduri? Kenduri di mana?" Muzaini bertanya lagi.

"Kenduri di rumah Wak Guru Rohim."

"Kenduri untuk apa?" Muzaini semakin kebingungan. Ada acara apakah sampai dilaksanakan kenduri di rumah Wak Rohim.

"Kenduri untuk memeringati empat puluh hari kepergian Wak Guru Rohim menghadap Gusti Allah." Sahut remaja itu sembari menatap Muzaini dengan tatapan terheran-heran. Sepertinya dia tidak menyangka kalau Muzaini belum tahu bahwa Wak Guru Rohim sudah meninggal.

Muzaini tidak bisa berkata-kata. Kepalanya mendadak terasa pening. Kabar yang dia terima seolah menggetarkan hatinya. Dengan langkah yang seakan limbung, Muzaini berjalan ke arah rumah Wak Rohim. Di sana, orang-orang sudah banyak yang datang. Doa diantarkan untuk Wak Rohim. Tangis Muzaini tidak bisa ditahan. Penyesalannya semakin menjadi ketika melihat surau kecil tempat Wak Rohim mengajar mengaji telah rubuh.

"Muzaini, kau juga ke sini ternyata?"

Muzaini menoleh, ibunya sudah berdiri di belakang tubuhnya.

"Ibu, kenapa tak berbagi kabar jika Wak Rohim meninggal?" tanya Muzaini masih terisak.

"Ibu lupa mau berkabar denganmu. Tiap kali Ibu telepon, kau selalu cepat-cepat menutup lantaran sibuk. Setelahnya, Ibu selalu lupa mengabarimu." Ibunya mengamati Muzaini dengan iba.

Mata Muzaini menyapu rumah Wak Rohim dan surau tempatnya mengaji dulu. Surau itu kini hanya tinggal puing-puing yang menyisakan kayu-kayu tua yang sudah lapuk. Tangis Muzaini tidak bisa berhenti. Dengan erat, tangan kanannya mencengkeram amplop berisi uang untuk membantu mengurus surau kecil tempat Wak Rohim mengajar.

"Maafkan saya, Wak Guru. Maafkan saya karena sangat terlambat menemuimu," isak Muzaini sembari memandang surau kecil tempatnya belajar mengaji dulu yang kini hanya menyisakan puing-puing.

"Muzaini, you are here, too."

Muzaini turned. His mother stood behind him.

"Why didn't you tell me that Wak Rohim had passed away?" Muzaini asked through his tears.

"Every time I called, you said you were too busy to talk, and cut the conversation short. After a while, I forgot to mention it." Muzaini's mother looked at him meaningfully.

Muzaini looked at Wak Rohim's humble house and the small, collapsed mosque. Debris and rotten wood were all that was left at the building site. Muzaini's tears began anew, his right hand squeezing the envelope filled with money to help Wak Rohim repair the small mosque.

"Forgive me, Wak Guru," Muzaini wept, looking at what was left of the small hut where Wak Rohim had taught him religion. "Forgive me for coming far too late to fulfill my promise to you and to God."

---

# Bupati di Tengah Kemelut

Oni Suryaman

Penerjemah: Novita Dewi

*Purwodadi, Oktober 1901*

Waktu mendekati tengah malam, langit tidak berbulan. Soeroto berjongkok di antara batang-batang tebu mengawasi rumah penjaga perkebunan tebu di pinggir ladang. Tiba-tiba, tidak jauh dari tempatnya, terlihat belasan orang mengendap-endap mendekat dari arah utara, yang bersebelahan dengan hutan. Gerombolan ini membawa parang dan kapak.

Soeroto sudah mengikuti gerak-gerik kawanan ini sejak beberapa hari yang lalu. Dia mendapatkan kabar burung bahwa akan ada perampokan uang gaji perkebunan tebu. Dia mendekat dengan hati-hati.

Kawanan perampok ini mendekati rumah tersebut, lalu menyebar mengitari rumah, menjagai jalan keluar lewat pintu ataupun jendela. Tidak lama kemudian, seorang bertubuh gempal yang sepertinya adalah pemimpin gerombolan ini, mengetuk pintu depan rumah.

Soeroto menggeser tempat sembunyinya supaya bisa melihat lebih jelas.

Ketukan yang makin lama terdengar makin keras, bahkan kasar, sepertinya membangunkan penghuni rumah.

Kabar burung tentang perampokan rumah orang-orang kaya dan pabrik gula ternyata benar. Masalah seperti ini bisa memperburuk kemelut antara Raden Mas Adipati Brotodiningrat, tuannya, dengan Residen Donner. Residen Donner pasti menuduh tuannya berada di balik semua kejadian ini.

"Siapa di luar? Ada apa mengetuk pintu malam-malam?" terdengar suara Sarmin, penjaga kebun.

"Ada uang 400 *gulden* di dalam rumah ini. Menyerahlah, sebelum pintu rumah saya dobrak!" teriak kepala para perampok itu.

# The Regent's Turmoil

By Oni Suryaman

Translated by Novita Dewi


*Purwodadi, Central Java, October 1901*

The moonless night crept toward midnight. Soeroto crouched among the sugarcane stalks and watched the plantation guard's house at the edge of the field. Not far from him, he saw dozens of people silently approaching from the north side, next to the forest. The mob carried machetes and axes.

Soeroto had been spying on this mob's actions over the previous days. He had heard of their plans to burglarize this sugarcane factory and steal the workers' wages. Apparently, the rumors he'd heard about a planned series of home burglaries of the rich and the sugarcane factories were true.

He crept stealthily closer to the guard house.

The bandits spread around the house, positioning themselves by the doors and windows. A stocky man, apparently the leader, pounded on the front door.

Soeroto shifted in his hiding place to see better.

Louder and louder, the pounding escalated, trying to awaken those inside.

Soeroto was alarmed. Conflicts like this were likely to exacerbate the tension between Adipati Brotodiningrat, and J. J. Donner, Resident of Dutch-ruled Madiun. The latter was definitely going to accuse Brotodiningrat of instigating this trouble.

"Who's there?" Sarmin the plantation guard shouted from within the house. "Who is knocking on my door at this time of night?"

"You've 400 guilders of workers' wages in this house," shouted the ringleader. "Surrender, before I break the door down!"

"How dare you? I'm Sarmin, the plantation guard and the master of this area!"

"Kau sendirian, berani-beraninya merampok rumahku. Aku Sarmin, penjaga kebun tebu, jago daerah ini!"

Sementara itu, Soeroto menimbang semua kejadian dalam jarak aman. Sarmin mungkin bisa mengalahkan kepala rampok ini bila bertarung satu lawan satu, tetapi tidak mungkin menang melawan belasan orang sekaligus. Soeroto menghitung jumlah kawanan perampok ini, lalu memutuskan untuk tidak campur tangan.

Sarmin mendorong pintunya terbuka dengan kuat dan hampir saja menjungkirkan sang perampok itu. Namun, dengan cepat, dia berdiri tegap dan tertawa, lalu melangkah masuk. Akan tetapi, dengan satu gerakan cepat, Sarmin langsung menempelkan parang pada lehernya sambil tersenyum penuh kemenangan.

Kepala rampok tidak terlihat gelisah. Dia menoleh ke arah pintu belakang dan dengan santai berkata, "Coba kau lihat istrimu di sana."

Ternyata, para perampok telah berhasil menyelinap masuk dari belakang pada saat Sarmin berada di depan, saat bersiap menghadapi kepala rampok. Istrinya telah disandera. Sarmin tidak punya pilihan, kecuali menyerah.

Soeroto pun tidak bisa berbuat apa-apa lagi selain meninggalkan tempat ini diam-diam dan tidak menunda waktu lagi untuk melaporkan peristiwa ini kepada junjungannya, Raden Brotodiningrat.

•——•—•——•

*Madiun, Desember 1901*

Suasana di Karesidenan Madiun terlihat tidak biasa. Wajah-wajah tegang tampak pada orang yang sedang berada di sana. Penjagaan di pintu masuk kantor karesidenan terlihat lebih ketat dari biasanya. Di ruangan kerja, Residen Madiun, J. J. Donner sedang rapat dengan Patih Madiun, Mangoen Atmodjo, dan Kepala Jaksa Madiun, Adipoetro.

"Residen Donner, kita harus menangkap para kepala jago di daerah Madiun dan sekitarnya. Tanpa mereka, para penjahat lain tidak akan berani melakukan perampokan lagi," ujar Jaksa Adipoetro.

"Benar, Residen, begitu pula dengan kepala pengairan Karto-redjo. Dia punya hubungan dekat dengan para kepala rampok

Among the sugarcane stalks, Soeroto weighed the situation from a safe distance. Sarmin might defeat this burglar if they fought one on one, but it would be impossible for him to win a fight against the dozens of these thugs. It would not be wise for Soeroto to intervene.

Suddenly, the front door flew open, shoving the ringleader off balance. Sarmin stood in the doorway, poised to fight, as the burglar stumbled backward. The man laughed, as he quickly regained his footing. With one swift movement, Sarmin drew a machete up to the burglar's neck.

The burglar laughed again. He nodded toward the back door of the house. "Isn't that your wife?"

Sarmin spun around. Part of the mob had entered the back door while he was dealing with their leader at the front door. They surrounded his wife, ready to take her hostage. Sarmin lowered his machete.

There was nothing Soeroto could do. Quietly, he left the sugarcane field. He would report what he saw tonight to his master immediately.

*Madiun, East Java, December 1901*

The atmosphere at the Dutch-ruled Madiun Residency felt tense. People looked strained, and security at the entrance to the resident's office was tighter than usual. The Resident of Madiun, J. J. Donner, was meeting with Madiun's chief prosecutor, Judge Adipoetro, and Madiun's vice regent, *Patih* Atmodjo.

"Resident Donner, we must arrest the Javanese gang leaders responsible for the escalating criminal activity in Madiun and its surroundings," said Judge Adipoetro. "If we remove those gang leaders, their followers won't dare to continue."

"That's true, Resident," added Patih Atmodjo. "We must also arrest Kartoredjo, the head of the irrigation department. He still has close ties to the gang leaders and was the right-hand man of Brotodiningrat, the former Javanese regent of Madiun. I suspect that despite being in exile, Brotodiningrat remains in secret control of the criminals by working through Kartoredjo."

Resident Donner paced the meeting room, frowning. "You might be right. Although Soeradi, who stole the Residency's

dan jago. Kartoredjo juga menjadi tangan kanan dari bupati lama, Brotodiningrat. Brotodiningrat pasti diam-diam masih memegang kendali dunia hitam melalui Kartoredjo," imbuh Patih Atmodjo.

Donner mondar-mandir di ruang rapat. Dengan dahi berkerut, dia berkata, "Soeradi, pencuri tirai dan taplak milik karesidenan, memang sudah tertangkap di Ponorogo. Namun, pencurian dan perampokan terus terjadi. Saya yakin, Brotodiningrat berada di balik semua perampokan ini."

Jaksa Adipoetro berusaha memberikan jalan keluar, "Kita bisa meningkatkan jaga malam."

Namun, Donner mengabaikannya. Dia berkata dengan pelan, "Menurut saya, kejadian ini lebih dari sekadar tindak kejahatan. Brotodiningrat pasti sedang mengincar sesuatu yang lebih besar. Dia memang ingin membuat Jawa bergolak kembali seperti yang dilakukan oleh Diponegoro."

Donner berjalan menuju tempat duduk Patih Atmodjo dan meneruskan, "Dengan menimbulkan kekacauan seperti ini, dia mau melemahkan kedudukan pemerintah Hindia Belanda. Saya juga menduga dia memanfaatkan para kiai Islam untuk memperkuat kedudukannya. Patih Atmodjo, bagaimana pengamatanmu terhadap Kiai Kasan Ngalwi?"

Patih Atmodjo membuka kertas laporan yang ada di hadapannya. "Kiai Kasan Ngalwi sering memimpin arak-arakan sambil berdoa di sepanjang jalan-jalan kampung. Dia pasti sedang menarik dukungan dari rakyat untuk mendukung pemberontakan Brotodiningrat."

Wajah Donner tampak cemas dan gelisah. Dia duduk, lalu berdiri lagi. "Pemberontakan sudah berada di depan mata. Saya tidak ingin kita kecolongan. Saya akan memerintahkan supaya senjata api dibagikan kepada orang Eropa untuk membela diri. Saya juga akan memerintahkan penjagaan bersenjata di sekitar Stasiun Paron untuk mengamankan kereta tebu. Kalian berdua tetap amati gerak-gerik para pengikut Brotodiningrat. Keadaan sudah gawat. Kita harus waspada."

"Siap, Residen," jawab patih dan kepala jaksa bersamaan.

•———•·•———•

curtains and tablecloths, was caught, criminal activity continued. Yes, I believe Brotodiningrat must be behind all of this ongoing unrest."

"We could increase the night watch," Adipoetro suggested.

Donner ignored him. "I think the theft of curtains and table-cloths was more than just a random crime. Brotodiningrat must be coordinating something bigger. Perhaps he wants to create the same unrest on Java as the Javanese Prince Diponegoro did in 1825 with the Java War."

Donner walked over to Patih Atmodjo's seat. "By causing chaos like this, Brotodiningrat is trying to weaken the position of our Dutch East Indies government. I also suspect that he is using Islamic clerics to strengthen his position. Patih Atmodjo, what have you found out about the teacher, Kiai Kasan Ngalwi?"

Patih Atmodjo opened the report in front of him. "Kiai Kasan Ngalwi often leads processions while praying along the village streets. We think he's gathering support from the people to back the Brotodiningrat rebellion."

Worried, Donner sat down, then stood up again. "Rebellion is in sight. I don't want us to be caught unprepared. I will order firearms and distribute these to the Europeans for self-defense. I will also order the presence of armed guards around the train station to protect the sugarcane shipments. The two of you will continue to observe the movements of Brotodiningrat's followers. This is a dire situation, and we must be vigilant."

"At your service, Resident," replied the vice regent and the chief prosecutor in unison.

----•--•----

*Pakualaman, Yogyakarta, Central Java, January 1902*

On horseback, Soeroto, Brotodiningrat's spy, galloped into the Pakualaman area of Yogyakarta, an upper-class neighborhood where only aristocrats lived. He had just arrived from Madiun.

Recognizing Soeroto, the guard hurriedly allowed him to enter.

Brotodiningrat was resting in his private quarters when he heard clattering hoofbeats. Peering through the slats of his window, he saw Soeroto and walked quickly towards the *pendopo*, a large, covered terrace for receiving guests. Brotodiningrat had

*Yogyakarta, Januari 1902*

Soeroto, telik sandi Brotodiningrat, berkuda memasuki kawasan Pakualaman Yogyakarta. Dia baru saja tiba dari Madiun untuk menghadap.

Penjaga kawasan Pakualaman sudah mengenal Soeroto dan langsung mengizinkannya masuk.

Brotodiningrat sedang di kamar peristirahatannya saat mendengar derap kuda mendekat. Melewati sela-sela jendela, dia cari tahu siapa pendatang itu. Brotodiningrat sudah lama menunggu kabar dari Madiun — kedatangan Soeroto sudah dia nanti-nantikan. Dia melangkah cepat menuju pendopo penerima tamu.

"Salam hormat, Raden," Soeroto langsung memberi hormat saat Brotodiningrat masuk pendopo.

"Soeroto! Sudah lama saya menunggu kedatanganmu. Duduklah, dulu. Kabar apa yang kau bawa dari Madiun?"

Soeroto menunggu Brotodiningrat duduk terlebih dahulu, lalu menyusul duduk. "Keadaan di Madiun semakin gawat, Raden," kata Soeroto.

Brotodiningrat berusaha menangkap arah berita ini. "Coba ceritakan dengan jelas, apa yang sedang terjadi di Madiun."

"Baiklah. Raden. Masih ingat pencurian tirai dan taplak meja di rumah Residen Donner pada bulan Oktober tiga tahun yang lalu? Kabar ini masih berkaitan dengan peristiwa itu."

"Bagaimana mungkin saya lupa. Kasus itulah yang membuat saya diasingkan dari Madiun dan tinggal di kota ini," jawab Brotodiningrat dengan nada kesal.

"Sekarang, pencurian seperti itu semakin meluas. Tidak hanya pencurian, tapi juga perampokan terjadi di sekitar Madiun. Baru-baru ini saja terjadi perampokan di rumah penjaga kebun tebu dekat pabrik gula di Purwodadi. Mereka berhasil merampok uang gaji perkebunan tebu sebesar 400 gulden. Perampok juga menyasar orang-orang kaya di Ngawi dan Magetan." Nada suara Soeroto terdengar semakin gawat.

Brotodiningrat masih terlihat tenang menerima kabar berita ini. "Sudah kukatakan dulu kepada residen bagaimana cara menanganinya. Tapi residen baru ini memang keras kepala dan tidak mau mendengarkan orang yang sudah berpengalaman

been waiting impatiently for news from Madiun and welcomed Soeroto's arrival.

"Greetings, *Raden*," Soeroto called out, using the Javanese address for a nobleman. Soeroto saluted Brotodiningrat when he entered the pendopo.

"Soeroto! I have been waiting for you for a long time. Please, sit down. What news do you bring from Madiun?"

Soeroto stood until Brotodiningrat was seated. Then, after seating himself, Soeroto said, "The situation in Madiun is getting worse, Raden."

Brotodiningrat considered Soeroto's words. "Tell me specifically what is going on in Madiun."

"Do you remember the theft of curtains and tablecloths from Resident Donner's house in October three years ago? My news is connected to that incident."

"How could I forget it!" Brotodiningrat grumbled, annoyed. "It is what forced me to leave Madiun to live here."

"Such theft and looting have increased." Soeroto sounded worried. "And not only burglaries, but setting fire to sugarcane plantations around Madiun is also rampant. This past October, I watched a burglary take place at the house of a plantation guard near the sugarcane plantation in Purwodadi. The thieves stole the workers' wages of 400 guilders. I heard that the thugs are also targeting the homes of wealthy people in Ngawi and Magetan."

Brotodiningrat listened calmly to Soeroto's agitated reporting, then said, "I told the former Resident of Madiun how to handle this. But this new resident, Donner, is stubborn and doesn't want to listen to people who are experienced in handling such incidents." Brotodiningrat paused. "Resident Donner is not like his predecessor. Resident Mullemeister understood the Javanese way of dealing with problems like this. He would have left the matter entirely up to the local regent and provided financial support for it."

Brotodiningrat sighed. "The current regent, Patih Atmodjo, is too weak. He is just a Dutch puppet. What does he know about the criminal world? How can he curb crime if he does not know anything about the underworld?"

menangani kasus seperti ini. Residen Donner ini tidak seperti Residen Mullemeister, pendahulunya. Mullemeister mengerti cara orang Jawa menangani masalah seperti ini. Dia akan menyerahkannya sepenuhnya kepada bupati setempat, lalu memberikan dukungan dana untuk itu. Bupati sekarang terlalu lemah, dia hanya piaraan Belanda. Mana kenal dia dengan dunia hitam. Dan kalau dia tidak kenal dunia hitam, bagaimana dia bisa mengendalikan mereka."

Mata Soeroto menyorotkan kegelisahan, sepertinya ada yang ingin dia sampaikan.

"Kau terlihat gelisah, Soeroto. Apakah ada kejadian lain yang ingin kau sampaikan? Kalau hanya masalah meluasnya pencurian, saya pun sudah bisa menebaknya sejak diangkatnya bupati baru."

Soeroto seperti masih ragu untuk berbicara. Setelah menguatkan dirinya, dia berkata, "Raden dituduh sebagai kepala *kraman*."

"Apa?" nada suara Brotodiningrat langsung meninggi.

"Berani sekali Donner menuduhku memberontak!"

Soeroto meneruskan, "Bukan hanya itu, dia juga banyak menangkap orang-orang dekat Raden. Asisten wedana, para polisi desa, bahkan Kiai Kasan Ngalwi, guru Raden, dan juga Kartoredjo, kepala pengairan dan pimpinan telik sandi Raden."

Muka Brotodiningrat benar-benar memerah. "Kupikir dia sudah puas bisa menyingkirkan saya dari jabatan bupati. Sepertinya dia belum akan puas jika saya belum diasingkan keluar dari Jawa sebagai seorang penjahat."

Soeroto melanjutkan, "Donner ketakutan membabi buta, Raden. Dia membagikan senjata api kepada warga Eropa dan melapor ke Batavia bahwa akan ada peperangan baru di Jawa."

"Donner sudah benar-benar gila. Perang baru di Jawa? Saya hanya ingin menjadi seorang bupati baik-baik yang bisa menjaga ketertiban dan ketenteraman di Madiun," nada Brotodiningrat semakin meninggi.

"Hati-hati, Raden. Mereka bisa menangkap dan mengadili Raden. Guru Raden, Kiai Kasan Ngalwi, sudah ditangkap," kata Soeroto penuh kekhawatiran.

"Kau memang abdi yang setia, Soeroto. Beristirahatlah dulu. Kau pasti sudah lelah menempuh perjalanan panjang dari Madiun. Tinggal di sini satu dua hari sebelum kembali ke Madiun."

Soeroto's eyes darted anxiously. He had more to say.

"You look restless, Soeroto. Is there something else you'd like to talk about? If it's more about the widespread burglaries, I already expected those to happen with the appointment of the new regent."

Soeroto hesitated, then drew himself upright. "Resident Donner is accusing you of being the instigator of the *kraman*, rebellion."

"What?" Brotodiningrat roared. "How dare that Dutch clown accuse me of causing these uprisings!"

"Not only that," Soeroto continued, "he has detained a number of people who are closely associated with you, like the assistant resident, village policemen — even your teacher, Kiai Kasan Ngalwi, and Kartoredjo, your secret agent in the irrigation department."

Brotodiningrat's face flushed with anger. "I thought Donner would be content after having me removed from my position as regent. I guess he will not be satisfied until I am exiled from Java as a criminal."

"Donner is panicking, and it is making him unscrupulous, Raden," Soeroto said. "He distributed firearms to the Europeans and sent word to his counterparts in the Dutch East Indies capital Batavia that there will be a new war on Java."

"Donner has gone completely insane! A new war on Java?" Brotodiningrat was beside himself. "All I wanted was to be a good regent who maintained order and peace in Madiun."

"Be careful, Raden," Soeroto's voice was filled with concern. "Donner is capable of arresting and prosecuting you. As I said earlier, your teacher, Kiai Kasan Ngalwi, has already been arrested."

"You are a loyal servant, Soeroto. You must be tired after the long journey from Madiun. Stay here for a day or two before returning."

———•—•———

That night, Brotodiningrat couldn't sleep. He thought this crisis had ended when he was exiled to Yogyakarta. Obviously, Donner still held a grudge against him. He seemed to want to prove that a Dutch resident was more powerful than a native Javanese regent. The judge's decision to remove Brotodiningrat from the position of regent of Madiun on account of the robbery case apparently had not been enough to satisfy Donner.

"Baik, Raden," jawab Soeroto seraya memberi hormat dan mengundurkan diri.

———•—•———

Malam itu, Brotodiningrat sulit untuk tidur. Dia berpikir kemelut ini sudah selesai saat dia diasingkan ke Yogyakarta. Ternyata, Donner masih mendendam. Sepertinya dia ingin membuktikan bahwa seorang residen Belanda memang lebih berkuasa daripada bupati pribumi. Putusan hakim atas penurunan dirinya dari jabatan Bupati Madiun gara-gara kasus pencurian itu belum memuaskan Donner.

Pikiran Brotodiningrat melayang ke masa dia masih remaja. Dia masih ingat saat dia bersekolah di Surakarta dan tinggal di lingkup Kasunanan. Dia bisa melihat betapa agungnya Susuhunan Pakubuwono yang mampu berdiri tegak dan dihormati oleh para pejabat Belanda. Kejadian itu membekas dalam ingatannya sehingga dia bercita-cita menjadi seorang bupati yang bisa sejajar dengan seorang residen Belanda.

Dia belajar bahasa Belanda dengan rajin supaya bisa berbicara dengan orang Belanda sebagai rekan yang sejajar. Dia juga menyerap semua ilmu pemerintahan yang dia pelajari selama di sekolah calon pejabat.

Dia dengan tekun menjalani masa magang sebagai seorang pejabat rendah, juri tulis di Madiun. Dia sadar bahwa semuanya ini harus dijalani untuk mencapai cita-citanya — setara dengan orang Belanda.

Cita-citanya terlihat seperti menjadi kenyataan saat dia diangkat menjadi Bupati Sumoroto. Semua orang, baik pribumi maupun Belanda, menaruh hormat padanya.

Namun, dia baru merasa benar-benar mampu mengejar impiannya saat bertemu Residen Madiun, Mullemeister, orang yang dianggapnya sebagai pembimbingnya. Mullemeisterlah yang mengusulkannya supaya diangkat menjadi Bupati Madiun. Mereka berdua bisa bekerja sama dengan baik. Sang Residen memberikan kebebasan baginya untuk mengurusi masalah pengairan, keamanan, dan sebagainya. Semua teladan sempurna yang dia pelajari selama duduk di sekolah pejabat bisa dia jalankan di sini, bersama dengan Residen Mullemeister.

Brotodiningrat thought back to when he was a teenager, attending school in Surakarta and living in the Kasunanan area. Growing up in a Dutch-controlled land, he had witnessed how great Susuhunan Pakubuwono, the Dutch ruler of Solo was. As a Javanese native, Brotodiningrat had emulated those qualities he admired in Pakubuwono, gaining the respect of Dutch officials. The experience made an imprint on Brotodiningrat, inspiring him to become a Javanese regent who could equal a Dutch resident.

Brotodiningrat studied the Dutch language diligently so that he could speak to the Dutch as an equal. He absorbed all his lessons about government affairs while studying to become a public administrator. He then assiduously underwent an apprenticeship as a scribe in Madiun. He understood that all of this had to be done to achieve his goal of being considered on par with the Dutch.

His dream started coming true when he was appointed Regent of Sumoroto, a province in East Java. Everyone, both native Javanese and Dutch, looked up to him.

But only after meeting Mullemeister, then Resident of Madiun, did Brotodiningrat believe he was truly capable of achieving his ultimate dream with the help of the man he had ever since considered his mentor. It was Mullemeister who proposed that Brotodiningrat be appointed Regent of Madiun. They worked well together. Resident Mullemeister gave him the freedom to take care of irrigation, security, and many other matters. Working alongside Mullemeister, Brotodiningrat applied everything he had learned while studying for this governmental position.

The time came when Brotodiningrat had to part ways with his mentor and best friend. Mullemeister was promoted to Resident of Yogyakarta, where he would work side by side with Sultan Hamengkubuwono, King of Yogyakarta. Such was truly a proper position for a resident as smart as Mullemeister. Unfortunately, Mullemeister's promotion caused a disaster; his Dutch successor, Resident Donner, was power hungry and didn't trust the Javanese.

The trial accusing Brotodiningrat of orchestrating the theft of curtains and tablecloths from Resident Donner's house was a long affair. Brotodiningrat had to be tried in the Dutch East Indies capital of Batavia. Fortunately, Mullemeister worked tirelessly to

Sayang, dia harus berpisah dengan guru dan sahabatnya, yang naik pangkat menjadi Residen Yogyakarta, berdampingan dengan Sultan Hamengkubuwono, Raja Yogyakarta. Jabatan itu sungguh pantas bagi seorang residen selihai Mullemeister. Namun, kepindahan Mullemeister sungguh membawa malapetaka karena penggantinya, Residen Donner, adalah seorang gila kuasa yang tidak percaya pada pribumi.

Urusannya pun menjadi panjang. Dia harus diadili di Batavia. Untung Mullemeister mati-matian membelanya. Sayang, para pejabat di Batavia lebih ingin menyelamatkan muka mereka, atau lebih tepatnya muka Residen Donner. Bila tuduhan Donner ternyata tidak terbukti, pemerintah kolonial Hindia Belanda akan kehilangan muka.

Selama diadili, dia diasingkan di Padang selama satu tahun. Dia beruntung sebab surat pembelaan diri yang dia kirimkan ke Ratu Belanda Wilhelmina dan Gubernur Jenderal Rooseboom diterima. Walaupun harus dicopot dari jabatan Bupati Madiun, dia diperbolehkan kembali ke Jawa dan hanya diberhentikan secara hormat serta diberi uang pensiun yang cukup tinggi. Dia pun dapat menempati rumah di Pakualaman, Yogyakarta, sampai saat ini.

Namun, sekarang dia dituduh memberontak. Para pejabat Hindia Belanda tentu masih dihantui ketakutan Perang Jawa yang dikobarkan oleh Diponegoro. Tuduhan dirinya sebagai Diponegoro kedua adalah sebuah tuduhan yang tidak main-main. Bahkan, mereka sudah berani menangkap gurunya, Kiai Kasan Ngalwi. Brotodiningrat sadar dia perlu berhati-hati dalam melangkah dan memutuskan untuk bertukar pikiran dengan Mullemeister, sahabatnya.

—•—

Sejak diasingkan di Pakualaman, hubungan Brotodiningrat dengan dunia luar memang sebatas surat-menyurat dan surat kabar. Dia memang telah kehilangan kuasa. Namun, kedatangan sepucuk surat dari Mullemeister menghibur hatinya.

Pada amplop surat tertulis *penting dan rahasia*. Brotodiningrat membawa surat itu ke ruang pribadinya. Dengan hati berdebar, dia mengambil pembuka surat dan cepat-cepat membuka surat ini.

defend him. Unfortunately, the officials in Batavia backed Resident Donner regardless of any evidence to the contrary, because if Donner's accusations were found to be ungrounded, the Dutch East Indies colonial government would lose face.

During his one-year trial, Brotodiningrat was exiled to Padang the capital of Indonesia's West Sumatra province. He wrote letters of self-defense to Queen Wilhelmina of the Netherlands and Governor-General Rooseboom of the Dutch East Indies, which were well received. Although he was removed from his position as Regent of Madiun, he was allowed to return to Java. Having been honorably discharged from his government position, he received a fairly high pension. He was also provided with a house in Pakualaman, Yogyakarta.

But now he was being accused of stoking a rebellion! The Dutch East Indies officials must still be haunted by the Java War that Javanese Prince Diponegoro had waged against the Dutch colonial rule. But accusing him, Brotodiningrat, of being the second Diponegoro was absurd! The Dutch authorities had even dared to arrest his teacher, Kiai Kasan Ngalwi! Incensed, Brotodiningrat realized the dangerous situation he was in and decided to consult with his best friend and mentor, Mullemeister.

⊢—•—•—⊣

During his exile to Pakualaman, Yogyakarta, Brotodiningrat's connection to the outside world had been limited to correspondence and newspapers. He had indeed lost power. The arrival of an envelope from Mullemeister, marked *Important and Confidential*, cheered him up.

Brotodiningrat took the letter to his private room. He quickly opened the envelope and, heart pounding, began to read.

>*Dear Brotodiningrat,*
>
>*I hope you have heard that the colonial government sent their advisor, Snouck Hurgronje, to investigate the case related to Donner's accusations against you. The results of the investigation have been completed, and I want to be the first to reveal them to you.*
>
>*Snouck is indeed a reliable investigator. He is fluent in Arabic and Javanese, so he could carry out in-depth investigations. He was also able to ask many people in*

Beste Brotodiningrat, *Brotodiningrat yang baik,*
*Kiranya engkau telah mengetahui bahwa pemerintah kolonial telah mengutus Snouck Hurgronje untuk menyelidiki perkara yang terkait dengan tuduhan Donner terhadap dirimu. Hasil penyelidikannya sudah selesai, dan aku akan membocorkannya terlebih dahulu kepada dirimu.*
*Snouck memang seorang penyelidik yang andal. Dia fasih berbahasa Arab dan Jawa sehingga bisa melakukan penyelidikan dengan mendalam. Dia juga mampu bertanya kepada banyak orang di Madiun untuk mendalami kasus ini. Dari penyelidikannya, bisa disimpulkan bahwa yang membuat kejahatan meningkat di Madiun justru adalah perbuatan Donner sendiri. Dia dengan gegabah menangkapi orang-orang kepercayaanmu yang selama ini memegang kendali dunia hitam. Setelah mereka semua ditangkapi, tidak ada yang mengendalikan para penjahat, dan mereka merajalela.*
*Tapi jangan takut, Snouck tidak menemukan bukti apa pun yang memberatkan dirimu. Dia bahkan mengatakan bahwa Donner "sudah terlalu lelah" dan mengusulkan supaya Donner dipensiunkan dan beristirahat saja.*
*Namun, mengenai kasus gurumu, Kiai Kasan Ngalwi, dia harus dikorbankan. Pemerintah kolonial tetap harus menjaga muka. Dia harus diasingkan. Kalau tidak, masyarakat bisa mengira bahwa pemerintah Hindia Belanda kalah kuat dengan Kiai Kasan Ngalwi. Tapi jangan khawatir, hak-haknya, termasuk hak tanah, akan tetap dipertahankan, walaupun dia harus tetap diasingkan.*
*Semoga kemelut ini cepat berlalu. Snouck sepertinya sudah punya calon residen baru untuk menggantikan Donner. Pemerintah kolonial pun tidak ingin mengulangi kesalahan yang sama dengan mengangkat orang keras kepala seperti Donner untuk menggantikannya. Kita semua sudah cukup pusing dengan semua urusan ini.*

*Madiun to explore this case. From Snouck's investigation, it can be concluded that it was Donner himself who caused crime to increase in Madiun. He impulsively arrested your trusted people who had important connections in the underworld. After they were all arrested, there was no one to control the criminals, and they ran rampant.*

*But fear not, Snouck found no evidence against you. He even said that Donner was "too tired" and suggested that Donner retire and rest.*

*However, regarding the case of your teacher, Kiai Kasan Ngalwi, he must be sacrificed. The colonial government still has to keep up a good front. Your teacher was exiled because, otherwise, the public would think that the Dutch East Indies government has less power than Kiai Kasan Ngalwi. But don't worry, his rights, including land rights, will be maintained, even though he must remain in exile.*

*I hope this crisis will pass quickly. Snouck seems to already have a new candidate to replace Donner. The colonial government does not want to repeat the same mistake by appointing another stubborn person like Donner as his replacement. We all have had enough of this debacle.*

*Warm regards to your family.*

*Mullemeister*

This letter brought Brotodiningrat some relief. Mullemeister was indeed a reliable friend.

———•—•———

*Pakualaman, Yogyakarta, Central Java, mid-1903*

Soeroto returned to meet with his master, Raden Mas Adipati Brotodiningrat. Riding his horse in an easy trot, Soeroto entered Brotodiningrat's neighborhood. On this visit, he was much calmer.

The guard immediately asked Soeroto to take a seat in the pendopo. Not long after, Raden Mas Adipati Brotodiningrat came out to meet him.

"Raden." Soeroto rose respectfully.

"Please have a seat, Soeroto. What news do you have this time?"

"You must have heard the latest rumors regarding Donner."

*Salam hangat untuk keluargamu.*
Met hartelijke groeten, *Salam hangat,*
*Mullemeister.*

Surat ini membawa sedikit kelegaan bagi Brotodiningrat. Mullemeister memang seorang sahabat yang bisa diandalkan.

* * *

*Pakualaman, Yogyakarta, Pertengahan 1903*

Soeroto kembali menghadap Raden Mas Adipati Brotodiningrat. Kali ini, dia membawa kudanya dengan lebih santai sambil perlahan memasuki kawasan rumah Brotodiningrat. Raut mukanya juga terlihat lebih tenang dibandingkan saat pertemuan dengan Brotodiningrat sebelumnya.

Penjaga pintu langsung menyilakan dirinya menunggu di pendopo. Tidak lama kemudian, Raden Mas Adipati Brotodiningrat keluar menemuinya.

"Raden," Soeroto memberi salam hormat.

"Silakan duduk, Soeroto. Kabar apa yang kau bawa kali ini?"

"Raden tentu sudah mendengar desas-desus terakhir mengenai Donner."

"Apa yang kau ketahui tentang Donner?"

"Donner sudah putus urat di otaknya. Dia makin gila. Dia bahkan berani menuduh Susuhanan mau memberontak hanya karena Kanjeng Sunan mendapat sambutan meriah sewaktu berkunjung ke Semarang," kata Soeroto separuh mencibir.

Brotodiningrat tidak bisa menyembunyikan kemenangan di wajahnya. "Dia memang benar-benar sudah gila. Untung pemerintah di Batavia cukup tanggap dan langsung memberhentikan orang tidak waras ini. Dia telah dihantui pikirannya sendiri, bahwa akan ada Diponegoro kedua. Dia benar-benar terlalu banyak berkhayal, sampai-sampai mengatakan bahwa aku adalah Diponegoro kedua ini."

"Sepertinya begitu, Raden," tanggap Soeroto.

"Bagaimana kabar penggantinya di Madiun?" tanya Brotodiningrat penasaran.

Soeroto dengan semangat mencerita, "Residen Boissevain ternyata cukup cakap. Dia telah memecat jaksa kepala yang dulu bertanggung jawab menangkapi bawahan Raden. Semua pengikut Raden sepertinya cukup puas dengan tindakan residen baru ini.

"What about Donner?"

"Donner must have lost his mind!" Soeroto exclaimed. "He is going totally crazy! Donner dared to accuse the Susuhanan of wanting to rebel because the ruler of Solo had received a warm welcome when he visited Semarang."

Brotodiningrat couldn't hide his smile of victory. "Donner really has gone mad. Fortunately, the government in Batavia was quite responsive and immediately dismissed the accusations of this crazy man. Donner's own thoughts led to his downfall. He was convinced that there would be a second Diponegoro. He obsessed to the point of believing that I was the second Diponegoro!"

"It seems so, Raden."

"What do you think of his successor in Madiun?"

Soeroto, excited, said, "Resident Boissevain is quite capable. He fired the chief prosecutor, who was responsible for arresting your subordinates. All of your followers appear to be quite happy with the new resident's actions. Those who were fired for their involvement in this incident have also been given new, albeit small, positions in Pacitan and Ponorogo. Security and order seem to have been restored."

Brotodiningrat looked pensively eastward, as if trying to gaze into Madiun. "It seems so. But there is still one thing that bothers me, Soeroto."

"What is it, Raden?" Soeroto tried to read his master's wishes. "Do you still intend to return to Madiun?"

"There's that, too, but it seems too early to say. We still have to see how things develop."

"Then what is troubling you, Raden?"

"You have served me for a long time, Soeroto. You've been with me since I was accused of masterminding the curtains and tablecloths theft at Resident Donner's house."

"*Yes, I have, Raden.*"

"What do you think of our position as Javanese natives versus the Dutch colonial rule?"

"I dare not answer, Raden. I let smart people like you figure out the answer to such questions." Soeroto shifted uncomfortably, as if afraid to say the wrong thing as an ordinary citizen.

Mereka yang dulu dipecat karena tersangkut kasus ini pun sudah diberi jabatan baru walaupun hanya jabatan kecil di Pacitan dan Ponorogo. Keamanan dan ketertiban tampaknya sudah pulih."

Brotodiningrat terlihat sedikit termenung, melihat ke arah timur seolah mencoba menerawang ke arah Madiun.

"Sepertinya begitu. Tapi masih ada satu hal yang mengganjal pikiranku, Soeroto."

"Apa itu, Raden? Apakah Raden masih berniat untuk kembali ke Madiun?" Soeroto seolah bisa membaca keinginan tuannya.

"Itu juga. Namun, sepertinya sekarang masih terlalu dini. Kita masih harus melihat dulu perkembangan keadaan."

"Apa gerangan yang menjadi ganjalan dalam pikiran Raden?" tanya Soeroto kembali.

"Kau sudah cukup lama menjadi abdi saya, Soeroto. Kau sudah mendampingi saya sejak dituduh mendalangi pencurian tirai di rumah residen.

"*Inggih*, Raden." Soeroto mengiyakan.

"Aku ingin bertanya kepadamu sekarang. Menurutmu, bagaimana kedudukan kita sebagai orang Jawa di hadapan orang Belanda?" Brotodiningrat menatap Soeroto dengan tajam.

"Saya tidak berani menjawab, Raden. Biarlah orang-orang pintar seperti Raden yang memikirkan pertanyaan seperti itu." Soeroto seperti kebingungan untuk bersikap, takut mengatakan hal yang salah sebagai seorang rakyat kecil.

"Kau harus mulai memikirkannya, Soeroto. Saya mencium akan ada angin perubahan. Mungkin bukan seperti munculnya seorang Diponegoro. Tapi dunia akan berubah."

"Maksud Raden?"

"Merdeka, Soeroto. Merdeka. Merdeka untuk menentukan nasib sendiri, bebas dari pemerintahan Hindia Belanda." Ada senyum tersungging di wajah Brotodiningrat pada saat dia menerawang seperti menatap masa depan.

"Terlalu sulit bagi saya untuk membayangkan itu, Raden. Bagi saya, bila saya bisa mendapatkan sandang dan pangan, lalu atap untuk tidur, itu sudah cukup, Raden."

"Tidak salah kau masih berpikir seperti itu, Soeroto. Saya pun baru belakangan ini terpikir hal demikian, setelah melalui prahara tak kunjung usai dengan Donner. Sejak itu, saya baru

"You have to start thinking about it, Soeroto. I sense a wind of change — maybe not by the emergence of another Diponegoro. But still, the world will change."

"What do you mean Raden?"

"Freedom, Soeroto. Independence. Freedom to determine our own destiny; independence from the colonial rule of the Dutch East Indies." Brotodiningrat smiled as he imagined such a future.

"It's too hard for me to imagine that, Raden. For me, it is enough if I have clothing, food, and a roof to sleep under."

"It's not wrong to think that way, Soeroto. I, too, only recently thought about this. After going through the never-ending tempest with Donner, I started to contemplate what my real position had been in the Dutch East Indies government. Was I really equal to the resident? Or would I forever remain a Dutch lackey?" Brotodiningrat stood. "Resident Donner thought I was his subordinate, not an equal official. However, there was a clear division of labor. He supposedly took care of matters with Batavia's and Madiun's external affairs, while I took care of Madiun's internal affairs." Brotodiningrat's voice rose every time he talked about Donner.

"Has he held a grudge against you since that incident?" Soeroto asked softly.

"Yes, I believe so. But I also often badmouthed him and compared him unfavorably to Mullemeister, who is much astute than Donner. Mullemeister can mingle with the local officials and understand Javanese manners." Brotodiningrat paused for a moment then grumbled, "Donner must have been offended."

"You are lucky to have met Mullemeister."

"Yes, indeed. Mullemeister has helped me so much. I escaped prosecution, although I still lost my job. This has strengthened my belief that we, the Javanese, are not on the same level as the Dutch."

"Do you remember the writings of your cousin, Tirto, in the Batavian daily newspaper, *Pembrita Betawi*?" Soeroto asked suddenly "He defended you and said that it was an injustice! Lots of people talk about his writings."

"How could I forget? That cousin of mine is great! Last month, he dared to write a newspaper article in the column Dreyfusiana.

mulai merenungkan bagaimana kedudukan saya sebenarnya di hadapan pemerintah Hindia Belanda. Apakah saya benar-benar setara dengan residen? Atau saya sebenarnya sampai kapan pun akan tetap menjadi seorang kacung Belanda?" Brotodiningrat berdiri dari tempat duduknya, lalu menyambung, "Residen Donner itu pikir saya adalah bawahannya, bukan pejabat yang setara. Padahal, sudah ada pembagian tugas yang jelas. Dia mengurus perkara dengan Batavia dan urusan luar negeri Madiun, saya yang mengurusi perkara di dalam Madiun." Nada suara Brotodiningrat kembali mendidih setiap kali memperbincangkan Donner.

"Apakah dia mendendam pada Raden sejak peristiwa itu?" Soeroto bertanya lembut.

"Mungkin juga. Tapi aku memang sering menjelek-jelekkannya dan membandingkannya dengan Mullemeister yang menurutku memang jauh lebih lihai. Mullemeister bisa berbaur dengan para pejabat setempat dan mengerti sopan santun Jawa." Brotodiningrat berhenti sejenak, lalu meneruskan dengan nada mengejek, "Donner tampaknya tersinggung."

"Raden beruntung bisa kenal dengan Mullemeister."

"Ya, saya memang beruntung. Mullemeister telah banyak membantu kasus saya sehingga bisa lolos dari dakwaan walaupun saya tetap kehilangan jabatan. Ini justru makin menguatkan keyakinanku bahwa kedudukan kita, orang Jawa, tidak sejajar dengan Belanda."

"Raden masih ingat dengan tulisan sepupu Raden, Raden Mas Tirto Adhi Soerjo, di *Pembrita Betawi* yang membela Raden dan mengatakan itu sebagai sebuah ketidakadilan? Banyak sekali orang memperbincangkan tulisannya."

"Bagaimana mungkin saya lupa? Sungguh hebat sepupu saya itu. Dia berani menulis di surat kabar kolom *Dreyfusiana* bulan lalu dengan huruf-huruf besar — *SKANDAL DONNER*. Dia mewawancarai banyak pejabat Belanda mengenai kasus ini. Harus saya akui pemberitaannya memberi pengaruh pada pendapat umum mengenai kasus ini, bahkan pendapat orang Eropa. Orang jadi tahu bahwa Donner itu memang gila!"

Brotodiningrat mengambil napas sebentar, lalu melanjutkan dengan penuh semangat, "Dia juga dengan berani mengatakan

The article's title is written in capital letters: THE DONNER SCANDAL. He interviewed many Dutch officials about this case. I have to admit that the news influenced public opinion, including that of the Europeans, regarding this case. People now know that Donner is a lunatic!"

Brotodiningrat took a deep, enthusiastic breath. "Tirto was also so bold as to say that I should be tried based on evidence, not hearsay — like a Dutchman!"

"I remember, Raden!" Soeroto agreed, excited. "That's what many people say."

"Soeroto, we must be equal to the Dutch, not only in terms of the law, but also in terms of the quality of education we receive. I was lucky to study in a Dutch school because I am a descendant of the regent. But you, a commoner, will never have the chance to go to school. You can only be a servant or a spy, like you are now."

Soeroto bowed his head.

"I see you're quite smart. If you could go to school, you might learn Dutch and then become a clerk or even a sugarcane plantation supervisor. But you won't have such an opportunity unless things change."

"I dare not to have such lofty dreams, Raden." Soeroto's head was still bowed.

"You must!" Brotodiningrat urged vehemently. "You must dare to dream! Soeroto, times will change. Tirto already had that vision, and I confirmed his thoughts. We have to fight for our equality with the Dutch."

"Does that mean we have to be free from the Dutch colonial government, Raden?" Soeroto asked.

"We must fight for our equality with the Dutch!" Brotodiningrat repeated.

"What does that mean exactly, Raden?"

"That means that there must be a People's Council, consisting of indigenous people who can make recommendations to the Dutch Governor-General." Brotodiningrat grew more excited. "We must be given the opportunity to determine our own destiny."

"You have such complicated thoughts. I find it difficult to follow you."

bahwa saya harus diadili seperti halnya seorang Belanda, sama di hadapan hukum, berdasarkan bukti, bukan kabar burung."

"Benar, Raden. Begitu pula yang dikatakan banyak orang," Soeroto ikut bersemangat.

"Soeroto, tidak hanya dalam hal hukum kita harus setara dengan orang Belanda, tapi juga dalam pendidikan. Saya beruntung bisa sekolah di sekolah Belanda karena saya adalah seorang keturunan bupati. Tapi kamu, seorang biasa, tidak akan pernah punya kesempatan untuk bersekolah. Kamu hanya bisa menjadi kacung, atau telik sandi, seperti pekerjaanmu saat ini."

"*Inggih*, Raden." Soeroto memberi hormat dan menunduk.

"Kulihat kau cukup cerdas. Andaikan kau bisa sekolah, kau mungkin bisa belajar bahasa Belanda, lalu menjadi seorang juru tulis atau bahkan seorang pengawas perkebunan tebu. Namun, kau tidak bisa punya kesempatan seperti itu."

"Saya tidak berani mimpi setinggi itu, Raden." Soeroto masih menunduk.

"Harus, kau harus berani bermimpi. Soeroto, zaman akan berubah. Tirto sudah menerawangnya lebih jauh dan saya membenarkan pikirannya. Kita harus memperjuangkan kesetaraan kita dengan Belanda," lanjut Brotodiningrat dengan berapi-api.

"Apakah artinya kita harus bebas dari pemerintah Belanda, Raden?" tanya Soeroto.

"Kita harus memperjuangkan kesetaraan kita dengan Belanda!" tegas Brotodiningrat.

"Apa artinya itu, Raden?"

"Artinya, harus ada Dewan Rakyat, yang berisikan orang-orang pribumi. Kita harus diberi kesempatan untuk menentukan nasib sendiri. Dewan Rakyat yang bisa memberikan usul kepada Gubernur Jenderal." Brotodiningrat semakin bersemangat.

"Pemikiran Raden terlalu maju, saya sulit untuk mengikutinya."

"Tidak apa-apa, Soeroto. Saya malah mungkin menderita karena pemikiran yang terlalu maju ini. Mungkin pemerintah di Batavia diam-diam telah membaca pemikiran saya untuk memperjuangkan hak yang lebih setara bagi kita, orang pribumi."

"Maksud Raden, bahwa Raden sebenarnya diberhentikan dari jabatan bupati karena terlalu berani menantang Belanda?" Ada nada tidak percaya dalam suara Soeroto.

"That's fine, Soeroto. I may suffer from this overly advanced thinking myself. Maybe the government in Batavia saw my desire to fight for more equal rights for us, the indigenous people, as a rebellion."

"Do you mean to say that you were dismissed from the position of regent because you have been too brave and challenged the Dutch?" Soeroto asked in disbelief.

"You're smart, Soeroto. Yes, I was too daring and challenged the Dutch. Maybe it's not the time yet for this fruit of independence to ripen and fall from the tree. Now, new little flowers are blooming timidly. Some will later become fruit, and some of that fruit will ripen. I saw that in my cousin, Tirto."

"Of course, Raden."

"The end of our struggle is still a long way off, Soeroto. But mark my words, this nation's conflict with the Netherlands, like the Donner case, will not be the last. This time we won, partly, but there will be bigger conflicts later. You are my servant; carry my spirit into the future, so our nation will win when dealing with the Netherlands."

Brotodiningrat's eyes were fiery with enthusiasm. His position of power had been extinguished, but the embers of a better future glowed.

"Pintar kau, Soeroto. Saya terlalu berani menantang Belanda. Mungkin memang belum saatnya buah kemerdekaan ini matang dan jatuh dari pohonnya. Sekarang, bunga-bunga kecil baru bersemi malu-malu. Beberapa nantinya akan menjadi buah dan beberapa di antaranya akan menjadi matang. Aku melihat itu pada diri sepupuku, Tirto."

"*Inggih*, Raden."

"Perjuangan masih panjang, Soeroto. Ingat kata-kataku ini, kemelut rakyat kita dengan Belanda, seperti kasus Donner, bukanlah yang terakhir. Kali ini kita menang, sebagian, tapi akan ada kemelut yang lebih besar nanti. Kau adalah abdi saya, bawalah semangat saya di masa depan, supaya bangsa kita tetap bisa menang bila berhadapan dengan Belanda." Mata Brotodiningrat terlihat berapi-api penuh semangat walaupun dia kehilangan jabatannya sebagai bupati.

# Tukang Cukur

Budi Darma
Penerjemah: Novita Dewi

Gito, anak Getas Pejaten, kawasan pinggiran Kota Kudus, setiap hari, kecuali Minggu dan hari libur, berjalan kaki pergi pulang hampir empat belas kilo, ke sekolahnya, sekolah dasar di Jalan Daendels. Karena banyak jalan menuju ke sekolahnya, Gito bisa memilih jalan mana yang paling disukainya. Kalau perlu, dia juga lewat jalan-jalan kecil yang lebih jauh, untuk menyenangkan hatinya.

Seperti anak-anak lain, Gito sehari hanya makan satu kali, setelah pulang sekolah. Juga seperti anak-anak lain, Gito tidak mempunyai sandal, apalagi sepatu. Guru-guru pun bertelanjang kaki. Kalau ada guru memakai sepatu, atau sandal, pasti sepatu atau sandalnya sudah reyot.

Pakaian Gito, demikian juga pakaian teman-temannya, serba compang-camping, penuh tambalan, demikian pula pakaian para guru. Semua pakaian sudah luntur warnanya, dan kalau diwenter warnanya bisa tampak agak cerah, tapi dalam waktu singkat luntur lagi.

Gito tahu cara menangkal kelaparan. Kalau mau, dia bisa menangkap ikan di sungai tidak jauh dari rumahnya. Pada waktu pulang dari sekolah, kadang-kadang Gito lewat Pasar Johar, tidak jauh dari stasiun jurusan Pati, Juana, Rembang, dan jurusan Pecangakan, Jepara. Di pasar itu dia bisa memunguti remah-remah gula jawa, gula yang bermanfaat untuk melawan rasa lapar.

Tidak jauh dari rumahnya, ada pabrik bungkil kacang tanah, untuk pakan ternak. Kadang-kadang, Gito juga memunguti remah-remah bungkil kacang tanah meskipun dia tahu bungkil kacang tanah bisa menyebabkan sakit perut dan gondongan — leher bisa membengkak sampai besar.

# The Barber

By Budi Darma
Translated by Novita Dewi


Every day, except Sundays and holidays, Gito, born and raised in Getas Pejaten, a village in Kudus, Central Java, walked almost nine miles to an elementary school on Daendels Street. There were many footpaths that led to the school, so Gito could choose the route he liked most. If he felt like it, he could choose alleys that would take him even farther away from the most direct route.

Like other children in Getas Pejaten, Gito ate only one meal a day, after school. Also, like other children, Gito did not have any sandals, let alone shoes. Even the teachers were barefooted. If anyone wore footwear, it was old.

Gito's clothes, like everyone else's, were ragged and heavily patched. The same was true for the teachers' clothing. Even the dyed clothes — though slightly bright at first — became faded in a short time.

Gito knew how to ward off hunger. He would go fishing in the river near his house. And sometimes, when walking home from school, Gito passed the Johar market, not far from the train station with trains leaving for faraway places such as Pati, Juana, Rembang, Pecangakan, and Jepara. In that market, Gito could scavenge bits of brown sugar — the kind of sugar useful in fighting his hunger.

Not far from his house was a peanut-meal factory that produced animal feed. Sometimes Gito ate the peanut meal crumbs, even though he'd been warned that peanut meal could cause stomachaches and swollen lymph nodes in the neck.

At home, after they ran out of rice, Gito, who was an only child, and his parents ate corn rice, and after they ran out of corn rice, they ate cassava roots.

On his way home from school one day, Gito passed Grandpa Leman's goat-curry stall. The old man, who always wore a Java-

Di rumah, kalau beras padi habis, Ayah, Ibu, dan Gito, satu-satunya anak ayah dan ibunya, makan beras jagung, dan kalau beras jagung habis, mereka makan ketela pohung.

Pada suatu hari, ketika pulang dan melewati kedai gulai kambing Kakek Leman, seorang laki-laki tua yang selalu memakai udeng Jawa di kepalanya, Gito dipanggil oleh Kakek Leman. Gito diberi makan, lalu, seperti biasa, disuruh membersihkan rumput di pekarangan belakang kedai.

Kakek Leman bertanya, "Tahu tukang cukur di bawah pohon cemara?"

Kakek Leman membuka udengnya, lalu memutar tubuhnya, kemudian berkata, "Lihat ini," sambil meminggirkan rambutnya.

Tampak bekas luka, bukan luka biasa, melainkan agak dalam.

Kakek Leman bercerita, tanpa diketahui asal-usulnya, tiba-tiba pada suatu hari, ada tukang cukur di bawah pohon cemara dekat simpang tiga jalan yang menghubungkan Jalan Stasiun dengan Jalan Bitingan. Beberapa langganan Kakek Leman, kata Kakek Leman, juga heran mengapa tiba-tiba ada tukang cukur di situ.

Di antara lima pelanggan Kakek Leman yang pernah dicukur di situ, tiga orang telah dilukai kepalanya. Tukang cukur selalu meminta maaf, katanya tanpa sengaja, tapi semua korban yakin, tukang cukur itu memang sengaja melukai mereka.

Tukang cukur berkata, kata langganan Kakek Leman, tukang cukur adalah pekerjaan yang paling mulia. Hanya tukang cukurlah yang berhak memegang-megang kepala orang lain. Kalau bukan tukang cukur, pasti orang yang dipegang kepalanya merasa dihina, dan marah.

Keesokan harinya, ada sesuatu yang baru, yaitu kedatangan seorang guru baru bernama Dasuki, kabarnya datang dari sebuah kota besar, entah mana. Sekolah Gito mempunyai enam kelas, mulai dari kelas satu sampai dengan kelas enam. Jumlah guru ada delapan, terdiri atas enam guru kelas, satu wakil kepala sekolah, dan satu kepala sekolah. Kalau ada guru berhalangan, mereka menggantikan guru yang berhalangan datang. Karena semua guru datang, Dasuki masuk ke semua kelas, dan guru kelas yang dimasuki kelasnya harus ikut pelajaran Dasuki.

nese *udeng*, headwear, called out to him. He gave Gito some food, then, as usual, told him to cut the grass in the lot behind the stall.

"Gito, on your way here, did you happen to see a barber beneath a pine tree?" Grandpa Leman asked.

Seeing Gito's confused look, Grandpa Leman took off his udeng and, parting his hair, said, "Look at this!" His scalp was crisscrossed with deep scars.

Then Grandpa Leman told Gito the story of the barber beneath the pine tree. "One day, out of the blue, a barber appeared under one of the pine trees near the three-way intersection that connects Station Road with Bitingan Road. No one knew where he came from. Some of my customers also wondered why there was suddenly a barber there."

Five of Grandpa Leman's customers told him that they'd had their hair cut there. "Three of them came away with head injuries," said Grandpa Leman. "I heard this happened to others. The injured customers said that the barber always apologized, saying it was an accident, but all who had been hurt were convinced that the barber had injured them on purpose."

Grandpa Leman shook his head. "The barber claimed that his profession was the noblest of jobs. He said that only a barber had the right to touch the head of another person. Anyone whose head was touched by someone other than a barber would feel insulted and angry."

The next day at Gito's school, something new happened: A teacher named Dasuki arrived. He reportedly came from a big city. In Gito's school, there were eight teachers total: six classroom teachers for grades one through six, one vice principal, and one principal. The principal substituted whenever a teacher couldn't come to work. But on the day Dasuki came, all the teachers were present, so Dasuki visited each classroom, and each teacher had to allow Dasuki to teach his lesson.

Dasuki told the children about a country called Russia, which he called the most powerful country in the world. All the cities and villages in Russia were clean, he said, and all the inhabitants were happy and ate until they had their fill.

"Look at that buggy," said Dasuki, pointing out the window toward Daendels Road. "Look! The horse is urinating and defecating

Dasuki terus menekankan, negara yang paling hebat di dunia adalah Rusia. Semua kota dan desa di Rusia serbabersih, semua penduduknya bahagia, makan enak-enak sampai kenyang.

"Lihat dokar itu," kata Dasuki sambil mengacungkan tangannya ke arah Jalan Daendels. "Lha, itu dia, kudanya kencing dan berak sambil lari. Kotor. Di Rusia, semuanya sudah diatur dengan cermat. Tidak mungkin ada kuda kencing dan berak seperti di sini."

Lalu, Dasuki menyambung ceritanya dengan kehebatan-kehebatan lain Rusia.

Banyak murid yang terkagum-kagum, mulutnya agak menganga. Ada juga guru yang kagum, ada juga guru yang tersenyum-senyum tidak enak.

Hanya beberapa minggu saja Dasuki mengajar, sesudah itu dia pergi dan tidak pernah kembali.

Pada suatu hari, dalam perjalanan pulang, Gito sengaja melewati jalan yang banyak pohon cemaranya. Dari kejauhan, tampak tukang cukur itu sedang berbicara sendiri, nadanya memaki-maki. Begitu melihat Gito, tukang cukur memanggil Gito.

"Sini kamu," kata tukang cukur. "Saya cukur."

Tukang cukur berjalan mendekati, Gito berhenti seperti patung, tapi begitu tukang cukur sudah dekat, Gito lari kencang dengan kekuatan penuh.

Tukang cukur mula-mula ingin mengejar, tapi kemudian berhenti, sambil memaki-maki.

Akhir bulan September 1948 datang, dan di mana-mana, terasa suasana panas dan serbamengancam. Banyak tentara memakai duk merah berdatangan, entah dari mana. Kata orang, itulah tentara PKI. Mereka berkeliaran, masuk keluar kampung, dan kebanyakan bergerombol di daerah *sandulok,* pelacur, di pinggir kota sebelah timur. Kemudian, beberapa kali, selama dua puluh empat jam, terdengar tembakan-tembakan.

Makin hari, makin banyak cerita mengenai orang hilang, orang dibunuh, dan macam-macam lagi yang kurang jelas.

Mata uang Republik Indonesia dinyatakan tidak berlaku, diganti dengan mata uang Pemerintah Komunis, mirip kupon. Harga semua barang makin melompat-lompat.

Pada suatu siang, ada pemandangan yang menakjubkan — tukang cukur berpakaian tentara, memakai duk merah, menenteng

while moving along. How dirty! In Russia, such things are carefully managed. There aren't any horses relieving themselves on the streets like you see here."

Dasuki continued extolling the many other superior qualities of this country called Russia. The wide-eyed students listened, spellbound. Some teachers looked troubled, others smiled uneasily.

Dasuki only taught for a few weeks. He left thereafter and never returned.

One day, on his way home, Gito purposefully took the route that passed the pine trees near the three-way intersection that connected Station Road with Bitingan Road so he could see what Grandpa Lehman had spoken about.

From a distance, he saw the barber under one of the pine trees, talking loudly to himself.

When the barber noticed Gito, he called to him. "Come here!" hailed the barber. "Let me give you a haircut."

Gito froze, watching the barber walk toward him. When the barber came within a few feet, Gito sprinted away in full force.

The barber chased Gito, cursing, then halted, as Gito outran him.

———————

By the end of September 1948, it was hot everywhere, and the mood in the Getas Pejaten village felt threatening. Soldiers, wearing red headbands, appeared out of nowhere. People said they were the army of the PKI — the Communist Party of Indonesia. Their soldiers wandered around the village and mostly clustered in the red-light district, at the edge of the eastern part of the city.

Then, shots were heard. The shooting lasted twenty-four hours.

Stories about people disappearing, being killed, and other obscure incidents escalated daily. The currency of the Republic of Indonesia was declared worthless. It was replaced with a paper notes, issued by the PKI, that looked like coupons. The price of everything was unstable.

One afternoon, the Getas Pejaten villagers saw a mystifying sight. Dressed in a PKI army uniform and wearing a red headband, the barber, along with several other armed soldiers, entered the

senjata, beserta dengan beberapa tentara lain masuk ke daerah di belakang rumah sakit, didahului oleh beberapa orang yang tangannya diikat.

Diam-diam, Gito mengikuti mereka. Ketika sampai lapangan terbuka, mereka berhenti, dan Gito bersembunyi di balik semak-semak. Gito menyaksikan, orang-orang yang diikat tangannya digertak-gertak oleh tukang cukur dan teman-temannya, disuruh berdiri rapi, kemudian diberondong dengan serangkaian tembakan.

Keadaan makin gawat. Listrik tidak pernah menyala lagi. Tembakan-tembakan kadang-kadang terdengar, selama dua puluh empat jam sehari.

Keadaan menjadi lebih gawat ketika pasukan Siliwangi yang khusus didatangkan dari Jawa Barat, masuk ke Kota Kudus, untuk membersihkan pasukan PKI. Dalam berbagai pertempuran kecil-kecilan, beberapa tentara PKI berhasil melarikan diri. Sebagian lain ditangkap, dan beberapa tokohnya diarak ke alun-alun, dibawa ke bawah pohon beringin, kemudian ditembak. Gito datang dan melihat pemandangan yang sukar dipercaya — tukang cukur, berpakaian preman, tidak lagi memakai pakaian tentara PKI, memberi perintah kepada orang-orang yang akan dihukum mati untuk berdiri dengan tegap dan rapi, kemudian melilitkan kain ke wajah-wajah mereka supaya mereka tidak bisa melihat regu penembak.

Beberapa kali hukuman tembak mati oleh pasukan Siliwangi dilakukan di alun-alun, dan semua orang boleh menyaksikan. Gito tahu, tentara PKI membunuh dengan diam-diam dan serbarahasia, tidak seperti pasukan Siliwangi. Dalam beberapa peristiwa hukuman mati itu, tukang cukur tampak mondar-mandir dengan sikap gagah.

Kabar tidak jelas beredar, pada suatu hari, tukang cukur itu dihajar oleh tentara Siliwangi dengan tuduhan dia membuat daftar orang-orang yang dibencinya untuk dihukum mati, tanpa bukti.

Hari demi hari berjalan terus, makin lama suasana makin mencekam, dan akhirnya, bulan Desember 1948 tiba. Pasukan Siliwangi telah meninggalkan Kudus, mengejar tentara-tentara PKI yang terus terdesak ke timur sampai Pati, Juana, Rembang, melebar ke Cepu, dan Blora.

area behind the hospital, herding several people whose hands were tied as if they were prisoners.

From a safe distance, Gito followed them until the group of soldiers and prisoners stopped at an open field. From his hiding place behind the bushes, Gito watched as the barber and soldiers tormented the people whose hands were tied. Then, the soldiers lined up the prisoners, took aim, and fired.

The situation worsened. Electricity had gone out. Random shots rang out around the clock.

Tensions became even more serious when troops from the Siliwangi Division, an Indonesian Army Regional Military Command stationed in West Java, entered Kudus to clear out the PKI forces.

In the skirmishes that followed, several PKI soldiers escaped; others were arrested. Some PKI leaders were paraded to the town square and shot under the banyan tree.

At the town square, Gito could not believe his eyes: there was the barber! But the barber was no longer dressed in a PKI army uniform. He no longer wore a red headband. The barber was now dressed in plain civilian clothes, ordering the PKI leaders to straighten up, then blindfolding them.

Over and over, the Siliwangi Division forces carried out the death penalty, executing PKI captives in the square, not caring who was watching. During all of this, the barber strutted arrogantly back and forth.

Gito knew, of course, that unlike the Siliwangi Division forces, the PKI army had carried out its murders in secret. He started hearing rumors about the barber.

According to the rumors, the barber had been beaten by the Siliwangi Division troops. He was accused of making a list of people he disliked and having those people executed without reason or due process.

Day after day, the killings continued, the atmosphere becoming more and more dire. Finally, in December 1948, the Siliwangi Division left Kudus to chase after the PKI soldiers, who were advancing eastward to Pati, Juana, and Rembang, before moving on to Cepu, and Blora.

One day, after the Siliwangi Division forces had left Kudus, the entire city trembled. Just before dawn, P-51D Mustang fighter

Setelah Kudus ditinggal oleh pasukan Siliwangi, pada suatu hari, ketika fajar hampir tiba, seluruh Kota Kudus terasa bergetar-getar, langit dilalui pesawat cocor merah yang terbang sangat rendah, datang dan pergi, datang dan pergi lagi. Pesawat cocor merah, itulah pesawat kebanggaan Belanda. Begitu matahari terbit, pesawat-pesawat cocor merah mulai menyapu Kota Kudus dengan tembakan-tembakan dahsyat. Peluru-peluru berat mendesing di sana-sini. Jenazah bergelimpangan di sana-sini pula. Beberapa bagian Getas Pejaten juga dihujani peluru, tapi hanya tempat-tempat tertentu. Kemudian, rumah Gito juga terhantam beberapa peluru.

Ayah Gito segera mengajak Gito dan ibunya lari dari pintu belakang, menyeberang jalan, masuk ke sebuah gang yang berliku-liku, mengungsi ke rumah Pak Ruslan, sahabat ayah Gito.

Keluarga Ruslan menyambut mereka dengan baik, memberi mereka karet tebal untuk digigit kalau ada bom meledak, dan juga penutup kuping.

Mereka bertahan di tempat perlindungan bawah tanah hampir dua hari, tanpa makan. Ruslan membagikan pil untuk membuat perut kenyang.

Akhirnya, sekira jam tiga siang, tank-tank Belanda, diikuti banyak panser, dan tentara berlari-lari kecil, memasuki Kota Kudus dari arah Kota Demak. Kota Kudus dan seluruh daerah di pinggirannya resmi diduduki pasukan Belanda.

Selama hampir satu minggu, Kudus bagaikan kota mati. Keluarga Ruslan meninggalkan rumahnya, entah pergi ke mana. Tentara-tentara Belanda masuk ke kampung-kampung, menangkap semua pemuda yang dicurigai, lalu dibawa entah ke mana.

Setelah keadaan tenang, Gito mulai sekolah, dan seperti biasa, dia berjalan kaki, makan hanya sekali sehari, dan kadang-kadang, waktu pulang, memilih jalan dan gang-gang yang berbeda-beda.

Pada suatu hari, ketika Gito pulang, ada sebuah jeep berjalan perlahan-lahan di Jalan Bitingan, lalu dengan sigap Gito meloncat ke selokan, bersembunyi. Di dalam jeep, ada dua orang berpakaian tentara Belanda, yaitu tukang cukur bertindak sebagai sopir, dan Ruslan duduk di sebelahnya.

Hampir setiap malam, ada tembak-menembak — gerilyawan pejuang Indonesia masuk kota.

planes filled the sky. They flew very low, repeatedly criss-crossing back and forth. The red-nosed planes were the pride of the Royal Netherlands East Indies Air Force. As soon as the sun rose, the planes bombed Kudus heavily. Parts of Gito's village, were also bombed. The whistle of hand grenades and artillery fire could be heard for miles. The dead lay scattered.

Several bullets whistled through Gito's house. His father shouted for him and his mother to run out the back door. They crossed the road and, running through a winding alley, fled to Ruslan's house. Ruslan was Gito's father's best friend.

Ruslan's family ushered them inside. They gave them earplugs and a thick piece of rubber to bite on should a bomb explode nearby. The two families hid in the underground shelter for almost two days without food. Ruslan handed out pills that stilled their hunger.

Finally, around three o'clock in the afternoon on the second day, Dutch tanks, followed by armored vehicles and foot soldiers, entered Kudus from the direction of Demak on Java's north coast. Kudus and the surrounding area were now officially occupied by Dutch forces.

For almost a week, Kudus was a dead city. Ruslan's family left their house; no one knew where they went. Dutch soldiers entered the various villages and arrested all the young men who they suspected of being members of the Siliwangi Division army. The young men were not seen again.

After a week, the situation had calmed down, and some semblance of normalcy returned. Gito went back to school. As usual, he walked nine miles to school barefoot, ate only once a day, wore shabby clothes, and chose different paths and alleys for his walk home.

One day, on his way home, Gito saw a jeep turning slowly onto Bitingan Road. He swiftly jumped into the ditch to hide. He saw two men in the jeep, dressed in Dutch army uniforms: the barber, who drove, and Ruslan.

Skirmishes began again, occurring almost every night when the Indonesian guerrilla fighters entered the city. These conflicts continued day after day for more than a year. Gito entered middle school, not far from the town square.

Hari demi hari berjalan terus, sampai akhirnya, Gito masuk ke SMP tidak jauh dari alun-alun.

Pada bulan Desember 1949, semua tentara Belanda ditarik, dan masuklah tentara Indonesia dari sekian banyak markas daruratnya, kebanyakan di daerah Gunung Muria. Gito mendengar, penarikan tentara Belanda adalah hasil Konferensi Meja Bundar di Belanda, antara wakil Indonesia dan wakil Belanda. Pasukan Belanda harus meninggalkan Indonesia, kecuali Irian Barat.

Tukang cukur dan Ruslan hilang tanpa jejak.

Ketika Gito sudah naik ke kelas dua, suasana Kudus tegang lagi. Sekian banyak tentara yang tidak dikenal, semua mengenakan duk hijau dan membawa senapan, berkeliaran di seluruh bagian kota. Seperti dulu, banyak di antara mereka menggerombol di kawasan sandulok.

Suasana makin hari makin muram, sampai akhirnya, sekira jam satu malam, Gito terbangun mendengar tembakan tanpa henti tidak jauh dari rumah. Sekira jam enam pagi, suasana menjadi betul-betul senyap.

Tersebarlah berita, pertempuran hebat di bekas pabrik rokok Nitisemito, tidak jauh dari rumah Gito, telah berakhir. Sebagian tentara liar terjebak di bekas pabrik dan sebagian melarikan diri — kemungkinan menuju ke arah Gunung Merapi dan Merbabu. Gito baru tahu, tentara liar itu dikenal sebagai tentara NII dan akan menjatuhkan pemerintah Indonesia, menjadikan Indonesia sebagai Negara Islam.

Ketika Gito tiba di bekas pabrik rokok, sudah banyak orang berkerumun di sana. Semua mayat tentara yang terjebak di pabrik sudah diangkut keluar, dibaringkan di pinggir jalan. Salah satu mayat itu tidak lain dan tidak bukan adalah tukang cukur.

>—————•••—————<

In December 1949, all Dutch troops withdrew, and Indonesian guerrilla fighters emerged from their many make-shift head-quarters, which were mostly in the Muria Mountain area.

Gito heard that the withdrawal of the Dutch army was the result of the Round Table Conference, held between Indonesian and Dutch representatives, in the Netherlands. Except for West Irian — now Papua — Dutch troops had to leave Indonesia.

The barber and Ruslan disappeared without a trace.

When Gito entered the second year of middle school, the atmosphere in Kudus tensed again. Many unidentifiable soldiers, all wearing a green headband and carrying guns, roamed the city. Like before, many of them congregated in the red-light district.

The atmosphere grew increasingly gloomy. Then, very early one morning, around one o'clock, continuous artillery fire awakened Gito. By six o'clock that morning, a deep silence fell over the city.

News spread that the heavy fighting in the former Nitisemito cigarette factory, not far from Gito's house, was over. Some of the militia were trapped in the former factory, and some had fled. Gito found out that the militia was known as the NII — Indonesian Islamic State — army, who intended to overthrow the Indonesian government and turn Indonesia into an Islamic State.

When Gito arrived at the former cigarette factory, many people were already gathered there. The bodies of the soldiers killed in the factory had been carried out of the building and laid on the side of the road.

One of the bodies was the barber.

▶———◆———◀

# Kuli Kontrak

Mochtar Lubis

Penerjemah: Novita Dewi

Lampu-lampu di beranda dan kamar depan telah dipadamkan. Ayah sedang menulis di kamar kerjanya. Kami, anak-anak, berkumpul di kamar tidur Ayah dan Ibu, mendengarkan cerita Ibu sebelum kami disuruh tidur. Ibu bercerita tentang seorang pelesit, pemakan orang, yang dapat menukar-nukar tubuhnya dari manusia menjadi macan dan kemudian jadi manusia kembali, berganti-ganti.

Untuk mengenal pelesit itu, orang harus melihat bandar bibirnya yang licin di bawah hidung, dan kalau dia berjalan, tumitnya yang ke depan. Sungguh amat menakutkan dan mengasyikkan cerita Ibu itu. Kami duduk sekelilingnya berlindung dalam selimut, agak ketakutan, amat menyenangkan benar.

Sedangkan kami, begitulah tiba-tiba terdengar ribut di luar rumah dan kemudian terdengar opas penjaga rumah kami berteriak-teriak memanggil Ayah dari luar, "Inyik! Inyik!"

Kami semua terkejut.

Ibu berhenti bercerita.

Ayah terdengar bergegas membuka pintu kamar kantornya dan terus ke beranda.

"Aduh, ada lagi kampung yang perang, barangkali," seru Ibu.

Kami pun mengikutinya ke beranda.

Pada masa itu, Ayah bekerja sebagai demang di Kerinci. Dalam tahun dua puluhan dan tiga puluhan itu, keadaan daerah itu seperti pada masa abad pertengahan saja. Karena soal pembagian air sawah, soal kerbau dan sebagainya, satu kampung lalu menyatakan perang kepada kampung yang lain. Senjata yang lazim dipakai dalam perang ini adalah batu sebesar telur ayam diayunkan ke arah musuh dengan tali-tali istimewa untuk mengayunkannya. Baru semingguan yang lalu, Ayah pergi ke Sungai Deras menghentikan perang semacam ini dan dia kena peluru batu kesasar yang

# The Contract Coolies

By Mochtar Lubis

Translated by Novita Dewi

The lights on the porch and in the front room were turned off. *Ayah,* Father, was writing in his study. We children were gathered in our parents' bedroom, listening to *Ibu,* Mother, tell us a bedtime story about a *pelesit,* man-eater, who could shape-shift from a human into a tiger.

To identify a pelesit, Ibu said, look for a shallow groove at the center of his clean-shaven, upper lip; and when he walks, his heels point forward.

Ibu's story was very frightening — yet thrilling — and we, wrapped in a blanket, huddled around her, slightly scared, enormously enthralled.

A noise outside the house made us all jump. Our *opas,* gatekeeper, called for Ayah. "Sir! Master!"

Ibu stopped telling her story.

We heard Ayah open his office door and hurry to the porch.

"Oh, no, perhaps there's war again in one of the villages," Ibu exclaimed, hurrying to join Ayah with all of us on her heels.

———•——•———

In those days, my father worked as a *demang,* district head, for the Kerinci Regency of the Jambi Province in Sumatra. In the 1920s and 1930s, conditions on the island of Sumatra were like those in the Middle Ages. Simple issues, such as distributing irrigation water for rice fields, managing buffalo herds, and the like, could cause villages within the island to declare war on one another.

The weapons most commonly used in these wars were slings fashioned with special ropes to hold stones as big as chicken eggs. The warrior swung the sling in an arc, releasing the stone with high-velocity force at the enemy.

merenggutkan topi helmnya dari kepalanya. Untunglah tidak tepat, kenanya. Hanya pening juga kepala Ayah beberapa lama dibuatnya.

Baru setelah perkelahian dapat dihentikan oleh polisi dengan menembakkan senapan berkali-kali ke udara dan kedua kepala kampung dari desa yang berperang itu dipertemukan, dan mereka mendengar Ayah nyaris kena lemparan batu mereka yang berperang, maka kepala-kepala kampung itu meminta-minta maaf dan ampun, dan berkata bahwa mereka tidak bermaksud memerangi Ayah sama sekali. Akhirnya, karena menyesalnya mereka dengan batu yang menyasar itu, dengan mudah mereka menerima usul perdamaian Ayah dan membagi air untuk sawah-sawah mereka dengan berdamai.

Ketika opas penjaga rumah berteriak-teriak memanggili Ayah, hari hampir jam sembilan malam. Di bawah, beberapa orang polisi dengan komandannya berdiri. Tidak terdengar olehku mula-mula apa katanya pada Ayah. Kami segera juga disuruh masuk, oleh ayah, kembali.

Ayah masuk sebentar dan dengan cepat berpakaian. Dia mengenakan sepatu kulitnya yang panjang, mengenakan pistolnya di pinggangnya, topi helmnya, dan kemudian segera ke luar.

Tiada lama kemudian, Ibu masuk dan berkata, "Nah, kini anak-anak semua, tidurlah. Ayah mesti pergi. Ada kuli kontrak lari." Kelihatan Ibu merasa cemas di hatinya.

Esok pagi, kami dengar dari Abdullah, opas penjaga rumah, bahwa ada lima kuli kontrak yang melarikan diri dari *onderneming*, perkebunan, Kayu Aro setelah menikam *opzichter, pengawas,* Belanda.

•—•·•—•

Ketika kami pulang sekolah pukul 12 siang, Ayah belum kembali juga. Ketika dekat magrib, Ayah belum juga pulang. Ibu mulai cemas dan sebentar-sebentar dia ke depan melihat ke jalan. Beberapa kali aku dengar Ibu bercakap-cakap dengan opas Abdullah yang berkata supaya Ibu jangan khawatir.

Ayah tiba ketika hari telah malam dan kami semua telah disuruh tidur. Aku dengar Ayah bercakap-cakap dengan Ibu sampai jauh malam dan kemudian rumah pun sunyilah.

Esoknya, kami dengar bahwa kuli-kuli kontrak itu telah ter-tangkap semuanya dan telah dibawa ke penjara. Penjara terletak

Just a week prior, when my father went to the Deras River in South Sumatra to stop a war there, a misaimed stone hit his head. Luckily, he was wearing a helmet, but it still gave Ayah a headache for several days.

The war at the Deras River ended only after police had fired their rifles many times into the air, and the two leaders from the warring villages were brought together. After hearing that one of their stones had hit Ayah's helmet, the village heads apologized, saying that they did not intend to hurt Ayah at all, and they asked his forgiveness. Because they were deeply sorry about the errant stone, both village heads quickly accepted Ayah's proposed solution and peacefully divided the water for their fields.

It was almost nine o'clock when Opas Abdullah had called out for my father that night. Several police officers and their commander stood in the yard outside our house. I couldn't hear what the commander was saying to my father, because Ayah had ordered Ibu and us children back inside.

After the officials left, Ayah hurried to the bedroom and quickly changed clothes. He pulled on his leather boots, strapped his gun to his waist, put on his helmet, and left.

Not long thereafter, Ibu came into our bedroom, looking worried. "Well, all of you go to sleep now. Your father has gone to see about some runaway contract laborers."

The next morning, Opas Abdullah told us that several contract coolies had fled from the *onderneming*, plantation — after stabbing a Dutch *opzichter*, over-seer.

When we arrived home from school at noon that day, our father was not home. By twilight, he had still not returned.

Worried, Ibu kept going outside to look up and down the street. I heard her talking to Opas Abdullah, who kept telling her not to worry.

Late that night, after we children had been told to go to sleep, Ayah arrived. I heard him and my mother talking deep into the night, and then the house was quiet.

The next day, Ibu told us that the Dutch supervisor was recovering, and that Ayah and the police had arrested the three

di bawah bukit kecil di belakang rumah kami. Dari kebun buah-buahan dan sayur di belakang rumah, jika kami naik pohon jeruk yang besar, dapatlah dilihat lapangan belakang penjara, tempat orang hukuman dibariskan tiap hari atau diberi hukuman.

Dari kebun itulah terdengar suara orang gila yang ditahan dalam penjara, menyanyi-nyanyi atau memaki-maki. Mengapa pada masa itu orang gila dimasukkan ke penjara dan tidak ke rumah sakit, tidak jadi pertanyaan bagiku, waktu itu. Kadang- kadang, asyik juga aku mendengarkan nyanyiannya yang beriba-iba, kemudian lantang mengeras, dan lebih hebat lagi jika telah mulai memaki-maki, amat sangat kotornya kata-katanya. Sungguh sedap selagi kecil itu dapat mendengar perkataan-perkataan yang terlarang demikian.

Kemudian, Ibu becerita bahwa Ayah dan polisi dapat menang-kap tiga orang kuli kontrak yang melawan opzichter Belanda itu. Hanya tiga orang, tidak lima orang seperti diceritakannya semula. Mereka tertangkap dalam hutan, tidak jauh dari onderneming, separuh kelaparan, kedinginan, dan penuh ketakutan. Mereka tiada melawan sama sekali. Ketika melihat Ayah, mereka segera datang menyerah dan berkata, "Pada Kanjeng, kami menyerahkan nasib dan memohon keadilan."

Menurut Ibu, yang didengarnya dari Ayah, sebabnya terjadi penikaman terhadap opzichter Belanda itu karena opzichter itu selalu mengganggu istri mereka. Rupa-rupanya, kuli-kuli kontrak itu sudah mata gelap dan tidak dapat lagi menahan hati melihat opzichter itu mengganggu istri-istri mereka. Itulah maka mereka memutuskan ramai-ramai menyerang si opzichter.

"Tidak salah, mereka itu," kata Ibu yang rupanya merasa gusar sekali melihat kuli-kuli kontrak yang ditangkap itu. "Mestinya opzichter jahat itulah yang ditangkap," tambah ibu.

"Mengapa tidak ditangkap, dia?" tanya kami anak-anak.

Ibu memandangi kami dan berkata dengan suara yang lunak, "Karena yang berkuasa Belanda! Belanda tidak pernah salah."

"Tetapi dia yang jahat," kata kami mendesak ibu.

"Ibu tidak mengerti," sahut Ibu, "tapi jangan kamu tanya-tanya pada Ayah tentang ini. Dia sudah marah-marah saja, sejak pulang dari onderneming."

contract coolies who had stabbed him. They were caught in a forest, not far from the plantation, hungry, cold, and filled with fear. When they saw Ayah, they immediately surrendered and said, "To you, *kanjeng,* sir, we surrender our fate and we beg you for justice." The contract coolies had been taken to jail.

The prison stood at the foot of a small hill behind our house. If we climbed up the large orange tree in our fruit and vegetable garden, we could see the prison yard.

From our garden, we could hear the singing and cursing of imprisoned lunatics. At that time, I didn't question why insane people were put in prison instead of an asylum. I eagerly listened to their soulful singing, which grew louder when they started cursing. For me, as a young child, hearing such forbidden words was delicious.

Ibu told us that the coolies had stabbed the Dutch overseer because he kept harassing their wives. Apparently, the contract coolies had finally gone berserk when they could no longer bear to watch the overseer take abusive liberties with their wives.

Ibu was furious about the coolies' arrest. "The contract coolies are not in the wrong," Ibu fumed. "That evil overseer should have been arrested instead."

"Why didn't they arrest the Dutch overseer for hurting the coolies' wives?" we asked.

Ibu looked at us. "The Dutch reign over us, and therefore the Dutch are never in the wrong," she said softly. "But don't ask your father about this. He has been in a bad mood ever since he returned home from the plantation."

After Ayah finished his dinner, he called all of us to his study. He looked gloomy and sad. Something was obviously weighing heavy on his mind.

"No one is allowed to go into the backyard," he said to us. "I forbid all of you to go there. I will be very angry with anyone who disobeys me."

"Why, Ayah?" we asked.

"Just do as I say!" Ayah snapped.

We said no more, yet our heads were full of questions: *Why couldn't we go in the backyard? What was wrong?* But we knew that when Ayah grew testy, it was best to keep quiet.

Ketika Ayah pulang kantor dan setelah dia makan, kami semua dipanggil ke kamar kerjanya. Kelihatan muka Ayah agak suram. Sesuatu yang berat menekan pikirannya. Setelah kami berkumpul, Ayah berkata, "Tidak seorang yang boleh ke sana. Ayah larang anak-anak pergi ke kebun belakang. Ayah akan marah sekali pada siapa saja yang melanggar larangan ini."

"Mengapa, Ayah?" tanya kami.

"Turut saja perintah Ayah!" sahut Ayah dengan pendek.

Kami pun mengerti. Jika Ayah telah bersikap demikian, tidak ada gunanya membantah-bantah. Namun, hati kami penuh macam-macam pertanyaan. *Mengapa dilarang? Ada apa?*

Segera juga Ibu kami serbu, hingga akhirnya, untuk mendiamkan kami, Ibu pun berkata bahwa esok hari, ketiga kuli kontrak itu akan diberi hukuman. Sebelum perkaranya dibawa ke depan hakim, mereka akan dilecuti karena telah menyerang opzichter Belanda.

Kecut hatiku mendengar cerita Ibu. Rasanya badanku dingin menggigil. Setelah masuk kamar tidur, amat lama baru aku bisa tidur. Pikiranku terganggu mendengar kuli-kuli kontrak yang akan dilecuti esok pagi di penjara. Ketakutan berganti-ganti dengan nafsu hendak melihat manusia melecut manusia dengan cemeti.

Pagi-pagi, saudara-saudaraku yang harus ke sekolah telah berangkat. Kami yang belum bersekolah diberi tahu lagi oleh Ayah dan Ibu supaya jangan pergi ke kebun di belakang rumah kami.

Dari opas Abdullah, kudengar mereka akan dilecut mulai jam sembilan pagi. Semakin dekat jam sembilan, semakin resah dan gelisah rasa hatiku. Hasrat hatiku melihat mereka dilecut bertambah besar saja.

Ketika hari telah hampir lima menit menjelang jam sembilan, hatiku tidak dapat lagi kutahan. Sambil berteriak pada Ibu bahwa aku pergi bermain ke rumah sebelah, aku pun lari ke luar pekarangan di depan rumah, ke jalan besar, berlari terus memutar jalan ke jalan besar di belakang rumah, masuk pekarangan rumah sakit, terus berlari ke belakang rumah sakit yang berbatasan dengan kebun di belakang rumah kami, memanjat pagar kawat, meloncat ke dalam kebun, dan dengan napas terengah-engah memanjat pohon jeruk, hingga sampai ke dahan di atasnya tempat

Instead, we immediately began pestering Ibu with our questions.

She finally told us that the three contract coolies would be punished the next morning in the prison yard behind our house. Even before the case was brought before a judge, they would be whipped for attacking the Dutch overseer. This silenced all of us.

Her words chilled me. Shivering, I went to my bedroom. Knowing that the contract coolies would be flogged the next morning kept me awake. I tossed and turned, fear alternating with an intense curiosity to see how humans whipped other humans.

The next morning, my older siblings left early for school. Those of us who were not yet old enough to attend school were reminded not to go to the garden behind our house.

I heard from Opas Abdullah that the whipping would start at nine o'clock. The closer the time came, the more restless and uneasy I became. I anxiously waited for the clock to signal the start of the lashing.

At five minutes till nine, I could no longer restrain myself. I yelled to Ibu that I was going to play next door, then I ran out the front door, through the front yard, and onto a side road that wound behind my house. There, I entered the grounds of the hospital next to the prison yard. I scaled the wire fence that separated the hospital grounds from our garden and jumped into our backyard. Panting, I climbed the orange tree until I reached the branch where I always sat to look down into the prison yard.

The prison yard was covered with gravel. Three wood benches had been placed in the center. A small group of police, armed with rifles, was lined up on the left side of the yard.

I saw Ayah walk out of the alley that ran behind the prison toward the prison yard. I recognized the Dutch controller, the district chief's assistant, a police officer, and a physician from the hospital who were with him.

Then the three contract coolies appeared from another alley. They only wore shorts and had their hands tied behind them. They were accompanied by the warden and three prison guards.

My heart hammered and fear squeezed my stomach — but I did not want to leave my hiding place. I was too eager to see what would happen.

aku biasa duduk dan melihat-lihat ke bawah, ke pekarangan belakang rumah penjara.

Pekarangan itu ditutupi batu kerikil. Di tengah-tengahnya, telah terpasang tiga buah bangku kayu. Sepasukan kecil polisi bersenjata senapan berdiri berbaris di sisi sebelah kiri. Kemudian, kulihat Ayah keluar dari gang menuju pekarangan di belakang penjara. Di sebelahnya, kontrolir orang Belanda, asisten wedana, polisi, dan dokter rumah sakit. Kemudian, dari gang lain, keluarlah tiga orang yang akan dilecuti itu. Mereka hanya memakai celana pendek dan tangan mereka diikat ke belakang, diiringi oleh kepala rumah penjara dan dua orang polisi.

Hatiku berdebar-debar dan takut kembali meremasi perut-ku. Akan tetapi, aku tidak hendak meninggalkan tempat persembunyianku. Aku hendak melihat juga apa yang akan terjadi.

Ketika kuli kontrak itu dibariskan dekat bangku-bangku kayu yang telah tersedia, mereka disuruh jongkok. Kepala rumah penjara kemudian membacakan sehelai surat. Aku lihat kontrolir mengangguk-angguk. Ayah berdiri tegang, tidak bergerak-gerak. Kemudian, ketiga kuli kontrak itu dibuka ikatan tangan mereka di belakang, ditidurkan telungkup di atas perut mereka di bangku, dan kaki dan tangan mereka diikatkan ke bangku.

Tiga orang mandor penjara kemudian maju, kira-kira 2 meter dari setiap bangku. Di tangan mereka, sehelai cemeti panjang yang hitam warnanya. Kemudian, kepala penjara berseru, "Satu!"

Suaranya keras dan lantang. Tiga orang mandor penjara mulai mengayunkan tangan mereka ke belakang. Cemeti panjang berhelak ke udara seperti ular hitam yang hendak menyambar, mengerikan. Lalu, terdengarlah bunyi membelah udara, mendengung tajam — lalu bunyi cemeti melanggar daging manusia, yang segera disusuli jeritan kuli kontrak yang di tengah melonjakkan kepalanya ke belakang. Dari mulutnya yang ternganga itu, keluarlah suara jeritan yang belum pernah aku dengar dijeritkan manusia — melengking tajam membelah udara, menusuk seluruh hatiku, dan membuat tubuhku seketika lemah-lunglai.

Karena amat sangat terpengaruh dengan apa yang kulihat, ketika hendak turun dari pohon, aku salah meletakkan kakiku ke bawah dan menjerit terkejut, jatuh ke bawah amat sakitnya.

The contract coolies were told to line up near the wooden benches. The warden then read a document.

I watched the controller nod.

Ayah stood silently, straight and rigid.

The three prison guards untied the hands of the three contract coolies. Each man was told to lie down on a bench, face down on their stomachs. The prison guards then strapped the coolies' legs and arms to the bench.

Each holding a black whip, the prison guards then took their position about six feet from each bench.

The warden bellowed, "One!"

The prison guards swung their arms backward. The long whips snapped into the air like black snakes striking at their prey. It was terrifying. A ripping sound split the air, a trio of sharp staccatos, followed by the sickening slap of the whip tearing human flesh. Screams ended the horrifying sequence, as the coolies' heads jerked back, mouths agape in agony.

I had never heard screams like I heard that morning. Shrill terror filled the air and filled my whole heart. Horror weakened me.

As I scurried down the tree, my foot slipped. Suddenly, there was no tree — just air. Startled, I screamed. The slam on hard ground left me gasping for air. When I could breathe again, I cried out in pain. My elbow hurt badly.

Opas Abdullah ran to the backyard and found me lying on the ground. He quickly carried me to the house.

Ibu examined me. "Your elbow is dislocated," she said. "And Ayah will be very angry with you for disobeying his orders. Why were you in the garden?"

I just cried. Ibu took me to the hospital. The doctor firmly jerked my hand to relocate my elbow, which only added to my already unbearable pain. After he bandaged my arm, he told me to go home, rest, and not play.

In my bedroom, I heard my father come home from work that afternoon. Afraid, I just stayed in my bedroom and waited for him. After he ate, I heard Ibu talking to him. I feared she was telling him about what had happened.

Beberapa saat, aku terentak diam di tanah, dan kemudian aku menangis kesakitan. Opas Abdullah yang sedang berada di dapur datang ke belakang, melihat aku terbaring, lalu cepat menggendongku ke rumah.

Sikuku amat sakitnya. Ibu memeriksanya dan berkata, "Sikumu terkilir." Lalu ditambahnya, "Ayah akan marah sekali, engkau melanggar perintahnya. Mengapa kau di kebun?"

Aku hanya menangis. Aku segera dibawa ke rumah sakit dan setelah manteri rumah sakit menarik tanganku, yang rasanya menambah sakit sikuku saja, dan kemudian tanganku diperban, aku disuruhnya tidur dan tidak boleh bermain-main.

Petangnya Ayah pulang dari kantor. Aku ketakutan saja menunggunya. Setelah dia makan, kudengar Ibu bercakap-cakap dengan Ayah. Tentu mengadukan aku, pikirku dengan takut.

Tidak lama kemudian, Ayah datang melihat aku. Dia duduk di pinggir tempat tidur. Ditatapnya mukaku diam-diam, hingga aku pun terpaksa menundukkan mata.

"Engkau melihat semuanya?" tanya Ayah.

"Ya. Aku salah. Ayah," kataku dengan suara gemetar ketakutan.

Ayah pegang tanganku dan kemudian berkata dengan suara yang halus sekali, tetapi amat sungguh-sungguh, "Jika engkau besar, jangan sekali-kali kau jadi pegawai negeri. Jadi pamong praja! Mengerti?"

"Ya, Ayah!" jawabku.

"Kau masih terlalu kecil untuk mengerti," kata ayahku. "Sebab sebagai pegawai negeri, orang harus banyak menjalankan pekerjaan yang sama sekali tak disetujuinya. Bahkan, yang bertentangan dengan jiwanya. Untuk kepentingan orang yang berkuasa, maka sering pula yang haram menjadi halal, dan sebaliknya."

Kelihatannya Ayah hendak meneruskan pembicaraannya. Akan tetapi, dia lalu berhenti dan cuma berkata, "Ah, tidurlah engkau!"

Shortly afterwards, Ayah came to see me. He sat down on the edge of the bed. He gazed at me quietly, and I was forced to lower my eyes.

"Did you see everything?" Ayah asked.

"Yes, Ayah. I did wrong." My voice trembled with anguish.

Father gently took my hand. "When you grow up, don't ever become a civil servant," he said softly. "No civil service! Do you understand me?"

"Yes, Ayah."

"You're still too young to understand," my father continued. "But people who are civil servants are forced to do many things they don't approve of or agree with — even when it goes against all their personal morals. For the benefit of those in power, what is otherwise sinful becomes lawful, and vice versa."

Ayah paused. It seemed he still had something to say. But finally, he stood to leave. "Ah, go to sleep. Never mind."

# Mitoni Terakhir

Ranang Aji Surya Putra
Penerjemah: Novita Dewi

Di halaman belakang rumah, peninggalan suamiku, aku duduk sendiri, memandang pohon randu alas yang meranggas. Kukira, waktuku segera akan tiba. Aku tidak tahu kapan itu terjadi, tapi, cepat atau lambat, malaikat maut itu pasti akan segera datang menjemputku — menyusul para leluhurku untuk berkumpul bersama. Kematian adalah kepastian buat siapa saja, apalagi buat perempuan seusiaku saat ini. Sebelum ajalku, aku hanya ingin merasakan, menyaksikan, dan memberikan berkat pada darah dagingku yang terlahir di bumi ini agar tumbuh sehat sebagai jiwa teberkati. Seperti para leluhurku yang juga memberkatiku pada masa lalu.

Dari rahimku ini, telah lahir tujuh anak perempuan dan setiap anak telah melahirkan anak-anaknya, para cucuku yang lucu. Kecuali anak bungsuku, Setyaningsih, dia baru dua tahun menikah dan belum sempat mendapatkan anak. Semua anak dan cucuku mendapat restu dan berkat dari orangtuanya dengan cara yang sama. Eka Yuningsih, anak pertamaku, ketika mengandung anak pertamanya, disambut semua orang dengan bahagia. Ketika usia kandungannya menginjak tujuh bulan, seperti adat Jawa yang teberkati, kami, ayah dan ibunya, menggelar acara *mitoni*. Demikian pula dengan anak-anakku yang lain.

Dalam setiap hajatan itu, semua kerabat datang, semua tetangga hadir, juga anak-anak sekitar yang ceria menonton rangkaian acara. Mereka tertawa sembari berdesak-desakan di halaman. Terkadang, mereka ikut melihat bagaimana kami mengguyur tubuh anak dan cucuku yang masih di dalam rahimnya dengan air bunga. Tentu saja aku tahu anak-anak itu menginginkan dawet ayu, juga semua makanan yang kami

# The Last Mitoni

By Ranang Aji Surya Putra
Translated by Novita Dewi

Sitting alone in the backyard of the house I inherited from my husband, I look at the withered tree. I think my time will come soon. I do not know when it will be, but, sooner or later, the angel of death shall come to unite me with my ancestors. Death is a certainty for everyone, especially for a woman of my age. But, before my time comes, I just want to feel, witness, and bless my children so that they become healthy, honorable souls. I'd like to give them what my ancestors gave to me.

I have given birth to seven daughters, and six have given birth to my adorable grandchildren. My youngest daughter, Setyaningsih, has been married for two years and has yet to have children. All my children and grandchildren have received their parents' blessings in the traditional Javanese way.

When Eka Yuningsih, my eldest daughter, was pregnant with her first child, everyone was happy. When she reached her seventh month of pregnancy, following revered Javanese custom, we, her parents, held a *mitoni*, a ceremonial celebration to bless the mother and unborn child. We did this also for our other daughters.

All of my relatives and neighbors came with their children to every mitoni. The children enjoyed the entire affair. They crowded into the yard, laughing. Sometimes they came inside to watch how we poured water, scented with flower petals, over our daughter and the unborn grandchild in her belly.

I knew for sure that the children craved *dawet ayu* — a Javanese cold drink made of coconut milk and flavored tapioca balls — and all the food we provided for these celebrations. I allowed the children to make a lot of noise while an orchestra played Javanese

sediakan untuk hajatan ini. Aku membiarkan mereka ribut, gaduh di antara suara gending Jawa yang mengiringi. Terkadang, aku berpura-pura marah, meminta mereka agar diam dan menunggu di latar. Sambil aku tanya, "Sudah bawa *kereweng* belum?" Kereweng adalah pecahan genteng. Dalam acara mitoni, biasanya ditukarkan dengan dawet dan lain-lain.

"Sudaah!" jawab mereka serempak.

Namun, semua upayaku agar mereka diam, sia-sia belaka. Para makhluk kecil nan berisik itu selalu tidak tertaklukkan oleh apa pun, kecuali oleh dawet ayu. Perut mereka yang seluas langit dan sedalam lautan tidak kunjung puas meskipun bermangkok-mangkok dawet sudah disiramkan ke dalam perutnya. Bahkan, ketika perut itu sudah dijejali oleh jajanan yang mereka inginkan. Ah, dasar anak-anak.

Semua tampak menjadi sibuk dan repot, memang, tapi kerepotan itu membuat kami, para orangtua bahagia. Aku dan mereka tahu bahwa semua kerepotan dan keringat dari para kerabat dan tetangga yang berkumpul dalam acara itu adalah pancaran tangan kami semua yang menjemput cahaya berkat dari langit. Cahaya berkat yang kemudian kami berikan pada anak dan cucuku di dalam kandungan agar kelak mereka juga tumbuh dan meneruskan berkat itu pada anak cucu mereka. Di samping juga menunjukkan diri kami, melalui cara ini, sebagai orang Jawa.

Dahulu, pada masa kecilku, aku juga seperti mereka, anak-anak kampung yang ceria ketika ada hajatan, tidak kecuali ketika ada yang menggelar hajatan bagi seorang calon ibu. Aku bersama kang masku, setelah mendengar kabar itu, segera berlari gembira di sepanjang jalan kampung, mengumpulkan pecahan genteng, berebut dengan teman-teman yang lain. Semua itu nanti kami tukarkan dengan segelas dawet dan makanan lain. Kami juga di-izinkan ayah menonton pergelaran wayang orang atau wayang kulit setelahnya.

Biasanya, anak-anak punya cara agar mendapatkan lebih dawet ayu. Mereka antre sampai berkali-kali, hingga akhirnya, ibu-ibu tua yang menjaga dan melayani menegur mereka dengan suara serak dan muka cemberut, "Sudah, gantian sama yang lain. Masak terus-menerus berputar seperti itu."

music. Sometimes, I pretended to be angry and told them to be quiet and go play in the front yard. I asked them, "Have you brought *kereweng* with you?" At a mitoni, these shards of roof tile are used as bartering chips to exchange for dawet ayu and other snacks.

"Yes, we sure have!" the children chanted.

But all my efforts to quiet them were in vain. Nothing but dawet ayu could silence these noisy little creatures whose stomachs were as wide as the sky and as bottomless as the sea. And, even though they had poured bowls of dawet ayu into their bellies and stuffed their tummies with snacks, they wanted more. Ah, that's just the way children are.

Everyone was in a frenzy. But the flurry of activities made us parents happy. We all knew that the efforts made by relatives and neighbors who had gathered for the event reflected the light and blessings from the sky — blessings that we then bestowed upon my child and the grandchild inside her womb so that, later, they could pass on these blessing to their children and grandchildren in a similar manner. This is the Javanese way.

Back then, in my childhood, I also acted like those cheerful village children when there was a celebration. One held for a prospective mother was no exception. As soon as we heard that there would be a mitoni, my *kangmas*, brother, and I immediately ran happily along the village road to collect shards of roof tile, fighting over them with other children. Later, we would exchange the chips for a glass of dawet ayu and other snacks. My father also allowed us to watch the puppet show afterwards.

Usually, children would find a way to get more dawet ayu. They would line up many times until, finally, the old woman in charge of the dawet table would frown and scold them. "That's enough! Let others have a turn! Don't keep coming back for more."

We always loved celebrations of all kinds, without exception. We all knew that through these celebrations, our elders showed us how to be grateful and respect our environment, how to revere the land that grows all our needs, and how to honor Sang Hyang Widi, The Great One, in heaven. Above all, my father said, mitoni is the way Javanese people show love and respect for their life on earth. It is the ability to live a life full of blessings from our

Kami selalu suka dengan semua hajatan, tanpa kecuali. Kami sadar, semua itu cara para leluhur agar kami, anak cucunya, bersyukur dan menghargai lingkungan. Bersyukur pada tanah yang menumbuhkan semua kebutuhan kami, juga pada Sang Hyang Widhi di atas langit. Semua itu, tentu saja, seperti kata bapakku, adalah cara orang Jawa mencintai dan menghargai kehidupan mereka di muka bumi. Selain itu, juga tentang persoalan bagaimana kelak seluruh keturunan bisa menjalani kehidupan dengan berkat orangtua mereka yang mengemban amanah menjaga kehidupan hingga anak cucu pada masa depan.

Namun, sayang, Setyaningsih, anak bungsuku, agak berbeda. Ketika pada akhirnya hamil, dia menolak melakukan hajatan mitoni. Katanya, adat itu sudah terlalu kuno — tidak lagi mencerminkan lingkungan masyarakat dan pendidikannya. Katanya, di negara barat, Amerika, tempatnya bersekolah, tidak ada kebiasaan seperti hajatan di Jawa. Dia memang berniat melakukan hajatan, tetapi dengan cara yang berbeda — cara yang lebih sederhana. Dia sebut hajatan itu dalam bahasa Inggris — *baby shower*. Aku belum pernah mendengar sebelumnya, sampai dia katakan itu.

"Teman-teman sudah seperti itu semua, Bu," katanya mencoba meyakinkanku.

"Apa bedanya, Nduk? Lagipula, kenapa harus seperti teman-temanmu?"

"Repot, Bu, hajatan seperti itu ribet dan tak masuk akal," katanya padaku, sedikit tampak enggan menjawab.

"Tentu saja tidak begitu," kataku sedih. "Tentu saja di sana tak ada mitoni. Semua tempat punya caranya sendiri." Kupandangi mukanya yang bersih dan halus. Dia perempuan yang cantik. Bahkan lebih cantik dari aku. Lebih pintar dariku. Semua yang diidamkan perempuan ada padanya. Dia bisa membentuk apa yang dia suka dalam wajah dan tubuhnya, dengan uangnya. Begitu cantik dirinya dengan semua perubahan itu, sampai aku tidak yakin apakah benar dia anakku, Setyaningsih. Semua agak berubah, dari alisnya, bentuk bibirnya, dan hidungnya yang menjadi mancung. Hampir semuanya tidak lagi milikku, atau suamiku.

Aku mulai sadar, dunia ini memang mudah berubah. Semua akan selalu berubah. Tidak ada kepastian, selain kematian, bukan? Anakku, Setyaningsih, juga tampak jauh berubah. Dia tidak

parents, who fulfilled the task of protecting the environment for future generations.

Unfortunately, Setyaningsih, my youngest child, thinks a little different. When she finally became pregnant, she refused to celebrate the occasion with a mitoni. She said that the practice was too old-fashioned; it no longer reflected her community and social environment. She said that in Western countries, like America, where she received her education, people do not have traditions like those of the Javanese. She intended to celebrate the rite of passage, but in a different way. A simpler way. She said the celebration was called a *"baby shower"* in English. I had never heard the expression before she used it.

"All my friends throw a baby shower, Mom," Setyaningsih said, trying to convince me.

"What's the difference?" I said. "Besides, why do you have to be like your friends?"

My daughter hesitated for a moment, then said, "Mom, a mitoni is troublesome, complicated, and absurd."

"That's not true," I said, hurt.

"Of course there is no mitoni over there in America. Every culture has its own traditions." I looked at my daughter's clean, smooth face. She was a beautiful woman. Prettier than me. Smarter than me. She had everything that a woman could want. With her money, she could reconstruct her face and body any way she desired.

All of her cosmetic procedures had made her so beautiful that I wasn't sure if she really was Setyaningsih, my daughter. Her features seemed changed: the curve of the eyebrows, the shape of the lips, and the position of the nose that had turned pointy. Nothing about her was mine or my husband's.

I began to realize how easily change was made in this world. Everything would always change. Apart from death, there was no certainty of anything. My daughter Setyaningsih had also changed. She was no longer the child I had raised and cared for so that she could grow into a confident Javanese woman who took care of her own children.

Instead, Setyaningsih was fascinated with a world different from ours. Setyaningsih now spoke a language her siblings did

lagi seperti anak-anak yang dulu selalu kurawat dan kuberikan pendidikan agar nantinya dia tumbuh menjadi perempuan Jawa yang ikut merawat miliknya sendiri, dengan penuh kepercayaan diri.

Namun, tampaknya dia begitu terpesona dengan dunia yang berbeda dari yang dimilikinya. Setyaningsih juga selalu berbahasa lain, yang saudara-saudaranya tidak menggunakannya. Berpakaian seperti noni-noni berambut jerami yang menjadi teman-temannya. Suaminya, sama saja. Pramono, seorang pengusaha berhasil yang lebih banyak hidup di negara asing dan mulai kesulitan melafalkan bahasa daerah. Dia menuruti saja semua apa yang dikatakan istrinya. Katanya, "Ibu tak usah repot-repot bikin hajatan itu. Biar kami sendiri yang menangani."

Dari tujuh anak perempuanku, Setyaningsih memang berbeda. Persis seperti pepatah lama — *tak ada yang sempurna dari semua telur milik kita.* Aku tidak menyalahkannya. Dia mendapatkan sekolah yang telah membuatnya berpikir dia lebih pintar dari orang lain. Aku hanya ingin dirinya menjadi diri sendiri —sebagai orang Jawa menjalani upacara adat yang sudah menjadi kebiasaan masyarakatnya sejak dulu. Itu saja.

Usiaku mungkin akan selesai dalam hitungan waktu yang tidak terlalu lama meskipun usia manusia hanya Tuhan yang tahu. Aku hanya ingin sekali lagi merasakan bagaimana indahnya memberikan berkat pada anak cucuku yang masih sempat aku lihat, bersama para kerabat dan tetangga dalam acara mitoni.

Eka Yuningsih sudah membantuku menyampaikan semua keinginanku pada Setyaningsih. Katanya, aku harus bersabar. Tidak perlu ngotot dan memaksanya mengubah pendapatnya sendiri. Dia ingin membuat acaranya sendiri, seperti semangat zamannya yang ingin seperti bangsa lain.

"Mungkin paling penting adalah doa Ibu saja," bujuk Yuningsih padaku, setelah gagal membujuk Setyaningsih.

"Ibu, jika tetap berkeras hati juga, nanti malah jatuh sakit. Ibu harus jaga kesehatan Ibu agar bisa menyaksikan cucu-cucu tumbuh."

"Apakah Ibu salah, jika ingin memberikan berkat pada kandungan anakku. Doa terakhir yang tak akan terdengar lagi

not use. She dressed like her friends, the straw-haired *noni-noni*, young women of Dutch descent.

Her husband was no different. Pramono, a successful businessman who spent most of his time abroad, started having difficulty pronouncing words of our Javanese language. He followed his wife's lead and said to me, "You don't have to bother preparing a celebration. Let us handle it ourselves."

Of my seven daughters, Setyaningsih is the different one. Just as the old saying goes, nothing is perfect. I don't blame her, especially considering that her education was what gave her the ability to think differently than most people of our culture. I just want her to be who she is, a Javanese. To perform a ceremony that has been a tradition of our people for a long time is all I want. I am old and likely to die soon. Even though only God knows when that will happen, I just want — one more time — to feel how beautiful it is to bless my grandchildren, to hold a mitoni with relatives, neighbors, and children who are mischievous but loveable, while I still have time.

Eka Yuningsih has helped to convey all my wishes to Setyaningsih. Yuningsih told me to be patient. Setyaningsih had her own opinions and wanted to make her own plans. True to the spirit of her generation, she wanted to be like someone of another nation.

"Perhaps, your prayers are the most important," Yuningsih said after she failed to persuade Setyaningsih to change her mind. "If you continue to force the issue, you will make yourself sick. You have to take care of your health, so you can watch your grandchildren grow."

"Am I wrong for wanting to bless the womb of my own daughter? Say the prayer no one will hear again after my death?" I saw Yuningsih turn uncertain.

She quietly kissed my hand and said, "Mom, don't say that."

I'm sitting in the backyard of the house my husband left me, staring at the bare cotton tree, a tree that loses its leaves in the dry season. Listening to a *megatruh*, a Javanese song that reminds me to be ready to meet the angel of death, I contemplate: *Maybe I'm wrong. Maybe I am some kind of a willful parent. Maybe I am imposing my own will too much on my children. Maybe I am a parent*

setelah kematianku nanti?" Yuningsih kulihat bimbang. Dia hanya diam dan mencium tanganku.

"Ibu jangan bicara seperti itu," katanya kemudian.

Di halaman belakang rumah warisan suamiku ini, aku duduk menatap pohon randu alas yang meranggas — pohon yang tidak lagi berdaun pada musim kemarau. Mendengarkan tembang megatruh yang mengingatkanku agar bersiap dijemput kematian. Di sana, aku merenung dalam kesendirianku. *Mungkin aku salah. Mungkin aku semacam orangtua yang kaku. Mungkin aku terlalu memaksakan keinginanku sendiri pada anak-anakku. Orangtua yang sudah tidak sesuai dengan keinginan zaman. Keinginan anak-anaknya. Tidak tahu keinginan anak-anaknya? Hmm ....*

Sekilas, aku lihat langit yang penuh awan, di antara sela-sela ranting pohon randu alas yang meranggas. Aku bersedih mengingatnya, jika begitu. Namun, kesedihanku bukan semata karena tidak diturutinya keinginanku. Mungkin memang iya. Aku tidak boleh berbohong. Namun, kesedihanku juga karena mengingat bahwa kematianku nanti, mungkin, berarti juga kematian warisan leluhurku di tanahnya sendiri dan kematian doa-doa yang penuh berkat dari langit. Ah, semoga tidak. Aku masih berharap Setyaningsih, anakku yang cantik itu, sadar sehingga aku masih bisa memberkati anak cucuku dalam hajatan itu untuk terakhir kali, sebelum ajal menjemputku. Aku berharap seperti itu.

*who is not in sync with the aspirations of the times, oblivious of what her children want.*

Between the bare branches of the cotton tree, I see a clouded sky. My sadness is not only a result of me not getting my way. Or, maybe it is. I can't pretend. But my sadness also comes from the knowledge that my death might mean the death of my ancestral heritage in its very own place of birth. The expiration of the blessings from heaven.

Ah, I do hope it won't. I still hope that Setyaningsih, my beautiful daughter, will come to her senses so I can for the last time bestow my blessings upon my children and grandchildren in this celebration before the angel of death comes to collect me. I do hope so.

# Pohon Pongo

Rinto Andriono
Penerjemah: Novita Dewi

Miranti terbangun dari tidurnya. Dia berpeluh di tengah malam yang dingin. Napasnya tersengal-sengal. Di dalam kepala Miranti, masih menggema bisikan Lukman

"Mir, pergilah ke Pohon Tempat Memohon! Bawa serta Kasih bersamamu." Kata-kata Lukman begitu bening mengiang dalam tidurnya.

Miranti menatap Kasih, putrinya yang sedang terlelap di sampingnya. Berbeda dengannya, tiada peluh yang membasahi badan Kasih. Udara malam itu memang sedang dingin, lumrahnya udara musim kemarau yang kering dan panas.

Miranti sudah tidak bisa lagi memicingkan mata. Malam terlalu rusuh dan hatinya sudah terlalu resah. Baru-baru ini dia sering bermimpi tentang Lukman, suaminya yang menghilang di tengah Rimba Raya Sebangau, di Kalimantan Tengah, sejak tiga tahun yang lalu. Berpuluh rombongan pencari sudah menghutan berbulan-bulan untuk mencari suaminya. Namun, sampai kehabisan perbekalan, hasilnya selalu hampa — sehampa hati Miranti yang kembali menjadi separuh setelah biasanya penuh bersama Lukman.

Setelah lulus dari Kedokteran Hewan Institut Pertanian Bogor, Miranti sekarang bekerja sebagai perawat kesehatan orangutan-orangutan untuk Taman Nasional Sebangau dalam kerja sama dengan Borneo Orangutan Survival Foundation, BOSF. Kedukaan mendalam karena kehilangan suaminya membuat Miranti enggan kembali ke Bogor, kota kelahirannya. Pengetahuannya tentang siloka yang diwarisi dari para karuhun Sunda membuat Miranti yakin bahwa kekasihnya masih hidup di suatu tempat di hutan raya Kalimantan ini. Dalam bisikan mimpi Miranti, Lukman

# Pongo's Caring Tree

By Rinto Andriono
Translated by Novita Dewi

Miranti awoke in the middle of the cold night, sweating and short of breath. Lukman's soft voice still echoed in her head.

"Mir, go to the Caring Tree! Take Kasih with you." Lukman's words had been clear in her dream. In her dream that night, it was as if she were thrown into the past. Indeed, lately she often moved back and forth in time, while Lukman alternated between life and nothing. Miranti wished she would never wake up from her dream, where Lukman was with her.

Miranti looked at her daughter, asleep next to her. Kasih was not soaked in perspiration like Miranti was. The air that night was unusually cold for the hot, dry season.

Miranti could not fall back asleep. The night had been too restless, and now, she too felt unsettled. She'd been dreaming about Lukman often — Lukman, her husband, who had disappeared three years ago in the Rimba Raya Sebangau jungle in Central Kalimantan. For months, search-and-rescue units looked for her husband. But although they searched until they ran out of resources, they always came back empty — as empty as the part of Miranti's heart that usually held Lukman's presence.

Miranti worked as a veterinarian at the Sebangau National Park, a large nature reserve carved out of the Rimba Raya Sebangau jungle. In collaboration with the Borneo Orangutan Survival Foundation, BOSF, she was in charge of the welfare of the orangutan population in the park. The deep sorrow of losing her husband made Miranti reluctant to return to Bogor, her hometown.

Miranti inherited her knowledge of *siloka,* a mystical cultural belief, from her Sundanese *karuhun,* ancestors. Siloka convinced her that Lukman was still alive, somewhere in the Kalimantan

sedang mempersiapkan sesuatu untuk masa depan mereka dan anaknya, untuk kehidupan yang pernah mereka impikan — hidup menyatu dengan hutan. Untuk itu, Miranti yakin, dia dan Kasih, putri mereka, hanya perlu menunggu waktunya tiba.

"Lukman, aku tahu kau akan datang untuk menjemput kami, tapi kapan? Aku sudah lelah," ratap Miranti sambil mendekap Kasih.

Miranti termenung. Dia mengingat kembali kata demi kata percakapan mereka sebelum Lukman beranjak dari pelukannya demi nasib hutan yang mereka cintai. Dalam mimpinya malam itu, Miranti seolah terlempar ke masa lalu. Memang, belakangan ini, garis waktu semakin semena-mena melengkung dari masa kini ke masa lalu Miranti. Lukman pun berganti-ganti antara hidup dan tiada. Ingin rasanya Miranti tidak pernah tersadar dari mimpinya, di mana Lukman nyata bersamanya.

"Aku akan pergi sebentar. Jaga baik-baik anak kita, ya," Lukman berkata kepada Miranti pada hari buruk yang selalu mengawan di hati Miranti dan membuat hari-harinya kelabu.

Miranti masih mengingat jelas kata-kata yang timbul dari hati risaunya itu. "Apakah kau tidak bisa menunda kepergianmu?"

"Tidak, aku hanya hendak memenuhi baktiku."

"Tetapi terlalu berbahaya, para preman kebun sawit sedang mencarimu."

"Sang Roh adalah segala cahaya hidupku, aku hanyalah pantulan cahayanya." Itu yang dikatakan Lukman saat itu, saat mereka beradu mulut tentang bahaya yang mengancam Lukman selaku rimbawan pegiat kelestarian.

Miranti teringat saat dia mencegah, "Ya, tetapi keadaan di Taman Nasional Sebangau sedang genting, mereka masih kesal karena kau gagalkan upaya mereka menyerobot wilayah Taman."

Miranti tahu, Lukman bukannya tidak sungguh-sungguh memikirkan ucapannya. Miranti merasa Lukman sedang meng-hadapi buah simalakama. Miranti teringat saat melihat Lukman termenung, menghentikan gerak tangannya membungkus barang-barang. Lukman pasti ingat belaka betapa dia dan kawan-kawan suku Dayak Ngaju telah mempermalukan para pengusaha sawit dengan bukti penyerobotan kawasan Taman.

jungle. In Miranti's dream, Lukman was preparing for their family's future, for the life they had dreamed of — a life in union with the jungle.

Miranti believed that she and Kasih just needed to be patient. "Lukman, I know you'll come for us, but when?" Miranti held her sleeping daughter. "I'm so tired."

Miranti remembered their conversation, word for word, the day Lukman walked out of her embrace for the sake of their beloved jungle.

"I'll be gone for a while," Lukman had said to her on that terrible day that darkened Miranti's heart and saddened her days. "Take good care of our daughter."

"Can't you delay your trip?" The words had risen from Miranti's troubled mind.

"No, I need to fulfill my duty."

"But it is too dangerous; those thugs from the palm-oil plantations are looking for you."

"The Spirit is the light of my life; I am only a reflection of its light." That was what Lukman always said when they argued about the dangers that threatened him as a forester and conservation activist.

"Yes, but the situation in Sebangau National Park is precarious!" Miranti had tried desperately to keep Lukman from leaving. "The palm-oil thugs are angry because you prevented them from invading the park area."

She knew that Lukman was not really ignoring her fear — he was faced with a dilemma. Lukman stopped his packing to think. She wondered now if he had been remembering then how he and his friends from the Dayak Ngaju tribe had humiliated the palm-oil developers with evidence of their unlawful invasion into the park area.

"The light is leading me to it right now," Lukman had finally said.

"They won't stop trying to deforest the park area to build their palm plantations," Miranti had persisted. "Yes, *Roh*, the Spirit, has already guided you, but can't you do it later?"

"I can't, honey. This jungle needs my service right now. Trust me."

"Cahaya yang membimbingku ke sana segera," Lukman menukas, setelah menyingkirkan semua kebimbangan.

"Mereka tak kan berhenti berusaha memperluas kebun sawitnya hingga ke dalam wilayah Taman, Roh memang sudah membimbingmu, tapi bisakah kau melakukannya nanti?"

"Tidak bisa, Sayang, mungkin darmaku sedang dibutuhkan hutan ini sekarang, percayalah!" Lukman berusaha menenangkannya.

"Ya, tapi waktunya itu lho yang tidak tepat!"

Lukman tidak menggubris penyanggahannya.

Kemudian, hening melingkupi keduanya dan mereka terdiam menahan kerisauan masing-masing. Malam itu, Lukman pergi dan menghilang begitu saja di dalam rimba.

Kawan-kawan rimbawan pegiat lingkungan menduga Lukman telah dilenyapkan di tengah prahara yang melanda hutan. Beberapa orang memercayainya bahwa inilah bentuk balas dendam dari para mandor kebun karena Lukman telah giat menggalang perlindungan bagi hutan. Mereka sepertinya menganggap Lukman sebagai pelaku penjegalan terhadap perluasan kebun sawit yang jauh menjorok ke Taman Nasional Sebangau. Namun, tidak ada yang bisa membuktikan kebenarannya.

Itulah adu mulut terakhir Lukman dengannya. Miranti terhenyak dari lamunannya. Dia menghela napas sambil mengusap kening Kasih yang mulai terbangun.

Miranti mendengar sayup-sayup lolongan dan seruan orangutan. Miranti menajamkan telinganya.

Para orangutan berida terdengar memimpin *barzanji*. Miranti semakin risau, dia tahu belaka bahwa orangutan adalah makhluk batiniah yang bisa turut merasakan nasib rimba. Mereka seolah bisa mendengar senandung paduan suara hutan yang makin lama makin lirih dan parau. Itulah nyanyian hutan yang sedang sekarat. Hanya para orangutanlah yang paham benar dengan suara itu.

Pagi kembali menyingsing dengan kesibukan Miranti pada tugas-tugas perawatan orangutan. Banyak orangutan yang diselamatkan para jagawana dari Taman Nasional Sebangau mengalami luka bakar parah, lemas, dan kekurangan air. Sisi timur Taman yang berdekatan dengan wilayah ibu kota negara di Sepaku,

That was Lukman's last argument with her. In the silence that followed, they each held their own worries. That night, Lukman disappeared into the jungle.

Environmental activists and forester friends suspected that Lukman had been killed in the midst of the disaster that was sweeping the forest, that his disappearance was revenge from the plantation foremen against his activism. The foremen held Lukman responsible for blocking the encroachment of the expanding palm plantations into the Sebangau National Park.

Miranti broke out of her daydream. The morning had come and, beside her, Kashi was starting to wake. Miranti rubbed her child's forehead.

Miranti's head snapped up when she heard a cacophony of screeching and screams interspersed with soulful callings from the orangutans in the forest. The senior orangutans were leading the *barzanji*, a litany of woe. Miranti's worry heightened. Orangutans were sensitive creatures, intertwined with the fate of their environment. They must have heard the dirge of the dying jungle, its once-vibrant chorus growing fainter and weaker each day. Only orangutans understood that voice.

Miranti's job was to care for the orangutans in the national park. The Penajam Paser Utara region, at the eastern side of the park adjacent to the state capital area in Sepaku, had caught fire, injuring orangutans and other wild animals. Many of the rescued orangutans were frail from dehydration and severely burned.

Fortunately, these sad events did not affect Kasih's childhood. Every day, she followed the rangers as they fed the orangutans. Kasih truly enjoyed this daily activity. In fact, she often saved the fruit from lunch for Pongo, her favorite orangutan. Although she and Pongo were two creatures of distinct species, they didn't act like it. They often reached out to each other, as if they had known each other for a long time, and sometimes Pongo exchanged sweet potatoes for the fruit she brought. They played together while Miranti and Laksmi, Pongo's mother, watched from a distance.

"Mom, let's feed Pongo and Laksmi!" Kasih nudged her mother. Miranti looked out of the window and saw the two orangutans waiting, at the edge of the forest.

wilayah Penajam Paser Utara, mulai terbakar. Banyak satwa liar dan orangutan terluka.

Untungnya, semua kejadian pilu ini tidaklah memengaruhi masa kecil Kasih. Sebagai anak yang selalu ingin tahu, Kasih setiap hari mengikuti perjalanan para jagawana memberikan makan pada orangutan. Kasih begitu menyukai kegiatan ugahari bersama para jagawana itu. Bahkan, dia sering tidak menghabiskan buah makan siangnya. Dia sangat suka menyisakan bekal buahnya untuk Pongo, anak orangutan kesayangannya. Mereka adalah dua makhluk berlainan jenis, tapi nampak seperti telah lama saling kenal. Mereka sering saling mengulurkan tangan, bertukar ubi dengan pisang. Kadang mereka kedapatan sedang bermain bersama. Sementara itu, Laksmi, ibu Pongo, dan Miranti sama-sama hanya mengawasi dari kejauhan.

"Bu, ayo kasih makan Pongo dan Laksmi." Kasih merajuk ibunya. Miranti melihat dari jendelanya dua orangutan itu sudah menanti di luar, di pinggir hutan.

Miranti dan Kasih beranjak menemui Laksmi dan Pongo.

Laksmi adalah orangutan betina dewasa yang sudah hampir dua puluh tahun hidup di Taman Nasional Sebangau. Di balik bulunya, tubuh Laksmi penuh dengan carut bekas luka yang dia peroleh dari para mandor semenjak maraknya perkebunan sawit di situ. Berangkat dari pengalaman itulah, Laksmi menjadi orangutan yang selalu waspada. Nyawanya pernah hampir melayang bila tidak diselamatkan oleh para jagawana, akibat siksaan mandor yang kejam. Mirantilah yang memberinya nama *Laksmi*. Dia adalah salah satu induk orangutan di Taman dan sekaligus penyintas yang ulet. Laksmi menjadi orangutan yang selalu waspada.

Pagi ini, kabar kebakaran Taman Sebangau semakin meluas. Gambut yang kering karena kemarau yang panjang menjadi penghantar api yang baik. Kebakaran tidak dari ujung dahan yang hijau, tetapi bara merayap dari dasar akar tanah gambut tidak terkendali. Bau kayu lembap yang terbakar mulai menguar dihantarkan asap putih menebal campuran uap air dan zat asam arang. Satwa-satwa dan penduduk kampung tepi rimba pun sesak napas dibuatnya.

Laksmi menatap Miranti tidak seperti biasa. Matanya yang cokelat terasa menghampiri hati Miranti dengan kepiluan mendalam.

Miranti and Kasih went to meet Laksmi and Pongo.

Laksmi had lived in the Sebangau National Park for almost twenty years. Bald spots in her fur revealed skin mottled with scars, evidence of the cruel plantation foremen who had arrived in the park with the development of the palm plantations. Laksmi quickly became a wary orangutan. If a ranger had not rescued her, she would have died from the foremen's torture. Miranti had given her the name *Laksmi*, the Hindu goddess of wealth and prosperity. One of the resilient survivors in the park, Laksmi remained vigilant of her surroundings.

That morning's news had reported that the park fires had spread. The parched peat, resulting from the long drought, was a dangerous fire accelerant. The wildfires did not spread from the tips of green branches, but rather raced uncontrollably beneath the peat-covered soil. The smell of damp, burning wood drifted heavily. Water vapor mixed with carbonic acid, filled the air with thick white smoke. The animals and villagers at the edge of the forest labored to breathe.

Laksmi's brown eyes turned sorrowfully to Miranti. Miranti understood. She and Laksmi were both mothers, worried about their home and their children. One question seemed to connect the two of them: *Would they be able to find a green forest in the future?*

The orangutans eating breakfast suddenly stopped. They became very noisy, as if they were answering to a call from the jungle. Miranti looked towards the woods. *Barzanji again? They just did it.* Miranti felt chilled. When the orangutans repeated barzanji over and over, they were asking, "What's wrong with the life of this forest?"

Laksmi stared silently at Miranti then became restless. Grunting, she grabbed Pongo's hand and turned to go back into the woods.

Pongo, busy munching on the sweet potato Kasih had just given him, was reluctant to go with his mother. But instinct was urging Laksmi to move to the other side of the forest. Pongo waved goodbye to Kasih, who was disappointed by Pongo's and Laksmi's unusual behavior.

Aware of the unstable and agitated orangutans, Miranti took Kasih's hand.

Miranti mahfum. Dia tahu belaka soal kabar kebakaran itu. Dia merasa, Laksmi punya rasa yang sama tentang kebakaran itu. Mereka ibu yang sama-sama risau dengan keselamatan dirinya dan anaknya. Seolah ada satu pertanyaan yang mempertautkan keduanya — *Akankah mereka masih bisa menemukan hari esok yang kembali menghijau?*

Sesaat kemudian, tempat pemberian makan para orangutan menjadi riuh. Para orangutan yang sedang sarapan seolah tiba-tiba menyahut sebuah panggilan dari dalam rimba. Miranti turut menoleh ke arah rimba. Laksmi sontak menjadi gelisah. Sejenak dia menatap Miranti tanpa bersuara. Lalu, sambil mengerang, Laksmi menarik tangan Pongo untuk kembali menghutan.

"Barzanji lagi? Tadi sudah." Miranti merasa merinding ketika para orangutan itu semakin sering barzanji, seolah mereka bertanya, "Apa yang salah dengan kehidupan hutan ini?"

Miranti melihat Pongo enggan mengikuti ibunya. Dia masih sibuk mengisap daging ubi yang manis yang baru saja diberikan kepadanya oleh Kasih. Namun, sepertinya hati Laksmi sudah terpanggil ke sisi lain hutan. Pongo melambaikan tangannya pada Kasih yang kecewa dengan tingkah Pongo dan Laksmi yang tidak biasa.

Mawas dengan suasana orangutan yang tampak genting, Miranti juga menggenggam tangan Kasih yang sedang penuh tanda tanya.

"Kenapa mereka pergi cepat kembali menghutan, Bu?" tanya Kasih.

"Mereka harus menghadap Sang Roh Rimba."

Kasih tidak puas dengan jawaban ibunya, tetapi dia harus bergegas mengikuti langkah ibunya yang juga tergesa-gesa kembali ke pusat perawatan.

Sesampainya di Pusat Perawatan, Kasih masih tidak terima. Dia masih memberondong ibunya dengan pertanyaan-pertanyaan atas apa yang baru saja dialaminya di pinggir hutan.

"Siapakah Sang Roh Rimba?" cecar Kasih.

"Dia adalah kekuatan atas segala kekuatan yang menghidupi segala sesuatu di dalam hutan. Dia yang menghidupkan dan mematikan semua yang ada di dalam rimba."

"Why did they leave so quickly?" Kasih asked.

"They must face the Spirit of the jungle."

Kasih was hardly satisfied with that answer, but Miranti was hurrying the two of them back to the Care Centre.

Filled with curiosity, Kasih bombarded her mother with questions about their experience at the edge of the forest. "Who is the Spirit of the jungle?"

"The Spirit of the jungle is the power that regulates all forces that support everything in the jungle."

"Including Dad?" asked Kasih.

Kasih's question stunned Miranti. She had only recently begun feeling that Lukman was still alive. In her mind, he lived with the Spirit. Recently, Lukman had started visiting her in dreams that lingered with her all day long. "Yes," Miranti replied, slowly, "including Dad."

Through the eight years of observing the orangutans in Sebangau, Miranti knew that the hardest time for Laksmi, Pongo, and the other orangutans to survive was the dry season, when trees burned, filling the forest with smoke. Food was scarce. Laksmi and Pongo often had to rely on the park rangers to feed them sweet potatoes and bananas, barely enough to keep the hunger pangs away. Food rations were given only once a day, which left Pongo and his friends still hungry.

Starving for the now-scarce tender leaves and sweet fruit of the forest, the desperate orangutans ransacked the palm shoots sprouting from the treetops at the palm plantations on the outskirts of Sebangau National Park. If the orangutans weren't careful, their rampaging for food would result in injury or death. The plantation foremen used air guns, hot water, wild boar poison, and acid to get rid of the hungry apes.

Miranti knew that during this smoke-filled dry season, orangutans often gathered at the Caring Tree across the park. Led by the *berida,* a senior orangutan, they performed a litany of woe, surrendering their starving bodies, suffocated by the smoke and singed by the fire, to the Spirit of the jungle, manifested this time as the Caring Tree.

The Caring Tree, where they performed their *barzanji,* was a *buni* tree, an offshoot of the bodhi tree family. Its delicious seeds

"Termasuk Ayah?" Tanya Kasih.

Pelan dan lirih Miranti menjawab, "Iya ...."

Miranti tertegun dengan pertanyaan Kasih. Miranti pun baru beberapa hari ini merasa bahwa Lukman tidak mati. Dia tinggal bersama Sang Roh Hutan dan belakangan sering mengunjinginya di dalam mimpi. Mimpi-mimpi yang membuatnya risau sepanjang hari.

Dalam pengamatan Miranti, hidup terberat Laksmi, Pongo, dan para orangutan adalah saat musim kering. Saat kemarau seperti ini, hutan akan penuh asap, banyak pohon yang terbakar. Mereka juga kesulitan memperoleh makanan. Laksmi dan Pongo sering hanya mengandalkan sedikit ubi dan pisang dari Taman Sebangau sekadar untuk ganjal. Makanan sedang susah didapat.

Jatah makan dari Taman hanya diberikan satu kali sehari. Pongo dan kawan-kawan masih lapar. Karena mereka rindu akan pucuk daun dan buah manis yang makin susah didapat saat kemarau, mereka menyerbu umbut sawit di kebun sawit pinggiran Taman Sebangau. Makanan yang, bila tidak berhati-hati, akan menghadiahkan bilur pegal dan ruam panas di badan — akibat siksaan para mandor. Para mandor sering mengusir orangutan kelaparan dengan senapan angin, air panas, racun babi hutan, atau cairan asam.

Sepengetahuan Miranti, pada musim kemarau putih penuh asap seperti ini, orangutan-orangutan sering berkumpul di Pohon Agung di penjuru Taman. Mereka bersama-sama barzanji dipimpin oleh orangutan berida. Mereka menyerahkan jiwa dan tubuh yang sedang kelaparan ini pada Sang Roh yang kali ini mewujud sebagai Pohon Agung, bersama dengan kelaparan, api yang melelehkan kulit, dan asap yang membuat sesak napas. Semua itu adalah jelmaan Sang Roh Rimba.

Pohon Agung tempat mereka barzanji adalah pohon berbuah buni. Bijinya yang lezat disukai orangutan, tupai, dan burung-burung. Batangnya besar, dahannya kekar, kulit batangnya obat yang mujarab, jerubung yang rimbun merupakan rumah buat aneka satwa, termasuk orangutan. Akar Pohon Agung itu kuat dan menancap dalam untuk menahan perawakannya yang tinggi besar. Pohon Werkodara, demikian Kasih dan Miranti yang berdarah Parahiyangan menyebut pohon besar sekeluarga Pohon Bodhi ini.

were treats for orangutans, squirrels, and birds. The trunk was large, the branches were stout, the bark contained an effective medicine, and the lush canopy was home to a variety of animals, including orangutans. The roots of the Caring Tree were strong and bore deep into the soil to anchor the tree's enormous stature. Kasih and Miranti, knew this big tree was no ordinary tree. It was the Caring Tree where the orangutans surrendered their entire bodies and souls to the Spirit of the jungle.

During her eight years of working at the center, Miranti had observed how orangutans performed a barzanji to express their anxiety. During the ritual, the elderly orangutans appeared possessed, swinging and screeching from branch to branch, ripping leaves and twigs from the big tree. Miranti had come to realize that orangutans were very spiritual creatures. Even though they acted possessed during the barzanji, they were actually facing the jungle's Spirit. Miranti believed in the orangutans' sincerity.

During this most recent barzanji, Miranti imagined that the old orangutan's roar said, "The Spirit will surely take care of us. He is present everywhere, in the good, as well as in the bad." With a strong moan, the elderly orangutan continued, as if saying, "The Spirit is the one we fear and miss at the same time."

The boisterousness in the forest died down, and Miranti assumed that the orangutans' barzanji had finished. In Miranti's mind, the orangutans were not blaming the Spirit for the prolonged fire and hunger. The orangutans never accused. Nor did they plead for punishment of the cruel foremen or the greedy palm oil barons. Orangutans were not vengeful. They merely surrendered themselves to the balance of nature. They believed that nature was a pendulum, swinging between points of equilibrium, and they would simply accept the fact if the pendulum's movement meant the extinction of their kind.

Miranti was sure that the forest's raspy singing was heard by the orangutans who had gathered to perform a barzanji. Humans, with too many demands and preconceived notions, could not hear the song of the forest. Only innocent creatures could hear that song and the raucous feelings of the trees embedded in the jungle floor. Only the forest creatures could hear the baritone of

Miranti sudah beberapa kali menyaksikan, dalam tugasnya sebagai dokter orangutan di hutan, bagaimana sekumpulan orangutan menampilkan kerisauan mereka dengan barzanji. Para berida seperti kesurupan — mereka berayun, melolong, meraung, dan terus mencoba meraih dahan, daun, dan ranting pohon. Ini pohon bukan sembarang pohon, melainkan *Pohon Tempat Memohon.* Orangutan itu seolah menyerahkan seluruh jiwa dan tubuhnya untuk dirasuki roh.

Selama delapan tahun bekerja, Miranti berpendapat bahwa para orangutan itu adalah mahluk yang sangat rohaniah. Meskipun mereka seolah kesurupan saat barzanji, sebenarnya mereka sedang menghadap Roh Rimba. Miranti percaya pada ketulusan hati orangutan.

Pada saat barzanji, Miranti merasa seekor orangutan berida tertua meraung berkata, "Roh pasti akan memelihara kita. Dia hadir di mana-mana, sebagai yang baik dan yang buruk."

Dengan raungan yang kuat, orangutan berida itu lanjut seperti berkata, "Dia yang kita takuti, tapi sekaligus yang kita rindukan."

Riuh di hutan mereda. Miranti membayangkan barzanji para orangutan telah selesai. Menurut Miranti, jelas para orangutan itu tidak sedang menggugat Sang Roh atas kebakaran dan kelaparan yang berkepanjangan ini. Mereka tidak pernah menggugat. Mereka tidak pula sedang memohon azab bagi para mandor yang kejam atau para cukong sawit yang serakah. Mereka bukan pendendam. Mereka hanya menyerahkan diri mereka pada keseimbangan alam. Mereka percaya bahwa alam hanyalah bandul yang bergerak di antara titik keseimbangan. Mereka ikhlas-ikhlas saja bila dalam pergerakan bandul itu adalah kepunahan jenis mereka.

Miranti yakin, hutan yang bernyanyi dengan parau inilah yang didengar oleh para orangutan yang tadi berkumpul melakukan barzanji. Hal ini tidak bisa didengar oleh manusia yang terlalu banyak tuntutan dan praduga. Hanya makhluk yang lugulah yang bisa mendengarkan nyanyian hutan dan riuhnya pertautan perasaan pohon-pohon di dalam jaringan syaraf di dasar rimba. Hanya merekalah yang bisa mendengar suara bariton pohon mahoni tua, suara sopran pohon ulin yang kokoh, atau suara tenor pohon meranti yang tinggi langsing. Pada hutan yang sehat, suara-suara itu menjadi senandung paduan yang merdu.

an old mahogany tree, the soprano of a sturdy ironwood, or the tenor of the tall, slender meranti tree. In a healthy forest, the voices would turn into a melodious chorus.

The Sebangau National Park's forest fires at the peak of the 2019 dry season were enormous. The fires occurred at the same time as the plan to develop Kawasan Sepaku, Penajam Paser Utara, as the new capital of Indonesia. The old capital had become too outdated, and the Indonesian government intended to build a new one, with the idea to juxtapose humans and nature. However, the implementation of these ideas encountered its own problems; fire was the cheapest and easiest way to clear jungles.

The flames were so intense and widespread that they burned the root networks beneath the jungle floor. The air was stuffy, and acidic substances turned into deadly charcoal. The crackle of burning branches snuffed out the trees' choir. The forest was dying.

The chirpy larks tried to escape the never-ending fire. Fatigued and short of breath from the carbonic acid in the air, the birds fluttered frantically. They finally fell and were roasted.

People fled from the city. Those who did not have the luxury of fleeing to safety hid in their homes.

Miranti was miserable. She didn't want to leave. Her sense of Lukman's presence was even stronger at this critical time. While her rational mind urged her to leave, her emotional impulses urged her to stay near the forest, to stay close to Lukman. His presence had become increasingly evident in her dreams. He was increasingly present in Miranti's daily life, as if he were keeping her company. But facing reality, and for the sake of Kasih's health, Miranti reluctantly booked a plane ticket. Her heart split into two.

That eventful Wednesday morning of their departure, at the peak of the 2019 dry season, the skies of Sebangau National Park were gray. As if she understood her mother's feelings, Kasih wasn't interested in leaving the Sebangau National Park housing complex. Kasih was worried about Pongo. Her concern had grown after Pongo and Laksmi had suddenly left her at the orangutan feeding site, a few days ago.

Kebakaran hutan Taman Nasional Sebangau pada puncak kemarau 2019 sungguh hebat. Kebakaran terjadi bersamaan dengan rencana pembangunan Kawasan Sepaku, Penajam Paser Utara, sebagai ibukota negara yang baru. Ibukota yang lama telah terlampau banyak beban. Pemerintah meniatkan membangun ibukota yang baru dengan gagasan lapis sanding antara manusia dengan alam. Namun, sepertinya, dalam pelaksanaan gagasan tersebut, terdapat banyak kecolongan. Kebakaran adalah cara yang paling hemat dan mudah untuk membuka hutan.

Taman Nasional Sebangau pun ikut terbakar hebat. Bara api begitu dalam dan luas membakar jaringan syaraf akar di dasar rimba. Hutan sekarat. Udara pengap, zat asam berubah menjadi asam arang yang mematikan kehidupan. Keselarasan pohon-pohon tertelan riuh kebakaran yang tidak kunjung usai. Mereka hangus, lalu jatuh dan terpanggang.

Orang-orang mengungsi keluar kota atau bersembunyi di dalam rumah. Mereka yang tidak memiliki kemewahan mengungsi ke pulau yang aman akan bersembunyi saja di dalam rumah.

Miranti sangat berat hati untuk mengungsi. Perasaannya akan kehadiran Lukman justru semakin menguat pada saat genting ini. Namun, demi kesehatan Kasih, Miranti pun terpaksa memesan tiket pesawat dengan masygul. Menghadapi kenyataan seperti ini, hati Miranti seperti hendak terbelah ke dua sisi yang berbeda.

Gerak hatinya mengajaknya tetap di sini untuk tetap dekat dengan Lukman. Namun, kewarasan pikirannya berkata lain. Belakangan ini, penampakan Lukman semakin nyata di dalam mimpi dan lamunannya. Dia semakin mengejawantah dalam keseharian Miranti. Seolah dia menemani.

Pagi Rabu itu, pada puncak kemarau tahun 2019, kelabu menutup langit Taman Nasional Sebangau. Seolah paham dengan perasaan ibunya, Kasih pun nampak bergeming untuk tidak pergi dari Kompleks Perumahan Taman Nasional Sebangau. Kasih selalu mengkhawatirkan nasib Pongo. Kekhawatiran ini bertambah sejak Pongo dan Laksmi meninggalkannya dengan tiba-tiba beberapa hari lalu di tempat pemberian jatah makan orangutan.

"Come on, let's go to the orangutan feeding place!" Kasih cajoled her mother that morning, not knowing that the park had temporarily stopped feeding the orangutans due to scarce supplies caused by the fires.

"But there is no ranger to feed them there," Miranti said.

"I want to see Pongo," Kasih pleaded.

"The rangers are busy," said Miranti, trying to convince her. "They're helping out with the forest fires."

"That's okay," insisted Kasih. "We can go by ourselves."

Finally, Miranti gave in. But she used her consent as a bargaining chip with Kasih. "If after we visit, we are forced to flee to Bogor, you must come with me without fussing." Miranti spoke half-heartedly; she, herself, was reluctant to leave, despite what her common sense told her.

Kasih nodded, but Miranti doubted that Kasih's nod was sincere. She wondered if Kasih saw another way of salvation, one she could not verbalize.

Miranti placed an air-filter mask over Kasih's nose and mouth. The orangutan feeding site was only a short walk away, but this morning, it seemed to be so far. Feeling very anxious, Miranti placed several small oxygen cylinders in her backpack, along with water and snacks.

The Sebangau National Park was dark and dreadfully smoky. The sky was orange, as if it too were on fire. The air was horribly hot.

When Miranti and Kasih arrived at the feeding site, the usually busy place was now deserted and gray. There were no happy orangutan sounds.

"Pongo, come here!" Kasih called out cheerfully.

Miranti stood silently.

The wind carried the thickening smoke. Parting the gray air, two limping figures appeared in the distance. Pongo and Laksmi were coming closer.

"Are you hungry, Pongo?" Kasih took out a few bananas.

Miranti worried about their safety in the midst of this forest fire's suffocating air. But her rational mind buckled again under her heart's impulse. She let Kasih chat happily with Pongo, as Laksmi watched from a distance as usual. Suddenly, Miranti caught

"Ayo, kita ke tempat pemberian makan orangutan!" rengek Kasih pagi itu.

Sudah dua hari ini, karena kelangkaan pasokan bahan baku, pengelola Taman Sebangau sementara menghentikan pemberian makan kepada orangutan.

"Tapi tidak ada jagawana yang memberikan makan di sana," kata Miranti.

"Aku ingin ketemu Pongo." Kasih memaksa.

"Para jagawana sedang sibuk, mereka membantu pemadaman kebakaran hutan." Miranti membujuk.

"Ya ... kita saja yang ke sana."

Akhirnya Miranti pun menyerah. Namun, dia membuat semacam penawaran pada Kasih.

"Tapi setelah itu, jika kita terpaksa harus mengungsi ke Bogor, Kasih mau ikut ya." Miranti membuat penawaran sekedarnya. Dia sendiri enggan pergi meskipun nalarnya menyuruh dia pergi dari tempat ini.

Kasih mengangguk meski Miranti meragukan anggukan Kasih. Keraguan itu pun tampaknya sampai juga ke hati anak itu. Miranti merasa, Kasih seolah melihat jalan keselamatan yang lain, yang tidak bisa dia ceritakan.

Miranti memasangkan masker penyaring udara menutupi hidung dan mulut Kasih. Tempat pemberian makan orangutan hanya jarak yang dekat saja, jarak jalan kaki. Namun, kali ini terasa sangat jauh. Miranti sangat merasa tidak aman. Dia membawa beberapa tabung oksigen kecil di dalam ranselnya, bersama air dan sedikit kudapan.

Taman Sebangau gelap dan sangat berasap. Langit pun jingga, seolah turut terbakar. Udara amat panas.

Sebentar kemudian, mereka sudah tiba di tempat pemberian makan. Tempat yang biasanya ramai, kini sepi dan kelabu. Tidak ada kerumunan para orangutan seperti biasanya.

"Pongo, sini dong," celoteh Kasih dengan riang.

Ibunya masygul membisu. Angin bertiup membawa asap yang semakin tebal. Membelah keabuan, dua sosok nampak tertatih datang dari kejauhan. Pongo dan Laksmi datang menghampiri.

"Kamu lapar, Pongo?" Kasih mengeluarkan beberapa buah pisang.

Lukman's aroma — the scent that had once been so familiar, now was only a memory.

"I can smell your presence, Lukman," murmured Miranti. His scent seemed to embrace her along with the deadly jungle smoke. Miranti could not resist the scent's appeal. She realized she needed the oxygen cylinder she carried, but she didn't reach for it. The aura of Lukman was very strong. It brought Miranti the peace she had been longing for. It didn't seem to matter how.

The air flared hotter.

Miranti staggered.

In her confusion, everything sought its own way of survival. Miranti's sensibilities tried to move her to save Kasih and herself immediately. Instead, she lulled herself into the notion of peace with Lukman and Kasih in the forest. Meanwhile, her heart and lungs battled for more oxygen. Light-headed, she saw Laksmi take Pongo's hand and walk back into the woods. Not wanting to be left behind, Kasih grabbed Miranti's hand and followed them without hesitation.

Miranti, still stunned at the crossroads of destiny, lumbered along. In the choking fog, Lukman's presence was even more apparent. After they arrived at the Caring Tree, his smell grew stronger, overpowering the smog. Through half-closed eyes, Miranti saw Lukman's shadow appear from the deepest shade of the woods. "I've been waiting for the two of you for a long time, Mir."

Miranti smiled. As Kasih ran happily greet Lukman, Miranti's senses left her completely. There was no smell of smoke, no crackle of burning branches — there was only Lukman's voice greeting her clearly. There were no palm oil barons or foremen. The forest was still virgin like the first time the universe made it. All living things were spirits in good health, who had left their frail and problem-riddled bodies behind.

Lukman bent to pick up Kasih. "Let your mother finish her transition, her moksha." Lukman pinched Kasih's nose playfully.

Miranti lay at the base of a large root of the Caring Tree. The orange sky turned red.

Kewarasan akal pikiran Miranti risau dengan keselamatan mereka di tengah hawa pengap kebakaran hutan ini. Akan tetapi, sepertinya pikiran waras itu sudah bertekuk lutut pada daya gerak hatinya. Dia membiarkan Kasih berceloteh riang dengan Pongo. Laksmi hanya menatap dari kejauhan seperti biasa. Tiba-tiba, hidung Miranti seperti mencium bau Lukman. Bau yang dahulu pernah akrab dan kini hanya terekam dalam kenangan.

"Baumu sekarang dapat kurasakan kembali, Lukman," gumam Miranti. Bau itu mengudara di sekitar tubuh Miranti bersisihan dengan bau asap yang mematikan. Miranti tidak kuasa menolak daya tarik bau itu. Dia sadar dirinya harus menggapai tabung oksigen yang dibawanya, tetapi tidak dilakukannya. Bau Lukman sangat kuat membawa Miranti pada kedamaian yang selama ini dirindukannya. Kedamaian yang salah tempat, apa boleh buat. Gerah rusuh suasana hati Miranti. Udara semakin panas. Miranti limbung.

Dalam limbungnya, segala sesuatu seolah mencari jalan keselamatan sendiri-sendiri. Kewarasan nalar Miranti berusaha menggerakkannya untuk menyelamatkan diri segera. Namun, batinnya membuai dengan bayangan kedamaian bertiga bersama Lukman dan Kasih di dalam rimba. Sementara, jantung dan paru-parunya mulai pengap karena kekurangan zat asam. Dengan mata berkunang-kunang, dia melihat Laksmi kembali merimba menggandeng tangan Pongo. Seperti tidak rela ketinggalan, Kasih pun menyeret tangan Miranti mengikuti Laksmi dan Pongo. Kaki-kaki Miranti terseok-seok mengikuti Kasih yang menjadi sangat yakin dengan langkah-langkahnya. Nampaknya, mereka akan pergi menjauh ke dalam rimba, ke Pohon Tempat Memohon.

Dalam keadaan kabut itu, Miranti semakin merasakan kehadiran Lukman. Baunya semakin menguat di tengah kabut asap. Sesampainya di bawah Pohon Tempat Memohon, dengan mata setengah terkatup, Miranti seolah melihat bayangan Lukman muncul dan tampak segar bugar dari lubuk naungan rimba yang terdalam.

Dia menyapa, "Aku telah lama menunggu kalian, Mir ...."

Miranti tersenyum. Nalarnya sudah sepenuhnya bertekuk lutut, terlebih saat melihat Kasih melompat-lompat kegirangan menyambut Lukman.

Tidak ada asap dan gemertak suara ranting terbakar. Hanya suara Lukman yang bening menyapa. Tidak ada cukong sawit dan mandor jahanam. Hutan pun masih sangat perawan, seperti saat pertama kali semesta membuatnya. Semua mahluk hidup seolah roh yang segar bugar, meninggalkan jasad yang renta dan penuh masalah.

Lukman membungkuk untuk menggendong Kasih. "Biarkan ibumu menyelesaikan moksanya," kata Lukman mencubit hidung Kasih.

Langit jingga telah menjadi merah.

Miranti terbaring berlandaskan akar besar Pohon Tempat Memohon.

# Mengenang Padewakkang

Andi Batara Al Isra

Penerjemah: Junaedi Setiyono

*Arnhem Land, Australia, Desember 1945*

Sudah bertahun-tahun Burarrwanga Dayn Gatjing menatap kosong kaki langit. Di tangannya, ada pipa tembakau dari kayu yang sejak lama tidak pernah lagi mengepul. Dia menunggu kapal-kapal dari Makassar kembali menanam sauh seperti dulu. Setelah angin tenggara yang bertiup antara akhir Maret hingga April membawa layar *padewakkang,* kapal dagang milik orang Makassar, ke utara puluhan tahun silam, tidak ada lagi yang tersisa selain kenangan. Kepergian mereka seperti kehilangan sebagian dari diri sendiri.

Burarrwanga, lelaki berambut putih dan berkulit gelap itu, adalah pemimpin kelompok suku Yolngu, penduduk pribumi kawasan ini. Meski keriput, meski tubuhnya terlihat rapuh dihantam angin pantai dan gurun, harapannya tidak pernah pupus. Lama sekali, setiap tahun, ketika *baarramirri,* angin dari arah barat laut, tiba antara Desember dan Januari, sepanjang pantai ini penuh orang dan kapal yang tertambat. Ada yang mengangkat keranjang, ada yang menyelam mencari teripang, dan ada yang mengasapi hasil buruan tersebut. Bayangan tentang masa indah itu tidak pernah hilang dari ingatan Burarrwanga Dayn Gatjing. Dia akan terus menunggu Daeng Gassing bersama para pelaut Makassar lainnya datang dari seberang lautan dengan membawa beras, emas, dan tembakau. Memang sudah sejak ratusan tahun lalu, orang Makassar kerap datang ke Arnhem Land, membangun hubungan baik yang saling menguntungkan dengan penduduk asli di sana, termasuk leluhur Burarrwanga. Hubungan baik tersebut berjalan hingga kini.

"Mungkin mereka ditelan ular petir di tengah lautan," kata Marika, istri Burarrwanga Dayn Gatjing.

# Remembering Padewakkang

By Andi Batara Al Isra
Translated by Junaedi Setiyono

Arnhem Land, Australia, December 1945

Holding a wood tobacco pipe that had not been lit for a long time, Burarrwanga Dayn Gatjing stared at the horizon. He waited for the Indonesian merchant ships from Makassar, which used to cast their anchors here. Decades ago, the southeast winds that blew in March and April had blown the *padewakkang* sails northward. The disappearance of the traditional boats had been like losing a part of himself.

Dayn Gatjing, the dark-skinned, gray-haired chief of the native Yolngu tribe who lived on Arnhem Island — had never lost hope that one day, just like a long time ago, the *baarramirri* — northwest winds that blew in December and January — would blow the padewakkang vessels back to Arnhem Land to moor in these waters. People would once again crowd the coastal area, filling their baskets with the *teripang*, sea cucumbers, some smoking their catch right there on the beach.

The images of such a beautiful time filled Dayn Gatjing's memory. He found himself still watching for Daeng Gassing and the other Makassar sailors, who lived on the other side of the ocean and brought rice, gold, and tobacco. The Makassaran people had first landed on Arnhem Land hundreds of years ago. The good relationship they established with the natives of Arnhem Land had been maintained all this time.

"Perhaps they were swallowed by the thunder snake in the middle of the ocean," said Marika, Dayn Gatjing's wife.

"Don't talk nonsense. The thunder snake only attacks the wicked men at sea. Good men, like the Makassar sailors, wouldn't be bothered."

"Jangan bilang sembarangan. Ular petir hanya menyerang orang jahat yang berlayar. Orang baik seperti mereka tidak akan ditenggelamkan."

"Sudahlah, Burarrwanga, masih ada pohon asam yang dulu mereka tanam. Kau bisa istirahat di bawahnya," lanjut Marika.

"Sudah lama nama itu tidak kudengar. Terakhir kali kau memanggilku seperti itu saat mereka masih di sini, kan?"

"Ya, orang-orang, bahkan para orang kulit putih sekarang lebih mengenalmu dengan Dayn Gatjing ketimbang nama lahirmu."

Sambil menghela napas, Burarrwanga Dayn Gatjing mengingat kembali apa yang telah dilakukan orang-orang berkulit putih itu pada hidupnya. Kapal-kapal padewakkang milik orang Makassar sudah tiada, diusir oleh Persemakmuran Australia dengan alasan-alasan yang tidak masuk akal. Sekarang, yang berseliweran hanyalah kapal-kapal mereka, menguasai lautan dan menguras hasilnya tanpa ampun, terutama teripang. Orang Yolngu tidak mendapatkan apa-apa. Mereka tidak dilibatkan dalam pasar. Persemakmuran Australia mengambil semuanya.

Ingatan Burarrwanga lalu terbang ke masa puluhan tahun silam. Masa ketika pantai-pantai Arnhem Land masih dipenuhi layar padewakkang orang Makassar.

•———•———•

Siang yang terik pada bulan Januari 1905, seolah matahari berlipat ganda di tanah ini. Meski begitu, beberapa awak kapal serta orang-orang Yolngu bertelanjang dada dan kaki tetap sibuk mengangkat keranjang bambu berisi puluhan teripang yang baru saja ditangkap dari dasar laut. Teripang-teripang tersebut akan dibawa ke sebuah tempat pengasapan di mana Daeng Gassing, seorang pemimpin kapal asal Makassar, duduk mencatat jumlah pikulan yang hari ini berhasil dikumpulkan.

Di sebelahnya, Burarrwanga duduk mengawasi anggota kelompoknya yang ikut membantu kegiatan tersebut. Di tangannya terdapat pipa kayu berisi tembakau pemberian bapaknya, yang jauh pada masa lalu, adalah juga pemberian seorang pelayar asal Makassar. Hampir setiap pria dewasa di kelompoknya memiliki benda ini. Mereka menyebutnya *pipa Makassar* sebab orang Makassarlah yang membawa benda ini dari seberang lautan.

"Never mind all of this, Burarrwanga," Marika said. "The tamarind tree they planted is still here. You can take a rest under it."

"You haven't called me Burarrwanga for a long time. The last time you called me by that name was when they were here, right?"

"Yes, everyone, even the white men, now know you better as Dayn Gatjing than by your birth name, Burarrwanga."

Burarrwanga Dayn Gatjing took a deep breath, thinking back to what the white men had done to his life. The padewakkangs were gone, banned forty years ago by the Australian Commonwealth for irrational reasons. Now, only the white men sailed back and forth, ruling the ocean and exploiting its wealth, especially the teripangs. The Yolngu people were no longer involved in any of the trading and did not receive anything; the Australian Commonwealth took everything.

Dayn Gatjing would never forget his happiest days, when the coastal area of Arnhem Land was crowded by the padewakkangs, Makassaran sailors and merchants, and his Yolngu people.

It was quite hot during January 1905, as if the sun's heat multiplied by day. Bare-chested, barefoot Makassar crewmen and Yolngu people lifted bamboo baskets filled with just-harvested teripangs from the seabed. The sea cucumbers were taken to a smoking place where Daeng Gassing, captain of one of the docked Makassaran padewakkang vessels, sat taking notes of how many *pikuls* of teripangs were collected that day. One pikul equaled about 133 pounds.

Sitting next to Daeng Gassing, Burarrwanga smoked his pipe and watched members of his tribe working with the Makassaran merchants. The wood pipe was a gift from his father, who in turn had received it as a gift from a Makassaran sailor quite a long time ago. Almost every elder man in Burarrwanga's tribe owned such a pipe. They called it *pipa Makassar* because the Makassaran sailors brought these pipes to them from the other side of the ocean.

"I finished the tobacco you gave me when you came a year ago." Burarrwanga exhaled smoke through his nostrils. "But now you've brought me more again."

"This is a custom our people have upheld over hundreds of years," Daeng Gassing said while making notes Burarrwanga

"Tembakau yang saya simpan sejak setahun lalu kau bawa ke sini sudah habis. Sekarang kau bawa lagi," ucap Burarrwanga sambil asap keluar dari hidungnya.

"Itu yang leluhur kita selalu lakukan sejak ratusan tahun lalu. Sudah kebiasaan, bukan? Setiap tahun, kami, orang-orang Makassar, bawakan kalian barang dan sebagai gantinya, kalian sebagai penduduk asli di sini bantu kami kumpulkan teripang," kata Daeng Gassing sambil mencatat angka-angka yang kurang dimengerti oleh Burarrwanga. Orang-orang di Arnhem Land tidak begitu mengerti tulisan. Mereka tidak punya aksara. Jika ingin merawat ingatan, mereka menggambar atau mengukir kayu serta batu.

"Kami tidak akan merasa sebaik ini jika di masa lalu, orang-orangmu tidak ke tanah ini mengumpulkan teripang. Kalian bisa ambil itu semua, kami tidak memakannya," kata Burarrwanga sambil sedikit tertawa.

"Rasanya memang tidak enak. Tidak ada orang Makassar yang makan hewan aneh ini. Kami jual ke Tiongkok. Harganya mahal. Pantaimu menghasilkan banyak sekali teripang dengan mutu bagus," sambung Daeng Gassing.

"Kau tahu, saya berharap suatu hari saya bisa mengunjungi kampung halamanmu. Pasti tempat itu sangat makmur dan maju. Banyak kapal dan rumah besar, kan?" tanya Burarrwanga.

"Kalau tanah itu sangat makmur, kami tidak mungkin ke sini mencari teripang. Di sana banyak masalah, terutama setelah orang Belanda menguasai Makassar. Namun, di sisi lain, kami senang bisa ke sini, leluhur kami pun pasti senang," jawab Daeng Gassing.

Apa yang lelaki Makassar itu mungkin tidak sadari adalah bahwa selama ratusan tahun, leluhurnya telah membawa perubahan besar bagi kehidupan di Arnhem Land. Mereka memberikan beras, logam, tembakau, minuman keras, dan barang-barang lain yang tidak pernah dilihat orang Arnhem Land sebelumnya. Tanah ini sudah seperti bagian dari mereka. Bahkan pada masa lalu, desas-desus pernah menyebar bahwa Arnhem Land adalah bagian kekuasaan Kerajaan Gowa. Itu pula alasan mengapa orang Makassar memiliki nama khusus bagi tanah ini. Mereka disebut *Maregeq*.

could not decipher. The Yolngu were illiterate. When they wanted to remember something, they drew pictures or etched images on wood or stone. "It has always been this way. Every year, we Makassaran merchants bring you certain items. In return, you Yolngu people help us gather the teripangs."

"We wouldn't be doing so well if your men didn't come here to gather teripangs." Burarrwanga grinned. "You can take all of them. We don't eat them."

"Teripangs actually do taste pretty bad." Daeng Gassing laughed. "No one in Makassar eats these strange animals, either. We sell them in China, where sea cucumbers are expensive. Your teripangs are good quality."

Burarrwanga sighed dreamily. "I hope that one day I can visit your home. I am sure your native village is prosperous and developed. Are there a lot of ships and big houses there?"

"If we were prosperous back home, we wouldn't be here looking for teripangs!" Daeng Gassing paused a moment. "There are many problems at home, especially after the Dutch took control over Makassar. On the other hand, we are happy to come here. I'm sure this also makes our ancestors happy."

The Makassaran sea captain most likely did not fully comprehend the enormity of beneficial changes their padewakkangs had brought to the lives of Arnhem Land's natives over the centuries. In addition to bringing them rice, metal, tobacco, and liquor, the Makassar merchants brought goods that the Yolngu had never seen before. Arnhem Land became an extension of the Makassar sailors' homeland. They called this land *Maregeq* because of an old rumor that said Arnhem Land was a part of the great Gowa Kingdom.

As Burarrwanga and Daeng Gassing's talked, Marika, who was more than six months pregnant, came running towards them. "The Commonwealth men ...," she panted, stumbling. "I saw them ... they're carrying guns ...." Marika stood in front of her husband and the captain, shaking and gasping for breath.

Daeng Gassing and Burarrwanga quickly alerted their men. The Makassaran sailors grabbed their machetes and axes while the Yolngu men prepared their spears and arrows. They didn't like violence, but if the Australian Commonwealth men came armed, they needed to be prepared for every possibility.

Di tengah percakapan itu, Marika yang sedang hamil besar tiba-tiba mendatangi mereka berdua. Dia berlari-lari kecil dengan napas tersengal-sengal.

"Orang Persemakmuran … ada orang Persemakmuran Australia. Saya lihat mereka … bawa pistol … senapan … ke sini."

Mendengar itu, Daeng Gassing dan Burarrwanga langsung meminta orang-orangnya menyiapkan senjata. Orang Makassar menyelipkan badik dan parang di balik sarung, sementara orang Yolngu menyiapkan tombak dan panah. Mereka tidak ingin kekerasan. Hanya saja, karena orang-orang Persemakmuran Australia membawa senjata, segala kemungkinan harus diper-siapkan.

"Anda terlalu jauh dari kampung halaman dan sudah terlalu banyak mengambil teripang di tanah orang. Anggap saja ini peringatan." Kata seorang polisi Persemakmuran Australia begitu dia berhadapan dengan Daeng Gassing.

"Kapal-kapal saya terdaftar di syahbandar Port Bowen. Apa yang perlu diperingatkan?"

"Lihat," polisi itu mengeluarkan selembar kertas, "saya di-tugaskan mengawasi kalian karena meracuni orang-orang asli sini. Kalian mengajarkan mereka mabuk!"

Burarrwanga tidak senang melihat orang Persemakmuran Australia mencampuri kehidupan orang-orangnya. "Hei, apa urusanmu menganggu kesenangan kami?" Dia bertanya dengan nada jengkel.

"Itu yang sering dikatakan para penjahat. Dengar, tanpa sadar, kalian dirusak oleh orang-orang ini yang entah datang dari mana," polisi itu menatap Burarrwanga sambil tangannya menunjuk Daeng Gassing.

"Bukan kau yang memerintah di sini!" Dengan geram, Burarrwanga sekonyong-konyong berusaha meninju polisi yang berada di depannya. Sedikit meleset, tetapi polisi itu kehilangan keseimbangan dan jatuh ke belakang.

Begitu tersungkur, polisi itu tiba-tiba melepaskan tembakan peringatan ke angkasa. Orang-orang di sekitarnya menutup telinga. Kini, orang-orang Makassar dan Yolngu menghunus senjata tajam, siap menyerbu pasukan polisi berkulit putih. Namun, Daeng Gassing memberikan isyarat agar menahan serangan.

Soon, a constable stood in front of Daeng Gassing. "You have strayed too far from your homeland," he said, "and you're harvesting too many teripangs in an area that is not yours. Consider this a warning."

"My ships are registered by the harbormaster of Port Bowen, in Queensland," Daeng Gassing retorted. "Why are you warning me?"

The constable took out a piece of paper. "Look at this. I have orders to keep an eye on all of you Makassarans because you're a bad influence on these natives. You're turning them into lazy drunkards."

"Hey," Burarrwanga raised his voice. "This is not your business, now, is it?" He resented the Australian Commonwealth interfering with their lives. "Why do you bother us?"

"Listen." The constable shot Burarrwanga a sharp look while pointing at Daeng Gassing, "These men — only God knows where they came from — will get you in trouble."

"You have no say here!" Burarrwanga swung at the constable. His punch was a bit off target, but the constable lost his balance and fell backward. He drew his pistol and fired a warning shot into the sky.

The Makassaran sailors and Yolngu men reached for their weapons, ready to attack the constable and his white-skinned entourage. But Daeng Gassing signaled to hold off the attack.

"Because this is only a warning, we will leave," said the constable, rising. "We don't want any violence here, but one punch deserves another." He landed a well-aimed punch on Burarrwanga's cheek and departed.

People crowded around the dazed Burarrwanga. The constable's punch made Burarrwanga see stars and jumping kangaroos. Some of the men wanted to chase the constable, but Burarrwanga stopped them. Then, everything turned blurry and became dark. He fainted.

———•—•———

Two years after the incident in 1905, the Australian Commonwealth banned Makassar ships from entering Australian territory, including Arnhem Land. The news impacted the merchants worse than the storms that frequently overtook the padewakkangs

"Karena ini hanyalah peringatan, kami akan pergi. Kami sebenarnya tidak ingin ada pertumpahan darah. Tapi, sebelum itu, pukulan harus dibalas dengan pukulan." Debuk! Bogem mentah mendarat di wajah Burarrwanga.

Polisi Australia berambut pirang itu pergi membawa pasukannya begitu saja setelah menghantam tulang pipi Burarrwanga.

Orang-orang kini mengerumuni Burarrwanga. Beberapa yang lain hendak melawan balik dan mengejar polisi Persemakmuran Australia, tetapi Burarrwanga yang setengah sadar memberikan isyarat agar menyudahi persoalan ini. Pukulan polisi itu terlampau keras. Kepala Burarrwanga berkunang-kunang, seperti ada banyak kanguru yang melompat-lompat di sekelilingnya. Pandangannya semakin kabur, dia tidak lagi melihat wajah Daeng Gassing dengan jelas. Semuanya berubah hitam. Dia pingsan.

•——•·•——•

Dua tahun setelah peristiwa peringatan pada 1905, tiba waktu ketika orang Makassar harus benar-benar hengkang dari Arnhem Land sebab Persemakmuran Australia telah mengeluarkan larangan pelayaran bagi orang Makassar untuk memasuki wilayah Australia. Berita itu merupakan kabar buruk. Lebih buruk dari badai yang sering menghantam padewakkang saat melintasi lautan. Bagaimana tidak, mencari teripang sampai ke tanah jauh adalah kebiasaan yang sudah dilakukan turun-temurun sejak pertengahan 1600. Leluhur Daeng Gassinglah yang berlayar lebih dulu ke Arnhem Land ketimbang orang berkulit putih yang datang belakangan bersama ribuan tahanan dan senapan.

Mata Burarrwanga belum lepas dari lidah api unggun yang menjilat sunyi. Menit-menit berlalu, belasan orang yang duduk mengelilingi penerang itu tidak mengeluarkan suara sama sekali. Yang terdengar hanya debur ombak menyapu pasir, decit papan kapal yang digoyang arus, dan ranting patah yang dilahap api. Mereka bingung, marah, sekaligus sedih, sebab esok hari, setelah padewakkang pergi, mereka mungkin tidak akan pernah bertemu lagi.

Burarrwanga mengais-ngais api dengan ranting. Dilihatnya sisa bakaran yang telah jadi abu, persis harapan orang-orangnya. Dia menghela napas, lalu mengembuskannya kuat-kuat. Dia terlampau

while they crossed the ocean. Makassaran fishermen had come to harvest teripangs off the Arnhem Land coast since the mid-1600s. The olive-skinned ancestors of Daeng Gassing had sailed to Arnhem Land much earlier than any of the white-skinned Commonwealth men, who arrived on these shores with thousands of prisoners and rifles.

On the night before the padewakkangs lifted anchor from Arnhem Land for the final time, Burarrwanga sat staring into the flames of a campfire that absorbed the silence. A dozen men sat around the fire without uttering a word. They were confused, angry, and sad. It was unlikely that after the padewakkangs set sail the next day, the Makassar sailors and the locals would ever see each other again. The only sounds that broke the silence were the breaking waves sweeping the sand, the creaking boards of ships shifting in the water, and the crackling of flames swallowing the broken branches. Time passed.

Burarrwanga raked the fire with a branch. He rested his eyes on the pile of ashes in the fire pit. It occurred to him that the dead ashes symbolized their hopes. Burarrwanga sighed, then blew onto the smoldering branches until he became dizzy.

Suddenly, a jumble of thoughts somersaulted through his head, as if the kangaroos he used to hunt in the savanna had jumped into his mind. He could leave with the sailors he'd known for as long as his memory could serve him. He contemplated the fate of his tribe and his descendants if he decided to move to Makassar with his family.

Across the fire, Burarrwanga saw Daeng Gassing's gloomy face lit by the dancing flames. Burarrwanga wondered why his friend with the thick moustache and long hair looked sad. Afterall, he and his crew were about to go home. Burarrwanga decided to speak his thoughts.

"Are you sure you want to leave Arnhem Land?" Daeng Gassing asked.

"I feel like I have to." Burarrwanga threw some small branches into the flames. "The Australian Commonwealth men have taken everything. There is nothing left that I am able to protect. We cannot live without you and your men."

pusing. Banyak hal jumpalitan di kepalanya seperti kanguru yang biasa dia buru di padang sabana. Dia memikirkan nasib orang-orang dan keturunannya kelak jika dia bersama istri dan anaknya memutuskan ikut ke Makassar bersama para pelayar yang telah dia kenal, bahkan sejak dia mulai bisa mengingat.

Persis di hadapannya, di sebelah kobaran api yang menari-nari, dia melihat wajah murung Daeng Gassing. Burarrwanga heran. Harusnya, lelaki berkumis tebal dan berambut panjang itu tidak perlu terlalu sedih sebab Daeng Gassing akan kembali ke Makassar beserta belasan awak kapal yang rindu melihat nyiur pelepah.

"Kau yakin mau tinggalkan Arnhem Land?" Daeng Gassing memecah sunyi.

"Saya harus. Orang Persemakmuran Australia telah meng-ambil semuanya, tidak ada lagi yang bisa saya pertahankan. Kami tidak bisa hidup tanpa kalian," jawab Burarrwanga sambil tangannya melempar ranting ke dalam api.

"Tapi orang-orangmu? Kau mau biarkan mereka?"

"Para tetua akan memilih pemimpin suku yang baru setelah saya pergi. Ini kesempatan terakhir saya seberangi gelombang dan melihat ada apa di balik kaki langit. Saya ingin kehidupan yang lebih baik bagi istri dan anakku."

Mereka bersitatap. Bara seolah berpindah dari arang ke mata dua orang yang sudah seperti saudara itu. Daeng Gassing tidak ingin Burarrwanga meninggalkan orang-orangnya begitu saja. Namun dia bisa apa. Dia tidak berhak menghalangi mimpi seseorang.

Daeng Gassing masih tertunduk. Tangannya memegang sejenis gelas dari bambu berisi *ballo,* minuman keras khas Makassar yang terbuat dari nira enau atau kelapa, yang jauh-jauh dia bawa dari Makassar. Tidak lama berselang, dia bangkit lalu menyerahkan gelas itu pada Burarrwanga. "Ini malam terakhir kita bersenang-senang. Di sana masih banyak, habiskan saja," tawaran Daeng Gassing yang disambut oleh Burarrwanga dengan senang hati.

"Saya, sebenarnya, tidak mau pergi. Bagaimana pun, di sini saya lahir. Di sini pula saya harus mati," Marika bersuara dengan sirih pinang di mulutnya. Pernyataannya membuat orang-orang di sekeliling api unggun itu kaget.

"But what about the other Yolgnus? You will just leave your tribe?"

"The elders will choose a new chief after I'm gone," Burarrwanga said. "Leaving with you will be the last opportunity for me to cross the ocean and see something behind the horizon. I want to have a better life for my wife and son."

The two men stared at one another. The heat of the fire crept into the eyes of the two men who had become like brothers. Daeng Gassing didn't want Burarrwanga to abandon his tribe, but that was not his call. He had no right to keep Burarrwanga from pursuing his dream.

Daeng Gassing bowed his head. He held a bamboo mug containing *ballo*, an alcoholic drink from Makassar made from coconut flower sap. He rose and handed the mug to Burarrwanga. "Tonight is the last time to have fun together. There is still plenty of ballo where this came from. Drink up!"

Burarrwanga happily accepted the mug.

"I don't want to go," Marika said between chews on the wad of betel leaves in her mouth. "I was born here, and I want to die here too." Her words surprised everyone sitting around the fire.

"I am ready to leave everything, but not you and our son." Burarrwanga shook his head. "No, *that* I cannot do."

The night grew more gloomy. People started arguing. After Marika stated her preferences so openly, other people joined in the discussion. Most of them did not want Burarrwanga to leave for Makassar. The departure of the Makassaran men from their lives already hurt them. If Burarrwanga, their chief who protected their land with his bravery against the Australian Commonwealth forces, departed too, they would be totally lost.

Arguing bitterly, Burarrwanga, his people, and Marika could not reach an agreement. Burarrwanga stubbornly held on to his plan. He would take Marika and their son with him to Makassar, even though they didn't want to accompany him, and even if his council of elders forbid him to do so.

Suddenly, Burarrwanga felt exhausted. Abruptly, he rose and, leaving the fire, disappeared into his hut. He needed to sleep.

The discussion ended without any solution.

———•—•———

"Hanya kau dan anak kita yang tidak bisa saya tinggalkan. Saya rela melepaskan apa pun, tapi kalian? Saya tidak bisa." Burarrwanga sambil menggelengkan kepala.

Malam masih pekat. Orang-orang mulai beradu mulut. Setelah Marika mengeluarkan pendapat, anggota kelompok lain mulai ikut bicara. Sebagian besar mereka tidak sepakat jika Burarrwanga pergi. Kepergian orang Makassar sudah cukup menyakitkan. Jika pemimpin kelompok yang beberapa tahun lalu berjasa atas keberaniannya terhadap pasukan Persemakmuran Australia juga pergi, mereka betul-betul kehilangan harapan.

Adu mulut tersebut berakhir dengan ketidaksepakatan antara Burarrwanga dengan orang-orangnya, termasuk Marika. Burarrwanga masih keras kepala. Dia masih ngotot akan membawa Marika ke Makassar meski Marika sendiri tidak ingin ikut dan anggota kelompok lain sudah mencegahnya. Burarrwanga sekonyong-konyong meninggalkan api unggun dan menuju gubuknya untuk tidur. Dia sudah sangat mengantuk.

———•••———

Dalam mimpinya, Burarrwanga bangkit dan menoleh ke sana-kemari. Jantungnya berdebar. Dia mencari Daeng Gassing dan orang-orang Makassar yang lain. Burarrwanga tidak melihat satu pun dari mereka. Dia gugup. Harusnya hari ini, dia, Marika, dan anak semata wayangnya ikut Daeng Gassing ke Makassar.

Hari mulai sedikit terang. Dari kejauhan, matahari mulai menyingsing sedikit demi sedikit meski bintang kejora seperti enggan pergi. *Jangan-jangan, padewakkang telah berlayar meninggalkanku?* Pikir Burarrwanga. Dia curiga sebab semalam, dalam ingatannya, Daeng Gassing dan beberapa orang Yolngu tidak sepakat jika dia ingin ikut ke Makassar. Burarrwanga lantas mencari orang-orangnya. Dia kesal. Dia merasa dikhianati.

Burarrwanga mulai heran. Dia belum mendapati satu pun anggota kelompoknya, bahkan di gubuk-gubuk yang mereka dirikan. *Ke mana mereka? Diculik orang Persemakmuran Australia?* Batin Burarrwanga.

"Tidak, mereka tidak diculik," teriak seseorang dari kejauhan.

Mendengar suara itu, Burarrwanga membalikkan badan. Namun tidak ada siapa-siapa. Seseorang jelas-jelas bersuara dan

That night, Burarrwanga dreamed that he rose to search for Daeng Gassing and the other Makassaran men. He looked frantically around, his heart pounding. Burarrwanga didn't see any of them. *How could this be?* He, his wife, and his only child were supposed to leave for Makassar that day!

In his dream, the sky began to brighten, the sun starting to rise gradually, while the morning star seemed reluctant to leave. *Did the padewakkangs sail without me?* He wondered if Daeng Gassing and his crew had betrayed him, but no, they were friends. He remembered Daeng Gassing and the Yolngu men arguing about his decision to sail with Daeng Gassing to Makassar. Irritated and confused, Burarrwanga looked for his tribe's men.

He was astonished not to find anyone. Every hut in the village was empty. *Where was everyone? Had the Australian Commonwealth kidnapped them?*

"No, they haven't been kidnapped," came a shout from afar.

Burarrwanga looked around anxiously, but saw no one. He had clearly heard someone shouting, someone responding to his inner dialogue! Burarrwanga looked around again. The only living creature around was a kangaroo, sitting on top of a dead coral rock.

"Are you lost?" came the voice.

Burarrwanga fastened his eyes on the dead coral rock again, but the kangaroo had vanished. *How strange, a talking kangaroo?* He began to wonder what was happening. It was impossible for a kangaroo to talk!

"Burarrwanga Dayn Gatjing, are you simply going to abandon your tribe?" The kangaroo was back, sitting on top of the dead coral rock.

"Who told you my name Dayn Gatjing?" Burarrwanga shouted, rubbing his eyes. "My name is just Burarrwanga!"

"Oh, you will find out, soon. Just wait a moment." The kangaroo then transformed into an olive-skinned woman.

Burarrwanga gaped. The woman's skin color was the same as that of the Makassaran people, lighter than the skin of the Yolngu people. The woman floated into the air. With a wave of her hand, the hills became as flat as the plains. Rivers flowed to the sky and then fell as soft rain. The late-morning sun, which had already

mendengar suara batinnya. Dia menoleh ke sekitar, hanya seekor kanguru yang menatapnya dari atas bukit karang.

"Kau tersesat?"

Burarrwanga kembali menoleh ke depan dan didapatinya seekor kanguru tepat di hadapan wajahnya. Dia berteriak, lalu tersungkur. Burarrwanga menoleh ke arah bukit tempat kanguru itu awalnya terlihat, tetapi ia sudah tidak ada. Entah bagaimana kanguru itu berpindah secepat kilat ke hadapannya. Yang lebih aneh lagi, kanguru itu bisa bicara. Burarrwanga mulai bertanya-tanya, apakah semua ini nyata atau sekadar mimpi belaka sebab tidak mungkin ada kanguru yang bisa bicara.

"Burarrwanga Dayn Gatjing, kau mau tinggalkan orang-orangmu begitu saja?"

"Dari mana kau tahu nama saya? Dayn Gatjing? Nama saya hanya Burarrwanga!"

"Oh, kau akan tahu nanti. Tidak lama lagi."

Kanguru itu lantas mengubah wujudnya dengan cara yang sukar dipercaya. Ia menjadi seorang wanita berkulit kuning. Mirip seperti kulit orang-orang Makassar yang lebih terang dari kulit orang-orang Yolngu. Wanita itu melayang. Lalu dengan sekali lambaian, bukit-bukit rata dengan tanah. Sungai mengalir ke angkasa, lalu jatuh sebagai hujan yang lembut. Matahari yang sudah setengah naik tiba-tiba tenggelam lagi. Malam datang dan bintang-bintang muncul kembali. Di langit, mereka berputar mengelilingi Burarrwanga. Benda-benda indah lainnya muncul seperti lukisan. Warna malam tidak hanya hitam, paduan kabut merah, hijau, biru, kuning, dan warna-warna lain yang belum pernah Burarrwanga lihat sebelumnya seolah ditumpahkan begitu saja. Burarrwanga takjub melihat pemandangan itu.

"Kau ... kau *Baiyini*, leluhur pertama orang Yolngu?"

"Aku adalah apa yang kau pikirkan, Dayn Gatjing. Aku melukis semua ini, lalu mengirimkannya ke alam tempat kalian hidup."

"Kau ... Mimi, roh pelukis? Bukan, kau ... Barnumbirr, roh penciptaan!" Burarrwanga hendak bersujud, tetapi sosok gaib itu menyuruhnya untuk bangun.

"Tegarlah, dan kembalilah kepada orang-orangmu. Kau hanya tersesat. Kau takut tanah ini mengecewakanmu lebih jauh. Tapi,

risen halfway into the sky, suddenly sank again. Night came, and stars emerged and circled in the sky above Burarrwanga. Other beautiful things appeared like paintings. The night was not just black. It was a hazy combination of red, green, blue, yellow, and other colors Burarrwanga had never seen before. The colors spilled around him. Burarrwanga could only gaze at the scene around him in astonishment.

"You ...," Burarrwanga stammered, "are you Baiyini, the First Being of the Yolngu people?"

"I am whoever you think I am, Dayn Gatjing. These are all my paintings. I send them to the world you live in."

"You ... are you Mimi, the painter's spirit? No, you ... you are Barnumbirr, the Spirit of Creation." Burarrwanga knelt, but the mysterious creature asked him to rise.

"Take heart and return to your people," said the Spirit. "You are simply lost. You are afraid that this land will continue to disappoint you. But you must remember that your ancestors stood firm for thousands of years. They were here long before the Makassaran merchants moored their padewakkangs and long before the white-skinned people fired their first gunshot. You will be all right for decades, even centuries to come. Just stay here and keep in your heart those who have to depart."

Burarrwanga woke up weeping, the apparition's advice still ringing in his ears. Now he understood. He had visited a *wongar*, the dream place where the Yolngu tribe's ancestral spirits lived and created this world. Not just anyone could visit there. According to the elders, only the chosen ones could enter the gate to wongar to see the creators in their real form and receive guidance in a dream. Burarrwanga had just received such guidance and, therefore, had been blessed.

The ashes of the previous night's fire were still piled on the beach. The tide was already high. Crew hands were busy carrying the last baskets containing dried teripang onto the padewakkangs. The southeast wind was picking up. The ship crews began preparing the sails. The anchors would soon be lifted. But Daeng Gassing still stood on the beach.

apa kau lupa? Orang-orang sebelummu bertahan sejak ribuan tahun, bahkan sebelum padewakkang orang Makassar datang dan sebelum para orang kulit putih menembakkan senapan kali pertama. Kalian akan baik-baik saja puluhan hingga ratusan tahun ke depan. Tinggallah di tanah ini, kenanglah yang pergi."

Burarrwanga terbangun, menangis, dan masih mendengar petuah sosok itu. Kini dia mengerti. Dia tadi berada di *wongar,* alam mimpi — alam tempat roh leluhur hidup dan menciptakan dunia. Tidak sembarang orang bisa ke sana. Menurut cerita para tetua, hanya mereka yang terpilih oleh roh leluhur saja yang bisa mendapatkan petunjuk melalui mimpi dan membuka gerbang ke wongar untuk melihat wujud asli para pencipta. Dia mendapatkan penglihatan dan telah diberkati.

⊢—·—·—⊣

Abu dan sisa-sisa unggun semalam masih teronggok di pesisir. Air telah pasang. Orang-orang sibuk mengangkat barang dan keranjang terakhir berisi teripang kering ke atas padewakkang. Angin tenggara sudah bertiup kencang. Para awak kapal mulai menyiapkan layar. Sauh akan dilepas, tetapi Daeng Gassing masih berdiri di tepian.

"Tiba-tiba sekali kau putuskan tidak pergi. Kau dapat mimpi?"

"Ya, saya berada di wongar dan bertemu kanguru. Sulit kujelaskan, tapi leluhur menyuruhku tetap di sini."

Hal itu memang sangat sulit dimengerti oleh Daeng Gassing. Seseorang yang semalam sangat bersikeras untuk pergi dari tanah ini dan ikut berlayar, kini berubah pikiran hanya dengan alasan diberi petunjuk oleh seekor kanguru dalam mimpi.

Namun, itulah kepercayaan Burarrwanga. Entah dia bertemu leluhur atau apa di alam sana, Daeng Gassing tidak mau memikirkannya lebih jauh. Dia lega Burarrwanga batal meninggalkan kampung dan orang-orangnya. Yang Daeng Gassing yakini, Burarrwanga harus terus berjuang merebut kembali hak-hak atas tanah leluhurnya dari orang-orang Persemakmuran Australia.

"Oh iya, bisakah saya mengambil namamu? Akan saya taruh di belakang nama saya. Burarrwanga Daeng Gassing, atau dengan penyebutan orang Yolngu, Dayn Gatjing. Ya, Burarrwanga Dayn Gatjing!"

"Your decision not to go is sudden," he said to Burarrwanga. "Did you have a dream?"

"Yes, I visited a wongar and met a kangaroo. It is difficult to explain. In short, my tribe's ancestors asked me to stay here."

Daeng Gassing could not understand Burarrwanga's behavior. *How could someone who only the night before was so eager to leave this land and sail to Makassar change his mind just because of a dream — a dream about a kangaroo that had advised him to stay?*

But that was Burarrwanga's belief. Whether or not he met his ancestor or someone else in a mystical world, Daeng Gassing didn't want to pursue it further. He was relieved that Burarrwanga had changed his mind about leaving his homeland and his people. The only thing that Daeng Gassing wanted to ensure was that Burarrwanga would keep fighting to get his homeland's rights back from the Australian Commonwealth people.

"By the way, may I take your name and add it to the end of my real name?" asked Burarrwanga. "My new name would then become Burarrwanga Daeng Gassing or, using the Yolngu pronunciation, Burarrwanga Dayn Gatjing!"

"Is it a sign of brotherhood?" Daeng Gassing asked, touched.

"I will pass down the Makassaran name and tell the story about you to my son, my grandson, the grandson of my grandson. Call me Burarrwanga Dayn Gatjing!"

"Of course. We will possibly meet again one day, when the *baarral* season comes and the *mamirri* blows." Daeng Gassing hoped he had used the proper Yolngu terms.

Burarrwanga laughed. "It's *baarramirri*, the season when the wind blows from the northwest." Burarrwanga raised his hand and waved goodbye for the last time. The Yolngu people around him followed his gesture. Everyone's eyes remained glued to the padewakkang sails until they vanished over the horizon.

> ◄───•●•───►

"Tanda persaudaraan?"

"Saya akan mewariskan nama-nama Makassar dan mencerita-kan kisah kalian kepada anak saya, kepada cucu saya, kepada cucu dari cucu saya. Panggil saya Burarrwanga Dayn Gatjing!"

"Tentu. Kita mungkin akan bertemu kembali suatu hari ketika musim *baarra* tiba dan angin ... *mamirri* bertiup," Daeng Gassing kurang yakin dengan istilah Yolngu yang dia pakai.

"Hahaha, baarramirri, musim ketika angin bertiup dari arah barat laut." Burarrwanga melambaikan tangan terakhir kali, di-ikuti oleh orang-orang Yolngu. Mata mereka terpaku pada layar padewakkang hingga tidak terlihat lagi di kaki langit.

# Hikayat Jarot di Agustusan

Han Gagas

Penerjemah: Novita Dewi

Para penghuni kolong jembatan sebagian masih terlelap — sebagian ngopi, sebagian yang lain mancing dan menjaring ikan. Ada pula yang mendengarkan siaran radio. *Pidato Kemerdekaan oleh Bapak Presiden, dilanjutkan lagu kebangsaan Indonesia Raya.*

Jarot sedang membangun bedeng untuk tempat tinggalnya. Saat matanya melihat gitar bekas terapung mengalir di arus sungai, dia berlari mengambil. Jarot membersihkan dan mulai memperbaikinya.

Setelah membuat senar dari ban dalam sepeda dan memasangkannya, dia coba memetiknya dan gitar itu berbunyi *dung, dung, dung.* Lalu, Jarot mulai bernyanyi seolah-olah dia seorang pemain musik sejati yang menggunakan gitarnya sebagai satu-satunya cara untuk mencari nafkah.

> *"Di sini senang, di sana senang.*
> *Di mana-mana hatiku senang.*
> *Lalalalalala, lalalalalala, lalalala, lalalalala, ...."*

Jarot menenteng gitar memasuki perkampungan yang penuh bendera merah putih. Umbul-umbul terpasang di tepi jalan, berjajar-jajar, semarak karena Agustusan — perayaan kemerdekaan. Dia mendekati sebuah rumah dan mulai menyanyi.

> *"Halo-halo Bandung, ibu kota Periangan.*
> *Halo-halo Bandung, kota kenang-kenangan,*
> *Sudah lama beta tidak berjumpa dengan kau,*
> *Sekarang telah menjadi lautan api,*
> *Mari bung rebut kembali!"*

Jarot bernyanyi dengan gegap gempita hingga banyak orang yang mendengarkannya tersenyum-senyum sendiri.

# Jarot's Independence Day

By Han Gagas

Translated by Novita Dewi

Some of the folks living under the bridge were still asleep; some sat drinking coffee; others fished the river. Still others listened to the radio broadcast: "The President's Independence Day speech will be followed by the national anthem, *Indonesia Raya.*"

Jarot was building a shelter to live in when he saw a bass guitar floating in the river. He ran for it. After Jarot caught the instrument, he cleaned it and tried to fix it. He used the inner tubes of a bicycle tire to make strings for the guitar.

Fancying himself a performer playing the bass guitar to earn money, he tried to pluck. Boom, boom, boom! Strumming the guitar, Jarot sang,

> *"I'm happy here, I'm happy there.*
> *I am happy everywhere.*
> *Lalalalalala, lalalalalala, lalalala, lalalalala, ...."*

⊢——•–•——⊣

Carrying his bass guitar, Jarot entered the village, decorated with red and white Indonesian flags and banners lining the roadsides in celebration of Indonesia's Independence Day on August 17. He approached a house and began to sing.

> *"Hello, hello, Bandung, capital of the Periangan.*
> *Hello, hello, Bandung, city of memories*
> *I haven't visited in a long time;*
> *Now it's become a sea of flames; let's reclaim it!"*

Jarot sang so loud that he made many passersby smile.

"He is crazy, singing patriotic songs!" someone said, laughing.

Jarot also sang *Indonesia Raya* with enthusiasm.

> *"Indonesia is my homeland.*
> *The land where I spilled my blood.*
> *It's where I stand to support my fatherland.*

"Edan, ngamen pakai lagu kebangsaan, hehehe," terdengar suara seseorang.

Jarot juga menyanyi lagu *Indonesia Raya*, suaranya penuh semangat,

> *"Indonesia tanah airku, tanah tumpah darahku.*
> *Di sanalah aku berdiri, jadi pandu ibuku.*
> *Indonesia kebangsaanku, bangsa dan tanah airku.*
> *Marilah kita berseru, Indonesia bersatu."*

Banyak orang yang mendengar jadi turut menyanyi, terutama pada kalimat *Indonesia bersatu*! Seruan itu menggetarkan dan mengobarkan semangat. Semua terlecut sifat kebangsaannya, bahkan beberapa anak mulai mengekornya saat mengamen.

Orang-orang tua, yang dimulai oleh seorang mantan pejuang kemerdekaan yang berbaju cokelat, juga ikut. Jadinya, mulai banyak orang-orang tua, termasuk emak-emak, turut mengekor Jarot.

Sambil menyanyi dengan bersemangat, Jarot mengamen dari rumah ke rumah, termasuk kios-kios dan toko.

Semua yang mengekor ikut menyanyi bagai paduan suara jalanan yang penuh gelora. Bulan Agustus, bulan perayaan kemerdekaan Republik Indonesia, tahun ini terasa lebih ramai dan penuh semangat. Sebagian warga segera mengenakan pakaian terbaik yang mereka miliki, sebagian lain mengambil ember untuk suara tetabuhan. Suara Jarot dan paduan suara jalanan itu makin menggetarkan bendera merah putih dan baliho yang berkibar-kibar di seantero jalanan.

Saat menemukan bendera berkibar di depan SD, Jarot berhenti dan berteriak, "Siiiiiiaaaaaaappppp! Graaaakkkk!" Orang-orang tua dan anak-anak yang mengekornya, turut berdiri dalam keadaan siap.

"Kepada bendera merah putih, hormaaaatttttttt graakkk!" seru Jarot.

Jarot menghormat bendera. Orang-orang mengikuti. Masyarakat yang menonton jadi tersenyum-senyum sendiri.

Tidak jauh dari arak-arakan Jarot, di sebuah warung, sejumlah orang bercakap-cakap sambil makan.

"Orang edan, gemblung, kok diikuti!"

*Indonesia is my nation and homeland.*
*Let us shout: Indonesia unite!"*

People began to sing along, repeating, especially, the phrase "Indonesia unite!" It was such a rousing call that it ignited everyone's feelings of nationalism. Some children even began following the street singer, as he moved about the village.

The elderly, led by a brown-uniformed ex-freedom fighter, also joined. Thus, many adults, including mothers, started to trail behind Jarot.

Jarot's singing became more and more enthusiastic as he roamed door to door, visiting food stalls and shops.

His followers looked like a lively street choir. This year's celebration of Indonesia's independence seemed livelier and more spirited. Some residents put on their best clothes; others took pails to use as drums. The voices of Jarot and the street choir seemed to make the red-and-white flags and banners decorating the streets flutter faster.

When Jarot saw the flag flying in front of an elementary school, he stopped and shouted, "Attention!" The parents and children who followed him straightened up.

"Salute the colors!" cried Jarot and saluted the flag.

Everyone followed suit.

The bystanders watching them, smiled.

In a food stall, not far from Jarot's procession, a number of people were eating and trading commentary.

"Foolish people. Why are they following Fatso?"

"It's okay. Jarot unites them. Look! There are Bataknese, Javanese, and Sundanese in his group. Don't you think all of them are having a good time together?"

"Even some of the old people have joined him!" someone laughed.

"Hey, what's the busker's name?" another asked, pointing at Jarot. With his flat nose and protruding teeth Jarot looked like the village fool.

"That's Jarot. Why?"

"He is a busy person. Yesterday, I saw him removing trash from the river. After he sorted the garbage and separated the bio-

"Ndaklah, dia menyatukan mereka, coba lihat, itu ada yang sukunya Batak, Jawa, Sunda, macam-macam jadi satu, iya kan hehehe ...."

"Iya seh, hehehe."

"Eh, pengamen itu siapa namanya?" tanya yang lain. Dia menunjuk Jarot yang wajahnya seperti orang lugu, hidungnya pesek, dan giginya tonggos.

"Jarot tha, kenapa?"

"Asyik orangnya, kemarin aku lihat dia membersihkan sungai. Sampah-sampah dia kumpulkan dan dia pilah mana yang secara alamiah dapat terurai dan mana yang tidak, sebagian dia bakar. Dia juga menanami bantaran sungai dengan bibit pohon mangga."

"Wah, jadi dia yang bersihin sungai tha?"

Ibu penjual yang mendengar ikut menyahut, "Iya, Jarot yang bersihin!"

⊢——•—⊣

Lambat laun, sejumlah penduduk membantu Jarot, maka sungai yang sebelumnya sangat kotor dan dipenuhi semak belukar itu kini jadi lebih bersih dan tertata. Seiring berjalannya waktu, pohon-pohon makin membesar dan meninggi membuat lingkungan sekitar sungai jadi rindang dan teduh sehingga jadi tempat yang enak buat memancing. Kadang-kadang, Jarot ikut memancing dan memperoleh hasil yang lumayan untuk lauk makan.

Makin hari, kehidupan di sekitar sungai makin bertambah maju dengan dibangunnya taman dan tempat bermain anak-anak. Saran untuk membangun itu disampaikan Jarot pada rapat warga yang disetujui Ketua RT dan RW. Dengan bantuan dana dari pemerintah kota, taman dan tempat bermain anak itu dibangun. Makin majulah kehidupan di sekitar sungai. Perkampungan itu menjadi percontohan perkampungan-perkampungan lain untuk memajukan wilayahnya masing-masing.

Jarot sendiri makin dikenal sebagai pegiat lingkungan. Kehidupan di tepian sungai itu yang sebelumnya sepi-sepi saja, sekarang berkembang.

Jasa parkir dibuka di dekat bantaran sungai. Beberapa warung tenda dibuka untuk melayani pengunjung taman. Toko pulsa, tukang cukur, warung nasi, penjual es, penjual bensin, dan toko

degradable from the non-biodegradable, he burned some of it. He also planted mango saplings on the riverbanks."

"Wow! So, he's the one who cleaned up the river?"

The food stall owner was listening to the conversation and chimed in, "Yes, Jarot is the one who cleaned it!"

Gradually, over time, residents joined in helping Jarot clean up the river. Previously very dirty and the banks overgrown with shrubs, the river was now cleaner, and the surroundings were better managed. As time went by, the trees grew bigger and taller, creating a cool and shady environment, a good place for fishing. Sometimes Jarot joined the fishermen and caught a good meal.

At a community meeting, Jarot put forth an idea that was approved by the neighborhood and village leaders. With help from the government's city funding, the community built a park and children's playground. Life along the river banks became more prosperous, and the settlement became a model for other places to develop their rundown areas.

Jarot became increasingly recognized as an environmental activist. The previously dreary life on the riverbanks was now flourishing.

A parking lot and several tent stalls opened near the riverbank to serve visitors. Cellphone shops, barbershops, food stalls, a gasoline outlet, and variety stores now buzzed with customers. Jarot could be credited for the booming businesses of the local residents, as well as for their now thriving lives.

Jarot did not collect any fees from people who wanted to enjoy the park and the children's playground. Instead, a person from the neighborhood was put in charge of the parking lot, where visitors could place their voluntary donations in a large can. The money was used to help residents with medical expenses, including childbirth.

Jarot's days were filled with noble activities. Everything continued as usual for many years until one night, he had a strange dream that left him feeling uneasy and threatened.

In his dream, a dark shadow appeared. The shadow's face was dark. When Jarot tried to get a better look, the black veil that covered the strange figure flattened his face. Only his clothes were vaguely visible. Standing in loafers, the figure was dressed in a nice suit and

kelontong mendadak ramai. Bisa dibilang, berkat Jarot, usaha para warga sekitar jadi makin laku, makin banyak mendatangkan keuntungan.

Jarot sendiri tidak memungut biaya dari siapa saja yang ingin menikmati taman dan tempat bermain anak-anak itu. Hanya ada seorang tetangga yang bertugas mengawasi kendaraan sambil memasang kaleng besar buat wadah uang seikhlasnya untuk membayar parkir. Lembaran-lembaran uang yang masuk ke dalam kaleng itu akan digunakan untuk kebutuhan warga, khususnya untuk membantu biaya pengobatan bila ada yang sakit dan biaya melahirkan.

Hari-hari jadi penuh kesibukan, penuh kesungguhan. Semua berjalan lancar selama beberapa tahun hingga pada satu malam yang tidak biasanya, Jarot bermimpi aneh yang membuatnya merasa gelisah, merasa terancam.

Ada bayangan gelap membekapnya malam-malam. Jarot megap-megap tidak berdaya, lalu terbangun saat dia nyaris kehabisan napas. Keringat dingin bercucuran di dahi.

Dia tidak tahu siapa pemilik bayangan itu. Jarot mulai menyelidiki hal ihwal yang barangkali berhubungan dengan mimpinya. Dia menelisik ke dalam dirinya sendiri. Dia tahu ada sikap suka dan tidak suka dari warga masyarakat mengenai dirinya. Baginya, semua itu wajar sepanjang dia tidak diganggu. Dia sendiri tidak berniat mengganggu yang lain. Dia akan menjalani semua hal dengan hati ringan.

Dia selalu percaya pada naluri yang kerap terbukti, yaitu bahwa ada orang lain yang tidak menyukai kehadirannya. Pastinya pemilik bayangan itu. Wajahnya gelap.

Saat Jarot mencoba menerawang lebih dalam dan khusyuk, secara aneh tabir hitam menutupi parasnya dan membuat muka itu jadi rata. Hanya bagian pakaian yang samar-samar bisa dilihat. Dia bersepatu selop. Setelan bajunya rapi, berjas dan berdasi, jam berantai emas terselip di saku baju.

Mimpi buruk tidak cuma sekali mendatanginya. Bahkan, malam itu, mimpi tersebut lebih menyeramkan! Tidak hanya bayangan gelap yang membekap, tetapi juga puluhan orang datang menyerbu, sementara sosok malaikat kematian pun

wore a necktie. A gold chain was attached to the watch tucked in his vest's pocket. The shadow swiftly smothered him until he could hardly breathe. Gasping helplessly, Jarot woke up just as he was about to suffocate. Cold sweat trickled down his forehead.

He didn't know who the shadow belonged to. Jarot began to investigate things that might explain his nightmare. He looked within himself. He knew that in the community there were people who liked him and people who disliked him. To Jarot, this was to be expected, as long as no one disturbed him. He was a light-hearted person and did not intend to bother others. But Jarot had always had good instincts, which told him that some people didn't like his presence. Jarot figured that one of these people must be the owner of the shadow.

The nightmare returned. This time, the dream was even more sinister. Not only did the shadowy figure rush in, but so did dozens of people. The dark shadow of the "angel of death" was among them.

Jarot woke up drenched in sweat. The image of the shadow remained stamped into his memory, even after Jarot had been awake for a long time. Jarot recited a long *wirid*, hoping that the prayer said after the regular prayers, would calm him.

That day, Jarot fasted.

He wondered if he had inadvertently done something wrong. He wanted to make up for whatever the bad thing was that might have something to do with his recurring nightmare. All day, he tried to do good, but he knew that bad luck could come at any time, unexpectedly.

That evening, after Jarot broke his fast, he prepared himself with his usual enthusiasm for the celebration of Indonesia's Independence Day. Inside his shack, Jarot was gathering flags for the flag ceremony when he saw dozens of people storming the bridge.

"Jarot!" someone shouted.

In the darkness, the riverbank basked under the moonlight. The light from the lantern at the corner of the bridge, shimmered between the rocks.

datang mengancamnya. Dini hari itu, Jarot terbangun dengan keringat bercucuran, bayangan itu tidak juga lekas pergi. Cukup lama dia terbangun dan cukup lama bayangan itu ada di pelupuk matanya, seakan menjerat ingatannya. Jarot segera mendaraskan wirid yang panjang, bersembahyang sampai subuh menjelang hingga hatinya merasa tenang.

Hari itu, Jarot berpuasa.

Dia berpikir, barangkali dalam hidupnya pernah melakukan hal tidak baik yang tidak dia sadari. Dia ingin menebus hal tidak baik itu yang barangkali ada hubungannya dengan mimpi buruknya selama ini. Semua hal baik dia upayakan pada hari itu, tetapi kesialan bisa datang kapan saja, tanpa diduga.

Malam itu, sesudah Jarot berbuka puasa, seperti biasa dia mempersiapkan diri dengan bersemangat untuk esok hari — merayakan hari kemerdekaan. Jarot mengumpulkan bendera untuk persiapan upacara bendera.

Tiba-tiba, belasan orang tidak dikenal mendatangi Jarot di bedengnya.

"Jarot!" teriak salah seorang di antara mereka.

Dalam kegelapan, gelaran air sungai masih terlihat hamparannya karena tersirami cahaya sinar rembulan. Lampu merkuri di pojok jembatan berkemilau bergoyang-goyang karena cahayanya terhambat bebatuan.

Tidak banyak orang di kolong jembatan pada malam itu. Andaipun ada, pasti akan menyingkir melihat belasan orang datang membawa ancaman.

"Keluar kau!" teriak orang itu lebih keras.

Jarot tergeragap, hatinya berdesir, jantungnya berdetak tidak biasa, tapi dia segera menenangkan diri, melangkah keluar dari bedengnya.

"Ada apa? Tenang, semua bisa dibicarakan."

"Persetan dengan omonganmu!"

Beberapa orang langsung merangsek menyerang Jarot, lalu mengeroyoknya.

"Tenang, sabar, apa mau kalian? Ayo bicara baik-baik," kata Jarot sebelum berbagai tonjokan dan tendangan menghantam tubuhnya, bertubi-tubi. Hidungnya berleleran darah, perutnya

There weren't many people under the bridge that night, and even if there had been, they would have fled when they saw a mob of menacing people arrive.

"Get out, Jarot!" the people shouted louder.

Jarot staggered, his heart hammering. Quickly, he calmed himself and walked out of his shack. "What is wrong?" he asked the crowd. "Calm down. Everything can be discussed."

"To hell with your talk!" Several people charged at Jarot, ganging up on him.

"Calm down, be patient, what do you want? Let's talk!" Jarot cried before he was overtaken by the mob and repeatedly punched and kicked. His nose bled. His stomach hurt terribly. He was dizzy and ached all over.

"Get out of here if you want to stay alive!" The mob accelerated their assault without mercy.

Jarot did not fight back. He fell to the ground.

"Get lost! If you're still around tomorrow, we'll kill you!"

"Remember!"

Several people spat on Jarot's face. Ptui! Ptui! Ptui!

"Leave! Or you'll die! We'll burn this village and kill the residents!"

Later that night, a local government official was holding a conversation with a man standing in loafers, wearing a nice suit fitted with a necktie. A gold chain was attached to the watch tucked in the man's vest pocket.

"Well?" the official asked.

"We've taken care of it, sir."

"Good! I don't want to have anything to do with that scumbag. In a few months, the new bridge construction project will start." The official laughed.

"That's right, sir," the man said, joining in the laughter.

The official was satisfied that his scare tactic had worked. Only recently had he noticed a change in the mindset of the population living under the bridge and on the riverbanks. Jarot's ideas had changed them. This was evidenced by the cleaner and more orderly environment around the river. He was sure that Jarot

nyeri. Kepalanya pusing, pening, ngilu, dan rasa nyeri meradang di sekujur tubuhnya.

"Pergi dari sini kalau kau tak mau mati!" Hajaran itu berlangsung makin beringas.

Jarot diam tidak melawan. Tubuhnya tersungkur ke tanah.

"Minggat! Kalau besok kau masih ada, kau akan kami habisi!"

"Ingat itu!"

Sejumlah orang meludahi muka Jarot, "Cuihh! Cuihh! Cuihh!"

"Pergi jauh dari sini! Kalau tidak, kau mampus! Warga kampung akan kami habisi, rumah mereka akan kami bakar!"

———•—•———

Di luar sepengetahuan Jarot, sesudah kejadian malam itu, di sebuah kantor pemerintah daerah, seorang yang berbaju rapi, berjas dan berdasi, dengan jam berantai emas di saku kanan dan bersepatu selop, berbincang dengan seseorang.

"Bagaimana?"

"Sudah kami bereskan, Tuan."

"Bagus. Tak ada yang bisa menghubungkan gembel itu denganku karena beberapa bulan lagi pembangunan baru akan dimulai, hahaha."

"Benar sekali Tuan, hehehe."

Lelaki yang dipanggil *Tuan* itu puas siasatnya berhasil dengan baik. Dia tahu betul bahwa Jarot bisa jadi penghambat dalam pembangunan jembatannya. Dia tahu Jarot punya kemampuan menghalangi rencana pembangunan yang akan merubuhkan jembatan lama dan menggantikannya dengan yang lebih lebar dan besar.

Namun, perbaikan itu tidak akan dapat terlaksana tanpa merusak taman Jarot dan menyingkirkan penduduk desa. Belum lagi dampak pembangunan yang akan timbul pada lingkungan sekitar sungai. Seorang pengusaha juga telah berjanji akan mendirikan sebuah pabrik besar di tepi sungai itu baginya.

Semua jalan telah ditempuhnya. Sesama teman pejabat pemerintah sudah disuap. Hanya saja, baru-baru ini dia menyadari ada perubahan pola pikir dari warga di sekitar jembatan dan sungai. Hal itu berasal dari pergerakan yang dilakukan oleh Jarot. Terlihat dari semakin bersih dan tertatanya lingkungan sekitar

not an ordinary person, and he was also sure that human rights activists, leftist NGOs, and labor union groups supported Jarot.

Therefore, the official understood very well the threat that Jarot posed to carrying out his new bridge construction plans. He also knew that Jarot had the ability to block the construction project, which could not take place without destroying Jarot's shack and removing the other riverbank settlement inhabitants in order to tear down the old bridge and replace it with a wider and bigger one. The negative impact that the development would have on the river's environment was another factor, as was the large factory that a businessman promised to build for him on the riverbank.

But now, all safety measures had been taken. The official had even bribed his government colleagues.

⊢——•—•——⊣

On the eve of Indonesia's Independence Day, the day when the Indonesian people celebrate their freedom from the colonizers, Jarot left the place he had fallen in love with. He was evicted from the shack under the bridge, which he had called home all this time and pain-ridden from the fateful night that had stripped off his freedom.

On the morning of August 17, there was a big commotion among the villagers. Without Jarot, no one knew what to do. And on that Independence Day, there was no one to direct the flag ceremony, no one to lead the parade, and no one to lead a street choir in the riverbank settlement under the bridge.

⊢——•—•——⊣

sungai. Dia yakin Jarot bukan orang sembarangan. Dia yakin, Jarot disusupkan oleh gerakan kelompok tertentu. Setidaknya oleh para pegiat lingkungan, atau HAM, LSM kiri, atau kelompok serikat buruh.

———•—•———

Pada malam menjelang hari perayaan kemerdekaan, Jarot melangkah kesakitan menjauhi kampung yang telah membuatnya jatuh cinta. Malam itu malam yang naas bagi Jarot yang direnggut kebebasannya.

Pada hari kebebasan bangsa Indonesia dari penjajah, Jarot terusir dari gubuk tempat tinggalnya selama ini.

Paginya, orang-orang kampung geger. Semua kebingungan dengan menghilangnya Jarot. Pada peringatan Hari Kemerdekaan tahun itu, tidak ada Jarot yang memandu upacara bendera, tidak ada lagi arak-arakan dan paduan suara yang membahana.

———•••———

# Horas, Ibu!

Reni Renatawati
Penerjemah: Novita Dewi

Embusan semilir angin senja memainkan rambut Jakob yang mulai memutih. Kedua netranya menatap nanar tanah merah tempat ibunya dikubur. Sudah lewat dua belas tahun, sejak kematian ibunya, dan lima belas tahun tanpa kehadiran kedua saudaranya yang merantau di tanah orang karena mengadu untung dan nasib. Kedua saudaranya yang pergi ke tanah Jawa dan menghilang dari Siborong-borong, kampungnya di Sumatera Utara, kini berdiri di samping Jakob, menatap kubur ibu mereka dengan khidmat sembari membiarkan para tukang gali kubur membongkar kubur dan peti mati ibunya.

Di tanah Batak, adalah hal wajar untuk keluarga melakukan upacara kematian bagi para leluhur, termasuk kepada orangtua yang telah lama meninggal dengan memindahkan tulang-belulang mereka ke tempat yang lebih baik dari sebelumnya. Maksud dari adat ini adalah untuk menghormati mereka. Saat itu pula, seluruh sanak saudara haruslah kembali dari perantauan ke kampung halaman untuk mempersiapkan upacara, seperti yang sedang terjadi pada keluarga Jakob dan kedua abangnya.

⊢—·∙·—⊣

Dua bulan yang lalu, saat Jakob dan istrinya hendak berjualan di pasar, kedua abangnya tiba-tiba muncul di halaman rumahnya. Walau waktu itu matahari belum tampak, Jakob bisa melihat wajah kedua abangnya yang secerah mentari. Ketika istri Jakob menyambut mereka ramah, Jakob membeku di ambang pintu. Dia baru tersadar ketika istrinya menggoyangkan bahunya dan memintanya untuk segera memotong babi peliharaan mereka untuk dijadikan jamuan. Meskipun Jakob melakukan apa yang diminta istrinya dan menerima kedua abang beserta keluarga

# Mother's Whispering Bones

By Reni Renatawati

Translated by Novita Dewi

The late afternoon breeze ruffled Jakob's graying hair. He stared at the red earth of his  mother's grave. Twelve years had gone by since his mother's passing, and fifteen years without the presence of his two brothers, who had left Siborong-borong, their village in North Sumatra, to seek their fortune in Java. Now, the two brothers stood beside Jakob, gazing solemnly at their mother's grave while the gravediggers unearthed her coffin.

Batak custom honored  deceased ancestors, including those who died long ago, by moving their bones to a better burial place and holding a proper funeral ceremony. On such occasions, all relatives had to come home to prepare for the ceremony, and this was now happening in Jakob's family.

—•—•—

Two months ago, when Jakob and his wife were about to leave their house to sell produce at the market, his two brothers and their families appeared in his front yard. Even though the sun had not yet risen, Jakob could see his two brothers were as cheerful as the sun. While Jakob's wife greeted them kindly, Jakob stood frozen in the doorway. He only returned to his senses when his wife shook his shoulder and asked him to go slaughter one of their pigs to prepare a welcome feast. Although Jakob did as his wife asked and invited his two brothers and their families to come in, he spurned their arrival.

Jakob's anger with his brothers was not without reason. When his two brothers decided to leave their village fifteen years ago to seek their fortune elsewhere, their mother was sick with a severe illness. Despite Jakob's hopes and her desperate attempts to survive, she died in her sleep without saying goodbye. Not having

mereka masuk, hatinya meneriakkan kata *tidak suka* dengan kedatangan mereka.

Ketidaksukaan Jakob pada abang-abangnya itu bukan tanpa alasan. Saat kedua abangnya memutuskan untuk pergi hampir dua dasawarsa yang lalu, ibunya sedang sekarat dimakan penyakit. Seakan mengejek harapannya, ibunya yang mati-matian bertahan hidup akhirnya pergi tanpa pamit dalam tidur. Tidak memiliki uang yang cukup, Jakob menguburkan ibunya di belakang rumah dengan acara sederhana, tanpa kehadiran kedua abangnya.

Tiga hari setelah kedatangan dua abangnya, saat matahari telah lama terbenam dan seluruh keluarga mereka sudah tertelan mimpi, Jakob dan kedua abangnya masih terjaga di bawah rona lampu teplok. Tidak ada sepatah kata pun yang keluar dari bibir mereka sampai akhirnya abang tertua, *Amang* Lamsihar, mengembuskan napas panjang sambil menatap Jakob lekat-lekat. "Kami sudah mendengar soal Ibu," katanya pelan, "Dia dikubur di mana, Jakob?"

Jakob tidak segera menjawab. Buta karena amarah dan kesedihan, dia kembali menatap kedua abangnya dan menarik napas dalam-dalam, seakan enggan untuk memberitahukan keberadaan ibunya. Namun dalam hatinya, Jakob sadar kalau kedua abangnya juga berhak untuk mengetahui keberadaan ibu mereka. Mau bagaimanapun keadaan mereka, mereka adalah keluarga. Pada akhirnya, Jakob mengembuskan napas perlahan, lalu memberi tahu mereka bahwa Ibu dikubur di belakang rumah.

"Kenapa Ibu dikuburkan di sana?" tanya Amang Ruhut, "Bukankah dulu Ibu pernah bilang kalau dia ingin dikuburkan di antara leluhur kita?"

Mendengar perkataan Amang Ruhut, hati Jakob serasa diiris pisau tumpul. Dia berusaha mengatupkan bibirnya serapat mungkin. Jakob mulai tertawa lirih, tetapi masih cukup terdengar oleh kedua abangnya yang menatapnya bingung. Dalam hati kecilnya, Jakob berharap kalau abangnya mengerti kesusahan dan sakit hati yang dicicipinya saat pemakaman ibunya terjadi.

"Hatiku sakit melihat kalian berdua," tutur Jakob sambil mengepalkan kedua tangannya, berusaha mengendalikan rasa perih di hatinya yang kembali muncul, tetapi gagal ketika dia kembali

enough money for a proper burial, Jakob had buried their mother in his back yard with a simple ceremony, alone.

Now, three days after the arrival of his two brothers, after the sun had long set and the other family members were fast asleep, the three brothers sat by the light of the oil lamp and were finally ready to broach the subject at hand. They were silent, until finally Lamsihar, the eldest brother, sighed. "We heard about Mother's passing," he said quietly. "Where did you bury her, Jakob?"

Jakob did not answer immediately. Consumed by resentment and anguish, he looked silently at his brothers, as if reluctant to reveal the location of their mother's grave. Jakob took a deep breath. Deep in his heart, Jakob knew that his two brothers had the right to know this information, and that despite their circumstances, they were still family. Jakob sighed, "Our mother is buried in my back yard."

"Why did you bury Mother there?" asked Ruhut, the middle brother. "Didn't she say that she wanted to be buried among our ancestors?" Jakob's brothers looked at him, confused.

Fury rose in Jakob. He wanted his brothers to understand the heartache he had suffered at their mother's makeshift funeral. "It hurts me to look at the two of you," Jakob said, clenching his fists. He tried to control the pain in his heart, but couldn't. Looking at his two brothers with red teary eyes, he said, "Perhaps you succeeded in making your fortune in Java — you have money, you have position, your families are privileged — but now all of that seems rather pointless."

"What do you mean, Jakob?" asked Lamsihar, his voice shaking.

"What's the use of owning as much money as there is sand on the beach, and what's the use of holding a position as high as the clouds, if you never listened to Mother's crying?" Jakob snapped. "Honestly, it always surprised me why Mother cried for two sons who had deserted their family."

Jakob saw Ruhut's jaw set, while Lamsihar remained silent, a sad curve settling on his wrinkled face. Not wanting to say anything more that he might regret, Jakob rose and, without saying anything, left his two brothers.

In their bedroom, Jakob's wife tried to calm him. She knew her husband's bitter feelings toward his brothers; nonetheless, she

menatap kedua abangnya dengan netranya yang memerah dan berkaca-kaca. "Abang bisa saja makmur di tanah Jawa. Punya uang, punya jabatan, punya keluarga yang sejahtera, tapi rasanya sekarang semuanya percuma saja."

"Apa maksudmu, Jakob?" tanya Amang Lamsihar dengan suara bergetar.

"Buat apa uang sebanyak pasir lautan, jabatan setinggi awan, kalau kalian tidak pernah mendengar ratapan Ibu?" Sambarnya pedas, "Jujur saja, aku heran dengan Ibu yang menangisi dua orang yang melupakan keluarganya di kampung."

Jakob melihat air muka Amang Ruhut yang mengeras, sementara Amang Lamsihar hanya terdiam dengan lekukan memilukan menghiasi wajahnya yang keriput. Tidak ingin menuang minyak ke dalam api, Jakob berdiri tanpa mengatakan apa pun dan meninggalkan kedua abangnya dalam kesunyian.

Sesampainya di kamar tidur, istri Jakob yang mengetahui sikap Jakob terhadap kedua abangnya berusaha menenangkan suaminya. Dia mengatakan bahwa ibu mertuanya tidak akan senang dengan sikap Jakob yang terkesan kekanak-kanakan dan tidak mau mendengarkan kedua abangnya yang sudah datang jauh-jauh demi melihat ibu mereka yang sudah tiada. "Adalah salah kalau kau mengusir mereka, Pak," katanya selembut kain satin, "Jangan lupa, kalau kalian itu saudara satu darah dan ibu."

"Lantas kenapa?" tanya Jakob sembari menggelengkan kepalanya, "Aku bukan marah karena mereka pergi ke Jawa demi memperbaiki keuangan mereka. Aku marah karena tidak sekali pun mereka pulang untuk menjenguk Ibu. Dan sekarang, setelah Ibu sudah mati selama dua belas tahun, mereka baru datang? Sudah tidak ada gunanya lagi keberadaan mereka di sini."

Tanpa mengatakan apa pun, istrinya duduk di samping suaminya dan mengelus-elus pundaknya.

"Pak," sanggah istrinya, "sadarkah kamu kalau apa yang baru saja kamu katakan itu jahat? Janganlah hatimu jadi gelap karena kemarahanmu itu."

Jakob diam seribu bahasa. Sementara istrinya melanjutkan, "Bukalah hatimu, Pak. Beri mereka kesempatan dan waktu, itu saja." Ujar istrinya meyakinkan.

▶——•——◀

told him that his mother would not be happy with his childish attitude and his refusal to listen to his two brothers. Afterall, they had come from far away to visit their deceased mother's grave. "It would be wrong for you to throw them out, dear," she said softly. "Remember that you are blood brothers."

"So what?" Jakob shook his head angrily. "It doesn't bother me that they went to Java to better their financial situation; it bothers me that they not once came home to see Mother. And now, they come twelve years after she died? There's no point in having them here anymore!"

Jakob's wife sat down beside her husband and caressed his shoulder. "Darling," she soothed, "don't you realize that what you said is evil? Don't let your closed mind close your heart."

Jakob remained silent.

His wife continued reassuringly, "Open your heart, dear. Just give them a chance and some time. That's all."

———•—•———

The next morning, as Jakob was preparing to feed the livestock, he saw his two brothers smoking in front of the house while sipping their hot, black coffee. He couldn't believe it when he overheard Ruhut's loud regrets that he had not returned home sooner.

"If only I had come home earlier," Ruhut said wearily to his brother. "I might have seen Mother, and maybe Jakob wouldn't be so angry."

Jakob contemplated Ruhut's words, echoing in his mind. Then, shaking his head, Jakob was again consumed by resentment and continued on without any intention of forgiving his brothers.

After feeding his cattle, pigs, and chickens, Jakob paced aimlessly around, thinking about his mother and feeling troubled. He soon found himself standing beside his mother's grave in the garden behind his house. Jakob stared at his mother's resting place and exhaled a long sigh. Smiling a little, he felt that it was his mother who had brought him here.

"Mother, here's your son Jakob," he said quietly. "I'm sorry I couldn't visit you for a few days." Jakob told his mother that his two brothers had returned from Java after having been gone for a long time. He also told her about the grievances he carried in his heart.

Paginya, Jakob tengah bersiap untuk memberi makan ternak ketika tanpa sengaja dia melihat kedua abangnya yang tengah mengisap tembakau di depan rumah sambil menyesap kopi hitam yang masih mengepul. Sayup-sayup, Jakob dapat mendengar apa yang tengah mereka bicarakan. Dia tidak dapat memercayai telinganya ketika Amang Ruhut mengangkat suaranya, menyatakan penyesalannya karena tidak pulang kampung lebih cepat.

"Aku hanya bisa berandai, Bang," ucapnya lesu, "seandainya aku pulang lebih cepat, mungkin aku masih bisa bertemu Ibu. Dan mungkin saja Jakob tidak semarah ini."

Jakob termenung. Ucapan Amang Ruhut terus-menerus berputar dalam kepalanya tanpa henti. Namun, Jakob menggeleng-kan kepalanya dan pergi dari tempatnya berdiri tanpa memiliki niat untuk membuka hati. Rasa sakit hatinya sudah terlalu dalam menguasai dirinya.

Selepas memberi makan babi dan ayam peliharaannya, Jakob berjalan sembari mengenang ibunya. Pikirannya sekalut hatinya.

Saat Jakob melihat sekitarnya, dia sudah berdiri di samping kuburan ibunya di belakang rumahnya. Jakob menatap kuburan ibunya sambil menghela napas panjang sebelum tersenyum kecil. Dia merasa kalau ibunyalah yang membawa dia kemari.

"Bu, ini anakmu, Jakob," sapanya dalam hening, "Maaf kalau beberapa hari ini aku tidak bisa datang menjenguk."

Jakob menceritakan kepada ibunya yang berada di langit bahwa kedua abangnya sudah kembali dari tanah Jawa setelah lama menghilang ditelan waktu dan bumi. Dia juga menceritakan keluh kesah yang tersembunyi dalam hatinya yang tidak memiliki kesempatan untuk berbicara.

"Entahlah Bu," desahnya lirih, "Rasanya sudah tidak ada lagi yang benar dalam diriku ini," katanya sambil menatap langit biru. "Aku merasa ... apa yang aku lakukan ini tidaklah benar."

Tidak ada yang menjawab selain suara tawa keponakannya dari dalam rumah. Jakob mengerjapkan kedua matanya beberapa kali sebelum menghela napas panjang sembari mengusap wajahnya yang sekasar pasir dengan gusar. Batinnya lelah. Sungguh, dia berharap ibunya dapat berbicara kepadanya sekarang dan memberikan sebuah petunjuk atau apa pun. Namun kenyataan

"I don't know, Mother," he sighed softly. "I don't think I'm a good person." Looking up at the blue sky, he continued, "I feel that what I'm doing is not right."

No one answered. There was only the sound of his nephews' laughter from inside the house. Jakob blinked a few times before taking another deep breath. Irritated, he ran a hand across his weathered face. He was tired and fervently wished that his mother could talk to him now and advise him. Realizing once again that his mother was not alive to help, upset him. Finally, Jakob turned to go home, even though his questions remained unanswered.

⊢—·—·—⊣

Later that night, Jakob woke up and couldn't believe his eyes. There was his mother, sitting cross-legged beside him! The grasses in front of them swayed gracefully as if tempting her to dance. Jakob was sure he had fallen asleep in his room and not outdoors, but he rushed to get up. His mother's hair was neatly tied back and had started to turn as white as ivory. The wind sifted playfully through the strands. She looked at Jakob warmly and patted the ground beside her.

Stiffly, Jakob sat down next to his mother.

For a long time, neither of them spoke. Jakob was preoccupied with his jumbled thoughts. He had absolutely no idea if this was a sign of disaster or a sign from God.

"Jakob, how are you?" his mother asked.

Jakob had never heard his mother speak with such a silken voice, even when she was still alive. Nodding his head, Jakob desperately tried to hold back his tears.

Jakob's mother caressed the top of his head. Happily, she said, "It is all right, Son; things are good." While motioning Jakob to lay his head on her lap, she said, "I know that your two brothers have come home."

Jakob nodded. He closed his eyes and enjoyed his mother's loving touch that he had missed so much.

"I'm very happy to see your brothers have come home after living in Java for such a long time," Jakob's mother continued cheerfully. Her eyes sparkled. "I see that your children and your brothers' children are doing well."

bahwa ibunya tidak lagi akan bisa membantu, menamparnya keras. Pada akhirnya, Jakob memutuskan untuk kembali masuk ke rumah tanpa mendapatkan jawaban dari siapa pun.

⊢——•—•——⊣

Malamnya, Jakob terbangun dari tidurnya dan tidak bisa memercayai matanya. Dia yakin sekali kalau semalam dia jatuh tertidur di dalam kamarnya dan bukannya di alam terbuka. Terlebih, yang membuat Jakob bergegas bangkit berdiri dari pembaringan adalah keberadaan ibunya yang tengah duduk bersila di samping-nya. Seakan mengajaknya untuk menari, rumput di hadapannya bergoyang dengan gemulai. Rambut ibunya yang digelung rapi dan mulai berwarna seputih tulang tersisir oleh angin. Ibunya menatap Jakob hangat dan tidak mengatakan apa pun sambil menepuk tanah di sampingnya, meminta Jakob untuk duduk. Ragu-ragu, Jakob duduk di sebelah ibunya dengan kaku.

Tidak ada yang berbicara di antara mereka untuk waktu yang cukup lama. Jakob sibuk dengan pikirannya yang mulai meracau. Dia sama sekali tidak tahu apakah ini tanda petaka atau petunjuk dari Tuhan.

"Jakob," panggil ibunya, "Bagaimana kabarmu?"

Jakob terdiam. Belum pernah dia mendengar suara ibunya yang sehalus sutera, bahkan ketika ibunya masih hidup. Mati-matian Jakob berusaha menahan tangis dengan mengangguk-anggukkan kepalanya.

Ibunya mengelus kepala. Terlihat jelas guratan kebahagiaan terpancar dari wajahnya. "Bagus, bagus," ibunya terus mengatakan hal yang sama sembari membiarkan Jakob rebah bertumpu pada pangkuannya, "Ibu lihat, kedua abangmu sudah pulang, ya."

Jakob mengangguk dalam diam dan menutup kedua matanya, menikmati sentuhan kasih ibunya yang sudah lama tiada.

"Ibu senang sekali saat abangmu pulang setelah sekian lama tinggal di tanah Jawa," ucapnya bahagia sebelum menatap netra Jakob dengan matanya yang bersinar, "Ibu lihat anak-anakmu dan anak kedua abangmu baik-baik."

Jakob hanya mengangguk.

"Jakob, anakku," lanjutnya, "Kenapa dengan hatimu, Nak?"

Jakob tercengang mendengar ibunya. Dia benar-benar tidak menyangka kalau ibunya mendengar perkataannya pagi tadi.

When Jacob nodded without commenting, his mother continued, "Jakob, tell me what's troubling you, Son."

Jakob was surprised. He had not expected his mother to hear him talking to her that morning. He wanted to lift his head and defend himself, but somehow, he couldn't.

"What you said this morning reminded me of the time you tried to defend our family fourteen years ago." Jakob could hear the smile in her voice. He remembered that day in the market when he punched a shopkeeper in the face. Jakob had not meant to cause any trouble, but he had lost his temper when the man insulted his family.

"How can one forget his family?" the shopkeeper had yelled at Jakob. "Didn't your mother teach your brothers about honoring their family? Or does your family no longer uphold tradition and allows your brothers to leave and forget their homeland?"

That's when Jakob had punched him.

On that day, his mother had repeatedly knelt to apologize to everyone in the market for the childish commotion Jakob had caused.

"What you did to that shopkeeper back then is the same as what you're doing to your two brothers now," she said. "You don't want to listen to your two brothers because your anger won't let you."

"Then, what should I do?" asked Jakob miserably. "Isn't it too late for them to visit you, Mother?"

"They're not here without reason," his mother answered patiently. "Remember what your wife said to you?"

"Yes," replied Jakob, holding back his tears. "She asked me to open my heart."

"Then listen to her," his mother said, stroking Jakob's graying hair. "I'm sure your brothers came for the good of the three of you."

Jakob nodded in relief. He no longer felt burdened. He burst out crying, wetting his mother's clothes with his tears. His mother laughed and patted Jakob's shoulder.

"Don't cry for me, my child," she comforted. "Cry for yourself. Remember that it's never too late to make amends." Jakob sat up

Ingin rasanya dirinya bangkit dan membela dirinya, tapi bagai tersihir, tubuhnya tidak menuruti kemauannya.

"Mendengar perkataanmu pagi tadi, aku jadi teringat saat kamu berusaha membela keluarga kita empat belas tahun lalu," katanya sambil tertawa renyah.

Perkataan ibunya membuat Jakob teringat saat dirinya menghantamkan tinju pada wajah salah satu pedagang yang dikenalnya di pasar. Sesungguhnya, Jakob tidak ingin menimbulkan kekacauan, tapi cibiran pedagang itu pada keluarganya membuat dirinya lepas kendali.

"Mana ada keluarga yang lupa akan kedudukannya!" serunya pada Jakob, "Tak pernahkah ibumu mengajari soal itu? Atau memang benar kalau sudah tak ada adat di keluargamu dengan mengizinkan abangmu pergi merantau dan membiarkan mereka lupa dari mana mereka berasal?"

Hari itu pula, ibunya berkali-kali berlutut meminta maaf kepada semua orang di pasar karena tindakan yang terkesan kekanakan yang dilakukan Jakob.

"Apa yang kamu lakukan ke pedagang itu sama dengan apa yang kamu lakukan pada kedua abangmu," tuturnya, "Kamu tidak mau mendengarkan kedua abangmu dan terlalu berpaku pada sakit hatimu."

"Lalu aku harus apa?" tanya Jakob lemas, "Bukannya sudah terlambat buat mereka untuk melihat Ibu?"

"Mereka kemari bukan tanpa alasan," jawab ibunya sabar, "Ingat apa yang pernah istrimu katakan beberapa malam lalu?"

"Ya. Dia memintaku untuk membuka hatiku," jawab Jakob sambil menahan tangis.

"Kalau begitu, lakukanlah," kata ibunya sambil mengusap-usap rambut Jakob "Ibu yakin, mereka datang untuk kebaikan kalian bertiga."

Jakob mengangguk lemah. Rasa berat di hatinya kini sirna terbawa angin saat air mata mengalir deras dari kedua matanya dan membasahi pakaian ibunya. Ibunya hanya tertawa sambil menepuk-nepuk bahu Jakob.

"Janganlah menangisi aku, Nak," hiburnya, "Tangisilah hatimu, dan ingat kalau tidak ada kata *terlambat* untuk meminta maaf." Ibunya kini bangkit berdiri dan mulai berjalan menjauh.

as his mother rose. He watched his mother's frail back slowly disappear in the wind.

Jakob closed his eyes. When he opened them, he was in his own bed with tears flowing down his hollow cheeks. His wife, asleep next to him, woke up. Gently rubbing Jakob's damp back, she felt him shaking and saw his ashen face. "What's the matter, Jakob?"

"I'm fine," Jakob replied in a quivering voice. "I've just had some revelations."

———•—•—

A few days later, Jakob and his two brothers gathered in the living room with their families. Jakob sat quietly, occasionally taking a drag of his cigarette, as Lamsihar adjusted his seat and started talking about the reason for coming home. "I discussed this situation with Ruhut long before we planned to visit," Lamsihar said. "Ruhut and his family were willing to join us. Still, Jakob, it is not possible to follow Batak custom and perform this funeral ceremony without your consent."

Jakob looked evenly at Lamsihar. Although he knew about the custom his two brothers were talking about, his curiosity about their sincerity snuffed the last of the burning embers of anger he still carried in his heart. "What do you two mean?" he asked.

"We would like to ask your family to join us in moving Mother's remains to a more suitable place," replied Lamsihar. "That's why we all came home together."

"We knew that it was too late for us to see Mother," Ruhut added, with a sad smile. "But this is the only thing we can do. At least Mother can have a better resting place."

Jakob began to sob.

His two brothers were taken aback by Jakob's reaction. Jakob confessed that anger had consumed the better of him all this time. Bowing several times until his head almost touched the floor, he begged for forgiveness from his two brothers and their families.

"Jakob, stop it, please!" Ruhut exclaimed. "We are just as guilty as you are. Now, let us fix what is broken, starting with relocating Mother's grave to a better place."

That morning, the fog that usually covered the house was gone. It was replaced by the warm glow of the sun.

Jakob termenung menatap punggung ringkih ibunya yang semakin menjauh dan menghilang terbawa angin. Jakob menutup kedua matanya, membiarkan air mata yang menggenangi kedua pelupuk matanya mengalir melintasi pipinya yang tirus sebelum terbangun dari tidurnya.

Istrinya yang tidur di sebelahnya terbangun. Dia mendapati suaminya yang duduk di ranjang, gemetaran dengan wajah seputih kertas. "Ada apa, Pak?" tanya istrinya sambil mengusap pelan punggung Jakob yang berkeringat.

"Aku tidak apa," jawab Jakob dengan suara bergetar, "Hanya, mendapat sebuah pencerahan."

┣━━·━·━━┫

Lepas beberapa hari, seluruh keluarga Jakob dan keluarga kedua abangnya berkumpul di ruang tengah. Jakob sendiri duduk diam sambil sesekali mengisap tembakau saat abangnya membenarkan tempat duduknya dan mulai berbicara mengenai alasan mereka pulang kampung. "Abang sudah membicarakan ini dengan Amang Ruhut jauh sebelum kami sekeluarga berencana untuk datang, dan Ruhut beserta keluarga bersedia ikut serta," ujar Amang Lamsihar, "Akan tetapi, Jakob, adat ini tidak akan bisa dilakukan tanpa restu darimu juga."

Jakob menatap lurus Amang Lamsihar. Meskipun dia paham akan adat yang dimaksud oleh kedua abangnya, rasa penasarannya memadamkan bara amarah yang tersisa dalam hatinya. "Apa maksud Abang berdua?" tanyanya sebelum dia bisa menguasai bibirnya.

"Kami mau minta keikutsertaan dari keluargamu untuk me-mindahkan tulang-belulang Ibu ke tempat yang lebih baik," balas Amang Lamsihar, "Itulah alasan kami datang di saat yang bersamaan."

"Kami tahu mungkin sudah terlambat bagi kami untuk bisa melihat Ibu," sambung Amang Ruhut sambil tersenyum sendu, "Tapi hanya inilah yang bisa kami lakukan, setidaknya agar beliau bisa memiliki tempat peristirahatan yang lebih layak."

Isak tangis terdengar dari bibir Jakob, diiringi dengan air mata yang mengalir semakin deras. Kedua abangnya terkejut melihat tangisan Jakob dan menanyakan ada apa gerangan. Jakob mengutarakan segala yang ada di dalam hatinya selama

"Horas! Horas! Horas!" the gravediggers called out, signaling they had found the bones of Jakob's mother. Jakob immediately joined his two brothers in responding to the call, which meant a prayer of thanksgiving. The three brothers stood, holding white cloths in their hands, ready to receive their mother's bones.

They carried the bones to the place they had prepared, and cleaned them with a mixture of turmeric and lime juice.

While Jakob cleaned the bones, he recalled his mother's words. Her gentle voice had removed the shroud of anger that had covered him. Hers was the only voice that had been able to guide him out of the darkness. Tears of joy streamed from Jakob's eyes.

ini, terutama amarah yang menguasai dirinya. Berkali-kali Jakob membungkukkan badan hingga kepalanya nyaris menyentuh lantai, memohon pengampunan dari kedua abang dan keluarganya.

"Jakob, janganlah membungkuk," sambar Amang Ruhut, "Kami juga sama bersalahnya dengan dirimu. Biarlah kita memperbaiki apa yang rusak, diawali dengan memindahkan Ibu ke tempat yang lebih baik."

Pagi itu, kabut yang seakan menutupi rumah kini lenyap, diganti dengan rona hangat matahari.

⊢—•–•—⊣

"Horas! Horas! Horas!" seru para penggali kubur, menandakan tulang ibu si empunya acara telah ditemukan. Jakob bersama abang-abangnya segera membalas seruan yang bermakna doa ucapan syukur itu. Mereka sudah siap dengan kain putih di tangan masing-masing untuk menerima tulang ibu mereka. Mereka membawa tumpukan tulang ibunya ke tempat yang telah disediakan untuk dibersihkan dengan air campuran kunyit dan jeruk nipis.

Saat Jakob membersihkan tulang ibunya, perkataan ibunya menghampiri pikirannya. Terngiang di telinganya suara ibunya yang lembut, yang menyibakkan tabir amarah yang menyelubungi mata hatinya. Itulah satu-satunya suara yang membimbing hati Jakob keluar dari ketersesatan di kekelaman. Air mata kelegaan meleleh dari pelupuk mata Jakob.

⊢—•–•—⊣

# Yang Beralih

Rinto Andriono

Penerjemah: Oni Suryaman

Matahari sudah tinggi. Udara Yogya sudah berjam-jam membungkus badan Soumi dengan gerah. Lengket, panas, dan lembap menyatu mengumpulkan resah. Soumi resah, hatinya sangat resah. Resah yang berkepanjangan membuatnya gundah. Gundah pada kehidupan sepinya — kehidupan yang dipilihnya sendiri semenjak itu. Hidup yang telah dipilihnya melalui pergulatan batinnya memang bisa jadi sulit karena ternyata hidupnya tidak selalu bisa dimenangkannya. Akan tetapi, bukan semata-mata dia yang membentuk hidupnya — ada dengus bengis yang turut mendorongnya menyeberangi jatidirinya.

———•·•·•———

"Soumi, bangunlah, sudah subuh!" teriak Karyo dari luar kamar.

Saat itu, ibu Soumi sedang menginap di rumah sepupunya yang belum sehari menjanda. Soumi ditinggal serumah hanya berdua dengan Karyo, suami ibunya yang tentara. Karyo bukan bapak kandungnya. Soumi adalah buah pernikahan ibunya dengan suami sebelumnya. Ibunya dan Karyo tidak beranak. Hanya Soumi semata wayang anak mereka.

Ingatan Soumi dengan cepat mengisi penuh kesadarannya. Dia sudah terbiasa bangun sebelum subuh. Galibnya, ibunya menjerang air di perapian. Pagi ini, dia sendiri yang akan melakukan itu. Soumi riang dan ringan. Bagai kedasih yang berbahagia, dia bangkit dari pembaringan. Soumi segera menyahuti Karyo sambil melangkah membuka gerendel kamarnya.

Tiba-tiba, dengan sangat berdaya, pintunya terdorong terbuka. "Heh …." Seolah kerbau mengamuk, Karyo mendengus dan menyergapnya.

"Ahh …." Soumi tidak cukup sigap dan berdaya untuk melawan.

# The Third Gender

By Rinto Andriono

Translated by Oni Suryaman

It was already midday, and the stifling, muggy, Yogyakarta air enveloped Soumi's perspiring body. The humidity made Soumi restless. And as the restlessness dragged on, she became depressed about her lonely life — the life she had to choose on that terrible day. True, anyone's life could be difficult, for it might not turn out to be the most rewarding. But Soumi had not deliberately chosen this life. A violent force had driven her to cross the boundary of her identity.

———

"Soumi, get up!" Karyo shouted from outside Soumi's room. "It is dawn already!"

That morning, Soumi was home alone with Karyo, her mother's husband. Soumi's mother was staying with her cousin, whose husband had died the day before. Karyo, who served in the military, was not Soumi's biological father. Soumi was the only child from her mother's previous marriage, and she was the only child in the extended family. Soumi's mother and Karyo didn't have children.

Soumi was used to getting up before dawn, and she quickly rose. Usually, her mother boiled the water. This morning, Soumi would have to do it herself. Happy like a lovebird flying into the morning, she answered Karyo's call and lifted the latch of her bedroom door.

The door slammed into her, shoved open forcefully by Karyo, who lunged at her, snorting like a bull in heat.

Astonished, Soumi was neither ready — nor strong enough — to fight back. Hundreds of her life's memories ripped apart all at once: the innocence of her past, the colorful fantasies of her aspirations, the passionate hopes of love to come, and the anticipation of her unknown future. Everything changed that morning. The mural of

Ratusan lukisan hidupnya koyak seketika. Lukisan-lukisan yang polos tentang masa lalunya, yang berwarna-warni tentang cita-citanya, yang bergelora tentang cintanya, dan yang masih samar-samar tentang masa depannya. Semua berubah bagi Soumi pagi itu. Seketika, dia menjadi kain mota yang koyak, luruh, dan tidak berguna!

Dari dalam kamarnya, Soumi membaui wewangian badan Karyo yang sudah mandi dan hendak pergi bekerja. Seketika, Soumi mual. Lantas dia mendengar Karyo pergi sambil bersiul-siul, seolah tidak terjadi apa-apa.

Soumi bergegas pergi ke kamar mandi dengan hati luluh lantak. Dia mandi lama sekali. Seolah noda yang dipaparkan Karyo sangat sulit hilang, dia menggosok tubuhnya lagi dan lagi. Air bilasan mengalir tanpa henti, tapi perasaan ternoda dalam hatinya tetap tidak mau pergi.

Kembali berada di kamarnya, dia menekuri foto-foto dirinya, kemudian berucap, "Apa gunanya foto-foto ini?" Dia membakar semua foto masa kecilnya, raport sekolah, ijazah kelulusan SD, SMP, dan SMA, kartu tanda penduduk, serta akta kelahirannya. Dia mengemasi barangnya sekaligus mengemasi batinnya. Soumi merasa harus meninggalkan rumah lamanya dengan segala kelemahan dan kekalahan sebagai perempuan yang pernah di-kenalnya.

"Aku tidak mau hidup sebagai perempuan!" ikrar Soumi yang masih dalam tubuh perempuannya, "Dunia ini memang bukan untuk perempuan!"

Sekarang, Soumi memang membutuhkan jatidiri yang baru. Namun, Soumi belum memikirkan kemungkinan menjadi lelaki. Dia masih jijik dengan jenis kelamin itu.

"Aku tidak ingin berubah menjadi pemerkosa seperti Karyo! Aku juga tidak akan lagi menjadi korban pemerkosaan siapa pun!" kata Soumi mantap meninggalkan rumahnya.

Bagi Soumi, rumah sudah kehilangan teduhnya, bahkan dia pergi tanpa merasa perlu menghiraukan pintunya yang masih menganga. Dia hanya meninggalkan pesan pendek untuk berpamitan pada ibunya. Riwayat rumah itu sudah padam bagi Soumi.

her entire life had been shredded into a torn, crumpled, useless canvas.

———•——

Afterwards, in her room, Soumi could smell Karyo's cologne. He had showered and was ready to go to work. Soumi felt nauseated. She heard Karyo leave, whistling as if nothing had happened.

Soumi rushed to the bathroom. She stood in the shower for a long time, fiercely scrubbing her body over and over again as if she could never wash away the stain Karyo had left on her. But no amount of water could cleanse the darkness from her heart.

Back in her room, Soumi pulled out her photo albums and scrapbooks. *What good are these for?* She burned her childhood pictures, her school diplomas, her identification card, and her birth certificate. Then she packed up what was left of her belongings, along with her heart.

For Soumi, her home had lost its protective meaning. She was no longer a part of this house's story. She felt forced to leave the family she had lived with as a female, along with a woman's weaknesses and defeats.

"I will not live as a female anymore!" Soumi swore. "This world doesn't belong to women!"

She left a short message for her mother. "This is no longer home," Soumi wrote, and, leaving the front door wide open, she left the house, as well as her identity as a woman.

———•——

Now, Soumi would need a new identity. She considered disguising herself as a man, but the male sexuality disgusted her. "I don't want to be associated with a rapist like Karyo!" Soumi said firmly. "Nor will I ever be raped by anyone again!"

After trying to make a living in Malang and Surabaya, Soumi arrived in Yogyakarta. The charming city welcomed her. Soumi now had a masculine appearance. She wore her hair short and neat, and she used hair gel that left grooves in her freshly combed hair. She practiced self-defense with Thai boxing.

Soumi worked as waitstaff in a modern restaurant. Her well-kept, almost delicate appearance made people like her. She did her job well and was promoted. Soumi felt that life was finally on

"Ini sudah bukan rumah!" Soumi pergi dari rumahnya, sekaligus meninggalkan jatidirinya.

———•••———

Setelah mencoba hidup di Malang dan Surabaya, akhirnya Soumi terdampar di Yogya. Kota nyaman yang telah membuka diri untuknya. Soumi sekarang bertubuh lebih kekar. Dia melatih dirinya dengan *kick boxing,* bela diri tinju dari Thailand. Rambutnya pun terpotong pendek dan rapi. Dia menggunakan jel rambut yang pekat. Jejak sisir nampak jelas di rambutnya.

Sebelum wabah covid, Soumi bekerja sebagai pramusaji di sebuah rumah makan modern. Pembawaannya yang rapi, bahkan cenderung halus, membuatnya banyak disukai orang-orang. Pekerjaannya pun membaik. Dia tidak hanya menjadi pramusaji, tetapi telah dipercaya menjadi penyelia. Soumi merasa hidup kini telah berpihak padanya. Namun, semua kandas setelah wabah covid berjalan hingga bulan kedelapan. Rumah makannya tidak lagi sanggup melawan gempuran kehilangan pelanggan disertai kenaikan harga-harga bahan baku. Benteng penghidupan Soumi pun ikut runtuh bersamaan dengan itu.

Siang itu, dia berpeluh mengantre. Wabah covid yang berumur setahun telah memakan kehidupannya hingga tersisa remah-remah terakhir. Soumi mengantre untuk mendaftar menjadi penerima BLT dari pemerintah.

"Nama?" tanya petugas Kepanewonan Mergangsan pendek.

"Soumi."

Petugas yang bosan mendongak, mendesak, "Yang benar?"

"Benar, Pak, saya Soumi." Soumi menegaskan diiringi sikap enggan sang petugas di borang pendaftaran.

"Kau laki-laki atau perempuan?" tanya sang petugas menyelidik.

"Bukan keduanya." jawab Soumi dengan penuh keyakinan.

Petugas itu berhenti menulis. Dia bersandar di kursinya, seolah pemilik kuasa. Dia menarik napas dalam-dalam seperti mempersiapkan sebuah ceramah panjang tentang ragam jenis kelamin yang diizinkan untuk surat-surat kependudukan di negara kesatuan ini. Serangkaian kata berhamburan dari mulut ceroboh tidak bermasker itu — mulai dari pilihan di borang hingga perintah agama. Intinya, Soumi harus memilih, laki-laki atau perempuan. Titik!

her side. But it all ended during the eighth month of the COVID pandemic. The restaurant could no longer survive the decreasing customers and the increasing costs. Soumi's life fell apart, together with the restaurant.

A year into the pandemic, Soumi stood in a long queue, drenched in perspiration. The ongoing crisis had depleted the last of her savings. She was now lined up to register for the cash subsidy the government was providing.

"Your name?" asked the bored, unmasked officer from the Mergangsan District.

"Soumi."

The officer looked up. "Really?"

"Yes, sir. My name is Soumi." The officer scrutinized Soumi then scribbled on the registration form.

"Male or a female?"

"Neither."

The officer stopped writing. Leaning back in his chair with a righteous air, he took a deep breath, readying himself to deliver a long speech about the legal aspects of the gender entry on the government application form. A barrage of words burst from his mouth. His lecture started by pointing out the stated gender options on the registry form and went on to discuss the religious views on the matter. Bottom line, he said, Soumi had to choose between being male or female. Period!

Soumi stared at the form, wildly conflicted. She didn't want to return to the bitter past when she was a weak woman, but nor did she identify as a man either. She had affirmed to herself that she was neither man nor woman, and she had begun painting a fresh mural of her new life. She felt comfortable with her new self — someone very different from her previous female self, but still not a man, like Karyo, who was cruel and conceited.

"Your ID, please." The official was losing patience with Soumi.

"I don't have an ID. I only have the temporary resident registration card from the precinct."

The officer abruptly ended Soumi's application to survive. "Without a proper ID, you are not eligible for the subsidy."

The answer had been the same when she tried to obtain legal identity documents. In fact, the official answers were always the

Bagi Soumi, perintah mengisi borang ini sangat berat. Dia enggan membuka kenangan pahit masa lalunya — saat dia masih perempuan dan lemah. Meski sekarang sudah tidak menganggap dirinya perempuan, dia tidak lantas menyebut dirinya laki-laki. Dia sudah mantap dengan dirinya yang bukan keduanya. Kemantapan itu seiring dengan kekosongan jatidiri yang mulai terlukis dengan gambaran diri yang baru. Soumi merasa nyaman dengan dirinya sekarang yang jauh dari dirinya dahulu, tetapi dia tetap bukan Karyo yang laki-laki dan bengis serta jumawa.

"Coba lihat KTP?" pinta petugas yang mulai putus asa dengan keterangan Soumi.

"Saya tidak punya KTP, hanya kartu penduduk musiman dari Kelurahan," jawab Soumi.

"Tidak punya KTP tidak boleh mendapat BLT," kata petugas pendek memungkasi upaya Soumi untuk menyambung hidupnya.

Soumi sebenarnya enggan beradu mulut, tetapi dia sangat membutuhkan BLT untuk kelangsungan hidupnya. Di sisi lain, jawaban dari petugas di mana pun selalu seragam. Jawaban yang sudah dihafal Soumi dari pengalamannya mengurus surat-surat kependudukan. Seolah memutar pita rekaman rusak, Soumi pun mengulang membacakan berbagai rujukan Kesepakatan Internasional tentang pengakuan terhadap jenis kelamin ketiga. Masalah ini sebetulnya bisa teratasi bila Soumi pulang ke kampung halamannya dan mengurus surat pindah. Namun, itu mustahil bagi Soumi karena Karyo masih hidup dan dia sudah tidak menginginkan jatidirinya yang lampau. Lukisan yang telah koyak biarlah usang. Soumi sedang melukis yang baru.

"Urus KTP dulu, baru bisa ambil BLT," kata petugas ketus memungkasi adu mulut dengan berteriak, "Antrean berikutnya!"

⊢—•◦•—⊣

Pada bulan Maret 2021, Soumi dan kawan-kawannya telah memasuki bulan kelima kehilangan pekerjaan di rumah makan. Wabah ini mengharuskan mereka memutar otak lebih kencang. Inilah saatnya dunia manusia berubah sedemikian cepat sehingga membuat manusia-manusia yang hidup di dalamnya kelimpungan. Para manusia tunggang-langgang mengikuti dunianya yang telah bergeser tidak sekehendaknya. Ini ibarat rumah yang justru pergi meninggalkan penghuninya.

same, wherever she went. Over and over again, sounding like a looping soundtrack, Soumi recited the list of the international agreements that recognized the third gender, which is neither male nor female.

Soumi could solve the "proper ID" problem by obtaining relocation papers from the authorities in her former neighborhood. But that was out of the question for Soumi. She didn't want to face Karyo — or her former self. The torn mural of her past should be left to deteriorate; Soumi was painting a new one.

"After you obtain the proper ID, you can come back and get the subsidy," the official said bluntly and looked at the person in line behind her. "Next!" he shouted.

———•—•———

March 2021 marked five months that Soumi and her workmates had been laid off from their job at the restaurant. The pandemic had forced them to get creative to survive. The world was spinning so fast, it left its inhabitants off balance, forced to catch up with a world that had moved on without their consent, like a house that had evicted its residents.

Soumi and her friends had depleted their savings. They tried to survive in various ways. Eating less was their first option. Not seeking medical help for minor afflictions was another option.

Soumi moved to a small room. The boardinghouse was located in a secluded corner of a slum, but the rent was cheap. She applied for any job she could find; her friends were doing the same. They either survived or they didn't.

One day, the friends all arranged to meet at the city park. The isolation necessitated by the pandemic had alienated them from one another. They needed to meet just to share their worries and have a human connection.

"What are you doing now, Gar?" Wulan asked Tegar. Like Soumi, she used to work as waitstaff.

"I am selling betta fish, the Siamese fighting fish," Tegar answered. He used to be the cashier. "Taking care of these small fish is cheap."

"I make and deliver spring rolls, on order," Wulan said.

Soumi dan kawan-kawan pun berangsur kehilangan isi tabungannya dengan pasti. Mereka berusaha menyambung hidupnya dengan berbagai cara. Mengurangi catuan makanan harian adalah pilihan pertamanya. Soumi pun berkeras untuk tidak berobat meski batuk atau demam datang mendera. Soumi telah berpindah ke kamar sewaan yang lebih sempit, kumuh, terpencil, tetapi murah, sambil mencari pekerjaan apa pun yang mungkin diraihnya.

Kawan-kawannya pun berlaku sama. Pilihannya, terus berusaha sebisanya atau punah. Suatu ketika mereka bersepakat bertemu. Kepencilan masa wabah membuat mereka saling terasing. Mereka butuh bertemu di taman kota untuk sekadar mengadukan keluh dan mendengarkan resah.

"Kau sekarang jadi apa, Gar?" tanya Wulan, dulu sesama pramusaji dengan Soumi.

"Aku jualan ikan cupang," jawab Tegar, mantan kasir rumah makan yang tegar. "Ikan kecil biaya pemeliharaannya irit."

"Aku bikin lumpia, tapi harus pesan dulu, baru nanti kubuat dan kukirim ke pemesan." terang Wulan.

Soumi senang kawan-kawannya terus berusaha semampunya. Pada masa wabah ini, yang penting *obah mamah* — terus bergerak meski hasilnya sedikit, hanya cukup untuk makan.

"Sekarang pendapatan keluarga kami menjadi lebih sedikit," papar Wulan, "anak-anak sudah tidak pernah bisa plesir lagi."

"Ya ... tidak ada lagi uang untuk kebutuhan sampingan," lanjut Tegar, "semua mendapat rezeki tipis-tipis tapi rata, ini waktunya berbagi."

"Sudah sebulan ini, kami selalu melewatkan sarapan, bukan karena ingin langsing seperti orang-orang gedongan, tapi biar irit," timpal Wulan.

Lain Wulan dan Tegar, lain pula Yanto. Dia adalah mantan satpam rumah makan. Tubuhnya kekar dan sehat. Memenuhi syarat sebagai penjaga keamanan yang baik. Namun nasibnya tidak sebagus badannya. Yanto ketularan covid dan menghabiskan dua setengah minggu di rumah sakit untuk sembuh dari penyakit ini. Dia sampai harus menggadaikan kendaraannya untuk mencukupi kebutuhan keluarganya.

Soumi was happy that her friends were doing their best to survive. It was critical to do whatever was necessary to make enough to eat.

"Because money is so tight," Wulan continued, "my kids won't have a vacation again this year."

"Yeah, we don't have money for entertainment," Tegar answered. "Our meager income is spread thin."

"This month," Wulan responded, "we skipped breakfast, not because we eat a rich person's diet, but because we have to save money."

Just as things were different for Wulan and Tegar, they were also different for Yanto. He had been the restaurant's security guard. His athletic build had made him a good fit for the job, but now, his immune system was not as strong as his body. He had caught COVID and spent almost three weeks in the hospital. Yanto had to pawn his vehicle to pay the bills.

Their lives were in a no-win situation — if they didn't work, they could not eat; if they did work, they risked catching COVID.

"Yanto, what did having COVID feel like?" Tegar asked.

"Have you ever caught a really bad cold?" Yanto said slowly. "Multiply that feeling by three, and you'll get an idea of how it felt. First, you lose your sense of smell; then, you can't breathe because your lungs are filled with phlegm. Unless you get oxygen, you suffocate and die."

The friends cringed.

Soumi walked over to Jamila. The cook at their former workplace sat alone, not engaging with the others.

"Hi, Jamila," Soumi said. "What are you doing now?"

"Well, I don't have a job. It is difficult for someone my age to find a new job and start all over again." Jamila, who had worked at the restaurant for more than ten years, lamented the situation. "We have witnessed the restaurant where we worked lose its business."

"But you can cook!" Soumi asserted. "The big businesses may have collapsed, but a small business might still have a chance to grow."

"It is impossible; I need a lot of money."

Hidup mereka seperti buah simalakama — bila tidak bekerja, tidak bisa makan; tetapi bila terus berusaha, kemungkinan tertular covid.

"Rasanya bagaimana, Yanto?" tanya Tegar.

"Kau pernah merasakan influensa yang sangat berat?" tanya Yanto kembali.

"Iya," jawab Tegar.

"Nah, rasa itu kau kalikan tiga, begitu rasanya." terang Yanto. "Pertama kau akan kehilangan penciumanmu, lalu zat asam tidak bisa diserap tubuh karena paru-paru berlendir. Bila tak dibantu pasokan zat asam, kau akan lemas dan menemui ajal."

"Hiiii." nyali Tegar mengeret.

Soumi mendapati Jamila, mantan tukang masak di tempat kerjanya dulu, menyendiri dan kurang bersemangat.

"Hai, Jamila." sapa Soumi.

"Kita ini menyaksikan rumah makan tempat kita bekerja tidak mampu lagi mencari makan." kata Jamila, tukang masak yang sudah belasan tahun bekerja di situ, seolah menyesali keadaan.

"Sekarang kau kerja apa, Jamila?" tanya Soumi.

"Aku belum dapat, seumurku sudah susah mencari kerja dan memulai dari awal lagi."

"Tapi kau bisa memasak!" yakin Soumi, "Usaha yang besar memang bertumbangan, tapi usaha yang kecil masih ada peluang tumbuh kembang."

"Tidak mungkin aku bisa hidup, aku butuh biaya besar."

"Heh, kau tidak boleh patah."

Jamila tidak menyahuti Soumi. Dia mengeloyor pulang.

Mereka berpisah, hingga seminggu kemudian, mereka bertemu lagi.

Mereka berkunjung ke rumah sewaan Jamila sebagai pelayat yang hendak menghormati Jamila untuk terakhir kalinya. Wabah covid ini memang seperti saringan yang telah memisahkan manusia yang kuat dari yang lemah dengan garis pembatas yang tegas.

Dari teman-temannya, Soumi tahu bahwa Jamila menderita hepatitis C semenjak Jamila masih bujangan tua yang dikenal sebagai *Jamal*.

┠——•••——┨

"Jamila, don't lose hope!"

Instead of answering, Jamila rose and went home.

The friends parted, only to meet again one week later when they went to Jamila's rented house to pay their last respects to her. The pandemic functioned as a sieve, separating the strong from the weak. Jamila had hepatitis C; she had contracted it when she was known as Jamal, an old bachelor.

———

Jamal had tried for years to obtain a formal ID so that he would be eligible for the government's health insurance subsidy to treat his hepatitis C. The treatment for his illness was expensive, and he could not afford to pay the medical expenses out of pocket. The village chief had told him that it was quite possible to obtain a formal ID if Jamal would just check the box for "male" on the application.

"Your birth certificate states you are a male, right?" the village chief asked. "Just fill out the form according to the information on your birth certificate. After that, you can apply for health insurance."

Still, Jamal hesitated.

"Look," the village chief scoffed, "that thing hanging between your legs is a male sex organ — and you cannot hide your Adam's apple either."

But Jamal had refused to accept his physical appearance as his identity. Since adolescence, he had never identified as a male. Jamal, the teenager, didn't finish high school. He could not bear the bullying from his classmates and teachers. They called him *banci* — a fag.

His father often beat him, and his mother was powerless to protect him. His father could not accept Jamal's effeminate behavior, and he believed that beating Jamal would toughen him up. *If I beat him often enough, he'll change and become a real man,* the father thought.

But Jamal had no intention of ever being identified as a man, and because of that, he finally had to leave home. Jamal was much more comfortable being known as Jamila. He felt better when he could cook wearing a long, loose dress. He was lucky enough that he did not have to resort to becoming a prostitute. For decades,

Sepanjang hidupnya, Jamal telah lelah memperjuangkan KTP untuk mendapat bantuan dari BPJS. Penyakitnya membutuhkan perawatan berkelanjutan yang tidak murah. Dia membutuhkan pengobatan yang mahal. Semua ongkos perawatan kesehatan itu tidak mampu dibayarnya. Saran kepala desa di kampungnya, Jamal bisa saja mendapatkan KTP, asal tidak terlalu keras kepala untuk mengakui bahwa dia berkelamin lelaki.

"Surat Kelahiranmu laki-laki kan, Mal?" kata Kepala Desa, "Isian jenis kelamin di KTP-mu ikut Surat Kelahiranmu saja, biar nanti bisa dapat BPJS."

"Iya." kata Jamal berat.

"Nyatanya yang busuk menggantung itu juga kelamin laki-laki," sindir Kepala Desa, "jakunmu itu lho, tidak bisa menipu, hahaha ...."

Namun, hingga setua ini, Jamal alias Jamila enggan meng-akui kenyataan tubuhnya. Semenjak akil balik, dia tidak pernah merasakan dirinya sebagai laki-laki. Jamal remaja tidak pernah menyelesaikan sekolah menengahnya. Dia tidak betah terus-menerus dirisak oleh kawan-kawan juga gurunya. Mereka memanggilnya *banci.*

Ayahnya pun gemar memukulinya dan ibunya tidak berdaya. Ayahnya tidak bisa menerima Jamal yang berperilaku gemulai seperti perempuan. Dia mendidik Jamal kecil dengan penuh kekerasan karena keyakinannya agar Jamal bisa menjadi lelaki tulen. Dia berpikir, bila sering dipukuli, Jamal akan berubah menjadi seperti lelaki.

Jamal remaja yang tidak pernah ingin menjadi laki-laki memilih kabur dari rumah. Dia lebih senang dengan jatidiri Jamila-nya. Dia merasa lebih nyaman memasak dan memakai daster yang sejuk. Jamila cukup beruntung, dia tidak pernah terpaksa melacur. Kemampuannya memasak menjaga hidupnya dengan tetap bekerja puluhan tahun dari warung hingga rumah makan. Jamila piawai mencampur bumbu dan mengolahnya sehingga tiap-tiap rempah mengeluarkan rasa terbaiknya.

Namun kini, agar ongkos pengobatannya bisa ditanggung negara, akhirnya Jamal luluh. Dia menyerah. Dia nyaris mendapat-kan KTP laki-laki untuk mengurus BPJS. Namun, takdir berkata lain. Hidupnya telah lebih dahulu luluh sebagai korban pemaksaan

Jamila worked as a cook in small eating stalls and then moved as a chef from one restaurant to another. Jamila was an expert in mixing spices to bring out the best flavor of each component of the dish.

But now that Jamila had to depend on a government subsidy for her hepatitis C medication, she had to give up. She could have obtained a formal ID as Jamal, a male, but fate had a different plan for her. Caught between gender identities, Jamila's life quickly deteriorated. Death was the cheapest way out for a sick, unemployed, and desperate transgender.

⊢———•—•———⊣

At Jamila's wake, Soumi reminisced about her friend. She had met Jamila in the restaurant, but their relationship was more meaningful than that of mere co-workers. Jamila helped Soumi move on with her life. Jamila had been a respected chef at the restaurant; she had been kind to her workmates and was like a good sister to Soumi, who had watched Jamila's struggle to persuade the government to acknowledge her choice of gender. Soumi also had watched Jamila racing against her disease's progression, and losing the race. When Jamila finally gave in and chose the gender "male" stated on the government form, her disease had become acute.

But all through her struggle, Jamila had supported Soumi. She helped mend Soumi's broken heart. She introduced Soumi to the transgender community and support systems. Soumi learned that God not only created night and day, but also dawn and dusk. Soumi and her friends were neither night nor day; they were people trapped inside mislabeled bodies. As individuals with conflicting identities, Soumi and her friends supported each other.

"Don't dawn and dusk make the universe more beautiful?" Jamila used to ask Soumi. "This world would be a dull place with only night and day."

Soumi had taken Jamila's words to heart when she started painting the new mural on the canvas of her life.

Jamila had stressed to Soumi that although the current world might not allow her to choose something other than being a man or a woman, she was still a human being who had the right to live as one of God's creations, just like everyone else.

"I *am* a human being," Soumi affirmed to herself.

jatidiri. Kematian adalah cara termurah untuk menghemat biaya pengobatan seorang waria sakit, pengangguran, dan putus asa.

Sambil menunggui jasad Jamila di rumahnya, Soumi mengenang sahabatnya itu. Dia berkenalan dengan Jamila di rumah makan itu, sebagai rekan kerja. Namun, pertemuan itu sangat bermakna. Jamila membuat Soumi mampu menuntut kembali hidupnya. Soumi masih ingat bahwa Jamila adalah tukang masak yang diandalkan di rumah makan itu. Dia bersikap baik kepada sesama rekan kerja. Dia kakak yang baik bagi Soumi. Sayangnya, di akhir hidupnya, Jamila harus berjuang keras membujuk negara untuk mendapatkan pengakuan dengan jenis kelamin ketiganya. Perjuangannya itu berpacu dengan penyakitnya. Sayang, penyakitnya berjalan lebih cepat daripada perjuangannya. Saat Jamila mau mengalah menerima pilihan antara dua jenis kelamin yang disediakan oleh negara, penyakitnya sudah semakin genting.

Jamilalah yang selama ini mendukung Soumi dan menghibur hatinya. Dialah yang menyembuhkan luka-luka hati Soumi. Dialah yang memperkenalkan Soumi pada banyak paguyuban orang-orang berjenis kelamin ketiga. Dari paguyuban itu, Soumi tahu bahwa Tuhan tidak hanya menciptakan siang dan malam, tetapi juga fajar dan senja, seperti Jamila dan kawan-kawan. Mereka perempuan yang terjebak dalam tubuh lelaki, atau sebaliknya. Bahkan yang seperti Soumi, yang tidak merasa aman sebagai perempuan tetapi merasa jijik sebagai lelaki pun, ada dan mereka saling menguatkan jatidiri.

"Bukankah fajar dan senja yang membuat semesta menjadi lebih indah?" kata mendiang Jamila pada Soumi dulu, "Jika hanya ada siang dan malam, maka bumi akan membosankan."

Soumi benar-benar mencamkan perkataan Jamila itu. Dia mulai bangkit melukisi lagi kain mota hidupnya dengan berbekal kalimat itu. Soumi merasa dia berhak pula hidup di dunia sebagai ciptaan Tuhan yang setara dengan yang lain. Dia boleh saja tidak merasa sebagai laki-laki atau perempuan, tapi Soumi adalah manusia, itu yang ditekankan Jamila.

"Aku juga manusia." tegas Soumi saat itu.

"Dulu, sosok banci adalah wajar di pertunjukan wayang kulit," cerita Jamila pada Soumi dalam salah satu obrolannya,

Soumi also remembered Jamila telling her, "There used to be transgender characters in the shadow puppet play."

*Really?* Soumi had wondered then.

"The shadow puppet play simply reflects the condition of our society," Jamila explained. "Men and women are both needed in this life. The character Batari Durga is indeed fearsome, but before that, she was as gentle as Dewi Uma."

"Yes," Soumi said softly, "Dewi Uma attained moksha and became the giantess Batari Durga to fight the lustful Batara Guru."

Soumi had heard that story before. The transformation of Dewi Uma had encouraged Soumi to become who she was now. While she rejected the weak female part of herself and tried to supplement it with the tough male part, Soumi didn't automatically consider herself to be a man. Instead, she had slipped into the third gender to make herself comfortable with the way she felt now. She was prepared to defend herself should anyone try to attack her again.

"Everyone who lives on this earth is equal and must look after each other," Jamila had concluded.

But Jamila's aspiration was not fulfilled until her death. Her friends carried her body from one village to another, trying to find a village cemetery that would accept a transgender for burial. Most villages considered having a transgender buried in their cemetery a stigma. Finally, the friends found a village on the outskirts of Yogyakarta, bordering Bantul, that allowed them to bury Jamila in their cemetery. They were charged an exorbitant fee, which they had collected with great difficulty from their financially-strapped transgender friends.

---

"Ew, Diana, that's a lot of money!" exclaimed Shinta, a transgender who worked as a prostitute near the Kalasan intersection. "Does it cost that much just to bury a dead body?"

Diana was trying to collect money for Jamila's burial. The pandemic had put a financial burden on everyone. Most transgenders had to work in the service sector. When people's incomes decreased, they cut their spending on luxuries first. People cut back on personal grooming. Pleasure seekers didn't have enough money to pay the transgender prostitutes. There was no small change to toss in the tip jar of transgender buskers.

"Betulkah?" tanya Soumi.

"Iya dan ketahuilah wayang kulit adalah cerminan dari masyarakat kita."

"Lelaki dan perempuan sama-sama dibutuhkan dalam hidup ini." lanjut Jamila, "Batari Durga yang garang, sebelumnya adalah Dewi Uma yang lembut."

"Ya, Dewi Uma moksa menjadi Batari Durga yang raksasa dalam rangka melawan nafsu Batara Guru." timpal Soumi lamat-lamat. Dia pernah mendengar kisah itu. Kisah perubahan jatidiri Dewi Uma itulah yang mendorong Soumi menjadi seperti sekarang ini. Dia menolak sebagian sisi perempuan dirinya yang lemah dan berusaha menambalnya dengan sisi lelakinya yang kekar. Namun, Soumi tidak serta-merta menganggap dirinya lelaki. Dia beralih menjadi jenis kelamin ketiga yang membuatnya menjadi lebih nyaman sekarang ini. Dia sekarang lebih siap bila harus membela diri jika dirundung Karyo lagi.

"Hidup kita pun seharusnya begitu. Siapa pun setara di muka bumi ini dan harus saling menjaga," pungkas Jamila.

Namun rupanya, cita-cita Jamila tidak terjadi hingga ajal menjemputnya. Kawan-kawannya tetap harus mengasongkan tubuh Jamila, mencari kampung yang masih mau menerima jenazah waria di kuburan milik mereka. Sedikit kampung yang mau menerima pemakaman waria. Mereka menganggapnya sebagai aib. Akhirnya, sebuah kampung di perbatasan Kota Yogya dan Bantul mau menerima. Itu pun dengan biaya *bedah bumi* yang tidak mudah ditanggung oleh kawan-kawan waria yang terdampak kemelut keuangan pada waktu wabah covid ini.

•—••—•

Wabah ini diikuti oleh masalah keuangan yang menekan semua pengeluaran warga. Beberapa bidang usaha bahkan tidak dapat bertahan memperebutkan pelanggan yang semakin sedikit seperti rumah makan tempat Soumi dan Jamila bekerja. Sebagian besar makhluk indah jenis kelamin ketiga ini bekerja di bidang jasa. Jasa-jasa itu adalah kebutuhan yang akan disingkirkan warga dari senarai belanjanya bila pendapatan menurun. Perempuan mengurangi belanja perawatan tubuh di salon. Pria hidung belang tidak lagi beruang untuk membiarkan mulut waria memuaskan kelaminnya. Tidak ada uang kecil untuk waria pengamen.

"Aw, don't be such a tight ass; this is for our sister Jamila," Diana admonished. "Don't be stingy."

"Look, I haven't been able to hook up with a john for a long time," Shinta complained.

"Oh, I don't believe you!" Dewi said. "How much are you charging for a trick?"

"It is COVID, dear, so I'm having a sale." Shinta handed over some crumpled bills.

Dewi grabbed Shinta's money. "Go get some subsidy; the government is handing out six hundred thousand!"

"No subsidy for me, dear," Shinta smirked. "I don't have a formal ID."

"Ah, right. You can't get a formal ID until you are first cured of being a queer." Dewi shrugged.

"Yeah, who says that being a queer is a disease that has to be cured?" Shinta asked, sarcastically. "The government social service says that being queer is a *social* disease."

*Social disease, huh! thought* Soumi, listening to the conversation at the wake.

Soumi had learned from Jamila that this attitude was the root of the problem. As long as the third gender was considered an aberration, the fate of other Jamal–Jamilas would stay the same. All they needed was recognition and acceptance.

Soumi repeated Jamila's words. "Dawn and dusk don't last long; therefore, they who are not born as day or night are limited in number."

*But that doesn't mean we can be persecuted.* Soumi's spirits rose. *I will be like Jamila; I will spend the rest of my life striving for justice.*

Jamila had told Soumi that a tradition in Bugis, Sulawesi, recognizes five equal genders in society. In addition to man and woman, there is *calalai*, a woman who has the role of a man in society, and *calabai*, a man who has the role of a woman. The fifth gender, *bissu*, is neither male nor female. Although tradition recognizes these five genders, today, many contest it.

Suddenly, Soumi heard Jamila's voice: "People just do not understand." It was so clear, she almost could see Jamila smiling at her.

"Jamila ...," Soumi said, softly.

"Ih, *maharani* amat, mengubur bangkai saja semahal itu ongkosnya?" kata Shinta, waria yang menawarkan jasa di Perlimaan Kalasan.

"Ah, kau jangan *sirsak, cin,* jangan *pelita hati* begitu, ini demi Kak Jamila." sanggah Diana, bendahara patembayan saat menghimpun saweran agar Shinta tidak culas dan pelit.

"*Akira* kan sudah lama tidak laku *nyebong!*" aku Shinta.

"Ah ... nggak percaya, kau tiap malam *berapose* begitu?" Dewi menawar.

"Covid, Boo ... akira jual harga obral ini ...." kata Shinta sambil mengangsurkan uangnya yang kumal.

"Cari BLT sana, kan pemerintah sudah bagi-bagi enam ratus *kepeng.*" sahut Dewi sambil menyambar uang Shinta.

"Nggak dapat BLT, Booo ...," nyinyir Shinta, "Aku nggak ada KTP."

"Ahhh ... kau sembuh dulu dari banci, baru bisa punya KTP," Dewi mengelak.

"Emang banci itu penyakit, koq pakai sembuh? Kata Dinsos, itu penyakit kemasyarakatan," pungkas Shinta masih dengan nada nyinyir.

Soumi yang dari tadi menguping pembicaraan para pelayat di rumah Jamila membatin, *Huh, penyakit kemasyarakatan.*

Bagi Soumi yang sudah belajar dari Jamila, inilah akar masalahnya. Selama jenis kelamin ketiga dianggap sebagai penyimpangan yang harus diluruskan oleh negara, maka selamanya nasib Jamal-Jamila yang lain akan selalu begitu. Mereka akan terus diburu dan dipaksa untuk menerima jatidiri yang hanya memperhitungkan bentuk alat kelamin yang menempel pada tubuh. Padahal, pengakuanlah yang dibutuhkan Jamila dan kawan-kawan.

"Waktu fajar dan senja memang sempit, karena itu mereka yang terlahir tidak siang dan tidak malam adalah kelompok yang terbatas jumlahnya." Soumi menderas mengulang perkataan Jamila tentang kaum waria.

"Namun, bukan berarti kita bisa ditindas," berontak batin Soumi, "hidupku pun akan seperti Jamila, akan kuhabiskan untuk melawan!"

Soumi teringat, Jamila pernah bercerita bahwa di Sulawesi ada adat yang pernah mengakui lima jenis kelamin secara setara

"Keep spreading this awareness." Jamila's voice continued.

"I will do it for the rest of my life," Soumi promised.

"We are all created equal," Jamila declared before her shadow faded away.

Soumi was overcome with her loss of Jamila, who had failed to make peace with society. With her eyes burning and tears running down her cheeks, Soumi looked at Jamila's corpse, waiting to be buried.

Soumi whispered, "Jamila, you died as a woman, just as it should be."

di masyarakat. Di Bugis, selain laki-laki dan perempuan, ada *calalai* yang bertubuh perempuan, tetapi mengambil peran-peran laki-laki dalam kesehariannya. Ada juga *calabai* yang memerankan peran perempuan, tapi bertubuh lelaki. Jenis kelamin kelima adalah kelompok para *bissu* yang tidak laki-laki maupun perempuan. Soumi merasa nyaman dengan kelompok ini. Kelimanya pernah diakui di sana secara adat, meski adat sekarang sudah sering digugat.

"Orang-orang hanya belum mengerti," tiba-tiba suara Jamila menyahut di kepala Soumi. Dengan sangat jelas, Soumi seolah melihat sosok Jamila. Dia melihat Jamila melempar senyum.

"Jamila ...." sapa Soumi lirih.

"Kau hanya perlu terus mewartakannya." kembali suara Jamila mengiang.

"Akan kulakukan sepenuh hidupku," janji Soumi mantap.

"Kita semua tercipta setara," Jamila yakin sebelum bayangannya kembali memudar.

Soumi kembali nelangsa kehilangan Jamila yang seumur hidupnya gagal berdamai dengan khalayak.

Soumi memandang tubuh kaku Jamila yang sedang menunggu pengangkutan ke liang lahat. Hati Soumi kian nelangsa, pelupuk matanya menghangat seketika. Air matanya kemudian merebak. "Jamila, aku tahu, kau ingin mati sebagai perempuan."

⊢———•◆•———⊣

# Jejak

Wina Bojonegoro
Penerjemah: Alvin Steviro

Lelaki yang rambutnya memutih itu duduk di teras samping rumahnya, menatap pohon mangga lalijiwo yang tengah menunggu musim panen tiba. Seharusnya, Wibowo bahagia, seperti musim-musim sebelumnya. Namun kali ini, ada sesuatu yang meruyak pikirannya.

"Aku telah gagal," gumamnya seraya menghela napas panjang seolah dia hendak membuang segenap benih kekacauan.

"Kita tidak gagal." Suara istrinya menelikung dari arah samping, melalui kembara hening yang menggenggam sore itu. "Dia berhasil menyelesaikan pendidikan strata dua di Jerman dengan beasiswa. Sekarang telah bekerja sebagai peneliti pada lembaga besar dengan gaji yang bagus. Kita tidak sia-sia mendidiknya."

Wibowo menoleh ke samping. Di kursi yang sejajar dengan dirinya, duduk Respati Rahayu, wanita yang telah dinikahi lebih dari tiga puluh lima tahun. Selama ini, perempuan itulah yang mendukungnya untuk menentukan apa pun. Pilihan hidup, membangun rumah, bahkan memilih calon menantu di antara sekian lelaki yang disodorkan anak semata wayang mereka.

"Kurasa kita selama ini sepakat, bahwa keberhasilan orangtua dalam mendidik anak bukan sekadar ditandai pada pendidikan tinggi." Wibowo ingin berpidato panjang lebar, tetapi melihat istrinya menyuguhkan teh serai kesukaannya, dia menelan ludah, lalu membuang napas lagi. Direguknya teh serai wangi yang selalu menjadi teman mereka berbincang pada sore hari. Irisan jahe dalam campuran serai menerbitkan pedas hangat di tenggorokannya. Kosarasa yang selalu dikenang saat mereka berjauhan — teh serai dengan irisan jahe buatan Respati Rahayu.

# Traces

By Wina Bojonegoro
Translated by Alvin Steviro


The man with graying hair sat on the side porch of his house, looking at a lalijiwa mango tree, laden with fruit ready to harvest. Wibowo should've felt as happy as he had the seasons before, but this year, something disturbed him terribly. "I have failed," he murmured and sighed deeply, wishing to rid himself of his unrest.

"No, we haven't." His wife's voice rose from alongside him, breaking through the stifling silence of the afternoon. "She finished her master's study in Germany with a scholarship. Now she's working as a researcher at a big institution, earning good pay. We didn't raise her in vain."

Wibowo turned to Respati Rahayu, his wife of more than thirty-five years. During all those years, this woman had supported him on every choice and decision he made, from family life to home matters — even selecting a son-in-law from the many candidates their only child introduced to them. "I thought we agreed that the parents' success in educating their child is not measured by how educated the child turns out to be," Wibowo muttered.

Wibowo was about to embark on a long lecture, but when his wife offered him his favorite lemongrass tea, he merely took the cup and sighed once more. He then sipped the fragrant tea, their ever-faithful companion during their afternoon talks. Sliced ginger in the brew warmed his throat. It was this very vocabulary of taste that lingered in his mind whenever he and his wife were apart — the ginger-infused lemongrass tea, brewed by Respati Rahayu.

While Wibowo enjoyed his tea, his wife resumed their conversation. "Although some parents today, don't know how to relate to

"Sementara orang lain tidak tahu harus bagaimana menangani pendidikan anaknya, kita berhasil menanamkan nilai, bahwa sekolah dengan beasiswa itu sebuah kehormatan." Sang istri memulai lagi. "Kita tak perlu menyuap agar anak kita mendapatkan pendidikan baik. Mulai SD sampai S2, dia selalu masuk sekolah terbaik. Palupi tumbuh menjadi anak mandiri, tanpa merepotkan kita. Ini pencapaian kita sebagai orangtua."

"Keberhasilan orangtua, yang paling penting, adalah menanamkan nilai-nilai kebangsaan," ujar Wibowo sembari menggenggamkan tangan. "Pendidikan memang sangat penting, tetapi menanamkan nilai kebangsaan, itulah dasar dari semua sikap dan perilaku."

Respati Rahayu menoleh kepada suaminya dengan mata memicing. "Jadi anak kita tidak punya wawasan kebangsaan?" Suaranya meninggi. "Kurang apa? Dia hafal pancasila. Punya bendera di lemari yang siap dikibarkan kapan saja, hafal lagu *Indonesia Raya*." Mata Respati yang biasanya lembut, kali ini terlihat nyalang. "Malah kita punya seperangkat gamelan yang masih dimainkan. Kita menggunakan bahasa Jawa dan bahasa negara dalam perbincangan sehari-hari. Anak kita juga ...."

"Bagaimana bisa kamu bilang anakmu itu berkebangsaan?" Wibowo menyela. "Mencari nama buat calon anaknya saja impor. Apa tidak ada nama Indonesia atau Jawa yang indah dan gagah?" wajah Wibowo yang sudah tegang sejak semula, menjadi kian kencang. Lelaki Jawa yang bersikeras membangun *joglo* di bagian depan rumah induk itu terlihat sangat masygul.

Nama Wibowo Besari yang disandangnya adalah pesan leluhur yang berarti *lelaki berwibawa, digdaya tanpa menyakiti, besar tetapi tidak jumawa, mengayomi tanpa merendahkan.* Nama itu serupa titah sang romo yang pernah menjabat sebagai camat di kawasan Tejowangi ini.

"*Wong Jowo ojo nganti ilang Jawane.* Jadi orang Jawa jangan sampai hilang jatidirinya." Ucapan ayah Wibowo Besari itu dijadikan pegangan dalam menjalani hidup. Demikianlah takdir telah disematkan atas dirinya sebagai wong Jowo, maka dibuatlah rumah joglo, pendopo seni, sebagai ciri kejawaan dan membeli seperangkat gamelan slendro dan pelog. Lalu, dia mengajak para tetangga memainkannya. Sesekali, jika rezeki membaik,

their children's advanced education we taught our daughter that getting a degree with a scholarship award is an honor. We did not have to bribe anyone to secure a good education for our child. She always went to the best schools, from elementary to graduate studies. In addition, our Palupi grew into an independent adult who doesn't trouble us. This is our achievement as her parents."

"The most important achievement as her parents is to impart the value of nationalism," Wibowo said, clenching his fists. "Education is very important, yes, but nationalism is the foundation of a person's character."

Respati Rahayu squinted at her husband. "You don't think our daughter is nationalistic enough?" Her voice rose. "She can recite the Pancasila — Indonesia's official philosophical theory — by heart. She has an Indonesian flag in her closet that she can raise anytime. She can sing all three stanzas of the Indonesia Raya, our national anthem. What more do you expect of her?" Respati's gentle eyes now flashed. "We even have traditional gamelan instruments that we still play! We speak Javanese and Indonesian in our daily conversations. Our daughter also ...."

"How can you say that your daughter is nationalistic enough?" Wibowo interrupted. "She chose an imported, foreign name for her child as if there are no Indonesian or Javanese names that carry a sense of beauty or pride!" Wibowo's taut face tightened even more. Sorrow and anger clouded the eyes of the Javanese man who had insisted on building a *joglo* — a large gazebo with a traditional trapezoid-shaped roof — in front of the main house.

Even his name, Wibowo Besari, carried an important message from his ancestors. He was to be a gentleman, an unbeatable man who does no harm, a man noble yet humble, a protector who doesn't belittle others. Wibowo's name would resonate his father's wishes for years to come.

"A person of Javanese descent should never let go of his Javanese-ness," his father had told him. "He should never lose his identity." His father, who once served as the head of the Tejowangi district, regarded a person's name to be a directive of their lifestyle. Fate had made Wibowo a Javanese man, and, as befitted a Javanese man, he showed his Javanese-ness: He built a joglo and bought slendro and pelog gamelan instruments to play. Occasionally, when

keluarga ini mengundang tetangga untuk kenduri di rumah joglo itu. Nasi tumpeng dengan ayam *ingkung*, ayam panggang dalam keseluruhannya, menjadi hidangan wajib yang disuguhkan.

•———•—•———•

Terngiang di kotak ingatan Respati perselisihan lama antara dirinya dan sang suami. *"Palupi Retnaningrum Hapsari* itu kepanjangan. Cukup dua nama seperti kita. *Wibowo Besari. Respati Rahayu."* Keluh Respati sembari mengelus perutnya yang membuncit.

"Diajeng tahu artinya tiga nama itu?" Tanya Wibowo muda dengan senyum menggoda.

"Ya tahulah. *Palupi* artinya *teladan. Hapsari* artinya *permata yang bersinar. Sek sek ... Retnaningrum* artinya apa ya Mas?"

*"Retnaningrum* artinya *kepribadian yang luwes dan welas asih.* Jadi harapanku anak ini kelak menjadi pribadi yang welas asih, berhati mulia, menjadi teladan bagi orang-orang di sekeliling-nya." Sepasang mata Wibowo muda berkilau.

"Itu kalau anak kita perempuan. Lha, kalau lelaki?" Respati melirik tajam ke arah suaminya.

"Dia akan kuberi nama *Jagad Reksaning Bawono.* Tetapi kata Bu Bidan, anak kita perempuan." Wibowo tersenyum lebar, tanda kemenangan.

Saat itulah Respati paham bahwa nama dalam tatanan ke-masyarakatan Jawa memiliki aturan tidak tertulis. Satu nama menandakan keluarga itu dari golongan petani atau pekerja tingkat bawah. Dua nama biasa digunakan dalam keluarga pegawai pemerintahan, guru, atau pedagang. Tiga nama lazim digunakan keluarga ningrat atau pejabat tinggi. Namun, saat ini penggolongan itu tidak lagi menjadi pakem. Meski begitu, Wibowo memiliki pendirian — menggunakan nama Jawa pada anak cucunya adalah wajib agar darah yang mengalir di tubuh mereka terpantulkan dari nama yang disematkan.

•———•—•———•

Kabar saat Palupi mengandung anak pertama tentu menjadi sebuah cahaya bagi pasangan yang terlambat memiliki cucu itu. Hasil pemeriksaan USG mengabarkan anak dalam kandungan Palupi adalah perempuan. Wibowo mulai mendaras nama

he came by extra money, he invited his neighbors to the joglo for a *kenduri*, a celebration of gratitude, where he served the Javanese staple dishes for such an occasion: *nasi tumpeng* — coned rice cooked in coconut milk, turmeric, and other spices — and *ayam ingkung*, a whole spiced, roasted chicken.

"Palupi Retnaningrum Hapsari is too long." Respati remembered arguing with her husband about what to name their unborn child. "A two-word name like ours is enough — Wibowo Besari, Respati Rahayu." Irritated, she had rubbed her growing belly.

"Do you know what those three words — Palupi Retnaningrum Hapsari — mean, dear?" Young Wibowo had teased, smiling.

"Of course, I do! *Palupi* means role model. *Hapsari* means shining gem. And *Retnaningrum* — wait, what does *Retnaningrum* mean?"

"*Retnaningrum* means a flexible and compassionate personality." Young Wibowo's eyes sparkled. "I hope that one day this child will be a generous, noble person admired by the people around her."

"That's if our child is a girl." Respati squinted at her husband. "What if it's a boy?"

"Then I'll name him Jagad Reksaning Bawono!" Wibowo grinned victoriously. "But the midwife said that our child will be a girl."

It was then that Respati realized the unwritten rules for Javanese names. A person with only a one-word name was marked as coming from a low, working-class or farming family. Civil servants, teachers, and traders commonly had two-word names. Three-word names signified a lineage of royal blood or high-ranking officials. While such name-ranking was no longer relevant in modern Indonesian times, Wibowo was firm. His children and grandchildren must be given three-word Javanese names that reflected the rank of blood that flowed through their veins.

The news that their daughter, Palupi, was expecting her first child brought light to the lives of the old couple who had waited a long time for a grandchild. When the sonogram revealed that Palupi's child was a girl, Wibowo started thinking of possible

berminggu-minggu, hingga suatu hari dia tampak tersenyum simpul di rumah joglo.

"Aku telah menemukan nama yang tepat buat cucu kita," katanya pada Respati yang menyusul duduk di kursi rotan jengki. "*Maharani Mahisa Suramardini*." Dengan pengucapan patah-patah dan suara didengung-dengungkan, Wibowo mengucapkan nama itu disertai wajah puas.

Respati mendelik.

"Kenapa? Hebat, kan?" tanya sang suami.

Respati menggeleng. "Orang Jawa kalau keberatan nama bisa sakit-sakitan."

"Tunggu dulu." Wibowo melanjutkan dengan mata berbinar-binar, "Maharani Mahisa Suramardini adalah gelar Ratu Sima, Raja Kalingga yang masyhur. Dia bukan saja ratu yang adil dan bisa menerima perbedaan agama, namun juga cantik jelita. Budi pekertinya luhur, sehingga dicintai kaum jelata, disegani golongan kelas atas."

"Tapi kita ini bukan golongan atasan, Pak. Apalagi trah raja atau ratu. Kita cuma pensiunan pegawai negeri. Kebetulan saja mertuaku pensiunan camat. Masa iya memberi nama cucu seberat itu?" tangkis Respati. Setelah diam sejenak, dia berkata, "Mengeja namanya saja susah. Bagiku nama *Ningsih, Endang, Wati* itu jauh lebih mudah dan indah."

Wibowo tersenyum lebar, "Sudah kurenungkan berminggu-minggu. Kucarikan padanan dan perbandingan, lihat itu di buku catatanku. Ada berapa ratus nama dengan artinya?" Wibowo meraih buku catatan bersampul biru di atas meja kecil, mengacungkannya pada Respati sambil berkata, "Ini perjuangan tak mudah untuk menemukan nama yang tepat buat cucu pertama kita. Sebagai kakek, aku ingin turut andil dalam melestarikan nama, tanda kecintaan kita pada leluhur."

Respati hanya bisa mengangkat pundak. Darahnya pun Jawa tulen, seluruh urutan garis leluhurnya adalah Jawa. Namun, dalam melakoni hidup sehari-hari, suaminya jauh lebih Jawa dari dirinya.

Wibowo memegang teguh falsafah *Memayu Hayuning Bawana* yang memiliki makna *menjunjung tinggi kemanfaatan diri bagi dunia dan isinya*. Barang siapa berbuat kebaikan, dia akan selamat dunia akhirat. Salah satu wujudnya adalah menolak pagar beton

names. For weeks he pondered, until one day, Respati found him sitting in his joglo, smiling.

"I have found the perfect name for our granddaughter," he said to his wife when she pulled up a wicker chair and joined him. "Maharani Mahisa Suramardini." Wibowo looked content as he carefully pronounced each word.

Respati's eyes widened.

"What's the matter?" Wibowo asked smugly. "Isn't it perfect?"

Respati shook her head. "No! According to Javanese belief, a child with such a pretentious name may be prone to illness."

"Now, just wait a minute!" Wibowo's eyes glowed. "Maharani Mahisa Suramardini is the title of Queen Shima, the seventh-century ruler of the great Kalingga Kingdom. She was not only fair and capable of reconciling religious differences, but she was also beautiful. She was noble, so she was loved by the commoners and respected by royalty."

"But we're not nobility, dear, let alone royalty," Respati countered. "Yes, your father was a district head before he retired, so we're just a family of a retired civil servant. Would it be proper to give our grandchild such a regal name?" After a moment of silence, she continued, "Just spelling the names is already difficult. For me, names like Ningsih, Endang, and Wati are easier to pronounce and more beautiful."

Wibowo smiled radiantly. "I've thought about this for weeks! I searched for names and compared them. Look in my notebook." Wibowo reached for a blue notebook on the small table and handed it to Respati. "You'll see how many hundreds of names and their meanings I went through. Finding the best name for our first grandchild wasn't easy! As her grandfather, I'd like to do my part in conserving our traditional names, as a token of love for our ancestors."

Respati could only shrug. She, too, was full-blooded Javanese. But when it came to adhering to Javanese culture and tradition, her husband had far more Javanese-ness than she did.

Wibowo clung to the philosophy of *Memayu Hayuning Bawana* which means, doing the best you can for the world and everything that lives within it. Those who did good in this life would be rewarded in the hereafter. In practicing this belief, for instance,

atau besi. Dia menggantinya dengan pagar pohon beluntas yang ditanam rapat mengelilingi batas halaman sebagai kesadaran hidup bertetangga yang saling menghidupi. Beluntas itu menjadi sayuran yang boleh diambil siapa saja sebagai bahan urap-urap atau pecel.

Merasa telah menemukan wangsit nan jitu, Wibowo menelepon Palupi dengan gegap gempita. "Maharani Mahisa Suramardini. Ini nama yang luar biasa, *Ndhuk*. Jejak kita sebagai wong Jowo akan terekam dalam nama anakmu. Kelak ketika dia dewasa, orang-orang luar sana akan mengenal anakmu sebagai orang Jawa. Jangan lupa, jika ada yang bertanya, kakeknya yang memberi nama!" calon kakek itu tertawa riang.

"Romo ...," suara Palupi mengandung keengganan. Dari nadanya, dia terdengar ingin melawan.

"Bagaimana? Bagus kan nama pilihan Romo?" Nada bangga Wibowo masih tergambar.

"Tapi Romo, maaf, kami telah menemukan nama buat bayi kami."

Jawaban Palupi itu seketika mencegah Wibowo untuk berkata selanjutnya. Raut wajahnya mendadak kaku dan pasi. Dia menatap istrinya, yang juga tengah menatapnya.

Kekecewaan mewarnai mata sang calon kakek.

"Lalu siapa nama yang akan kau berikan pada anakmu?" Respati tampak mencoba mencairkan ketegangan yang mendadak hadir di antara dua pihak.

"*Alexa Caroline Andromeda*," jawab Palupi kembali riang, seakan dia telah menemukan gugusan bintang di langit yang mudah diraih dengan kedua lengannya.

"Artinya?" tanya sang ibu lagi.

"*Alexa* itu bahasa Yunani, artinya *perempuan pembela manusia*. *Caroline* artinya *tangguh dan mengagumkan*. *Andromeda* adalah nama gugusan bintang di alam semesta yang sangat luas, jauh lebih besar dari Bimasakti."

"Kenapa harus pakai bahasa Yunani? Tidak adakah nama asli Indonesia atau Jawa yang cukup memadai sebagai pengganti anak perempuan hebat?" Sesungguhnya ini kalimat Wibowo. Respati mencoba mengutipnya.

"Anu Bu, sudah telanjur." Suara Palupi terdengar gamang.

Wibowo refused to build a concrete wall or iron fence around his home. Instead, he planted a camphorweed hedge that would also be beneficial for his neighborhood, as anyone was allowed to take cuttings of the camphorweed for their vegetable salad.

Certain that he had found the perfect name, Wibowo excitedly called Palupi and put her on the speaker phone. "Maharani Mahisa Suramardini!" he crowed when she answered. "It's perfect! Our Javanese bloodline will be recorded in your daughter's name! As she grows up, people will recognize your daughter as Javanese. Don't forget to tell everyone who asks that her grandfather gave her the name!" The soon-to-be grandfather laughed cheerfully.

"Dad," Palupi's voice was slow with reluctance.

"So, what do you think?" Wibowo could not hide his pride. "Didn't I pick a great name?"

"Yes, Dad, but … we've already picked a name for our baby."

Wibowo stiffened. His face fell. He looked helplessly from the phone to his wife, who stood looking at him.

"So," Respati said into the speaker phone, trying to relax the sudden tension, "what will you name her?"

"Alexa Caroline Andromeda!" Palupi's happiness bubbled through the phone, as if she had plucked a star from a celestial constellation.

"What does that name mean?" Respati asked.

"Alexa comes from a Greek word that means a woman who fights for mankind. Caroline means tough and amazing. Andromeda is the name of a galaxy greater than the Milky Way!"

"Why would you want to borrow Greek words to name your child?" Respati spoke Wibowo's words for him. "Aren't there any Indonesian or Javanese names that describe an amazing girl?"

"Oh, well, Mom, it's a done deal." Palupi voice was again anxious.

Now Respati joined her husband's concern. In Javanese culture, a baby's name wasn't a "done deal" until the baby was born. Respati didn't want her daughter's actions of naming the baby before it was born to tempt fate. The Javanese culture strongly opposed making any preparations for the baby's birth before the fetus was seven months old.

"How can that be?" Respati probed. "The child hasn't been born yet."

"Telanjur bagaimana? *Wong* anak belum lahir kok." Sekarang Respati yang mulai merasa masygul. Dia tidak ingin anaknya salah menyikapi bayinya — sesuatu yang sangat dilarang dalam budaya Jawa.

"Sudah memesan pakaian bayi, keranjang tidur, dan lukisan dinding kamar tidur dengan nama itu." Nada suaranya menurun, seakan menyesal telah menyampaikan.

"Kamu kok lancang tho, Nduk?" Wibowo menyela. "Kamu jangan *nggege mongso* — mendahului kehendak Tuhan. Jangan membeli perlengkapan bayi sebelum upacara tingkeban yang diadakan saat kandungan berusia tujuh bulan agar kamu dan bayimu sehat dan persalinannya lancar." Keheningan hadir setelah kalimat itu terlontar.

"Palupi, kamu tahu kenapa huruf *ha na ca ra ka* itu nyaris lenyap?" tiba-tiba sang ayah mendesak.

Palupi terdiam.

Respati membasuh wajah dengan kedua tangan, menyadari kegentingan akan panjang.

"Sepertinya anak-anak muda sudah tidak *ngajeni* leluhurnya." Wibowo berhenti sejenak, kemudian melanjutkan dengan suara meninggi, "Kenapa nama saja harus impor? Nama seharusnya digunakan untuk menjaga nilai kedirian, agar anak-anak muda tak lupa akar leluhurnya." Wibowo menunggu tanggapan Palupi. Ketika tidak juga muncul, dia menyerang, "Mestinya kalian malu sama orang Jepang. Mereka maju. Mengikuti zaman, tetapi perilakunya tetap Jepang. Budaya mereka abadi. Huruf kanji dipakai sampai sekarang." Wibowo berhenti terengah-engah sebelum menyambung dengan tegas, "Nama mereka pun tetap Jepang."

Palupi tetap membeku.

Dengan berusaha menerobos keheningan, Wibowo mengakhiri dengan berteriak, "Kamu apa? Jawa? Indonesia? Bule? Bangsa apa?"

•—•—•

Sejak hari itu, Wibowo enggan berbicara dengan Palupi, anak perempuan yang dulu sangat dipujanya. Dia lupa, Palupi pernah menjadi bahan pembicaraan di pertemuan apa pun, dengan siapa pun.

"Mom, we've already ordered monogrammed clothing and a crib." Palupi lowered her voice as if she were sorry for having told them. "The mural in the baby's room also has her name on it."

"How dare you!" Wibowo erupted. "You can't act ahead of God's will! You can't buy things for the baby before the seventh month of your pregnancy, when we hold the *tingkeban* ritual for you and your baby's wellbeing and an easy delivery!"

Silence followed Wibowo's outburst.

"Palupi." Wibowo suddenly broke the silence. "Do you know why the *ha na ca ra ka* letters, the Javanese script, have nearly vanished?"

Still, Palupi remained silent.

Respati wiped her face with both hands. This argument would last for some time.

"It seems that this younger generation no longer respects their ancestors." Wibowo's voice rose again. "Why do you have to use foreign words for something as essential as a name? A name should be used to preserve one's sense of self, so that the young won't forget where they came from!"

Wibowo stopped, waiting for Palupi's response. But as Palupi gave none, he grew more furious. "You should be ashamed! Look at the Japanese. They are a developed nation. They've adapted to the times, but their behavior is still Japanese. Their culture is eternally Japanese. Their Kanji script is still used to this day." Wibowo caught his breath then stated flatly, "Their names are still Japanese!"

Still, Palupi would not respond.

Desperate to break through her silence, Wibowo shouted, "What are you? A Javanese? An Indonesian? Or are you a foreigner? Which country are you from?"

┣━━·┿·━━┫

Ever since that day, Wibowo refused to talk to Palupi, the daughter he had always been so proud of, the daughter who had been the topic of every conversation he had regardless of with whom and the occasion.

Just like any mother would, Respati wanted to repair the rift between father and daughter. The soon-to-be grandmother called her daughter without telling Wibowo. "Dear, shouldn't you reach out to your father first?"

Respati, sebagaimana seorang ibu, selalu berusaha menjadi jembatan dalam hubungan antara ayah dan anak yang membeku sejak persoalan nama itu mencuat.

"Ndhuk, apakah kamu tak ingin menyapa romomu lebih dulu?" Sang calon nenek menelepon tanpa sepengetahuan suaminya.

Palupi mendesah.

Embusan napasnya terdengar oleh Respati yang meneruskan dengan desakan, "Apa sulitnya menerima usulan nama Romo?" Pertanyaannya hanya disambut dengan jeda panjang.

Kemudian Palupi berkata, "Bu, Palupi memang orang Jawa. Itu darah yang mengalir di tubuh saya, tak dapat disangkal. Namun, sebagai seseorang, saya berhak memberi nama anak saya sesuai dengan selera. Seperti Romo dulu juga memberi nama Palupi sesuai dengan keinginan Romo dan Ibu."

"Boleh. Tetapi yang tidak disukai Romo adalah nama impor itu. Gunakan nama Jawa atau Indonesia yang mampu menunjukkan jatidiri leluhurmu." Dada Respati penuh, tetapi ditahannya kuat-kuat. Sebagai ibu, dia tidak pernah mengalami perselisihan seruncing ini dengan anaknya. "Seandainya kamu tahu, bagaimana Romo berjuang mendaras nama buat cucu pertamanya, kamu akan bangga ditakdirkan lahir dari benihnya."

"Saya mengerti. Tetapi saya harus menghormati suami saya. Dia punya hak memberi nama pada darah dagingnya."

Bendungan yang menahan beban akhirnya meluber. Pelan-pelan, air mata bergulir di pipi Respati yang telah kehilangan kemulusannya. Matanya kelabu. Benar, dia tidak salah mendidik Palupi. Namun sungguh, dia tidak menyangka akan sekokoh ini sikapnya. "Apakah kamu sudah bicara dengan suamimu soal nama itu?" suara parau meluncur dari tenggorokan Respati.

"Belum. Seperti Ibu menghormati sikap Romo, saya pun menghormati suami. Bukankah itu yang Ibu ajarkan? Saya menunggu waktu yang tepat untuk membahas soal nama Jawa dengan Bang Syarif. Pada saat itu, baru saya akan usulkan."

Hening menjaga jarak di antara ibu-anak.

"Ibu berharap suamimu mengerti." Respati merendahkan suaranya. "Nama yang kita sematkan untuk anak kita adalah upaya melestarikan jatidiri. Kelak mereka pasti akan menelusuri

Palupi sighed.

Respati heard her sigh but pressed on. "What's so difficult about accepting your father's suggested name for the baby?"

Another long pause. Finally, Palupi replied. "Mom, I am Javanese. There's no denying that the blood that flows through my veins is Javanese. But as an individual, I have the right to name my child the way I see fit — just like you and Dad named me 'Palupi' according to your wishes as my parents."

"There's nothing wrong with that," Respati conceded. "What your father doesn't like are the foreign names. Can't you use Javanese or Indonesian names that pay tribute to your ancestors and heritage?"

Respati had never entered into such a sharp disagreement with her daughter. It unsettled her, but her love for her husband pushed her on. "Palupi, if you only knew how much your father labored over finding the perfect name for his first granddaughter, you would be proud to be his daughter."

"I understand, Mom. But I have to respect my husband's preferences, too. Syarif also has a say in naming his own child."

Respati's strength crumbled. Slow tears rolled down her wrinkled cheeks. She knew she had not steered Palupi wrong, but she had never expected her daughter to be so stubborn in holding on to her opinion. "So have you discussed the naming dilemma with your husband?"

"No, I haven't. I'm still waiting for the right time to discuss Javanese names with Syarif. When we do, I'll let him know what I think. I respect my husband just like you respect Dad. Isn't that what you taught me?"

Silence strained the distance between mother and daughter.

"I hope your husband will understand." Respati lowered her voice. "The name we give to our children is an attempt to preserve our Javanese identity. One day, the children will trace their cultural and ancestral origins, first and foremost by asking what their name means." Respati felt she had found the right words. "The uniqueness of a place will be stamped in the name a child carries wherever the child goes. Whichever country your daughter travels to, she'll be known as an Indonesian, more specifically, a Javanese."

jejak budaya dan leluhurnya, setidaknya dimulai dari bertanya arti namanya."

Respati merasa menemukan kalimat yang tepat. "Ciri khas daerah dalam nama itu akan selalu dibawa oleh si anak ke mana pun dia pergi. Di negeri mana pun, dia akan dikenali sebagai anak Indonesia, khususnya Jawa."

Palupi tahu, ketika ibunya telah berbicara dalam nada rendah, itu adalah perasaan penting yang keluar dari hati. Dia tidak menyela ketika ibunya melanjutkan, "Tetapi meski terlahir sebagai wong Jawa, kami tak ingin menjadi kolot. Masih ingat? Ketika kamu menyodorkan calon suami, pertanyaan Romo waktu itu bukan *kenapa bukan orang Jawa? Apakah sudah punya rumah? Dari keluarga apa?* Tidak, kan? Pertanyaan Romo hanya satu — *apakah dia menjunjung tinggi kehormatanmu sebagai perempuan?*"

Terdengar isak kecil dari seberang.

Respati menahan diri agar tidak larut dalam suasana. Dia menyadari, dalam dunia yang serbacepat dan tanpa batas saat ini, menjaga jejak kebangsaan melalui nama amatlah muskil. Nama berbau dunia luar seringkali lebih terlihat kekinian. Menjaga nama-nama Jawa tetap digunakan bagaikan menegakkan benang basah.

⊢—•·•—⊣

Makan malam yang seharusnya sederhana dan riang sebagaimana tiga tahun berjalan, tidak lagi terasa pada malam itu. Palupi terlihat menahan gelombang di dadanya. Sementara Syarif Hidayatullah, sang suami, mengunyah makanan lambat-lambat, seperti tidak ada rasa dalam masakan itu. Suara televisi menyiarkan berita banjir di sana-sini, membuat Palupi semakin tegang. Dia mematikan TV.

Lelaki campuran Bugis–Palembang yang meminang Palupi dengan seperangkat alat salat dan perhiasan emas itu menyudahi makan malam dalam diam. Dia meneguk air putih lalu berdiri, tidak ingin melanjutkan perbincangan yang sudah dimulai oleh Palupi sejak mereka duduk di ruang makan itu.

"Tunggu, Bang. Kita belum selesai," sergah Palupi.

Syarif kembali duduk dengan enggan, jemarinya memain-mainkan gelas yang telah kosong.

Palupi knew that when her mother lowered her voice, she was sharing her innermost feelings. Palupi remained silent when Respati continued, "Although we're born Javanese, we also try to be less old-fashioned. Do you remember when you first introduced Syarif to us? Your father didn't ask you why he wasn't Javanese; he didn't ask whether Syarif owned a nice house; he didn't ask which family Syarif came from. He didn't. He only asked if this suitor upheld your honor as a woman."

Respati heard her daughter's choked sob through the phone. She steeled herself, refusing to allow the emotionally-charged atmosphere swamp her message. She realized that in a borderless world, where everything moved at lightning speed, conserving traces of nationality was an arduous, quixotic task. Foreign names sounded more modern. Preserving Javanese names was like trying to keep a wet thread standing upright.

———•—•—•———

Dinner had always been simple and joyful over the course of their three years of marriage, but not tonight. Palupi was restless, while her husband chewed his food indifferently. The TV broadcast of widespread flooding added to Palupi's anxiety, so she turned it off.

Syarif Hidayatullah, the Bugis-Palembang man who had courted Palupi with gold jewelry, an Islamic prayer rug, beads, robe, and Quran, finished his dinner in silence. Reluctant to continue the conversation Palupi had started when they first sat down to dinner, he finished his glass of water and rose.

"Wait, dear." Palupi touched his arm. "We're not done."

Reluctantly, Syarif sat back down and started spinning the empty water glass.

"Please accept the Javanese name for our child," Palupi pleaded softly, "and the tingkeban ritual that my mother is asking for."

Syarif held his wife's eyes. He was done with this discussion. The naming issue was non-negotiable. *It's the parents' right to name their children without anyone's interference.*

"It's not simple being the only child." Palupi continued in earnest. "There are unwritten responsibilities and expectations about passing on cultural and ancestral heritages. I tried to refuse

"Kumohon Abang bisa menerima ini. Soal nama anak kita, dan soal upacara tingkeban yang diminta Ibu." Suara lembut Palupi terdengar seperti rayuan.

Syarif menatap istrinya dalam-dalam. Isi kepalanya mengatakan tidak ingin membahas soal nama anak, baginya itu harga mati. *Orangtua berhak memberi nama anak masing-masing tanpa campur tangan siapa pun.*

"Memang tidak menyenangkan hidup sebagai anak tunggal." Suara Palupi berubah menjadi tegas. "Ada kewajiban secara tidak tertulis untuk meneruskan adat dan leluhur. Aku sudah berusaha menolak mereka soal nama dan tingkeban, tapi hasilnya aku bertengkar dengan Romo dan Ibu — sesuatu yang tidak pernah terjadi seumur hidupku." Palupi tertunduk, air mata bergulir di sepasang pipinya.

Syarif menutup mulutnya dengan kedua tangan sambil sikunya bertelekan pada meja. Ada selembar rasa bersalah melintas di hatinya. Namun, sisi lain menolaknya. "Bukankah setiap anak perempuan yang diserahkan kepada mempelai pria saat akad nikah, menjadi hak sepenuhnya sang suami?" suara Syarif pelan dan datar, tetapi Palupi menyahut dengan cepat.

"Suami memberi mahar pada istri, bukan berarti membeli." Kalimat itu terdengar garang di telinga Syarif — perempuan ini seperti bukan Palupi yang biasanya. "Murah sekali jika seorang lelaki membeli perempuan dengan seperangkat alat salat, lalu dia berhak sepenuhnya atas perempuan itu." Palupi menatap tajam mata suaminya yang hitam kelam.

"Berapa biaya yang dikeluarkan lelaki untuk mendapatkan seorang perempuan dalam keadaan terbaik mereka? Lalu banding-kan dengan berapa biaya orangtua merawat anak perempuan itu sejak dia dalam kandungan, hingga usia pantas menikah. Berapa nilai modal yang ditanam?"

Kata-kata yang sudah tersimpan di mulut Syarif raib.

"Aku menyerahkan diriku padamu, suamiku, karena aku men-cintaimu." Berbaris-baris kalimat telah siap dilontarkan oleh Palupi, tetapi dia menjaga martabat suaminya.

Syarif terlihat makin membeku.

"Setelah seluruh cinta mereka tumpah ruah demi anaknya semata wayang, agar aku menjadi perempuan berpendidikan dan

their suggestions for the baby's name and their request to hold the tingkeban ritual, and all I accomplished was getting into a fight with my parents — something that has never happened." Palupi bowed her head, as tears spilled down her cheeks.

Syarif planted his elbows on the table and dropped his chin into his hands, covering his mouth. Guilt crept into his heart, but his mind was made up. "When a daughter is handed over to a man in a wedding ceremony, doesn't she become her husband's possession?" Syarif asked matter-of-factly.

Fury rose in Palupi. "No! Just because a husband presents his wife with a dowry, it does not mean that he purchased her!"

Her words struck Syarif as harsh. This wasn't the Palupi he knew. He glared at her.

"If a man could purchase full ownership of a woman in the prime of her life with just gold jewelry, a set of Islamic praying beads, robe, mat, and Quran, then how does that expenditure compare to how much that woman's parents spent on raising her, from conception till she walks down the aisle? How big was *their* investment?"

Syarif swallowed the words he had been ready to speak.

Palupi's indignation was ready to deliver several more carefully prepared-sentences, but she was mindful of her husband's stature. Instead, she said, "I surrendered myself to you, my husband, because I love you."

Syarif remained silent, bewildered.

"After my parents gave all of their love to their only child and raised her to be an educated, well-mannered woman in good physical and spiritual health, I voluntarily handed myself over to you. Now, why is it so hard to accept the cultural gift from my parents in the form of a Javanese name for our baby just because you, the father of this child, don't agree?"

During their three years of marriage, Palupi had never once spoken with such force as she had spoken tonight.

"All right," Syarif slowly conceded. "Our first child can be named according to your father's gift. But our religion doesn't acknowledge the meaning of a tingkeban ceremony."

berbudi pekerti baik, sehat jasmani dan rohani, aku menyerahkan diri sepenuhnya kepadamu secara sukarela. Sekarang, sulitkah bagimu menerima nama hadiah dari orangtuaku karena semata kau ayah bayi ini?"

Syarif melihat sepasang mata istrinya berkilat. Selama tiga tahun pernikahannya, Palupi tidak pernah bicara berapi-api seperti malam ini.

"Baiklah." Akhirnya Syarif merendah. "Nama bayi pertama boleh memakai hadiah dari Romo. Tetapi soal tingkeban, itu tidak ada dalam ajaran agama kita."

Palupi berdiri gesit, tubuhnya terlihat tegap meskipun dalam keadaan hamil menjelang tujuh bulan. "Adat dan agama dua hal yang tak bisa menyatu, Bang. Mereka berjalan beriringan seperti rel kereta untuk mencapai satu tujuan — kerukunan." Palupi meninggalkan Syarif sendirian di ruang makan dan berjalan cepat-cepat menuju kamar untuk menelepon ibunya.

———•—•———

Kyai Brajadenta, gamelan milik keluarga Wibowo, siang itu mengalun lembut di rumah joglo Wibowo. Gamelan yang ditabuh oleh sebelas lelaki dan beberapa perempuan tetangga itu menampakkan sisi terbaik dari sebuah *pasugatan*, jamuan untuk tamu-tamu yang dihormati. Suasana ramah dan penuh canda memenuhi joglo dan rumah induk yang rimbun oleh pepohonan. Orang-orang yang belum tentu setahun sekali berjumpa, hari ini berkumpul dalam suasana semarak.

Semalam telah dilakukan pengajian untuk mendoakan sang ibu dan janin dengan sajian makanan langka — tujuh buah tumpeng ditambah jajanan pasar, ketan kolak, pisang raja. Sekarang saatnya rangkaian upacara lengkap yang dimulai dengan siraman.

Sebuah sudut telah disiapkan dengan hiasan aneka kembang dan jambangan berisi air dari tujuh sumber dan bunga tujuh rupa yaitu mawar, melati, kenanga, gading, sedap malam, kemuning, pacar banyu. Palupi mengenakan riasan sederhana, kemben jumputan merah hati, dan menggunakan hiasan melati ronce menutupi pundak dan dadanya. Dia duduk di sebuah kursi kayu, siap memulai upacara siraman oleh para tetua, termasuk keluarga besan yang jauh-jauh datang dari Makassar.

Despite her large belly, Palupi rose quickly and straightened. "Tradition and religion are two things that cannot merge. They walk side-by-side, like railroad tracks headed for one destination; in this case, harmony!" Palupi left Syarif sitting at the dining room table and hurried to the bedroom to call her mother.

Gamelan music floated softly through Wibowo's joglo. Played by men and women from the neighborhood, this music was the best part of welcoming the honored guests. A warm and relaxed atmosphere filled the joglo and the main house, surrounded by mature trees. People who might not see each other even once a year, came together that day for the celebratory occasion.

The previous evening, prayers were said for Palupi and her unborn baby. Seven trays of coned rice surrounded by miscellaneous rare side dishes, native Javanese snacks, a sticky rice compote, and a special variety of banana were served. Today, it was time for the complete tingkeban ceremony, which started with the *siraman* a component of the ritual.

In a corner, decorated with flowers, stood a special container filled with water from seven sources and seven types of flowers: rose, jasmine, cananga, magnolia, tuberose, orange jasmine, and impatience. Palupi wore simple make-up and a red, tie-dyed *kemben*, bustier. A shawl of laced jasmine covered her shoulders and chest. Seated on a wood chair, Palupi was ready for the siraman. All present elders, including those on her husband's side of the family, who had come all the way from Makassar, stood ready to pour a ladle of the flowered water over her.

As for Syarif, he could not stop smiling. His family had gladly accepted the tingkeban ceremony. The women were excited to wear the *kebaya*, Javanese long-sleeved blouse, and *jarit*, sarong. The men eagerly donned the traditional *blangkon*, Javanese cap, and *beskap*, jacket. All these formalities delighted Syarif's youngest brother, who recorded everything for a YouTube presentation.

Syarif tidak henti menebar senyum. Keluarga besar di Makassar ternyata menyambut baik upacara adat tingkeban ini. Para perempuan justru sangat senang dan sukarela mengenakan kebaya dan jarit, sedangkan para lelaki menggunakan blangkon dan beskap. Segala keriuhan itu menjadi sebuah tontonan menarik di mata adik bungsu Syarif yang mengabadikan semuanya untuk santapan para penonton YouTube.

>◄——•◆•——►

# Suatu Subuh di Cihanjuang

Candra Padmasvasti

Penerjemah: Umar Thamrin

Alunan *karinding*, alat musik dari bilah bambu khas Jawa Barat, mengeluarkan nada tinggi melengking, berpadu dengan embusan angin malam yang dingin. Karinding selalu dimainkan di acara adat. Suara mendengung hasil perpaduan sentilan jari dan tiupan udara dari mulut si pemain membuat suasana di pertemuan adat terasa mendebarkan. Setelah acara selesai, *Panitren*, sang penjaga adat, berlari dari Bale Saresehan menghampiri jendela dapur Uwa Enok yang masih terbuka. "Sudah diputuskan! Citrik akan dinikahkan dengan Kang Dayat!" ujarnya di antara tarikan napas dan langkah kakinya yang bergegas menjauh.

Uwa Enok yang sedang duduk di atas dipan di dekat jendela dapurnya langsung menutup wajah dengan kedua telapak tangannya. Wanita tua itu menangis, berusaha mencerna berita yang disampaikan oleh panitren.

Citrik yang sedang duduk menghangatkan tubuhnya di depan *hawu*, tungku kayu bakar, seketika merasa mual. Pepes jamur, lauk makan malam tadi, terasa mengimpit kerongkongannya. Gadis remaja tiga belas tahun itu menggelugut membayangkan Mang Dayat, lelaki paruh baya yang biasa dia panggil *Emang, Paman*, akan menjadi suaminya.

Pernikahan Mang Dayat dengan Bi Nenden memang belum dikaruniai keturunan. Perilaku mereka sangat berlawanan — Mang Dayat suka berbicara, sedangkan Bi Nenden sangat pendiam. Perempuan di kampung kerap menggunjingkan kelakuan Mang Dayat, yang sering menjalin hubungan terlarang dengan perempuan dari luar Cihanjuang. Sebagian dari mereka menuduh Bi Nenden yang tidak dapat memberikan anak sebagai penyebabnya.

# The Sacred Waterfall

By Candra Padmasvasti
Translated by Umar Thamrin

The reverberating tones of a bamboo *karinding* mingled with the sighs of the cold night wind. As was custom, the Sudanese mouth harp was played during a meeting of the village elders. With the karinding placed between his lips, the player tapped the end of the instrument with his fingers to create the thin vibrations that added to the tension in the Bale Sarasehan.

At the end of the meeting, a village elder rushed from the civic center to Uwa Enok's open kitchen window. "It's confirmed!" cried the *panitren* to the old maid. "Citrik must marry Dayat!" Panting, he hurried away.

Seated on a bench inside the open kitchen window, Uwa Enok covered her face with both hands and wept, trying to make sense of what the panitren's announcement meant for her niece.

Thirteen-year-old Citrik huddled near the *hawu*. The kitchen's clay stove warmed her. The *pepes* — roasted mushrooms wrapped in banana leaves — she had eaten at dinner weren't settling well in her stomach. Now, hearing the panitren's words, she shivered, picturing she'd be the second wife of the middle-aged man she'd always addressed as *uncle.*

Dayat and his wife, Bi Nenden, were childless. The two were complete opposites. Dayat was talkative; Bi Nenden was quiet. The women in the village gossiped about Dayat's affair with a woman who lived outside of Cihanjuang, their small village near Sukabumi in West Java. Some blamed Bi Nenden's infertility for Dayat's infidelity.

*Why do I have to be the one who gives him children?* Disgusted, Citrik nestled her slender body into her sarong and buried her face in her arms. She thought about the incident with Dayat that

*Mengapa harus aku yang memberinya anak?* Citrik merasa jijik. Tangannya menarik tepian kain sarung dari sisi kedua lengannya, membungkus tubuh mungilnya, dan membenamkan kepalanya.

Citrik teringat kejadian beberapa hari lalu. Kala itu, dia dan Uwa Enok sedang berjalan sepulang dari sungai.

Tiba-tiba, dari barisan pohon, Mang Dayat muncul mengadang mereka. "Aduh wanginya," goda Mang Dayat sambil mendekatkan kepalanya ke arah tubuh Citrik.

Citrik langsung menjerit dan berlindung di belakang badan Uwa Enok. Gelung Citrik terlepas, rambutnya yang hitam jatuh tergerai melewati pundaknya yang basah. Tubuh gadis itu hanya dibalut kain sarung, selepas mandi di sungai.

Citrik merinding karena masih bisa merasakan napas Mang Dayat di lengannya.

"Mau apa kamu, Dayat?" Uwa Enok membentak.

"Mau menikah dengan ponakanmu," ujar Mang Dayat tergelak. Bau minyak rambut Mang Dayat tercium begitu kuat, mengalahkan wangi sabun mandi dari tubuh Citrik dan Uwa Enok. Mang Dayat mengusap kumisnya sambil menatap Citrik. Mata lelaki tua itu bergerak menyapu wajah pucat Citrik. Pandangannya menjelajahi leher yang jenjang, lalu turun ke pundak nan putih. Bola matanya kian membesar saat tilikannya tiba pada pinggul sintal Citrik yang terbalut kain sarung basah.

"Jangan kurang ajar!" Uwa Enok berteriak marah.

"Aku akan buatkan rumah terbagus di Cihanjuang untukmu, Citrik," ucap Mang Dayat merayu Citrik tanpa menghiraukan hardikan Uwa Enok. "Kamu bisa dapatkan semua yang kamu mau dengan uang hasil usaha ternakku."

Citrik masih tidak menjawab. Kedua tangannya terus memeluk keranjang berisi baju yang baru dicuci sebagai tumpuan tubuhnya yang gemetar.

"Anak ini sudah mendapat rumah dariku." Uwa Enok berucap sambil mengangkat dagu, matanya menatap tajam lelaki yang ada di depannya. Lalu bibirnya mengatup, tarikan napasnya yang pendek diembuskan lewat kedua lubang hidungnya.

"Rumah usang bekas perawan tua tidak pantas untuk gadis cantik seperti Citrik," ejek Mang Dayat diikuti suara tertawanya yang menjengkelkan.

had happened a few days ago. Remembering the old man's breath on her arm, Citrik shuddered.

———•—•———

That day, she and Uwa Enok had been walking home after doing laundry and bathing in the river. Citrik's sarong was wrapped tightly around her body; her wet black hair fell loosely over her damp shoulders.

Unexpectedly, Dayat had emerged from behind the treeline and blocked their passage. Leaning into Citrik, he teased, "My, my, don't you smell nice!"

Startled, Citrik ducked behind her aunt.

"What do you want, Dayat?" Uwa Enok had snapped.

"I want to marry your niece." Dayat chuckled. The cloying smell of his pomade completely smothered Citrik's and Uwa Enok's clean fragrance. The old man stroked his mustache and peered into Citrik's pale face. His greedy gaze slid down her slender neck, landing briefly on her white shoulders, and — eyes widening — settled on the curves of Citrik's hips swaddled in the wet sarong.

"Don't be vulgar!"Uwa Enok hissed furiously.

Dayat ignored the old woman and continued leering at Citrik. "I'll build the most beautiful house in Cihanjuang for you, Citrik. I can give you everything you want with the money I make in my cattle business."

Citrik remained silent behind her aunt, pressing her full basket of freshly-washed clothes against her trembling body.

Uwa Enok raised her chin and glared at Dayat. "Citrik will inherit *my* house,"she said through pressed lips.

Dayat laughed. "An old house from an old maid is not suitable for a girl as beautiful as Citrik."

Fury flushed a dangerous red into Uwa Enok's face. "Watch your mouth! I'll report you to the elders!"

Dayat burst into boisterous laughter. "Ah! But using my *sirep*, mantra, I can hypnotize the elders, and, under the spell of my magic, I can make them do anything I say!"

Uwa Enok gasped.

Taking full delight in springing his secret on Uwa Enok, Dayat put his hands on his hips, and snickered, exposing his fat shaking

Wajah Uwa Enok memerah. Tangannya mengepal menahan amarah. "Awas! Aku laporkan kepada sesepuh adat!" Uwa Enok berteriak lantang.

Mang Dayat justru tertawa liar. "Dengan ilmu sirepku, akan aku tembus mimpi sesepuh adat. Dia akan menuruti semua kemauanku."

Uwa Enok tersentak. Dia diam kehabisan kata-kata.

Melihat perubahan sikap Uwa Enok, Mang Dayat kembali tertawa keras. Kedua tangannya bertengger di pinggang, menampakkan perutnya yang montok berguncang. "Aku berkuasa di Cihanjuang! Perempuan tua macam kamu tidak ada artinya bagiku." Mang Dayat menunjukkan jari telunjuknya ke arah Citrik. "Dia milik aku!"

Citrik merasa dirinya diperlakukan layaknya barang untuk dimiliki. Tenggorokannya tercekat menahan tangis.

Uwa Enok masih diam mematung.

Mang Dayat berlalu menjauh.

Uwa Enok berbalik badan dan memeluk Citrik. Keduanya bertangisan di sisi jalan setapak. Setelah mereka merasa agak tenang, Uwa Enok mengajak Citrik pulang ke rumah. "Ayo pulang, malu jika ada yang melihat kita sedang bertangisan," Uwa Enok mengusap air mata Citrik, "Kita pasti akan dapat jalan keluarnya."

Kalimat terakhir Uwa Enok membuat hati Citrik tenang. Dua perempuan itu pun berjalan menuju rumah.

—·•·—

Keesokan harinya, pendar matahari lamat-lamat menerobos celah dinding dapur yang terbuat dari bambu. Citrik masih masygul menerima putusan adat. Hanya dengan memasak, pikirannya dapat teralihkan. Wangi dapur ini, yang berlantai tanah dengan empat batang kayu pohon hanjuang di setiap sudutnya, seakan menjadi rahim ibu yang memberinya rasa tenteram. Uwa Enok pernah bertutur tentang pohon hanjuang. Batangnya terkenal kuat menopang bangunan. Daunnya berwarna merah dan hijau, melambangkan keseimbangan antara manusia dan alam. Menurutnya, pohon hanjuang adalah lambang perempuan Cihanjuang yang kuat dan mampu menjaga keseimbangan keluarga. Singgasana perempuan Cihanjuang adalah dapur, tempat

belly. "I'm the law in Cihanjuang!" he crowed. "I don't listen to old maids like you." Pointing at Citrik, he declared, "She's mine!"

Citrik's throat tightened, trying to swallow the terror of being treated as an object that could be owned by another.

Uwa Enok stood rigid until Dayat walked away. Then she turned around and hugged Citrik. In tears, they held one another on the side of the path until they calmed down. Uwa Enok wiped Citrik's tears. "Let's go home. People are looking at us," she said and soothed, "We'll find a way out of this problem."

The morning after the village elders' decision, as the sun crept between the bamboo slats of the kitchen wall, Citrik, still upset, tried to distract herself by preparing breakfast. This kitchen, with the floor's earthy aroma and the four strong hanjuang tree trunks anchoring each corner, felt as safe as a mother's womb.

Uwa Enok had told her about the hanjuang tree. Its trunk, widely praised for its strength, was used as building pillars. Its red and green leaves symbolized harmony between mankind and nature. Uwa Enok had also told her that hanjuang trees were like the Cihanjuang women, who had to be strong to maintain unity in their families. Cihanjuang women reigned in the kitchen, where they turned nature's gifts into sustenance for their families. "This kitchen, and everything in it, will be yours, Citrik." Uwa Enok had promised her.

Citrik unhooked the wooden latch and pushed the window open. The morning's chilly breeze brought color to her pale cheeks. Her thick eyebrows and curled eyelashes added to Citrik's natural beauty. For a moment, she stared at the sky.

Citrik and her father first moved to Cihanjuang from the Bandung Regency in August 1949. Cihanjuang, a small village in the mountains surrounding Sukabumi, West Java, was her father's home village, where Uwa Enok, his only sister, lived. Her father had wept on Uwa Enok's lap as he told her about the Islamic Armed Forces of Indonesia setting fire to their village in Bandung.

Citrik was five years old. It had happened so fast. She remembered waking up in her father's arms, her vision blurred by the thick smoke. She gasped as the hot air filled her lungs.

dia bertahta, mengolah apa yang diberikan alam menjadi makanan untuk keluarganya. "Kelak, dapur dan seluruh isinya ini akan menjadi milikmu, Citrik," Uwa Enok berkaul.

Tangan Citrik menggeser selot kayu, membuka jendela. Angin pagi yang dingin membuat pipinya yang putih bersemu merah. Kedua matanya menatap langit sejenak. Alis mata yang tebal dan bulu mata yang lentik membuat Citrik terlihat cantik alami.

Dia teringat saat datang bersama Bapak dari Bandung ke Cihanjuang pada bulan Agustus 1949. Cihanjuang, desa kecil di daerah pegunungan Sukabumi, adalah tanah kelahiran Bapak dan tempat tinggal Uwa Enok, kakak perempuan Bapak satu-satunya. Bapak menangis di pangkuan Uwa Enok sambil menceritakan perihal rumah yang dibakar dan Ibu yang dibunuh gerombolan Tentara Islam Indonesia.

Saat itu, usia Citrik masih lima tahun. Peristiwa itu terjadi begitu cepat. Malam itu, dia terbangun dan sudah berada di gendongan Bapak. Pandangannya kabur tertutup asap, napasnya sesak oleh udara yang terasa panas sampai ke dada. Bapak berusaha keluar dari rumah, berlomba dengan jilatan api yang berasal dari rumah-rumah lainnya. Orang-orang berlarian, suara jeritan dan tangisan terdengar di mana-mana. Bapak dan Citrik menanti Ibu keluar dari rumah untuk mengajaknya berlari menjauhi kampung. Namun sayang, Ibu tidak pernah keluar dari rumah.

Bapak sering bercerita tentang dendamnya pada gerombolan yang membuat Ibu mati. "Kartosoewirjo, pemimpin gerombolan itu, tidak puas dengan kemerdekaan Indonesia yang masih dibayang-bayangi Belanda," kata Bapak berapi-api, "Dia memaksa Jawa Barat menjadi Negara Islam Indonesia."

Menurut Bapak, gerombolan itu bergerilya di hutan-hutan untuk mempertahankan diri dari kejaran TNI AD. Mereka membutuhkan persediaan makanan yang banyak. Biasanya, saat tentara Indonesia tahu bahwa gerombolan akan mendatangi kampung untuk mencari bahan makanan, mereka akan meminta warga kampung mengungsi. Gerombolan itu mengharuskan setiap rumah menyediakan beras atau bahan makanan di teras rumah. Jika tidak disediakan, mereka akan merusak atau membakar rumah tersebut.

Clutching her to his chest, her father had raced out of the burning house, with the fire raging around them. Outside was a chaos of panicked people running, screaming, and crying. Citrik's mother didn't make it out of their house.

"That night, a mob from the Islamic Armed Forces in Tasikmalaya attacked the Indonesian Army's headquarter there," Citrik's father told his sister bitterly. "No one expected the mob to attack our village. That mob leader, Sekarmadji Maridjan Kartosoewirjo, wants West Java to become the Islamic State of Indonesia. According to him, the current government is allowing the Dutch to maintain control, and therefore he is planning an insurgence."

When the Indonesian Army came too close, the Islamic Armed Forces mob retreated to the forest. Because the mob needed a large supply of food to survive while in hiding, they demanded that each village household leave rice and other food items on their porch before they fled their villages. The mob destroyed the houses of those who did not comply.

After having lived for so many years in the Bandung Regency with Citrik and her mother, Citrik's father's days back in his home village were filled with grieving his wife's death. Soon, he began talking to himself, and neighbors started whispering about "the crazy man." Then, one morning, Uwa Enok found her brother, lying cold on his bed. After living less than two years in Cihanjuang, he had died in his sleep.

Grief made Citrik grow into a quiet, lonely girl.

———·—·———

Citrik's slender fingers placed three sticks of firewood, one by one, into the hawu hole. She pressed her thin lips against a short piece of bamboo and gently blew air onto the coals until they flamed. Citrik wondered where Uwa Enok was that morning. Even though Uwa Enok rarely spoke, Citrik felt safer when her aunt was around.

Citrik lifted the *langseng* and placed it on the hawu. The large copper pot was used to boil water, but it was also used as a water pan for steaming. The golden yellow pot looked like an upside-down magician's hat. Cooking, Citrik thought, was just like performing a magic show.

"Malam itu, gerombolan Tentara Islam Indonesia di Tasikmalaya menyerang markas TNI AD setempat sehingga TNI AD di wilayah Kabupaten Bandung harus berpindah tugas ke sana. Tidak ada yang tahu bahwa gerombolan itu akan datang ke kampung kita," ujar Bapak pilu.

Sejak itu, setelah sekian tahun tinggal di Kabupaten Bandung bersama Ibu dan Citrik, Bapak kembali tinggal di Cihanjuang, kampung kelahirannya. Hari-hari Bapak hanya diisi dengan meratapi kematian Ibu. Sampai akhirnya, Bapak mulai sering berbicara sendiri dan julukan *orang gila* pun melekat pada dirinya.

Tidak sampai dua tahun sejak Citrik tinggal di Cihanjuang, pada suatu subuh, Uwa Enok menemukan tubuh Bapak sudah kaku. Ajal menjemput Bapak kala tidur. Kedukaan yang menimpa Citrik, membuatnya tumbuh menjadi gadis pendiam, yang jarang bergaul dengan anak-anak sebayanya.

———•—•———

Jemari Citrik yang lentik mengambil tiga batang kayu bakar, memasukkan satu per satu ke lubang hawu. Citrik menempelkan bibirnya yang tipis pada sepotong bambu pendek, lalu meniupkan udara ke arah bara sampai menjadi api. Tiba-tiba, dia tersadar belum melihat Uwa Enok sejak fajar.

Walaupun Uwa Enok terkenal jarang berbicara, Citrik selalu merasa lebih tenang jika berada di dekatnya. Uwa Enok adalah pengganti orangtuanya.

Citrik mengangkat *langseng*, alat untuk memasak air dan mengukus makanan, dan meletakkannya di atas hawu. Langseng tembaga berwarna kuning keemasan itu terlihat seperti topi pesulap terbalik. Citrik beranggapan bahwa memasak itu memang mirip dengan melakukan pertunjukan sulap.

Uwa Enoklah yang memperkenalkannya pada serunya memasak. Semua orang di Cihanjuang mengakui kepiawaian Uwa Enok memasak karena masakannya selalu mendapat pujian dari sesepuh adat. Kata Uwa Enok, kemampuan memasak penting bagi perempuan Cihanjuang, tidak saja karena nikmatnya masakan akan membuat keluarga bahagia, tapi juga sebagai bentuk syukur atas apa yang kita dapatkan dari alam.

Saat masih tinggal bersama orangtuanya, Citrik membayangkan dia akan bersekolah seperti anak-anak lain. Namun,

It was Uwa Enok who had introduced Citrik to the adventure of cooking. In Cihanjuang, Uwa Enok was known as a skilled cook. The village elders always praised her culinary talent. Uwa Enok said that cooking was an important skill for Cihanjuang women to possess, not only because well-prepared food brought joy to their family, but also because it was an expression of gratitude for nature's gifts.

Uwa Enok taught Citrik many things. While living in Bandung, Citrik had assumed she would go to school like the other children. But that notion disappeared when she and her father arrived in Cihanjuang, which had no schools.

"Nature is our best teacher," Uwa Enok had advised Citrik, while showing her *ngahuma*, a way of farming rice by intercropping. Rice was planted next to corn and bananas to fertilize the soil, resulting in a more abundant harvest. The ngahuma was an important tradition that reminded humans of their humble origins and to respect nature as the source of life. Thus, children in Cihanjuang learned the meaning of patience and courage through farming.

A loud knock on the kitchen door startled Citrik from her daydream. She whirled around as the door flung open with a loud bang.

Bi Nenden rushed in, her placid face contorted with outrage. "You think you can steal my husband because you're younger?" shouted Dayat's wife.

Stunned, Citrik began to shake.

"Shameless bitch!" Bi Nenden grabbed Citrik's arm and shoved her hard.

"Nenden!" A voice called from outside. Uwa Enok hurried through the door. *"Saur kudu dibubut!"* she said, standing protectively in front of Citrik. "This is my house. You must be respectful!" Uwa Enok's lips moved, as if chanting silently, and the air in the kitchen turned damp. "I don't want Citrik to be your husband's wife, either," she finally said.

The fury in Bi Nenden's eyes dissolved into a blank stare. She started to cry. *"Hampura,* forgive me," Bi Nenden moaned as she slumped into a squat on the earthen floor. "If only you knew how tired I am of dealing with a husband who's blinded by lust."

bayangan itu pupus karena di Cihanjuang belum ada sekolah. Anak-anak di Cihanjuang belajar dari alam. Mereka belajar makna kesabaran dan keuletan melalui bertani.

"Alam adalah guru terbaik bagi manusia," demikian wejangan Uwa Enok saat mengajarkan tentang *ngahuma*, menanam padi di ladang dengan cara tumpang sari. Padi ditanam bersama tanaman jagung dan pisang yang sudah ditanam terlebih dulu sehingga tanah menjadi subur dan panen melimpah. Adat ngahuma ini adalah aturan yang tidak boleh dilanggar, supaya manusia tidak lupa dari mana dia berasal dan menghormati alam yang telah memberinya kehidupan.

Suara ketukan keras diikuti bunyi pintu dapur yang didorong kasar menyadarkan Citrik dari lamunannya. Dia membalikkan badan.

Terlihat Bi Nenden berjalan cepat menghampirinya. Istri Mang Dayat itu terlihat marah, tidak seperti biasanya. "Kamu pikir bisa memiliki suamiku karena kamu lebih muda?" Bi Nenden berteriak.

Citrik kaget merengket ketakutan.

"Perempuan tidak tahu malu!" Tangan Bi Nenden mendorong lengan Citrik dengan keras.

"Nenden!" Sebuah suara keras terdengar dari arah luar. Uwa Enok berjalan mendekat.

"*Saur kudu dibubut!*" Uwa Enok mengingatkan falsafah adat untuk berbicara dengan hati-hati. "Ini rumahku. Kamu harus menghormatinya!" Uwa Enok berdiri di depan Citrik dengan sikap melindungi. Bibirnya bergerak merapalkan sesuatu. Tiba-tiba, udara dapur terasa lembap. "Aku pun tak sudi Citrik menjadi istri kedua suamimu," kata Uwa Enok tegas.

Semburat marah di mata Bi Nenden perlahan berubah menjadi tatapan kosong dan dia pun menangis tersedu-sedu. "*Hampura*, mohon maaf," Bi Nenden merajuk sambil berjongkok. "Kamu tahu bagaimana aku sudah lelah menghadapi suamiku yang buta oleh nafsu."

"Dari mana suamimu belajar ilmu sirep?" Uwa Enok bertanya dengan nada memaksa. Pandangannya menyelidik menatap mata Bi Nenden yang langsung terlihat gugup.

Uwa Enok looked intently at Bi Nenden. "Where did your husband learn hypnotism?"

"He learned it from someone in the southern part of Java," Bi Nenden answered softly between tears. "That knowledge destroyed my husband."

Uwa Enok took a glass from the bamboo rack and filled it with water from a clay jug. She blew on the glass to show her support before handing it to Bi Nenden, who emptied it immediately.

Uwa Enok squatted on the floor next to Bi Nenden. "Let's go to the waterfall to ask Nyi Mas Hanjuang for advice," she whispered encouragingly. The Nyi Mas Hanjuang waterfall was a sacred place on the far side of a sacred forest on the mountain ridge. Uwa Enok often went there to pray. The old woman looked into Bi Nenden's eyes, nodded, and tilted her head toward the door. The two women rose together and slowly walked out of the kitchen.

Watching the two women's backs as they walked away, Citrik's heartbeat quickened.

Darkness had set in, but Uwa Enok and Bi Nenden had still not returned home from their visit to the Nyi Mas Hanjuang waterfall. Even though Citrik knew that Uwa Enok was accustomed to visiting the waterfall, she still worried.

Looking at the *ulukutek leunca* she had cooked earlier that morning, Citrik wondered if Uwa Enok had eaten yet. The traditional Sundanese salad was her aunt's favorite dish. It was made from *oncom*, fermented tempeh, and the fruit and leaves of *leunca*, a flowering black nightshade plant that grew in West Java.

Citrik decided to lie down while waiting for her aunt's return. Unable to stay awake, the girl finally fell asleep.

Midnight came, and Citrik was still fast asleep on her bed. The light of the oil lamp cast a shadow of her curved hip against the wall. A gecko's deep, throaty call woke Citrik. The girl looked for Uwa Enok next to her, but Citrik was alone on the bed. *Why is Uwa Enok not home yet?* Citrik grew more worried. It was quite a long walk to the Nyi Mas Hanjuang waterfall.

Citrik thought about another midnight, one year ago, when she had prayed for the first time at the Nyi Mas Hanjuang waterfall.

"Dia belajar kepada seseorang dari selatan Pulau Jawa." Bi Nenden menjawab lemah. "Ilmu itu menghancurkan suamiku." Bi Nenden terisak.

Uwa Enok mengambil gelas dari rak bambu, mengisinya dengan air dari kendi, lalu meniup gelas itu sebelum disodorkan kepada Bi Nenden yang langsung meminumnya habis.

Uwa Enok berjongkok sejajar dengan Bi Nenden dan berbisik dengan suara lirih, "Mari kita ke mata air untuk minta petunjuk dari Nyi Mas Hanjuang." Mata air Nyi Mas Hanjuang adalah tempat sakral yang berada di balik bukit. Uwa Enok sering berdoa di sana.

Kedua perempuan itu perlahan bangun dari jongkoknya. Uwa Enok menatap mata Bi Nenden, lalu mengangguk dan menggerakkan kepalanya ke samping sebagai ajakan untuk berangkat. Mereka berjalan keluar dari dapur.

Jantung Citrik berdegup kencang saat dia memandang punggung kedua perempuan yang terlihat menjauh itu.

├──•──┤

Hari sudah gelap, tapi Uwa Enok tidak kunjung pulang sejak berangkat ke mata air Nyi Mas Hanjuang bersama Bi Nenden. Walaupun Citrik tahu Uwa Enok sudah biasa pergi ke mata air, hati Citrik tetap khawatir. *Apakah Uwa Enok sudah makan?* tanyanya dalam hati. Dia memandang lauk *ulukutek leunca* yang dimasaknya tadi pagi — masakan kesukaan Uwa Enok yang terbuat dari *oncom*, campuran peragian tempe, dengan *leunca*, jenis sayuran lalapan yang banyak tumbuh di daerah Jawa Barat. Citrik menunggu Uwa Enok sambil bergolek di pembaringan. Tidak berkuasa untuk tetap terjaga, akhirnya gadis itu pun terlelap.

Di tengah malam, Citrik masih terlelap di pembaringan. Sinar lampu cempor membuat bayangan lekuk pinggulnya tampak di dinding. Suara tokek yang keras membuat Citrik terjaga dari tidurnya. Gadis itu mencari tubuh Uwa Enok di sebelahnya, tetapi hanya ada dirinya di pembaringan. *Uwa Enok kenapa masih belum kunjung datang?* Citrik mengkhawatirkan Uwa Enok yang harus berjalan jauh ke mata air Nyi Mas Hanjuang.

Citrik teringat saat pertama kali berdoa di mata air Nyi Mas Hanjuang tahun lalu. Saat itu, Citrik baru saja selesai mendapat haid yang pertama. Uwa Enok mengutarakan padanya bahwa

Citrik had just completed her first menstrual cycle, and now that she had become a woman, Uwa Enok told her it was time to learn the special prayers.

To get to the Nyi Mas Hanjuang waterfall, they had to travel through a sacred forest on a mountain ridge protected by traditional law. The area could not be used for farming, and no trees could be cut without permission from the village elders. "We must walk barefooted, and we are not allowed to speak," Uwa Enok had explained to Citrik before they entered.

That night, accompanied by the lively chirping of crickets, Uwa Enok and Citrik walked barefoot through the sacred forest. Citrik walked behind Uwa Enok, who carried a torch. Citrik still remembered how cold her feet were as she stepped across the damp ground. Her warm clothes and heavy *kebaya*, long-sleeved blouse, had not been enough to protect her from the cold mountain wind that pierced her to the core. But although she was tired and cold, Citrik knew better than to complain. She knew her aunt's character well. Unlike herself, who was always compliant, Uwa Enok became angry when she didn't get her way.

It was almost midnight when they arrived at the Nyi Mas Hanjuang waterfall. The water broke out of a steep cliff. The light from Uwa Enok's torch illuminated the large steep rocks around it. Citrik could hear the roar of cascading water, which told her that the feeder stream was heavy, and the waterfall was high.

Uwa Enok bowed and sat down on a flat rock. Citrik silently unfastened the sarong sling that held their offerings. She took the small bowl filled with a whole roasted chicken, a young coconut, and a handful of cananga flowers, and arranged everything neatly on the rock.

Uwa Enok lit incense. Then, seated cross-legged, they began to pray. The only sound came from the rushing water. Citrik sank deeper into her meditation as the falling water misted her face and body. The scent of the incense filled Citrik's nostrils. Her thoughts drifted as her mind followed the cadence of the mantra she recited.

"I accept your offering." A soft female voice interrupted Citrik's silent chanting. The voice was clear and its tone unassuming.

sudah waktunya Citrik belajar doa khusus karena sudah menjadi perempuan dewasa. Perjalanan ke mata air Nyi Mas Hanjuang harus melewati hutan larangan. Hutan yang membentang di punggung bukit ini adalah wilayah sakral yang dilindungi oleh adat. Peraturan adat melarang wilayah hutan larangan digunakan untuk bercocok tanam, apalagi memotong pohonnya tanpa izin dari sesepuh adat. "Tidak boleh pakai alas kaki dan tidak boleh bicara sepatah kata pun." Uwa Enok menjelaskan adab sebelum melewati hutan larangan.

Malam itu, suara jangkrik yang riuh berirama menemani perjalanan dua orang perempuan, melalui hutan larangan. Citrik berjalan di belakang Uwa Enok yang memegang obor. Citrik teringat rasa dingin di telapak kakinya saat menapaki tanah yang lembap. Baju hangat dan kain kebaya tebal tidak mampu menahan angin gunung yang menusuk sampai tulang. Saat itu, sebenarnya dia sudah lelah dan kedinginan, tapi mengadu pada Uwa Enok hanya akan membuat perempuan tua itu gusar. Citrik sudah hafal tabiat Uwa Enok. Jika keinginannya tidak terpenuhi, pasti akan marah, berbeda dengan sifat dirinya yang selalu mengalah.

Air terjun Nyi Mas Hanjuang adalah sebuah bengkahan kecil di antara tebing. Mereka tiba di sana hampir tengah malam. Cahaya obor menunjukkan bebatuan besar di sekitarnya. Citrik mendengar suara air yang keras, menunjukkan air terjun ini cukup tinggi.

Uwa Enok menjura dan duduk di atas batu, diikuti oleh Citrik.

Tetap tanpa suara, Citrik langsung mengambil sesajen dari kain gendongan. Baskom berukuran kecil berisi satu ekor ayam panggang, sebuah kelapa muda, dan segenggam bunga kenanga tertata rapi di atas batu.

Uwa Enok membakar dupa. Lalu, kedua perempuan itu duduk bersila, mulai berdoa. Hanya terdengar derasnya suara air terjun, Citrik semakin tenggelam dalam semedinya. Wajah dan tubuhnya basah terkena cipratan air. Rasa dingin di tubuhnya berangsur-angsur menjadi biasa. Wangi dupa memenuhi relung hidung dan mengantarkan pikiran Citrik melayang, mengapung, membubung bersama mantra yang mengalir dari bibirnya.

"Aku terima yang kau berikan." Sebuah suara wanita yang lembut tiba-tiba terdengar di antara rapalan mantra. Nadanya

"I have done everything you asked for." Citrik heard Uwa Enok's voice.

"It's in your hands," answered the soft female voice.

Uwa Enok clasped her hands above her head. She held them there for a moment before bringing them down to her lap with one swift movement. When she opened her hands, she held a thin piece of metal the length of her palm. Uwa Enok bowed and expressed her gratitude.

"This kris is entrusted to you," said the soft female voice. "Use it to maintain harmony between humans and their natural environment."

Uwa Enok again thanked the spirit. She touched Citrik's arm, motioning that it was time to leave. The journey back home was not as laborious as their trip to the waterfall. They arrived at the village as dawn crawled up the back of Mount Cimentang.

Citrik's mind wandered as she remembered that first visit. Soon, she fell asleep again.

———•—•———

The early morning mist still veiled Cihanjuang when Uwa Enok opened the kitchen door. The old woman entered slowly. Perspiration dampened her forehead. Though exhausted, she smiled looking at her niece, fast asleep on the bamboo cot. Uwa Enok pulled up the blanket that had rolled down to Citrik's feet and covered the girl. She gently stroked Citrik's head before lying down beside her.

Thursday nights were sacred nights in the Cihanjuang village, and Citrik prepared the offerings in the kitchen as usual: four boiled eggs, a cup of black coffee, five rose buds, a handful of cananga flowers, a young green coconut, and a handful of lady-finger bananas. She placed the offerings in the corner of the room next to the hawu.

Uwa Enok lit the incense. She reached inside her camisole and took out the Nyi Mas Hanjuang kris, wrapped in white cloth. She slowly unwrapped the kris and placed it carefully among the other offerings. The scent of incense spiraled up to the kitchen ceiling, its smoke mingling with that of the kitchen fire.

Citrik sat cross-legged next to Uwa Enok. Placing their palms on their thighs, they bowed toward the offerings.

jelas dan terdengar bersahaja. Suara itu tidak masuk ke telinga Citrik, tetapi lebih tepat terdengar di dalam kepalanya.

"Saya sudah melengkapi seluruh syarat yang Nyi Mas minta," suara Uwa Enok, masih terdengar di dalam kepala Citrik.

"Ada di tanganmu," suara lembut itu terdengar lagi.

Uwa Enok mengatupkan kedua telapak tangannya di atas kepala untuk beberapa saat, lalu menariknya ke pangkuan dengan gerakan cepat. Sesaat dibukanya kedua telapak tangan, terlihat besi tipis dan kecil berwarna emas kehitaman sepanjang telapak tangan. Uwa Enok kembali menjura dan mengucapkan rasa terima kasih.

"Keris ini adalah titipan yang harus kau jaga," suara lembut itu kembali terdengar, "Gunakanlah untuk menjaga keselarasan antara manusia dan alam."

Uwa Enok kembali mengucapkan terima kasih, lalu menyentuh lengan Citrik, mengajaknya pulang. Mereka berjalan menjauh dari mata air. Perjalanan pulang tidak seberat saat berangkat, terasa lebih cepat berlalu. Mereka tiba di kampung saat subuh mulai menyentuh punggung Gunung Cimentang.

Citrik melamun sambil rebahan di pembaringan. Lamunannya mengantarkan kantuknya kembali menyerang. Gadis itu pun kembali tertidur pulas.

• — • — •

Kabut subuh masih menyelimuti Kampung Cihanjuang ketika Uwa Enok membuka pintu dapur. Perempuan tua itu masuk dengan gerakan perlahan. Buliran keringat terlihat di dahinya. Dia nampak kelelahan, tetapi bibirnya tersenyum saat memandang Citrik yang terlelap di atas dipan bambu. Uwa Enok menarik selimut yang tergulung di kaki Citrik, lalu menutupkannya pada tubuh gadis itu. Diusapnya kepala Citrik perlahan sebelum merebahkan dirinya untuk beristirahat.

• — • — •

Saat malam Jumat *Kliwon*, malam Jumat yang dikenal keramat oleh penghuni Kampung Cihanjuang, Citrik menyiapkan sesajen di dapur seperti biasanya. Empat butir telur rebus, segelas kopi pahit, lima kuncup bunga mawar, segenggam bunga kenanga, satu butir kelapa hijau, dan satu sisir pisang mas. Sesajen disimpan di pojok ruangan bersisian dengan hawu. Uwa Enok mulai

Uwa Enok began to whisper a chant in Sundanese.

*Hanjuang beureum héjo,*
*Hanjuang is red and green,*
*Hanjuang nu ngaleupaskeun,*
*Hanjuang frees those in bondage,*
*Ti kiwa tengen luhung mancur,*
*Hanjuang brings knowledge,*
*Poek mongkleng sateuacan isuk,*
*During the dark hours before the break of dawn.*

"Uwa, is the mantra different from the one we usually chant on Thursday nights?" Citrik asked.

"It is the way Nyi Mas Hanjuang ordered it," Uwa Enok answered, without looking at Citrik.

Sensing that now was not a good time to question her aunt any further, Citrik closed her eyes and began to follow Uwa Enok's chanting. Moments later, the temperature in the kitchen rose, and it became very hot. As she recited the mantra, Citrik fell under its spell. The night was growing older and a cold fog shrouded Cihanjuang. Throughout the night, the cananga fragrance lingered in the kitchen.

———•·•———

The rising sun peeked out from behind Mount Cimentang. Citrik looked beautiful, dressed in a white kebaya and green sarong. She waited for Uwa Enok to get ready.

The room's door curtain parted, and the fragrance of cananga filled Citrik's nostrils again. Uwa Enok wore her usual white kebaya, but she looked different — she looked elegant. Her hair was tied in a bun on top of her head, and her wrinkled skin was radiant. Uwa Enok smiled and asked Citrik to follow her.

Carrying a bowl of *apem,* steamed cakes made of palm sugar and rice flour, Citrik walked behind Uwa Enok. Worried that she would drop the bowl, Citrik held it tightly against her chest. Every so often, Citrik moved next to Uwa Enok to glance at the older woman's face.

At the Bale Saresehan, people had already arrived to pray. All eyes were on Uwa Enok as she entered the hall with her chin raised. Her high bun accentuated her cheekbones.

membakar dupa, merogoh isi kutang, dan mengambil kain putih yang membungkus Keris Nyi Mas Hanjuang. Perlahan, Uwa Enok menempatkan keris itu di antara sesajen setelah melepaskan kain pembungkusnya.

Harum dupa mengisi dapur sampai ke langit-langit. Asap dupa dan hawu bersatu. Citrik duduk bersila di sebelah Uwa Enok. Keduanya menjura ke arah sesajen, lalu menempatkan kedua telapak tangan di atas tungkai.

Uwa Enok mulai membaca mantra dengan suara lirih.

*"Hanjuang beureum héjo.*
Hanjuang berwarna merah hijau.
*Hanjuang nu ngaleupaskeun.*
Membebaskan simpul yang tercengkeram.
*Ti kiwa tengen luhung mancur.*
Hanjuang pembawa ilmu.
*Poék mongkléng sateuacan isuk.*
Pada gelap gulita sebelum pagi."

"Mantranya berbeda dari yang biasa kita baca setiap malam Jumat ya, Uwa?" tanya Citrik

"Perintah Nyi Mas Hanjuang." Uwa Enok menjawab tanpa memandang wajah Citrik.

Melihat bahasa tubuh Uwa Enok, Citrik enggan bertanya lebih lanjut. Dia pun memejamkan mata dan mulai mengikuti rapalan mantra Uwa Enok. Beberapa saat kemudian, udara di dapur terasa lebih panas. Citrik melayang, mengapung, membubung bersama mantra yang mengalir dari bibirnya. Malam semakin tua, kabut dingin menyelimuti Cihanjuang, dan wangi kenanga memenuhi ruangan dapur sepanjang malam.

⊢——·—·——⊣

Matahari dari balik Gunung Cimentang mulai beranjak naik. Citrik terlihat cantik menggunakan kebaya putih dan sarung batik berwarna hijau. Dia menunggu Uwa Enok menyiapkan dirinya untuk hadir di acara adat.

Tirai kamar tersibak dan Uwa Enok melangkah keluar. Wangi kenanga kembali menelusup ceruk hidung. Dia mengenakan kebaya putih yang biasanya, tetapi dia terlihat berbeda. Uwa Enok terlihat sangat anggun. Rambutnya disanggul cepol ke atas. Kulitnya

At the end of the hall, a batik cloth patterned with green and red leaves covered a body lying on a pandan mat. Earlier that morning, a village elder had beaten the bamboo drum and announced Dayat's death to the villagers. Dayat had died in his sleep. His body was already stiff when the first light of dawn broke through the horizon.

Bi Nenden sat next to the body, staring at the floor.

Citrik placed the bowl of cakes with the other offerings near the shrouded body, then sat down next to Uwa Enok. The pandan's fragrance mixed with the cananga scent from Uwa Enok's skin. The karinding music tapered off. Soon, the funeral prayer would begin. Citrik glanced at Uwa Enok.

Uwa Enok was looking at Bi Nenden.

Bi Nenden raised her head slowly, and the two women looked at each other.

Uwa Enok nodded imperceptibly.

Stunned, Citrik saw the two women exchange faint smiles. Death usually invites grief and mourning — but not this time.

The foliage of the hanjuang trees around the Bale Saresehan swayed in the wind.

telah keriput, tetapi terlihat bersinar. Uwa Enok tersenyum dan mengajak Citrik mengikutinya.

Citrik berjalan di belakang Uwa Enok, sesekali mencoba bersisian agar dapat mengintip wajah Uwa Enok. Citrik memeluk baskom berisi kue apem di dadanya.

Di Bale Saresehan, sudah banyak warga yang datang untuk berdoa. Semua mata memandang Uwa Enok yang melangkah masuk. Dagunya terangkat, cepolnya yang tinggi semakin membuat tulang pipinya tampak menonjol.

Di ujung ruangan, terlihat kain batik dengan corak daun berwarna hijau dan merah, menutupi tubuh manusia beralaskan tikar pandan. Tadi pagi, panitren memukul kentongan dan mengabarkan kematian Mang Dayat kepada warga. Mang Dayat ditemukan meninggal saat tidur. Tubuhnya sudah kaku kala subuh menyentuh bumi.

Bi Nenden terlihat duduk menunduk di dekat jenazah.

Citrik menempatkan baskom yang dia pegang bersama kumpulan sesajen di dekat jenazah, lalu duduk di sebelah Uwa Enok. Wangi pandan di sekitar jenazah terpintal bersama harum kenanga dari tubuh Uwa Enok. Nada karinding melambat. Sebentar lagi, acara doa kematian akan dimulai.

Citrik melirik ke arah Uwa Enok.

Mata Uwa Enok memandang ke arah Bi Nenden. Perlahan, kepala Bi Nenden terangkat dan keduanya saling menatap. Uwa Enok pun mengangguk lamban.

Sekelebat, Citrik melihat ada segaris senyum tipis di wajah kedua perempuan itu. Citrik tertegun. Daun-daun pohon hanjuang di sekitar Bale Saresehan berlenggokan tertiup angin. Kematian selalu mengundang pilu, tapi kali ini tidak.

⊢—•♦•—⊣

# Semayamkan Mamak

Lintang Amartya Padmarini
Penerjemah: Umar Thamrin

Tidak bosan-bosannya aku mengenang kisah hidup Mamak yang dia ceritakan sendiri selama hidupnya. Menurut cerita tersebut, aku terlahir sebagai anak haram. Mamakku wanita Jawa baik-baik, dilahirkan oleh keluarga terhormat yang bermukim di Semarang, sebuah kota pelabuhan di Pulau Jawa, jauh dari Pulau Buru ini. Dia mengungkapkan bahwa dirinya dan serombongan gadis seumurannya diboyong paksa ke Pulau Buru untuk dijadikan wanita penghibur oleh tentara Dai Nippon. Mamak berkata, merekalah yang menduduki tanah air kita selama Perang Dunia II berlangsung di Indopasifik dari 1942 hingga 1944.

Mamak mengutuk para serdadu keparat yang setelah menghamili gadis-gadis itu langsung pergi meninggalkan mereka begitu Jepang dikabarkan kalah. Miris hatiku mendengar penggambaran Mamak akan betapa kejamnya perilaku serdadu Jepang tersebut.

Tidak hanya sampai di situ, Mamak turut mengenang bagaimana dia dan sekumpulan gadis-gadis lainnya tidak punya perlindungan di tengah-tengah pulau terpencil yang langka penghuni. Mereka terancam kelaparan, melahirkan tidak selamat, dan terjangkit penyakit malaria. Satu per satu tumbang. Hanya Mamak dan seorang temannya yang selamat. Keduanya akhirnya menikah dengan laki-laki penduduk suku Alfuru. Berdasarkan kisahnya, Mamak dan bapak tiriku menikah karena hanya dengan cara itulah Mamak dapat bertahan hidup, sedangkan Bapak menikahi Mamak, yang tengah mengandungku, karena kecantikannya.

Lahirlah aku di tengah-tengah suku Alfuru, suku pedalaman di Pulau Buru, pulau terpencil bagian dari Kepulauan Maluku. Akulah satu-satunya kulit kuning di antara kulit kehitaman khas penduduk asli pulau itu. Satu-satunya mata sipit di antara mata bulat di pulau itu. Rasanya, diriku ini seperti ditakdirkan untuk diasingkan. Tidak

# Mother's Footsteps

By Lintang Amartya Padmarini
Translated by Umar Thamrin

I never tired of thinking about the stories my mother told me about her life. Although she had been born into a respectable family who lived in the port city Semarang on Java Island, I was an illegitimate child. Mother said that when the Japanese occupied our country during World War II, they forced her and other teenage girls to be their "comfort women" on Buru Island, a remote island within the Maluku Islands of Indonesia.

Mother cursed the soldiers who used the girls as sex slaves, then abandoned them — pregnant girls and young mothers alike — as soon as Japan lost the war. Mother's stories about the cruelty of the Japanese soldiers always made me sad.

Mother also told me stories about how hard life was for her and the other girls on this almost uninhabited desert island. With no one to protect them, children were born without any medical help, and young mothers suffered from malnutrition and malaria. In the end, only Mother and one other girl survived. They eventually married men of the Alfuru tribe on Buru Island. Mother said that the only reason she married my stepfather was to save our lives.

Thus, I was born into the Alfuru tribe on Buru. I was the only one among the black islanders who had light skin; the only one among the round-eyed faces who had slanted eyes. I was ostracized. No one wanted to be friends with a boy who looked like me, let alone ask me to go hunting with them. My only friend was Mother, who was very smart. She easily taught me to speak her mother tongue, and whenever I wasn't hunting for food, I chatted with Mother in Indonesian, which became our secret language on Buru Island.

ada yang mau berteman denganku, apalagi mengajak berburu. Temanku hanya Mamak, orang pertama yang mengajariku bahasa Indonesia. Saat sedang tidak berburu, pastilah aku bercengkerama dengan Mamak menggunakan bahasa Indonesia. Mamak adalah wanita cerdas yang dapat dengan mudahnya mengenalkanku pada bahasa ibunya itu sehingga jadilah bahasa itu bahasa rahasia kami berdua di Pulau Buru.

Karena Mamak dan bapak tiriku tidak menikah atas dasar cinta, begitu pun hubunganku dengan bapak tiriku itu. Dia tidak punya pilihan lain selain menerima keberadaanku karena, dengan demikian, Mamak mau mempertahankan pernikahan mereka. Mustahil menghadirkan adik sambung yang dapat memperbaiki hubungan kami karena, setelah melahirkanku dengan susah payah, rahim Mamak tidak kuat mengandung jabang bayi lagi. Hubungan kami tetap dingin, hampir-hampir disisipi kebencian. Setiap kali bapak tiriku mulai mencak-mencak karena gagal menangkap hewan buruan, Mamak selalu berbisik kepadaku dalam bahasa Indonesia, "Lari! Lari sebelum kamu kena pukul."

Pada tahun 1969, beberapa bulan setelah Mamak meninggal, ketika umurku 25, Pulau Buru kedatangan penghuni baru. Mereka orang-orang dari Jawa, kebanyakan lelaki. Semuanya bisa bicara bahasa Indonesia. Perawakan sebagian besar di antaranya mirip Mamak, bahkan ketika kutemui lebih dekat, cara bicara mereka juga mirip. Kagum betul aku. Walau ternyata mereka lebih kagum — dan juga kaget — ketika melihat lelaki sipit kuning berpakaian bawahan kolor khas Alfuru. Para penghuni baru ini lebih kaget lagi ketika mengetahui aku mampu berbahasa Indonesia walau jauh dari kata mahir.

Diketahuilah bahwa orang-orang itu adalah tahanan. Aku melihat bagaimana mereka ditertibkan dengan kekerasan, se-bagaimana yang dilakukan bapak tiriku kepadaku. Pada waktu itu, memang kemampuan bahasaku sangat payah, tapi manusia tetap bisa mencium amarah dan penindasan, dalam keterbatasan berbahasa sekalipun. Terenyuhlah aku melihat mereka, mengingat kami sama-sama korban amarah dan penindasan.

Ada seorang di antara mereka yang sangat membekas. Karman namanya. Lelaki yang gagah, tegap, seumur bapak tiriku. Bedanya,

Because my mother did not marry my stepfather out of love, their strained relationship carried into that of mine with my stepfather. He had no choice but to accept me, as doing so was his only assurance that mother would stay in their marriage. A sibling might have eased the tension between me and my stepfather. But, after giving birth to me, Mother was too weak to bear another child.

Therefore, my interactions with my stepfather remained cold and indifferent, bordering on hate. Whenever my stepfather started yelling at me because his fishing net came up empty or because his arrows missed their prey, Mother always whispered to me in Indonesian, "Run! Run before he hits you!"

———•—•———

In 1969, a few months after Mother died, a boatload of people landed on Buru Island. They were from Java — mostly men — and I was very surprised to discover that all of them spoke Indonesian. Most of them had the same physical features Mother had; even their way of speaking sounded like Mother's.

However, I, in turn, surprised them as well. Clearly, they were startled to see a light-skinned young man with slanted eyes, dressed in the drawstring pants that Alfuru men wore. When I spoke to them in halted Indonesian, they stared at me in disbelief.

Later, I learned that the boat people were prisoners. I watched them being forced into submission with the same cruelty my stepfather exhibited toward me. I felt sorry for them. Despite my poor Indonesian, I could understand their words of anger and oppression — we were all victims of anger and oppression.

I will always remember Karman, a handsome, strong man about my stepfather's age. But unlike my stepfather, Karman never said a harsh word to me, let alone hit me. We became best friends after he caught me peeking over the prison fence. He greeted me, and we engaged in a friendly conversation. We were curious about each other. He said the presence of an Asian-looking man on Buru struck him as odd, and I said it was the first time I'd met a Javanese other than my mother. I told him about Mother — that she had been born on Java and had passed away a few months ago. I also told him about her wish to be buried on her home island.

Then I grilled him with questions about Java.

Karman tidak pernah memarahi, apalagi memukulku. Kami berteman baik sejak dia mendapati kehadiranku yang malu-malu mengintip dari balik pagar penjara. Dia menyapaku dan menggaetku dalam perbincangan mendalam. Kami sama-sama diselimuti rasa ingin tahu yang sama kuatnya. Dia menganggap kehadiran laki-laki kulit kuning di Buru ini janggal, sementara aku baru sekali ini melihat orang Jawa selain Mamak. Aku serbu dia dengan pertanyaan tentang Jawa. Kuceritakan pula tentang Mamak yang katanya lahir di Jawa, tetapi telah berpulang beberapa bulan lalu dan, pada saat-saat terakhirnya, berharap dikuburkan di sana.

Karman tertawa kecil ketika kutanyai. Matanya menerawang, sepertinya dia tidak sabar ingin pulang. "Jawa itu pulau besar, tak seperti Buru ini," katanya.

Aku manggut-manggut. *Seperti apa, sih, pulau yang besar itu?* Kupikir pulauku ini sudah cukup besar, ternyata masih ada yang lebih besar lagi. Aku memikirkan Mamak yang minta dikebumikan di Jawa. *Pasti menyenangkan jika bisa bersatu dengan tanah yang luar biasa luasnya.*

"Bagaimana dengan Semarang? Mamak lahir dan ingin dimakamkan di sana. Apakah kotanya cukup luas?" tanyaku. Karman membalasnya dengan anggukan.

"Kalau kau ingin memenuhi kemauan mamakmu, pergilah ke Jawa naik perahu," ujar Karman sambil berlari mundur ketika ada seruan meneriaki namanya. Itulah seruan sipir penjara, memanggil nama tahanan yang masih keluyuran meski sudah waktunya bagi mereka untuk kembali melakukan kerja paksa. Karman menambahkan di sela-sela napasnya yang terengah, "Semarang itu kota pelabuhan yang ramai."

Begitu lama aku berpikir, hingga tidak sadar Karman lenyap dari mata. Rupanya dia sudah kembali ke dalam bangunan penjara. Belum juga sempat aku melambaikan tangan.

Untung kami bertemu lagi. Aku dan Karman mulai akrab, seiring dengan semakin banyaknya jumlah pertemuan rahasia kami, begitu pun kemampuan berbahasa Indonesiaku yang semakin membaik. Sebetulnya, kurang tepat juga pertemuan ini disebut rahasia. Kami bukan pasangan muda dimabuk cinta yang secara sembunyi-sembunyi bertemu di semak-semak. Siapa pun

Karman chuckled and looked sadly into the distance, as if he could see the homeland he longed for. "Java is a big island." He paused. "Nothing like Buru."

"How big is the island?" I thought Buru Island was big, but apparently Java was even bigger. I thought about Mother's last wish to be buried on Java: *It would be nice to be buried on such a big island.*

"How about Semarang? Is that a big city?" I asked. "It's where Mother was born, and she still has relatives there. That's where she wants to be buried."

Karman nodded. "To fulfill your mother's wish, you'll have to go to Java by boat."

A prison guard hollered out the names of the prisoners who had not reported in for their period of forced labor.

"Semarang is a bustling port city," Karman said, while trotting backward toward the guard. I was so buried in my thoughts about Semarang, I didn't realize Karman had disappeared into the prison building before I could wave goodbye.

Slowly, Karman and I began getting to know each other better. As the number of our secret meetings grew, so did my Indonesian vocabulary. Our meetings were not secret in the sense of young clandestine lovers; anyone with eyes could easily see us, sitting back to back, separated by the prison fence. If anyone objected to my sitting there, I could just run away.

I found out that Karman and the other boat people were not ordinary prisoners; they were political prisoners. At that time, I had no idea about the absolute power of the Indonesian government. Therefore, it did not make sense to me to hear that someone could be arrested just because of his political affiliation.

Karman said he was imprisoned for being a member of the PKI, the Communist Party of Indonesia, which was accused of carrying out a coup against the current Indonesian government and killing seven of Indonesia's top military officers. Karman was arrested even though he knew nothing about the coup.

"What would a clerk like me know about assassinating military officers?" he asked. "All I had done was my job — writing letters. I was not arrested for being a skillful killer, but simply for writing."

yang berdiri cukup dekat dengan kami, akan dengan mudahnya mendapati bahwa kami duduk saling membelakangi, dibatasi oleh pagar hunian tahanan di Pulau Buru supaya kalau kami ketahuan, aku tinggal lari.

Baru juga kuketahui, pada kemudian hari, bahwa Karman dan kawan-kawannya ini bukan tahanan biasa — mereka adalah tahanan politik. Di mataku yang saat itu masih awam dengan kemutlakan kuasa negara, sulit untuk membayangkan bagaimana seseorang bisa ditahan hanya karena berpolitik. Karman dipenjara karena ikut andil dalam Partai Komunis Indonesia (PKI) yang dituduh menyulut pemberontakan yang menghabisi nyawa tujuh petinggi militer walau sebetulnya dia tidak tahu-menahu tentang pemberontakan itu. Maklum, tahu apa seorang juru tulis pemula tentang pembunuhan pembesar militer? Yang Karman lakukan hanya menulis persuratan sesuai perintah, tahu-tahu saja dia ditangkap.

Mungkin karena itulah Karman tidak pandai berburu. Dia bukan pembunuh ulung. Dia tidak ditahan karena menghilangkan nyawa seseorang, tetapi karena menulis. Badannya tegap, tapi tidak berguna. Dia terlampau kikuk untuk membidik ayam hutan. Jemarinya yang panjang lebih sering dipakai untuk, secara diam-diam, berguru menulis pada Pak Pram, salah seorang tahanan yang lebih mahir dalam kepenulisan, bukan untuk melepaskan anak panah. Ketidakmahiran dalam berburu bukanlah masalah besar baginya. Dia tetap bisa menyantap ransum untuk makanan sehari-hari. Berbeda denganku — tanpa tangkapan unggas atau ikan harian, aku tidak akan bisa makan. Alhasil, pada hari kami berjanji untuk bertemu, tangan kami berdua selalu penuh oleh hasil buruanku. Satu dua kubawa pulang untuk dimakan bersama bapak tiriku yang sudah jompo. Sisanya kujual kepada kepala sipir dengan Karman sebagai perantara. Bukan apa-apa, aku hanya menjual hasil buruanku untuk mendapatkan uang. Karman memberitahuku bahwa orang tidak lagi mempertukarkan barang dan jasa dengan hasil buruan, tetapi dengan uang. Karenanya, aku gigih mengumpulkan uang tersebut untuk membiayai perjalananku ke Jawa demi memakamkan Mamak meskipun Karman sempat tergelak melihatnya. "Agaknya, butuh ribuan hari jika hasil buruanmu hanya sebatas unggas," begitu katanya.

That explained why Karman was not a good hunter. His body was sturdy but useless in that regard. His fingers were too clumsy to aim an arrow at wild chickens or birds. Instead, he used his long fingers to learn how to write stories from Pak Pram, a fellow prisoner who was also more proficient at writing than aiming arrows.

But being a competent hunter was not as critical for Karman as it was for me. Without hunting, Karman would still eat — he had his prison food rations — but I would starve. Consequently, on the days we promised to meet, I always took one or two birds from my bag home to eat with my elderly stepfather, and then sold the rest to the prison guards, with Karman as an intermediary.

Karman had told me that people no longer bartered goods and services. Instead, he said, people used money. Therefore, I was determined to earn enough money to pay for my trip to Java to bury Mother, even though Karman laughed when I told him my plan.

"If all you sold were your hunted birds, it would take thousands of days to earn enough money to travel to Java!" Karman chuckled as I wriggled a dead chicken through the gap in the fence. "Now, a wild boar might bring you more money!"

"You think it's easy to catch a wild boar by yourself?" I grumbled.

"Of course not!" Karman gave me a once-over. "Why wouldn't you ask a friend to help you?"

Karman's question startled me. Having been ostracized all my life, I thought I had become accustomed to being on my own. But his question made me realize how lonely I actually was. Fortunately, Karman did not wait for my answer; he was too busy inspecting my catch of the day.

"Karman, do you know why my mother wanted to be buried in Java?"

"I have no idea." Karman shrugged. "Maybe Buru never became home for her."

"Even though her only son was born here and lives here?" I looked down, afraid to hear Karman's answer, whatever it was.

Karman quickly looked up. "I'm sure that's not the way she looked at it."

"Lain kali, cobalah berburu celeng. Kurasa harganya lebih mahal," Karman terkekeh melihatku menyodorkan bangkai ayam hutan lewat celah pagar.

"Kau pikir mudah menangkap celeng seorang diri?" dengusku.

"Memang tidak. Kenapa tak minta bantuan orang lain?"

Aku terhenyak. Sudah seumur hidup dikucilkan, kukira aku sudah kebal. Rupanya, aku tetap tertohok ketika tersadarkan bahwa aku memang terasingkan. Untungnya, Karman tidak menunggu jawaban, buru-buru dia memilah hasil buruanku hari ini. Iseng saja aku menyeletuk, "Karman, menurutmu mengapa Mamakku minta dimakamkan di Jawa?"

"Entahlah. Mungkin Buru bukan tempat pulang bagi beliau," Karman mengedikkan bahu.

"Bahkan meskipun anak semata wayangnya ada di sini?" kepalaku tertunduk, tungkaiku lunglai. Aku memalingkan wajahku, takut mendengar jawaban dari Karman, apa pun itu.

Karman mendongak cepat ketika mendengar pertanyaanku. "Yang benar saja? Aku yakin bukan itu maksud beliau."

Aku mengangguk lesu. Tidak dapat kumungkiri bahwa kerisauan ini sudah lama bercokol dalam pikiranku, "Aku juga berharap demikian."

"Jawab jujur. Memangnya kau sendiri merasa nyaman berada di Buru? Jangan menyamakan rasa nyaman dengan kebiasaan, kau juga tahu bahwa keduanya berbeda. Siapa tahu tempatmu bukan di sini, siapa tahu mamakmu ingin mencarikanmu kenyamanan yang selama ini tak kau dapatkan. Tidak ada salahnya mencoba melancong ke Jawa, kalau memang itu yang kau hendaki."

Aku merengut mendengar jawaban Karman. Harga diriku mencoba berontak biarpun kalah ketika pikiranku mengiyakan Karman. Alhasil, kami kembali terjebak dalam diam.

"Ngomong-ngomong, kalau nanti aku mati, apakah kau keberatan menguburkanku di Buru ini?"

Aku sudah menduga Karman akan buka suara duluan, hanya tidak menyangka dia akan menanyakan itu. Sejenak teringat tatapan mengawang Karman ketika belum lama aku menghujaninya dengan pertanyaan seputar Jawa. Sepertinya aku salah duga, barangkali tatapan itu bukan tatapan mendamba ingin pulang, justru tatapan pedih karena tidak merasa rindu dengan tanah sendiri. *Ibu Pertiwi*

I nodded wearily. "I hope you're right." The thought had been stewing in my mind for a long time.

Karman looked at me thoughtfully. "Are you comfortable living in Buru all by yourself? Be honest. Don't confuse comfort with habit; you know they are different. Perhaps you don't really belong here. Who knows? Your mother may have wanted you to find the comfort you've never experienced. There's nothing wrong with traveling to Java, if that's what you want."

I scowled at Karman's answer, but I knew he was right, and I remained silent.

"By the way," Karman continued, "when I die, will you bury me here in Buru?"

Though I had expected Karman to continue our conversation, I had not expected him to continue it with a question like that. I thought back to Karman's empty gaze when I bombarded him with questions about Java. Perhaps I had been wrong in thinking that he was homesick then. Perhaps his sadness came from the fact he had no place to be homesick for. Could Mother Nature be so cruel that she would allow so many of her children to be torn from their homes?

———•—•———

I had heard that the population in Indonesia had grown, but it was not until 1972, three years after Mother's death, that I saw more people than I'd ever seen in my life. Upon arrival in Semarang, I quickly found myself trapped in their midst.

During her life, Mother had often told me how busy Semarang was. And she was right! But, as a man who was born and raised on Buru Island for all of my twenty-eight years of life, I never imagined any place could be as busy as this. Even though dawn was just breaking, people crowded the street. And even though I stood to the side of the road, I could not avoid being bumped by other people as they hurried by.

I continued walking away from the port. I had to find my mother's sister, Aunt Marni. Mother had told me that her sister lived in Tanjung Mas, a neighborhood adjacent to the port. According to the note Mother had left me, I needed to find either my Aunt Marni, or a relation of Raden Projowinoto — my grandfather and a former policeman in this port.

*pasti bercanda, bagaimana bisa ada sekian banyak anak manusia yang tercerai-berai dari rumahnya?*

Tahun ini 1972, tiga tahun berselang setelah meninggalnya Mamak. Jumlah manusia di bumi Indonesia ini sudah semakin banyak, tetapi baru sekali ini, selama 28 tahun aku hidup, kulihat kerumunan manusia sebanyak ini. Kudapati diriku terkungkung di tengah lautan manusia di kota pelabuhan, Semarang. Memang benar, semasa hidupnya, Mamak sering bercerita tentang betapa sibuknya Semarang. Walau ternyata, bagi seseorang yang dibesarkan di pedalaman Pulau Buru sepertiku, tempat ini masih jauh lebih bising daripada apa yang aku bayangkan. Tidak habis-habisnya aku tercengang ketika mendapati bahwa tanpa bergerak pun, bahuku tetap bersenggolan dengan bahu manusia-manusia lain yang lalu-lalang di pelabuhan. Sudah seramai ini, padahal matahari baru menyembul di ufuk timur.

Kakiku terus melangkah hingga akhirnya menjauh dari tepi pelabuhan. Tujuanku hadir di kota ini hanya satu, yaitu mencari adik Mamak, bernama Sumarni, yang lebih akrab dipanggil *Marni*. Menurut cerita Mamak, beliau tinggal di Kelurahan Tanjung Mas, tidak jauh dari pelabuhan. Seandainya aku gagal menemukan beliau, paling tidak aku harus mendapati keturunan R. Projowinoto, yang menurut catatan yang diberikan Mamak, kakekku sendiri, mantan polisi pelabuhan di Semarang.

"Permisi," ujarku seraya menghampiri sekumpulan bapak-bapak yang tengah bersenda gurau di warung kopi Pelabuhan Tanjung Mas. "Bisakah saya ditunjukkan kediaman Bapak R. Projowinoto? Beliau mantan polisi yang pernah ditempatkan di pelabuhan ini."

Bapak-bapak tersebut mengernyitkan kening. Salah seorang di antara mereka bertanya, "Anda siapanya? Bapak R. Projowinoto sudah meninggal sejak lama."

Aku manggut-manggut. Masuk akal bahwa kakekku sudah meninggal karena anak sulungnya saja juga sudah meninggal. Akan tetapi, sepertinya sulit dipercaya kalau aku bilang akulah cucunya. Kujawab saja sekenanya, "Hanya kerabat."

Mereka terlihat lebih bingung lagi. Tentunya bingung mendapati lelaki muda sepertiku, bermata sipit, berkulit kuning,

A group of gentlemen were sitting around at the Tanjung Mas Harbor Coffee Shop. "Excuse me," I said, interrupting their lively conversation. "Do any of you know a Raden Projowinoto? He used to be a policeman at this harbor."

The men frowned. "Who are you?" one of them asked. "Mr. Projowinoto died a long time ago."

I nodded. I had not expected my grandfather to still be alive. After all, even his eldest daughter — my mother — was dead. But realizing I would have to tell a long, complicated story if I identified myself as his grandson, I simply said, "I'm just a relative."

Now everyone looked at me, clearly confused. It must have indeed been mystifying to see a young, Asian-looking man, speaking Indonesian, state that he was related to Raden Projowinoto, who I imagined looked like a typical Javanese man.

"A relative?" asked one of the men, scrutinizing me.

"I am his grandson."

The men could not contain their surprise. "Really?" one of them asked with raised eyebrows. "Who is your mother?"

"My mother was Sumaryati, sir." I was starting to feel annoyed with their suspicious questions.

Now the men looked stunned. "Oh, my Lord!" one exclaimed. "*That* Sumaryati? The one the Japanese took away?"

The man turned to the others, and everyone started talking at once in an animated, regional dialect that I could not understand.

One of the men looked up at me. "Maryati was my friend in elementary school."

"Can you prove you're Maryati's son?" asked another.

I reached into my bag and pulled out the picture of Mother as a young girl. She had always cherished the picture, now after her death, it was mine to cherish.

While watching everyone crowd over Mother's picture, I quietly smiled, remembering Mother telling me that when I was little and saw the picture for the first time, I was startled to see her face on a piece of paper.

"I'm sure, this is Maryati," said the man I had given Mother's picture to. The others nodded.

tetapi mengaku berkerabat dengan R. Projowinoto, yang kuduga terlihat seperti lelaki Jawa pada umumnya.

"Kerabat?" tanya seorang dari bapak-bapak tersebut. Pandangannya tidak bersahabat.

Aku menelan ludah, lalu menjawab, "Saya cucunya."

Sontak bapak-bapak itu tidak kuasa menahan raut terkejut. Seorang di antara mereka bertanya dengan salah satu alis terangkat, "Betul kamu cucunya? Siapa ibumu? Lahir dari putri yang mana kamu?"

"Mamak saya Sumaryati, Pak." jawabku dengan sedikit terganggu.

Makin terkejutlah raut bapak-bapak itu. Seorang lain menanggapi, "Ya Gusti, Sumaryati yang itu? Yang sudah lama hilang itu?"

Mendengar tanggapan tersebut, sepertinya Mamak dianggap hilang oleh orang-orang di kampungnya.

*"Sek digowo karo Jepang kuwi?* Yang dibawa oleh Jepang itu?" Bapak-bapak itu saling bertanya dalam bahasa daerah yang tidak dapat kupahami.

Salah seorang turut menimpali. "Maryati adalah temanku di Sekolah Rakyat."

Seorang bapak kemudian melihat ke arahku dan bertanya, "Ada bukti apa yang bisa menunjukkan kalau kamu benar anak Maryati?"

Tanganku merogoh bungkusan sederhana yang aku bawa dari Pulau Buru. Kusodorkan foto Mamak semasa gadis. Foto itu disimpan Mamak baik-baik, sebelum akhirnya diwariskan kepadaku. Sambil memerhatikan bapak-bapak itu mencermati foto Mamak, aku diam-diam tersenyum. Foto itu mengingatkanku pada cerita Mamak. Kata beliau, waktu kecil, aku begitu heran melihat Mamak ada di kertas.

"Betul, ini memang Maryati," ujar seseorang, ditanggapi dengan anggukan oleh lainnya yang ikut mencermati foto Mamak.

"Karena Bapak R. Projowinoto sudah berpulang, bisakah saya diantar ke rumah Ibu Marni?" aku menyela. Beliaulah adik kesayangan Mamak yang namanya kerap muncul dalam igauan dan yang agaknya Mamak rindukan di alam bawah sadarnya. Pada saat nyawanya digerogoti malaria sekalipun, hanya Marnilah nama yang Mamak serukan.

I quickly spoke up to prevent them from further interrogating me. "Perhaps one of you could show me the way to my Aunt Marni's house?"

Aunt Marni was Mother's favorite sibling — the one she had said she missed the most. Mother had called Marni's name most often during the delirium of her final days, before succumbing to malaria.

The men nodded, and we all walked along the sidewalk to Aunt Marni's house.

As we entered her neighborhood, we passed people drying and dyeing textiles in their yards. Long, large-patterned cloths hung on the clotheslines. The assorted colors and motifs reminded me of Mother's stories about the beautiful Javanese batik cloth. Many of the women here still wore it, although just as many of them did not.

I waited at the gate while the men entered the front yard of a sturdy wood house. A woman met them at the door. I could faintly hear them mentioning Mother's and Aunt Marni's names. One of the men called out for me to come closer and introduced me to a woman dressed in a *kebaya*, Indonesian blouse, and batik sarong. "Marni," he said, as he waved me closer, "this is the young man who claims to be Maryati's son."

I looked at Aunt Marni. She resembled Mother, except that Mother had been skinny and disheveled, while Aunt Marni looked healthy and cared for.

At first, Aunt Marni looked at me suspiciously. Frowning, she took stock of me for several seconds. Then I saw her eyes change. The longer she looked at me the sadder her eyes grew. She whispered, "What is your name, son?"

"Man Beta, Aunt Marni."

Aunt Marni's hand flew to her mouth, and she quickly thanked the men who had brought me. They bowed and said goodbye.

Aunt Marni invited me in, and we sat together in the living room. She took a closer look at my face and murmured, "Even though you have slanted eyes, you still look like my sister, Maryati." Her lips curved into a gentle smile, and her eyes filled with tears. "How is she now? Is she fine? Can I see her?"

I shook my head. "Mother died from malaria, three years ago."

Bapak-bapak tersebut mengangguk. Beriring-iringanlah kami menyusuri tepi jalan raya menuju kediaman Marni.

Ke rumah kayu yang kokoh itulah aku diantarkan oleh bapak-bapak warung kopi. Kulihat lalu-lalang manusia yang sibuk menjemur dan mencelup kain di halamannya. Kain panjang bercorak berukuran besar-besar digantung pada tali-tali yang melintang disangga tongkat. Warna dan coraknya yang beragam mengingatkanku pada cerita Mamak akan indahnya kain yang bernama *batik*. Para wanita di sini terlihat masih menggunakannya walau tidak sedikit juga yang tidak.

Aku menunggu di ambang gerbang, sementara para bapak memasuki halaman rumah dan menemui seorang perempuan tidak jauh dari pintu utama. Mereka berbincang. Samar-samar, kudengar mereka menyebut nama Mamak dan Marni. Salah seorang bapak berseru menyuruhku mendekat, mengenalkanku kepada perempuan berkebaya dan berkain batik yang sedari tadi mereka ajak bicara. "Marni, ini dia. Anak muda yang mengaku putranya Maryati."

Pandanganku bertumpu pada sepasang mata milik Marni, bibiku. Marni mirip sekali dengan Mamak walau Mamak lebih kurus dan kumal, sedangkan Bibi Marni nampak molek. Awalnya, aku tangkap rasa curiga ketika dia melihat ke arahku dengan raut tidak percaya — keningnya mengernyit dan mulutnya sedikit terbuka. Lalu, kutangkap pula raut haru ketika lamat-lamat dia melihatku. Dihampirinya aku, dilihatinya aku dan semakin kentara raut harunya melihatku.

"Siapa namamu, Nak?" tanya Marni.

"Man Beta, Bibi."

Marni, yang tampak terhenyak, mengatupkan tangannya di mulut. Sebelum bertanya lebih lanjut, tidak lupa dia mengucap terima kasih kepada para bapak yang mengantarkanku. "*Matur nuwun,* terima kasih," begitu ucapnya, lantas dibalas oleh bungkuk hormat dari para bapak yang izin pamit.

Sepeninggal para bapak, Marni mengajakku untuk masuk dan duduk berhadapan di meja ruang tamu. Dia memerhatikan garis wajahku lebih saksama sambil bergumam, "Walau sipit begini, begitu mirip kamu dengan Mbakyuku, Maryati." Senyum tipis merekah di bibirnya, air mukanya penuh haru. "Bagaimana

Aunt Marni's face turned to shock. "Oh, my God! My sister went to heaven before I had the chance to see her. She passed away at such a young age." Aunt Marni's eyes dimmed, and her shoulders drooped. She grew silent, trying to process the bad news I'd delivered.

I grimaced; I felt her sorrow. I could only imagine what it must have been like to be separated from one's sister for decades, only to be told that the beloved sister had passed away.

"So where have you been living all this time?" asked Aunt Marni. "Where did my sister live?"

"We lived on Buru Island, Aunt. It's a small, deserted island in Maluku, far from Java."

"So the Japanese took my sister all the way there, to a small, deserted island," Aunt Marni murmured. "I didn't even know there was such an island in the east." Aunt Marni's gaze languished, as if regretting her powerlessness to reverse fate.

"You're a Japanese soldier's son?"

"That's right, Aunt."

Aunt Marni ran a hand brusquely across her face. "This is so hard to believe. My poor sister was a war victim of the Japanese army. Father had told me that the Japanese would send her to a school." Her eyes now glittered with the hatred of betrayal. "Why did you come here?" Her question was straightforward yet warm.

I took a woven drawstring sack out of my bag. "Mother wanted to be buried here," I said. The sack with Mother's bones made a tapping sound when I put it on the table. It sounded like Mother's footsteps.

——•—•——

Aunt Marni immediately contacted her younger brother, my uncle, and the neighborhood priest. They decided to bury Mother that same afternoon in the family plot. Aunt Marni and my uncle took my drawstring sack filled with mother's bones. Everything was happening so fast! I sat bewildered until Aunt Marni called my name and hurried me along.

In the midst of the busy funeral arrangements, my uncle, glaring at me, asked Aunt Marni, "Does our inheritance now have to be divided into thirds?"

kabarnya sekarang? Apakah dia baik-baik saja? Bisakah aku bertemu dengannya?"

Aku menggeleng, "Mamak sudah meninggal sejak lama. Sakit malaria, tak tertolong."

Marni terkejut, lalu menengadahkan kepala. "Gusti, belum juga aku sempat bertemu lagi dengan Mamakmu. Rupanya dia sudah tenang di atas sana, cepat sekali dia berpulang." Sorot mata Marni meredup, bahunya terkulai lemas.

Aku tersenyum getir, menunjukkan belas kasihku.

Suasana hening sejenak, Marni masih berusaha melumat kabar duka. Sementara, aku tidak enak mengusiknya. Tidak terbayang seperti apa rasanya dipisahkan berpuluh tahun hanya untuk mendengar kabar bahwa yang tercinta sudah tiada.

"Jadi, selama ini di mana kau tinggal? Di mana Mbakyuku tinggal?" tanya Marni.

"Di Pulau Buru, Bibi. Pulau kecil di timur sana, jauh dari Jawa."

"Astaga, jadi para Jepang itu membawa Mbakyu jauh ke sana? Ke pulau terpencil? Bahkan aku tak tahu ada pulau bernama itu di timur." Marni menghela napas untuk kesekian kalinya. Tatapannya merana seakan penuh penyesalan karena tidak dapat mengelakkan takdir yang tidak mengenakkan.

"Ya, Bibi," jawabku dengan sendu.

"Jangan bilang, kau anak dari Jepang itu?"

"Benar, Bibi."

Marni mengusap wajahnya gusar. "Astaga, tak kusangka. Ternyata Mbakyuku sendiri yang jadi korban tentara Jepang. Sungguh kasihan, padahal Bapak bilang, Mbakyu akan disekolah-kan." Tatapannya yang tadinya merana kini berkilat-kilat penuh kebencian — agaknya Marni tersakiti karena dikhianati.

"Betul, Bibi."

"Ada maksud apa kau kemari?" Kata-katanya lugas, tetapi me-mancarkan kehangatan.

Aku mengeluarkan kantong istimewa dari dalam buntel kadutku. "Aku hendak menguburkan Mamak."

Gemeletak bunyinya ketika kantong tersebut kuletakkan di atas meja. Rasanya seakan tapak kaki Mamak kembali mengetuk bumi ini.

Aunt Marni hushed Uncle.

The journey from Aunt Marni's house to the cemetery felt much longer than the actual distance. My feet moved reluctantly, even though I repeatedly reminded myself that this was Mother's wish. Over and over I told myself that Mother's return to her birthplace was not the same as her leaving me and my birthplace. She was still with me, she would always be with me.

*Mother, my dear, sweet mother.* Now only her bones were left.

*Mother, my dear, sweet mother.* I did not know where she was, but people said she was at peace up there. Where was "up there?"

*Mother, my dear, sweet mother.* The priest said her bones had to be bathed, even though in Buru, after I had carefully dug up her grave, I had wiped her bones every day before my departure for Java. Even in death, was Mother still not clean enough?

*Mother, my dear, sweet mother.* The priest said we had to say their standard funeral prayer for her. I didn't know if Mother had practiced any faith. I didn't.

*Mother, my dear, sweet mother.*

She was buried in a way that even I did not understand. Here, she was wrapped in a cloth, her bones were prayed over with a prayer different from that of the elders on Buru Island. Here, they dug her grave with shovels and hoes, while in Buru, only wooden tools were allowed to dig her grave. In Buru, she was allowed to be buried with her favorite kebaya; here, this was not allowed.

*It did not matter.*

I watched the gravediggers shovel out Mother's final resting place while her siblings squabbled over Grandfather's inheritance; about whether I, the son of a foreigner, deserved a share. Uncle argued with Aunt Marni, who wanted to share their inheritance with me, even though I had told them I did not want anything. "Why share our inheritance with someone who doesn't expect it?" Uncle yelled at Aunt Marni "It doesn't make sense!"

*It did not matter.*

When Mother's grave, a gaping hole in the red earth, was ready, strangers surrounded the pit. The gravedigger picked up the bundle of white cloth that now contained Mother's bones and prepared to lower it into the grave. And even though her bones were no longer wrapped in the woven drawstring sack I had

Tidak butuh waktu lama bagi Marni untuk segera menghubungi adik laki-lakinya, pamanku, dan memanggil pemuka agama setempat ke rumahnya. Langsung dipastikan bahwa Mamak akan dimakamkan sekarang ini juga di permakaman keluarga. Kantong berisi Mamak sudah diambil alih oleh Marni dan adiknya. Aku hanya terbengong-bengong hingga Marni menyerukan namaku untuk ikut bergegas. Di tengah huru-hara pemakaman sekalipun, masih kudapati adik Marni mendelik ke arahku sembari bertanya kepada kakaknya, "Berarti, sekarang tanah warisan Bapak akan dibagi tiga?" Marni hanya mendesis menyuruh adiknya diam.

Perjalanan dari rumah Marni menuju tempat kuburan terasa begitu panjang. Kakiku berat melangkah walau pikiranku berulang kali meyakinkan diri bahwa inilah yang Mamak mau. Aku tidak kuasa menahan pikiranku untuk tidak mengenang Mamak. Berkali-kali kucamkan bahwa kepulangannya tidak sama dengan kehilangannya, bahwa dia tetap bersamaku.

*Mamakku, Mamakku yang manis.* Yang kini tinggal belulang. Mamakku yang selalu kutanyakan. Mamakku yang entah di mana, tapi orang bilang dia sudah tenang di atas sana. *Di atas yang mana?*

*Mamakku yang selalu kutanyakan.* Katanya harus dimandikan, biarpun hanya tinggal belulang. Padahal di Buru sana, aku yang mengais kuburannya dengan hati-hati, mengelapi sisa-sisanya tiap hari menjelang keberangkatanku ke Jawa. *Apakah masih tidak cukup bersih?*

*Mamakku yang selalu kutanyakan.* Kata pemuka agama, harus didoakan dengan salat, padahal aku tidak tahu Mamak punya agama. Padahal, aku sendiri pun tidak punya.

*Mamakku, Mamakku, yang dikebumikan dengan tata aturan yang bahkan aku tidak mengerti.* Dibungkus kain, didoakan dengan rapalan doa yang berbeda dengan yang dibacakan tetua adat di Pulau Buru. Liang lahatnya digali dengan pacul, berlainan dengan kuburnya di Pulau Buru dulu yang hanya boleh digali dengan kayu. Salah satu kebaya kesayangannya tidak boleh ikut dikuburkan, bertolak belakang dengan di Pulau Buru. *Tidak mengapa.*

Yang dikuburkan diiringi dengan pertengkaran adik-adiknya mengenai warisan kakek, soal apakah aku yang anak

carried with me all the way from Buru to Java, I screamed at the gravedigger, "No! Give Mother to me! I am the one who must bury Mother!"

No one understood why I was screaming. Some looked confused; others were irritated to see a grown man wailing in the cemetery. It was only when Aunt Marni took the white bag from the gravedigger and handed Mother to me that I fell silent.

Then everyone suddenly seemed to understand.

The wind blew quietly, birds chirped in the distance.

*Goodbye, Mother. After your long voyage, you have finally arrived in a place of endless peace. Your son has buried you according to your wish.*

And this mattered.

orang asing ini patut mendapatkannya atau tidak. Soal adik Marni yang tidak terima ketika kakaknya berniat menyisakan warisan untukku walaupun aku sendiri tidak menginginkannya. "Untuk apa memberikan warisan kepada seseorang yang tidak mengharapkannya? Tidak ada guna!" begitu seru adik Marni ketika menentang kakaknya. *Tidak mengapa.*

*Mamakku, Mamakku, yang disemayamkan tanpa aku ikut serta di dalamnya.*

Ketika liang lahat sudah digali, tanah merah sudah menganga, wajah-wajah asing mengelilingi liang. Tukang kubur sudah membawa seonggok kain putih berisi Mamak walau sudah bukan Mamak yang kubungkus dengan kantong anyaman. Saat itulah aku menjerit.

Susah payah aku katakan pada tukang kubur untuk serahkan Mamak padaku. Tidak ada yang mengerti raunganku meminta Mamak. Wajah-wajah itu menatapku keheranan. Tidak sedikit pula yang risih melihat lelaki dewasa menangis meraung di pekuburan.

Barulah ketika Marni menyerahkan Mamak kepadaku, aku terdiam.

Wajah-wajah itu seakan diberi jawaban atas keheranannya.

Angin bertiup hening, kicau burung terdengar samar di kejauhan.

*Selamat berpulang, Mamak. Setelah penantian panjang, berlabuhlah engkau dalam kedamaian tiada ujung. Putramu ini telah semayamkan engkau.*

Itulah yang terpenting bagiku.

>———•◦•———◃

# Laki-laki dari Ratenggaro

Maria Matildis Banda
Penerjemah: Oni Suryaman

"Selamat datang kembali, Julia. Kamu cantik seperti dulu," Rita melepaskan pelukannya dan memerhatikan dengan saksama wajah Julia. Digenggamnya tangan Julia erat-erat, lalu dibawanya Julia ke dalam mobil. "Terima kasih sudah mau datang. Terima kasih, Julia," Rita menghapus air matanya.

"*Gha* Bili tetap menjadi guru. Sama dengan Yusak, guru SMP," kata-kata Rita mengantarkan mereka ke masa lalu, saat mereka berkawan akrab meski berada di sekolah yang berbeda. Rita dan kakaknya, Bili, datang dari Pulau Sumba bersama Yusak, teman Bili, untuk melanjutkan sekolah di Kupang. Rita yang datang untuk menuntut ilmu di Sekolah Pendidikan Keperawatan segera bersahabat dengan Julia dan menjadi simpul yang menghubungkan mereka berempat.

"Harusnya Gha Bili tahu kamu datang untuknya. Ya Tuhan ... kamu sungguh-sungguh datang untuk Bilikah?" Rita melirik Julia sekilas.

---

Perjalanan dari Bandara Tambolaka di Weetebula ke Ratenggaro melewati padang-padang luas, menambatkan Julia pada kenangannya. Dia bersandar di sudut kursi dan melihat ke luar jendela.

"Terkenangkah?" tanya Rita dengan pelan. "Nanti kita akan lewat Lapangan Maliti Bondo Ate."

Julia hanya mengangguk. Dia terhanyut dalam gelombang kenangan tentang pertama kali dia datang untuk menghadiri pasola, acara adat Sumba Barat yang diselenggarakan setiap tahun antara bulan Februari dan Maret. Saat itu, dia menginap di sebuah hotel di Weetebula. Sebelumnya, Bili sudah menjelaskan kepadanya

# The Man from Ratenggaro

By Maria Matildis Banda
Translated by Oni Suryaman

"Welcome back, Julia." Tearfully, Rita released her embrace and grasped Julia's hands. She looked at her friend closely. "You are as beautiful as ever. I appreciate you coming."

Rita made conversation on their way to the car. "*Gha* Bili is still teaching," she said, using the Sumbanese word to refer to her older brother. "Just like Yusak, he works at a middle school."

Rita's words took the friends back to the past when the four of them were close, even though they had attended different colleges. Rita and Bili were from Sumba Island in eastern Indonesia. They went to Kupang, on the island of Timor, together with Yusak, Bili's friend, to continue their education. Rita went to nursing school there, where she immediately befriended Julia. Rita became the thread that tied the four together.

"I wish Bili knew that you are here to visit me," Rita said. When Julia didn't reply, Rita glanced at her. "Oh, my God! You really came here for Bili, didn't you?"

———

The drive from the Tambolaka Airport in the Southwest Sumba Regency to the Ratenggaro village, took them through the vast savanna. Julia settled back into the corner of her seat and looked out the car window, watching her memories sweep by.

"We'll drive by the Maliti Bondo Ate *pasola* field later," Rita said softly. "Do you remember?"

Julia nodded and began reliving her first visit to Sumba Island, seven years ago. She had come for her first pasola, and stayed in a hotel in Weetebula.

———

Bili had explained to her that pasolas were a series of traditional javelin fights on horseback between villages throughout Sumba

bahwa pasola itu adalah pertandingan ketangkasan berkuda sambil melemparkan lembing tumpul untuk menjatuhkan lawan.

Julia tersenyum saat teringat belajar *kayiliking*, bersuara seperti ringkikan kuda yang dikumandangkan para perempuan untuk mendukung perjuangan laki-lakinya di lapangan pasola.

Rita tertawa saat Julia berhasil dan berlari ke lapangan.

Dari tempat duduknya di panggung, Julia memerhatikan Rita yang penuh semangat sedang bercakap-cakap dengan Bili.

Bili mengangkat kepalanya sambil mengacungkan tangan tinggi-tinggi dan melambai.

Julia membalas lambaian itu dengan jantung berdebar. Rasa cinta memenuhi hatinya. Dia mengambil tas yang dibawanya, membuka kancing, dan memastikan bahwa lukisan Bili di atas punggung kuda dengan latar belakang pohon konji ada di dalamnya. Dia tersenyum saat terkenang bagaimana Bili meyakinkannya bahwa konji itu mirip sakura.

Saat itu, mereka sedang mengopi pada waktu istirahat kelas. Bili yang gemar memotret itu menyodorkan foto konji berbunga kepadanya. "Tumbuh di kampung," kata Bili. Melihat ketertarikannya pada foto itu, Bili menyambung, "Di Sumba Barat, pohon konji tidak sebanyak di Sumba Timur. Yang pasti, konji ada di sekitar Ratenggaro, kampung saya. Nanti saya akan antar *engko* ke sana biar saksikan sendiri indahnya," kata Bili.

"Sakura Sumba!" kata Julia.

"Konji Sumba. Bukan sakura Sumba." Bili memperbaiki.

Sekarang, sambil bersandar pada kursi mobil yang sedang melewati lapangan kosong, Julia tersenyum teringat lukisan konji itu. Dia melukis pohon konji yang tinggi dan rindang bunganya memenuhi dahan dan ranting. Bili berpakaian Sumba lengkap. Dia duduk di punggung kuda dinaungi rindang bunga konji. Lukisan itu akan diberikan pada hari disaksikannya sendiri bagaimana Bili berlaga di lapangan Maliti Bondo Ate.

Namun, hadiah itu tidak sempat diberikan.

•—•—•

Ingatan Julia mengantarkannya kembali pada pasola 1979. Puluhan ekor kuda dengan *to paholong*, pelaku pasola, tampak berkejaran. Bili berada di tempat terdepan. Tubuhnya tampak

Island to herald the beginning of the planting season. The annual celebrations were held between February and March, in a festival-like atmosphere.

Sitting in the bleachers before her first pasola match, Julia had learned how to *kayikiling*. Braying like a horse, the women cheered for their men competing on the pasola field. Rita had run out onto the field to tell Bili about Julia's accomplishment. During their lively conversation, Bili had looked up and waved at Julia. She waved back, her heart pounding with love. Julia touched the large portfolio bag at her feet, making sure that her painting of Bili on horseback beneath a flowering konji tree was still there.

In the car, Julia smiled, remembering when Bili had tried to explain to her that konji blossoms were not cherry blossoms.

They were having coffee between classes, talking about Bili's photography hobby, when Bili showed her photos he had taken of blossoming konji trees. "They grow in my village," Bili had explained. Noting Julia's interest, he continued. "In the western part of Sumba, konji trees are not as common as they are on the eastern side. But for sure, they grow around Ratenggaro, my village. I will take you there so you can see for yourself how beautiful they are."

"Sumba cherry blossoms!" Julia had exclaimed.

And Bili had corrected her, "Sumba *konji* — not cherry — blossoms."

Now, leaning back against her car seat, passing stretches of open fields, Julia thought about the konji painting she had kept in her portfolio bag. Bili, wearing traditional Sumbanese attire, sat high on his horse, shaded by the lofty branches of a mature konji tree in full glory, draped with blossoms.

She had planned to give Bili the painting after his competition at the Maliti Bondo Ate pasola field that day. But the gift had never been given.

The pasola of 1979.

On the Maliti Bondo Ate pasola field, horses carrying their *to paholong*, pasola riders, chased one another. Bili was in the front row. He looked taller than the others. He wore a red *henggul*,

lebih tinggi dari to paholong lainnya. *Henggul*, destar, berwarna merah melingkari kepala. *Hanggi*, sarung, melingkari pinggang dan menyilang di dadanya yang telanjang. Kudanya berlari kencang dan Bili mengangkat lembing, siap melempar.

"Ririri ... ririri ... ririri ... riririiiii," begitulah suara yang ditimbulkan ujung lidah bergetar menyentuh bagian bawah langit-langit gigi. Perempuan di sekitar melompat. Rita dan Julia pun melompat girang ketika Bili berhasil menjatuhkan lawan.

Terlihat Bili dan pengiringnya mengitari lapangan sekali dan berhenti di dekat kerumunan laki-laki dari kelompok lawan yang berupaya menolong anggota kelompok mereka yang terjatuh.

Julia dan Rita bergabung dengan kerumunan yang mengelilingi Bili dan korbannya.

"Oh, itu Gha Yusak," Rita berkata ringan.

"Mereka tidak balas dendam? Setelah dijatuhkan tersungkur begitu, tidak marah?" tanya Julia sambil mengerutkan kening.

"Tidak." Rita selanjutnya menjelaskan bahwa pasola adalah upacara adat Sumba yang diselenggarakan setiap tahun demi adat, keluarga, dan kemasyarakatan yang menjunjung tinggi sikap jujur, setia, dan kesatria.

Ketika pasola berakhir, Bili bersama beberapa to paholong pergi untuk memastikan Yusak dalam keadaan baik di kampungnya.

Julia bersama Rita dan beberapa perempuan duduk di kaki panggung. Banyak orang yang bertanya langsung siapa Julia. Tidak henti-hentinya Rita menjelaskan dengan ramah bahwa Julia adalah kekasih Bili yang bekerja di Kupang sebagai seorang perawat. Kelak akan tinggal di Ratenggaro bersama Bili.

Salah satu dari mereka bertanya, "Sudah ikut Bili tinggal di Ratenggaro?"

"Segera setelah nikah," Rita tertawa sambil melanjutkan, "Julia orang Kupang. Dia tidak mau ikut Bili sebelum Bili datang melamar ke keluarganya di Kupang dan menikah."

Derap kaki kuda mendekat dan memasuki lapangan pasola menarik perhatian mereka. Julia ingat jelas bagaimana dia memperhatikan segerombolan kuda dengan masing-masing dua penunggang berhenti di kaki panggung. Beberapa orang yang dibonceng melompat turun. Dalam waktu sangat singkat dan tanpa kata-kata, para laki-laki itu mengangkat tubuh Rita.

triangular headband, and *hanggi*, a handwoven heirloom cloth wrapped crosswise around his waist and bare chest. Spurring his horse into a gallop, Bili raised his blunted javelin, aiming to throw.

"Ririri! Ririri! Ririri! Riririiiii!" Trilled the women spectators, their cheers shredding the air. Everyone, including Rita and Julia, jumped up excitedly when Bili unhorsed his opponent.

Bili and his team circled the field once in triumph before halting near the crowd gathered around the opposing team, busy helping their fallen teammate.

Julia and Rita joined the crowd.

"Ah, poor Yusak," Rita said casually.

"Won't those two hate each other now?" Julia asked in alarm. "How could Yusak not be angry, after Bili knocked him down like that?"

Rita explained that a time-honored component of the pasola was to uphold the tradition of family values regarding honesty, loyalty, and chivalry.

After the pasola had ended, Bili and several of his teammates had gone to Yusak's village to check on their friend, while Julia, Rita, and the other women gathered at the lowest rung of bleachers.

The women were curious about who Julia was. Rita patiently answered all their questions, explaining that Julia worked in Kupang as a nurse and was Bili's girlfriend.

"Is she staying with Bili in Ratenggaro?" asked one woman.

"No — but she will as soon as they are married!" Rita laughed. "Julia doesn't want to live with Bili until Bili has proposed to her family in Kupang and married her!"

The thunder of horses galloping onto the pasola field, drew their attention. Julia remembered clearly how the team of horses — two riders on each horse — reined in right in front of them. Three men quickly dismounted. Without saying a word, they grabbed Rita and pushed her up onto the saddle behind a rider, as another man leaped onto the saddle behind her. Rita's screamed were cut short as the man behind gagged her. Her struggles meant nothing in the arms of such strong men.

Terrified, Julia had run after them, screaming while the other women watched her, laughing.

Rita berteriak dan memberontak, tetapi tenaganya tidak seimbang dengan tenaga para laki-laki itu.

Julia kembali bergidik saat diingatnya kembali peristiwa siang itu yang selama ini disimpan dan terkunci dengan baik. Dia kembali merasakan kebingungan, tidak mengerti apa yang terjadi. Dengan mata berkunang-kunang, dia melihat Rita didudukkan dengan paksa di belakang salah satu penunggang. Lalu, satu orang laki-laki meloncat duduk di belakang Rita yang terus-terusan memberontak dan berteriak-teriak marah. Laki-laki di belakangnya membekapnya erat-erat.

Julia berlari mengejar sambil berteriak-teriak memanggil Rita.

Sementara, orang-orang yang masih tersisa di lapangan menertawakannya.

"Rita dibawa ke mana?" tanya Julia.

"Diculik! Kawin tangkap!"

"Kawin tangkap? Maksudnya?" tanyanya lagi dengan wajah pucat ketakutan.

"Kawin tangkap. Dijadikan istri, karena ada yang sayang, karena keluarga mau, nanti perempuan juga mau," jawab salah satu perempuan sambil tertawa ringan. "Dibawa ke rumah laki-laki, masuk kamar, dan tidak keluar lagi sebelum jadi istri. Ya, namanya juga sudah diculik dan dimasukkan ke kamar untuk tidur sama-sama. Ya nikah tinggal diurus ...."

"Siapa laki-laki itu? Dari kampung mana? Saya akan lapor polisi," Julia tambah pucat, tambah ketakutan ketika orang-orang meninggalkan lapangan tanpa beban.

Julia pun teringat jelas kegugupannya saat berjalan ke sisi jalan sendirian. Dia berharap penculikan itu hanya main-main antara orang-orang muda di sana. Dia mematung dan tidak mau beranjak saat beberapa orang penonton mengajaknya ke Ratenggaro, menunggu Bili di sana. Angin berembus kencang menimbulkan gemuruh saat merebahkan ilalang di padang-padang terbuka. Julia berjalan kian kemari, duduk dan berdiri, melihat di kejauhan, memasang telinganya untuk menangkap derap kaki kuda yang datang mendekat, mengharapkan Bili segera datang menjemputnya. Beberapa saat kemudian, didengarnya derap kaki

"Where are they taking Rita?" Julia cried.

"She is being kidnapped! Bride kidnapping!"

"*Bride kidnapping?*" Julia blanched.

"For marriage!" a woman answered lightheartedly. "Either someone wants her as a wife, or a family wants her as a daughter-in-law. A kidnapped bride is taken to the man's house and kept in a room. It is only natural that the man and woman will sleep together, and after that — what else but a wedding ceremony can follow?"

"Who is the man? Where does he live? I'll report him to the police!" Julia grew more frightened when everyone started leaving the pasola field as if nothing had happened.

She had prayed it was just a practical joke — a Sumbanese prank that young people pulled on one another. She stood petrified, not wanting to leave, even when spectators offered to take her to Ratenggaro to wait for Bili there. After everyone had gone, she walked to the roadside alone.

A strong wind whistled across the open pasola field, bending the tall grasses surrounding it. Standing on the roadside, Julia peered into the distance, hoping to hear the pounding hooves of Bili's horse, coming to pick her up.

When an old man on horseback appeared on the road, coming from the direction of Ratenggaro, Julia mustered up her courage and waved at him to stop. The old man seemed to be in a hurry, but he listened patiently as Julia told him briefly what had happened to Rita.

The old man nodded. "We've had three bride kidnappings already this year. Your friend Rita makes the fourth."

"How can I find out where they took her? Will anyone contact the police?"

The old man shook his head. "No, I imagine that the kidnapper's family will contact your friend's family later today."

Julia fell silent, just wanting to distance herself from the confusion of this bride-kidnapping business. *What if it happened to her?*

Julia asked the old man for a lift to the main road to the Tambolaka Airport.

kuda yang muncul dari arah Ratenggaro. Kian lama kian dekat. Julia memberanikan diri untuk menghentikan seorang laki-laki tua yang tampak terburu-buru.

Julia menceritakan dengan singkat apa yang terjadi dengan Rita dan memohon bantuan untuk sampai di jalan raya menuju Weetebula.

"Kawin tangkap," kata laki-laki itu, "dalam satu tahun ini, sudah tiga terjadi. Rita jadi yang keempat."

"Bapa tahu dia dibawa ke mana? Apakah ada yang melaporkan ke polisi?" tanya Julia.

Laki-laki itu menggeleng dan mengatakan bahwa hari ini juga keluarga penculik akan datang ke rumah keluarga perempuan.

Julia diam. Hatinya lega. Dia pun meninggalkan lapangan. Dia hanya ingin menjauh dari kegegeran kawin tangkap itu. Dia sangat takut mengalami hal yang sama.

Laki-laki itu mengantarkannya sampai di tepi jalan raya.

"Hati-hati di jalan," katanya.

Jantung Julia berdebar menyadari kebaikan laki-laki tua itu. Dia mengucapkan terima kasih beberapa kali, lalu segera naik angkutan umum ke Weetebula.

Julia memejamkan matanya. Dia memaksa dirinya untuk menyelesaikan ingatan pahit itu yang mengubah kehidupannya.

Di Weetebula, Julia mengurung diri di dalam kamar penginapan menunggu kedatangan Bili. Pada malam hari, salah satu anggota keluarga Bili mengantarkan sepucuk surat. Bili memintanya menunggu di penginapan selama dua atau tiga hari. Katanya, dia akan menyusul Julia setelah urusan Rita selesai.

Hingga kini, Julia sukar menerima bahwa hal seperti itu bisa terjadi pada Rita, seorang perawat yang bekerja di Puskesmas Pembantu di desanya. *Bagaimana mungkin Rita mau dinikahkan?* Pertanyaan-pertanyaan dan rasa marah masih menetap di dalam hatinya — sulit dihapusnya. Julia menekankan tangannya pada dadanya. Dia menelungkupkan wajahnya dalam telapak tangan dan mengangkatnya kembali sambil mendesah. Dihapusnya air mata yang mengalir di pipinya.

Rita meraih tangannya dan meremasnya. "Engko terkenang tujuh tahun lalukah? Sudah," katanya lembut, "engko sudah di sini sekarang. Gha Bili pasti akan senang sekali."

"Be careful," he said when he let her off at the main road.

Julia was touched by the old man's kindness. She thanked the good man many times, then boarded a bus to Weetebula.

In the car, Julia closed her eyes, reliving the confusion, the not knowing what had happened or what was going to happen next. She still couldn't reconcile the Rita she'd known as an educated nurse working at the village's health center with the Rita who had been a kidnapped bride. *Why did Rita accept that forced marriage?* Julia still harbored resentment in her heart. Sighing, she wiped her eyes and lifted her head.

Rita reached for Julia's hand and gave it a squeeze. "Let it go. You're here now. Gha Bili will be very happy."

Julia lowered the car window. The refreshing sea breeze cooled her damp cheeks. She pressed her head back into the car seat and continued to remember.

In Weetebula, she had locked herself in her hotel room and waited for Bili. That evening, a letter arrived from him, asking her to wait at the hotel while he handled the matter of Rita's kidnapping. He would meet her there in two or three days.

She remembered how anxious she was when, on the third day, Bili had not shown up by late afternoon. She had left the hotel room and was standing at the front of the gate when a *bemo*, motorized rickshaw, pulled up. Four men jumped out and grabbed her, forcing her into the vehicle.

She shouted, "Where is Bili?" while kicking at the bemo's door and banging her fists against its closed windows. She could not keep her balance and was thrown from side to side, as the vehicle sped through winding, narrow roads and a vast savanna. Terrified, she screamed and cried, losing her mind. Her arms ached from the men restraining her. Finally, exhausted and depleted, she could only whimper as the vehicle raced on. It was dusk when the bemo finally stopped at a village gate. *Bili, where are you?* The bemo door opened slowly.

Fury fueled Julia's courage. "How dare you kidnap me?" she shrieked. "You think you can force me into a marriage by kidnapping me? No! I will report you to the police! Just wait until

Julia membuka jendela lebih lebar. Angin laut mengeringkan air matanya dengan usapan segar. Julia menekankan kepalanya pada sandaran kursi dan meneruskan kenangannya.

Terasa kembali risaunya ketika Bili belum juga datang ketika pada hari ketiga matahari mulai condong ke barat. Julia ingat dirinya keluar dari rumah penginapan dan berdiri di gerbang. Tiba-tiba, sebuah bemo menepi di tempatnya berdiri. Penumpangnya segera turun dan, dalam sekejap, Julia diangkut ke dalam bemo. Sopir segera tancap gas dengan kecepatan tinggi.

"Mana Bili!" Julia berteriak dan berusaha sekuat tenaga mendobrak pintu. Dia memukul dan menendang, terempas ke kiri dan ke kanan. Dia berteriak dan menangis kehilangan akal. Kedua lengannya lebam akibat genggaman tangan laki-laki yang mendekapnya. Selebihnya, dia hanya menangis kelelahan. Kendaraan tetap melaju kencang berbelok-belok, memasuki jalan yang lebih kecil, melewati padang-padang luas, dan berhenti di gerbang sebuah kampung saat senja sudah dijemput malam. *Bili, kamu di mana?* jeritnya dalam hati.

Pintu bemo dibuka perlahan.

"Kamu berani culik saya? Kamu kira bisa kawin tangkap dengan saya? Awas kamu saya lapor ke polisi. Awas kalau sampai Bili pacar saya tahu!" Julia berteriak. Ketika dia menjejakkan kakinya di tanah, saat itu juga dia diangkut oleh empat laki-laki penculik. Dia segera dibawa naik ke rumah panggung dan segera pula dibawa masuk ke dalam salah satu kamar. Suara teriakannya menimbulkan keramaian warga kampung yang penuh sesak. Mereka mengepung dan menjaga Julia dengan ketat.

Julia merasa terancam. Dia menangis dan berusaha tenang. Sepertinya, tidak ada celah sedikit pun untuk kabur. Kamar itu berukuran satu setengah kali dua meter, berdinding bilah bambu yang disusun meninggi dan dirangkai tali. Loteng kamar adalah bagian dari ujung atap dari lipatan alang-alang. Lantai kamar sekaligus digunakan sebagai alas tidur yang dibuat dari susunan bambu bulat berjejer rapat terangkai tali dilengkapi dengan sebuah bantal tipis bersarung yang tampak masih baru. Kamar itu benar-benar untuk satu atau dua orang tidur. Kamar tanpa kain pintu dan tanpa daun pintu. Sekelompok perempuan berjaga-jaga tepat di depannya.

my boyfriend Bili finds out about this!" Julia continued yelling and struggling as her kidnappers hauled her up the ladder of a stilt house and directly into a room.

Her screaming had drawn the attention of the villagers, who crowded into the area and surrounded the house like a barricade to prevent her from escaping.

Inside the stilt house, Julia had tried to calm herself. She assessed the small room that was now her prison. The walls were made of bamboo slats tied together by ropes. The ceiling was thatched grass. The floor was made of bamboo poles, strapped together. On the floor, a thin pillow in a fresh pillowcase indicated where she was expected to sleep. The room was about five feet by seven feet, just big enough to accommodate two people. It had neither a door nor a door curtain. Instead, a group of women guarded the room's access.

Outside, a gong sounded. Julia heard the crowd grow louder and rowdier.

Julia huddled in the corner. Leaving the food offered her untouched, she listened to the escalating commotion outside.

"Don't be afraid, *Inya*," one of the women guards soothed. "Your man will come soon. Just relax; everything will be fine. Don't scream; the people outside will only laugh at you. Don't fight it; you'll only make yourself sick."

When Julia heard the woman address her as "inya", the word used by locals to address a woman they respected and loved, she became calmer.

"Eat something," the woman coached. "It will give you strength."

The later it became, the more the crowd noise grew around the house.

Julia hurt everywhere. Horrified by the thought that a man she had never met would soon overpower and rape her, she tried to focus on how to escape. She never dreamed she would ever have to go through such a horrific experience.

At midnight, she was startled by the shadow of a man who grabbed her and spun her around so that she stood with her back against his chest. She could not see his face.

Suara gong dipukul beberapa kali dan keramaian di luar rumah lebih menakutkan Julia. Makanan yang disodorkan padanya tidak disentuhnya sama sekali. Dia duduk meringkuk di sudut kamar mendengarkan suara-suara di luar.

"Jangan takut," suara seorang perempuan penjaga bicara. "Nanti laki-laki Inya akan datang. Baik-baik saja. Jangan berteriak. Nanti Inya akan ditertawakan orang-orang yang berjaga-jaga. Tabah saja supaya Inya tidak bertambah sakit."

Sebutan *inya*, panggilan untuk perempuan yang dihormati dan dicintai menurut kebiasaan setempat, agak menenangkan Julia.

"Makanlah supaya Inya punya tenaga," perempuan itu membujuk.

Hari makin malam dan suasana rumah itu makin ramai.

Tidak pernah terlintas sekilas pun dalam pikiran Julia bahwa dia akan mengalami nasib mengerikan seperti itu. Julia terisak, berusaha keras memikirkan cara untuk menyelinap dan menghilang dari keangkeran rumah yang akan menjadi saksi dirinya dibekap laki-laki yang tidak dikenalnya sama sekali. Tubuhnya sangat penat dan rasa sakit membalut hatinya.

Tengah malam, Julia terkejut.

Tiba-tiba, seorang laki-laki muncul di kegelapan dan mendekapnya dengan memutar badannya supaya Julia tidak dapat melihatnya.

Julia memberontak. Tendangannya yang melayang kian kemari menimbulkan bunyi-bunyi di lantai dan dinding kamar. Suara tawa di luar kamar membuatnya lebih menggigil ketakutan sekaligus menjadikannya berbuat nekat. Dia menggigit dengan sekuat tenaga lengan laki-laki yang memeluknya.

"Tenang Julia, ini saya! Julia. Sayang!" suara laki-laki diikuti pelukan erat. "Jangan kuatir. Ini saya, Bili!"

"Kak Bili," Julia tersentak dan terjatuh dalam pelukan Bili sambil menangis tersedu-sedu.

Suara-suara di luar kamar diliputi tawa dengan penuh tanda tanya tentang berlangsungnya kawin tangkap yang sedang terjadi antara perempuan yang diculik dan laki-laki yang memperistrinya. Sudah biasa, malam pertama yang menegangkan dan menyakitkan

Julia struggled to break free, and the scuffling of her kicking feet and flaying arms on the floor and walls drew laughter from outside the little room. That boisterous merriment frightened her so much that she bit down hard on the arm of the man who held her tightly against him.

"Calm down, Julia, it is me! Julia, my love!" the man loosened his grip into an embrace. "Don't worry. It's me, Bili!"

"Bili!" Stunned, she fell limp into Bili's embrace, sobbing.

The voices outside of the room were filled with amusement, as people speculated about the goings-on between the man and the kidnapped woman inside the room. The crowd knew that every couple's first night together started tense and uncomfortable, but usually ended quite pleasantly for them. Everything else could be arranged later.

"Julia, love," Bili murmured, holding her tightly.

"How could you have the heart to do this to me?" Julia gasped, angrily. *How dare her own boyfriend kidnap her and try to force her into marriage!* She tried to calm her mind and figure out what to do next.

The voices of the waiting crowd thinned. The morning light slipped through the slits of the bamboo wall and fell on Bili's face.

How she loved this man, and at the same time hated him for the way he had forced this experience on her.

⊢——•·•——⊣

Julia took another deep breath as the countryside sped past her window. The next part of the experience had scared her the most. She removed a water bottle from her bag and took a sip before sinking back into the past again.

The day after the kidnapping, she had forced herself to appear relaxed. She had formulated a plan that she was going to execute, step by step.

Julia was well received by Bili's entire family. She had been surprised to discover that the kind old man on horseback who had taken her to the main road, was Bili's father. Regardless, she enjoyed the rice and boiled chicken that Bili's mother had prepared. She wanted to ask about Rita, but felt too nervous to do so. Instead, she looked around at Ratenggaro village, taking in the traditional

itu menjadi sesuatu yang menyenangkan bagi kedua belah pihak. Urusan lainnya dapat diatur kemudian.

"Julia ... sayang," kata Bili lagi sambil mendekap Julia erat-erat.

"Kenapa kamu tega buat begini?" tanya Julia sambil menghapus air mata. Napasnya terengah-engah, sesak dengan kemarahan.

Julia berada dalam dekapan Bili, tetapi masih dengan kewaspadaan penuh pada napas Bili yang memburu. "Saya mohon jangan lakukan apa pun. Diam saja," Julia menangis perlahan. *Bagaimana kekasihnya sendiri bisa melakukan penculikan terhadap dirinya dengan tujuan kawin tangkap?* Julia berusaha tenang dan berpikir keras apa yang akan dilakukannya.

Suara orang yang berjaga-jaga mulai berkurang. Cahaya pagi menyelinap melalui kisi-kisi dinding kamar dan jatuh pada wajah Bili. Betapa cintanya dia pada laki-laki itu, tetapi betapa bencinya pada kenyataan yang dipaksakan padanya.

•———•———•

Julia menarik napas panjang. Berikutnya bagian yang paling menakutkan dari ingatan itu. Dia mengambil sebotol air dari tasnya dan meneguknya, sebelum kembali ke masa lalu.

Hari itu, Julia menghadapi semua kejutan dengan tenang. Dia telah membuat perencanaan yang akan diwujudkannya satu per satu.

Dia diterima dengan ramah oleh ayah Bili dan segenap anggota keluarga.

"Bapa!" Julia tersentak kaget. Laki-laki yang mengantarnya ke tepi jalan raya ternyata adalah ayah Bili.

Julia menikmati hidangan nasi dan ayam rebus yang disiapkan ibu Bili.

Hatinya gelisah, ingin sekali dia bertanya tentang Rita, tetapi tidak ditanyakannya. Dia memerhatikan sekilas kampung dengan rumah-rumah beratap tinggi menjulang ke langit. Dia merasakan berembusnya angin pantai dan debur ombak yang memecah sepanjang waktu di kaki tebing kampung.

"Tolong antar saya ke Weetebula untuk ambil tas pakaian dan oleh-oleh lukisan yang saya bawa untukmu," Julia berkata dengan berusaha santai ketika mereka kembali sendirian.

"Kita naik kuda. Berani?" tanya Bili sambil mengedipkan mata. "Sesuai janji, saya akan membawamu berkeliling sampai di

houses with their high-hat roofs, feeling the restful sea breeze, and hearing the waves break against the foot of the cliff that carried the village on its back.

When she and Bili were alone again, she said, "I need to return to my hotel room in Weetebula to get my portfolio bag and the painting I brought for you."

"Would you dare to go on horseback?" Bili winked, then laughed happily. "As I promised, I will take you to the place where the konji trees bloom. I want to photograph you there. Let's go on horseback."

After all those years, Julia still remembered thinking, *You told me that konji trees do not bloom in March*, while saying calmly, "Yes, after we collect my things from Weetebula, I want to change before you take my picture." For good measure, she had added, "We will return here afterwards to spend the night, right? Your bride-kidnapping me means that I am already your wife?"

"Yes," Bili had said proudly. "During the next few days, my family will go to Kupang to ask for your hand. After that, we'll get married there right away."

Julia had smiled, but inside, she was consumed with fury.

When they arrived at her hotel in Weetebula, Bili waited on his horse. Julia went into her room, grabbed her bare necessities, climbed out through the bathroom window, and jumped over the backyard fence of the hotel. She waved down a passing cab, sped to the Tambolaka Airport, and took the first flight out to Kupang. That had been the last time Julia had seen Bili.

Bili's family tried to make amends for their cultural misunderstanding of kidnapping a non-Sumbanese woman. They traveled to Kupang, bringing the traditional handwoven fabric, a horse, cow, and buffalo as tokens of their apology. Bili's parents and siblings, including Rita, asked Julia for forgiveness and to take Bili back. Rita told Julia that the mastermind behind the kidnappings had been Bili's friend Yusak, who Bili had unhorsed during the pasola. "How could I refuse to marry Yusak after I had spent the night with him at his house?" Rita asked. "I was too ashamed to do so."

But Julia remained steadfast. The trauma of her abduction had placed her in a state of constant fear. *How could she be a loving*

tempat pohon konji berbunga. Saya akan ambil beberapa fotomu di sana. Kita berkuda," Bili tertawa gembira.

*Bulan Maret bukan saatnya konji berbunga,* kata Julia di dalam hatinya. Namun, dia berkata, "Ya, setelah kembali dari Weetebula. Saya harus ganti baju sebelum difoto. Kita kan akan kembali lagi ke sini? Bukankah penculikan ini artinya saya sudah jadi istri kamu?"

"Ya, beberapa hari ini keluarga akan ke Kupang melamarmu dan kita segera menikah di sana," jawab Bili dengan bangga.

"Ya," Julia berupaya melemparkan senyum, sedangkan pikiran dan hatinya mendidih oleh rasa marah.

Di Weetebula, Julia masuk ke dalam kamar penginapan dan, tanpa membawa apa-apa, menyelinap keluar melalui jendela kamar mandi, melompati pagar belakang, dan segera menuju lapangan terbang Tambolaka dengan angkutan umum yang kebetulan lewat dan disewa khusus. Dia kembali ke Kupang dengan penerbangan pertama.

Berbagai upaya dilakukan Bili dan keluarganya untuk menebus kesalahan kawin tangkap itu. Mereka datang dengan sejumlah antaran sarung adat, kuda, sapi, dan kerbau sebagai tanda maaf dengan tulus. Kedua orangtua dan adik-adik Bili, termasuk Rita, ikut turun tangan meminta Julia menerima Bili kembali.

Rita menceritakan bahwa otak penculikan terhadap mereka sebenarnya adalah Yusak yang dijatuhkan Bili di lapangan Pasola dan teman baik mereka ketika sekolah bersama di Kupang. Rita tidak memiliki kekuatan menolak akibat rasa malu karena sudah dibawa ke rumah laki-laki itu.

Akan tetapi, Julia tetap menolak. Dia tetap merasa bahwa kawin tangkap melalui penculikan itu telah menenggelamkannya ke dalam ketakutan. Dia takut hidup di lingkungan itu sebagai seorang istri dari lelaki yang ikut dalam kebiasaan yang ditentangnya.

Julia mengepalkan tangan. Hari itu dia menutup riwayat cintanya dengan Bili. Julia pun tidak pernah bertemu Bili lagi.

Sekarang, dia sudah bertahan tujuh tahun. Dia meneguk air dari botol minumnya.

———•———

Tujuh tahun berlalu. Kini Julia bersama Rita dalam mobil menuju Ratenggaro.

*wife to a man she feared? How could she be a loving wife to a man who engaged in activities that she considered immoral?*

That day, on her way to the Tambolaka Airport, she closed the final chapter of her love story with Bili.

Now, seven years later, here she was in a car with Rita on the road to Ratenggaro. Julia clenched her fist, took another sip from her water bottle, and returned to the present.

"Let me tell you about Bili after you left," Rita said. "He never spoke about you. After school, he always spent his time tending to livestock on the savanna and sitting alone with his horse under a konji tree, writing a book. He continued to participate in every pasola season — and came out a winner. Are you still angry?"

After her question was met with silence, Rita continued, "It has been a long time. After my first child was born, my anger dissolved into love. Yusak is a good man. I may not understand what made him kidnap me as a part of our wedding arrangements, but now we have two daughters. Yusak and Bili have repented, realizing that bride kidnapping is an insult to women and that no woman should have to go through this trauma. What about you? It has been seven years, Julia. Bili's and my parents have passed away. Are you here to see Bili?"

Julia still did not answer. She had worked three years at the Kupang City Health Center, then continued her education at the Faculty of Nursing in Kupang for another four years. She had done well in her career and education, but she was lonely. She knew she still felt love for Bili, and had finally decided to visit Rita in Ratenggaro to find out if her lingering feelings for him were real.

They were almost there. The distant sound of crashing waves welcomed them as they drove by a row of stone graves. Rita braked inside the gate of the Ratenggaro village, in front of the stilt house where Julia's imprisonment had occurred seven years ago.

"Gha Bili!" Rita called, as she and Julia got out of the car.

Bili emerged from the *kambu luna*, the stable beneath the stilt house, which he had just finished cleaning. He saw Julia and froze.

Rita bercerita tentang Bili. Katanya, Bili tidak pernah membicarakan Julia. Guru SMP itu menghabiskan waktunya setelah pulang dari sekolah dengan beternak di padang, duduk sendirian atau bersama kudanya di bawah pohon konji, menulis buku, dan berjaya di lapangan pasola setiap musim.

"Apakah engko masih marah?" tanya Rita. Setelah beberapa saat dalam keheningan, dia melanjutkan dengan lembut, "Sudah lama sekali .... Sejak melahirkan anak pertama, rasa marah saya berangsur-angsur hilang. Yusak laki-laki yang baik. Entah mengapa dia memilih menikahi saya dengan cara kawin tangkap. Kami memiliki dua anak perempuan. Gha Yusak dan Gha Bili bertobat dan berjanji menjadi penentang kawin tangkap. Mereka sadar bahwa kawin tangkap adalah penghinaan pada perempuan. Gadis-gadis zaman sekarang tidak boleh mengalaminya. Kamu bagaimana? Sudah tujuh tahun, Julia. Inya dan Bapa juga sudah tidak ada. Apakah kamu datang untuk Bili?"

Julia tidak menjawabnya. Setelah bekerja di Puskesmas Kota Kupang selama tiga tahun, Julia melanjutkan kuliah di Fakultas Keperawatan selama empat tahun. Pekerjaan dan kuliahnya lancar dan berhasil baik. Dalam kesendiriannya, dia tahu bahwa dia masih mencintai Bili. Akhirnya, dia memutuskan bertemu Rita dan berkunjung ke Ratenggaro untuk memastikan bagaimana keadaan Bili sekarang.

Mereka hampir tiba. Debur ombak dari kejauhan menyambut kedatangannya. Mereka melewati barisan kubur-kubur batu di kiri kanan jalan menuju gerbang. Mobil berhenti di dalam gerbang utama Kampung Ratenggaro yang menelannya ke dalam masa lalu.

Rita turun dari mobil dan Julia menyusul.

"Gha Bili," Rita berteriak.

Bili keluar dari *kambu luna,* kolong rumah, yang baru saja dibersihkannya. Laki-laki itu terpaku menatap Julia.

Julia menatapnya tanpa kata-kata. Tubuh Bili tampak lebih tinggi dan kurus. Rambutnya terpangkas rapi. Rahangnya kukuh dan sorot matanya tampak teduh. Mata itulah yang pernah membuat Julia jatuh cinta setengah mati. Julia mengulurkan tangan.

Bili diam menatap wajah Julia lekat-lekat. Diraihnya tangan Julia, lalu ditangkupnya dengan kedua tangannya. "Saya tahu saya menyakitimu, Julia," kata Bili dengan suara serak. Dia menunduk.

Julia looked at him silently. Bili looked taller and thinner. His hair was well kept. She searched the dark eyes that had once made her fall helplessly in love and offered Bili her hand.

Bili's jaw set. Solemnly, he took Julia's hand and held it with both of his. He bowed his head. "I hurt you, Julia," he said in a husky voice. After hearing no response, Bili raised his head and said quietly, "Thank you for coming, but go home. I know that you are still single. Soon, my family and I will go to Kupang and propose to you properly." Bili brought Julia's hand to his chest and held it there tightly.

Then, Bili let it go. He turned away and walked to his horse tethered in the shade of the banyan tree next to the stilt house. He swung into the saddle, took the reins, and spurred the horse out the village gate. Julia watched Bili gallop away past the cemetery and the gates of Ratenggaro.

She and Rita entered the stilt house of Julia's nightmares. Julia shuddered when she and Rita entered Bili's room. It was the room where, seven years ago, she had spent hours in terror.

Julia startled when her eye caught sight of a painting showing a pasola rider sitting high on his horse with a blooming konji tree in the background. She now remembered having left the painting in her hotel room when she fled Sumba Island.

Seven years ago, she had wished Bili would take her there. But it was March then, and the konji trees were not blooming. Julia smiled. The konji bloomed in the summer; they were blooming *now*.

At that same moment, as if by osmosis, Bili halted his horse at the place he had promised to take a girl who loved to paint and lived in his heart. The konji trees were in full bloom.

Setelah diam sejenak, diangkatnya kembali kepalanya dan berkata pelan, "Pulanglah. Saya tahu kamu masih sendiri. Terima kasih. Pada waktunya nanti, saya dan keluarga akan ke Kupang melamarmu dengan cara yang seharusnya." Bili membawa tangan Julia ke dadanya. Beberapa saat kemudian, tangan Julia dilepaskannya.

Bili berbalik dan berjalan menuju kudanya yang sedang merumput dalam rindang pohon beringin di samping rumahnya. Dia melepaskan tambatan dan melompat ke atas punggung kuda, menarik tali kendali, dan membawa kudanya lari melalui gerbang kampung.

Julia memerhatikan punggung laki-laki itu yang menjauh menuruni jalan di antara makam. Derap kaki kuda melesat jauh meninggalkan Ratenggaro.

Julia mengikuti Rita memasuki rumah yang dulu begitu mengerikan baginya. Tergetar hatinya saat Rita mengajaknya ke kamar tidur Bili — kamar tidur di mana dia diringkukkan tujuh tahun lalu. Julia terpaku pada lukisan di dinding yang menampilkan laki-laki dari Ratenggaro itu tegak di atas kudanya dengan latar belakang pohon konji yang sedang berbunga lebat.

Julia teringat lukisan yang ditinggalkannya saat melarikan diri dari penginapan tujuh tahun yang lalu. Saat itu, dia berharap Bili akan mengantarnya ke tempat konji berbunga. Waktu itu bulan Maret dan konji belum berbunga. Julia tersenyum sekilas menyadari saat ini konji sedang berbunga dan menampilkan keindahannya pada musim kemarau.

Sementara itu, Bili menghentikan kudanya di bawah pohon konji yang berbunga lebat — tempat pertemuan yang dijanjikan pada kekasihnya yang gemar melukis itu.

⊢—•◦•—⊣

# Cenning Rara

Umar Thamrin

Penerjemah: Oni Suryaman

Caya berdiri, dengan tangan terkepal menggenggam kerikil, mengadang traktor yang akan merobohkan rumah teman halusnya. Dahan-dahan pohon ara sebesar dua kali lengan orang dewasa itu menjuntai menyentuh tanah. Sopir traktor sudah meneriakinya berkali-kali, tetapi Caya malah membalasnya dengan makian dan lemparan kerikil. Orang-orang yang berkerumun menggeleng-geleng. Gadis remaja kurus dengan tubuh cekung dan rambut terurai sampai ke pinggang itu benar-benar nekat. Bujukan yang disampaikan orang-orang pun tidak digubrisnya. Malah, Caya menuduh orang-orang desanya bersekongkol untuk mengusir teman halusnya.

"Pergi!" teriak Caya sambil melempari traktor dengan kerikil.

Ayahnya muncul dari balik kerumunan.

"Papa, tolong usir pengacau itu!" Caya menangis sejadi-jadinya sambil menunjuk sopir traktor. "Dia mau bongkar rumah temanku. Temanku tidak salah."

Yusuf membujuk putri semata wayangnya itu. Caya kehilangan ibunya saat dia dilahirkan. Teman-temannya tidak ada yang mau bermain dengannya karena dia mengidap ayan. Yusuf meminta sopir traktor itu memberinya waktu membujuk anaknya.

Sopir traktor itu menggeleng. Dia tidak bisa menunggu. Pekerjaannya harus selesai hari ini. Kalau tidak, dia bisa dipecat. Dia punya keluarga yang butuh makan.

Yusuf terpaksa bermohon-mohon.

Karena sudah menjelang sore, akhirnya sopir traktor memberinya waktu sampai besok pagi.

Yusuf kembali menghampiri Caya yang tersenyum puas menyambutnya meskipun wajahnya masih basah dengan air mata.

# Cenning Rara

By Umar Thamrin
Translated by Oni Suryaman

Caya, defiant with her clenched fist full of pebbles, stood her ground to block the tractor about to demolish her imaginary friend's house. The bodhi tree's branches, twice the width of a man's arm, scraped the ground.

The tractor driver had yelled at her many times, but Caya yelled back with angry words and pelted pebbles.

The gathered villagers shook their heads. The skinny young girl with waist-length hair must be really desperate.

Unmoved by anyone's persuasion, Caya not only refused to budge, but even accused the villagers of conspiring to evict her imaginary friend.

"Go away!" Caya yelled, throwing pebbles at the tractor.

Her father emerged from the crowd, and Caya pointed at the tractor driver. "Father, please tell that intruder to go!" she cried. "He wants to destroy my friend's house. My friend hasn't done anything wrong!"

Yusuf tried to calm his daughter, his only child. Because of her epilepsy, no one wanted to play with her. He knew that Caya was lonely, and her imaginary friend was the only person she had to talk to. Yusuf asked the tractor driver to give him a few minutes to reason with his daughter.

The driver shook his head. No, he would not wait. He had to finish clearing this area today. He could not afford to be fired. He had a family to feed.

Yusuf pleaded for more time. The two argued back and forth until finally, because it had become so late, the driver climbed out of the tractor cab and told Yusuf he would return the next morning to complete his job of clearing the land.

Yusuf duduk di dekat Caya, bersandar pada pohon ara. "Teman halusmu di mana, Nak?"

"Dia di dalam, tidak mau keluar, takut sekali lihat raksasa besi itu."

Desa yang terletak di hulu Sungai Sampara, dekat Kota Kolaka, Sulawesi Tenggara ini, dulunya adalah hutan belukar. Penghuninya ular, buaya, dan makhluk halus. Sekarang, ular dan buaya sudah jarang terlihat. Makhluk halus pun merasa tidak lagi nyaman tinggal bersama manusia.

"Kenapa teman halusmu masih bertahan di sini, Nak?"

Caya menarik napas panjang, lalu menjelaskan. Teman halusnya iba melihatnya dan memutuskan tinggal untuk menemaninya. "Sekarang, bagaimana saya bisa tega membiarkan rumahnya dibongkar?" kata Caya dengan nada haru sambil memandang traktor yang terparkir di tepi jalan. Beberapa pohon di sekitarnya bergelimpangan, tercabut dengan akar-akarnya.

"Jalanan ini ndak aman lagi," kata Yusuf. Dari cerita kepala pelebaran jalan, dia tahu jalan ini akan ramai dilalui truk-truk raksasa pengangkut hasil tambang nikel. Persawahan sebentar lagi akan menjadi perumahan. "Nak, kamu harus kasi tahu teman halusmu, beginilah yang manusia sebut *perkembangan*."

Caya mendongak, menatap daun-daun ara yang berisik tertiup angin.

"Temanmu pasti ndak tahan dengan suara ribut." Yusuf terdiam sejenak, meluruskan punggungnya yang bersandar pada pohon ara, lalu berkata, "Kamu bicara dengannya, Nak. Kamu perlu melepaskannya. Dia juga pasti tahu apa yang sedang terjadi di desa ini." Yusuf mengusap-usap kepala Caya, lalu berdiri dan melangkah pergi.

⊢⋯•⋯⊣

Yusuf duduk termenung di toko kelontongnya yang makin hari makin sepi. Dia sudah berusaha membujuk anaknya untuk merelakan pohon itu dirobohkan. Namun, dia kasihan juga melihat anaknya yang kesepian. Terkadang, dia tidak habis pikir kenapa Tuhan tega menyiksa anaknya seperti itu. Tuhan sudah mengambil ibu Caya — sementara Caya sendiri mengidap ayan. Mungkin ini karma. Sebelum istrinya meninggal, Yusuf memang bekerja

Yusuf walked back to Caya, whose smile shined through a face wet with tears. "Where is your friend now, Caya?"

"She is inside her house in the bodhi tree. She doesn't want to come out. She is afraid of that steel monster."

Yusuf's and Caya's village, upstream on the Sumpara River, near Kolaka City in Southwest Sulawesi, had once been a forest, only inhabited by snakes, crocodiles, and forest spirits. Now, snakes and crocodiles were rarely seen. The forest spirits, not comfortable living near humans, had moved to the mountains.

Yusuf sat down at the base of the bodhi tree and drew his daughter to him. "Why did your friend not leave with the others, Caya?"

Caya sighed. "My friend feels sorry for me and stays to keep me company." Caya stared at the tractor parked near the roadside, surrounded by uprooted trees. "How could I allow anyone to destroy her house?"

"This road is no longer safe," Yusuf told his daughter. "These rice fields will soon be transformed into a housing complex. This road will become busy with giant trucks transporting nickel ore." He paused. "Caya, you must tell your friend what is happening. Sadly, this is what humans call progress."

Caya raised her head and looked at the heart-shaped leaves of the bodhi tree rustling above her in the wind.

"Besides, your friend would definitely not like the noise." Yusuf straightened up and stretched. "Talk to her, Caya. You have to let her go. I'm sure she already knows what is happening to this village."

Yusuf stroked Caya's hair, then rose and left.

———•———

Inside his convenience store, Yusuf sat lost in thought. Fewer customers frequented his shop with each passing day. Yusuf had eventually persuaded his daughter not to interfere with the felling of the bodhi tree, but he worried about this lonely daughter of his, sitting quietly beside him. At times he could not accept God's harsh punishment of his daughter. Not only had God taken Caya's mother during childbirth, but God had also cursed his daughter with epilepsy. Maybe it was karma. In his younger years, Yusuf

sebagai lintah darat. Namun, semua penghasilan pekerjaan haram itu sudah dikembalikan kepada masyarakat.

Uang yang dipakai untuk modal toko kelontong adalah uang hasil penjualan kebun warisan orangtuanya. Tidak ada alasan Tuhan untuk menghukum anaknya. Anak itu tidak makan uang haram. Anak itu tidak berdosa.

Diam-diam, Yusuf juga bangga melihat anaknya mengadang traktor itu dengan berani untuk membela teman halusnya. *Tidak seperti diriku yang benar-benar lemah, tidak bisa membela anakku sendiri saat anakku membutuhkan.* Caya kesepian dan satu-satunya teman bicaranya hanyalah teman halusnya. Yusuf merasa benar-benar tidak berguna sama sekali. Seharusnya, dia malu kepada istrinya yang berkorban untuk melahirkan Caya dengan selamat. Yusuf memaki-maki dirinya sendiri.

Seseorang muncul di pintu.

Yusuf terkesiap. Baru kali ini dia melihat seorang *calabai*, banci, berpakaian seperti ulama — bersarung dan sorban putih melingkari songkok hajinya sehingga hanya bagian atas songkok itu yang tampak, sementara bagian ujung sorban itu menjuntai sampai ke bahu.

"Saya Bissu Saleh," kata calabai itu, dan belum sempat Yusuf menjawab, dia pun menyambung, sambil mengerling kepada Caya yang duduk membisu di sudut toko, "Anak Puang bukan anak sembarangan."

Yusuf menyambut uluran tangan Saleh.

"Banyak yang mengira saya ini calabai," Saleh membuka pembicaraan. Dia pun bercerita tentang perbedaan antara bissu dan calabai. Bissu adalah calabai suci penasihat rohani kerajaan kuno Bugis-Makassar. Makanya, banyak orang menyangka bissu bukan Muslim. Saat kerajaan Bugis-Makassar menerima Islam sebagai agama kerajaan, bissu patuh, dan menjadi Muslim. Hanya saja, bissu tidak menunaikan salat di masjid karena tidak ada saf untuk calabai. Banyak bissu yang sudah berhaji. "Saya tidak pakai ini kalau saya belum haji," kata Saleh menunjuk songkok hajinya. Saat menunaikan haji, dia harus memilih menjadi laki-laki dan kembali menjadi calabai saat kembali ke desanya.

had been a loan shark. But after his wife died giving birth to the imperfect baby daughter he held in his arms, he had returned all the blood money back to the community. He sold the land he inherited from his parents and used the money to build his convenience store. So there was no reason for God to punish his innocent daughter. She had played no part in the dirty money.

Secretly, Yusuf felt proud of his daughter for protecting her imaginary friend by standing up to the tractor. Caya had been so brave and strong — unlike himself, who had been too weak to defend his own daughter when she needed him. Yusuf felt useless. He would be ashamed to face his wife, who had sacrificed her life to give birth to Caya. Yusuf cursed himself.

The convenience store's front door opened.

Yusuf's eyes widened. He saw a *calabai* wearing the attire of a religious man — a sarong and a white turban wrapped around his hajj skullcap. He had heard about calabai. According to the Bugis gender system, calabai were born male but identified as a heterosexual female. Their dress and mannerisms were distinctly feminine but did not match that of "typical" women. Yusuf had never seen a calabai dressed like a holy man.

"I am Saleh," said the calabai, and before Yusuf could reply, the calabai continued, looking at Caya who sat quietly in a corner of the store, "Your child, sir, is a gifted child."

Yusuf shook the hand Saleh offered while Caya placed a glass of water in front of him.

Saleh opened the conversation. "Many people think I am a calabai, but I am *bissu* — the so-called 'fifth gender' in the Bugis gender system." Seeing Yusuf's curiosity, he then explained the difference between a bissu and a calabai. "Originally," he said, "a bissu was a sacred Bugis-Makassar transvestite who worked as the spiritual adviser at the court of the ancient Bugis-Makassar kingdom. Because they were transvestites, many people thought that bissus could not be Muslims. But when the Bugis-Makassar kingdom accepted Islam as the state religion, the bissus followed and embraced Islam, except that they could not pray in the mosque. Why? Because in a mosque, places for men and women to worship were clearly marked — there were no designated places marked

Saleh sama seperti Caya — dia mempunyai teman halus. Teman halusnya itu mengikutinya ke mana saja dia pergi. Bahkan, dalam setiap pekerjaannya, teman halusnya ikut membantu.

Yusuf mengangguk-angguk mendengar penjelasan Saleh.

Sebenarnya, Saleh datang atas panggilan saudaranya untuk menjadi *indo'botting,* perias pengantin Bugis, pada perkawinan putri saudaranya. Dia mendengar dari seorang ibu penjual nasi kuning, langganan pekerja jalanan, tentang Caya yang mengadang traktor untuk membela teman halusnya.

"Nak Caya akan kesepian terus sebelum dia punya sesuatu yang bisa bikin dia diterima masyarakat," Saleh menatap Yusuf tidak lagi seringan tadi.

"Jadi?" sambar Yusuf.

Saleh tersenyum dan menyabarkan Yusuf untuk mendengarkan ceritanya. Semua orang mempunyai sesuatu yang membuat mereka bisa diterima di masyarakat. Pedagang mempunyai dagangan, orang-orang pintar ilmu pengetahuan, petani tanaman. "Kalau Caya apa?"

Yusuf menggeleng. Caya tidak bersekolah. Dia tidak tahan diejek teman-temannya.

Saleh cerita, dia dulu seperti Caya — terkucilkan sampai akhirnya dia bertemu Puang Matoa, pemimpin bissu. Puang Matoa mendidiknya menjadi bissu. Dia bukan lagi calabai bus malam, calabai yang hanya senang hura-hura dan meresahkan masyarakat.

"Saya mau minta izin Puang untuk mengangkat Caya menjadi anak muridku."

Yusuf menoleh kepada Caya yang bersungguh-sungguh memperhatikan Saleh.

"Ilmu apa yang akan Bissu Saleh ajarkan?" Yusuf mendesak.

"Ilmu *cenning rara,*" jawab Saleh.

"Ilmu apa itu?" Yusuf diam menunggu penjelasan.

Namun, Saleh hanya menatapnya, lalu sambil berpaling kepada Caya dia bertanya, "Puang tidak kasihan sama Nak Caya?"

"Saya harus tahu dulu, ilmu macam apa itu?" Suara Yusuf meninggi.

"Ilmu pemikat leluhur Bugis," jawab Saleh sambil menyilangkan tangannya di depan dada.

for bissus. Yet many bissus had completed the pilgrimage to Mecca and were therefore hajis. I could not wear this," Saleh said, pointing at his skullcap, "if I had not gone on a pilgrimage." During his pilgrimage, he had to pretend to be a man. But when he returned to his village, he went back to being a bissu again.

Saleh said that, like Caya, he had a mystical spirit-friend. This spirit-friend accompanied Saleh everywhere he went; it even helped him with his work.

Yusuf and Caya listened carefully.

Saleh had been invited to their village by a relative who wanted him to be the *indo'botting*, Bugis bridal makeup artist and counsel, at his daughter's wedding. After arriving in the village, Saleh had overheard a woman, who sold turmeric rice to the road construction workers, talking about Caya blocking the tractor to save her imaginary friend's house.

"Unless Caya can serve a meaningful part of society, she will be lonely," Saleh said.

"And?" Yusuf probed.

Saleh smiled and asked for Yusuf's patience while listening to his story. "To be accepted by society, a person must have something to offer. Traders, for instance, offer their goods; educated people offer their knowledge; and farmers offer their crops. What does Caya have to offer?"

Yusuf shook his head. Caya couldn't even go to school because of her schoolmates' bullying.

"I, too, was ostracized before I met *Puang* Matoa, the bissu leader," Saleh told Yusuf. The elder Bugis taught him to become a bissu, and Saleh turned from a streetcorner prostitute and public annoyance who liked to party into a holy transgender. "Yusuf," Saleh said, "I ask your permission to make Caya my disciple."

Yusuf glanced at Caya. "What will you teach her, Bissu Saleh?" he asked cautiously.

"*Cenning Rara*," Saleh answered.

"What is that?"

Saleh glanced at Yusuf, then tilted his head toward Caya. "Don't you want the best for her?"

"I need to know what you are going to teach her." Concern raised Yusef's voice.

"Ilmu musyrik!" sergah Yusuf.

Saleh meraih gelas air minum di depannya yang disajikan Caya, meneguknya, lalu meletakkannya kembali ke atas meja dengan perlahan-lahan.

"Puang tahu gincu?" tanya Saleh dengan tatapan masih tertuju pada gelas. "Dulu, di Eropa, perempuan yang memakai gincu dianggap pemuja setan."

Yusuf menyeringai, "Pernah ke Eropa?"

"Pernah, kami keliling Eropa, pentas," kata Saleh dengan dagu terangkat.

Yusuf meringis.

"Memang banyak yang salah sangka, orang-orang pikir bissu itu tinggal di desa terpencil, dan tidak tahu dunia luar." Saleh pun menceritakan perjalanannya keliling Eropa.

Caya bersemangat mendengar. Sesekali dia menyela, bertanya saat ada hal yang menarik baginya.

Yusuf hanya terdiam mendengarkan, sambil memerhatikan Caya yang tersenyum lebar. Belum pernah anaknya sebahagia saat ini.

"Jadi Puang mengizinkan?" tanya Saleh dengan tatapan menodong.

Yusuf menghela napas, memperbaiki sikap duduknya, lalu berkata, "Anak bukan barang. Saat kita mati, putus hubungan. Doa anak bisa melapangkan dan menerangi kubur orangtuanya."

"Tapi ...." Saleh merapatkan punggungnya pada sandaran kursi.

"Tadi saya yang diam mendengar, sekarang tolong saya didengar juga," hardik Yusuf dengan badan condong kepada Saleh.

Saleh terdiam.

Yusuf menjelaskan ketakutannya. Dia muslim yang taat. Kemusyrikan masuk dosa besar. Mereka yang musyrik tidak ditanya lagi saat kiamat nanti, langsung dilempar ke kerak neraka. Percaya pada mantra-mantra itu kemusyrikan. "Cukup sudah kita menderita di dunia ini, jangan lagi di akhirat."

Matahari dengan cahayanya yang kemuning merasuk dari sela-sela dinding papan. Induk ayam berkotek-kotek memanggil anak-anaknya yang masuk mencari remah-remah makanan. Caya berdiri mengusir keluar anak-anak ayam itu, lalu kembali duduk.

"I will teach her Cenning Rara, the Bugis love spell." Saleh folded his arms across his chest.

"That sounds like black magic," Yusuf said, alarmed.

Saleh reached for the glass of water Caya had served him earlier. After taking a sip, he slowly placed the glass on the table.

"You know what lipstick is," Saleh said while looking at the glass. "But did you know that a long time ago, European women who wore lipstick were labeled satan worshippers?"

"Oh, and I suppose you've been to Europe?" Yusuf scoffed.

"Actually, yes, I have toured all across Europe."

Astonished, Yusuf had nothing to say.

"Many people make the wrong assumption that bissus live in secluded villages and are oblivious to the outside world," Saleh said. "Now, let me tell you about my adventures around Europe."

During Saleh's storytelling, Caya sat mesmerized, completely drawn into Saleh's tales. She interrupted him occasionally, asking for more information whenever she found something he said particularly interesting.

Yusuf listened quietly, watching how engaged his daughter was. He had never seen Caya so happy and alive.

After Saleh finished his European tales, he looked at Yusuf. "So, do you give me your permission?"

Yusuf squirmed in his seat. "A child is not an object to possess," he said. "When a person dies, they lose all their possessions. But a child's prayer can bring joy and light to a parent's grave —"

"But —"

"But I have listened to you without interrupting, now please listen to me." Yusuf leaned toward Saleh, who quietly settled back into his chair.

"I am apprehensive," Yusuf began. "As a devout Muslim, I view idolatry as a great sin. Those who serve idols will not be judged on Judgment Day; rather, they will be cast immediately into the depths of hell. Believing in spells is an act of idolatry. It is enough to suffer in this world: I don't want to suffer in the afterlife."

The bright afternoon sun crept through the slits in the planked wall. A hen clucked loudly, looking for the chicks that had entered the shop, pecking for food crumbs. Caya shooed the chicks out, and returned to her seat.

"Boleh saya jelaskan, Puang?" tanya Saleh dengan sabar.

Yusuf mengangguk.

Saleh menjelaskan mantra bukan sesuatu yang tertulis di atas batu. Mantra mengikuti perkembangan kerohanian masyarakat. Dulu mantra-mantra itu berbahasa Bugis-Makassar kuno. Sejak Islam masuk, mantra-mantra memakai ayat-ayat dari Alquran. "Kita tidak lagi berdoa kepada dewata, tapi kepada Allah," kata Saleh menutup penjelasannya.

"Untuk usir setan, iya, tapi untuk bikin orang suka kita, saya baru dengar," sela Yusuf.

Saleh terdiam.

Yusuf pun melanjutkan, "Musyrik itu orang yang pake Alquran untuk guna-gunai orang supaya orang suka dia."

"Percaya saya Puang. Saya ini haji," kata Saleh dengan nada membujuk.

"Haji bukan jaminan. Lihat saja, banyak yang pergi haji, setelah pulang tambah rakus, makan uang rakyat." Suara Yusuf kembali meninggi.

Saleh tersenyum. "Saya hanya menawarkan bantuan. Puang yang putuskan terima atau tidak."

Caya memegang lengan kursi kuat-kuat, tetapi tangannya tidak cukup kuat untuk menahan badannya yang terempas ke depan.

Yusuf melompat menangkapnya, tetapi terlambat.

Caya terkapar dengan badan mengejang dan mulut berbusa.

Yusuf membopong Caya masuk ke kamarnya, lalu kembali ke ruang toko, dan berkata, "Anak itu, kalau terlalu tertekan, ayannya muncul."

Saleh tidak lagi berkata apa-apa, kecuali minta pamit.

"Sampai kapan Bissu Saleh di sini?" Suara Yusuf tidak setegas sebelumnya.

"Kembali ke Pangkajene lusa," Saleh berpamitan. Azan magrib mendayu-dayu mengiringi kepergian Saleh yang akhirnya meng-hilang di balik rimbunan bambu.

Tengah malam, Yusuf bermunajat. "Ya Allah, aku hanya ingin melihat anakku bahagia." Yusuf mengulang-ulang perkataannya. Tidak seperti biasanya, suara-suara kalong yang berebut buah

"Let me explain it to you," Saleh said, patiently. "Cenning Rara is a spell that is handed down by our Buginese ancestors. It makes the practitioner's client appear youthful and healthy, with an alluring attraction in her visage. Such a spell may succeed in enticing a member of another sex without producing any harmful side effects for the person the spell is cast upon. Indeed, Cenning Rara and other sorts of love magic are regarded as rather common."

Saleh told Yusuf that spells, like Cenning Rara, were not something written down like a permanent formula. Rather, spells evolved and changed in accordance with a society's spiritual development. For example, after the arrival of Islam, spells that were written in the ancient Bugis-Makassar language transitioned into spells that used verses from the Quran. "We no longer pray to a pantheon of gods, but to Allah the Almighty God," Saleh concluded.

"You can probably use those spells to drive out evil spirits, but this is the first time I've heard that they can be used to make someone desire you," Yusuf said. "Idol worshippers use verses from the Quran to trick people into liking them."

"Please believe me, sir, that is not the case. I am a haji."

"Being a haji is no guarantee that you're telling the truth!" Yusuf became agitated again. "Just look around you! After returning from the pilgrimage, many hajis are even greedier and more prone to embezzle public funds."

Saleh smiled. "I can only offer help. It is up to you whether you want to receive my help or not."

The clattering of Caya's chair interrupted the conversation. Caya clenched the arms of her chair, as an epileptic seizure contorted her body. Yusuf jumped up to keep her from toppling forward, but he was too late. Caya writhed on the floor, eyelids fluttering.

Yusuf carried her into her room behind the shop. When he returned, he told Saleh, "This is what happens when Caya is placed under too much stress."

Saleh had nothing more to say. He rose and excused himself to leave.

"How long will you be here in the village?" Yusuf's voice was kinder.

tidak terdengar. Angin pun berhenti bertiup. Yusuf terkesiap saat Caya menyentuh punggungnya.

"Pa, ayo kita ke masjid," kata Caya.

Yusuf memandang wajah Caya yang bersinar dengan senyumnya. Azan subuh sayup-sayup terdengar. "Iya Nak, kita ke masjid," kata Yusuf.

Dalam perjalanan pulang dari masjid, Yusuf berkata kepada Caya dengan nada bersungguh-sungguh, "Musyrik itu dosa besar. Setiap saat kita bisa musyrik. Iblis sangat lihai menipu manusia. Bahkan menjelang kematian kita, iblis masih bisa membuat kita musyrik." Daun-daun bambu bekersik menggigil tertiup angin subuh di sudut jalan. Yusuf dan Caya berbelok masuk ke jalanan kecil menuju rumah. Yusuf bertanya pelan, "Kamu tahu Nak kapan kita selamat dari kemusyrikan?"

Caya menggeleng.

"Kita mengucapkan syahadat saat mengembuskan napas terakhir kita."

⊢——•—•——⊣

Yusuf mengantarkan Caya ke terminal bus. Sepanjang jalan, tidak sepatah kata pun terucap dari mulutnya. Yusuf mengelus-elus kepala Caya saat anaknya mencium tangannya sebelum naik ke bus yang membawanya ke Pangkajene.

Saleh dengan sabar menunggu Caya melepaskan tangan ayahnya. "Jangan khawatir Puang, Caya sudah jadi anak saya sendiri."

Yusuf mengangguk dengan isak yang tertahan di tenggorokannya.

"Kamu baik-baik di sana, Nak. Dengar Bissu Saleh," Yusuf menyodorkan wajahnya lewat kaca jendela yang terbuka.

Caya secepatnya menghapus air matanya, lalu mengangguk-angguk.

Bus bergerak perlahan keluar dari terminal.

Caya menoleh ke belakang, memandang ayahnya yang berdiri di tepi jalan sampai akhirnya pandangannnya terhalang oleh bus yang mengekor, lalu merebahkan punggungnya dan memandang truk-truk yang menumpahkan tanah ke atas persawahan yang mengering. Desa ini benar-benar sudah ramai. Rumah dan toko

"I return to Pangkajene the day after tomorrow," Saleh said, as he walked out the door. The soft, melodious *magrib,* twilight call to prayer, accompanied his departure until he disappeared behind a bamboo grove.

At midnight, Yusuf prayed desperately. "Oh, God, please, I only wish for my child's happiness." The night was unusually quiet. There were no bats shrieking, fighting over fruit. Yusuf repeated his prayers over and over until even the wind had stopped blowing.

He startled when Caya touched his back as the call to the dawn prayer softly announced a new day. "Father, let's go to the mosque." Caya smiled.

On their way home from morning prayers, Yusuf told Caya, "Idolatry is a grave sin. We can be tempted into committing idolatry at any time. The devil is very good at tricking humans. He can even trick us into sinning while we're on our death bed."

The morning breeze caressed the bamboo leaves at the street corner. Yusuf and Caya turned and followed the small path to their home. "Do you know how to escape the sin of idolatry, my daughter?"

Caya shook her head.

"We say the *shahadah,* confession of faith, before taking our last breath."

———

Yusuf said nothing as he accompanied Caya to the bus station for her journey to Pangkajene. At the station, Yusuf stroked his daughter's head when she kissed his hand.

Saleh waited patiently as father and daughter said goodbye. "Don't worry, sir," he said. "I will take care of Caya as if she were my own child."

Yusuf couldn't speak. He simply nodded.

Caya and Saleh boarded the bus. Yusuf ran to the open bus window. "Take care of yourself, Caya! Obey Bissu Saleh!"

Caya wiped her tears and waved.

Slowly, the bus pulled out of the station. Caya looked back at her father, standing on the roadside. When she could no longer see him, she settled into her seat, watching the passing scenery of trucks burying dry rice fields with dirt.

Saleh sat calmly beside her.

nampak di mana-mana. Segerombolan burung-burung pipit beterbangan saat bus berbelok di dekat semak-semak. *Seharusnya bukan aku yang harus pergi belajar cenning rara agar pendatang-pendatang itu bisa menerimaku. Pendatang-pendatang itu yang harus bisa menerima diriku.*

Caya menengok ke belakang sebelum bus berbelok dan merayap ke jalan yang memutar di pinggang gunung. Desanya sudah tidak nampak. Caya mengusap air matanya yang meleleh di sudut matanya. *Aku harus secepatnya kembali. Kasihan ayahku, hidup sendirian.*

Saleh duduk tenang di sampingnya.

Caya masih tidak percaya Saleh mau mengangkatnya menjadi anak murid, padahal dia baru saja mengenalnya. Alasannya hanya karena dia dulu bernasib sama dengan dirinya, terkucilkan — tidak masuk akal. *Pasti ada alasan di balik itu, tetapi untuk apa aku menanyakannya. Yang terpenting, Wa' Saleh mau mengajariku sesuatu yang membuat aku tidak lagi kesepian.*

"Kamu sudah lupa dengan temanmu?" tanya Saleh sambil mengangkat dagu seakan menunjuk di sampingnya. "Temanmu itu enak, naik bus, ndak bayar."

Caya menoleh. "Iya Wa', rumahnya juga ndak dibayar," jawabnya dengan mata berbinar.

Saleh langsung menutup mulutnya dengan tangan, wajahnya memerah menahan tawa. "Ndak salah Nak saya mengangkatmu menjadi muridku," katanya di sela-sela tawanya yang tertahan.

Caya menerima pujian itu dengan anggukan.

Bus meraung-raung saat melewati kelokan terakhir di puncak gunung, lalu meluncur dengan ringan melewati jalan yang menurun.

"Dulu, saat saya kecil, saya seperti kamu, pemberontak." Sepanjang jalan, Saleh bercerita tentang masa kecilnya. Orang-orang membencinya hanya karena dia berjalan seperti perempuan. Ayahnya memukul kakinya sampai bengkak supaya dia berhenti berjalan seperti itu. Dia pernah mencoba, tetapi temannya mengejeknya. Kata mereka, cara jalannya seperti anak baru sunatan. Akhirnya, dia capek mencoba, ayahnya juga capek memukulnya, teman-temannya pun capek mengejeknya.

As the bus drove along, Caya saw that her village was indeed bustling with construction. New houses and shops had sprung up everywhere. A flock of birds flared up when the bus took a turn near their bushes. *I shouldn't be the one who has to learn Cenning Rara so people will accept me. They should learn to accept me as I am.*

Caya took a last look back before the bus took another turn and she could no longer see her village. As they crawled up the twisting road of the mountainside, Caya dried her eyes. *I'll come back as soon as I can. Poor Father is all alone.*

Caya still couldn't believe that Saleh wanted her as his student. He barely knew her! His only reason was that she suffered the same fate he did, being ostracized. *There must be another reason behind it — but why question it? Saleh is going to teach me a skill that will keep me from being lonely, and that is all that matters.*

"Have you already forgotten your friend?" Saleh pointed his chin to the empty seat next to him. "Your friend is lucky. She didn't have to pay to get on the bus."

Caya turned to him, eyes sparkling. "Yes, and she didn't have to pay rent either."

Saleh quickly covered his mouth. His face reddened as he tried to keep from laughing. "I wasn't wrong when I invited you to become one of my disciples." He chuckled.

The bus engine growled as it crawled up the last part of the mountainside before it cruised leisurely down the other side.

"When I was a child, I was like you, a rebel," Saleh said. "People ridiculed me for walking like a woman. My father beat my legs until they were swollen, trying to change my natural gait." Saleh sighed, remembering. "Whenever I tried to walk like a man, my friends said I looked like a boy who had just been circumcised! In the end, I grew tired of trying, my father grew tired of beating me, and my friends grew tired of teasing me."

Saleh smiled, looking down at Caya. "When I was growing up, I enjoyed helping my mother cook. My mother was a patient woman, but she told me that cooking was a woman's job. She told me that I should help my father in the fields. So I tried doing that, and I went to help him early in the day. But after working just a few rows, I had

Saat dia dewasa, dia senang membantu ibunya memasak. Ibunya dengan sabar menjelaskan bahwa memasak itu pekerjaan perempuan. "Kamu bantu ayahmu bertani," kata ibunya. Dia pun membantu ayahnya menanam padi di sawah. Namun, baru beberapa ikat selesai, dan matahari belum terlalu terik, ayannya muncul. Akhirnya, ayahnya tidak pernah lagi mengajaknya ke sawah.

Untungnya, setiap pagi, ibunya sangat sibuk. Mereka tujuh bersaudara dan masih kecil-kecil. Terpaksa ayahnya meng-izinkannya membantu ibunya menyiapkan sarapan. Dia bertugas membuat kopi dan teh. Setelah ibunya mengajarkannya, dia mahir membuat kopi dan teh. Malah buatannya lebih nikmat dari kopi dan teh buatan ibunya. Pelan-pelan, dia membantu ibunya membuat segala jenis sarapan, seperti nasi goreng, nasi ketan, dan bubur jagung.

Keahlian masak-memasak Saleh berkembang. Akhirnya, dia mahir dalam memasak acara hajatan. Dalam sebuah pesta perkawinan, dia bertemu Puang Matoa, pemimpin Bissu. Saat itu, Puang Matoa diundang untuk menampilkan tarian *ma'giri*, tarian sakral bissu yang memperlihatkan kemampuan mereka menari dengan gemulai dan kekebalan tubuh dari senjata tajam. Ha-nya bissu yang mampu melakukan itu dan syarat menjadi bissu sangat susah. Dia harus suci dan harus punya roh pelindung. Dia harus berpuasa selama tiga hari. Setelah itu, dia dikafani seperti sudah mati. Selama dikafani, rohnya akan menjelajahi alam gaib, sedangkan calon bissu terselap. Seberapa jauh rohnya menjelajah, tergantung pada kekuatan roh bissu itu. Ketika roh pulang ke tubuh, saat itulah dia sah menjadi bissu. Kalau rohnya tidak pulang, dia akan mati.

"Kenapa Wa' bisa nekat?" Caya melirik kepada Saleh.

"Ya, memang sudah nasib," kata Saleh sambil mengusap-usap dada.

•—•—•

Pangkajene ternyata sebuah kota kecil dekat Makassar. Kota ini diapit oleh laut dan perbukitan batu. Sungai besar bernama Kali Bersih membelah kota kecil itu. Bukit-bukit batu mulai terkikis habis untuk dijadikan semen dan marmer. Saleh tinggal di sebuah

an epileptic seizure. My father never asked me to work in the fields again."

Cayla listened, rapt.

"I was one of seven children. Fortunately, my mother's busyness in the morning turned to my advantage. My father had no choice but let me help my mother make breakfast. My job was to prepare the coffee and tea. Under my mother's guidance, I soon became an expert in making coffee and tea — even better than my mother! Little by little, I started helping her make all kinds of breakfast dishes, like fried rice, glutinous rice, and grits.

"As my cooking skills improved, I began catering for parties. It was at one of the wedding receptions I had been commissioned to cook for that I met Puang Matoa, the bissu leader. He had been invited to perform the *ma'giri*, a sacred bissu dance that showed how a bissu's graceful body was invulnerable to sharp objects. Only bissus were able to perform the dance, and it was extremely difficult to become a bissu."

The process of becoming a bissu, said Saleh, required him to be sanctified and have a protective spirit. After a three-day fast, he would be wrapped in a burial cloth as if he were dead. His soul would then depart his body and travel to the spirit world. The distance his soul traveled depended on the strength of his spirit. If his soul returned, he would be confirmed as a bissu. If his soul did not return, he would die.

"Why would you risk your life like that?" Caya glanced at Saleh.

"Because it was my destiny."

———•—•———

The Kali Bersih River divided Pangkajene, a small mining town near Makassar, on the island of Sulawesi. The quarries nearby had gouged the rocky hills for mining operations. Saleh lived in a stilt house made of wood on a noisy street behind the market. Cars and trucks honked endlessly on the busy street, accompanied by the rush of the river.

On her first night in Saleh's house, Caya lay awake until she heard the dawn call for prayer. Several mosques blared prayer calls from every direction, as if competing with each other to reach heaven.

rumah kayu panggung di tepi sungai belakang pasar. Suara bising tidak sedetik pun berhenti. Truk-truk di jalan dan *ketinting-ketinting* di sungai menderu-deru. Caya tidak bisa tidur sampai terdengar azan subuh. Azan subuh pun membahana dari segala penjuru, saling berlomba menggapai langit.

"Kamu ndak bisa tidur, Nak," kata Saleh saat Caya keluar ke ruang tamu.

"Iya Wa'." Caya merapikan rambut yang terurai di wajahnya.

"Beginilah nanti desamu. Kamu harus mulai belajar." Saleh meneguk kopi hangatnya. "Tapi bagus, makin ramai tambang, makin ramai juga masjid."

Keramaian kota ini membuat Caya ingin segera kembali ke desanya. Untung, pada malam itu, dia sudah memulai pelajarannya.

Saleh memperkenalkannya kepada teman halusnya. Saleh memberi salam saat membuka pintu kamar *arajang*, pusaka, itu dan bau kemenyan merebak. Kamar itu lebih kecil dari kamar yang ditempati Caya. Di dalamnya, ada sebuah ranjang mungil, ditutupi kelambu. Kamar itu gelap, hanya cahaya dari ruang tamu yang menyelusup masuk. Saleh bersila dan berdoa sejenak, lalu membuka kelambu itu. Saleh menunu dupa di dalam mangkuk tembikar di sudut kanan depan ranjang. Nampak pernak-pernik kuno tertata rapi di atas ranjang. Saleh berbicara akrab kepada teman halusnya, lalu menarik tangan Caya mendekat dan duduk di sampingnya.

Saleh memperkenalkan Caya dan menjelaskan maksud Caya untuk belajar cenning rara.

Caya merasakan dirinya melayang dan melihat teman halusnya berangkulan dengan seseorang berjubah putih yang bercahaya menyilaukan. Makin dia menatap lelaki berjubah itu, makin menyilaukan. Akhirnya, Caya harus menutup matanya dengan kedua tangannya, tetapi cahaya itu tetap terasa, bahkan makin menyilaukan. Caya pun berteriak sejadi-jadinya. Setelah itu, cahaya tadi menghilang dan penglihatannya menjadi gelap gulita. Saat kesadaran Caya kembali, dia bertanya, "Apa yang terjadi?"

"Kamu lihat Nak?" Saleh menggenggam tangan Caya.

Caya pun menceritakan apa yang dilihatnya. "Sebenarnya siapa itu?"

"You couldn't sleep?" Saleh asked when Caya walked into the living room.

"No, it was too noisy," Caya said, fluffing her flat, bed-hair.

"Your village will soon become just as busy, and you will have to learn to live with it." Saleh sipped his hot coffee. "But it is all good; the booming mining industry will also increase attendance at the mosque."

Caya felt a tug of homesickness. If it were not for the fact that Saleh would start her lessons that night, Caya would have asked to return to her village.

Saleh invited Caya to meet his guiding spirit. When he opened the door to the *arajang*, sacred chamber, the aroma of frankincense enveloped them. The room was smaller than Caya's room. It had a small bed, draped with a mosquito net that served as a spirit-altar. The only light in the room came from the living room. Saleh seated himself cross-legged on the floor in front of the bed. After saying a short prayer, he stood, opened the mosquito net, and lit the frankincense in its earthen container at the front of the bed. The bed was decorated with antique trinkets.

As Saleh talked with his guiding spirit, he pulled Caya's hand to sit next to him. Saleh introduced Caya to his guiding spirit and explained why Caya wanted to learn how to cast the Cenning Rara spell.

As Caya entered the spiritual world, she began to float. She saw her imaginary friend embrace an old man dressed in a white robe, enveloped in a blinding aura. The longer she looked at him, the brighter the light became. Caya put her hands over her eyes, but she couldn't shut out the light. She screamed. The light disappeared, and Caya plunged into a deep, unconscious darkness.

———·—·———

"What happened?" Caya asked when she came to.

Saleh grabbed Caya's hands. "What did you see?"

"I saw an old man, dressed in a white robe, surrounded by a blinding light." Caya told Saleh. "Who was that?"

"A *sufi*, mystic," Saleh said. "I'm not allowed to speak his name." He told Caya to perform ablution, change into a sarong, and return to the arajang.

"Seorang sufi. Tidak boleh saya sebut namanya." Saleh meminta Caya berwudu, memakai sarung, dan kembali masuk ke kamar arajang. Mereka bersila di hadapan arajang, lalu Saleh mengajarkan Caya mantra cenning rara.

Saleh mewanti-wanti agar Caya jangan menggunakan cenning rara untuk keburukan. Kalau dia melakukan itu, lelaki berjubah cahaya itu yang akan datang dan menghukumnya.

Caya mengangguk gembira dengan anggapan dia bisa segera kembali ke desanya, bertemu ayahnya, dan bisa tidur lelap.

Ternyata, Saleh masih menahannya. Dia masih harus mengajarkan Caya menggunakan cenning rara untuk merias pengantin. Dalam tiga bulan ke depan, ada tiga acara perkawinan, dan Saleh meminta Caya untuk membantunya menjadi indo' botting.

Saleh mengajarinya cara merias pengantin. Terkadang, dia tidak bisa menahan luapan kemarahannya saat perhatian Caya terpecah. "Itulah gunanya kamu baca cenning rara saat merias, supaya kamu betul-betul perhatikan setiap garis yang kamu bikin. Ini bukan kertas, ini muka orang."

Anak perempuan yang menjadi korban percobaan riasan Caya terkikik-kikik mendengar Saleh marah.

Caya pun membaca mantra cenning rara.

"Belum sekarang, nanti," hardik Saleh, "kalau pengantin betulan."

Anak perempuan itu memegang perutnya, tertawa terbahak-bahak.

Caya jengkel ditertawai dan diriasnya anak itu mirip topeng monyet.

Saleh tertawa terpingkal-pingkal.

———•—•—•———

"Kamu sudah siap, Nak," kata Saleh saat melihat hasil merias Caya pada minggu kedua.

Awalnya, Caya canggung saat merias pengantin untuk pertama kalinya dan di depan orang banyak. Namun, akhirnya dia bisa menunjukkan keterampilannya. Saleh memujinya.

Malam akhir pekan bulan ketiga, Caya duduk di teras dengan Saleh sambil memandangi gerimis. Raungan truk di jalan dan ketinting di sungai bersahut-sahutan. Caya tersenyum. Suara bising yang dulu membuatnya tidak bisa tidur, sekarang malah membawanya terlelap.

They sat cross-legged in front of the small bed. "Now I will teach you the Cenning Rara," Saleh said. "You must never use the spell for evil purposes. If you do, the man you saw will punish you."

Caya nodded happily, assuming that she could quickly learn the Cenning Rara and return to her village that night, be with her father, and sleep soundly in her own bed. But Saleh kept her in Pangkajene. Caya still needed to learn how to use Cenning Rara for bridal makeup.

There were three weddings coming up during the next three months and Saleh told Caya to assist him as he performed his task as an indo'botting. Saleh taught her how to skillfully apply bridal makeup. At times, he lost his temper when Caya became distracted. "That's why you must recite the Cenning Rara mantra while you work," he scolded. "That way, you'll be focused on every line you draw. Remember, you're not drawing on a piece of paper! You're working on a human face."

The girl who was Caya's practice model giggled when Saleh reprimanded Caya. When Caya dutifully started reciting the Cenning Rara mantra, Saleh snapped, "Not now! Wait until you work on a real bride!" At that, the model burst out laughing.

Upset over being laughed at, Caya made the girl look like a monkey. And then it was Saleh who could not control his laughter.

———•—•———

After Caya had apprenticed for two weeks, Saleh told her she was ready to work on her own. Initially, Caya felt awkward when she had to do the makeup in front of so many people. But in the end, she proved herself, and Saleh congratulated her.

Caya had lived with Saleh for almost three months when, one evening, they sat relaxing on the porch, watching a light rain. The sounds of passing trucks and boats filled the evening air. Caya smiled. The noise that used to keep her awake now lulled her to sleep.

"Why are you smiling?" Saleh asked.

"I'm beginning to enjoy my stay here."

"How did you feel after you finished your first job?"

"I was delighted." Caya's eyes sparkled. "It made me very happy."

"Kenapa kamu senyum-senyum?" tanya Saleh.

"Saya mulai senang tinggal di sini, Wa.'"

"Bagaimana perasaanmu, Nak, waktu berhasil merias?"

"Senang sekali," kata Caya tersenyum lebar dengan mata berbinar-binar.

"Masa panen sudah lewat. Masa menanam sudah tiba. Musim panen, musim kawin — musim bekerja sebagai indo' botting," kata Saleh tersenyum simpul.

Gerimis bermain riang dengan cahaya lampu jalan yang temaram. "Akhirnya," Saleh menghela napas panjang, "janjiku kepada Puang Matoa sudah saya tepati."

Caya tersadar, rupanya itulah alasan Saleh mengajarinya.

"Kamu harus pulang besok. Papamu pasti sudah rindu sekali."

"Terima kasih, Wa,'" kata Caya dengan lirih.

"Sama-sama, Nak." Saleh berdiri dan masuk ke kamarnya.

⊢—•—⊣

Caya mengubah toko kelontong ayahnya menjadi salon kecantikan. Orang-orang menyukai caranya merias yang apik. Pelanggannya membeludak. Setelah menyelesaikan pekerjaan terakhirnya hari ini, Caya duduk beristirahat.

Yusuf datang menghampirinya. "Papa bangga sekali." Setelah terdiam sejenak, dia melanjutkan, "Bagaimana dengan teman halusmu?"

"Malah bertambah banyak." Caya tersenyum lebar.

Yusuf melemparkan pandangannya ke persimpangan jalan raya di mana dulu ada pohon ara. "Terima kasih, Nak," kata Yusuf lirih.

"Saya yang berterima kasih, Pa." Caya meraih tangan ayahnya dan menciumnya.

⊢—•—⊣

"The harvest season is the wedding season — that's when the indo'botting is busiest," Saleh said, showing his crooked smile. "But the harvest season is over, and now it is time for planting." The drizzle danced through the light of the dim streetlamp. Saleh let out a long sigh then said slowly, "I have finally fulfilled my promise to Puang Matoa."

Caya then realized why Saleh had taught her. He had passed on his knowledge.

"You will go home tomorrow," Saleh said. "Your father must have missed you very much." Saleh rose and went into his room.

———•••———

Caya remodeled her father's store into a beauty salon. People liked her makeup style, and she quickly became in very high demand. After serving her last customer for the day, Caya sat down in one of the salon chairs.

Yusuf joined her and said, "I am so proud of you." After a moment of silence, he asked, "How is your imaginary friend?"

Caya broke into a big smile and said, "Oh, there are many of her now!"

Yusuf gazed across the road where the bodhi tree once stood. "Thank you, my daughter," he said, gently.

"It is I who should thank you." Caya took her father's hand and kissed it.

———•••———

# Pekik Burung Kedasi
# di Tepi Kahayan

Han Gagas
Penerjemah: Umar Thamrin

Setelah berkuliah selama lima tahun di Yogyakarta, Mawinei baru bisa pulang kampung ke desanya yang terletak jauh di pedalaman Kalimantan Tengah. Dia menyimpan kerinduan yang amat sangat pada keluarga dan kawan-kawan masa kecilnya yang mengajaknya berkumpul kembali.

Kerinduan yang begitu kuat membuatnya rela menempuh perjalanan panjang dengan bus dari Yogyakarta ke Surabaya, kemudian naik kapal laut sehari semalam ke Pelabuhan Sampit, di Kalimantan Tengah. Dari sini, dia menempuh jalur darat dengan bus ke Palangkaraya dan berlanjut ke kampungnya yang terletak di Kabupaten Gunung Mas di tepi Sungai Kahayan. Di dalam bus, dia mendengar para penumpang sedang membicarakan pembukaan Asian Games 2018 di Jakarta yang dibuka Presiden Jokowi dengan meriah saat dia masih di kapal laut semalam.

Semua orang menyambut kedatangan Mawinei sebagai satu-satunya perempuan yang jadi sarjana di kampung ini. Mawinei diharapkan bisa mengangkat mutu kehidupan orangtuanya, juga kaum di desanya sebagai keturunan Dayak Ngaju. Rumah *betang*, rumah panjang Dayak, dihiasi janur dan ramai didatangi banyak orang, termasuk Danum, Simpei, dan Ekot. Mereka adalah anak tetangga dan teman main Mawinei sejak anak-anak.

Berbagai makanan tersaji. Masakan kesukaan yang diharapkan Mawinei juga ada. *Kandas sarai*, sambal serai yang dicampur dengan ikan baung bakar, menjadi pelepas kerinduannya akan kelezatan masakan Dayak yang khas. Mawinei mendekati Danum yang berkumpul dengan Simpei dan Ekot. Mereka makan bersama sambil bersendau gurau. Bapak-bapak mengobrol dan tertawa terbahak-bahak sembari minum *baram*, minuman keras

# Crying Cuckoos
# over the Kahayan

By Han Gagas

Translated by Umar Thamrin

Mawinei had just finished her studies in Yogyakarta and, after five years away from home, she yearned to return to her remote village in Central Kalimantan. She felt a deep longing for the family and childhood friends who were urging her to come home.

Her intense nostalgia made her decide to take the long, arduous journey home. She took a bus from Yogyakarta to the port city Surabaya, then a ship overnight from Surabaya to Sampit Harbor in Central Kalimantan. After arriving the following day, she took a bus from the harbor to the Palangkaraya bus station, where she transferred to another bus to her village in the Gunung Mas Regency, on the banks of the Kahayan River. On the bus, Mawinei listened to the passengers talk about the spectacular opening of the 2018 Asian Games in Jakarta that had taken place while she was crossing the Java Sea. They said President Jokowi had delivered the welcoming speech.

At her village, everyone welcomed Mawinei's return. She was the only woman there with a college degree. The villagers — descendants of Borneo's indigenous Dayak Ngaju tribe — hoped that with her education, Mawinei could improve the lives of not only her parents, but also of the entire community. The *betang*, a traditional Dayak longhouse now used as a village center, was decorated with *janur* — young, still-yellow coconut leaves — and crowded with people. Danum, Simpei, and Ekot, Mawinei's childhood playmates, were there too.

Various traditional dishes were served. Grilled mystus fish, dressed with a lemongrass chili sauce, satisfied her longing for the special flavor of Dayak cuisine. Mawinei excitedly joined Danum, who sat with Simpei and Ekot. The four of them had a good time, sharing food and catching up.

yang terbuat dari peragian air beras dan singkong. Baram dalam botol dituangkan dalam gelas-gelas kecil yang beredar dari satu tangan pria ke tangan pria lain. Semua terlihat bergembira, makan bersama.

Namun, Mawinei merasa ada yang lain, ada sesuatu yang tengah terjadi, yang belum dia ketahui. Dalam kegembiraan orang-orang itu, Mawinei merasakan ada kegelisahan yang samar yang coba disembunyikan. Sejak kecil, Mawinei seperti memiliki kepekaan menduga kecemasan.

Benar pula, sehari setelah Mawinei tiba di kampungnya, ketakutan menyeruak tiba-tiba. Pada pagi buta, *Mina,* Bibi, Sanja berteriak minta tolong. "Tolong! Hanjak, Hanjak berak darah!"

Kabut pagi berangsur menghilang berganti dengan terang tanah. Orang-orang berdatangan. Tampak Mina Sanja kebingungan, wajahnya dibasahi air mata.

*Balian,* Bapa Dukun, segera dipanggil. Lelaki tua itu datang dengan raut muka tenang. Dia duduk dan mulai menyandah, menerawang untuk melihat sebab penyakit. Dia melanjutkannya dengan upacara *sangiang,* pengobatan dengan bantuan roh leluhur. Tubuh kurus balian terlihat bergetar seperti kerasukan roh. Setelah kembali tersadar, dia berbicara dengan pembantu utamanya dalam urusan perdukunan. Lelaki itu segera berlari mengajak para tetangga masuk hutan, mendongkel beberapa tanaman untuk diambil akar dan dedaunannya.

Daun dan akar rumput bulu ditumbuk, lalu dibalurkan di pusar Hanjak. Ada pula yang menyeduh dedaunan itu, lalu air saringannya diminumkan ke Hanjak. Akar halalang dan bopot turut pula ditumbuk dan diseduh dengan air panas, kemudian diminumkan. Ketiga jenis tanaman ini diyakini sebagai obat sakit perut dan muntaber, serta dapat mengatasi pendarahan.

Sehari kemudian, anehnya, keadaan Hanjak memburuk. Mina Sanja bingung bukan kepalang. Walau muntabernya berhenti, suhu tubuh Hanjak masih panas sekali. Biasanya, setelah diobati balian, orang sakit jadi sembuh. Namun kali ini, keadaan tidak berubah jadi baik. Seperti ada keganjilan yang terjadi.

Udara memang terasa lebih menyengat kulit, dan angin seperti jarang berembus. Alam seperti berubah, tidak seperti biasanya.

The elders chatted and laughed boisterously while passing tiny shot glasses of *baram*, liquor made from fermented rice water and cassava. Everyone ate and drank and enjoyed themselves.

But Mawinei sensed that something was amiss. She had been sensitive to other people's feelings since she was a child, and now, amid this happy atmosphere, she felt a touch of anxiety lurking beneath the surface.

———•—•———

In the early morning after the reunion, fear gripped the village when people were awakened by screams. "Help! Hanjak is passing blood!" People came running to see what was happening. They found Hanjak's mother, Sanja, crying and looking bewildered. Her five-year-old son lay listlessly on a cot.

A *balian*, shaman elder, was immediately called upon.

As the morning mist gradually lifted, the old man arrived with his assistant. They entered the room quietly and sat down. Leaning against the wall, the balian stood observing Hanjak to determine the cause of the child's bloody diarrhea. Next, he performed the traditional healing ritual, seeking help from the ancestral spirits. During the *sangiang,* the balian's thin body trembled, as if possessed by the supernatural. After he regained cognizance, the balian quietly spoke to his assistant, who rushed out from the room toward the small forest behind the house. Several men followed him.

They returned with a bag filled with special roots and leaves. Some neighbors ground the billygoat roots and leaves, making a poultice to spread on Hanjak's navel. Others brewed a tea from the spear grass and white jasmine roots for him to drink. The villagers believed that these three plants were natural remedies for treating gastric disorders.

But by the next morning, Hanjak looked worse. Sanja was baffled. Even though Hanjak had recovered from the diarrhea, he still had a high fever. This was unusual; the balian never failed to heal his patients.

Something else felt strange in the village. The weather had changed. The still air felt prickly. The cloudless sky was a stark blue.

Langit sepenuhnya biru, tidak ada awan bergerombol sedikit pun. Burung kedasih yang dipercayai penduduk sebagai penanda keburukan dan kematian bercokol di pucuk pohon meranti, berbunyi nyaring, suaranya seperti memekik-mekik.

Paras Hanjak tampak pucat dan bibirnya membiru. Tubuhnya kejang-kejang hebat, matanya terbelalak, dadanya tersengal-sengal seperti orang yang kehabisan napas. Tanpa diduga siapa pun, Hanjak mengembuskan napas terakhir.

Mina Sanja hanya mampu menangis

———•—•———

Sehari setelah Hanjak dimakamkan, Danum datang berkunjung ke rumah Mawinei. Mawinei tersenyum sumringah. Mereka kawan karib selama bersekolah di SD Bukit Tunggal, dan telah lama tidak berakrab-akraban lagi. Sebelum pergi kuliah, Mawinei juga bersekolah SMA di Palangkaraya. Karena jaraknya jauh, dia kos di sana, sedangkan Danum tetap tinggal di desa. Orangtuanya tidak memiliki biaya untuk menyekolahkannya tinggi-tinggi. Untuk sekian tahun, kedua dara ini pun tidak bisa bertemu karena terpisahkan jarak.

*"Narai kabar*, apa kabar?" kata Danum dengan hati senang, senyumnya merekah lebar. Dia memeluk erat Mawinei yang balas memeluknya dengan hangat.

*"Kabar bahalap, en ikau kenampi*, kabarku baik, dan kamu?" Mawinei memegang kedua bahu Danum, lalu melangkah mundur dan menatap temannya dengan saksama.

Danum tersenyum lebar. Sambil memegang lengan Mawinei, dia berkata, "Kabarkuh bahalap."

Mereka melepas pelukan, dan duduk bersebelahan di kursi serambi.

"Udara terasa panas ya," kata Mawinei sambil mengipas-ngipaskan jemarinya ke muka.

"Iya." Danum terlihat sedih. Dia menarik napas panjang lalu berkata, "awalnya aku kira cuaca yang panas ini membawa penyakit pada warga. Namun, setelah apa yang terjadi pada Hanjak, kemarin, aku yakin semua ini karena Sungai Kahayan yang kotor."

"Kahayan kotor?" tanya Mawinei sambil menatap sepasang mata Danum yang resah.

A plaintive cuckoo perched in the top of a shorea tree, shrieking. The ear-piercing noise frightened the villagers, who believed the bird to be a bearer of evil and death.

By nightfall, Hanjak lay shivering, his eyes wide open in his pale face, gasping for breath. Mystified, the balian started to chant. Moments later, Hanjak was dead. Sanja wailed inconsolably.

———•—•———

The day after Hanjak was buried, Danum went to visit Mawinei. Mawinei was happy to have time alone with her best friend from elementary school days; they had been separated a long time. Mawinei had attended middle and high school in Palangkaraya, living in a boarding house nearby her school. She had then moved to Yogyakarta to attend college while Danum had stayed in the village. Danum's parents could not afford to provide her with a higher education. That distance had kept the two best friends from seeing each other all those years.

"So, how are you?" Danum grinned.

Mawinei grabbed Danum's shoulders, then stepped back and took a good look at her friend. "Good, and you?"

"I'm good too."

The two young women hugged each other tightly and took a seat on the porch chairs.

"It's awfully hot, isn't it?" Mawinei fanned her face with her hands.

"Yes, it's abnormally hot." Danum took a deep breath. "At first, I thought the unusually hot weather was the cause of the villagers getting sick. But now, after what happened to Hanjak, I think we're getting sick because the Kahayan River is so polluted."

"The Kahayan is polluted?" Startled, Mawinei looked into Danum's troubled eyes.

"Yes, the river we used to play in is now very dirty. The water makes you itch. The miners have been dumping their toxic waste into the river."

"Miners?" Mawinei couldn't believe what she was hearing. Danum nodded.

Mawinei's thoughts turned to the children she had seen playing marbles a few days ago. They all had scabs on their legs.

"Kau belum tahu, sungai yang kita sering main dulu, kini sangat kotor, airnya bikin gatal-gatal. Tambang-tambang itu buang limbah ke sungai."

"Tambang?" tanya Mawinei tidak mengerti.

Danum mengangguk mantap.

Benar pula, Mawinei melihat sebagian besar anak yang bermain gundu kakinya busik, korengan.

"Kau sarjana ilmu lingkungan kan, kau bisa teliti air sungai nanti," kata Danum. Mawinei mengangguk sambil tersenyum.

•———•———•

Mawinei dan Danum melangkah melewati kebun durian dan rotan milik Bapa Dukun. Setelah melewati pohon cempedak yang buahnya sering mereka nikmati semasa kecil, mereka tiba di setapak penuh rerumputan. Tampak beberapa huma di lereng bukit terlihat kehijauan penuh kebun sayur yang subur.

Langkah mereka tiba di bibir sungai, dan terkejutlah Mawinei ketika melihat sungai. "Wah, airnya cokelat!" teriaknya.

"Sudah tak jernih seperti dulu, padahal lima tahun lalu masih jernih. Katanya karena lahan gambut di hulu sana yang bikin cokelat," kata Danum dengan muka yang sedih.

"Bukan, dulu sungai ini jernih, aneh, sekarang seperti berlumpur," selidik Mawinei sambil menatap pinggiran sungai.

"Kau masih ingat kan, dulu masa kita kecil, juga kadang minum air sungai ini, tanpa pakai direbus, perut juga tak sakit." Suara Danum bergetar. Dia mengarahkan pandangannya jauh mengikuti alur sungai yang seperti lumpur cair dengan garis-garis berkilauan di permukaannya.

Mawinei mengangguk. Ingatannya merawang ke masa sekolah dasarnya. Bersama Simpei, Ekot, dan anak-anak lain, mereka sering bermain di situ saat sungai mendangkal. Air sangat jernih dan surut meninggalkan pinggiran yang landai, berpasir putih — tidak berlumpur seperti ini. Mereka asyik bermain pengantin-pengantinan. Danum jadi pasangan Simpei. Ekot jadi penghulu, dipasangi jenggot dari sabut kelapa di dagunya dengan cara dilem dengan pulut. Si penghulu duduk di gundukan pasir yang dibentuk seperti singgasana. Mawinei jadi saksi pernikahan, ditambah seorang anak lain. Beberapa anak menonton sambil cekikikan.

"You have a degree in environmental sciences, right?" Danum smiled. "You can check the river water yourself."

—•—•—

Their walk to the river, took Mawinei and Danum through a durian and rattan plantation owned by a shaman elder. They passed the cempedak trees, which reminded them of the sweet, creamy, durian-like fruit they had enjoyed as children, and arrived at a footpath overgrown by weedy grasses. The hillside was covered with a lush green of thriving vegetable gardens.

At the river's edge, Mawinei halted, shocked. "Oh, my God, the water is brown!"

"Five years ago, it was still clear," Danum said sadly. "People say that the destruction of the peatland upstream is the cause of it."

"I don't think so," Mawinei said, examining the riverbank. "The river water used to be crystal clear, and now it's muddy. This is strange."

"Do you remember how, when we were little, we sometimes drank the water straight from this river? And yet we didn't get sick." Danum looked at the river of their childhood, now a slimy channel of mud with sparkling oil lines on its surface.

Mawinei nodded. She remembered playing there with Simpei, Ekot, and other children at low tide, when the clean water receded, leaving a sloping riverbank covered with white sand — not mud.

They had a lot of fun. She remembered the day they pretended to hold a wedding there, in the light rain. Danum was Simpei's bride. Ekot, as the village priest, was given a beard made of coconut husk and attached to his chin with jackfruit tree sap. He officiated on a sand mound they had shaped like a throne. Mawinei and another child posed as witnesses, while other children watched them, giggling. The drizzle had suddenly turned into a downpour, and the make-believe wedding was instantly forgotten, as everyone scurried to the betang. But the slippery footpath made some of them fall on their behinds. Those who did not fall laughed at the ones who did and held their butts with a painful grimace. When they arrived at the betang, they were scolded by their parents, and early the next morning, on their way to school, some showed the red pinch marks their mothers had left on their thighs.

Hujan yang sebelumnya gerimis, tiba-tiba berubah deras dalam waktu cepat. Upacara perkawinan anak-anak itu langsung buyar. Mereka berlarian cepat untuk kembali ke betang, tetapi jalan setapak sungguh licin membuat sebagian bocah terjatuh dengan bokong kesakitan. Mereka yang tidak jatuh menertawainya. Sesampainya di rumah, semua anak dimarahi orangtuanya masing-masing. Pagi buta, saat berangkat sekolah, sebagian memperlihatkan pahanya yang memerah bekas cubitan ibunya.

Mawinei tersenyum-senyum saat mengingat kejadian itu.

Danum menepuk bahu Mawinei, menyadarkannya dari lamunan.

"Seperti ada bau tercemar ini," kata Mawinei setelah mendekatkan tangkupan air di tangan ke hidungnya. Air sungai tampak berminyak, ada cairan tertentu yang tidak menyatu dengan air.

Angin berembus kencang. Rambut Mawinei yang sepinggang sebagian beterbangan, menutupi parasnya yang tampak prihatin. Tangannya segera merapikan rambutnya kembali. Dia berkata, "Aku ingin lihat tambang yang kau katakan. Mari kita pergi ke sana."

"Jangan, jauh di hulu," kata Danum mencegah, sebelum lanjut, "harus naik perahu. Besok saja sambil ajak Ekot dan Simpei."

⊢—··—⊣

Besok paginya, sesudah subuh, Mawinei telah bersama Danum. Simpei dan Ekot juga sudah bergabung. Mereka berempat berkumpul di jalan masuk dermaga kecil di pinggir sungai. *Lanting-lanting* mulai terlihat. Rumah-rumah yang berdiri di atas sungai itu mengandalkan tiang-tiang kayu ulin yang kokoh, serta didirikan di atas gelondongan kayu dan ditambatkan pada pohon atau tonggak-tonggak yang ditanam di daratan tepi sungai. Beberapa perahu tertambat di pokok-pokok kayu atau tiang-tiang beton. Beberapa lentera di perahu dan di lanting-lanting yang belum dimatikan, masih berpendar syahdu.

Mawinei bersama teman-temannya berniat berangkat pagi-pagi agar waktu lebih panjang karena berharap bisa kembali ke rumah sebelum gelap malam. Gelapnya subuh menuju pagi tidak membuat mereka takut, justru merasa segar.

Mereka berjalan mendekati pinggir sungai, menyusuri dermaga kecil dengan papan-papan kayu dari ulin sebagai jembatan yang menghubungkan perahu dan kapal. Gelaran air sungai yang

Mawinei smiled, lost in the past. Danum tapped Mawinei's shoulder, and woke her from the daydream.

Mawinei scooped up a handful of river water and brought it to her nose. "It stinks!" She scowled and sniffed again. "It is polluted." The river water looked oily from waste liquids that did not mix with the water. The heavy wind blew Mawinei's waist-length hair across her face. She quickly tied her hair back and said, "I want to see those mines you mentioned. Let's go there."

"We can't go now," Danum said. "It's too far upstream. We have to take a boat. Let's go tomorrow and ask Ekot and Simpei to come with us."

The next morning, at daybreak, the four friends gathered at the entrance of the small pier by the river. They wanted to leave early so they would have plenty of time yet still get home before dark. The dawn wind was refreshing.

*Lantings* lined the water's edge. The traditional stilt houses were built with sturdy Kalimantan ironwood and floated atop pilings driven deep into the riverbed. Boats, tied to wood poles or concrete pillars, rocked in their moorings. Several lanterns still glimmered in the boats and stilt houses, casting a hazy light on the water's surface.

Mawinei and her friends walked along the pier to the end of the ulin-planked bridge where the boats for hire were moored. The eastern horizon turned a bright yellow. The river water sparkled when the morning light hit its surface.

A man approached Ekot and, pointing to ketintings docked along the river, began negotiating a price. Ekot rented one of the dugout canoes, outfitted with an engine and outriggers, to go as far as possible upstream.

Mawinei felt happy; it had been a long time since she had sailed on the river in a ketinting. Danum also looked happy when she boarded the boat.

The engine roared. It pushed the boat forward, splitting the water into wakes. In the old days, sturdy ironwood paddles rowed ketintings to their destination. Now, technology quickly transported people from one place to another.

sebelumnya gelap mulai berkilauan oleh sinar matahari pagi. Ufuk timur berwarna kuning terang. Cahaya matahari yang lembut membuat orang-orang tampak bersemangat pada pagi hari itu.

Seorang bapak mendekati Ekot dan berbicara tentang harga, sambil menunjuk beberapa perahu *ketinting* yang tertambat di tepi sungai. Ekot menyanggupi. Mereka menyewa perahu khas Kalimantan yang bisa menampung empat sampai sepuluh orang itu untuk menyusuri sungai hingga sejauh mungkin ke hulu.

Air muka Mawinei tampak sangat gembira, sudah lama dia tidak menyusuri sungai dengan perahu ketinting.

Danum juga terlihat senang saat masuk perahu.

"Kau masih ingat nggak, dulu sering renang di situ," tunjuk Ekot ke sungai belakang lanting-lanting.

"Iya, tentu, di situ kan?" tunjuk Simpei ke lanting paling besar di antara lanting-lanting lain.

"Oh ya, betul." Wajah Ekot jadi cerah, tampak gembira membicarakan masa anak-anak yang bahagia.

"Tapi kau takut jumpalitan, payah, kau hanya berani terjun, hahaha," ejek Simpei.

"Ya lompatanlah," balas Ekot.

"Iya tapi jumpalitan takut, wekwekwek." Simpei memukul lengan Ekot membuatnya mengaduh sakit.

Namun, sedetik kemudian Ekot tidak lagi meringis kesakitan, tapi nyengir cengengesan. "Iya, ngaku kalah, tapi siapa yang berani renang menyeberang, ayo siapa?" ledeknya. Simpei pun terpaksa mengangguk sambil menunjuk Ekot. Memang, Ekot anak paling berani berenang menyeberang sungai walaupun arusnya deras. Anak-anak lain takut terbawa arus. Mereka hanya berenang sepanjang tepian.

Mereka, sebagaimana anak-anak Kalimantan lain di tepi Sungai Kahayan, tidak perlu belajar renang pada siapa pun. Kehidupan nenek moyang mereka tidak pernah jauh dari kehidupan sungai. Sejak bayi, mereka sudah dimandikan di sungai. Oleh ibunya, tubuh mereka diapung-apungkan di air, sehingga secara alami sejak kecil sudah pandai mengapung. Makin beranjak besar, biasanya sepulang sekolah pada siang jelang sore hari, saat masih terik, mereka akan terjun ke sungai, berenang sepuasnya, dengan gaya

The helmsman sat at the back of the boat, controlling the engine. He moved the rudder to the left and right as needed, adjusting to the river's current.

Ekot sat at the front; Simpei sat behind him; then came Mawinei and Danum.

"Do you remember when we used to swim there?" Ekot pointed to the water behind the stilt houses.

"Sure, over there, right?" Simpei pointed at the biggest stilt house.

"Yeah, right!" Ekot's face brightened while talking about their happy childhood days.

"But you were afraid to do a backflip — chicken!" Simpei teased. "You were only brave enough to jump."

"At least I jumped!" Ekot retorted.

"Yeah, but still, you were too much of a scaredy-cat to do a flip." Simpei slapped Ekot's arm.

Ekot screamed theatrically, then grinned mischievously. "Okay, I admit defeat, but who was the one who dared to swim across the river? Come on, tell me, who?"

Simpei could only nod and point at Ekot, indeed the most courageous swimmer in the group. The others, too afraid of being swept away by the current, only swam along the riverbank.

Like other Kalimantan children who lived by the Kahayan River, the four friends needed no one to teach them how to swim. Their ancestors never lived far from the river. When they were babies, their mothers had bathed them in the river, laying them on their backs atop the water until they quickly learned to float naturally on their own. In elementary school, the children usually went home at noon, the hottest part of the day. They would plunge into the river and swim as long as they wanted, using whatever style came naturally to them. Some swam like a frog, others like a dolphin — or anything else, as long as they remained afloat and kept from drowning. Sometimes they brought a ball to throw back and forth among them. The one who caught the ball would throw it randomly, and everyone one would race to catch it.

As the river widened, its rippling water grew browner. Boats passed them, traveling in the opposite direction. On one, a fisherman was preparing to cast his net into the river.

apa pun yang mereka bisa lakukan. Ada gaya katak, lumba-lumba, bebas, macam-macamlah, yang penting bisa berenang dan tidak tenggelam. Sesekali mereka juga membawa bola untuk permainan, lempar sana lempar sini, diperebutkan.

Juru mudi perahu duduk paling belakang mengendalikan perahu dengan mesinnya, terkadang menggeser tungkai mesin ke kiri dan ke kanan mengikuti jalur sungai.

Ekot duduk paling depan, disusul Simpei, Mawinei, dan Danum.

Suara mesin menderu, menyibak air, menciptakan arus dan mendorong perahu melaju kencang. Zaman dulu, perahu didayung dengan bilah kayu ulin yang liat dan kuat. Kini alat yang canggih telah memudahkan manusia untuk bisa cepat sampai tujuan.

Sungai membentang lebar kecokelatan. Gelaran airnya beriak-riak. Beberapa perahu melintas berlawanan arah. Di antaranya seorang nelayan dengan jala di tangannya tampak hendak menjaring ikan di sungai.

Di bantaran kedua sisi sungai, tumbuh pepohonan lebat. Rimbunan bambu serta pohon buah-buahan macam pisang, nangka, durian, karamunting, dan jambu monyet juga banyak tumbuh.

Tanah Kalimantan yang bergambut merupakan lahan subur untuk pohon-pohon buah semacam itu. Sungai besar ini mengalir sepanjang enam ratus kilometer dari Pegunungan Muller atau Pegunungan Raya yang membelah Palangkaraya, Kabupaten Pulang Pisau, dan Kabupaten Gunung Mas di Kalimantan Tengah, sampai akhirnya bermuara di Laut Jawa.

Simpei mengeluarkan rokoknya, mengambilnya sebatang. Korek api digeretnya, lalu ujung rokok itu disentuhkannya pada api. Simpei mengisap dalam-dalam rokoknya, lalu memberikan bungkusan rokok beserta koreknya kepada Ekot.

Ekot menolak halus.

Wajah Simpei tampak nikmat setelah mengisap rokok sembari menikmati empasan angin di atas perahu yang melaju.

Pohon loa, yang kokoh dan besar, sesekali terlihat di tepi sungai menjadi tameng agar pinggiran sungai tidak tergerus. Buah-buahnya yang merah disukai monyet, tupai, dan burung.

Both sides of the riverbank were overgrown with small groves of bamboo, coconut, and fruit trees interspersed by patches of brush and flowering rose myrtles. The fruit trees — bananas, jackfruits, durians, cluster figs and cashews — thrived in the fertile soil of Kalimantan's peatland. The cluster-fig trees that grew on the riverbanks helped prevent erosion. Their red fruits were favored by monkeys, squirrels, and birds.

The great Kahayan River was six hundred kilometers long. Spilling from its birthplace in the Muller Mountains, it divided Palangkaraya, ran through the Pulau Pisau dan Gunung Mas Regencies in Central Kalimantan, then emptied into the Java Sea.

Simpei lit a cigarette and took a long drag. He offered the pack of smokes and lighter to Ekot, who politely refused. Simpei relaxed and enjoyed the cigarette and the breeze.

The boat moved farther and farther from civilization. The stilt houses were now out of sight. Above the noise of the motor, they caught the occasional birds chirping and monkeys squealing from the forest.

Cruising under a bridge, they continued upstream. Now the scenery changed. Large areas of vegetation had been cleared away for community activities. The river water turned darker and dirtier.

"People are quick to jump on the bandwagon," Ekot complained. "As soon as the price of rubber skyrocketed, everyone started clearing land in the forest to plant rubber. Now everyone is clearing land to plant palm trees. Privately-owned palm tree orchards aren't that large, but when big corporations build palm tree farms, they can stretch across thousands of hectares, and the forest trees are done."

"The price of rubber dropped a long time ago," Simpei added. "People don't want to tap rubber anymore. Now people are mining gold. Just look at them!" Simpei pointed at a group panning gold along a section of the riverbank that had been completely stripped of vegetation.

The sodden land was riddled with stagnant, grimy puddles. Long, narrow sluice boxes, used to separate gravel from gold, extended far into the river. Huts that housed the miners were

Perahu makin menjauhi permukiman. Lanting-lanting sudah tidak kelihatan. Sesekali terdengar bunyi burung-burung dan pekik bekantan dari hutan. Pinggir-pinggir sungai masih ditumbuhi pepohonan dan rimbunan hutan karamunting.

Mereka menyusuri sungai di bawah jembatan dan makin melaju menuju hulu. Wajah pinggir-pinggir sungai mulai berbeda. Daratan pinggir sungai banyak terbuka lebar oleh kegiatan masyarakat. Air terlihat makin cokelat dan berbuih.

"Orang-orang sukanya ikut-ikutan, karena harga karet mahal, semua pada nanam karet, hutan pada ditebangi untuk diganti kebun karet. Kini orang-orang pada keblinger menanam sawit, kalau sawit milik rakyat tak seberapa, tapi kalau milik perusahaan sampai ribuan hektar, pohon-pohon hutan habis ditebangi," keluh Ekot.

"Harga karet sudah lama turun, orang-orang tak mau menyadap getah karet lagi. Sekarang lihat, kerjaan masyarakat cari emas," tunjuk Simpei.

Di daratan terlihat kegiatan masyarakat menambang emas. Tanah-tanah di pinggir sungai telah rusak, tidak ada kehijauan tanaman sama sekali. Tanah berlumpur cokelat menciptakan air berbuih yang kotor. Daratan jadi becek, penuh kubangan air cokelat. Alat tambang, sebuah kotak yang menyambung panjang dan lurus untuk *menangkap* emas, menjulur hingga ke sungai.

Gubuk-gubuk penambang berserakan di dekat mesin diesel. Selang-selang besar menggelontorkan air ke bawah. Tanah-tanah bagian atas sungai tergerus dengan kocoran air yang disemburkan oleh selang-selang raksasa, membuat daratan pinggir sungai longsor dan langsung terjun ke sungai, tidak hanya menciptakan kerusakan sungai, tapi juga pendangkalan.

Bahkan sebagian alat-alat tambang itu berdiri di atas sungai, berlandaskan kayu-kayu ulin seperti rumah-rumah lanting. Pipa-pipa membentang ke sana-sini, mencurahkan air kotor, menggempur tanah, dan membuang segala lumpur langsung ke sungai.

Sungai tidak hanya berlumpur, tetapi juga bercampur dengan minyak tumpahan solar sisa mesin diesel. Kilau-kilau minyak di permukaan air sungai memendar berwarna kebiruan tersapu

scattered around the diesel engine. The forceful spray of water, gushing from giant hoses, had eroded the riverbanks. At those places, the river had become shallow.

Some of the mining equipment was installed directly over the river. Just like the lanting houses, they had been built on pilings made of ironwood. A maze of pipes gouged the earth, spewing toxic waste directly into the river.

The river was not only muddy, it was contaminated by diesel fuel spilling from the diesel engines. Slimy rainbows of glistening oil shimmered in the sunlight, swirling on the river's surface as the current moved them.

Engines roared ceaselessly while tearing up the riverbed in search of gold ore. To separate gold ore from gravel, the miners used mercury. The elemental metal mixed with oil and sparkled dangerously on the water's surface. The environment was under attack.

"Now it's obvious," Mawinei said. "These mines are causing the sickness in our village."

Danum nodded.

Their boat slowed. Ekot took out his camera and began capturing pictures of the gold-mining activities. Some miners looked at them suspiciously.

"History is repeating itself." Ekot was clearly distressed. "But now, we're not fighting the Netherlands or Japan. Instead, we're fighting against human greed that is destroying our habitat. And the saddest thing is that the culprits are our own people."

"God's gifts are priceless." Mawinei murmured.

The boat continued upstream, and Mawinei became increasingly alarmed at the ubiquitous gold panning along the riverbanks. They passed a group of people using a set of equipment different from what they had seen earlier. The powerful dredgers and giant water pumps caused even more destruction, turning the riverbank into one giant mudhole.

"Tomorrow, I'm going to see my friend Idris," said Ekot. "She's involved with a non-governmental organization that advocates for environmental issues. We can't let this continue to happen."

cahaya matahari, mengilat-ngilat berbentuk bundaran-bundaran yang kemudian hanyut menjauh. Mesin terus menderu, tanpa henti, menggaruk tanah dasar sungai yang diyakini ada bijih-bijih emas. Kilau-kilau minyak itu bercampur dengan merkuri yang sangat berbahaya bagi lingkungan hidup. Dengan memanfaatkan sifat merkuri yang berupa air raksa sebagai pelarut, nantinya emas akan dengan sendirinya terpisahkan dari bebatuan lainnya.

"Berarti tambang-tambang ini yang bikin perut anak-anak sakit, pada gatal-gatal semua, karena merkuri," kata Mawinei.

Danum mengangguk mantap.

Perahu mereka berjalan pelan. Ekot mengeluarkan kameranya dan sesekali dengan diam-diam memotret kegiatan tambang emas itu. Beberapa penambang tampak waspada saat perahu mereka agak dekat.

"Kini hal sama terulang, bukan Belanda atau Jepang yang kita lawan, melainkan keserakahan manusia merusak alam, dan yang paling menyedihkan — mereka sebangsa dengan kita," kata Ekot sedih.

"Anugerah Tuhan sesungguhnya tak pernah sepadan dengan uang," tambah Mawinei.

Perahu terus melaju dan Mawinei tampak makin prihatin melihat begitu banyak tambang bertebaran di pinggir-pinggir sungai. Sekelompok orang menjalankan alat yang berbeda dengan sebelumnya yang mereka lihat, ditambah kapal keruk dan pompa air. Alat itu makin besar daya rusaknya dalam menggerus bibir sungai, menciptakan lumpur dan endapan-endapan kotor yang jauh lebih banyak. Di sepanjang bantaran sungai, terdapat banyak lubang menganga berisi lumpur.

"Besok aku akan menemui Idris, kawanku di LSM. Kita tak bisa biarkan ini terus terjadi," kata Ekot.

"Kalian belum tahu yang terjadi di hutan sana," Simpei menunjuk ke ladang gundul di perbukitan samping kanan dari sungai dan lanjut, "itu tambang batu bara yang jauh lebih besar membuat hutan gundul. Tak hanya itu, juga kebun sawit milik perusahaan," tambah Simpei.

"Iya itu juga. Beberapa anak mati tenggelam saat bermain di bekas galian tambang yang dibiarkan terbengkalai," sahut Ekot dengan wajah meredam amarah.

"Look!" Simpei shouted. "Look what's happening, in the hills over there!" He pointed to a barren field on the hill to their right. "That large coal mine caused this deforestation. And they're not the only vandals! Don't forget the corporate-owned oil palm plantations."

Ekot's face flushed with anger. "Worse than that, some children drowned while playing in an abandoned mine pit."

"The one that has become a lake?" asked Simpei.

Ekot nodded.

"We can't let all these crimes continue!" Mawinei shouted.

A few days later, Idris, Ekot, and Mawinei met with the local government official assigned to deal with mining issues. Danum and Simpei had to wait outside because only three people were allowed in the official's room. They had brought a water sample they had taken from the river, which Mawinei had examined in a laboratory in nearby Kuala Kurun, the capital of the Gunung Mas Regency. The test results showed an unacceptably elevated level of pollution.

"Most of them are unlicensed," the official said of the gold miners. "We can't restrict their activities because they're using their equipment on their own property, and they have proof of ownership."

"Regardless, sir, they are destroying the environment, and the pollution they're causing is impacting all of us," Idris said, irritated. "Our lives are centered around this river, which is now making us sick."

"The problem is that gold mining is their livelihood." The official became indignant. "If we stop them, will you give them jobs or provide food for their families?"

"You must do something, sir," Ekot joined in. "It's not about allowing them to keep their jobs and feed their families; it's about not allowing them to use dangerous toxins like mercury in their operations."

"Please don't wait until we have more fatalities, sir." Mawinei added, obviously upset. "Many villagers are suffering — and dying — from strange illnesses." She handed the official a piece of paper with signed complaints from people in her village.

"Yang jadi danau itu?" tanya Simpei.

Ekot mengangguk.

"Kita tak bisa biarkan semua kejahatan ini terus berlangsung!" teriak Mawinei

Beberapa hari kemudian, Idris, Ekot, dan Mawinei menemui pegawai pemerintah daerah yang bertugas mengurusi bagian pertambangan. Danum dan Simpei terpaksa menunggu di luar karena hanya dibatasi tiga orang yang bisa masuk ruangan petugas. Mereka sebelumnya telah mengambil contoh air sungai dan Mawinei menelitinya di makmal di Kota Kuala Kurun. Hasilnya menunjukkan terjadi pencemaran air sungai yang sangat tinggi.

"Sebagian besar tak berizin," kata pegawai itu.

"Kami tak bisa melarang karena mesin tambang mereka berdiri di atas tanah hak mereka. Punya surat izin tanah juga," tambahnya.

"Iya Pak, tapi akibatnya terjadi pencemaran lingkungan, dampaknya ke kita semua, kepentingan bersama atas sungai itu terganggu," kata Idris keras.

"Masalahnya, alasan mereka itu untuk mata pencaharian, untuk cari nafkah. Kalau dihentikan, apa kalian mau ngasih mereka pekerjaan, ngasih mereka makan?" sahut bapak itu tidak mau kalah.

"Ya tetap harus ditertibkan, Pak. Bukan masalah orang cari nafkah, tapi tambang itu pakai merkuri, Pak, itu yang berbahaya," jawab Ekot tegas.

"Jangan sampai ada yang kehilangan nyawa, Pak," Mawinei ikut tambah kata, wajahnya tampak geram. "Banyak yang sakit perut, mencret," katanya dengan gusar.

Mawinei menyerahkan berkas keluhan warga di kampungnya yang sudah ditandatangani banyak orang. Ekot menyerahkan berbagai foto dan bukti rekaman kegiatan tambang itu. Idris menyerahkan hasil penelitian air sungai dari makmal.

"Iya kalian tunggu saja, kami akan segera bertindak." kata petugas yang mulai mengerti kerisauan anak-anak muda itu setelah melihat bukti-bukti yang lengkap.

Ekot gave him the photos he took that evidenced the destruction caused by the mining activities.

Idris presented the lab results from the river water tests.

As the official carefully read through the documentation, he frowned. He was holding sufficient evidence of a potentially deadly situation. He looked up slowly. "Please give us time," he said. "We will take action. Immediately."

A month after the meeting, the unlicensed mines were prohibited from continuing their operations. All materials that contained mercury were confiscated. Even so, other mines still operated. A big mining company, with the backing of powerful people, retained lawyers to dispute the reports Idris had presented. This stymied the local government officials.

"At least we tried, and the pollution of this river has been reduced," said Mawinei, trying to calm Idris who still couldn't accept their setback.

Danum sighed and looked anxiously into the distance.

Simpei took a long drag on his cigarette.

"Big mining companies, especially coal companies, are nearly unstoppable because they generate huge revenue for the government," said Ekot.

"So we still have a long way to go, my friend." Mawinei's words were greeted by nods from her friends.

"Yes!" they cheered. "And we won't give up easily!"

Sebulan setelah pertemuan itu, tambang-tambang tidak berizin dihentikan. Bahan merkuri disita. Namun, banyak tambang lain yang masih berjalan. Suatu perusahaan tambang yang mendapat dukungan kekuasaan yang sangat besar mengajukan para pengacara untuk melawan laporan LSM yang dipimpin Idris. Para pegawai pemerintah daerah itu pun tidak mampu bertindak lebih jauh lagi.

"Setidaknya kita telah berjuang, pencemaran air sungai ini telah berkurang," kata Mawinei mencoba sedikit menenangkan Idris yang masih tidak terima.

Danum mendesah, matanya menerawang gelisah.

Simpei mengisap rokoknya dalam-dalam.

"Tambang-tambang besar, terutama batu bara, sulit dihentikan karena menghasilkan pendapatan yang besar bagi pemerintah," kata Ekot dengan wajah masam.

"Jadi, perjuangan kita masih panjang, kawan," kata Mawinei yang disambut anggukan kawan-kawannya.

"Iya dan jangan mudah menyerah!" seru Danum tegas.

# Melacak Jejak Dalang
# Catatan Seorang Pembaca

Bagaimana sastra menangkap gejala teka-teki bernama *Indonesia*? Inilah kepulauan terbesar di dunia, tempat beratus-ratus kelompok suku berdiam dan keragaman hayati terkaya berada. Belum pernah ada upaya di bidang apa pun yang dapat dinilai berhasil dalam menggambarkan kepulauan ini dengan segala kekayaan alam dan budayanya. Penggambaran seperti apa pun selalu memunculkan perasaan bahwa masih ada yang hilang, terlewatkan, ataupun terlupakan. Indonesia selalu menantang semua upaya untuk menangkapnya dan menampilkannya kembali dalam sebuah gambar utuh yang menyeluruh.

Penerbit Dalang di San Mateo, California, Amerika Serikat, adalah salah satu dari sekian banyak yang berusaha memotret Indonesia dalam sebuah bingkai pemandangan utuh. Usaha tersebut tidak bertujuan memperoleh sebuah gambar besar yang lengkap, tetapi untuk mengumpulkan serpihan-serpihan gambar kecil nan terperinci dari berbagai sudut pandang.

Lian Gouw, perintis dan pendiri Dalang, memilih sastra sebagai jendela untuk memotret Indonesia dan, yang menarik, dia pun menggunakan sastra sebagai kameranya.

# Tracking Dalang's Footsteps
## Notes from a Reader

How would literature capture an enigmatic phenomenon called *Indonesia,* the largest archipelago on earth and home to hundreds of ethnic groups and where the richest biodiversity can be found? So far, no discipline has been able to claim success in representing these *emeralds of the equator* exhaustively without, in the end, having a sense of missing something. To represent Indonesia fully as a comprehensible entity will always remain a challenge.

Dalang Publishing, a small independent publisher in California's San Francisco Bay Area, is one of those trying to fit Indonesia into a panoramic frame — not necessarily trying to depict the country in one large bird's-eye picture, but rather as a collage of fragmented snapshots that portray the various slices of life that make up Indonesia.

Lian Gouw, Dalang's founder, chose to represent Indonesia through its literature. She was born and raised in Indonesia while it was still a Dutch colony. Her immigration to the United States, in the 1960s, was presumably prompted by the difficult political aftermath of war and revolution. However, it appears that during the decades she lived in her new country, she subconsciously struggled with the dark memories of her country of origin. Her

Perempuan yang lahir dan menghabiskan masa kecilnya di Hindia Belanda sebelum merantau ke Amerika Serikat bersama keluarganya pada 1960-an ini, mungkin meninggalkan kepulauan Nusantara dengan membawa luka-luka batin akibat perang dan revolusi. Namun, tampaknya selama berpuluh tahun hidup di negeri barunya, dia seolah gagal melepaskan dirinya dari berbagai masalah yang terus melanda tanah kelahirannya.

Sebaliknya, semua hal yang menyakitkan hatinya pada masa lampau, justru seolah-olah menariknya kembali untuk pulang. Sepertinya, dia tidak melupakan semua kenangan suram tentang tanah airnya meskipun barangkali dia tidak menyadari ataupun mengakui pertentangan ini. Sangat mungkin, inilah yang menjelaskan kelahiran Dalang. Penerbitan nirlaba ini dia dirikan khusus untuk menerjemahkan karya-karya sastra Indonesia. Terbitan Dalang yang berlatar sejarah, kebudayaan, dan kemasyarakatan Indonesia diedarkan di belahan Bumi Barat sana.

Caranya memilih karya yang hendak diterjemahkan berikut inti cerita dari karya-karya tersebut merupakan perwujudan dari *pelampiasan dendam estetisnya.* Demikian pula tuntutannya yang sangat tinggi akan kesempurnaan kinerja dan sikap kerasnya kepada para pengarang, penerjemah, dan penyunting yang bekerja sama dengannya. Dengan cara itu, *dendam* pada kampung halaman yang membuatnya pergi — tetapi tidak pernah benar-benar melepaskannya — terlampiaskan.

Namun, bisa juga semua itu adalah caranya menghukum dirinya sendiri dan jalan penebusannya atas *dosanya* meninggalkan negeri kelahirannya itu berpuluh tahun lampau, ketika negerinya sedang porak-poranda dilanda aneka perselisihan politik yang menakutkan.

Kumpulan cerpen berjudul *Tapak Tilas* yang diterbitkan Dalang ini, dengan demikian, tampaknya menjadi tapak tilas pribadi perjalanan dan pergulatan Lian Gouw. Dia pernah pergi dan kini mencoba kembali ke tempat dia pernah berada. Jelas ini bukan suatu tapak tilas yang mudah. Cerita-cerita yang terkumpul di *Tapak Tilas* adalah saksi betapa berat perjalanan pulang itu baginya. Kumpulan cerita pendek ini memuat kisah-kisah ajaib,

move to America failed to remove her from the various problems that continued to beset her birth country. To the contrary, the same kind of problems she encountered in the past, and probably still bother her today, now seem to draw her irresistibly back home. It is as if she refuses to forget and refuses to not care.

This is what most likely drove her to start Dalang Publishing, a publishing company that focuses on translating Indonesian literary works with historical, cultural, and sociological settings into the English language for readers in the Western Hemisphere.

The way she chooses the stories, as well as her drive for perfection in presenting the works, explains her strict, demanding attitude toward the authors, translators, and editors she works with. This demand for perfection seems to embody her aesthetic "revenge" on the country of her birth — for making her leave yet never really letting her go. On the other hand, her Dalang project could also be understood as her way to pay penance for abandoning her birth country while it was being torn apart by internal political upheavals.

Therefore, *Footprints* may well be a reflection of Lian Gouw's own difficult, personal journey. Having left Indonesia, she is now trying to return home in a metaphorical sense. This obviously is not an easy road to travel. The stories in this collection bear witness to each step of that journey, as they contain moments of magical absurdity along with naked realism of violence; tearful tragedies are juxtaposed to stories filled with laughter, tenderness, and hope. The stories do not intend to represent all of Indonesia, the homeland Gouw might never come to understand in its entirety; instead, this collection of short stories more or less resembles a pile of puzzle pieces that require deep thought to assemble into a picture that could be called Indonesia — a place of her past that now continuously beckons Gouw with an irresistible magnetic power.

The storytellers in this collection range from seasoned authors with an established reputation in Indonesia's literary world to those who are young — emerging new voices trying to introduce fresh ideas and thus keep literature a viable organism.

sarat kekerasan, penuh kesedihan dan air mata, tetapi pada saat yang sama, juga berisi tawa, kisah-kisah lucu yang menyentuh, renungan mendalam, serta harapan.

Kisah-kisah ini sepertinya tidak dimaksudkan untuk membangun sebuah potret utuh Indonesia, kampung halaman yang hingga hari ini mungkin tidak kunjung dapat dia pahami sepenuhnya. Kumpulan cerpen ini lebih mirip setumpuk potongan gambar yang masih perlu dicarikan cara memadukannya. Dengan demikian, akan muncul gambaran yang lebih jelas mengenai suatu wujud, yaitu Indonesia. Negeri itu penuh teka-teki dan terus menghantui hati dan pikirannya, mengusik keteraturan hidupnya, dan memanggil-manggilnya dengan suatu daya gaib yang mustahil dapat dilawannya.

Para penulis cerita dalam kumpulan ini bukan saja pengarang-pengarang yang telah meraih tempat mapan dalam blantika sastra Indonesia. Namun terdapat juga pengarang-pengarang muda yang sedang atau baru muncul, dengan gagasan-gagasan mereka sendiri yang mengembuskan napas zaman yang berbeda. Di buku ini, mereka dipertemukan untuk menyuarakan curahan hati mereka masing-masing tentang apa artinya menjadi orang Indonesia di Indonesia. Dengan kata lain, cerpen-cerpen ini menyediakan tawaran jawaban bagi pertanyaan Lian Gouw tentang apa yang akan dijumpainya di ujung tapak tilasnya nanti — di negeri asal yang dia tapaki kembali lewat cerita-cerita, lewat sastra.

Dalang adalah titian yang sudah dia persiapkan sejak sepuluh tahun yang lalu untuk menjadi penghubung dirinya dengan negeri asalnya, yang kini dipisahkan oleh samudera ruang dan waktu. Keduanya tidak lagi saling mengenal. Dalang menjadi semacam isyarat, yang tiba di seberang sana secara samar-samar sebagai suatu sapaan — salam perkenalan sekaligus pelepas kerinduan. Akan tetapi keakraban tidak bisa dibangun dengan tiba-tiba. Indonesia menyambut isyarat perjumpaan kembali itu dengan caranya sendiri yang menakutkan tetapi juga memesona — dengan cerita-cerita yang terhimpun dalam buku istimewa ini.

Buku ini menjadi semacam titik balik bagi Lian Gouw tatkala dia telah mencapai puncak kiprahnya sebagai diaspora Indonesia di manacanegara. Ternyata diam-diam dia tetap membawa-bawa negeri kelahirannya di dalam koper yang dia seret di sepanjang

In this compilation, the stories are put together without intent to merge them. Instead, the intent is to give each voice a chance to express what it means to be an Indonesian in Indonesia.

In other words, *Footprints* could offer an answer to Lian Gouw's questions regarding where her journey home might end as she travels through stories.

Dalang is the bridge Gouw started to build ten years ago to reconnect her to her birth country, the land she is separated from by the ocean of time. And while the two of them have become almost estranged from each other, Dalang has emerged as an olive branch — a token of outreach, an expression of longing to become a part of her homeland, and an attempt to fulfill such longing.

However, it takes time to restore a severed relationship. Indonesia has responded to the invitation of a reunion in its own way, which is both uncanny as well as delightful — the stories gathered in this compilation.

*Footprints* marks a turning point in Lian Gouw's life. As she reaches the peak of her epoch as a member of the Indonesian diaspora abroad, she apparently has begun to come to terms with old feelings of discontent toward this country that turns out to have been her true love all along. During her journey home, she might encounter a myriad of heartaches and old wounds that have never completely healed and could be ripped open again. At the same time, she realizes that she is racing against time, which most likely won't give her much leeway in terms of reaching her destination.

Will she ultimately find what she has been looking for and what she has been trying to resolve during this past decade? Is she ready for another disappointment? Or is she now better prepared to deal with the mysterious and incredulous ways matters are handled in her birthplace, which her common sense was unable to accept before? Is she now willing to again face the problems that made her leave Indonesia in the past?

This collection of short stories might hold many of the answers to these questions.

However, there is no promise that Gouw will find an explanation for everything in question. Nor is there any assurance that, in the end, the stories will make her understand the difference between

perjalanannya melanglang buana. Negeri ini dia umpat dan benci, tetapi apa daya, negeri ini juga adalah cinta sejatinya. Sekarang, dia seperti berlomba dengan waktu — yang mungkin tidak menyisakan banyak kesempatan lagi — untuk menempuh perjalanan balik. Sebuah tapak tilas yang mungkin akan membawanya kembali pada segudang sakit hati, luka lama yang tidak pernah sepenuhnya sembuh, dan kini terancam merekah lagi.

Akankah dia menemukan apa yang dia harapkan selama sepuluh tahun terakhir ini? Siapkah dia untuk kecewa (sekali lagi)? Apakah dia kini lebih percaya diri dalam menghadapi teka-teki bekas negerinya yang dulu tidak mampu dia cerna dengan akal sehatnya? Apakah penyebab kepergiannya dulu adalah apa yang hendak dia temui kembali kini? Ada banyak kemungkinan jawaban yang berserakan dalam kumpulan cerita pendek ini. Akan tetapi, tidak ada jaminan bahwa semuanya akan terjelaskan dan bahwa pada akhirnya dia akan mengerti bedanya antara Indonesianya yang hilang dan yang kini dia (kira) telah temukan lagi.

Sastra tidak pernah memberikan jaminan. Namun, sastra selalu merupakan harapan. Selamat menapak tilas, Lian. Semoga kau dibimbing oleh kekuatan Sang Dalang.

Manneke Budiman, Ph.D.,
Guru Besar Ilmu Susastra dan Kajian Budaya FIB UI

the country she left and the country she thinks she is returning to. While literature does not embody promises, it does convey hope. Happy trails, Lian! May the Force of Dalang be with you!

Manneke Budiman, Ph.D.,
Professor of Literary & Cultural Studies,
Faculty of Humanities, Universitas Indonesia

# Riwayat Hidup Penulis

**Agus Noor**
- *Kopi dan Cinta yang Tak Pernah Mati* (Terjemahan: *Coffee Noir* Oni Suryaman)

**Agus Noor** adalah penulis prosa, cerpen, puisi, naskah lakon (monolog dan teater), dan skenario sinetron. Lahir di Tegal, Jawa Tengah, dan menyelesaikan pendidikan teater di Institut Seni Indonesia (ISI) Yogyakarta.

*Barista Tanpa Nama* (Diva Press, 2018) adalah buku kumpulan puisinya. Agus Noor juga dikenal melalui kumpulan cerpennya, yaitu *Lelucon para Koruptor* (Diva Press, 2017), *Memorabilia dan Melankolia* (Gambang, 2016), *Cerita buat para Kekasih* (Gramedia Pustaka Utama, 2015). Cerpennya *Kunang-Kunang di Langit Jakarta* dinobatkan sebagai cerpen terbaik Kompas tahun 2011.

Agus Noor: agus2noor@yahoo.co.id

**Ahmad Tohari**
- *Blokeng* (Terjemahan: *Blokeng* Elisabet Titik Murtisari)

**Ahmad Tohari**, penulis yang telah memenangi banyak penghargaan, lahir di Tinggarjaya, Banyumas. Sebagai seorang anak

# Authors' Biographies

**Agus Noor**
- *Kopi dan Cinta yang Tak Pernah Mati* (Translation: *Coffee Noir* by Oni Suryaman.)

**Agus Noor**, a prosaist, short story writer, poet, and playwright was born in Tegal, Central Java, and graduated from the Indonesian Institute of the Arts in Yogyakarta.

His works are widely published. Aside from a collection of poetry, *Barista Tanpa Nama* (Diva Press, 2018), Agus Noor is also known for his compilations of short stories: *Lelucon para Koruptor* (Diva Press, 2017), *Memorabilia dan Melankolia* (Gambang, 2016), *Cerita buat para Kekasih* (Gramedia Pustaka Utama, 2015). His short story *Kunang-Kunang di Langit Jakarta* was awarded the 2011 best short story by Kompas.

Agus Noor: agus2noor@yahoo.co.id

**Ahmad Tohari**
- *Blokeng* (Translation: *Blokeng* by Elisabet Titik Murtisari)

Award-winning author and journalist **Ahmad Tohari** was born into a farming family in Tinggarjaya, a village in Central Java. His love of the countryside is apparent in his writing. He sees himself

keluarga petani, dia sering menyuarakan rasa cintanya terhadap kehidupan di desa dan kebudayaannya dalam tulisannya.

Dia seorang penganut Islam yang berpikiran maju, terpelajar, dan mendukung hukum Syariah dengan tetap mengutamakan hidup damai dengan umat lain yang berasal dari keturunan dan kebudayaan yang berbeda.

Dia telah menghasilkan sebelas novel, dua kumpulan cerpen, dan beberapa tulisan sastra yang lain. *Bekisar Merah* (Gramedia Pustaka Utama, 2011) diterjemahkan ke dalam bahasa Inggris oleh Nurhayat Indriyatno Mohamed dengan judul *The Red Bekisar* (Dalang Publishing, 2014).

Dia terkenal sebagai penulis tiga serangkai *Ronggeng Dukuh Paruk* (Gramedia, 2011). Karya ini telah diterjemahkan dalam bahasa Belanda, Inggris, Jerman, dan Jepang. Cerita novel ini telah difilmkan oleh Shanty Harmain dengan judul *Sang Penari* (2011). *The Dancer* merupakan terjemahan bahasa Inggris oleh René T.A. Lysloff (The Lontar Foundation, 2012).

Ahmad Tohari: ahmadtohari1948@gmail.com.

## Andi Batara Al Isra

- *Mengenang Padewakkang* (Terjemahan: *Remembering Padewakkang* Junaedi Setiyono)

**Andi Batara Al Isra** lahir di Ujung Pandang. Telah menyelesaikan pendidikan strata 2 di Jurusan Antropologi University of Auckland, Selandia Baru, melalui beasiswa pendidikan Indonesia LPDP.

Karyanya berupa cerpen dan puisi telah diterbitkan di berbagai majalah dan surat kabar, juga pernah dimuat dalam beberapa buku antologi bersama. Selain itu, tulisannya pernah menjuarai beberapa lomba penulisan tingkat nasional, seperti cerpennya *Keranda Puang* yang mendapatkan Penghargaan FLP 2017 sebagai Cerpen Terpuji. Dia juga telah menerbitkan dua buah buku puisi, yakni *Di Seberang Gelombang* (Penerbit Shofia, 2019) dan *Gersik dalam Matriks* (terbit sendiri 2020). Cerpen *Mengenang Padewakkang* merupakan karya pertamanya yang diterjemahkan ke dalam bahasa asing. Dia bergelut di Forum Lingkar Pena dan Yayasan Antropos Indonesia. Dia tergabung di Facebook, Twitter dan Instagram.

Andi Batara Al Isra: aali598@aucklanduni.ac.nz

as a progressive religious intellectual who supports Islamic beliefs and laws while living in harmony among Indonesia's diverse ethnic cultures and traditions.

He has authored eleven novels as well as other literary works. *Bekisar Merah* (Gramedia Pustaka Utama, 2011) was translated into English as *The Red Bekisar* by Nurhayat Indriyatno Mohamed (Dalang Publishing, 2014).

Ahmad Tohari is best known for his trilogy *Ronggeng Dukuh Paruk* (Gramedia, 2011), which was translated into Dutch, German, and Japanese. *The Dancer* is the English translation by René T.A. Lysloff, (The Lontar Foundation, 2012). The book was also adapted into the film *Sang Penari.*

Ahmad Tohari:  ahmadtohari1948@gmail.com

## Andi Batara Al Isra

- *Mengenang Padewakkang* (Translation: *Remembering Padewakkang* by Junaedi Setiyono)

**Andi Batara Al Isra** was born in Ujung Pandang, now known as Makassar, a port city on Sulawesi Island. He is a recipient of the Indonesian Endowment Fund for Education and  recently graduated with a MA in anthropology from the University of Auckland in New Zealand.

His poems and short stories have won national writing competitions and are published in anthologies, magazines, and newspapers. His short story *Keranda Puang* was given honorable mention in the FLP Awards in 2017. His collections of poetry include *Di Seberang Gelombang* (Penerbit Shofia, 2019) and *Gersik Dalam Matriks* (self-published, 2020). *Mengenang Padewakkang* is his first work translated into the English language.

Andi Batara is a member of Forum Lingkar Pena, an Islamic writers' forum, and Yayasan Antropos Indonesia, an antropological foundation. He is active on various social media such as Facebook, Instagram and Twitter.

Andi Batara Al Isra: aali598@aucklanduni.ac.nz.

## Anindita S. Thayf

- *Nyai dan Noni* (Terjemahan: *The Mistress and the Lady* Stefanny Irawan)

Pengarang peraih berbagai penghargaan **Anindita S. Thayf** lahir di Kota Makassar, Sulawesi. Dia meraih gelar Sarjana Teknik dari Universitas Hasanudin, Makassar. Dia memulai riwayat kerja sebagai penulis cerita pendek anak-anak.

Karya terbarunya adalah tiga serangkai *Ular Tangga* (Gramedia Pustaka Utama, 2018). Adapun novelnya yang berjudul *Tanah Tabu* mendapat predikat Pemenang I pada Sayembara Menulis Novel Dewan Kesenian Jakarta 2008 dan diterjemahkan ke dalam bahasa Inggris oleh Stefanny Irawan dengan judul *Daughters of Papua* (Dalang Publishing, 2014). Novelnya, *Ulin,* meraih juara pertama Perlombaan Cerita Bersambung 2012 di Majalah *Femina*. Anindita S. Thayf: bambu_merah@yahoo.com

## Arafat Nur

- *Lelaki Ladang* (Terjemahan: *Man of the Fields* Minerva Soedjatmiko)
- *Kehadiran Orang-Orang Pejuang* (Terjemahan: *The Presence of Fighters* Maya Denisa Saputra)

**Arafat Nur** lahir di Medan. Sejak usia SD, dia pindah ke Aceh dan hidup dalam kecamuk perang saudara hingga dia dewasa. Sejumlah peristiwa di Aceh dituliskannya dalam puisi, cerita pendek, dan novel. Di sela-sela kesibukannya sebagai petani dan pekerja serabutan, dia gemar membaca buku-buku sejarah, filsafat, dan sastra.

Novelnya *Lolong Anjing di Bulan* (Penerbit Universitas Sanata Dharma, 2018) diterjemahkan ke dalam bahasa Inggris oleh Maya Denisa Saputra dengan judul *Blood Moon over Aceh* (Dalang Publishing, 2018). *Tanah Surga Merah* (Gramedia, 2016) memenangi Sayembara Novel DKJ 2016. Novelnya, *Burung Terbang di Kelam Malam* (Bentang Pustaka, 2014), telah diterjemahkan ke bahasa Inggris dengan judul *A Bird Flies in the Dark of Night*. Arafat Nur: arafatnur@yahoo.com

## Anindita S. Thayf

- *Nyai dan Noni* (Translation: *The Mistress and the Lady* by Stefanny Irawan)

Award-winning author **Anindita S. Thayf** was born in Makassar, on the island of Sulawesi. She holds a BA degree in engineering from Universitas Hasanudin, Makassar. She started her writing career with writing short stories for children.

Her latest work is the trilogy *Ular Tangga* (Gramedia Pustaka Utama, 2018). Her novel, *Tanah Tabu* (Gramedia Pustaka Utama, 2009) won the 2008 Jakarta Arts Council Novel Competition and was translated by Stefanny Irawan as *Daughters of Papua* (Dalang Publishing, 2014). Her novel *Ulin* took first prize in the 2012 Serial Novel Competition of Majalah *Femina*.

Anindita S. Thayf: bambu_merah@yahoo.com


## Arafat Nur

- *Lelaki Ladang* (Translation: *Man of the Fields* by Minerva Soedjatmiko)
- *Kehadiran Orang-orang Pejuang* (Translation: *The Presence of Fighters* by Maya Denisa Saputra)

**Arafat Nur** was born in Medan, the capital of Indonesia's North Sumatra province. He is a farmer who reads literary works and books about history and philosophy. He has lived in Aceh, since his elementary school years, where he experienced firsthand the Aceh Conflict. His award-winning writing reflects several of its incidents. His novel *Lolong Anjing di Bulan* (Penerbit Universitas Sanata Dharma, 2018) was translated by Maya Denisa Saputra as *Blood Moon over Aceh* (Dalang Publishing, 2018). *Tanah Surga Merah* (Gramedia, 2016) won the 2016 Dewan Kesenian Jakarta Award. *Burung Terbang di Kelam Malam* (Bentang Pustaka, 2014) was translated into English, *A Bird Flies in the Dark of Night*.

Arafat Nur: arafatnur@yahoo.com

**Artie Ahmad**

- *Mata di Bibir Subuh* (Terjemahan: *A Revelation at Dawn* Oni Suryaman).

**Artie Ahmad**, lahir di Salatiga. Saat ini tinggal di Yogyakarta. Selain menulis cerita pendek, dia juga menulis novel. Beberapa bukunya diterbitkan oleh Penerbit Buku Mojok termasuk novela terbarunya berjudul *Manusia-Manusia Teluk* (2020) kumpulan cerita pendek *Cinta yang Bodoh Harus Diakhiri* dicetak ulang (2019, 2020), begitu pun novel *Sunyi di Dada Sumirah* (2018, 2020). Cerpen-cerpennya dimuat media massa seperti *Koran Tempo, Jawa Pos*, dan *Republika.*
Artie Ahmad: adekartie@gmail.com

**Azhari**

- *Hikayat Kura-kura Berjanggut* (Terjemahan: *The Tale of the Bearded Turtle* Wikan Satriati)

**Azhari** lahir di Desa Lamjamee, Banda Aceh. Sebelum tsunami 26 Desember 2004, dia belajar di Jurusan Bahasa dan Sastra Universitas Syiah Kuala, Banda Aceh.
Novelnya *Kura-kura Berjanggut* (Banana, 2018) meraih hadiah Kusala Sastra Khatulistiwa 2018. Karya pertamanya berupa kumpulan cerpen *Perempuan Pala* (AKY Press, 2004) diterbitkan ulang oleh Buku Mojok, 2015. Pada 2005, Azhari menerima Free Word Award dari Poets of All Nations, Belanda.
Azhari: azhariaiyub@gmail.com

**Ben Sohib**

- *Para Penjual Rumah Ustazah Nung* (Terjemahan: *The Sale Of Ustazah Nung's House* Oni Suryaman)

**Ben Sohib** menulis cerpen, esai, novel, dan skenario film. Dia diunggulkan sebagai penulis skenario terbaik pada FFI 2017 untuk film *Bid'ah Cinta*. Kumpulan cerpennya *Haji Syiah* diterjemahkan ke dalam bahasa Inggris dan Jerman. Kedua terjemahan itu beserta karya aslinya diterbitkan dalam satu buku berjudul *Haji Syiah and Other Stories* (Lontar, 2015).

## Artie Ahmad

- *Mata di Bibir Subuh* (Translation: *A Revelation at Dawn* by Oni Suryaman)

**Artie Ahmad** was born in Salatiga, Central Java. She now lives in Yogyakarta, where she writes novels and short stories.

She is published by Penerbit Buku Mojok. Her latest work is a novella, *Manusia-Manusia Teluk* (2020). Her story collection *Cinta Yang Bodoh Harus Diakhiri* had two printings (2019, 2020), as did her novel *Sunyi di Dada Sumirah* (2018, 2020). Her short stories have been published in many major newspapers, including *Koran Tempo*, *Jawa Pos*, and *Republika*.

Artie Ahmad: adekartie@gmail.com

## Azhari

- *Hikayat Kura-kura Berjanggut* (Translation: *The Tale of the Bearded Turtle* by Wikan Satriati)

**Azhari** was born in the village of Lamjamee, Banda Aceh. Before the December 2004 tsunami, Azhari studied literature and language at Syiah Kuala University in Banda Aceh. His novel *Kura-kura Berjanggut* (Banana, 2018) received the 2018 Kusala Sastra Khatulistiwa award. His first book of short stories *Perempuan Pala* (AKY Press 2004) was republished by Buku Mojok in 2015. In 2005, Azhari received the Free Word Award from Poets of All Nations, Netherlands.

Azhari: azhariaiyub@gmail.com

## Ben Sohib

- *Para Penjual Rumah Ustazah Nung* (Translation: *The Sale Of Ustazah Nung's House* by Oni Suryaman)

**Ben Sohib** writes short stories, essays, novels, and film scripts. He was nominated for Best Scriptwriter for the film *Bid'ah Cinta* in the 2017 film festival.

His short story collection *Haji Syiah* was translated into English and German. The original and both translations were combined into one publication, *Haji Syiah and Other Stories* (Lontar Foundation, 2015).

Dua serangkai *The Da Peci Code* (Rahat Books, 2006) dan *Rosid & Delia* (Bentang, 2008) difilmkan dengan judul *3 Hati 2 Dunia 1 Cinta* dan menjadi film terbaik pada Festival Film Indonesia (FFI) 2010.
Ben Sohib: bensohib2@yahoo.co.id

### Budi Darma
April 25, 1937 – Agustus 21, 2021.
- *Mata yang Indah* (Terjemahan: *Beautiful Eyes* Nurul Hanafi)
- *Tukang Cukur* (Terjemahan: *The Barber* Novita Dewi)

**Budi Darma** adalah seorang Guru Besar Sastra Inggris di Universitas Nasional Surabaya, dan penulis novel, esai, dan cerita pendek yang telah meraih berbagai penghargaan. Dia kerap disebut penulis gaya absurd. Kumpulan cerpennya, *Orang-Orang Bloomington*, pertama kali diterbitkan pada 1980 oleh Sinar Harapan dan diterbitkan ulang oleh Noura Publishing pada 2021, telah diterjemahkan oleh Tiffany Tsao dengan judul *People from Bloomington* (Penguin Classics, 2022).
Novelnya, *Olenka* (Balai Pustaka, 1980), memenangi sayembara Dewan Kesenian Jakarta, 1980. Novel-novel lainnya, yaitu *Rafilus* (Balai Pustaka, 1988) dan *Ny. Talis: Kisah Mengenai Madras* (Gramedia Pustaka Utama, 1996). *Harmonium* (Pustaka Pelajar, 1995) merupakan buku kritik sastra karya beliau. *Mata yang Indah* merupakan salah satu cerpen dalam buku kumpulan cerpennya, *Kritikus Adinan* (Bentang Budaya, 2002).

### Candra Padmasvasti
- *Suatu Subuh di Cihanjuang* (Terjemahan: *The Sacred Waterfall* Umar Thamrin)

**Candra Padmasvasti** lahir di Kota Bandung. Dia berasal dari keluarga pendidik dan pecinta karya sastra. Membaca dan menulis buku harian menjadi kegemarannya sejak kecil. Dia bekerja sebagai penasihat di bidang pemenuhan hak anak dan perempuan di lembaga nasional dan internasional. Dia kerap menulis berbagai tulisan laporan kegiatan bahan pelatihan dan berkas perancangan seputar kebijakan untuk pekerjaannya.

The duology of *The Da Peci Code* (Rahat Books, 2006) and *Rosid dan Delia* (Bentang, 2008) was adapted into the movie *3 Hati, 2 Dunia, dan 1 Cinta*, which won Best Film in the 2010 Indonesian Film Festival.

Ben Sohib: bensohib2@yahoo.co.id

## Budi Darma
April 25, 1937 – August 21, 2021.

- *Mata yang Indah* (Translation: *Beautiful Eyes* by Nurul Hanafi)
- *Tukang Cukur* (Translation: *The Barber* by Novita Dewi)

**Budi Darma** was a multi-award-winning novelist, essayist, short story writer, and academic. He is often cited as an absurdist writer. His short story collection *Orang-Orang Bloomington* first published in 1980 by Sinar Harapan and republished by Noura Publishing in 2021, was recently translated by Tiffany Tsao as *People from Bloomington* (Penguin Classics, 2022).

His novel *Olenka* (Balai Pustaka, 1980) won the 1980 Jakarta Art Council Prize. Other novels are *Rafilus* (Balai Pustaka, 1988) and *Ny. Talis: Kisah Mengenai Madras* (Gramedia Pustaka Utama, 1996). *Harmonium* (Pustaka Pelajar, 1995) is his book of literary criticism. *Mata yang Indah* was included in his short story collection, *Kritikus Adinan* (Bentang Budaya, 2002).

## Candra Padmasvasti

- *Suatu Subuh di Cihanjuang* (Translation: *The Sacred Waterfall* by Umar Thamrin)

**Candra Padmasvasti** was born in Bandung, the capital of Indonesia's West Java province. She was raised in a family that valued education and literature. Reading and keeping a diary have been her passions since childhood. As a consultant in children's and women's rights for national and international institutions, she often writes activity reports, training materials, and policy drafts.

*The Sacred Waterfall* is her first short story. Writing this story

*Suatu Subuh di Cihanjuang* adalah cerita pendek pertamanya, yang melecut keyakinannya bahwa menulis adalah tentang keberanian untuk bermimpi dan jujur pada diri sendiri.
Candra Padmasvasti: c.padmasvasti@gmail.com

## Catastrova Prima

• *Radio Pemberontakan* (Terjemahan: *Resistance Radio Station* Dalang Publishing)

**Catastrova Prima** lahir di Pati, Jawa Tengah. Saat ini, dia menetap di Semarang. Gadis yang gemar menulis esai dan cerita pendek ini sangat sibuk dengan berbagai kegiatan. Selain sebagai pegiat literasi media di blog *Mata Tanda*, dia juga ikut terlibat memberikan perawatan berkala bagi anak-anak berkebutuhan khusus.
Catastrova Prima: Twitter @pima96

## Dewi Ria Utari

• *Topeng Nalar* (Terjemahan: *Nalar's Mask* Femmy Syahrani)

**Dewi Ria Utari** lahir di Jepara. Mulai menulis cerita pendek sejak tahun 2003. Karyanya telah diterbitkan di *Koran Tempo* dan *Kompas* selain juga dalam kumpulan cerpen. Novelnya, *Rumah Hujan,* yang merupakan paduan tragedi, misteri, romansa, dan kejutan tidak terduga, diterbitkan oleh Gramedia tahun 2016.
Dia sekarang tinggal di Jakarta dan bekerja sebagai penyunting utama di majalah seni dan gaya hidup *Sarasvati*.
Dewi Ria Utari: dewiriautari@gmail.com

## Dewi Anggraeni

• *Akar Istiadat* (Terjemahan: *Roots* Dewi Anggraeni)

**Dewi Anggraeni** lahir di Jakarta, Indonesia dan sekarang tinggal di Melbourne, Australia. Selain sebagai perwakilan majalah *Tempo* untuk Australia, dia juga penulis (dalam bahasa Indonesia dan Inggris) untuk beberapa media di Australia, Indonesia, Hongkong, Korea Selatan, Inggris, Belanda, dan Amerika.
Dia telah menulis delapan karya fiksi berupa novel, novela, dan cerpen serta lima karya non-fiksi dalam bidang sosial dan politik. Novel terbarunya, *Membongkar yang Terkubur,* dan dua kumpulan cerpen dwi-bahasa, *Yang Gaib dan Yang Kasat Mata/*

underscored her belief that writing demands the courage to dream and an honesty to oneself.

Candra Padmasvasti: c.padmasvasti@gmail.com

## Catastrova Prima

- *Radio Pemberontakan* (Translation: *Resistance Radio Station* by Dalang Publishing)

**Catastrova Prima** was born in Pati, Central Java, and currently lives in Semarang, where she works as a therapist for handicapped children. She enjoys writing essays and short stories and is a regular contributor for the blog *Mata Tanda.*

Catastrova Prima: Twitter @pima96.

## Dewi Ria Utari

- *Topeng Nalar* (Translation: *Nalar's Mask* by Femmy Syahrani)

**Dewi Ria Utari** was born in Jepara, Central Java, and began writing short stories in 2003. Her stories have been published in several media publications, such as *Koran Tempo* and *Kompas*, and have appeared in several anthologies. Her novel, *Rumah Hujan* (Gramedia, 2016), combines tragedy, mystery, romance, and unexpected surprises.

She currently lives in Jakarta and is the editor-in-chief for *Sarasvati*, an art and lifestyle magazine.

Dewi Ria Utari: dewiriautari@gmail.com

## Dewi Anggraeni

- *Akar Istiadat* (Translation: *Roots* by Dewi Anggraeni)

**Dewi Anggraeni** was born in Jakarta and now lives in Melbourne. While being the Australia and Pacific correspondent for Tempo News Magazine in Indonesia, she contributed — in both Indonesian and English — to other publications in Australia, Indonesia, Hong Kong, South Korea, United Kingdom, and United States.

She has published eight works of fiction in the form of novels, novellas and short stories, and five works of non-fiction on social and political topics. Her latest Indonesian novel, *Membongkar yang Terkubur*, and her bilingual collection of stories, *Yang Gaib*

*The Seen and the Unseen* diterbitkan oleh Penerbit Ombak pada Oktober 2022.
Dewi Anggraeni: djuta2003@yahoo.com.au

## Erni Aladjai

- *Mariantje dan Pasangan Tua.* (Terjemahan: *Mariantje and the Old Couple* Nurhayat Indriyatno Mohamed)

**Erni Aladjai** lahir di Desa Lipulalongo, desa penghasil cengkeh paling ujung Sulawesi Tengah. Dia adalah putri sulung pasangan petani cengkeh. Erni menamatkan kuliahnya di Jurusan Sastra Perancis, Universitas Hasanuddin Makassar. Selain sebagai penulis penuh-waktu, dia bekerja sebagai penyunting lepas untuk karya-karya fiksi.

Novelnya, *Kei* (Gagas Media, 2013), menjadi pemenang pertama dalam Sayembara Menulis Novel Dewan Kesenian Jakarta 2011 dan diterjemahkan ke dalam bahasa Inggris dengan judul yang sama oleh Nurhayat Indriyatno Mohamed (Dalang Publishing, 2014). *Ning di Bawah Gerhana* (Bumen Pustaka Emas, 2013) merupakan karya novelanya. Cerita pendeknya, *Sampo Soie Soe, Si Juru Masak* menjadi pemenang ketiga dalam Jakarta International Literary Festival (JILFest) Tahun 2012.
Erni Aladjai: pohonsagu@gmail.com

## Fanny J. Poyk

- *Cerita di Balik Tenun Ikat* (Terjemahan: *The Tale Behind the Ikat* Laura Harsoyo)

**Fanny J. Poyk** adalah lulusan Institut Ilmu Sosial dan Ilmu Politik Jakarta (IISIP). Dia mulai menulis sejak tahun 1980-an di berbagai majalah dan surat kabar. Tahun 1994-2004 menjadi wartawan di *Tabloid Fantasi* dan penasihat Program Pelatihan tingkat SMA di Kementerian Pendidikan dan Kebudayaan Direktorat Pembinaan SMA. Fanny juga menulis cerpen untuk antara lain, surat kabar *Suara Pembaruan, Pikiran Rakyat, Suara Karya,* dan *Kompas.* Cerpennya terpilih menjadi 20 cerpen terbaik pilihan Kompas 2016.
Fanny J. Poyk: poykfanny10@gmail.com

*dan Yang Kasat Mata / The Seen and the Unseen* are forthcoming from Penerbit Ombak in October 2022.
Dewi Anggraeni: djuta2003@yahoo.com.au

## Erni Aladjai

- *Mariantje dan Pasangan Tua* (Translation: *Mariantje and the Old Couple* by Nurhayat Indriyatno Mohamed)

Born in Lipulalongo, a village of clove growers in Central Sulawesi, **Erni Aladjai** earned her degree in French literature from Hasanudin University in Makassar, Sulawesi. She is now a full-time writer and freelance fiction editor.

Her novel *Kei* (Gagas Media, 2013), took first place in the 2011 Jakarta Arts Council novel competition and was translated into English under the same title by Nurhayat Indriyatno Mohamed (Dalang Publishing, 2014). *Ning di Bawah Gerhana* (Bumen Pustaka Emas, 2013), is a novella. Her short story *Sampo Soie Soe, Si Juru Masak* won third place at the 2012 Jakarta International Literary Festival.
Erni Aladjai: pohonsagu@gmail.com

## Fanny J. Poyk

- *Cerita di Balik Tenun Ikat* (Translation: *The Tale Behind the Ikat* by Laura Harsoyo)

**Fanny J. Poyk** graduated from the Jakarta Institute of Social and Political Science (IISIP). She started writing in the early 1980s for magazines and newspapers. From 1994 to 2004, she was a journalist for *Tabloid Fantasi*; a media consultant for a high school mentoring program at the Indonesian Department of Education and Culture. Her short stories have been published in various media including *Suara Pembaruan, Pikiran Rakyat, Suara Karya dan Kompas.* In 2016, *Kompas* selected one of her stories for its 20 Best Stories of the Year.
Fanny J. Poyk: poykfanny10@gmail.com

**Friska Sibarani**

- *Aku Akan Pulang ke Wamena* (Terjemahan: *Going Home to Wamena* Novita Dewi)

**Friska Sibarani** berdarah asli Batak yang lahir di Wamena, Jayawijaya. Dia tumbuh besar di Wamena hingga usia 18 tahun, kemudian memutuskan untuk melanjutkan pendidikan di Pulau Jawa. Dia mulai menulis sejak 2016. Tahun 2020, dia lulus dan meraih gelar sarjana di bidang Bahasa Indonesia dari Universitas Sanata Dharma, Yogyakarta. Cerpen *Aku Akan Pulang ke Wamena* adalah cerpen pertamanya.

Sekarang, dia bekerja di Dinas Pendidikan Kabupaten Jayawijaya, Bidang Pendidikan Luar Sekolah.

Friska Sibrani: friska1307.siba@gmail.com

**G. Budi Subanar**

- *Rahasia Pak Dwija* (Terjemahan: *Mr. Dwija's Secret* Laura Harsoyo)

**G. Budi Subanar** lahir di Yogyakarta. Ditahbiskan menjadi imam dalam Serikat Jesuit, 1994. Menempuh pendidikan Filsafat Sosial (S1) di Sekolah Tinggi Filsafat Driyarkara di Jakarta, 1988, dan Misiologi – Ilmu Religi dan Budaya (S2 dan S3) di Pontifica Universita Gregoriana, Roma, 2002. Saat ini, menjabat Direktur Pascasarjana Universitas Sanata Dharma Yogyakarta. Sebelumnya, pernah menjabat Ketua Program Studi Magister Ilmu Religi dan Budaya. Dia juga mengajar di tempat yang sama.

G. Budi Subanar adalah seorang penulis fiksi dan non-fiksi. Karya-karyanya, antara lain *Mata Air — Air Mata Kota* (Penerbit Abhiseka Dipantara, Yogyakarta, 2019), *Hilangnya Halaman Rumahku* (Penerbit Universitas Sanata Dharma, 2013), *Soegija: Catatan Harian Seorang Pejuang Kemanusiaan* (Galang Press, 2012). Karya ini dibuat film oleh Studio Audio Visual PUSKAT (*producer*) dengan Garin Nugroho sebagai *sutradara*.

G. Budi Subanar menyunting *Bahasa, Sastra, Keabadian* karya P.J. Zoetmulder, S.J. (PUSD, 2019) dan *Membaca Ulang Serat Centhini* karya E. Subangun (PUSD, 2018).

G. Budi Subanar: my_101063@yahoo.com

**Friska Sibarani**

- *Aku Akan Pulang ke Wamena* (Translation: *Going Home to Wamena* by Novita Dewi)

**Friska Sibarani** was born in Jayawijaya, on the island of Papua. Her parents were Bataks who migrated to Papua. When she was eighteen, she decided to continue her education on the island of Java. She started writing in 2016, at the age of eighteen. In 2020 she graduated with a B.A. in Indonesian Literature from the University of Sanata Dharma, Yogyakarta. *Aku Akan Pulang ke Wamena* is her first short story.

She now is employed by the education unit of the Jayawijaya Regency.

Friska Sibrani: friska1307.siba@gmail.com

**G. Budi Subanar**

- *Rahasia Pak Dwija* (Translation: *Mr. Dwija's Secret* by Laura Harsoyo)

**G. Budi Subanar** was born in Yogyakarta. He was ordained to priesthood in 1994, earned a degree in social philosophy from the Sekolah Tinggi Filsafat Driyarkara in Jakarta in 1988 and, in 2002, obtained his master's and doctorate degrees in missiology — religious and cultural studies from the Pontificia Universita Gregoriana in Rome. He is the director of the graduate program of Sanata Dharma University in Yogyakarta.

Budi Subanar writes fiction and nonfiction. His works include *Mata Air — Air Mata Kota* (Penerbit Abhiseka Dipantara, Yogyakarta, 2019), *Hilangnya Halaman Rumahku* (Penerbit Universitas Sanata Dharma (PUSD), 2013). Studio Audio Visual PUSKAT produced a film of *Soegija Catatan Harian Seorang Pejuang Kemanusiaan* (Penerbit Galang Press, 2012) with Garin Nugroho as director.

He edited *Bahasa, Sastra, Keabadian* by P.J. Zoetmulder, S.J. (PUSD, 2019) and *Membaca Ulang Serat Centhini*, by E. Subangun (PUSD, 2018).

G. Budi Subanar: my_101063@yahoo.com

**Guntur Alam**

- *Hikayat Emak* (Terjemahan: *The Seductive Tree* Oni Suryaman)

**Guntur Alam** lahir di Desa Tanah Abang Selatan, Sumatera Selatan. Dia merupakan alumni Teknik Sipil Universitas Islam 45 Bekasi. Dia pernah diundang oleh *Ubud Writers and Reader Festival*, 2012 dan pada tahun 2016 menjadi peserta residensi *ASEAN Literary Festival*.

Cerita pendeknya telah dimuat di berbagai media, di antaranya *Media Indonesia, Majas, Kompas, Jawa Pos, dan Tempo*. Beberapa kali cerpennya terpilih dalam buku cerpen pilihan Kompas. Tulisannya lebih banyak mengusung nuansa kelam. Pada tahun 2015, dia menerbitkan kumpulan cerita pendek dengan tema gotik berjudul *Magi Perempuan dan Malam Kunang-kunang* (Gramedia Pustaka Utama, 2015).

Guntur Alam: guntur486@gmail.com

**Han Gagas**

- *Pekik Burung Kedasi di Tepi Kahayan* (Terjemahan: *Crying Cuckoos over the Kahayan* Umar Thamrin)
- *Hikayat Jarot di Agustusan* (Terjemahan: *Jarot's Independence Day* Novita Dewi)

**Han Gagas** lahir di Ponorogo. Dia merupakan alumni Jurusan Geodesi UGM, Yogyakarta.

Cerpennya dimuat media massa seperti majalah *Horison*, harian *Kompas, Koran Tempo*, dan *Republika*. Novelnya *Balada Sepasang Kekasih Gila* merupakan pemenang lomba Falcon Script Hunt 2020 difilmkan Falconpicture 2022. Karya terbarunya berupa catatan perjalanan berjudul *Adzan di Israel* (Penerbit Gading, 2022). Kumpulan cerpennya adalah *Sepasang Mata Gagak di Yerusalem* (Penerbit Interlude, 2021). Karya pertamanya adalah novel *Orang-Orang Gila* (Buku Mojok, 2018).

Han Gagas: han.gagas@gmail.com

## Guntur Alam

- *Hikayat Emak* (Translation: *The Seductive Tree* by Oni Suryaman)

**Guntur Alam** was born in Tanah Abang Selatan, a South Sumatran village, and graduated from the Civil Engineering Department, Universitas Islam 45 Bekasi. He was invited to the Ubud Writers and Readers Festival in 2012 and was a resident of the ASEAN Literary Festival in 2016.

He is published in media such as *Media Indonesia, Majas, Kompas, Jawa Pos*, and *Tempo. Kompas* awarded several of his stories as best story of the year. Guntur Alam writes in the genres of noir, horror, and mystery, typified by his gothic story collection, *Magi Perempuan dan Malam Kunang-kunang* (Gramedia Pustaka Utama, 2015).

Guntur Alam: guntur486@gmail.com

## Han Gagas

- *Pekik Burung Kedasi di Tepi Kahayan* (Translation: *Crying Cuckoos over the Kahayan* by Umar Thamrin.)
- *Hikayat Jarot di Agustusan* (Translation: *Jarot's Independence Day* by Novita Dewi)

Born in Ponorogo, East Java, widely-published author **Han Gagas** is an alumnus of the Faculty of Geodesy at Universitas Gadjah Mada in Yogyakarta.

His short stories have appeared in media such as *Horison, Kompas, Tempo, Republika.* His novel *Balada Sepasang Kekasih Gila* won the 2020 Falcon Script Hunt competition and was adapted into a film by Falcon Pictures in 2022. His travel journal, *Adzan di Israel* (Penerbit Gading, 2022) is his latest publication. *Sepasang Mata Gagak di Yerusalem* (Interlude Publishers, 2021) is a short story collection. His debut novel was *Orang-orang Gila* (Buku Mojok, 2018).

Han Gagas: han.gagas@gmail.com

**Iksaka Banu**

- *Belenggu Emas* (Terjemahan: *The Golden Shackle* Maya Denisa Saputra)

**Iksaka Banu** lahir di Yogyakarta, 1964. Dia menamatkan kuliah di Jurusan Desain Grafis, Fakultas Seni Rupa dan Desain, Institut Teknologi Bandung dan mulai menulis sejak usia sepuluh tahun. Cerpen-cerpennya telah dimuat di berbagai media, di antaranya *Kawanku, Kompas*, dan *Koran Tempo*. Kumpulan cerpennya *Semua untuk Hindia* (Gramedia, 2014) meraih penghargaan Kusala Sastra Khatulistiwa 2014 untuk kelompok prosa.

Iksaka Banu: iksaka@yahoo.com

**Indra Tranggono**

- *Percakapan Patung-Patung* (Terjemahan: *The Statues' Conversation* Wikan Satriati)

**Indra Tranggono**, lahir di Yogyakarta, adalah penulis cerita pendek dan lakon. Karya lakon yang ditulisnya, antara lain monoplay *Saputangan Fang Yin* (2013), dipentaskan di Gedung Societet, Yogyakarta, dan *Negaraku sedang Demam* (2011) dipentaskan di Teater Arena, Surakarta. Cerpen-cerpennya terpilih dalam buku *Cerpen Pilihan Kompas* sebanyak tujuh kali antara tahun 2002-2012. *Menebang Pohon Silsilah* (Penerbit Buku Kompas, 2017) adalah salah satu dari buku-buku kumpulan cerpennya yang telah terbit.

Indra Tranggono: indra.tranggono23@gmail.com

**Irene Wibowo**

- *Senja di Batavia* (Terjemahan: *The Sun Sets over Batavia* English for Creative Industry Program, Petra Christian University)

**Irene Wibowo** lahir di Pasuruan dan lulusan Universitas Kristen Petra Jurusan *English for Creative Industry*. Irene mulai tertarik terhadap novel sejarah setelah membaca novel *Pulang* (Gramedia, 2013) oleh Leila S. Chudori, salah satu penulis kesukaannya. Cerpennya *Senja di Batavia* masuk ke dalam kumpulan *1 Negeri 10 Kisah* — merupakan hasil Pelatihan Penulisan Kreatif tahun 2016 yang diselenggarakan Petra Career Center.

Irene Wibowo: ip103096@gmail.com

## Iksaka Banu

- *Belenggu Emas* (Translation: *The Golden Shackle* by Maya Denisa Saputra)

**Iksaka Banu** was born in Yogyakarta and graduated from the Institut Teknologi Bandung with a degree in graphic design.

He started writing when he was ten years old. His stories were published by media such as *Kawanku*, *Kompas*, and *Koran Tempo*. His short story collection *Semua untuk Hindia* (Gramedia, 2014) won the 2014 Kusala Sastra Khatulistiwa Award in the prose category.

Iksaka Banu: iksaka@yahoo.com

## Indra Tranggono

- *Percakapan Patung-Patung* (Translation: *The Statues' Conversation* by Wikan Satriati)

**Indra Tranggono**, born in Yogyakarta, is a widely published short story writer and playwright. His one-act play "Saputangan Fang Yin" was performed at the Gedung Societet in Yogyakarta (2013), and "Negaraku sedang Demam" was performed in the Teater Arena in Surakarta (2011).

Between 2002 and 2012 his short stories won the Kompas award for Best Story of the Year seven times. *Menebang Pohon Silsilah* (Penerbit Buku Kompas, 2017) is one of his published compilations of short stories.

Indra Tranggono: indra.tranggono23@gmail.com

## Irene Wibowo

- *Senja di Batavia* (Translation: *The Sun Sets over Batavia* by English for Creative Industry Program, Petra Christian University)

**Irene Wibowo** was born in Pasuruan, East Java and is an alumna of Petra Christian University in Surabaya, where she majored in English for Creative Industry. *Pulang* (Gramedia 2013) by Leila S. Chudori, one of her favorite novelists, sparked her interest in historical fiction.

An earlier version of *Senja di Batavia* was included in a compilation of short stories, *1 Negeri 10 Kisah* — a publication issued by Petra

**Junaedi Setiyono**

- *Gusti, Doa Siapa yang akan Kau Dengar?* (Terjemahan: *Lord, Whose Prayer Will You Listen To?* Maya Denisa Saputra)

**Junaedi Setiyono** lahir di Kebumen. Dia meraih beasiswa ke Ohio State University sebagai bagian dari pendidikan doktor bidang pendidikan bahasa, yang diselesaikannya pada tahun 2016 di Universitas Negeri Semarang. Dia telah menerjemahkan beberapa cerpen untuk Dalang Publishing.

Novelnya yang terbaru, *Tembang dan Perang* (Kanisius, 2020) telah diterjemahkan oleh Oni Suryaman ke dalam bahasa Inggris berjudul *Panji's Quest* (Dalang Publishing, 2020). Selain dari itu, dia juga menulis tiga novel yang meraih penghargaan. *Dasamuka* diterjemahkan ke dalam bahasa Inggris oleh Maya Denisa Saputra dengan judul sama (Dalang Publishing, 2017) meraih penghargaan sastra dari Kementerian Pendidikan dan Kebudayaan, 2020 dan Majelis Sastra Asia Tenggara 2020. *Arumdalu* (Serambi, 2010) termasuk daftar calon peraih penghargaan Khatulistiwa Literary Award 2010. *Glonggong* (Serambi, 2007) memenangi sayembara menulis novel Dewan Kesenian Jakarta 2006 dan calon peraih penghargaan Khatulistiwa Literary Award 2008.

Junaedi Setiyono: junaedi.setiyono@yahoo.co.id

**Kurnia Effendi**

- *Laut Lepas Kita Pergi* (Terjemahan: *To the Sea We Surrender* Oni Suryaman)

**Kurnia Effendi** dilahirkan di Tegal. Menulis pertama kali di media massa melalui majalah *Gadis, Aktuil*, dan koran *Sinar Harapan*. Pada tahun 80-an, dia meraih sekira 30 penghargaan sayembara menulis fiksi, delapan di antaranya juara pertama.

Sampai kini telah menerbitkan beberapa buku terdiri atas antologi puisi, kumpulan cerpen, himpunan esai, novel, dan catatan harian. *Mencari Raden Saleh* (Diva Press, 2019) mendapat penghargaan buku terbaik bidang puisi dari Perpusnas 2019. *Percakapan*

Career Center to showcase work from their 2016 Creative Writing Workshop.

Irene Wibowo: ip103096@gmail.com

## Junaedi Setiyono

- *Gusti, Doa Siapa Yang Akan Kau Dengar?* (Translation: *Lord, Whose Prayer Will You Listen To?* by Maya Denisa Saputra)

**Junaedi Setiyono** was born in Kebumen, Central Java. He was awarded a scholarship from Ohio State University as part of his doctorate degree in language education, which he received in 2016 from the Semarang State University. He teaches writing and translation at his alma mater in Purworejo. He has translated a couple of stories for Dalang Publishing's website.

His latest novel *Tembang dan Perang* (Kanisius, 2020) was translated by Oni Suryaman in English as *Panji's Quest* (Dalang Publishing, 2020). He also authored three other award-winning historical novels: *Dasamuka* (Penerbit Ombak, 2017), which won the 2020 literary award from the Indonesian Ministry of Culture and Education and received the Majelis Sastra Asia Tenggara (Mastera) 2020 award was translated into English by Maya Denisa Saputra under the same title (Dalang Publishing, May 2017). *Arumdalu* (Serambi, 2010) was longlisted for the 2010 Khatulistiwa Literary Award, and *Glonggong* (Serambi, 2007), won the Jakarta Arts Council 2006 award and was finalist for the 2008 Khatulistiwa Literary Award.

Junaedi Setiyono: junaedi.setiyono@yahoo.co.id

## Kurnia Effendi

- *Laut Lepas Kita Pergi* (Translation: *To the Sea We Surrender* by Oni Suryaman)

**Kurnia Effendi** was born in Tegal, Central Java. His early writings appeared in the magazines *Gadis* and *Aktuil* and the newspaper *Sinar Harapan*. He won thirty fiction contests in the '80s — eight as first-place winners.

Kurnia Effendi has published numerous books, including poetry anthologies, short-story collections, essays, novels, and memoirs. The National Library of the Republic of Indonesia, awarded *Mencari Raden Saleh* (Diva Press, 2019) as the best poetry collection in

*Interior* (Kosa Kata Kita, 2018) masuk dalam 14 buku terpuji Hari Puisi Indonesia 2018.
Kurnia Effendi: kurnia_ef@yahoo.com


## Linda Christanty

- *Zakaria* (Terjemahan: *Zakaria* Dewi Anggraeni)

**Linda Christanty**, lahir di Pulau Bangka, adalah seorang penulis dan wartawan yang meraih beberapa penghargaan.

Buku kumpulan esainya yang telah terbit adalah *Para Raja dan Revolusi* (IRCiSoD, 2016). *Jangan Tulis Kami Teroris* (Kepustakaan Populer Gramedia, 2011) merupakan kumpulan esai yang diterjemahkan ke dalam bahasa Jerman pada 2015. Karya esai lainnya adalah *Seekor Burung Kecil Biru di Naha* (Kepustakaan Populer Gramedia, 2012). Kumpulan cerpennya, *Seekor Anjing Mati di Bala Murghab* (Gramedia Pustaka Utama, 2012), meraih penghargaan dari Pusat Bahasa Kementerian Pendidikan Nasional, 2013. Pada tahun 2013, dia meraih SEA Write Award di Bangkok, Thailand.

Setelah menjadi kepala penyunting *Aceh Feature*, dia sekarang tinggal di Jakarta dan bekerja sebagai penyunting utama *Dewi*, sebuah majalah wanita bergengsi.
Linda Christanty: lindachrista@yahoo.com


## Lintang Amartya Padmarini

- *Semayamkan Mamak* (Terjemahan: *Mother's Footsteps* Umar Thamrin)

**Lintang Amartya Padmarini** adalah perempuan yang lahir di Yogyakarta. Sehari-harinya, dia adalah mahasiswa Studi Perdamaian dan Konflik di Jurusan Hubungan Internasional UGM. Dia turut berkecimpung di Girl Up UGM, perkumpulan yang menyuarakan kesetaraan antara lelaki dan perempuan di kampusnya. Perjalanannya menempuh pendidikan di jenjang perguruan tinggi mengenalkannya pada banyak peminatan baru, di antaranya pemberdayaan perempuan, perlawanan nirkekerasan, dan perdamaian. Walau demikian, dia tetap menggemari kesusastraan Indonesia, khususnya buku-buku Ahmad Tohari.

2019. *Percakapan Interior* (Kosa Kata Kita, 2018) was among the fourteen honorable mentions of poetry collections on Indonesian Poetry Day in 2018.

Kurnia Effendi: kurnia_ef@yahoo.com

## Linda Christanty

- *Zakaria* (Translation: *Zakaria* by Dewi Anggraeni)

Award-winning and widely-published author and journalist **Linda Christanty** was born on the island of Bangka.

Her publications include several compilations of essays such as, *Para Raja dan Revolusi* (IRCiSoD, 2016), *Jangan tulis kami Teroris* (Kepustakaan Populer Gramedia, 2011) which was translated into German in 2015, and *Seekor Burung Kecil Biru di Naha* (Kepustakaan Populer Gramedia 2012). Her short story compilation *Seekor Anjing Mati di Bala Murghab* (Gramedia Pustaka Utama, 2012) won the 2013 Literary Award of The Center for Language Development and Cultivation, Indonesian Ministry of Culture and Education. In 2013, she received the SEA Write Award in Bangkok, Thailand.

Formerly chief editor of *Aceh Feature*, Christanty now lives in Jakarta, working as senior editor of *Dewi*, a prestigious women's magazine.

Linda Christanty: lindachrista@yahoo.com

## Lintang Amartya Padmarini

- *Semayamkan Mamak* (Translation: *Mother's Footsteps* by Umar Thamrin)

**Lintang Amartya Padmarini** was born and raised in Yogyakarta. She is a student of Peace and Conflict Studies at Gadjah Mada University (UGM). She is also involved in Girl Up UGM, an association that promotes gender equality. Her studies at the university ignite her interest in many issues — including women's empowerment, nonviolent resistance, as well as Indonesian literature and its authors, especially Ahmad Tohari. His novel *Lintang Kemukus Dini Hari* inspired her name. In addition to her own writing, she is compiling a book of short stories written by her late father, Rinto Andriono.

Lintang Amartya Padmarini: lintangamartya02@gmail.com

Novel Ahmad Tohari, *Lintang Kemukus Dini Hari,* mengilhami namanya.

Lintang Amartya Padmarini: lintangamartya02@gmail.com

## Maria Matildis Banda

- *Laki-laki dari Ratenggaro* (Terjemahan: *The Man from Ratenggaro* Oni Suryaman)

**Maria Matildis Banda** lahir di Flores. Dosen Fakultas Ilmu Budaya Universitas Udayana (UNUD) ini kerap meneliti kebudayaan lisan daerah-daerah di Nusa Tenggara Timur dan ini menjadikan kekuatan baginya untuk menulis novel berlatar daerah. Antara tahun 2015 dan 2021, dia menulis tiga novel berlatar NTT yang diterbitkan sendiri yaitu *Wijaya Kusuma dari Kamar Nomor Tiga* (2017), *Suara Samudra* (2017), *Bulan Patah* (2021). Novelnya *Pasola* diterjemahkan dan akan diterbitkan oleh Dalang Publishing sekira pertengahan tahun 2023.

Maria Matildis Banda: bmariamatildis@gmail.com

## Maryam Mufidah

- *Kehampaan di Pantai Tanjung Lesung* (Terjemahan: *Tanjung Lesung Beach Wrapped in Desolation* Nurina Sanputeri Halim)

**Maryam Mufidah** lahir pada 22 Desember 2007 di Purworejo. Pada saat tulisan ini dibuat, dia tercatat sebagai siswa SD Muhammadiyah Kutoarjo kelas enam. Dalam kumpulan cerpen ini, dia merupakan penulis termuda. Hasil penulisan yang pernah diraihnya adalah juara 2 lomba cipta cerpen Festival dan Literasi Nasional Tingkat Kecamatan Kutoarjo tahun 2019 dan juara 1 lomba cipta cerpen Tsamuha Smart Competition wilayah Jateng tahun 2019. Sekarang dia tinggal di Pangenjurutengah, Purworejo, Jawa Tengah bersama keluarganya.

Maryam Mufidah: maryammufidah2022@gmail.com

## Maria Matildis Banda

- *Laki-laki dari Ratenggaro* (Translation: *The Man from Ratenggaro* by Oni Suryaman)

**Maria Matildis Banda** was born on Flores, one of Indonesia's Lesser Sunda Islands. She teaches at the Faculty of Cultural Studies at Universitas Udayana in Denpasar, where researching the oral traditions of Nusa Tenggara Timur (NTT), the most southern province of Indonesia, gives her a strong basis for writing ethnic novels. She self-published three novels set in NTT: *Bulan Patah* (2021), *Wijaya Kusuma dari Kamar Nomor Tiga* (2017), and *Suara Samudra* (2017). Her novel *Pasola* is in translation by Dalang Publishing.

Maria Matildis Banda: bmariamatildis@gmail.com

## Maryam Mufidah

- *Kehampaan di Pantai Tanjung Lesung* (Translation: *Tanjung Lesung Beach Wrapped in Desolation* by Nurina Sanputeri Halim)

**Maryam Mufidah** was born in Purworejo, Central Java, on December 22, 2007. At the time of this writing, Mufidah was a sixth-grader at the Muhammadiyah Kutoarjo elementary school. She is the youngest author in this collection. Her writing achievements already include a first place at the 2019 Tsamuha Smart Competition — a short-story competition for the Central Java province — and second place at the 2019 Festival dan Literasi Nasional — a short-story competition for the Kutoarjo area. She and her family currently reside in Purworejo, Central Java.

Maryam Mufidah: maryammufidah2022@gmail.com

## Mochtar Lubis
### 7 Maret 1922 – 2 Juli 2004

- *Kuli Kontrak* (Terjemahan: *The Contract Coolies* Novita Dewi)

**Mochtar Lubis** adalah seorang wartawan dan pengarang ternama Indonesia. Dia lahir di Padang, 7 Maret 1922 dan wafat di Jakarta, 2 Juli 2004. Dia dikenal sebagai penulis yang tanggap dan pendiri majalah sastra *Horison*. Novelnya, *Senja di Jakarta,* merupakan novel Indonesia pertama yang diterjemahkan ke dalam bahasa Inggris dengan judul *Twilight in Jakarta* (Hutchinson & Co, 1963) dan bahasa-bahasa lainnya. Novelnya, *Maut dan Cinta* (Yayasan Obor Indonesia, 1977) diterjemahkan ke dalam bahasa Inggris oleh Stefanny Irawan dengan judul *Love, Death and Revolution* (Dalang Publishing, 2015). Karya-karya terkenal lainnya, antara lain novel *Harimau! Harimau!* (Yayasan Obor Indonesia, 1975, 2008) dan *Jalan Tak Ada Ujung* (Balai Pustaka, 1952 dan Yayasan Obor Indonesia, 2003).

## Mona Sylviana

- *Mata yang Menyala* (Terjemahan: *Flaming Eyes* Indah Lestari)

**Mona Sylviana** lahir di Bandung. Dia menamatkan kuliah di Fikom Universitas Padjadjaran (Unpad) tetapi lebih banyak menghabiskan waktu di Gelanggang Seni, Sastra, Teater, dan Film (GSSTF) Unpad. Setelah sempat bergabung dengan Studiklub Teater Bandung (STB), dia terlibat di Teater Nalar. Dia terlibat dalam kelahiran dan kegiatan Institut Nalar Jatinangor, lembaga nirlaba yang kegiatannya terpusat pada kesetaraan dan keragaman.

Buku kumpulan cerpennya adalah *Wajah Terakhir* (Gramedia Pustaka Utama, 2011). Selain itu, cerpen-cerpennya tersebar di majalah *Jurnal Perempuan* dan *Femina* serta harian *Kompas, Koran Tempo,* dan *The Jakarta Post.*

Mona Sylviana: wajahterakhir@gmail.com

## Muna Masyari

- *Ketuk Lumpang* (Terjemahan: *Requiem for a Wedding* Junaedi Setiyono)

**Muna Masyari**, lahir di Pamekasan, Madura. Dia seorang penulis cerpen sekaligus seorang penjahit pakaian yang seringkali mendapatkan ilham menulis ketika sedang menjahit.

## Mochtar Lubis
### March 7 1922 – July 2 2004

- *Kuli Kontrak* (Translation: *The Contract Coolies* by Novita Dewi)

**Mochtar Lubis** one of Indonesia's prominent literary figures was born in Padang, West Sumatra, and died in Jakarta at the age of 82. He is known for his critical writings. He is the founder of the literary magazine Horizon. His novel *Senja di Jakarta* (*Twilight in Jakarta,* Hutchinson, 1963) was the first Indonesian novel translated into English and has since been translated into multiple other languages. Other novels include: *Maut dan Cinta* (Penerbit Obor, 1977), which was translated into English by Stefanny Irawan as *Love, Death and Revolution* (Dalang Publishing, 2015), *Harimau! Harimau!* (Penerbit Obor 1975, 2008) and *Jalan Tak Ada Ujung* (Balai Pustaka, 1952 and Yayasan Obor Indonesia, 2003).

## Mona Sylviana

- *Mata yang Menyala* (Translation: *Flaming Eyes* by Indah Lestari)

**Mona Sylviana** was born in Bandung, West Java. She graduated from the Faculty of Communication Science, Padjadjaran University, spending most of her time at the university's student union for arts, literature, theater, and film. A former member of Bandung's student theater troupe, she is active in Teater Nalar and is co-founder of Institut Nalar Jatinangor, a nonprofit organization focused on equality and plurality.

*Wajah Terakhir* (Gramedia Pustaka Utama, 2011) is her compilation of short stories. Her stories have been published in several anthologies and many media such as *Jurnal Perempuan, Femina, Kompas, Koran Tempo,* and *The Jakarta Post.*

Mona Sylviana: wajahterakhir@gmail.com

## Muna Masyari

- *Ketuk Lumpang* (Translation: *Requiem for a Wedding* by Junaedi Setiyono)

**Muna Masyari** was born in Pamekasan, Madura, East Java. Her work as a seamstress often inspires her writing.

Buku kumpulan cerpennya adalah *Martabat Kematian* (Sulur Pustaka, 2019). Cerpennya *Kasur Tanah* dinobatkan sebagai Cerpen Terbaik Kompas 2017. Tulisan-tulisannya termaktub dalam antologi *Kasur Tanah* (Penerbit Buku Kompas, 2017) dan *Tanah Air* (Penerbit Buku Kompas, 2016). Cerpen-cerpen lainnya juga tersiar di majalah *Horison*, harian *Kompas*, *Jawa Pos*, dan *Koran Tempo*.
Muna Masyari: masyarimuna@gmail.com

## Oni Suryaman

- *Bupati di Tengah Kemelut* (Terjemahan: *The Regent's Turmoil* Novita Dewi)

**Oni Suryaman** berlatar belakang pendidikan teknik, tetapi jiwa sastra mengalir di dalam tubuhnya. Di sela-sela waktu luang mengajarnya, dia menulis esai, resensi buku, dan fiksi. Dia menerjemahkan *Tembang dan Perang* (Kanisius, 2021), novel peraih penghargaan Mastera 2021 karya Junaedi Setiyono, ke dalam bahasa Inggris dengan judul *Panji's Quest* (Dalang Publishing, 2021). Antara 2017-2021, dia menjadi penerjemah sukarela untuk laman Dalang Publishing. Dia juga menjadi penerjemah lepas untuk penerbit Kepustakaan Populer Gramedia dan Kanisius. Baru-baru ini, dia menerbitkan buku anak berjudul *I Belog*, sebuah penceritaan kembali cerita rakyat Bali, yang sadurannya dipertunjukkan dalam AFCC Singapura 2017.
Oni Suryaman: oni.suryaman@gmail.com

## Ouda Teda Ena

- *Aku Tidak Ingin Tubuh Ranummu* (Terjemahan: *Brewed Love* Laura Harsoyo)

**Ouda Teda Ena** lahir di Sleman. Dia menyelesaikan sarjana dan magister di Pendidikan Bahasa Inggris, Universitas Sanata Dharma, dan gelar doktor pendidikan diperolehnya dari Loyola University Chicago, Amerika Serikat. Sekarang, dia adalah dosen di Jurusan Pendidikan Bahasa Inggris, Universitas Sanata Dharma, Yogyakarta.

Her most recent story collection is *Martabat Kematian* (Sulur Pustaka, 2019).

Her story *Kasur Tanah* was awarded by Kompas as the best short story in 2017. Her stories have been published in several anthologies, including *Kasur Tanah* (Penerbit Buku Kompas, 2017) *Tanah Air* (2016), as well as in many media including, *Horison, Harian Kompas, Jawa Pos*, and *Koran Tempo*.

Muna Masyari: masyarimuna@gmail.com

## Oni Suryaman

- *Bupati di Tengah Kemelut* (Translation: *The Regent's Turmoil* by Novita Dewi)

Despite his technical background, **Oni Suryaman** is driven by literature. In his spare time, he writes essays, book reviews, and fiction. He has translated award-winning author Junaedi Setiyono's *Tembang dan Perang* (Kanisius, 2021), which won the 2021 Mastera Award, as *Panji's Quest* (Dalang Publishing, 2021). Between 2017 and 2021, he voluntarily translated close to a dozen stories for Dalang Publishing's website. He has also worked as a part-time translator for Indonesian publishers Kepustakaan Populer Gramedia and P.T. Kanisius.

He has recently self-published a picture book titled *I Belog*, a retelling of a famous Balinese folktale, an adaptation of which was performed at the Asian Festival of Children's Content Singapore 2017.

Oni Suryaman: oni.suryaman@gmail.com

## Ouda Teda Ena

- *Aku Tidak Ingin Tubuh Ranummu* (Translation: *Brewed Love* by Laura Harsoyo)

**Ouda Teda Ena** was born in Yogyakarta, Central Java. He completed his bachelor's and master's degrees from the English Education Department at Sanata Dharma University in Yogyakarta and earned his doctoral degree in education from Loyola University Chicago. He is now a faculty member at his alma mater in Yogyakarta.

Dia senang menulis saat waktu luangnya, terutama menulis puisi dan cerita kilat. Tulisannya telah dibukukan dalam *Pandemi Sampar Tahun Kembar* (Sanata Dharma University Press, 2021), dan terbitan sendiri *Perempuan dalam Almari: Kumpulan Puisi* (2013), *Hampir Chairil: Kumpulan Kisah Kilat* (2013), dan novel pendek *Arok Berkaca Dedes: Sebuah Novelet Intrik Politik Berdarah* (2012).
Ouda Teda Ena: ouda.art@gmail.com

**Radixa Meta Utami**
- *Alloy Bintang Kampung* (Terjemahan: *Village Celebrity* Novita Dewi)

**Radixa Meta Utami** lahir di Denpasar. Sewaktu di sekolah dasar, dia mengikuti orangtuanya pindah ke Semarang. Dia menyelesaikan sekolah menengah atas di SMAN 1 Kota Mungkid. Tahun 2015, masuk kuliah di Program Studi Matematika, Fakultas Sains dan Teknologi, Unversitas Sanata Dharma. Namun kemudian, tahun 2016 pindah ke Program Studi Sastra Indonesia Fakultas Sastra Universitas Sanata Dharma.
Radixa Meta Utami: n1w4y4nt0m130y@gmail.com

**Ranang Aji Surya Putra**
- *Kisah Cinta Perempuan yang Diberkati Kiai Hambali* (Terjemahan: *The Lovesick Lady* Oni Suryaman)
- *Mitoni Terakhir* (Terjemahan: *The Last Mitoni* Novita Dewi)

**Ranang Aji Surya Putra** adalah penulis fiksi yang karya-karyanya telah dimuat oleh *Kompas, Jawa Pos,* dan *Republika.* Dia telah menerbitkan buku kumpulan cerpen *Serigala yang Berzikir di Akhir Waktu* (Penerbit Nyala, 2018).
Tahun 2021, dia mendirikan Sekolah Borobudur di Surabaya, yaitu sekolahborobudur.com., sebuah sekolah yang mengajarkan penulisan kreatif dan kritik sastra. Tahun 2019, dia mendirikan jurnal seni budaya *Jurnal Lembar* terbit triwulan di bawah Yayasan Museum dan Tanah Liat Yogyakarta.
Ranang Aji Surya Putra: ranangajisuryaputra@gmail.com

He loves to write poems and flash fiction. *Pandemi Sampar Tahun Kembar* (Sanata Dharma University Press, 2021) is his recent collection of poems. He has self-published *Perempuan dalam Almari: Kumpulan Puisi* (2013*)*, a poetry collection, *Hampir Chairil: Kumpulan Kisah Kilat* (2013), a compilation of flash fiction, and a novella, *Arok Berkaca Dedes: Sebuah Novelet Intrik Politik Berdarah* (2012).

Ouda Teda Ena: ouda.art@gmail.com

## Radixa Meta Utami

- *Alloy Bintang Kampung* (Translation: *Village Celebrity* by Novita Dewi)

**Radixa Meta Utami** was born in Denpasar, Bali. Her parents moved to Semarang, Central Java, when she was in elementary school. She completed high school in SMAN 1 Mungkid. In 2015, she enrolled at the Mathematics Department of the Faculty of Science and Technology at the University of Sanata Dharma, but in 2016, she changed her major to study Indonesian literature at the university's Faculty of Letters.

Radixa Meta Utami: n1w4y4nt0m130y@gmail.com

## Ranang Aji Surya Putra

- *Kisah Cinta Perempuan Yang Diberkati Kiai Hambali* (Translation: *The Lovesick Lady* by Oni Suryaman)
- *Mitoni Terakhir* (Translation: *The Last Mitoni* by Novita Dewi)

**Ranang Aji Surya Putra**'s short stories and poems have been published in various newspapers, including *Kompas, Jawa Pos,* and *Republika. Serigala yang Berzikir di Akhir Waktu* (Penerbit Nyala, 2018) is his short story collection.

In 2021, he founded Sekolah Borobudur in Surabaya. The school offers creative writing as well as critique classes. Under the auspices of the Yayasan Museum dan Tanah Liat in Yogyakarta, he co-launched *Jurnal Lembar,* a trimonthly journal on art, culture, and literature in 2019.

Ranang Aji Surya Putra: ranangajisuryaputra@gmail.com

**Reni Renatawati**
- *Horas Ibu* (Terjemahan: *Mother's Whispering Bones* Novita Dewi)

**Reni Renatawati** lahir di Jakarta, keturunan Batak dan Jawa. Dia merupakan lulusan Sastra Inggris dari Universitas Kristen Satya Wacana, Salatiga.

Seorang penggemar membaca buku karya penulis Indonesia maupun asing, dia memiliki impian untuk menjadi seorang penulis ahli. Tulisannya berdasar atas penelitian permasalahan kemasyarakatan yang terjadi di Indonesia. Tujuan utamanya adalah memberikan berbagai pencerahan untuk pemecahan permasalahan tersebut.

Reni: enirenataharianja16@gmail.com

**Rinto Andriono**

22 August 1974 – 29 November 2021

- *Pohon Pongo* (Terjemahan: *Pongo's Caring Tree* Novita Dewi)
- *Yang Beralih* (Terjemahan: *The Third Gender* Oni Suryaman)

**Rinto Andriono** adalah penyintas serangan penyumbatan pembuluh otak yang menyebabkan kelumpuhan tubuh kanan pada usia 46 tahun. Menulis adalah salah satu kegiatan penyembuhan yang disarankan oleh dokter syaraf untuk mengembalikan kemampuan membangun penalaran. Dia mulai menulis enam bulan setelah serangan.

Sebelum sakit, dia adalah perencana pemulihan pascabencana, yang banyak bekerja di beragam tempat bencana di Indonesia dan Asia. Setelah sakit, lebih banyak melakukan kajian, pelatihan daring, dan penulisan pembelajaran di bidang yang sama.

Tulisannya mencerminkan perhatiannya yang mendalam terhadap keadaan umat manusia dan lingkungan hidup. Dengan pendampingan menulis dari almarhum Ahmad Yulden Erwin, dia menulis belasan cerita pendek. Putrinya, Lintang Amartya Padmarini, sedang menyiapkan penerbitan karya-karya Rinto Andriono secara anumerta.

**Reni Renatawati**

- *Horas Ibu* (Translation: *Mother's Whispering Bones* by Novita Dewi)

**Reni Renatawati** was born in Jakarta, to parents who came from the islands of Sumatra and Java. She recently graduated from the Universitas Kristen Satya Wacana in Salatiga, Central Java, where she studied English literature. She enjoys reading the works of Indonesian as well as foreign authors and dreams of becoming a professional writer. Her fiction writing is based on her research about cultural and social issues that are experienced by Indonesian communities. She hopes to raise an awareness of these problems in the Indonesian population.

Reni: renirenataharianja16@gmail.com

**Rinto Andriono**

August 22, 1974 – November 29, 2021

- *Pohon Pongo* (Translation: *Pongo's Caring Tree* by Novita Dewi)
- *Yang Beralih* (Translation: *The Third Gender* by Oni Suryaman)

At age 46, **Rinto Andriono** survived a stroke that paralyzed the right side of his body. He began writing six months later as a healing activity to restore his ability to reason. Rinto Andriono was a post-disaster recovery planner, who worked extensively throughout Indonesia and Asia.

His writing reflects his deep concern for the human condition, as well as for the environment. He wrote more than a dozen short stories under the guidance of the late Ahmad Yulden Erwin. His daughter, Lintang Amartya Padmarini, is now preparing those stories for a posthumous publication.

**S. Prasetyo Utomo**
- *Penyusup Larut Malam* (Terjemahan: *The Midnight Intruder* Indra Blanquita Hurip)

**S. Prasetyo Utomo**, lahir di Yogyakarta, merupakan doktor Ilmu Pendidikan Bahasa Unnes. Dia menulis di *Horison, Esquire, Kompas, Koran Tempo,* dan *Jawa Pos. Penyusup Larut Malam* pertama kali terbit dalam kumpulan cerpen *Kehidupan di Dasar Telaga* (Penerbit Buku Kompas, 2020). Dia menerima Acarya Sastra 2015 dari Badan Pembinaan dan Pengembangan Bahasa. Novel-novelnya yang telah terbit adalah *Cermin Jiwa* (Pustaka Alvabet, 2017) dan *Tarian Dua Wajah* (Pustaka Alvabet, 2016).
S. Prasetyo Utomo: s.prasetyoutomo@yahoo.co.id

**Teguh Afandi**
- *Pohon Pu Tao Tua* (Terjemahan: *The Old Pu Tao Tree* Laura Harsoyo)

**Teguh Afandi** senang menulis cerpen, esai, dan ulasan buku. Buku kumpulan cerpen perdananya berjudul *Arum Manis* (Gramedia Pustaka Utama, 2022). Cerpen *Tongseng* menjadi Juara 1 sayembara cerpen Penerbit Tangga Pustaka, 2015, dan disertakan dalam buku antologi *25 Kisah Cinta Paling Mengharukan* (Tangga Pustaka, 2015). Cerpen *Pohon Randu Wangi* mendapatkan Juara 3 Green Pen Award Perhutani, 2015. Cerpen *Arum Manis* mendapatkan Juara 1 sayembara cerpen *Femina*, 2014. Selain itu, karyanya diterbitkan di surat kabar *Pikiran Rakyat* dan *Tribun Jabar*. Ulasan bukunya dimuat antara lain di *Koran Tempo, Jawa Pos,* dan media daring *Jurnal Ruang*.
Dia sekarang bekerja sebagai penyunting di salah satu penerbit di Jakarta.
Teguh Afandi: teguhafandi@gmail.com

**Triyanto Triwikromo**
- *Wali Kesebelas* (Terjemahan: *The Eleventh Saint* Indah Lestari)

**Triyanto Triwikromo**, lulus Magister Ilmu Susastra Universitas Diponegoro, dan sekarang menjadi dosen Penulisan Kreatif

## S. Prasetyo Utomo

- *Penyusup Larut Malam* (Translation: *The Midnight Intruder* by Indra Blanquita Hurip)

**S. Prasetyo Utomo** was born in Yogyakarta. He earned his doctoral degree from the Linguistics Department at Universitas Negeri Semarang. His stories have been published in various media, including: *Horison, Esquire, Kompas, Koran Tempo,* and *Jawa Pos. Penyusul Larut Malam* was first published in *Kehidupan di Dasar Telaga* (Penerbit Buku Kompas, 2020). He received the Acarya Sastra award in 2015 from the Center of Indonesian Language Improvement and Development. His novels are *Cermin Jiwa* (Pustaka Alvabet 2017) and *Tarian Dua Wajah* (Pustaka Alvabet 2016).

S. Prasetyo Utomo: s.prasetyoutomo@yahoo.co.id


## Teguh Afandi

- *Pohon Pu Tao Tua* (Translation: *The Old Pu Tao Tree* by Laura Harsoyo)

**Teguh Afandi** likes to write short stories, essays, and book reviews. *Arum Manis* (Gramedia Pustaka Utama, 2022) is his first compilation of short stories. His short story *Tongseng* won first prize at the Penerbit Tangga Pustaka, 2015, short story competition and was included in the anthology *25 Kisah Cinta Paling Mengharukan* (Tangga Pustaka, 2015). *Pohon Randu Wangi* placed third in the Green Pen Award Perhutani, 2015.

His short story *Arum Manis* placed first in the *Femina* 2014 short story competition. His stories have also placed in several newspapers, including *Pikiran Rakyat* and *Tribun Jabar*. His book reviews have been featured in *Koran Tempo, Jawa Pos*, and *Jurnal Ruang*, an online publication.

He is employed as an editor at a Jakarta-based publishing house.

Teguh Afandi: teguhafandi@gmail.com


## Triyanto Triwikromo

- *Wali Kesebelas* (Translation: *The Eleventh Saint* by Indah Lestari)

**Triyanto Triwikromo** earned his master's in literature from Diponegoro University, Semarang, where he now teaches creative

di almamaternya. Dia juga Redaktur Pelaksana Harian *Suara Merdeka*. Beberapa puisinya termuat di majalah sastra dwibahasa di Australia, *Mud Purgatory*. Buku-bukunya antara lain kumpulan cerpen *Surga Sungsang* (Gramedia Pustaka Utama, 2014) dan *Celeng Satu Celeng Semua* (Gramedia Pustaka Utama, 2013). Dia pernah terpilih sebagai salah satu di antara lima penulis fiksi terbaik Penghargaan Kusala Sastra Khatulistiwa, 2014.
Triyanto Triwikromo: triwikromo@yahoo.com

## Umar Thamrin

• *Cenneng Rara* (Terjemahan: *Cenneng Rara* Oni Suryaman)
Pada tahun 2005, **Umar Thamrin** menerima beasiswa *Fulbright Grant* dan *Catherine and William L. Magistretti Graduate Fellowship* untuk menyelesaikan pendidikan pascasarjana di Amerika Serikat. Dia menyelesaikan program Ph.D. dalam bidang Studi Asia Tenggara di University of California, Berkeley, pada 2016. Sebelum kembali ke tanah air pada penghujung 2017, dia menerima tawaran dari University of Oregon untuk menjadi peneliti dan pengajar selama setahun.
Saat kembali ke tanah air, dia prihatin melihat rakyat yang tetap saja terpinggirkan dan sejarah yang begitu mudah terlupakan. Inilah yang mendorongnya untuk merenung, mengenang, dan menulis. Umar sekarang mengajar linguistik pada Universitas Islam Negeri Alauddin.
Sejak tahun 2022 dia menjadi penerjemah sukarela untuk laman Dalang Publishing.
Umar Thamrin: umar2x.umar@gmail.com

## Wina Bojonegoro

• *Jejak* (Terjemahan: *Traces* Alvin Steviro)
**Wina Bojonegoro**, penerima Anugerah Sabda Budaya Sastra 2018 dari Universitas Brawijaya. Dia menulis cerpen sejak 1988 dan ditayangkan di berbagai media nasional, seperti *Kompas* dan *Jawa Pos*, serta dalam puluhan buku antologi.
Pada tahun 2020, dia mendirikan sekolah menulis Padmedia. Pada bulan Maret 2021, dia mendirikan Perempuan Penulis Padma (PERLIMA), sebuah kelompok penulis perempuan.

writing. He also is the managing editor of *Suara Merdeka*.

His poems have appeared in the bilingual Australian publication *Mud Purgatory.* His collections of short stories include: *Surga Sungsang* (Gramedia Pustaka Utama, 2014), and *Celeng Satu Celeng Semua* (Gramedia Pustaka Utama 2013). He placed as one of the best five fiction writers in the Kusala Sastra Khatulistiwa Literary Award 2014.

Triyanto Triwikromo: triwikromo@yahoo.com

## Umar Thamrin

• *Cenneng Rara* (Translation: *Cenneng Rara* by Oni Suryaman)

In 2005, **Umar Thamrin** received a Fulbright grant and a Catherine and William L. Magistretti Graduate Fellowship for his graduate studies in the United States. He completed his Ph.D. in Southeast Asian Studies at the University of California, Berkeley, in 2016. Before returning to Indonesia in 2017, he received a one-year appointment as a research and teaching fellow at the University of Oregon.

Back in his home country, he became disturbed by the social conditions he encountered there. These conditions prompted him to contemplate, remember, and write. He currently teaches linguistics at Alauddin State Islamic University.

Since 2022 he is a volunteer translator for Dalang Publishing's website.

Umar Thamrin: umar2x.umar@gmail.com

## Wina Bojonegoro

• *Jejak* (Translation: *Traces* by Alvin Steviro)

**Wina Bojonegoro** started writing short stories in 1988 and received the 2018 Anugerah Sabda Budaya Sastra Award from Universitas Brawijaya. Her stories have been published dozens of anthologies and national media such as Kompas and Jawa Pos.

In 2020 she started Padmedia, a creative writing school. In March 2021, she established Perempuan Penulis Padma (PERLIMA), a group of female writers.

Di Pasuruan, dia tinggal di Omah Padma — rumah tinggal yang sekaligus tempat kegiatan budaya seperti melukis, menulis, dan menari bagi masyarakat setempat.
Wina Bojonegoro: wina.bojonegoro@gmail.com

**Yudhi Herwibowo**
* *Robodoi, Bajak Laut dari Tobelo* (Terjemahan: *The Pirate from Tobelo* Oni Suryaman)

**Yudhi Herwibowo**, lahir di Palembang, tetapi tumbuh di Tegal dan Kupang. Kini menetap di Solo, mengolah BukuKatta, sebuah percetakan dan penerbitan rumahan. Walau merupakan lulusan arsitektur, dia lebih memilih terjun sebagai penulis cerita pendek dan novel. Cerita-cerita pendeknya tersebar di majalah *Horison, Femina, Esquire* dan harian *Koran Tempo, The Jakarta Post,* dan *Jawa Pos.* Beberapa novelnya, di antaranya *Cameo Revenge* (Grasindo, 2015), *Enigma* (Kompas Gramedia, 2013), dan *Miracle Journey* (Elex Media Komputindo, 2013).
Yudhi Herwibowo: *hikozza@yahoo.com*

**Zen Hae**
* *Rumah Kawin* (Terjemahan: *The Wedding House* Indah Lestari)

**Zen Hae** menamatkan pendidikan di Jurusan Bahasa dan Sastra Indonesia IKIP Jakarta (kini Universitas Negeri Jakarta). Pernah menjadi wartawan, pekerja LSM, penulis naskah infotainmen, dan dosen paruh waktu. Sejak Februari 2012, dia menjadi Manajer Penerbitan di Komunitas Salihara.
Dia menulis puisi, cerita, dan kritik sastra. Buku puisinya *Paus Merah Jambu* (Akar Indonesia, 2007) masuk lima besar Khatulistiwa Literary Award 2008 dan mendapatkan predikat "Karya Sastra Terbaik 2007" dari majalah *Tempo*. Buku kumpulan cerita pendeknya yang telah terbit adalah *Rumah Kawin* (KataKita, 2004).
Zen Hae: zenhae@gmail.com

She lives at Omah Padma, a place that serves as a community center for local artists in Pasuruan.

Wina Bojonegoro: wina.bojonegoro@gmail.com


## Yudhi Herwibowo

- *Robodoi, Bajak Laut dari Tobelo* (Translation: *The Pirate from Tobelo* by Oni Suryaman)

**Yudhi Herwibowo** was born in Palembang, South Sumatra, but grew up in Tegal Central Java, and Kupang, East Nusa Tenggara. He now lives in Solo, Central Java, and manages BukuKatta, a home publishing and printing company. He graduated with a degree in architecture, but he finds writing short stories and novels compelling. His stories have been published in several media such as *Horison, Femina, Esquire, Koran Tempo, The Jakarta Post*, and *Jawa Pos.* His novels are *Cameo Revenge* (Grasindo, 2015), *Enigma* (Kompas Gramedia, 2013), *Miracle Journey* (Elex Media Komputindo, 2013).

Yudhi Herwibowo: *hikozza@yahoo.com*


## Zen Hae

- *Rumah Kawin* (Translation: *The Wedding House* by Indah Lestari)

**Zen Hae** completed his studies of Indonesian language and literature at IKIP Jakarta (now Jakarta State University). He has worked as a journalist, an infotainment scriptwriter, and part-time lecturer. Since 2012, he has been the publishing manager at Komunitas Salihara.

He is the author of poetry, short stories, and literary criticism. His book of poetry, *Paus Merah Jambu* (Akar Indonesia, 2007), ranked in the top five for the Khatulistiwa Literary Award 2008 and was named the Best Literary Work of 2007 by *Tempo* magazine. *Rumah Kawin* (KataKita, 2004) is his compilation of short stories.

Zen Hae: zenhae@gmail.com

# Riwayat Hidup Penerjemah

**Alvin Steviro**

Penerjemah:

- *Jejak* (*Traces*) oleh Wina Bojonegoro.

**Alvin Steviro** dibesarkan di sebuah keluarga Kristen beraliran Injili. Masa remajanya diisi dengan ketertarikan terhadap pertanyaan-pertanyaan mendalam dan filsafat Barat. Dia meraih gelar Sarjana di bidang Sastra Inggris dan Magister bidang Kajian Budaya. Walaupun tertarik dengan persoalan kemasyarakatan, politik, dan kebudayaan, takdir telah membawanya ke sisi-sisi yang lebih mudah dan berguna dalam hidup. Sekarang, dia bekerja sebagai penulis halaman daring serta penerjemah lepas. Alvin Steviro: alvinsteviro92@gmail.com

**Dewi Anggraeni**

Penerjemah:

- *Akar* (*Roots*) oleh Dewi Anggraeni.
- *Zakaria* (*Zakaria*) oleh Linda Christanty.

**Dewi Anggraeni** lahir di Jakarta, Indonesia dan sekarang tinggal di Melbourne, Australia. Selain sebagai perwakilan majalah *Tempo* untuk Australia, beliau juga penulis (dalam bahasa Indonesia dan

# Translators' Biographies

**Alvin Steviro**
Translator of
- *Jejak* (*Traces*) by Wina Bojonegoro.

**Alvin Steviro** was raised in an evangelical family. He became obsessed with existential questions and Western philosophy during his teenage years. He holds a bachelor's degree in English studies and a master's degree in cultural studies. In addition to his interest in social, political, and cultural issues, he also writes about the practical sides of life. He is employed as a content writer and freelance translator.
Alvin Steviro: alvinsteviro92@gmail.com


**Dewi Anggraeni**
Translator of:
- *Akar Istiadat* (*Roots*) by Dewi Anggraeni.
- *Zakaria* (*Zakaria*) by Linda Christanty.

**Dewi Anggraeni** was born in Jakarta and now lives in Melbourne. While being the Australia and Pacific correspondent for Tempo News Magazine in Indonesia, she contributed — in both Indonesian

Inggris) untuk beberapa media di Australia, Indonesia, Hongkong, Korea Selatan, Inggris, Belanda, dan Amerika.

Dia telah menulis delapan karya fiksi berupa novel, novela, dan cerpen serta lima karya non-fiksi dalam bidang sosial dan politik. Novel terbarunya, *Membongkar yang Terkubur*, dan dua kumpulan cerpen dwi-bahasa, *Yang Gaib dan Yang Kasat Mata/The Seen and the Unseen* diterbitkan oleh Penerbit Ombak pada Oktober 2022.
Dewi Anggraeni: djuta2003@yahoo.com.au


**Elisabet Titik Murtisari**

Penerjemah:

• *Blokeng* (*Blokeng*) oleh Ahmad Tohari.

**Elisabet Titik Murtisari** lahir dan besar di Salatiga, kota yang dia cintai karena masyarakatnya majemuk. Selain itu, peninggalan-peninggalan sejarah penjajahannya masih terlihat dari bangunan-bangunannya. Dia memperoleh gelar master dalam bidang Studi Penerjemahan dari Australian National University dan Ph.D. dalam bidang yang sama dari Monash University, Australia. Karena kecintaannya mengajar dan melakukan penelitian, dia kembali ke Salatiga dan bekerja sebagai dosen di Universitas Kristen Satya Wacana. Dia menaruh minat dalam bidang penerjemahan — terutama penerjemahan karya sastra, budaya, dan sosiolinguistik. Dia menerjemahkan *Kembang Jepun* (*Potions and Paper Cranes* — Dalang Publishing, 2013) oleh Lan Fang (Gramedia Pustaka Utama, 2006).
Elisabet Titik Murtisari: elisabet.murtisari@uksw.edu


**Femmy Syahrani**

Penerjemah

• *Topeng Nalar* (*Nalar's Mask*) oleh Dewi Ria Utami.

**Femmy Syahrani** sudah menggemari cerita dan bahasa semenjak kecil. Dia selalu membawa buku ke mana saja dan baru-baru ini, dia mempelajari aksara Sunda dan bahasa isyarat. Semasa kuliah, dia pun diperkenalkan dengan kegiatan yang memadukan kesukaannya pada kedua hal ini, yaitu menerjemahkan. Setelah menamatkan kuliah, dia sempat bekerja sebagai penyunting di sebuah penerbit Islam selama lima tahun. Kemudian dia terjun

and English — to other publications in Australia, Indonesia, Hong Kong, South Korea, United Kingdom, and United States.

She has published eight works of fiction in the form of novels, novellas and short stories, and five works of non-fiction on social and political topics. Her latest Indonesian novel, *Membongkar yang Terkubur*, and her bilingual collection of stories, *Yang Gaib dan Yang Kasat Mata / The Seen and the Unseen* are forthcoming from Penerbit Ombak in October 2022.

Dewi Anggraeni: djuta2003@yahoo.com.au

**Elisabet Titik Murtisari**

Translator of:

- *Blokeng* (*Blokeng*) by Ahmad Tohari.

**Elisabet Titik Murtisari** was born and raised in Salatiga, Central Java — a city she loves because of its multicultural community and Dutch history. She obtained her master's in translation studies from the Australian National University and earned her Ph.D. in the same field from Monash University, Australia. To pursue her passion for teaching and research, she returned to her hometown as a lecturer at Satya Wacana Christian University. Her academic interests include translation — especially literary works — culture, sociolinguistics, and pragmatics. She is the translator of *Perempuan Kembang Jepun* by Lan Fang (Gramedia Pustaka Utama, 2006)

Elisabet Titik Murtisari: elisabet.murtisari@uksw.edu

**Femmy Syahrani**

Translator of:

- *Topeng Nalar* (*Nalar's Mask*) by Dewi Ria Utami.

**Femmy Syahrani** has loved stories and language since childhood. She always took along a book wherever she went and, at an early age, took up learning the Sundanese alphabet and sign language. During college, she was introduced to translation, which combined her interest in reading and language. After she graduated, she worked as an editor at an Islamic publishing house for five years.

penuh sebagai penerjemah lepas. Kini sudah lebih dari dua puluh tahun dia menggeluti bidang ini serta menerjemahkan puluhan buku dan cetakan bukan-terbitan untuk berbagai bidang.
Femmy Syahrani: femmy.syahrani@gmail.com

**Indah Lestari**
Penerjemah:
- *Mata yang Menyala* (*Flaming Eyes*) oleh Mona Sylviana.
- *Wali Kesebelas* (*The Eleventh Saint*) oleh Triyanto Triwikromo.
- *Rumah Kawin* (*The Wedding House*) oleh Zen Hae.

**Indah Lestari** lahir di Singapura dan tinggal di Jakarta. Dia menyelesaikan S1 Jurusan Sastra Inggris dari Universitas Padjadjaran dan S2 jurusan English Studies dari Jawaharlal Nehru University, India. Dia menerjemahkan novel *JM Coetzee, Disgrace (Aib)* ke dalam Bahasa Indonesia. Karya-karya puisinya dimuat dalam *Bacopa, Revival* dan *The White Elephant Quarterly* pada 2013.
Indah Lestari: indahtari@gmail.com

**Indra Blanquita Hurip**
Penerjemah:
- *Penyusup Larut Malam* (*The Midnight Intruder*) oleh Prasetyo Utomo.

**Indra Blanquita Hurip** lahir di Mexico City saat ayahnya bertugas sebagai diplomat di kota tersebut. Dia besar di Islamabad dan Karachi dan terpaksa bersekolah di sekolah berbahasa pengantar Inggris. Sejak kecil, dia sangat gemar membaca buku dan buku-buku tersebut menumbuhkan kecintaannya pada bahasa. Dia mengambil jurusan Bahasa Perancis saat kuliah untuk beberapa tahun dan akhirnya bekerja pada perusahaan penerbangan Perancis. Dia meninggalkan Jakarta selama 16 tahun karena mendampingi suaminya yang ditugaskan di Batam, Lhokseumawe, dan Dumai. Setelah suaminya pensiun dan anak-anaknya sudah dewasa, dia mengikuti pelatihan penerjemahan dan menjadi penerjemah tersumpah. Kemudian dia ikut pelatihan kejurubahasaan dan sejak itu menjadi juru bahasa dan penerjemah lepas.
Indra Blanquita Hurip: indabhurip@gmail.com

She then began freelance translation. Over the past twenty years, she has translated dozens of books and numerous non-literary projects, covering various topics.
Femmy Syahrani: femmy.syahrani@gmail.com


## Indah Lestari

Translator of:

- *Mata yang Menyala* (*Flaming Eyes*) by Mona Sylviana.
- *Wali Kesebelas* (*The Eleventh Saint*) by Triyanto Triwikromo.
- *Rumah Kawin* (*The Wedding House*) by Zen Hae.

**Indah Lestari** was born in Singapore and lives in Jakarta, Indonesia. She completed her B.A. in English Literature from Padjadjaran University, Indonesia, and an M.A. in English Studies from Jawaharlal Nehru University, India. She translated JM Coetzee's *Disgrace* into Indonesian. In 2013 her poems appeared in *Bacopa*, *Revival*, and *The White Elephant Quarterly*.
Indah Lestari: indahtari@gmail.com


## Indra Blanquita Hurip

Translator of:

- *Penyusup Larut Malam* (*The Midnight Intruder*) by Prasetyo Utomo.

**Indra Blanquita Hurip** was born in Mexico City, where her father was stationed as a diplomat. She grew up in Islamabad and Karachi and attended schools that used English as a base language. An avid reader since childhood, she loves everything connected with language and studied French in college. She left Jakarta for 16 years to accompany her husband on assignments to Batam, Lhokseumawe, and Dumai. After her husband retired and their family was raised, she became a sworn translator and now works as a freelance translator and interpreter.
Indra Blanquita Hurip: indabhurip@gmail.com

**Junaedi Setiyono**
Penerjemah:
- *Ketuk Lumpang* (*Requiem for a Wedding*) oleh Muna Masyari.
- *Mengenang Padewakkang* (*Remembering Padewakkang*) oleh Andi Batara Al Isra.

**Junaedi Setiyono** lahir di Kebumen. Dia meraih beasiswa ke Ohio State University sebagai bagian dari pendidikan doktor bidang pendidikan bahasa, yang diselesaikannya pada tahun 2016 di Universitas Negeri Semarang. Dia telah menerjemahkan beberapa cerpen untuk Dalang Publishing.

Novelnya yang terbaru, *Tembang dan Perang* (Kanisius, 2020), telah diterjemahkan oleh Oni Suryaman ke dalam bahasa Inggris berjudul *Panji's Quest* (Dalang Publishing, 2020). Selain dari itu, dia juga menulis tiga novel yang meraih penghargaan. *Dasamuka* pemenang penghargaan sastra dari Kementerian Pendidikan dan Kebudayaan, 2020. Terjemahananya dalam bahasa Inggris oleh Maya Denisa Saputra dengan judul sama (Dalang Publishing, 2017) meraih penghargaan Majelis Sastra Asia Tenggara (Mastera) 2021. *Arumdalu* (Serambi, 2010) termasuk daftar calon peraih penghargaan Khatulistiwa Literary Award 2010. *Glonggong* (Serambi, 2007) mendapatkan penghargaan sastra Dewan Kesenian Jakarta 2006 dan calon peraih penghargaan Khatulistiwa Literary Award 2008.

Junaedi Setiyono: junaedi.setiyono@yahoo.co.id

**Laura Harsoyo**
Penerjemah:
- *Pohon Pu Tao Tua* (*The Old Pu Tao Tree* ) oleh Teguh Afandi.
- *Aku Tak Ingin Tubuh Ranummu* (*Brewed Love*) oleh Ouda Teda Ena.
- *Cerita di Balik Tenun Ikat* (*The Tale Behind the Ikat* ) oleh Fanny J. Poyk.
- *Rahasia Pak Dwija* (*Mr. Dwija's Secret* ) oleh G. Budi Subanar.

**Laura Harsoyo** dilahirkan di Makassar dan dibesarkan di Kota Palembang dan Surabaya. Laura menyelesaikan kuliah S-1 pada tahun 1994 dari jurusan Sastra Inggris, Universitas Airlangga. Dia suka membaca karya sastra dan tertarik untuk menulis fiksi. Sewaktu bekerja di dunia perhotelan selama 21 tahun, dia sempat

## Junaedi Setiyono

Translator of:

- *Ketuk Lumpang* (*Requiem for a Wedding*)by Muna Masyari.
- *Mengenang Padewakkang* (*Remembering Padewakkang*) by Andi Batara Al Isra.

**Junaedi Setiyono** was born in Kebumen, Central Java. He was awarded a scholarship from Ohio State University as part of his doctorate degree in language education, which he received in 2016 from the Semarang State University. He teaches writing and translation at his alma mater in Purworejo. He has translated a couple of stories for Dalang Publishing.

His latest novel *Tembang dan Perang* (Kanisius, 2020) was translated by Oni Suryaman in English as *Panji's Quest* (Dalang Publishing, 2020). He also authored three other award-winning historical novels: *Dasamuka* (Penerbit Ombak, 2017), which won the 2020 literary award from the Indonesian Ministry of Culture and Education and the 2021 Majelis Sastra Asia Tenggara (Mastera) award. *Dasamuka* was translated in English by Maya Denisa Saputra under the same title (Dalang Publishing May 2017). *Arumdalu* (Serambi, 2010) was longlisted for the the 2010 Khatulistiwa Literary Award, and *Glonggong* (Serambi, 2007), which won the Jakarta Arts Council 2006 award and was finalist for the 2008 Khatulistiwa Literary Award.

Junaedi Setiyono: junaedi.setiyono@yahoo.co.id

## Laura Harsoyo

Translator of:

- *Pohon Pu Tao Tua* (*The Old Pu Tao Tree*) by Teguh Afandi.
- *Aku Tak Ingin Tubuh Ranummu* (*Brewed Love*) by Ouda Teda Ena.
- *Cerita di Balik Tenun Ikat* (*The Tale Behind the Ikat* ) by Fanny J. Poyk.
- *Rahasia Pak Dwija* (*Mr. Dwija's Secret*) by G. Budi Subanar.

**Laura Harsoyo** was born in Makassar, South Sulawesi, and grew up in Palembang, South Sumatra, and Surabaya, East Java, where she graduated with a bachelor's degree in English literature from Airlangga University. She loves to read literary works and write fiction. During her 21-year career in the hospitality industry, she

menulis artikel tentang makanan untuk majalah makanan *Chef!* di Jakarta. Sekarang, dia bekerja sebagai penerjemah lepas untuk buku-buku fiksi dan nonfiksi.
Laura Harsoyo: harsoyolaura@gmail.com

## Maya Denisa Saputra

Penerjemah:

- *Gusti, Doa Siapa yang Akan Kau Dengar?* (*Lord, Whose Prayer Will You Listen To?*) oleh Junaedi Setiyono.
- *Belenggu Emas* (*The Golden Shackle*) oleh Iksaka Banu.

**Maya Denisa Saputra** lahir di Denpasar dan dibesarkan di pulau yang dijuluki Pulau Dewata tersebut. Dia melanjutkan pendidikan dan meraih gelar Sarjana Akuntansi & Keuangan dari University of Bradford di Singapura, sebuah universitas yang memiliki kampus utama di Inggris. Kini, dia bergabung di bagian keuangan perusahaan keluarganya. Selain itu, dia juga tetap meluangkan waktu untuk melakukan berbagai kegiatan yang disukainya, seperti menulis, menerjemahkan karya sastra, dan memotret. Dia menerjemahkan novel peraih penghargaan karya Junaedi Setiyono, *Dasamuka* (Penerbit Ombak, 2017), untuk Dalang Publishing dengan judul sama (Dalang Publishing, 2017) dan *Lolong Anjing di Bulan* karya Arafat Nur (Sanata Dharma University Press, 2018) dengan judul *Blood Moon over Aceh* (Dalang Publishing, 2018).
Maya Denisa Saputra: maya.saputra@gmail.com

## Minerva Soedjatmiko

Penerjemah:

- *Lelaki Ladang* (*Man of the Fields*) oleh Arafat Nur.

Kegemaran **Minerva Soedjatmiko** akan semua bentuk bacaan dimulai dari bundanya yang kerap membacakannya buku-buku tentang tokoh ilmuwan dan seniman, seperti Leonardo Da Vinci. Sejak SD, dia suka membaca novel. Setelah disarankan agar meraih pekerjaan di bidang yang lebih menjamin penghasilan, dia mempelajari ilmu ekonomi dan hukum di jenjang universitas. Namun, dia tidak dapat melupakan semangat dan rasa bahagianya pada saat berbagi kecintaan membaca dengan orang lain. Kini, dia bekerja sebagai guru bahasa, jurubahasa, dan penerjemah.
Minerva Soedjatmiko: minerva.soedjarmiko@cdcplus.co.id

wrote articles for Jakarta's culinary magazine *Chef!* as well as translated articles in organizational publications. She translates fiction and nonfiction works from Indonesian into English.
Laura Harsoyo: harsoyolaura@gmail.com

**Maya Denisa Saputra**
Translator of:

- *Gusti, Doa Siapa yang Akan Kau Dengar?* (*Lord, Whose Prayer Will You Listen To?*) by Junaedi Setiyono.
- *Belenggu Emas* (*The Golden Shackle*) by Iksaka Banu.

**Maya Denisa Saputra** was born in Denpasar, the capital of Bali, and grew up on Indonesia's "Island of the Gods." She left to earn a bachelor's degree in accounting and finance from the UK-based University of Bradford in Singapore. While working in the accounting department of a family business, she pursues her interests in writing, literary translation, and photography. She translated Junaedi Setyono's award-winning novel *Dasamuka* (Penerbit Ombak, 2017) for Dalang Publishing under the same title (Dalang Publishing, 2017), and *Lolong Anjing di Bulan* by Arafat Nur (Sanata Dharma University Press, 2018) under the title *Blood Moon over Aceh* ( Dalang Publishing, 2018).
Maya Denisa Saputra: maya.saputra@gmail.com

**Minerva Soedjatmiko**
Translator of:

- *Lelaki Ladang* (*Man of the Fields*) by Arafat Nur.

**Minerva Soedjatmiko**'s love of reading started when her mother read her stories about the lives of artists like Leonardo da Vinci. In elementary school, she could often be found in the library enjoying novels of different genres. Following her parents' advice to pursue a lucrative career, she studied economics and law, but she never lost her love for books and her joy of sharing their content with others. She became a language teacher and now works as an interpreter and translator.
Minerva Soedjatmiko: minerva.soedjarmiko@cdcplus.co.id

**Novita Dewi**
Penerjemah:
- *Alloy Bintang Kampung* (*Village Celebrity*) oleh Radixa Meta Utami.
- *Aku Akan Pulang ke Wamena* (*Going Home to Wamena*) oleh Frisca Sibarani.
- *Bupati di Tengah Kemelut* (*The Regent's Turmoil*) oleh Oni Suryaman.
- *Tukang Cukur* (*The Barber*) oleh Budi Darma.
- *Kuli Kontrak* (*The Contract Coolies*) oleh Mochtar Lubis.
- *Mitoni Terakhir* (*The Last Mitoni*) oleh Ranang Aji Surya Putra.
- *Pohon Pongo* (*Pongo's Caring Tree*) oleh Rinto Andriono.
- *Hikayat Jarot di Agustusan* (*Jarot's Independence Day*) oleh Han Gagas.
- *Horas, Ibu!* (*Rest in Peace, Mother!*) oleh Reni Renatawati.

**Novita Dewi** menulis puisi dan cerpen ketika SD dan SMP. Karya-karyanya dimuat di majalah anak-anak *Si Kuncung* dan *Bobo*, serta lembar anak-anak yang dulu tersedia di harian *Kompas* dan *Sinar Harapan* (sekarang *Suara Pembaruan*). Kecintaannya pada sastra dialihkan dengan menulis artikel jurnal ilmiah tentang sastra dan penerjemahan yang telah diterbitkan secara luas. Cerpen-cerpen yang diterjemahkan dan dimuat di laman Dalang Publishing ini adalah hasil terjemahan sastranya yang pertama. Saat ini, dia mengajar mata kuliah Sastra Inggris di Universitas Sanata Dharma, Yogyakarta.
Novita Dewi: novitadewi@usd.ac.id


**Nurhayat Indriyatno Mohamed**
Penerjemah:
- *Mariantje dan Pasangan Tua* (*Mariantje and the Old Couple*) oleh Erni Aladjai.

**Nurhayat Indriyatno Mohamed** adalah kepala penyunting surat kabar umum berbahasa Inggris, *Jakarta Globe*. Lahir dan dibesarkan di Tanzania, dan mendapatkan gelar insinyur teknik mesin dari University of Natal, Durban, Afrika Selatan. Pada umur 24 tahun, dia memutuskan untuk pindah ke Indonesia, tanah kelahiran ayahnya, dan keputusannya itu seketika membuatnya

**Novita Dewi**

Translator of:

- *Alloy Bintang Kampung* (*Village Celebrity*) by Radixa Meta Utami.
- *Aku Akan Pulang ke Wamena* (*Going Home to Wamena*) by Frisca Sibarani.
- *Bupati di Tengah Kemelut* (*The Regent's Turmoil*) by Oni Suryaman.
- *Tukang Cukur* (*The Barber*) by Budi Darma.
- *Kuli Kontrak* (*The Contract Coolies*) by Mochtar Lubis.
- *Mitoni Terakhir* (*The Last Mitoni*) by Ranang Aji Surya Putra.
- *Pohon Pongo* (*Pongo's Caring Tree*) by Rinto Andriono.
- *Hikayat Jarot di Agustusan* (*Jarot's Independence Day*) by Han Gagas.
- *Horas, Ibu!* (*Rest in Peace, Mother!*) by Reni Renatawati.

**Novita Dewi** started writing poetry and short stories during her elementary and middle school days. She published in *Si Kuncung* and *Bobo* children's magazines, as well as wrote for the children's columns featured in *Kompas* and *Sinar Harapan*. She now writes articles about literature and translation for scientific journals and is widely published. The short stories published by Dalang Publishing on their website are her first attempts of literary translation. She currently teaches English literature courses at Sanata Dharma University in Yogyakarta.

Novita Dewi: novitadewi@usd.ac.id

**Nurhayat Indriyatno Mohamed**

Translator of:

- *Mariantje dan Pasangan Tua* (*Mariantje and the Old Couple*) by Erni Aladjai.

**Nurhayat Indriyatno Mohamed** is the managing editor of the *Jakarta Globe*, an English-language newspaper. He was born and raised in Tanzania and earned a degree in mechanical engineering from the University of Natal, Durban, in South Africa. At age 24, he decided to move to Indonesia, the land of his father's birth, and was immediately smitten by the novelty of it all. A chance encounter led

tertarik dengan segala sesuatu yang ada di Indonesia. Secara tak terduga, nasib membawanya kepada pekerjaan di harian umum. Dia juga berkesempatan menerjemahkan sebuah buku karya Okky Madasari, pemenang penghargaan, ke dalam bahasa Inggris. Dia merupakan penerjemah *Kei* (Gagas Media, 2013), novel pemenang penghargaan karya Erni Aladjai dan diterbitkan dengan judul sama (Dalang Publishing, 2014) dan novel Ahmad Tohari, *Bekisar Merah* (Gramedia Pustaka Utama, 2011) dengan judul *The Red Bekisar* (Dalang Publishing, 2014).

Nurhayat Indriyatno Mohamed: hayat.indriyatno@yahoo.com

**Nurina Sanputeri Halim**

Penerjemah:

- *Kehampaan di Pantai Tanjung Lesung* (*Tanjung Lesung Beach Wrapped in Desolation*) oleh Maryam Mufidah.

**Nurina Sanputeri Halim** berusia 13 tahun saat menerjemahkan cerpen ini dan merupakan penerjemah termuda dari kumpulan dwibahasa cerpen ini. Kini, dia telah berusia 17 tahun dan tinggal bersama keluarganya di Semarang. Dia adalah siswi kelas 2 SMA di Sekolah Nasional Karangturi, Semarang. Dia gemar sekali membaca. Dia adalah anak bungsu dari tiga bersaudara. Hal ini memberi dia kesempatan untuk membaca buku-buku dengan tingkat kesulitan yang lebih tinggi daripada usianya. Dia telah membaca *Hamilton's America* berulang-ulang hingga dia hafal seluruh skenario, baik dialog maupun lagu-lagunya. Salah satu cita-citanya adalah menonton drama *Hamilton* di panggung Broadway di New York. Ayahnya adalah seorang penulis kolom untuk koran setempat di Jawa Tengah. Hal ini menyemangatinya untuk menulis pada waktu senggangnya.

Nurina Sanputeri Halim: nurina.hlim@gmail.com

**Nurul Hanafi**

Penerjemah:

- *Mata Yang Indah* (*Beautiful Eyes*) oleh Budi Darma.

**Nurul Hanafi** adalah seorang penulis cerita rekaan dan penerjemah karya sastra yang bermukim di Yogyakarta. Di antara karya-karyanya adalah sebuah novel, beberapa cerpen, tiga naskah lakon,

to a newspaper job, and another presented him with the opportunity to translate into English a book by the award-winning author Okky Madasari. He also translated Erni Aladjai's award-winning novel *Kei* (Gagas Media, 2013) under the same title (Dalang Publishing, 2014) and Ahmad Tohari's *Bekisar Merah* (Gramedia Pustaka Utama, 2011) as *The Red Bekisar* (Dalang Publishing, 2014). Nurhayat Indriyatno Mohamed: hayat.indriyatno@yahoo.com

**Nurina Sanputeri Halim**

Translator of:

*   *Kehampaan di Pantai Tanjung Lesung* (*Tanjung Lesung Beach Wrapped in Desolation*) by Maryam Mufidah.

At the time of this translation, **Nurina Sanputeri Halim** was thirteen years old and the youngest translator in this collection of bilingual short stories. Now seventeen, she resides with her family in Semarang, Central Java, where she is a sophomore at the High School of Sekolah Nasional Karangturi. Being the youngest of three siblings exposes her to readings at a higher level than her age. She has read *Hamilton's America* so often that she memorized the entire screenplay — the script as well as the songs. One of her dreams is to one day see *Hamilton* on a Broadway stage in New York. Her father is a columnist for a local newspaper, which inspired her to write for leisure.

Nurina Sanputeri Halim: nurina.hlim@gmail.com

**Nurul Hanafi**

Translator of:

*   *Mata Yang Indah* (*Beautiful Eyes*) by Budi Darma.

**Nurul Hanafi** is a fiction writer and literary translator based in Yogyakarta, Central Java. His work includes a novel, short stories, three plays, and two books of folktales. He studies early modern

dan dua buku cerita rakyat. Dia mempelajari sastra Inggris modern, drama klasik Yunani, dan penulis-penulis masa kini.

Nurul Hanafi: nurulhanafi_nurhan81@yahoo.co.id

**Oni Suryaman**

Penerjemah:

- *Robodoi, Bajak Laut dari Tobelo* (*Robodoi, The Pirate from Toledo*) oleh Yudi Herwibowo.
- *Kisah Cinta Perempuan yang Diberkati Kiai Kambali* (*The Love Sick Lady*) oleh Ranang Aji Surya Putra.
- *Para Penjual Rumah Ustazah Nung* (*The Sale of Ustazah Nung's House*) oleh Ben Sohib.
- *Laut Lepas Kita Pergi* (*To the Sea We Surrender*) oleh Kurnia Effendi.
- *Kopi dan Cinta yang Tak Pernah Mati* (*Coffee Noir*) oleh Agus Noor.
- *Hikayat Emak* (*The Seductive Tree*) oleh Guntur Alam.
- *Mata di Bibir Subuh* (*A Revelation At Dawn*) oleh Artie Ahmad.
- *Yang Beralih* (*The Third Gender*) oleh Rinto Andriono.
- *Laki-laki dari Ratenggaro* (*The Man from Ratenggaro*) oleh Maria Matildis Banda.
- *Cenning Rara* (*Cenning* Rara) oleh Umar Thamrin.

**Oni Suryaman** berlatar belakang pendidikan teknik, tetapi jiwa sastra mengalir di dalam tubuhnya. Di sela-sela waktu luang mengajarnya, dia menulis esai, resensi buku, dan fiksi. Dia menerjemahkan *Tembang dan Perang* (Kanisius, 2021), karya penulis pemenang penghargaan, Junaedi Setiyono, ke dalam bahasa Inggris dengan judul *Panji's Quest* (Dalang Publishing, 2021). Antara 2017-2021, dia menjadi penerjemah sukarela untuk laman Dalang Publishing. Dia juga menjadi penerjemah lepas untuk penerbit Kepustakaan Populer Gramedia dan Kanisius. Baru-baru ini, dia menerbitkan buku anak berjudul *I Belog*, sebuah penceritaan kembali cerita rakyat Bali, yang sadurannya dipertunjukkan dalam AFCC Singapura 2017.

Oni Suryaman: oni.suryaman@gmail.com

English literature, ancient Greek plays, and contemporary writers.
Nurul Hanafi: nurulhanafi_nurhan81@yahoo.co.id


**Oni Suryaman**

Translator of:

- *Robodoi, Bajak Laut dari Tobelo* (*Robodoi, The Pirate from Toledo*) by Yudi Herwibowo.
- *Kisah Cinta Perempuan yang Diberkati Kiai Kambali* (*The Love Sick Lady*) by Ranang Aji Surya Putra.
- *Para Penjual Rumah Ustazah Nung* (*The Sale of Ustazah Nung's House*) by Ben Sohib.
- *Laut Lepas Kita Pergi* (*To the Sea We Surrender*) by Kurnia Effendi.
- *Kopi dan Cinta yang Tak Pernah Mati* (*Coffee Noir*) by Agus Noor.
- *Hikayat Emak* (*The Seductive Tree*) by Guntur Alam.
- *Mata di Bibir Subuh* (*A Revelation At Dawn*) by Artie Ahmad.
- *Yang Beralih* (*The Third Gender*) by Rinto Andriono.
- *Laki-laki dari Ratenggaro* (*The Man from Ratenggaro*) by Maria Matildis Banda.
- *Cenning Rara* (*Cenning* Rara) by Umar Thamrin.

Despite his technical background, **Oni Suryaman** is driven by literature. In his spare time, he writes essays, book reviews, and fiction. He translated *Tembang dan Perang* (Kanisius, 2021) by award-winning author Junaedi Setiyono as *Panji's Quest* (Dalang Publishing, 2021). He also worked as a part-time translator for Indonesian publisher Kepustakaan Populer Gramedia and P.T. Kanisius. He has recently published a picture book titled *I Belog*, a retelling of a famous Balinese folklore, an adaptation of which was performed at the Asian Festival of Children's Content (AFCC) Singapore 2017.
Oni Suryaman: oni.suryaman@gmail.com

**Stefanny Irawan**

Penerjemah:

- *Nyai dan Noni* (*The Mistress and the Lady*) oleh Anindita S. Thayf.

**Stefanny Irawan** adalah seorang cerpenis, penyunting, dan penerjemah lepas. Dia sangat menyukai drama dan memperoleh gelar M.A. dalam bidang Arts Management di State University of New York (SUNY) di Buffalo dengan beasiswa Fulbright. Kini dia menjadi dosen di Universitas Kristen Petra, Surabaya. Dia merupakan penerjemah dua novel untuk Dalang Publishing. *Maut dan Cinta* (*Love, Death and Revolution* — Dalang Publishing, 2015) oleh Mochtar Lubis (Yayasan Obor Indonesia, 2013, cet. V) dan *Tanah Tabu* (*Daughters of Papua* — Dalang Publishing, 2014) oleh Anindita S. Thayf (Gramedia Pustaka Utama, 2009).
Stefanny Irawan: stef.irawan@gmail.com

**Umar Thamrin**

Penerjemah:

- *Suatu Subuh di Cihanjuang* (*The Sacret Waterfall*) oleh Candra Padmasvasti.
- *Semayamkan Mamak (Mother's Footsteps*) oleh Lintang Amartya Padmarini.
- *Pekik Burung Kedasi di Tepi Kahayan* (*Crying Cuckoos over the Kahayan*) oleh Han Gagas.

Pada tahun 2005, **Umar Thamrin** menerima beasiswa Fulbright Grant dan Catherine and William L. Magistretti Graduate Fellowship untuk menyelesaikan pendidikan pascasarjana di Amerika Serikat. Dia menyelesaikan program Ph.D. dalam bidang Studi Asia Tenggara di University of California, Berkeley, pada 2016. Sebelum kembali ke tanah air pada penghujung 2017, dia menerima tawaran dari University of Oregon untuk menjadi peneliti dan pengajar selama setahun.
Saat kembali ke tanah air, dia prihatin melihat rakyat yang tetap saja terpinggirkan dan sejarah yang begitu mudah terlupakan. Inilah yang mendorongnya untuk merenung dan menulis. Dia sekarang mengajar linguistik pada Universitas Islam Negeri

**Stefanny Irawan**
Translator of:
- *Nyai dan Noni* (*The Mistress and the Lady*) by Anindita S. Thayf.

**Stefanny Irawan** is a published short-story writer, freelance editor and translator. She is passionate about theater and earned her master's degree in arts management at State University of New York at Buffalo under a Fulbright scholarship. She is a lecturer at Petra Christian University, Surabaya, East Java.

Stefanny Irawan translated two novels for Dalang Publishing: *Maut dan Cinta* (*Love, Death and Revolution* — Dalang Publishing, 2015) by Mochtar Lubis (Yayasan Obor Indonesia, 2013, 5th printing) and *Tanah Tabu* (*Daughters of Papua* — Dalang Publishing, 2014) by Anindita S. Thayf (Gramedia Pustaka Utama, 2009).

Stefanny Irawan: stef.irawan@gmail.com


**Umar Thamrin**
Translator of:
- *Suatu Subuh di Cihanjuang* (*The Sacret Waterfall*) by Candra Padmasvasti.
- *Semayamkan Mamak (Mother's Footsteps)* by Lintang Amartya Padmarini.
- *Pekik Burung Kedasi di Tepi Kahayan* (*Crying Cuckoos over the Kahayan*) by Han Gagas.

In 2005, **Umar Thamrin** received a Fulbright grant and a Catherine and William L. Magistretti Graduate Fellowship for his graduate studies in the United States. He completed his Ph.D. in Southeast Asian Studies at the University of California, Berkeley, in 2016. Before returning to Indonesia in 2017, he received a one-year appointment as a research and teaching fellow at the University of Oregon.

Back in his home country, he became disturbed by the social conditions he encountered there. These conditions prompted him to think, remember, and write. He currently teaches linguistics at Universitas Islam Negeri Alauddin. Since 2022 he is a volunteer translator for Dalang Publishing's website.

Umar Thamrin: umar2x.umar@gmail.com

Alauddin. Sejak tahun 2022, dia menjadi penerjemah sukarela untuk laman Dalang Publishing.
Umar Thamrin: umar2x.umar@gmail.com

## Wikan Satriati
Juni 23 1975 – April 25 2021

Penerjemah:
- *Percakapan Patung-Patung* (*The Statues' Conversation*) oleh Indra Tranggono.
- *Hikayat Kura-kura Berjanggut* (*The Tale of the Bearded Turtle*) oleh Azhari.

**Wikan Satriati** adalah lulusan Fakultas Sastra Universitas Gadjah Mada. Dua buku cerita anak yang telah ditulisnya adalah *Gadis Kecil Penjaga Bintang* (KataKita, 2008) dan *Melangkah dengan Bismillah* (KataKita, 2006). Dia pernah bekerja sebagai pengelola bagian penerbitan di Yayasan Lontar, sebuah lembaga yang menerjemahkan karya-karya sastra Indonesia ke dalam bahasa Inggris serta menjadi penerjemah lepas. Dia menerjemahkan dari bahasa Inggris ke dalam bahasa Indonesia esai-esai Harry Aveling dalam buku *Secrets need Words: Indonesian Poetry 1966-1998* (Center for International Studies Ohio University, 2001).

## Wikan Satriati

June 23, 1975 – April 25, 2021

Translator of:

- *Percakapan Patung-Patung* (*The Statues' Conversation*) by Indra Tranggono.
- *Hikayat Kura-kura Berjanggut* (*The Tale of the Bearded Turtle*) by Azhari.

**Wikan Satriati** graduated from the Faculty of Letters of Gadjah Mada University in Yogyakarta, Indonesia.

She is the author of two children's books, *Gadis Kecil Penjaga Bintang* (KataKita, 2008) and *Melangkah dengan Bismillah* (KataKita, 2006). She was the publication manager of the Lontar Foundation, an institution that translates Indonesian literary works into English, and also worked as a freelance translator. She translated Harry Aveling's essays from English into Indonesian for inclusion in an anthology of Indonesian poetry, *Secrets Need Words: Indonesian Poetry 1966–1998* (Center for International Studies, Ohio University, 2001).

# More Storytellers from
# Dalang Publishing

***Only a Girl***

Lian Gouw

Three generations of Chinese women struggle for identity against the political backdrop of the World Depression, World War II, and the Indonesian Revolution. Nanna, the matriarch of the family, strives to preserve the family's traditional Chinese values while her children are eager to assimilate into Dutch colonial society. Carolien, Nanna's youngest daughter, is fixated on the advantages to be gained by adopting a western lifestyle. But when she raises her own daughter Jenny by colonial standards, it puts the girl at a disadvantage in new, independent Indonesia, where Dutch culture is no longer revered. The unique ways in which Nanna, Carolien, and Jenny face their own challenges reveal the complexity of Chinese society in Indonesia between 1930 and 1952.

Price: $17.95
Paperback: 298 pages
ISBN: 978-0-9836273-7-1

***My Name is Mata Hari***
Remy Sylado
Translated from the Indonesian by Dewi Anggraeni

*My Name is Mata Hari* tells the story of Margaretha Geertruida Zelle, a young Dutch woman married to an older military officer assigned to the Dutch East Indies. Claiming her mother's Javanese ancestry, she changed her name to Mata Hari, Malay for "eye of the day."
As Mata Hari, she danced on stages across Europe and the Middle East, and took many high-ranking military and government officials as her lovers. Convicted of espionage during World War I, she said at the end of her tumultuous life, "I am a genuine courtesan. And I am a dancer in the true sense."
.
Price: $17.95
Paperback: 342 pages
ISBN: 978-0-9836273-0-2

***Potions and Paper Cranes***
Lan Fang
Translated from the Indonesian by Elisabet Titik Murtisari

In Lan Fang's award-winning novel, Sulis is a young woman selling potions in Surabaya's harbor district. She meets Sujono, a day laborer with dreams of becoming a freedom fighter, and whose passion for Matsumi, a geisha called to Java by a Japanese general, is destined to ruin all of them. Each tells the story of their lives during the Japanese occupation of Java and Indonesia's transition from a Dutch colony to an independent republic.

Price: $17.95
Paperback: 252 pages
ISBN: 978-0-9836273-3-3

***Kei***
Erni Aladjai
Translated from the Indonesian by Nurhayat Indriyatno Mohamed

At the end of Suharto's New Order, the Kei people hold on to their traditions as they flee the violence that divides Muslim from Christian and destroys the villages. Namira, a Muslim girl, works as a volunteer in a refugee camp when she meets Sala, a young Protestant man. Grounded in the islander's belief of "We drink from the same spring and eat from the same land, the land of Kei," the two fall in love amid the chaos that will soon separate them.

Price: $17.95
Paperback: 228 pages
ISBN: 978-0-9836273-6-4

***Daughters of Papua***
Anindita Siswanto Thayf
Translated from the Indonesian by Stefanny Irawan

Seven-year-old Leksi lives in modern-day Papua with her grand-mother Mabel and her mother, Mace. Her companions are Pum, an old dog of unknown ancestry, and Kwee, a pig. Together they look back at the past, as they face an uncertain future. In *Daughters of Papua,* the present is marked by a contentious election, with the gold company that wants to rob Papuans of their heritage the only winner.

Price: $17.95
Paperback: 204 pages
ISBN: 978-0-9836273-9-5

***The Red Bekisar***
Ahmad Tohari
Translated from the Indonesian by Nurhayat Indriyatno Mohamed

The *bekisar* is a fine crossbreed between jungle fowl and domestic chicken that adorns the houses of the wealthy. Lasi, whose father was a Japanese soldier, fair skinned and beautiful, is such an acquisition for a rich man in Jakarta. She is born in a village where the main source of income is tapping coconut palms for their rich sap, or nira. Her life takes an unexpected turn when she is betrayed by her husband and flees to Jakarta. She meets Mrs. Lanting, procuress of companions for men in high government and social circles, who sells her to the rich Handarbeni. Lasi enjoys her new splendor as a much-desired ornament, but is alarmed when she discovers the marriage is a sham. When she reconnects with Kanjat, a childhood friend now grown into a man, Lasi and Kanjat rediscover their affection for each other. Their bond is the village, its people and traditions. Together they struggle to free Lasi from a net of power, corruption, and deceit.

Price: $17.95
Paperback: 294 pages
ISBN: 978-0-9836273-2-6

***Love, Death and Revolution***
Mochtar Lubis
Translated from the Indonesian by Stefanny Irawan

During the early days of their nation's revolution, Indonesians were driven by passion and built a future on dreams. In a world still reeling from World War II, Major Sadeli of the Indonesian Army Intelligence travels to Singapore tasked with establishing naval and air routes to Sumatra and Java as well as securing weapons and radio equipment vital to the revolution. His desire for Indonesia to be prosperously independent, and independently prosperous, forces him to choose between personal happiness and commitment to a higher cause.

Price: $17.95
Paperback: 324 pages
ISBN: 978-0-9836273-5-7

### *Cloves for Kolosia*
Hanna Rambe
Translated from the Indonesian by Miagina Amal

Elderly widower Gamati swears to save his family line from extinction when he and his family fall victim to the infamous plunder expeditions of the VOC, the Dutch East India Company. To escape the colonialists' cruelties, he leads his orphaned grandchildren and a small group of fellow villagers to the safety of another, more remote, island north of their current location. The birth of his great-grandson Kolosia during the voyage assures Gamati of his family's ability to sail the Moluccan seas freely for generations to come.

Price: $17.95
Paperback: 350 pages
ISBN: 978-0-9836273-8-8

### *Blood Moon Over Aceh*
Arafat Nur
Translated from the Indonesian by Maya Denisa Saputra

The story is set between 1989 and 2002 in Alue Rambe, an isolated agricultural village south of Lhokseumawe City, in Aceh, the most northern part of Sumatra. Born in 1976, into a farmer's family, Nazir's life becomes a part of Aceh's dark, rebellious history that recounts the injustice the Soeharto government imposed on the Acehnese.

Price: $17.95
Paperback: 354 pages
ISBN: 978-0-9836273-4-0

### *Dasamuka*
Junaedi Setiyono
Translated from the Indonesian by Maya Denisa Saputra

A Scottish academic, journeying to the island of Java in 1811, is quickly drawn into the struggle of the Javanese people as they fight back against colonial powers and their own corrupt aristocracy. Willem Kappers, a Scottish scientist, learns about intrigue in nineteenth century royal Javanese court and witnesses colonialism change powerful kings into puppets of the Dutch and English authorities. Kappers' involvement with an ambitious Javanese nobleman, Dasamuka, gives the reader an intimate glimpse into the struggle of the Javanese commoner against the oppression of the reigning sultan as well as the colonial powers.

Price: $17.95
Paperback: 266 pages
ISBN 978-0-9836273-1-9

### *Panji's Quest*
Junaedi Setiyono
Translated from the Indonesian by Oni Suryaman

*Panji's Quest* — a love story — is a part of the only original Indonesian stories that have been widely disseminated and were later combined into the Panji Tales which UNESCO included in their Memory of the World Documentary Series.
Panji, crown prince of Janggala and Sekartaji, crown princess of Kadiri, have been engaged since they were youngsters. However, court intrigue which references philosophical teachings of old Javanese traditions, to present critique and advice on religion and leadership separates them at the moment they were to marry. Only after Panji has finished his quest is the couple reunited.

Price: $17.95
Paperback: 277 pages
ISBN: 978-1-7357210-1-9

**Dalang Publishing**
www.dalangpublishing.com